W0194170

BASTEI
LÜBBE
TASCHENBUCH

Über die Autorin:

Maria W. Peter ist seit Langem von Amerika begeistert. Während ihres Studiums der Amerikanistik und Anglistik war sie das einzige deutsche Mitglied eines Chors der US-Gemeinde in Kaiserslautern und pflegte intensive Freundschaften zu amerikanischen Familien. Später lebte sie in Columbia, Missouri, wo sie als Fulbright-Stipendiatin die *School of Journalism* besuchte. Dort erlag sie endgültig der Faszination amerikanischer Kultur und Geschichte. Schon zu Studienzeiten arbeitete Maria W. Peter als Journalistin. Heute ist sie als freie Autorin tätig und pendelt zwischen dem Rheinland und dem Saarland.

Weitere Informationen unter:
www.mariawpeter.de oder *www.facebook.com/MariaWPeter*

Maria W. Peter

DIE KÜSTE DER FREIHEIT

Roman

BASTEI
LÜBBE
TASCHENBUCH

BASTEI LÜBBE TASCHENBUCH
Band 16 735

Dieser Titel ist auch als E-Book erschienen

Originalausgabe

Copyright © 2014 by Bastei Lübbe AG, Köln
Textredaktion: Dr. Ulrike Brandt-Schwarze, Bonn
Kartenillustration: Markus Weber | Guter Punkt, München
Titelillustration: © Corbis/National Geographic Society;
© getty-images/DEA PICTURE LIBRARY
Umschlaggestaltung:
Pauline Schimmelpenninck Büro für Gestaltung, Berlin
Satz: Urban SatzKonzept, Düsseldorf
Gesetzt aus der Garamond
Druck und Verarbeitung: GGP Media GmbH, Pößneck
Printed in Germany
ISBN 978-3-404-16735-7

2 4 6 5 3

Sie finden uns im Internet unter
www.luebbe.de
Bitte beachten Sie auch: www.lesejury.de

Für Lisa Lapsley
zur Erinnerung an unsere Studienzeit in Missouri
und die gemeinsame Suche nach den Wurzeln.

Sowie für Edith und Eddie Lanuzga,
mit deren Familie ich bereits in Deutschland
ein Stück Amerika erleben durfte.

Wir halten diese Wahrheiten für ausgemacht,
dass alle Menschen gleich erschaffen worden,
dass sie von ihrem Schöpfer mit gewissen unveräußerlichen
Rechten begabt worden, worunter sind Leben,
Freyheit und das Bestreben nach Glückseligkeit.

Präambel der Amerikanischen Unabhängigkeitserklärung

Warum sollte ich meine Freiheit richten lassen von dem
Gewissen eines andern?

1 Korinther 10,29

INHALT

Erstes Buch – In der Heimat

Herbst 1775 bis Frühjahr 1776

Fürstentum Waldeck-Pyrmont,
Cöln und Cassel

KAPITEL 1

Ein erbärmliches Wimmern erfüllte die stickige Luft in der Hütte, deren Fenster lediglich mit schmutzigen Stofffetzen verhangen waren. Zuerst schwach und hilflos, steigerte es sich langsam zu einem herzerweichenden Schreien, während Anna den dämmrigen Raum durchquerte und ihre Hände in einen Bottich tauchte. Das Blut, das sie sich abwusch, färbte das warme Wasser dunkel. Am Stoff ihrer Schürze rieb sie sich die Finger trocken, strich sich über die erhitzte Stirn und hörte zufrieden, wie das Schreien verebbte.

Mit einem müden Lächeln näherte sie sich dem Bett der jungen Mutter, die noch ein wenig unbeholfen ihren Säugling im Arm hielt, der sich unter der Wärme der Decke beruhigte. Leicht berührte Anna sein Köpfchen, an dem der Flaum feuchter Haare klebte. Jedes Mal aufs Neue erschien ihr die Geburt eines Menschen wie ein Wunder, ein Geschenk Gottes.

Einen Moment lang ruhte ihre Hand auf dem Neugeborenen, dann schloss sie die Augen und sprach ein kurzes Gebet, bevor sie wieder in die Gegenwart zurückkehrte und an die Gefahr dachte, der sie sich durch ihre Anwesenheit hier aussetzte.

»Ich muss jetzt aufbrechen«, sagte sie leise. »Bald geht die Sonne auf, und es wäre nicht gut, wenn ich bis dahin nicht zurück bin.«

Während die junge Mutter ihr lächelnd zunickte, stand der Vater des Kindes, ein einfach gekleideter Bauer, etwas unsicher neben dem Bett. Jung und unerfahren, wie er war, würde er es nicht leicht haben, für den Lebensunterhalt seiner Familie zu sorgen. Doch dies war *seine* Aufgabe.

Aus Erfahrung wusste Anna, dass beim ersten Kind die Freude meist noch groß war. Wenn aber dann die Familie ständig wuchs und es immer mehr hungrige Mäuler zu stopfen galt, hielt in vielen Familien die Not Einzug.

Schweigend nahm sie ihren Umhang, den sie auf einem Stuhl neben dem Bett abgelegt hatte, gab noch Anweisungen, das Wasser im Bottich zu erneuern und die blutigen Leinentücher zu waschen. Dann schlug sie die Kapuze über ihren Kopf, trat durch die Tür nach draußen und atmete tief die kühle Septemberluft ein. Am Horizont war bereits ein grauer Streifen zu sehen. Dunstschwaden stiegen aus der nahegelegenen Eder auf und schwebten gespenstisch über dem Wasser.

Obwohl sie die ganze Nacht über gewacht hatte, fühlte sich Anna nicht müde, eher leicht und ein wenig schwindelig. Ihre Rocksäume schleiften über den feuchten Boden, als sie den steilen Rückweg durch den herbstlichen Wald antrat. Noch immer verweilten ihre Gedanken bei dem Neugeborenen, dem sie gerade auf die Welt geholfen hatte, während ihr Magen mit einem leisen Rumoren signalisierte, dass sie lange nichts mehr gegessen hatte.

Morgennebel hing über dem taufeuchten Gras, das Grau am Horizont löste sich allmählich auf und nahm die unterschiedlichsten Rosatöne an. In der Luft hing der vertraute Geruch nach trockenem Stroh, reifen Äpfeln und abgeernteten Feldern.

Es war kein allzu weiter Weg vom Dorf Berich zurück nach Waldeck, wo Anna und ihr Vater Zuflucht gefunden hatten, als sie ihre Heimat auf dem Weyerhof im vergangenen Frühjahr aufgrund ihrer Glaubenszugehörigkeit verlassen mussten. Dem dortigen Fürsten von Nassau-Weilburg waren Mennoniten wie sie – abschätzig auch Wiedertäufer genannt – nicht sonderlich willkommen. Aus diesem Grunde durfte in seinem Fürstentum die mennonitische Bevölkerung eine bestimmte Anzahl nicht überschreiten. Dies hatte zur Folge, dass viele von ihnen, gerade junge Menschen, immer wieder gezwungen waren, ihr Glück in der Fremde zu suchen.

Es waren Glaubensbrüder aus dem unweit von Cassel gelegenen Fürstentum Waldeck-Pyrmont, die sich bereit erklärt hatten, Anna und ihren Vater in ihrer Mitte aufzunehmen. Als amische Täufer, einer besonders strenggläubigen Ausrichtung, unterschied sich die Waldecker Gemeinde jedoch in manchen Traditionen deutlich von dem, was Anna von ihrer Heimat her kannte. Gleichwohl war die Geschwisterlichkeit im gemeinsamen täuferischen Glauben ein spürbarer Trost für sie, der ihr, nach allem, was hinter ihr und ihrer Familie lag, das Gefühl von Sicherheit verlieh. Und an diesem seltsam verzauberten Herbstmorgen war Anna bereit zu glauben, hier, bei den Amischen in Waldeck, wirklich eine neue Heimat gefunden zu haben.

Ein plötzliches Knacken von Zweigen ließ sie zusammenfahren. Unvermittelt stieg das Gefühl einer drohenden Gefahr, die im Verborgenen lauerte, in ihr auf. Wurde sie beobachtet? Ihr Herz hämmerte wie wild, als sie stehen blieb und sich umschaute. Doch sie sah nur eine Krähe, die über die sich schon gelb verfärbenden Bäume flatterte, und eine streunende Katze, deren grünliche Augen aus dem Unterholz leuchteten.

Angeblich sollte dieser Landstrich verwunschen sein. Kein Wunder, dass Geschichten von Geistern, Hexen und Zauberern die Runde machten und sich viele des Nachts gar nicht mehr in den Wald trauten. Dieser Aberglaube hatte Anna gelehrt, ihr heilkundliches Wissen zurückhaltend einzusetzen, um den Leuten keinen Anlass zu Gerede und Verdächtigungen zu geben. Ohnehin standen die häufig auf abgeschiedenen Pachthöfen lebenden Täufer bei den Dorfbewohnern in dem Ruf, fremdartig und eigenbrötlerisch zu sein, ja im Bunde mit den unterirdischen Mächten zu stehen. Da musste man den Gerüchten nicht noch weitere Nahrung liefern.

Anna fürchtete sich weder vor Hexen noch vor Gespenstern. Doch zwischen den vom Nebel verhangenen Bäumen lag der Hauch einer wirklichen Gefahr. Sie glaubte, ein gehetztes Atmen zu hören.

Erschrocken raffte sie die Röcke und wollte ihre Schritte beschleunigen. Ein erneutes Knacken ließ sie herumfahren. Hinter einer der dicken, knorrigen Eichen sprang eine Gestalt hervor, hatte sie mit wenigen Schritten erreicht, packte sie und presste ihr eine schwielige Hand auf den Mund. Wie eine kalte Woge schwappte Panik über sie und raubte ihr den Atem, sodass bunte Sterne vor ihren Augen tanzten.

»Nicht schreien, Mademoiselle! Nicht schreien!«

Verzweifelt wand sich Anna im Griff des Mannes, unfähig, um Hilfe zu rufen.

»Versprich mir, still zu sein! Dann lass ich dich los.«

Ihr fehlte die Kraft, um sich zu rühren.

Der Fremde schüttelte sie so fest, dass sie fast das Bewusstsein verlor.

»Hast du gehört?«, zischte er. »Du sollst nicht schreien, oder ...«

Ein Zittern hatte sich in Annas Körper ausgebreitet, und nur unter Aufbietung all ihrer Willenskraft gelang ihr ein Nicken.

Vorsichtig, als traue er ihr nicht, lockerte der Mann den Griff, löste seine Finger aus ihrem Gesicht und gab sie schließlich frei. Wie eine Ertrinkende rang sie nach Luft und wäre beinahe zu Boden gestürzt, doch mit einem Ruck riss der Fremde sie herum, sodass sie ihn direkt anschauen musste.

Ein dunkelgrüner Rock, rote Aufschläge und messingfarbene Knöpfe. Ein Soldat, einer der Hessischen. Aber was ...

»Hör zu, du musst mir helfen. Ich brauche einen Unterschlupf! Schnell!«

Ungläubig vor Überraschung starrte sie ihn an. Sie sollte ihn verstecken? Einen Soldaten? Einen von denen, die bereit waren, auf bloßen Befehl hin Tod und Krieg über ein Land zu bringen, statt auf Gottes Weisungen der Gewaltlosigkeit und des Friedens zu hören?

Aber weshalb?

Anna bemerkte seinen gehetzten Blick, sein unrasiertes Gesicht, die zerrissenen, mit verkrustetem Schlamm bedeckten Leinenhosen, und plötzlich begriff sie: Er war ein Entlaufener, ein Deserteur! Aus Gründen, die sie nicht kannte, hatte er sein Heil in der Flucht gesucht, Leib und Leben riskiert, um das blutige Handwerk des Soldatenlebens hinter sich zu lassen, wohl wissend, dass ihm bei Gefangennahme Hiebe und Demütigung drohten, wenn nicht gar der Tod. Und nun bat er *sie* um Hilfe.

Noch immer raste Annas Herz, und das Blut rauschte in ihren Ohren. Dort, wo der Soldat sie festgehalten hatte, brannte ihr Arm, ebenso wie ihr Gesicht. Ein irrer Glanz lag in seinen Augen, und sie wünschte sich weit weg, in die Sicherheit ihrer Hütte.

Aber hatte sie das Recht, ihm ihre Unterstützung zu verweigern, wenn er den Willen hatte, dem Kriegshandwerk abzuschwören? Sie, Anna Hochstetter, deren Vorfahren für ihren Glauben und ein Leben in Gewaltlosigkeit Verachtung, Vertreibung und sogar den Tod riskiert hatten?

Zögernd nickte sie dem Fremden, der noch immer schwer atmend vor ihr stand, zu. »Kommt mit mir!«

Obgleich eine innere Stimme sie davor warnte, ihm zu trauen, ging sie an ihm vorbei. Ein gepresstes Aufatmen und das Rascheln seiner Schritte zeigten ihr, dass er ihr folgte.

Die ersten mit Lehm verputzten Fachwerkhäuser tauchten vor ihnen auf, und Anna blieb einen Moment stehen, um das friedlich daliegende Waldeck zu betrachten, über dessen Schloss bereits die Sonne aufstieg. Doch das angespannte Keuchen neben ihr erinnerte sie daran, dass sie keine Zeit zu verlieren hatte, und so beschleunigte sie ihren Schritt und erreichte schließlich den etwas außerhalb gelegenen Pachthof, in dem um diese Zeit ein geschäftiges Leben erwachte.

Zielstrebig hielt sie auf eine der Scheunen zu, die im Winter auch als Stall genutzt wurden. Gerade wollte Anna die grob behauene Holztür öffnen, als sie aufgeregte Stimmen, Hufgetrappel und schwere Schritte vernahm. Da ihr das Gebäude jedoch den Blick versperrte, konnte sie nicht sehen, was da vor sich ging.

Einen kurzen Moment lang war sie versucht, nachzuschauen, aber der Soldat packte sie am Ellbogen und zerrte sie grob zurück.

»Mademoiselle, bitte!«, zischte er.

Anna gab sich einen Ruck und öffnete die Tür. Sie schaute sich nach allen Seiten um und spähte hinein, um sich zu vergewissern, dass sich niemand dort aufhielt. Erst dann gab sie dem Fremden ein Zeichen, ihr zu folgen.

Staubkörner tanzten in der Luft und schimmerten matt in den durch die Fenster und zwischen den Balken hereinfallenden Lichtstrahlen. Der vertraute, warme Geruch nach sauberem Heu und den Kräutern, die zum Trocknen an der Decke aufgehängt waren, stieg ihr in die Nase.

Als die Tür zufiel, riss das Knarren der Scharniere Anna aus ihren Betrachtungen. Sie fuhr zusammen, da der Fremde plötzlich hinter ihr stand und seine Hand auf ihre Schulter legte. Entschieden schob sie diese beiseite und wandte sich um.

»Das ist alles, was ich Euch anbieten kann. Im hinteren Teil wird das Heu in Ballen gelagert. Wenn Ihr möchtet, könnt Ihr Euch dort einrichten, bis...« Sie unterbrach sich und trat einen Schritt zurück, als der Deserteur ihr mit den Fingerkuppen die Wangen entlang über das Gesicht strich.

»Lasst das!«, zischte sie empört, doch mit einem Griff hatte er ihren Arm gepackt und zog sie näher zu sich heran.

»Ich bin dir zu großem Dank verpflichtet«, flüsterte er ihr ins Ohr. »Du hast mein armseliges Leben gerettet, und dafür möchte ich...«

»Ich versuche nur, nach Gottes Willen zu handeln, und benötige keinen Dank.« Mit einer ruckartigen Bewegung gelang es Anna, sich zu befreien und aus seiner Reichweite zu kommen. Seine Augen blieben auf sie geheftet, aber er unternahm keinen weiteren Versuch, sich ihr zu nähern.

»Ich werde heute Abend nach Euch schauen«, sagte sie hastig und wandte sich dem Ausgang zu, während sie das Gefühl überkam, dass sie gerade einen großen Fehler begangen hatte. »Wenn es mir möglich ist, werde ich Euch etwas zu essen bringen, aber jetzt muss ich...«

Noch bevor sie die Tür erreicht hatte, war der Fremde auf sie zugesprungen und fasste sie am Handgelenk.

»Hiergeblieben!« Mit einem Ruck riss er sie herum und presste sie so eng an sich, dass sie das Kratzen seiner unrasierten Wangen auf ihrem Gesicht spürte und seinen unangenehmen Atem roch. »Ich kann mich nicht erinnern, dass ich dir erlaubt habe zu gehen.«

Aus dem unguten Gefühl wurde Angst. Verzweifelt versuchte Anna, ihn abzuschütteln. »Was soll das, lasst mich los!«

Doch er fasste sie noch fester und presste seine Lippen erst auf ihren Hals, dann auf ihre Wange. Bevor er ihren Mund erreichen konnte, holte Anna aus und versetzte ihm mit solcher Kraft eine schallende Ohrfeige, dass ihre Handfläche brannte.

Überrascht hielt der Mann für einen Moment inne. Doch dann verengten sich seine Augen, und er packte ihren Kopf, sodass Anna sich wie in einem Schraubstock fühlte.

»Du willst wohl kämpfen, du kleines Biest? Das wundert mich aber. Ich dachte, ihr Ketzer wärt so friedliebend. Aber wenn du's nicht anders haben willst.«

Hart stieß er sie auf die Erde. Der Aufprall raubte Anna den Atem. Keuchend rang sie nach Luft, und der süßliche Geschmack von Blut breitete sich in ihrem Mund aus.

Panik ergriff sie, als der Fremde mit seinem Knie ihre Beine auseinanderzwang, während er sich gleichzeitig an ihrem Mieder zu schaffen machte.

Sie schrie auf. Entsetzt und ungläubig zugleich.

»Keinen Ton mehr!« Ein unerwarteter Schlag riss ihr Gesicht zur Seite und ließ sie verstummen. Die Klinge eines Messers blitzte vor ihren Augen auf. »Noch ein Wort, du ketzerisches Miststück und ...« Wie zur Warnung ließ er die scharfe Schneide ihren Hals entlanggleiten. Ein Tropfen Blut quoll hervor, rann langsam ihre Haut hinab und tränkte den steifen Stoff ihres Mieders.

Der Blick des Fremden war der Blutspur gefolgt und verweilte an ihrem Brustansatz. Mit einem Ruck des Messers durchtrennte er das Mieder und schlitzte dann ihren Rock auf, der langsam zu Boden sank. Anna trug nun nichts mehr als ihre Chemise, das dünne leinene Unterkleid, das sie nur noch notdürftig bedeckte.

»Was wollt Ihr von mir? Was ...«

»Schweig!« Das schwere Gewicht seines Körpers presste Anna fester auf den Boden, als er ihr seine schwielige Hand auf den Mund drückte. »Ich hab doch gesagt, du sollst still sein, allerdings ...« Ein hässliches Lachen entblößte seine ungepflegten Zähne. »Gelegentlich weiß ich es durchaus zu schätzen, wenn eine Frau zu schreien versteht.«

Gierig fuhr seine Zunge über seine Lippen, während er mit der freien Hand ihre Wangen und den Hals hinabglitt.

Annas Blick verschwamm. In seinem Griff war es ihr unmöglich zu atmen. Mit letzter Kraft versuchte sie, sich zu wehren, doch gegen diesen Irren hatte sie keine Chance.

»So, kleine Ketzerin!« Seine Stimme keuchte vor Anstrengung und Erregung, und beim Geruch seines stinkenden Atems glaubte Anna, sich übergeben zu müssen. »Jetzt zeig ich dir, wozu ein aufrechter Mann in der Lage ist, und du wirst schön ... Au! Verflucht!«

In schierer Verzweiflung hatte Anna ihm ihre Zähne in die Hand geschlagen, die er noch immer auf ihren Mund gepresst hielt. Fluchend fuhr er zurück und besah sich die kleinen tiefen Wunden, aus denen rubinrote Blutstropfen perlten.

Anna nutzte die Gunst des Augenblicks, um sich unter dem Angreifer wegzurollen. Doch dessen anfänglicher Schreck über ihre unerwartete Gegenwehr schien seine Wut und seine Begierde nur noch weiter angestachelt zu haben.

»Du dreckiges Ding!« Ein Faustschlag traf ihre Wangenknochen, Schmerz explodierte in ihrem Kopf, und einen Moment lang glaubte sie, die Besinnung zu verlieren. »Wie kannst du es wagen, du elendes ...«

Mehr hörte Anna nicht, denn erneut hatte der Fremde sich mit seinem ganzen Gewicht auf sie geworfen. Gellend stieß sie einen Schrei aus, bevor er mit seiner blutenden Hand ihren Mund endgültig verschloss.

Doch während ihre zuckenden Bewegungen immer schwächer wurden und die Kraft aus ihrem Körper wich, wurde es plötzlich hell um sie herum. Aus den Augenwinkeln sah sie, dass sich vor der geöffneten Scheunentür eine Gestalt abzeichnete.

»Da ist der Kerl!« Wie durch Nebel spürte sie, dass der Fremde von ihr abließ und hastig auf die Beine sprang. Einen Augenblick blieb sie benommen liegen, dann bemerkte sie, dass der Neuankömmling ebenfalls die rot-grüne Uniform der hessischen Jäger trug.

Unerwartete Hoffnung durchströmte Anna, als sie sich aufrappelte, die Fetzen von Rock und Mieder an den Körper presste und langsam zum anderen Ende des Raumes zurückwich. Sie ließ die beiden Männer nicht aus den Augen, die sich wie wild gewordene Kampfhunde anstarrten und sich umkreisten, bis schließlich einer zum ersten Schlag ausholte.

Dann verkeilten sich beide ineinander, stürzten gemeinsam zu Boden, und irgendwo in dem Gemenge aus Armen und Beinen sah Anna die Klinge eines Messers aufblitzen.

Sie vernahm einen Schrei, gefolgt von einem lauten Keuchen. Mit einem Ruck hatte der Deserteur den anderen Soldaten hochgerissen und ihn mit der Kraft eines Irrsinnigen an die Wand geschleudert, wo sein Kopf gegen das harte Holz schlug. Anna stockte der Atem, als sie den triumphierenden Blick in den Augen ihres Peinigers sah.

Doch bevor der leblose Körper des zweiten Soldaten vollständig zu Boden gesackt war, stürzte ein weiterer Uniformierter durch die Tür. Wieder folgte ein Handgemenge, heftiger, rücksichtsloser als zuvor. Bretter zerbarsten, Schreie ertönten, irgendwo ging etwas zu Bruch. Dann sah Anna, wie sich ihr Angreifer aufrichtete und seinem Gegner die Messerklinge bis zum Schaft in den Leib rammte.

Dieser erstarrte kurz. Ein ungläubiger Ausdruck breitete sich in seinem Gesicht aus, als er an sich herunterblickte und sah, dass ein tiefroter Blutfleck seine Jacke tränkte. Dann stürzte er wie ein gefällter Baum zu Boden.

Schwer atmend blieb der Deserteur stehen, leicht vornübergebeugt, das blutige Messer noch immer in der Hand. Einen Augenblick später erinnerte er sich offenbar wieder Annas Gegenwart, und der irrsinnige Ausdruck auf seinem Gesicht lähmte sie vor Angst und Entsetzen.

»So, meine Süße, jetzt sind wir wieder allein ...« Mit wenigen Schritten war er bei ihr, warf sie, die mit dem Rücken an die Wand gepresst stand, wiederum zu Boden. Schmerz durchzuckte sie, als ihre Handflächen und Knie auf dem rauen Untergrund aufgerissen wurden.

»Du wirst nicht mehr schreien!«, keuchte der Fremde. »Es würde dir auch nichts nützen. Oder glaubst du ernsthaft, einer der feigen Betbrüder hier würde es wagen, Hand an mich zu legen?«

Verzweifelt flog Annas Blick umher. Er hatte recht, man würde ihre Schreie nicht hören. Zudem lehnten die Amische jede Anwendung von Gewalt strikt ab, sogar wenn es darum ging, sich selbst zu verteidigen.

Sie war verloren. *Rettungslos!*

Angst und Ekel mischten sich mit der verzweifelten Erkenntnis ihrer Ohnmacht, als er seine stinkenden Lippen auf die ihren presste, mit seinen Fingern ihre Taille entlangglitt – und sie erstarrte.

Ein Rascheln war im Hintergrund zu hören, ein Schatten durchbrach das hereinfallende Licht, doch der Mann schien es nicht zu bemerken. »Jetzt gehörst du mir!«, zischte es an ihrem Ohr. Anna schloss die Augen und betete vergeblich darum, dass eine Bewusstlosigkeit sie davor bewahrte, mitzuerleben, was nun unweigerlich geschehen würde. Sie spürte, wie das Gewicht seines schweren Körpers sie fest auf den lehmigen, mit Stroh bedeckten Boden presste.

Gott, hilf mir!, flehte sie stumm.

Plötzlich hörte sie einen dumpfen Aufprall, das Geräusch eines Schlages. Zwei, drei Atemzüge lang geschah nichts, dann erschlaffte ihr Angreifer. Ehe sie verstand, was geschehen war, wurde der leblose Körper von ihr weggezerrt. Jemand half ihr auf die Beine, und als diese einzuknicken drohten, wurde sie vom Boden emporgehoben, zum anderen Ende des Stalls getragen und vorsichtig auf einem Strohbündel abgesetzt. Eine Hand stützte ihren Rücken und hinderte sie daran, vor Schwäche umzusinken.

»Alles in Ordnung mit dir?«

Nur langsam wurde Anna sich wieder ihrer Umgebung bewusst, und ihr Sichtfeld klärte sich. Ein junger Mann kniete neben ihr. Ein paar schwarze Locken hatten sich gelöst und fielen in sein von der Sonne leicht gebräuntes Gesicht, das nur eine Spur von Puder aufwies.

»Geht es wieder?«

Anna wandte den Kopf und sah in ein Paar graue Augen, in denen sie Besorgnis lesen konnte.

Doch dann erkannte sie, dass der Mann die gleiche Uniform trug wie der Angreifer – das grün-rote Tuch der hessischen Jäger. Sie wollte erschrocken aufspringen, sank jedoch mit einem leisen Schmerzenslaut zurück auf das Stroh.

»Bleib sitzen, Mädchen, du bist verletzt.« Ohne sie loszulassen, nestelte der Fremde an seinem Leinenbeutel. »Hier, trink das.« Mit einer routinierten Bewegung zog er eine Feldflasche hervor, schraubte sie auf und hielt sie Anna hin. Noch immer zitternd nahm sie diese entgegen und setzte sie vorsichtig an.

Das Wasser schmeckte frisch und vertrieb den Geschmack des Blutes in ihrem Mund. Beruhigend spürte sie die Hand des Soldaten auf ihrem Rücken, und das Zittern ließ ein wenig nach. Mit einem Nicken gab sie ihm die Flasche zurück, wobei ihre Fingerspitzen kurz die seinen berührten.

Dann fiel ihr Blick auf die drei regungslosen Männerkörper auf der Erde, und der Geruch von Blut ließ Ekel in ihr aufsteigen. Schamesröte brannte in ihrem Gesicht, als ihr plötzlich bewusst wurde, dass sie außer ihrer Chemise und den Resten ihres Leinenrocks nichts mehr am Leib trug. Hastig tastete sie nach ihrem Mieder und hielt es schützend vor sich.

Inzwischen hatte sich ihr Retter von ihr abgewandt und stieß den Deserteur, der noch immer reglos dalag, mit der Stiefelspitze an. Dieser stöhnte leise, rührte sich jedoch nicht.

»Elender Kerl!« Offensichtlich kostete es den Soldaten all seine Selbstbeherrschung, ihm keinen weiteren Tritt zu verpassen. Stattdessen wandte er sich den beiden Verletzten zu. Der eine war inzwischen wieder zu sich gekommen und hielt sich mit der Hand den Hinterkopf.

»Ist Er schwer verletzt, Sergeant?«

Noch immer blass im Gesicht, schüttelte der Mann langsam den Kopf. »Es geht schon wieder.« Wie um seine Worte zu beweisen, kam er, wenn auch schwankend, auf die Füße. Dann beugte er sich über seinen verletzten Kameraden, der die Besinnung noch nicht wiedererlangt hatte.

»Er lebt, aber er hat viel Blut verloren, Herr Leutnant. Was...?«

»Wir nehmen ihn mit!« Wütend presste der Offizier seine Kiefer zusammen, als er zu dem Bewusstlosen trat und ihm vorsichtig Rock, Weste und Hemd öffnete. Auf dessen behaarter Brust zeigte sich eine blutende, aber nicht tiefe Fleischwunde. »Er wird es überstehen. Los!«

Der Zorn wich aus seinem Gesicht, als er sich wieder Anna zuwandte und sie einen Moment von oben bis unten musterte. »Kennst du diesen Mann?«, fragte er und zeigte auf ihren Peiniger. Dem Klang seiner Stimme nach schien er sie eines Verbrechens für fähig zu halten.

»Nein.« Nur mühsam brachte Anna das Wort hervor, ihr Hals brannte dort, wo der Angreifer zugedrückt hatte, noch immer wie Feuer. »Ich habe ihn noch nie gesehen. Er ist mir im Wald begegnet, und ich wollte . . .« Sie unterbrach sich, als ihr klar wurde, dass sie dem Offizier um ein Haar verraten hätte, dass sie drauf und dran gewesen war, einem Deserteur Zuflucht zu gewähren.

Das Schuldbewusstsein war ihr offensichtlich ins Gesicht geschrieben, denn mit wenigen Schritten war der Leutnant auf sie zugetreten, schob ihr seinen behandschuhten Zeigefinger unter das Kinn und zwang sie, ihm in die Augen zu sehen. »*Was* wolltest du?« Sein Tonfall zeigte, dass er gewohnt war, Befehle zu erteilen. »Sprich!«

»Ich war auf dem Weg zurück von Berich«, begann Anna schließlich, um das eigentliche Thema zu umschiffen. »Dort habe ich einer Frau bei der Geburt ihres ersten Kindes geholfen.« Sie unterbrach sich, doch ein Nicken ihres Gegenübers zeigte, dass er gewillt war, ihr zuzuhören. »Die Wehen haben die ganze Nacht gedauert. Erst im Morgengrauen konnte ich nach Hause zurückkehren. Ich war müde und erschöpft, deshalb habe ich ihn zuerst nicht bemerkt. Er hat mich bedroht und . . .« Erneut durchlief sie ein Schauder, als sie sich die schicksalhafte Begegnung ins Gedächtnis rief. Nichts, von dem, was sie gesagt hatte, war gelogen. *Noch nicht.*

Sie schwieg.

Einen Moment lang sah der Offizier sie durchdringend an, als wolle er prüfen, ob das, was sie sagte, tatsächlich der Wahrheit entsprach. Doch die Spuren der Gewalt und die Angst in ihren Augen mussten ihn überzeugt haben, denn er ließ schließlich von ihr ab.

»Darf ich mich wieder ankleiden?«

Er nickte knapp. Eilig raffte sie ihren Rock zusammen, griff nach ihrem Mieder und bemühte sich, es trotz der zerschnittenen Kordel notdürftig zu verschnüren.

Sie spürte den Blick des Leutnants auf sich, der jede ihrer Bewegungen beobachtete, und errötete.

Schließlich wandte er sich ab. »Sergeant Weiser«, wies er den anderen an, »kümmere Er sich um den Verwundeten und siehe Er zu, dass jemand hilft, ihn aufs Pferd zu heben. Doch zuvor sorge Er dafür, dass *der da*«, er zeigte auf den Deserteur und spuckte die letzten Worte regelrecht aus, »gefesselt wird. Wir reiten heute noch zurück!«

»Zu Befehl, Herr Leutnant!« Sogleich eilte der Angesprochene, zu tun, wie ihm geheißen.

Bei dem Versuch, die Scheune zu verlassen, wäre er beinahe mit einem blonden Mann zusammengestoßen, der mit hochrotem Gesicht hereingestürzt kam. Er trug eine schlichte dunkle Kniebundhose zu weißen Strümpfen, darüber ein Leinenhemd mit brauner Weste. In seinen Augen standen Schrecken und ein Anflug von Zorn.

Sofort schien er die Situation erfasst zu haben und eilte zu Anna, die mit dem Ankleiden fertig war und den Ankömmling stumm, fast ein wenig trotzig ansah.

»Anna, was ist los? Ist dir etwas geschehen?«

»Die Herren werden dir sicher Bericht erstatten.« Ihre Worte klangen kühl und wesentlich sicherer, als sie sich fühlte. »Ich wurde überfallen, aber wie du siehst, geht es mir gut.«

Obwohl der Angriff des Fremden Anna bis ins Mark erschüttert hatte, legte sie keinen Wert darauf, ausgerechnet von Gideon Beiler getröstet zu werden. Er war der Neffe eines der Gemeindeältesten und spielte sich gerne als ihr Wohltäter auf. Allerdings ärgerte sie sich über die Selbstgerechtigkeit, mit der er sie bei jeder sich bietenden Gelegenheit zu belehren versuchte.

»Nun denn.« Mit zwei Schritten war der Offizier hinzugetreten, und Anna bemerkte, dass er Gideon um einen halben Kopf überragte. »Ich fürchte, es gab einen kleinen Zwischenfall. Ein Deserteur, den wir schon seit Tagen verfolgen, hat sich offensichtlich hier in den Wäldern versteckt und versucht, dem Mädchen hier Gewalt anzutun.«

Anna bemerkte, dass Gideon entsetzt zusammenfuhr, erst den Offizier und dann sie anstarrte. »Mir ist nichts geschehen, wie du siehst.« Beruhigend legte sie dem Amischen ihre Hand auf die Schulter. Im Augenblick erschien es ihr besser, sich umgänglich zu zeigen, als ein weiteres Unwetter heraufzubeschwören. »Dank der Hilfe von Leutnant ...« Sie unterbrach sich und wandte sich fragend an den Offizier, der ihr noch immer gegenüberstand und Gideon stumm musterte, nun jedoch andeutungsweise den Kopf neigte.

»Sekondeleutnant Lorenz von Tannau, zu Diensten!«

»Ich statte Euch meinen Dank ab, Sekondeleutnant«, brachte Gideon gepresst hervor, und aus den Augenwinkeln heraus konnte Anna erkennen, dass Dankbarkeit bestimmt nicht das Gefühl war, welches er in diesem Augenblick empfand.

Fürsorglich, fast besitzergreifend, legte er den Arm um ihre Schultern und zog sie zu sich heran. »Komm, Anna, du bist verletzt, du musst dich waschen und deine Wunden versorgen lassen.«

Zu schwach, um sich ihm zu widersetzen, ließ sie sich von Gideon zum Scheunentor führen, durch das nun die Morgensonne hereinflutete.

Für einen Augenblick gelang es Anna, sich umzudrehen und einen letzten Blick auf den jungen Offizier zu erhaschen. Ihre Augen trafen sich, und zu ihrem Erstaunen las sie Mitleid darin.

Mitleid für sie?

Ein merkwürdiges Gefühl breitete sich in ihr aus, doch bevor sie darüber nachdenken konnte, hatte Gideon sie nach draußen geschoben.

✳

»Zum Henker mit diesem Kerl!« Angewidert betrachtete Lorenz von Tannau die noch immer regungslos auf dem strohbedeckten Scheunenboden liegende Gestalt Kurt Pauls. Tagelang hatten er und seine Männer diesen Verbrecher verfolgt. Dass er sich ausgerechnet hier, auf einem Pachthof dieser Wiedertäufer, verkriechen wollte, dann jedoch gleich bei der ersten sich bietenden Gelegenheit versucht hatte, eine Frau zu schänden, passte genau ins Bild, das er sich von diesem Feigling gemacht hatte. Schon in Cassel hatte sich Paul an der Tochter eines Schankwirtes vergangen, die allerdings ohnehin keinen Ruf mehr zu verlieren gehabt hatte. Nur wenige Tage später sollte er die Schwester eines ansässigen Töpfers überfallen und schwer verletzt haben. Als ihn die Militärgerichtsbarkeit deswegen zur Rechenschaft ziehen wollte, hatte er sein Heil in der Flucht gesucht.

Schritte näherten sich und rissen Lorenz aus seinen Gedanken. Als er sich umwandte, sah er Sergeant Peter Weiser, der offensichtlich seine Befehle ausgeführt hatte und nun auf weitere Anweisungen zu warten schien.

Mit einem Blick auf den gefesselten Kurt Paul befahl er knapp: »Hol Er mir noch einen Eimer Wasser, Sergeant!« Es wurde Zeit, von hier aufzubrechen, wenn sie noch heute zurück in Cassel sein wollten.

Auf Lorenz' Geheiß hatte Weiser, unterstützt von einer der einheimischen Bäuerinnen, die Wunden seines Kameraden so gut es ging, versorgt. Dann hatte er ihn auf eine provisorische Bahre gebettet und diese an einem Pferd vertäut. Zwischenzeitlich war der Soldat, dessen Verletzungen sich glücklicherweise als nicht lebensbedrohend erwiesen, wieder zu Bewusstsein gekommen.

Lorenz versuchte noch, von den anwesenden Bauern etwas über den Deserteur zu erfahren. Da aber niemand etwas gesehen oder gehört haben wollte, hatte er sich zum sofortigen Aufbruch entschieden.

Doch hätte er sich gerne noch vergewissert, ob es diesem Mädchen auch wirklich gut ging. Noch immer flackerte Zorn in ihm auf, wenn er an das blanke Entsetzen in ihren Augen dachte. Nur seine Würde als Offizier des Landgrafen hielt ihn davon ab, mit einem festen Stiefeltritt an die richtige Stelle dafür zu sorgen, dass der noch immer bewusstlose Deserteur in Zukunft keine Möglichkeit mehr haben würde, Frauen zu schänden.

Wie hatte dieser amische Bauer sie gerufen? *Anna?* Armes Ding, einem solchen Galgenstrick wie diesem Paul in die Hände zu fallen. Aber obgleich sie während seiner Befragung völlig verängstigt und im Unterkleid vor ihm gestanden hatte, hatte sie eine gewisse Würde ausgestrahlt. Und selbst dem jungen Amischbauern, der nach ihr sehen wollte, hatte sie trotz ihrer erbärmlichen Lage eine subtile Abfuhr erteilt.

Bei der Erinnerung daran kräuselte ein leichtes Lächeln Lorenz' Lippen. Ob das ihr Ehemann gewesen war? Seinem besitzergreifenden Gebaren nach zu urteilen, wäre es möglich. Doch die Reaktion des Mädchens auf seine Annäherung hatte eine andere Sprache gesprochen. Vielleicht ihr Verlobter oder jemand, der einen gewissen Anspruch auf die junge Frau anzumelden gedachte.

Aber das sollte seine Sorge nicht sein. Fahrig wischte er sich mit dem Handrücken über die Stirn. Er hatte weiß Gott genügend eigene Probleme.

Der Sergeant kam mit einem Eimer Wasser zurück. Wortlos griff Lorenz danach und goss ihn mit einem Schwung über Pauls Kopf aus, der daraufhin prustend zusammenfuhr.

Einen Augenblick lang schien er nicht zu wissen, wo er sich befand. Sein Blick irrte orientierungslos hin und her. Doch dann erkannte er Lorenz, was ihm offenbar schlagartig das Geschehene wieder ins Bewusstsein brachte, denn er zuckte zusammen und versuchte aufzuspringen, strauchelte jedoch in seinen Fesseln.

»Versuch es erst gar nicht, du Wurm!«

Weiser nahm die unweit der Stalltür abgestellte Büchse, entsicherte sie und baute sich damit vor Paul auf. »Los, mitkommen!«

Einen Augenblick lang sah es so aus, als wolle Paul sich widersetzen, seine Muskeln spannten sich, und seine Augen suchten den Raum blitzschnell nach einer Fluchtmöglichkeit ab. Dann aber erkannte er wohl, wie aussichtslos seine Lage war. Er ließ die Schultern sinken und rappelte sich auf, soweit es ihm mit den Fesseln möglich war.

Mit einer knappen Kopfbewegung wies Lorenz ihn an,

nach draußen zu treten. Doch erst nachdem Weiser ihm zur Bekräftigung einen leichten Stoß mit dem Kolben seiner Büchse verpasst hatte, setzte er sich endlich in Marsch und leistete auch keinen Widerstand, als er mit einem groben Strick an das Pferd des Sergeanten gebunden wurde.

Vor den Haustüren beobachteten Frauen, alle in ähnliche braune Röcke, blaue Schürzen und schlichte Hauben gekleidet, das Geschehen. Stumm verbargen sie die Kinder hinter ihrem Rücken, als wollten sie diese daran hindern, allzu viel von dem zu sehen, was sich vor ihren Augen abspielte.

Wunderliche Fanatiker, allesamt, diese Wiedertäufer, schoss es Lorenz durch den Kopf, doch grüßte er höflich und ließ seinen Blick unauffällig umhergleiten, ohne dass er Annas blasses, aber entschlossenes Gesicht entdecken konnte. Überrascht stellte er fest, dass er ein leichtes Bedauern darüber empfand. Nach einem letzten Blick auf den gefesselten Paul, der mit gesenktem Kopf dastand, saß er ebenfalls auf. Er nahm das Pferd des Verwundeten am Zügel, gab dem Sergeanten hinter sich einen Wink und trieb sein eigenes Tier mit einem leichten Schenkeldruck an.

Als er an den Häusern entlangritt, glaubte er für einen Augenblick hinter einer kleinen, trüben Scheibe das helle Oval von Annas Gesicht wahrgenommen zu haben, ein Blick aus samtbraunen Augen. Doch vielleicht hatte er es sich auch nur eingebildet, denn als er wieder hinsah, war am Fenster nichts mehr zu sehen. Dann ließ er sein Pferd in einen leichten Trab fallen.

Kapitel 2

»Hier Vater, das wird dir guttun.« Vorsichtig nahm Anna einen mit heißem Minztee gefüllten Messingbecher vom Tisch und reichte ihn dem alten Mann, der ein wenig gekrümmt auf seinem Holzschemel neben der Herdstelle saß. Mit schwieligen Händen griff er nach dem Gefäß, während sich der Duft des Tees und der Rauch des Feuers in dem kleinen Raum verteilten. Einen Augenblick lang genoss sie den stillen Frieden, während sie gemeinsam mit ihrem Vater hinaus in den Herbstmittag blickte, wo eine blasse Sonne die schäbigen Häuser und Hütten in ein warmes Licht tauchte.

»Man hat mir gesagt, meine Tochter«, begann er leise, und seiner rauen, leicht schleppenden Stimme gelang es kaum, das Knistern des Feuers zu übertönen, »dass der Vorfall heute Morgen ...«

Anna spürte, wie sie sich verspannte und das Pochen in ihren aufgeschürften Händen und Knien sich verstärkte. Doch sie presste die Lippen zusammen und starrte weiterhin wortlos durch die trüben Scheiben.

»Soldaten, hier auf dem Hof und dann dieser Kerl ...« Ihr Vater unterbrach sich für einen Moment. »Sie sagen, dass du nicht ganz unschuldig an dem Vorgefallenen warst.«

Annas Fingernägel gruben sich in ihre Schürze, während sich ihr Körper an die Schrecken des Tages erinnerte und sie die harten Hände wieder spürte, die sie mit roher Gewalt gepackt hatten. »Was meinen sie damit?«, fragte sie tonlos, obgleich sie befürchtete, die Antwort bereits zu kennen.

»Nun ...« Eine tiefe Traurigkeit hatte sich in die Stimme des alten Mannes eingeschlichen, »dass es deine Schuld war, dass diese Soldaten hergekommen sind. Und ...« Er zögerte, »dass das, was dieser Fremde mit dir tun wollte ...«

»Dass ich ihn dazu ermuntert hätte?« Übelkeit stieg in ihr auf, und alles kehrte zurück: ihre Hilflosigkeit, ihre Angst, die bodenlose Erleichterung, als alles vorbei war, als der fremde Offizier sie gerettet hatte. Beim Gedanken an ihn entspannten sich ihre Muskeln, ihr Puls ging schneller und leichter. *Stahlgraue Augen, dunkle Locken* ... Doch gleich darauf überkam sie wieder das Gefühl der Demütigung, weil man sie, ausgerechnet sie, für fähig hielt, willig und aus freien Stücken Unzucht mit einem entlaufenen Soldaten zu treiben.

Sie, die immer fest zum Glauben ihrer Väter gestanden, sich um die Kranken und Bedürftigen der Gemeinde gekümmert hatte und lieber Spott und Vertreibung riskiert hätte, als auch nur einen Fingerbreit von Gottes Geboten abzuweichen.

Ihr Vater wusste das, er *musste* es wissen. Tränen schossen ihr in die Augen, als sie zu ihm hinschaute, wie er dasaß, alt, schwach und auf die Hilfe anderer angewiesen.

»Du weißt, dass es nicht so war. Du kennst mich, Vater.«

Der Angesprochene nickte stumm, und als Anna ihn ansah, erkannte sie seinen Schmerz, die Besorgnis um das Wohl der einzigen Tochter, die ihm geblieben war.

»*Ich* weiß es, mein Kind«, sagte er leise. »Ich weiß es. Doch die Leute hier ... Sie haben ihre eigene Meinung zu gewissen Dingen ...«

Anna fuhr herum, die Hände in den gestärkten Stoff ihrer Schürze gekrallt. »Und das gibt ihnen das Recht zu lügen? Falsches Zeugnis abzulegen wider mich, in dieser Sache?«

Ein Schatten lag auf dem zerfurchten, bärtigen Gesicht des Alten, als er zu ihr aufblickte. »Sie sind überzeugt, genau zu wissen, was falsch oder richtig, gut oder verdammenswert ist. Und du weißt, dass es hier nicht gerne gesehen wird, wenn eine junge Frau nachts allein durch den Wald zu den Dörfern läuft, um sich mit *Fremden* abzugeben.«

»Hätte ich also die Frau lieber sterben lassen sollen, geschwächt und mittellos, wie sie war?« Anna spürte, wie ihr der Zorn rote Flecken ins Gesicht trieb. »Ohne meine Hilfe hätte sie keine Chance gehabt, denn ihr fehlt das Geld, einen Arzt zu bezahlen.«

»Ich weiß, Anneli.« Die Miene des alten Mannes wurde sanft, ein Anflug von Zärtlichkeit glitt über sein Gesicht, während er nickte. »Du redest wie deine Mutter. Bisweilen erinnerst du mich sehr an sie.«

Stumm presste Anna ihre erhitzte Stirn an das kühle Glas der Fensterscheiben und schloss die Augen. Sie konnte nicht verstehen, dass man ihr wegen ihres Handelns Vorhaltungen machte. Es entsprach doch in allem dem, was man sie über Menschlichkeit und Nächstenliebe gelehrt hatte. In ihrer Familie war ein solches Verhalten stets eine Selbstverständlichkeit gewesen. Und der Geist der Freiheit hatte bei ihren Eltern und Geschwistern immer einen hohen Stellenwert gehabt. Bei dem Gedanken an ihre einst so zahlreiche Familie kamen ihr wieder die Tränen.

Als einziges von sechs Kindern war sie noch am Leben. Noch immer schmerzte sie der Verlust der Geschwister und besonders stark der ihrer Mutter. Von ihr hatte sie die Kunst des Heilens und der Geburtshilfe gelernt. Aber ausgerechnet ihr hatte sie nicht helfen können, als sie bei der Entbindung ihres letzten Kindes unter ihren Händen gestorben war, zusammen mit dem Neugeborenen, Annas jüngstem Bruder. Seit diesem Tag hatten sie und ihr Vater keine wirklich glückliche Stunde mehr erlebt.

Ihre Mutter hätte sie verstanden, genau wie jetzt ihr Vater. Doch war dieser zu alt, auch von jahrzehntelanger harter Arbeit, dem Tod seiner Frau und seiner Kinder und der Vertreibung aus seiner Heimat zu geschwächt, um sich gegen die Ungerechtigkeit der Welt aufzulehnen.

»Die Menschen sehen nur das Äußere, Gott aber sieht auf das Herz«, zitierte sie leise Mutters Lieblingswort aus der Schrift, »und ich weiß, dass ich nach seinem Willen gehandelt habe. Das genügt.«

Ohne ihren Vater anzusehen, löste sie sich vom Fenster und begann damit, das Geschirr zusammenzuräumen. Dann machte sie sich daran, mit einem Reisigbesen den Boden zu fegen. Der körperliche Schmerz, den ihr geschundener Körper bei der Anstrengung empfand, lenkte sie für den Moment von weiteren Grübeleien ab.

*

»Halt! Alle absitzen! Wir machen hier eine kurze Rast.« Mit einem Ruck am Zügel brachte Lorenz sein Pferd zum Stehen und glitt aus dem Sattel.

Aus den Augenwinkeln sah er, dass die Soldaten es ihm gleichtaten. Er stöhnte leise und machte ein paar vorsichtige Schritte, um die Verspannungen von dem langen Ritt zu lösen. Aufmunternd klopfte er Perikles, seinem jungen rotbraunen Hengst, den ihm sein Vater zum Erwerb seines Offizierspatents geschenkt hatte, den Hals und führte ihn, noch immer etwas steifbeinig, zu dem kleinen Bach unweit der Straße. Dann zog Lorenz die Handschuhe aus, warf sie achtlos neben sich ins Gras, schöpfte Wasser aus der hohlen Hand, benetzte damit erst Lippen und Gesicht und trank in vollen Zügen.

Nach all den Tagen im Sattel und den Nächten in billigen Gasthäusern, seitdem sie auf der Suche waren, fühlte er sich müde und schmutzig. Es war ungewöhnlich warm für September, und Lorenz spürte, wie seine schweißgetränkte Uniform an seinem Körper klebte.

Zum Kuckuck mit diesen Quacksalbern, die so nachdrücklich vor den Gefahren des Wassers für die menschliche Gesundheit warnten. Entschlossen entledigte er sich seines Rocks, der Halsbinde und der Weste. Dann knöpfte er mühsam das feuchte Hemd auf und riss es mit einem Ruck über den Kopf.

Ohne auf die Männer zu achten, die es ihm wie auf ein stummes Zeichen hin gleichtaten, begann er, sich Gesicht, Hals, Arme und Oberkörper zu waschen, und endlich fühlte er sich wieder sauber und erfrischt. Dankend nahm er das Tuch, das einer der Burschen ihm reichte, um sich damit trocken zu reiben.

Dann ließ er sich, so wie er war, ins Gras fallen. Er spürte, wie die von der Sonne angewärmten Halme seinen nackten Rücken kitzelten und der Duft nach Heu, reifen Äpfeln und den ersten Pilzen in seine Nase strömte.

Unmittelbar nachdem er mit dem Gefangenen und seinen beiden Männern Waldeck verlassen hatte, war er wieder auf die anderen Soldaten des Suchtrupps getroffen. Diese hatten ihn von Cassel aus auf der Jagd nach dem Deserteur begleitet, waren jedoch zuletzt in unterschiedliche Richtungen ausgeschwärmt, in der Hoffnung, diesen einzukreisen und ihm so von allen Seiten den Weg abschneiden zu können.

Fast bedauerte es Lorenz, dass er nun so schnell den Rückweg zur Garnison nach Cassel antreten musste, wo wenig angenehme Verpflichtungen auf ihn warteten. Viel lieber hätte er die Gelegenheit genutzt, weiter nach Cöln zu reiten, um dort den Verwandten seiner verstorbenen Mutter einen Besuch abzustatten. Als Kind war er mit ihr oft dort gewesen.

Gern erinnerte er sich an die unbeschwerten Sommertage, die er mit seiner Mutter, deren Geschwistern, Onkeln und Tanten in den Residenzstädten am Rhein verbracht hatte. Tage voller Gelächter und Frohsinn, wo reichlich starkes Bier und teurer Wein genossen wurden.

Nach Mutters Tod hatte er nur noch selten Gelegenheit dazu gehabt, denn sein Vater hatte diesen Kontakt nicht gerne gesehen, waren doch alle in der Familie seiner seligen Frau Katholiken und noch dazu mit dem Cölner Kurfürsten und Erzbischof Maximilian Friedrich von Königsegg-Rothenfels befreundet – eine Tatsache, die es im protestantischen Cassel besser diskret zu verschweigen galt, wo ein Dekret die politische Vorrangstellung des Glaubens der Reformation garantierte.

Doch diesmal würde es nichts werden mit dem Abstecher nach Cöln. So erhob sich Lorenz, rief Perikles mit einem leisen Zungenschnalzen herbei und zog einen Kanten Brot aus der Satteltasche. Er hoffte, Cassel ohne weitere Zwischenfälle bis zum Sonnenuntergang zu erreichen und den Gefangenen endlich dem Profos übergeben zu können.

Erneut stieg Zorn in Lorenz auf, als er daran dachte, was dieser Kerl diesem unschuldigen Ding hatte antun wollen. Während er den letzten Bissen hinunterschluckte, ging er einige Schritte den Bach entlang, wo Paul, die Hände noch immer mit einem Strick am Sattel eines der Pferde angebunden, im Gras saß und auf einem gelben Halm kaute. Der herablassende Blick, den er Lorenz zuwarf, stand im krassen Gegensatz zu seinem zerrissenen Rock, dem Schmutz in seinem Gesicht, auf seiner Uniform und seinen Stiefeln.

»Ich werde dich töten, von Tannau, das schwöre ich«, sagte

er mit einer solchen Gelassenheit und Ruhe, als befände er sich bei einer Teegesellschaft, wo es darum ging, belanglose Kleinigkeiten auszutauschen. »Eines Tages werde ich dich erwischen.«

»Du wirst hängen, noch ehe du die Gelegenheit dazu hast.« Lorenz lächelte kühl, doch konnte er sich eines unguten Gefühls nicht erwehren. »Man wird dich aufknüpfen, sobald du Casseler Boden betrittst. Und ich werde danebenstehen und warten, bis du blau angelaufen bist.«

»Tatsächlich?« Nachlässig spuckte Paul den Halm aus und stützte das Kinn auf seine gefesselten Hände, ohne sein Gegenüber aus dem Auge zu lassen. »Worum wollen wir wetten?«

Ein seltsam kalter Schauder rann Lorenz' Wirbelsäule hinab, doch hielt er dem Blick des anderen stand. »Ich wette nicht mit Verbrechern und Frauenschändern.« Mit diesen Worten drehte er sich auf dem Stiefelabsatz um und stapfte davon.

»Dein Leben gegen meines? Ein gerechter Einsatz, findest du nicht?«, brüllte der Kerl ihm hinterher.

Ohne ihn weiter zu beachten, ging Lorenz zurück zu seinem Pferd, zog sich an und gab das Zeichen zum Aufsitzen. Während er Perikles zurück zur Straße lenkte, fragte er sich, wie dieser Hundesohn sich seiner Sache nur so sicher sein konnte.

❉

Der süße Geruch reifer Äpfel drang Anna in die Nase und ließ ihr das Wasser im Munde zusammenlaufen. Die Stimmen der arbeitenden Frauen verschwammen zu einem melodischen Singsang, und das Feuer im Backofen verbreitete eine angenehme Wärme. Wenn sie die Augen schloss, konnte sie sich fast vorstellen, wieder zu Hause zu sein, im pfälzischen Weyerhof, wo sie so häufig mit ihrer Mutter in der Küche gesessen, Kräuter getrocknet, Brot gebacken und die Mahlzeiten zubereitet hatte.

Es bereitete ihr Freude, gemeinsam mit den amischen Bäuerinnen Kuchen zu backen, Brotteig zu kneten oder Obst für den Winter zu dörren. Wenn sie sich auch oft heimatlos vorkam – an Abenden wie diesen wusste sie die Gemeinschaft und Hilfsbereitschaft der Menschen hier zu schätzen. Dann fühlte sie sich geborgen durch das gemeinsame Band des Glaubens, das friedliche, täuferische Erbe.

Verstohlen steckte sich Anna ein Stück Apfel in den Mund und genoss den frischen Saft, der über ihre Zunge spritzte, während sie die übrigen Schnitze in eine kleine Schüssel füllte, die Schalen hingegen in einen am Boden stehenden Eimer warf. Später würden sie an die Schweine verfüttert werden.

Ruth Wiehler, eine rundliche Bäuerin von etwa sechzig Jahren, öffnete vorsichtig die schwere Eisentür des Backofens. Mit einem energischen Wedeln ihrer Hand verscheuchte sie den herausströmenden Rauch und zog schließlich mit einer Holzschaufel aus der vor Hitze glühenden Röhre zwei prächtige Kuchen hervor. Sie dufteten so köstlich, dass die fünfjährige Rachel, die mit gerötetem Gesicht danebenstand, nur mit einem Klaps auf die Hand davon abzuhalten war, sich ein Stück davon herauszubrechen.

Auf einen Wink Ruths hin ging Anna mit ihrer Schüssel zum Backofen und begann, die Apfelstücke in dem sich langsam abkühlenden Ofen zu verteilen, um sie zu dörren und auf diese Art für den Winter haltbar zu machen. Der rußige Qualm trieb ihr die Tränen in die Augen, und mehrfach musste sie ein Husten unterdrücken. Doch eine der Frauen reichte ihr einen Becher mit schwärzlich bitterem Zichorienkaffee, den sie dankbar entgegennahm und in kleinen Schlucken trank. Danach wischte sie sich mit einem Zipfel ihrer Schürze den Schweiß von der Stirn und setzte sich wieder auf den Holzschemel, um mit dem Entkernen dicker tiefvioletter Zwetschgen zu beginnen, die in einem Eimer neben ihr auf der Erde standen.

Während ihr der klebrig süße Saft der Früchte über die Finger rann, den sie genüsslich abschleckte, dankte sie Gott im Stillen für diese Oase des Friedens und der Gemeinschaft, in der sie leben durfte, nach den schweren Zeiten, die sie und ihr Vater in den vergangenen Jahren durchlebt hatten. Und sie spürte, wie bei diesem Gebet eine tiefe Ruhe über sie kam.

Stimmen, Trommeln und laute Schritte rissen Anna jäh aus ihrer frommen Andacht. Der Lärm, der durch das kleine geöffnete Fenster von draußen hereindrang, schwoll immer mehr an. Nach und nach hielten die Frauen in ihren Arbeiten inne und wandten ihre Gesichter den Fenstern zu, durch deren kleine Scheiben, die von Dampf und Kondenswasser beschlagen waren, jedoch nichts zu erkennen war.

»Alle herhören!«, ertönte eine laute Stimme. »Ich bringe Nachricht von unserem höchst ehrenwerten Fürsten Friedrich Karl August von Waldeck-Pyrmont.«

Bei diesen Worten erstarrte Anna, und ihre Fingerspitzen wurden kalt. Das Messer entglitt ihr und fiel in ihre Schürze, wo es eine Spur des klebrigen braunen Saftes hinterließ. Ihr Mund wurde trocken, und während sie versuchte, sich nichts anmerken zu lassen, fragte sie sich, ob der Fremde, wer auch immer er sein mochte, ihretwegen gekommen war.

Wenn man Soldaten hierherschickte, konnte das nichts Gutes bedeuten. Annas Gedanken überschlugen sich. Hatte der Deserteur aus Rache womöglich seinem Vorgesetzten verraten, wie willig sie ihm Unterschlupf gewährt hatte? Ein solcher Frevel wurde ähnlich hart bestraft wie die Fahnenflucht selbst. Waren sie nun hier, um sie zu holen und der gerechten Vergeltung zuzuführen?

Steifbeinig erhob sich Anna und starrte nach draußen. *Was sollte sie tun? Bei Gott, was konnte sie nur sagen?*

»Anna, was hast du?« Ruths zerfurchtes Gesicht war ernst, und besorgt legte sie ihr eine Hand auf die Schulter »Du bist ja auf einmal so blass, ist dir nicht gut?«

»Ich ...« Anna stockte. Sie brachte es nicht über sich, von ihren Befürchtungen zu erzählen.

»Alle mal herkommen!«, erscholl es wieder von draußen, gefolgt von einem Trommelwirbel, der dazu angetan schien, die Glasscheiben der Fenster zum Vibrieren zu bringen.

Was auch immer dahintersteckte, sie würde es nicht herausfinden, wenn sie sich weiter in der Hütte verkroch. Und sollte wirklich *sie* der Grund für das Auftauchen der Soldaten sein, so hatte sie kein Recht, andere in die Sache hineinzuziehen, indem sie sich feige verbarg.

Entschlossen schob sie Ruths Hand beiseite, legte das Messer auf den Tisch und ging an den Frauen vorbei zur Tür. Bevor jemand sie daran hindern konnte, hatte sie diese geöffnet und trat nach draußen in die abendlich kühle Herbstluft. Wie in Trance nahm Anna wahr, dass die anderen Frauen ihr folgten und von den Ställen her Männer und Kinder herbeikamen – neugierig, was der Aufmarsch zu bedeuten hatte.

Anna verkrampfte sich, als sie die Uniformen der Neuankömmlinge sah. Ein weiteres Mal rissen sich die sorgfältig in ihrem Herzen verborgenen Erinnerungen wie wütende Kettenhunde los und fielen über sie her. *Der Fremde im Wald, sein Arm, der sie festhielt, die schwielige Hand, die sich auf ihren Mund presste, die kalte Klinge an ihrem Hals.*

Gewaltsam schob sie diese Bilder beiseite und machte einen weiteren Schritt auf die Uniformierten zu, um die sich zwischenzeitlich eine Menschentraube gebildet hatte.

Einer der Soldaten hatte einen kleinen Tisch vor sich aufgebaut, mit einem Stapel Dokumente, einem dicken Buch, Feder und Tintenfass. Zwei seiner Kameraden standen daneben, während ein vierter, in vollem Ornat, mit lauter Stimme die Vorzüge des Dienstes als Soldat in der Armee des Fürsten von Waldeck-Pyrmont anpries.

Erleichterung durchströmte Anna wie eine erfrischende Brise. Die Männer waren gar nicht ihretwegen gekommen. Es waren Soldatenwerber, die durch die Dörfer zogen, um Bauern und Handwerker für den Dienst beim Militär zu rekrutieren. Nun denn, mochte es im Waldecker Land genügend Männer geben, die so arm waren, dass sie sich willig auf die Versprechen von Sold, Ausstattung, Bier, Brot und Fleisch einließen. Bei den Täufern hingegen würden die Werber des Fürsten kein Glück haben.

Doch offensichtlich waren die Soldaten sich dessen nicht bewusst. Anna zog sich das Schultertuch fester um den Körper. Dann fasste sie sich ein Herz, ging einige Schritte auf die Gruppe zu und wurde Zeuge eines Gespräches, bei dem einer der Offiziere ausgerechnet den alten Jakob, Ruth Wiehlers Bruder, von seinem Anliegen zu überzeugen versuchte.

»Und behauptet Er ernsthaft, Bauer, dass Er tatenlos dabeistehen und zusehen würde, wenn Fremde kämen, Sein Land verwüsten, Frau und Kinder abschlachten würden?«

Mit mehr Ruhe, als Anna von ihm kannte, erwiderte Jakob: »Ich wüsste nicht, wer uns hier angreifen sollte. Doch ja, ist schon mal vorgekommen, dass unsere Brüder beschimpft, gefangen genommen, vertrieben und getötet wurden.« Gelassen zog er die Schultern hoch. »Doch keine Waffe der Welt hätte das verhindern können. Es hätte nur zu noch mehr Blutvergießen geführt und dazu, dass wir außer unserem Besitz und unserem Leben auch noch unsere Seligkeit verloren hätten.« Langsam drehte er sich um und ging zurück zum Haus.

Mit leichtem Unbehagen stellte Anna fest, dass das Gesicht des Werbeoffiziers bei dieser unverhohlenen Absage rot angelaufen war. Einen Moment lang befürchtete sie schon, er würde sich auf Jakob stürzen, um diesem die Unverschämtheit aus dem Leib zu prügeln.

Doch nach einigen Atemzügen, während derer nur eine klopfende Stirnader seine Wut verriet, wandte sich der Soldat wieder den Schaulustigen zu. »Und was ist mit den anderen? Sicher ist der eine oder andere von euch Manns genug, um mit einer Waffe in der Hand für seinen Fürsten zu kämpfen?«

Leises Gemurmel erhob sich.

»Der Fürst wird sich nicht lumpen lassen. Ausreichend zu essen, ärztliche Versorgung! He, wie wäre es mit Ihm, Bursche?«, wandte er sich schließlich an einen hoch aufgeschossenen Jungen von etwa fünfzehn Jahren, von dem Anna wusste, dass er Thomas hieß und der jüngste Enkel der alten Ruth war. »Er sieht aus, als hätte Er das Zeug dazu.« Der Offizier lachte heiser. »Oder will Er mir weismachen, dass Er es vorzieht, seine Tage zu Hause zuzubringen, statt etwas von der Welt zu sehen und in kleidsamer Uniform junge Frauen zu beeindrucken?«

Der Kampf zwischen Pflicht und Neigung, zwischen seiner religiösen Überzeugung und den Verlockungen, welche die Worte des Werbers in seinem Kopf heraufbeschworen hatten, waren im Gesicht des Jungen deutlich abzulesen. Seine Augenbrauen hoben sich, seine Stirn legte sich in Falten, und die Sommersprossen auf der Nase schienen aufgeregt zu tanzen, während seine schmale Brust sich vor Erregung hob und senkte.

»Dacht ich mir's doch. Einen guten Kerl erkenne ich gleich. Na …« Mit wichtigtuerischer Geste winkte der Offizier einen seiner Adjutanten herbei, und neugierig machte Thomas einen Schritt auf ihn zu.

»Du kommst sofort ins Haus, Junge!« Ruths Stimme war leise, aber unerbittlich.

Mit einem sehnsuchtsvollen Blick sah der Halbwüchsige noch einmal zu den bunten Uniformen der Werber hinüber, steckte aber schließlich seine Hände in den Hosenbund und folgte seiner Großmutter.

Der Bann war gebrochen. Die Menschentraube löste sich auf, die Leute kehrten in ihre Häuser zurück.

Dankbar, dass alles so glimpflich verlaufen war, betrat auch Anna wieder die warme Küche. Doch hatte sich ein ungutes Gefühl in ihr festgesetzt, als sei diese Begegnung nur ein Vorspiel zu einem drohenden Unheil gewesen. Und so war die friedliche Stimmung, die sie zuvor noch inmitten der arbeitenden Frauen verspürt hatte, verschwunden.

Ein Hauch von Veränderung hing in der Luft.

KAPITEL 3

Der Morgennebel hob sich langsam, die Wolkendecke brach auf, und die ersten Strahlen der schwachen Herbstsonne bahnten sich ihren Weg über den Exerzierplatz.

Zwei endlos scheinende Reihen von Soldaten in den grün-roten Uniformen der hessischen Jäger standen sich gegenüber. Mit ihren polierten Waffen und verbissenen Mienen wirkten sie so bedrohlich wie Gestalten aus einer alten Sage. Jeder der Männer hielt in der rechten Hand ein Bündel aus Weiden-ruten. In der Mitte blieb eine etwa zwei Schritt breite Gasse.

Kein Laut war zu hören, bis auf den Wind, der durch die Bäume strich, und das Husten eines Soldaten.

Hoch aufgerichtet saß Lorenz von Tannau auf seinem Pferd, die linke Hand hatte sich um den Zügel zur Faust geballt. Un-willkürlich glitt seine Rechte zum Griff seines Degens, ob-gleich es noch zu früh war, das Signal zu geben. Wenige Schritte vor ihm, am Kopfende der beiden Reihen, stand jeweils ein Tambour, die Schlegel ruhten auf dem Lederbezug der Trom-meln.

Das laute Quietschen eines sich öffnenden Tores zerriss die angespannte Stille. Die Tamboure begannen, einen dumpfen Rhythmus zu schlagen, als Kurt Paul, flankiert von Sergeant Weiser und dem Profos in seiner grauen Uniform, durch das Tor auf den Platz trat.

Ein kurzes Nicken von Lorenz, und der Sergeant wandte sich zu dem bis auf Stiefel und Hose entkleideten Gefangenen um. Seine linke Hand ergriff den Strick, mit dem die Hände des Mannes gefesselt waren, die rechte hielt die Spitze seines Hirschfängers, der Stichwaffe der Jäger, vor dessen Brust.

Kurz hob Kurt Paul den Kopf und schaute ihn an. Lorenz las einen solch irrsinnigen Hass in seinen Augen, dass er sich zwingen musste, dem Blick standzuhalten.

Paul war zum Gassenlaufen und zur Brandmarkung als Deserteur verurteilt worden. Anschließend würde er aus dem Militär ausgestoßen werden. All das würde ihn zwar von einem gut situierten Soldaten zum verachteten Niemand machen, ihn jedoch voraussichtlich nicht das Leben kosten.

Lorenz gab das Zeichen und sah mit unbewegter Miene zu, wie Kurt Paul, durch den Hirschfänger des Sergeanten vor seiner Brust zur Langsamkeit gezwungen, mit gebeugtem Oberkörper begann, das Spalier der Soldaten zu durchschreiten. Das Zischen der Ruten durch die Luft, gefolgt vom klatschenden Aufschlagen auf nackter Haut durchschnitt die morgendliche Stille. Unterdrücktes Stöhnen war zu vernehmen, die Schritte des Gepeinigten wurden schwerfälliger.

Unmerklich wandte Lorenz den Blick ab. Der Mann war ein Frauenschänder und Verbrecher. Er hatte die Züchtigung mehr als verdient. Gleichwohl war Lorenz die Zurschaustellung drakonischer Strafen verhasst, mochten sie zur Aufrechterhaltung der Disziplin der Männer auch noch so notwendig sein.

Je länger die Prozedur dauerte, desto mehr steigerte sich das Stöhnen des Deserteurs zu kaum verbissenen Schmerzensschreien, aus dem Gehen wurde ein Stolpern, während die Hiebe unterbrochen auf ihn niederprasselten. Kurz vor dem Ende brach Paul zusammen, erhielt die letzten Schläge auf der Erde liegend. Dann war es vorbei. Eine gespenstische Stille blieb zurück, bis der Profos das Zeichen gab, den Mann fortzuschaffen.

Auf einen Befehl hin machte die Formation der Männer kehrt und marschierte schweigend zurück zur Kaserne.

Lorenz spürte, wie die Anspannung von ihm wich. Wortlos wandte er sein Pferd und ritt auf den Ausgang zu. Der Spuk um diesen Verbrecher hatte sein Ende gefunden. Man würde Kurt Paul noch brennen und anschließend mit Schimpf und Schande aus dem Regiment jagen. Danach würde er diesen Dreckskerl hoffentlich nie wieder zu Gesicht bekommen.

✻

Schweiß rann Anna über Stirn und Gesicht, als sie mit aller Kraft die Hacke in den harten, schon halb gefrorenen Boden stieß. Einzelne Haarsträhnen hatten sich aus ihrem Zopf gelöst und hingen ihr ins Gesicht.

Ein Aufstöhnen unterdrückend, legte sie schließlich das Gerät beiseite und schob die klebrigen Strähnen zurück unter die Haube, wobei sie etwas von der feuchten Erde in ihrem Gesicht verteilte. Dann begann sie, die Steckrüben mit der Hand aus dem gelockerten Erdreich zu ziehen.

Ihre Finger waren eisig, die Innenseiten aufgerissen und ihre Nägel schmutzig. Doch mit zusammengebissenen Zähnen arbeitete sie weiter und legte eine Rübe nach der anderen in den kleinen, zerschlissenen Korb, der neben ihr auf dem Boden stand.

In diesem Jahr war der Winter früh hereingebrochen. Obgleich es erst Oktober war, wurde es in den Nächten bisweilen so empfindlich kalt, dass am Morgen die Pfützen und die mit Wasser gefüllten Fässer eine dünne Eisschicht trugen.

Vor Kälte und Schweiß fröstelnd, zog Anna das wollene Schultertuch enger um ihren Körper und ging dann zur Dachtraufe hinüber, unter der das zerkleinerte Brennmaterial zum

Trocknen lagerte. Das Holzhacken hatte einer der Amisch-bauern für sie übernommen.

Die in Waldeck und den umliegenden Dörfern lebenden Amischen kümmerten sich gut um ihren Vater und sie. Hatten sie die beiden doch, ohne groß zu fragen, in ihrer Mitte aufgenommen und ihnen eine leer stehende Hütte auf einem der von ihnen gepachteten und bewirtschafteten Höfen sowie ein Stückchen Land zur Verfügung gestellt. Und nun sorgten sie dafür, dass sie weder verhungerten noch erfroren. Wenn nur die Gemeindezucht weniger streng gehandhabt würde, hätte Anna womöglich hier so etwas wie eine neue Heimat finden können.

Heimat. Geborgenheit. Eine stumme Sehnsucht breitete sich in ihrer Brust aus. Das war schon der Traum ihrer Mutter gewesen: einen Flecken Erde ihr Eigen zu nennen, auf dem niemand, weder Fürst noch König, das Recht hatte, sie zu knechten, herabzuwürdigen oder gar zu vertreiben.

Zwar gehörten die blutigen Täuferverfolgungen der Vergangenheit an, und es musste niemand mehr aufgrund seines mennonitischen Glaubens um sein Leben fürchten. Doch waren sie immer noch Bürger zweiter Klasse. Mancherorts wurden ihnen gar die Ausübung vieler Berufe, der Bau eigener Gemeindehäuser und die Verbreitung ihres Glaubens verboten.

Seufzend wischte Anna ihre schmutzigen Hände an der Schürze ab, sammelte ein paar der Holzscheite auf und legte sie zu den noch mit Erdklumpen verklebten Rüben in den Korb. Dann öffnete sie, mit ihren Schätzen beladen, die Tür der kleinen Hütte. »Ich bin wieder da, Vater.«

Ein leises Murmeln aus der gegenüberliegenden Seite des Raumes, gefolgt von einem Husten, war die einzige Antwort. Rasch zog Anna die Tür hinter sich zu und stellte den Korb auf einem Stuhl ab. Dann trat sie an das mit einem Strohsack gefüllte Holzbett, wo ihr Vater beim Licht einer heruntergebrannten Kerze in seiner vom Alter und jahrelangem Gebrauch zerfledderten Bibel las.

Ein erneuter Hustenanfall schüttelte ihn. Besorgt beugte sie sich zu ihm hinunter, nahm ihm das Buch aus der Hand und zog ihm die Decke bis zum Kinn. »Aber du sollst dich doch warm halten!« Kopfschüttelnd legte sie die Bibel auf einen Schemel. »Und bei dem schwachen Licht verdirbst du dir nur die Augen.«

Ein schelmisches Lächeln erschien auf seinem Gesicht. »Dieser Tage wird es nicht mehr heller. Und alles, was mir noch bleibt, sind Gottes Wort und meine Tochter ... also.«

»Oh, du bist sturköpfig, Vater!« Hin- und hergerissen zwischen Auflachen und Sorge entschloss sich Anna, ihm seinen Willen zu lassen und dafür zu sorgen, dass es im Raum warm blieb.

Mit einem Schürhaken stocherte sie im Feuer, sodass Ruß und Asche aufgewirbelt wurden, nahm ein paar Scheite aus dem Korb und legte sie auf die neu angefachte Glut. Dann begann sie, über einem Eimer die Erdklumpen von den Rüben abzubröckeln, bevor sie diese in einer Schüssel mit eisigem Wasser wusch und in kleine Stücke zerteilte.

Ein weiteres Husten, rau, heiser, fast erstickt, ließ sie innehalten. Sie füllte einen Kessel mit Wasser und stellte ihn übers Feuer, um ihrem Vater einen heißen Aufguss aus Heilkräutern zuzubereiten.

Sein Gesundheitszustand verschlechterte sich zusehends. Hatten schon der Tod seiner Frau und seines jüngsten Kindes, später die Vertreibung aus der angestammten Heimat dem alten Mann zugesetzt, so schien er seit dem Überfall auf seine Tochter immer schwächer zu werden.

Das Husten steigerte sich zu einem Röcheln, und als Anna an das Bett ihres Vaters eilte, sah sie, dass er gelblichen, mit Blutschlieren durchzogenen Schleim spuckte, den er rasch in einem groben Leinentuch zu verbergen suchte.

»Warte, Vater, ich bring dir gleich etwas zu trinken.« Hastig wandte sich Anna ab, damit der alte Mann nicht sah, dass ihr die Tränen in die Augen schossen. In Momenten wie diesem haderte sie mit Gott, der doch angeblich alles so gut behütete. Wie hatte Er es zulassen können, dass fast ihre gesamte Familie nun in kalter Erde ruhte und sie mit ihrem Vater in der Fremde leben musste?

Wenn jetzt auch dieser noch starb! Anna wusste nicht, was aus ihr werden, wovon sie in Zukunft ihren Lebensunterhalt bestreiten sollte. Zwar hatte der Vater einen Beutel voller Münzen, die er vom Verkauf seiner Tiere und der kleinen Werkstatt erhalten hatte, unweit der Hütte in der Erde vergraben. Doch es war nicht genug, dass sie sich auf Dauer damit würde über Wasser halten können. Und dann wäre sie vollständig auf die Gunst fremder Leute angewiesen.

Als hätten ihre schwarzen Gedanken plötzlich körperliche Gestalt angenommen, näherten sich von draußen Schritte, und kurz darauf klopfte es an der Tür.

Auf ihr Zurufen hin öffnete sich diese, und zusammen mit einem Schwall kalter Luft trat Gideon Beiler ein. Bis zum Hals in einen schweren Wollmantel gehüllt, die Finger in wärmenden Handschuhen, trug er einen Korb bei sich, der mit einem grün karierten Tuch abgedeckt war.

»Ich wünsche einen guten Abend«, sagte er leichthin, während er ohne Aufforderung den klammen Mantel auszog, zusammenfaltete und auf einem der Schemel ablegte. »Scheußliches Wetter, dabei ist es erst Oktober.« Gönnerhaft hielt er Anna den Korb hin, aus dem es verführerisch duftete.

»Das schickt euch meine Mutter. Sie lässt euch grüßen und meint, bei dieser Kälte könntet ihr das sicher gut gebrauchen.«

Widerwillig nahm Anna den Korb entgegen, schlug das Tuch beiseite und unterdrückte einen überraschten Aufschrei. Ihr Magen knurrte vernehmlich, als sie eine knusprige Speckseite, einen Beutel mit Nüssen, vier Eier, ein Glas Honig und ein gut verschnürtes Säckchen entdeckte, das sich nach dem Öffnen als mit Zucker gefüllt erwies. Dazu eine braun gefärbte Flasche, die Anna mit fragend gerunzelter Stirn gegen das Licht hielt.

»Spitzwegerichsaft«, erklärte Gideon mit unverhohlenem Stolz. »Mutter meint, dass ihr euch solche Dinge bestimmt nicht leisten könnt.«

Bestürzt legte Anna die Kostbarkeiten in den Korb zurück. Sie mochte Gideons verwitwete Mutter nicht leiden, obwohl sie sich ehrlich bemühte, dieses Gefühl zu unterdrücken. Während sie ihren einzigen Sohn für nahezu unfehlbar hielt, teilte Wiltrud Beiler anderen gerne ungefragt und sehr deutlich ihre Meinung mit.

»Danke«, presste Anna hervor. »Das ist wirklich ... sehr großherzig von euch.«

Am liebsten hätte sie den Korb samt Inhalt in Gideons selbstgerechtes Gesicht geworfen. Doch arm, wie sie waren, sah sie sich nicht in der Lage, solche Gaben abzulehnen – daraus konnte sie ihrem Vater die eine oder andere kräftigende Mahlzeit zubereiten. Allerdings befürchtete sie, dass Gideons neu erwachte Großmut nicht so sehr seiner christlichen Nächstenliebe entsprang, sondern etwas völlig anderes dahintersteckte. Es fiel ihr schwer, sich ihr Unbehagen nicht anmerken zu lassen.

»Setz dich doch, Gideon. Ich mache Vater gerade einen

Kräuteraufguss. Möchtest du einen Zichorienkaffee?«, fragte sie, ohne sich zu ihrem Gast umzudrehen.

»Wer könnte bei einer solch freundlichen Einladung schon Nein sagen?« Sollte Gideon ihre Reserviertheit bemerkt haben, so ließ er es sich nicht anmerken, sondern lehnte sich zufrieden zurück und sah in aller Seelenruhe zu, wie Anna Kräuter in einen Becher zerkrümelte, den Kessel mit dem kochenden Wasser mit einem Lappen vom Feuer nahm und die Mischung damit übergoss. Vorsichtig brachte sie das Getränk zu ihrem Vater, der jedoch wieder eingeschlafen war. So stellte sie den Becher neben seinem Bett ab. Dann zog sie eine Büchse mit gerösteter Zichorie vom Regal, maß etwas davon in den Kessel ab und stellte diesen erneut auf die Flamme.

Während Anna den Blick nicht von dem braunschwarzen, brodelnden Gebräu wandte, begann Gideon, mit den Fingerspitzen auf der hölzernen Tischplatte zu trommeln, ehe er wieder das Wort ergriff.

»Ich muss gestehen, ich mach mir Sorgen um euch.«

»Tatsächlich?« Ruckartig packte Anna den Kessel, stellte ihn auf der Tischplatte ab, nahm einen weiteren Becher vom Regal und goss ihrem Gast ein.

»Aber ja doch.« Als er nach dem Gefäß griff, zog Anna hastig ihre Hand zurück, um nicht von seinen Fingern berührt zu werden. »Wenn ich sehe, wie schlecht es euch geht, wie krank dein Vater ist und wie du dich abrackern musst.«

Die Hände vor der Schürze verschränkt, stand Anna neben dem Tisch. Sie schwieg, konnte aber nicht verhindern, dass sie sich durch Gideons Worte schäbig und wertlos fühlte. Trotzig reckte sie das Kinn. Dann war dem eben so. Hatte der Herr nicht die Armen seliggepriesen?

»Also wirklich...« Gideons Tonfall wurde jovial, geradezu väterlich, was ihm mit seinen fünfundzwanzig Jahren nicht gut anstand. »So schau dich doch an. Verschmutzt und abgezehrt, kaum ein Gramm Fett auf dem Leib. Hast du dir so dein Leben vorgestellt?«

Anna biss die Zähne zusammen, um die Tränen zu unterdrücken, die ihr bei diesen Worten in die Augen geschossen waren. Stand es bereits so schlimm um sie, dass es selbst einem Bauern wie ihm auffallen musste?

»Die Wege des Herrn sind unergründlich«, antwortete sie. »Es gebührt unsereinem nicht, sie zu beurteilen. Oder hast du das etwa vergessen?«

»Aber wer denkt denn an so was? Ganz im Gegenteil! Ich bin doch hier, um seine Lehren zu befolgen. Ja, um sie in die Tat umzusetzen.« Wieder nahm er einen Schluck, ließ Anna dabei aber nicht aus den Augen. »Um ehrlich zu sein, kann ich es nicht mehr mit ansehen, wie du dich abmühst, nur um euch gerade so am Leben zu halten...«

Sein Tonfall jagte Anna eine Gänsehaut über den Rücken. Worauf wollte er hinaus?

»Wir sind nicht allein! Die Gemeinde kümmert sich um uns, versorgt uns mit dem, was nottut.«

»Nun ja...« Ein kurzer Anflug von Spott huschte über Gideons Gesicht, als er Annas abgetragenen Rock, ihr noch immer mit Erde beschmutztes Gesicht betrachtete. »Aber trotzdem schindest du dich über deine Kräfte, und deinem Vater...« Er ließ seinen Blick zu dem Bett hinübergleiten, das vom schwachen Licht der Kerze eingehüllt war. »Deinem Vater will es nicht besser gehen. Es ist Zeit, an deine Zukunft zu denken, Anna.«

Bei diesen Worten griff er nach ihrer Hand. Schnell zog sie diese weg, was er mit einem unwilligen Stirnrunzeln quittierte.

»Also, was ich dir sagen wollte«, fuhr er ernüchtert fort.

»Weißt du, dass bereits viele von unseren Glaubensbrüdern nach America, in die britische Kolonie Pennsylvanien ausgewandert sind, um dort ein besseres Leben zu finden und ihren Glauben unbehelligt ausüben zu können?«

Anna keuchte auf. »America?«

Gideon nickte, zufrieden über die Wirkung seiner Worte auf die junge Frau. »Und immer mehr Täufer aus dem ganzen Reich machen sich auf den Weg. Land gibt's da genug, es fehlt nur an Männern, die es roden und bestellen. Also, was sagst du?«

»America«, wiederholte Anna tonlos. In ihrem Kopf wirbelten die schrecklichsten Bilder durcheinander, von dem, was ihr bisher darüber zu Ohren gekommen war: endlose Weiten, undurchdringliche Wälder und blutgierige Wilde, die Menschen wie Vieh abschlachteten, während sie heidnische Rituale zelebrierten.

Natürlich hatte sie auch schon von Pennsylvanien gehört, dieser Quäkerkolonie. Bereits hundert Jahre zuvor waren die ersten deutschen Glaubensbrüder dorthin aufgebrochen, weil man ihnen die freie Ausübung ihrer Religion zugesichert hatte. Ein verlockendes Angebot für Mennoniten, deren religiöse Überzeugungen vielerorts als Ketzerei angesehen wurden. Immerhin lehnten sie Eid und Kriegsdienst ebenso ab wie die Taufe von Kindern. Stattdessen nahmen sie nur mündige Erwachsene, die ihren Glauben selbst vor Gott und der Gemeinde bekennen konnten, in ihren Reihen auf.

Aber Deutschland verlassen, um in eine ungewisse Fremde zu gehen? Anna schwindelte es schon bei der bloßen Vorstellung.

»Du musst doch zugeben, dass jemand wie du hier kaum eine Zukunft hat.« Gideons selbstgefällige Stimme dröhnte wie ein Urteilsspruch durch den Raum. »Du hältst das doch sicher auch für die beste Lösung.«

Wütend wandte Anna sich wieder ihren Rüben zu. Sie warf sie in einen großen Topf, gab etwas getrockneten Lauch hinzu und füllte alles bis zum Rand mit frischem Wasser auf. Zuletzt nahm sie eine faustgroße Zwiebel und fing an, sie in winzige Würfel zu hacken.

»Die beste Lösung für wen?«, gab sie zurück, ohne sich umzudrehen. »Willst du mich etwa loswerden, Gideon Beiler, indem du mich wie einen Sträfling in die Neue Welt verbannst? Aber wenn ich schon, wie du sagst, unfähig bin, hierzulande meinen Lebensunterhalt zu bestreiten, wie soll mir das dann dort drüben gelingen ...«, mit dem Messer machte sie ein vage Bewegung Richtung Westen, »... wo es nichts gibt außer Wildnis, zwielichtigen Glücksrittern und blutrünstigen Eingeborenen?« Mit einem flüchtigen Blick auf ihren Vater fügte sie kaum hörbar hinzu: »Noch dazu ganz allein.« Denn dass ihr Vater den Winter nicht überstehen würde, geschweige denn eine monatelange Überfahrt, schien unabänderlich.

»Du wärst nicht allein, Anna ...«

Das Gefühl, das Gideon in diese leisen, fast geflüsterten Worte gelegt hatte, ließ Anna herumfahren. Und als sie, das mit Zwiebelsaft verschmierte Messer in der Hand, in Gideons Gesicht sah, erkannte sie schlagartig den Grund seines Besuches. Seine Freundlichkeit, seine Sorge, ja womöglich die ganze geheuchelte Mildtätigkeit ihrem Vater gegenüber diente nur einem Ziel: Sie sollte mit *ihm* in die Neue Welt gehen, mit ihm, als seine – *Gott sei ihr gnädig* – als seine Ehefrau.

»Nein!«, entfuhr es ihr, noch ehe er die Gelegenheit hatte, sein Anliegen vorzubringen. »Nein, Gideon Beiler, niemals!« Sie stockte und wich zurück, als sie sah, dass er sich von seinem Platz erhob und seine Hände nach den ihren ausstreckte, bis sie mit dem Rücken zur Wand stand.

»Anna, so hör mir doch zu! Sicher ist dir nicht entgangen, dass ich mich seit deiner Ankunft um dich und deinen Vater gekümmert habe.«

»Danke für deine Mildtätigkeit«, brachte sie mühsam hervor und spürte, wie Gideons Finger ihr das Messer aus der Hand nahmen und schließlich die ihren umschlangen, fest, fordernd und unausweichlich.

»Mildtätigkeit? Ach was!« Auf seinem breiten Gesicht erschien ein gönnerhaftes Lächeln, »Ich habe von Gott den Auftrag erhalten, für dich da zu sein und für dich zu sorgen. Für alle Zeit, an deiner Seite, als dein Ehemann ...«

Er schwieg und sah sie erwartungsvoll an. Anna überlegte kurz, ob sie den Topf mit Gemüsestücken und Wasser über Gideons Kopf ausgießen sollte, um ihm zu zeigen, was sie von seiner Idee hielt. Aber als Mennonitin hatte sie sich der Gewaltlosigkeit verschrieben, und zudem erschienen ihr die guten Rüben doch zu schade, um sie auf diese Art an ihn zu vergeuden. An einen Mann, der die Worte der Schrift im Mund führte, jedoch Stolz und Überheblichkeit an den Tag legte, was für jeden rechtschaffenen Täufer eine Schande war.

»Nun, was sagst du dazu, *liebe Anna?*«

»Ich ...« Verzweifelt wandte sie den Kopf, um zu sehen, ob ihr Vater das Gespräch mitgehört hatte. Doch nur die rasselnden Atemzüge des Kranken waren zu vernehmen. »Ich muss sagen ... ich ...«

»Das kommt natürlich alles ein bisschen überraschend für dich.« Wie ein unmündiges Kind führte er Anna zu einem der Schemel und drückte sie auf den Sitz. »Du musst dich ja nicht sofort entscheiden. Denk einfach in Ruhe darüber nach, besprich dich mit deinem Vater und dann ...«

Langsam erwachte Anna aus ihrer Benommenheit und fand zu ihrer üblichen Nüchternheit zurück. »Da gibt's nicht viel nachzudenken, Gideon. So großherzig dein Angebot auch ist, ich muss es leider ablehnen.«

Seine Augen verengten sich.

»Wir sind zwar nicht gutgestellt, aber es ist nicht viel, was Vater und ich brauchen, und dafür vermag ich noch selbst zu sorgen. Ich kann spinnen und nähen, kenne mich mit Pflanzen und Heilkräutern aus und, wie du siehst, gehen mir auch die Arbeiten in Haus und Garten leicht von der Hand.«

»Aber ...«

»Außerdem«, sie ließ Gideon keine Chance, sie zu unterbrechen, »gibt es hier in der Gemeinde gottesfürchtige und sehr gütige Menschen, die gewiss nicht zusehen würden, wie wir ... wie *ich* ... zugrunde gehe. Also vielen Dank.«

Das Schweigen, das nun entstand, wurde nur durch das Knistern des Feuers unterbrochen, das zuckende Schatten an die Wände warf.

»Gütige Menschen, das ist wahr. Aber du willst doch bestimmt nicht dein Leben lang auf das Wohlwollen anderer angewiesen sein. Wenn dein Vater nicht mehr ist, wirst du das karge Stück Land hier beackern und davon leben müssen, was andere dir zukommen lassen.« Eine unausgesprochene Drohung schwang in seinen Worten mit, und Anna spürte, wie ihr Mund trocken wurde. »Und dann heiratest du womöglich aus Verzweiflung irgendwann einen alten zahnlosen Witwer, der dich nur braucht, um seine Brut aufzuziehen. Oder, noch schlimmer, du nimmst einen Mann aus dem Dorf, aus der Welt, einen ungläubigen Fremden, und wirst deswegen von der Gemeinde verstoßen!«

Ein Schauder überlief Anna. Sie wusste, wie streng die Amischen mit ihren Gläubigen umgingen und wie unerbittlich die Gemeindeältesten diejenigen unter den Bann stellten, welche die Glaubenslehren missachteten. Und die Heirat mit einem Fremden, einem Menschen, der die Lehren der Täufer nicht teilte, war ein Vergehen, für das es keine Nachsicht geben konnte.

»Du redest Unsinn, Gideon Beiler! Dabei weißt du genauso gut wie ich, dass ich so was nie tun würde. Einen Fremden heiraten! ... Also wirklich! Was hab ich getan, dass du das von mir auch nur denken kannst?«

Die Wut, dass er es sich herausnahm, sie in Anwesenheit ihres Vaters eines solchen Frevels für fähig zu halten, ließ Anna zittern. Dennoch sah sie Gideon ruhig in die Augen.

»Um es nochmals zu sagen: Ich muss nicht überlegen. Weder habe ich vor, dich zu heiraten, noch will ich nach Pennsylvanien auswandern. Doch danke ich dir für deine Freundlichkeit und die Gaben deiner Mutter.«

Nur für einen kurzen Moment zeichnete sich Enttäuschung auf Gideons Gesicht ab, dann gruben sich Linien des Zorns in Stirn und Wangen, ehe er nach seinem Mantel griff und aufstand.

»Ich sehe, ich bin in diesem Hause nicht erwünscht.« Langsam wandte er sich um und schritt zur Tür. Bevor er öffnete, wandte er sich noch einmal um. »Mir scheint, dein guter Vater hat es versäumt, dich den nötigen Respekt dem Manne gegenüber zu lehren.« Er zog den Mantel über und öffnete die Tür, sodass ein eisiger Wind in die Kammer fegte. »Also dann, ich hab's zumindest versucht. Mehr kann ich nicht für dich tun.« Mit diesen Worten trat er nach draußen und schloss die Tür mit einem solchen Knall hinter sich, dass Anna erschrocken zusammenzuckte.

KAPITEL 4

Knarrend öffnete sich das Tor, und sogleich drangen kalte Luft und Morgennebel herein sowie der Lichtschein einer Laterne.

Kurt Paul stellte sich schlafend auf dem Lager aus Stroh, auf das man ihn in dem stinkenden Verschlag geworfen hatte. Erst als der Ankömmling ihm einen Fußtritt versetzte, richtete er sich auf und erkannte Sergeant Weiser, den Unteroffizier, der beim Gassenlaufen vor ihm hergegangen war.

»Mach, dass du von hier verschwindest«, sagte Weiser kalt. »Du bist kein Soldat mehr.«

Er schloss die Ketten auf, stellte die Laterne und ein in ein Tuch eingeschlagenes Bündel ab.

Kurt verfluchte die Schmerzen, die er von den Schultern bis zum Steißbein verspürte, und er verfluchte von Tannau, dem er diese zu verdanken hatte, als er sich das Hemd in die Hose stopfte. Mit aufreizender Langsamkeit band er sich seinen Zopf, ergriff das Bündel samt Laterne und ging zur Tür.

»Auf Nimmerwiedersehen«, knurrte Weiser und versetzte ihm noch einen Stoß.

Heiße Wut kochte in Kurt auf. Das Gassenlaufen, die Brandmarkung seiner Daumen und vor allem das Ende seiner Karriere bei der Armee, die ihm zwar keinen Reichtum, aber doch Schuhe, Kleidung und einen festen Sold eingebracht hatte – das alles war die Schuld dieses verdammten Leutnants.

Dafür wirst du zahlen!, schwor er, während er sich beeilte, das Gelände zu verlassen, bevor zum Morgenappell gerufen wurde.

✳

Der Dampf, der aus der Schüssel aufstieg, mischte sich in Lorenz' Sichtfeld mit dem Nebel vor den Fensterscheiben, der einen verhangenen, ungemütlichen Tag ankündigte.

Ohne allzu großen Appetit tauchte er den Löffel in den Frühstückseintopf aus Graupen und Erbsen, den ihm seine Hauswirtin zusammen mit zwei Scheiben Brot sowie einem Krug Bier serviert hatte. Dazu trank er echten schwarzen Bohnenkaffee, der in einer zierlichen Tasse aus blau-weißer Delfter Keramik auf dem Tisch stand und seinen intensiven Geruch verbreitete. Da er sich mit seinem Vater und dessen neuer Familie nicht gut verstand, hatte er es vorgezogen, sich in der Stadt eine eigene Wohnung zu suchen.

Seine Gedanken wanderten zur Kaserne, wo in letzter Zeit verstärkt neue Rekruten ausgebildet wurden. Vermehrt waren auch Anwerber unterwegs, um junge Männer in Stadt und Land zum Militärdienst zu drängen. Gerüchte gingen um, dass der Landgraf mit dem König von England in Verhandlungen stand, um diesem Teile seiner Truppen zur Verfügung zu stellen – zum Wohle der Landgrafschaft Hessen-Cassel, wie es später wohl offiziell heißen würde. Immerhin würden die nicht unbeträchtlichen Einnahmen eines solchen Vertrages mit der britischen Krone durchaus in die unzähligen Bauvorhaben des Fürsten fließen, der sich der Herkulesaufgabe gewidmet hatte, der noch vom letzten Krieg halb zerstörten Stadt Cassel neue Lebensqualität und nie da gewesenen Glanz zu verleihen. Auf der anderen Seite jedoch ließen Rekrutierung und Verschiffung von Landeskindern als Soldaten die

Grafschaft ausbluten, und sie verlor dringend benötigte Arbeitskräfte.

Wie die anderen Offiziere konnte auch Lorenz nur darüber spekulieren, zu welchem Zweck und wohin die Truppen verschickt werden sollten. Aber er war Soldat und hatte zu gehen, wohin man ihn auch schickte. Womöglich würden sie in Irland eingesetzt, wo es immer wieder zu Aufständen gegen die britische Herrschaft kam. Nachdenklich nahm Lorenz die zierliche Tasse zwischen seine Finger und nippte an dem heißen, bitteren Gebräu, das alle Lebensgeister in ihm weckte.

Ein Klopfen ließ ihn innehalten. Auf seine Aufforderung hin öffnete sich die Tür, und sogleich schob die Hauswirtin ihre beleibte Gestalt mit den ausladenden Röcken ins Zimmer.

»Ein Bote ist da, für den Herrn Leutnant.«

Überrascht sah Lorenz auf. »Ein Bote?«

»Ja, Herr Leutnant, ein Bote aus Cöln. Wenn er eintreten dürfte.«

»Ich bitte darum.«

Lorenz' Erleichterung, dass es sich nicht um einen Marschbefehl handeln konnte, mischte sich mit ernsthafter Besorgnis. Wenn man versuchte, von Cöln aus Kontakt zu ihm aufzunehmen, war womöglich ein Unglück in der Familie geschehen. Doch bevor er Gelegenheit hatte, sich weiter darüber den Kopf zu zerbrechen, öffnete sich die Tür erneut. Ein vielleicht zwanzigjähriger Kurier in schlichtem Hemd und Kniehosen trat ein und murmelte eine Begrüßung. Dann übergab er Lorenz einen mit rotem Lack versiegelten Brief, nahm seinen Botenlohn entgegen und schlüpfte nach einer kurzen Verbeugung wieder hinaus.

Ein strenger Blick unter hochgezogenen Augenbrauen überzeugte die Wirtin, die noch immer mit neugieriger Miene im Raum stand, dass es besser sei, sich nun zurückzuziehen.

Danach drehte Lorenz das Schreiben um und erkannte das Siegel seines Onkels aus Cöln, dem ältesten Bruder seiner Mutter. Vorsichtig erbrach er es, faltete das Papier auseinander, suchte zuerst nach der Unterschrift und war beruhigt, als er die vertrauten Schriftzüge Onkel Johanns entdeckte. Zumindest ihm ging es also gut.

Dann erst widmete sich Lorenz dem Inhalt, während er am Rest seines Kaffees nippte. Noch während er las, hellte sich seine Miene auf, denn statt der befürchteten Hiobsbotschaft enthielt das Schreiben die Aufforderung zu einem Besuch. Sein Onkel lud ihn, im Namen der ganzen Familie, zu den Winterfeierlichkeiten des Cölner Kurfürsten Maximilian Friedrich von Königsegg-Rothenfels ein. Diese sollten in dessen endlich fertig gestelltem Brühler Jagdschloss und anschließend im hohen Dom zu Cöln stattfinden. Es würde alle freuen, schrieb der Onkel, wenn sie den lieben Neffen unter den Gästen begrüßen könnten.

Lorenz' Stimmung hob sich schlagartig, da ihm dies ein willkommener Vorwand war, die Feiertage nicht mit seinem Vater und dessen zweiter Frau Mathilde verbringen zu müssen, ohne dabei grob unhöflich zu wirken. Sicher würden weder diese noch seine verzogene Halbschwester, die sich mit ihren dreizehn Jahren ohnehin nur für Prunk und die neuste Mode interessierte, seine Anwesenheit sonderlich vermissen. Er dachte kurz nach. Vor Beginn des neuen Jahres rechnete er nicht mit einem Marschbefehl. Und bis dahin galt es, die Feste zu feiern, wie sie fielen, und die Wintermonate am Rhein versprachen eine willkommene Abwechslung, mit Geselligkeit und Bällen.

✳

Die schwere Holztür des Hauses öffnete sich erneut, und schnell presste sich Kurt Paul tiefer in sein Versteck hinter den Holzfässern, die mit gärendem Sauerkraut gefüllt waren, das seinen intensiven Geruch in der ganzen Gasse verbreitete. Seine Hände verkrampften sich, als er unter dem Dreispitz das glatt rasierte Gesicht von Tannaus erkannte.

Er war allein. Sehr gut! Von Tannau wechselte noch ein paar Worte mit seiner Wirtin, der dicken Alten, die sich bisher geweigert hatte, mit Kurt auch nur zu sprechen, und griff dann nach einer prall gefüllten Satteltasche.

Wollte von Tannau etwa verreisen?

Vorsichtig lockerte Kurt seine verspannten Muskeln. Tagelang hatte er hier ausgeharrt, versteckt hinter den Fässern oder in dunklen Tornischen, immer in Sichtweite des stuckverzierten Hauses, in dem von Tannau wohnte. Stunde um Stunde hatte Kurt hier gewartet, um den richtigen Moment abzupassen, in dem er sich an dem Offizier rächen konnte. Doch bisher hatte sich nie die Gelegenheit dazu ergeben. Entweder waren zu viele Menschen auf der Straße oder der Kerl war in Begleitung gewesen. Meist jedoch hatte von Tannau bei dem scheußlichen Wetter sein Quartier überhaupt nicht verlassen.

Kurt hingegen hatten weder Frost noch Unwetter abgehalten. Alles, was er spürte, war der Schmerz der langsam verheilenden Rutenstreiche und das brennende Gefühl des Hasses, das ihn durchhalten ließ, bis er seine Chance gekommen sah.

Während er dem jungen Offizier nachschaute, der offensichtlich den Weg zu den Stallungen nahm, war er sicher, dass seine Stunde näher rückte. Zwar wusste Kurt nicht, wohin von Tannau reiten wollte, noch, wie er diesem folgen könnte. Doch er würde es herausfinden.

Zufrieden lächelnd tastete er nach dem kleinen Ledersäckchen, das an seinem Gürtel hing und wieder mit einigen Münzen gefüllt war. Auf sein Talent als Taschenspieler konnte er sich noch immer verlassen. Kein Vermögen, aber es würde genügen, um sich ein Reittier zu mieten, und bei dieser Gelegenheit beiläufig nach den Reiseplänen eines jungen Offiziers zu fragen, der kurz vor ihm aufgebrochen war. Stallburschen waren geschwätzig wie Waschweiber und arm wie Kirchenmäuse. Es würde kaum einer dort arbeiten, der sich beim Anblick einer Münze nicht auf ein Gespräch einlassen würde. Kurt vergewisserte sich, dass der Offizier aus dem Sichtfeld verschwunden war, ehe er vorsichtig aus seinem Versteck schlüpfte und seine Kleidung glattstrich. Er wusste, wo von Tannau sein Pferd untergebracht hatte. Einen kleinen Vorsprung würde er ihm gönnen.

KAPITEL 5

» Verbum patris, lumen gentium ...«

Hunderte von Kerzen an den Schreinen und auf den Heiligenaltären tauchten das dunkle Gemäuer des seit Jahrhunderten im Bau befindlichen Domes zu Cöln in ein flackerndes Licht. Die Morgensonne fiel durch die bunten Glasfenster, und ihre Strahlen spiegelten sich wie lebendiges Feuer auf dem goldenen Schrein, der die Gebeine der Heiligen Drei Könige beherbergte, deren Fest an diesem Tag begangen wurde.

Lorenz ließ seinen Blick über die Menge der Anwesenden gleiten. Arme und Reiche waren hier versammelt, in schwere Umhänge aus gefärbter Wolle oder in abgetragene Gewänder gehüllt. Auf fast allen Gesichtern las er eine fromme Ehrfurcht, so nah bei den Reliquien derer zu knien, die das Wunder von Bethlehem mit eigenen Augen gesehen hatten.

Der Geruch von schmelzendem Wachs und Weihrauch stieg ihm in die Nase, überdeckte die Ausdünstungen der Menschen nach Schweiß und parfümiertem Puder. Auf das Läuten eines Glöckchens hin knieten die Gläubigen nieder. Plötzlich runzelte Lorenz die Stirn. Ihm war, als hätte er in der Menge ein bekanntes Gesicht gesehen, eines, das nicht an diesen Ort gehörte – eines, das er lieber vergessen wollte.

Lorenz kniff die Augen zusammen, sein Blick glitt über die Reihen der Betenden auf der Suche nach der Person, die dieses plötzliche Unbehagen verursacht hatte, aber er erkannte niemanden. Gerade als er glaubte, sich das Ganze nur eingebildet zu haben, sah er aus den Augenwinkeln, wie eine in einen dunklen Umhang gehüllte Gestalt den Dom eilig durch ein Seitenportal verließ.

✳

Die Scharniere quietschten leise, als Anna die Tür öffnete und ihr ein Schwall Nebel und eisiger Luft entgegenschlug. Einen Moment hielt sie inne und warf einen Blick auf das Bett ihres Vaters, um zu sehen, ob sie ihn geweckt hatte. Doch der alte Mann hatte die Augen geschlossen, und sein rasselnder Atem ging gleichmäßig. Erleichtert schlüpfte Anna nach draußen und schloss die Tür hinter sich.

Die Sonne war noch nicht aufgegangen, doch am Horizont zeichnete sich bereits ein heller Streifen ab. Der frostige Boden knirschte unter ihren Schritten, und so beeilte sie sich, um nicht an Ort und Stelle festzufrieren. Der schwere Korb in ihrer Armbeuge beruhigte sie, wusste sie doch, dass dessen Inhalt der jungen Mutter über die kalten Tage helfen würde.

Trotz der Ermahnung ihres Vaters hatte Anna sich dazu entschlossen, das zu tun, was sie für richtig hielt, und sich auch weiterhin in Waldeck und den umliegenden Dörfern um Gebärende und Kranke zu kümmern. Es war nicht viel, was sie anzubieten hatte, eine Kanne mit Milch von ihrer Ziege, getrocknetes Obst und ein Säckchen Hafer. Und die sorgsam abgemessenen Heilkräuter – Thymian, Salbei und Minze – würden, mit heißem Wasser aufgegossen, einen lindernden Aufguss ergeben. Die Reste könnte Anna für heiße Umschläge verwenden.

Eilige Schritte, die hinter ihr zu hören waren, ließen die junge Frau kurz innehalten. Doch dann entschied sie sich, nicht darauf zu achten, sondern ihren Weg fortzusetzen. Wenn jemand sie entdeckt hätte, würde man sie noch früh genug ob ihres Tuns rügen. Da konnte sie zuvor auch noch getrost ihre Dienste erledigen.

Anna!«, rief eine leise Frauenstimme. »Anna! So bleib doch stehen!«

Unwillig schloss sie für einen Moment die Augen, atmete tief durch, tat aber dann, wie ihr geheißen.

Als sie sich umwandte, sah sie Ruth Wiehler, die, in einen dicken Wollumhang gehüllt, auf sie zukam. Ihr Gesicht war von Kälte und Anstrengung gerötet, doch Anna las darin weder Vorwurf noch Verärgerung.

»Guten Morgen, Ruth«, sagte sie leise.

»Bist du auf dem Weg runter nach Berich?« Die Ältere klang noch immer atemlos und schien unter einem Husten zu leiden.

Wie zu ihrer Verteidigung presste Anna die Lippen zusammen, nickte jedoch.

»Gut«, fast erleichtert atmete die andere aus. »Ich hatte schon Angst, dass ich dich verpasse.«

Anna schluckte. Ruth hatte sie abfangen wollen? Aber wieso? Hatte sie durch ihr Verhalten bereits so viel Anstoß erregt, dass die Gemeindeältesten sie beobachten ließen, um sie zu maßregeln?

»Da ist noch was, das ich dir mitgeben möchte.«

Erst jetzt bemerkte Anna, dass die Amischfrau unter ihrem schweren Umhang einen Korb hervorgezogen hatte. Als sie das darübergebreitete Tuch beiseiteschlug, entdeckte Anna einen halben Laib Käse, gedörrte Äpfel, zwei Köpfe Grünkohl, ein Bündel schon etwas runzeliger Karotten und ein Stück Schinken.

»Ich dachte mir, vielleicht könntest du das bei deinem Besuch gebrauchen...«

Verständnislos sah Anna erst die kostbaren Lebensmittel

und dann wieder die alte Frau an, über deren Gesicht ein warmes, mütterliches Lächeln glitt.

»Ich weiß, dass manche in der Gemeinde nicht gutheißen, was du tust. Du musst das verstehen, sie haben Angst um dich. Eine junge Frau, ganz allein … Aber nicht alle sehen das so. Gott wird dich segnen für deine Güte! Hier, nimm das von mir, du weißt sicher, wer es am nötigsten hat.«

Ruth war also nicht hier, um Anna von ihrem Vorhaben abzuhalten, sondern um sie zu unterstützen! Sie hatte sogar etwas von dem abgezweigt, das sie durchaus für ihre eigene große Familie hätte brauchen können, in der es fast jedes Jahr ein Maul mehr zu stopfen gab.

»Ruth, das ist …« Einen Moment fehlten Anna die Worte, sie war hin- und hergerissen: Sollte sie das wertvolle Geschenk annehmen oder der Frau erklären, sie könne nicht zulassen, dass ihre Familie in diesem harten Winter Mangel litt.

»Dein Handeln sollte so manchen in der Gemeinde beschämen. Allen voran Gideon Beiler.« Anna spürte, dass Ruth gern noch mehr gesagt hätte, doch sie unterbrach sich und beeilte sich stattdessen, ihre Gaben in Annas Korb zu legen. »Aber denk nicht zu schlecht von uns. Es sind die schlimmen Erfahrungen, die manche so hartherzig gemacht haben. Es ist nicht leicht, zu entscheiden, ob man sich von Städten und Fürstentümern fernhält, damit man seinen Glauben leben kann, oder sich der Gefahr aussetzt, sich mit der Welt da draußen gemein zu machen. Gott weiß, dass du recht handelst.«

Beim Sprechen hatten sich feine Nebelwölkchen vor Ruths Mund gebildet, und fröstelnd schlang sie ihren Umhang fester um sich. »Ich muss jetzt gehen. Aber vergiss nicht, dass du Gottes Willen erfüllst, ganz gleich, wem du deine Hilfe zukommen lässt.«

Mütterlich tätschelte die alte Frau Annas Schulter, wandte

sich um und eilte dann den Weg zurück, den sie gekommen war.

Anna verharrte noch einen Augenblick, murmelte einen leisen Dank und sah Ruth Wiehler nach, bis die morgendliche Kälte sie dazu zwang, ihren Weg nach Berich fortzusetzen.

*

Es war beinahe Mittag, als Lorenz die Zügel anzog und Perikles in einen leichten Trab verfallen ließ.

Zwei Tage zuvor war er in Cöln aufgebrochen. Trotz des Protestes von Onkel Johann hatte er darauf bestanden, die Strecke bis Cassel auf dem Pferd zurückzulegen. Die Nächte hatte er in einfachen Gasthäusern auf strohgefüllten Matratzen verbracht, einen Krug Bier mit anderen Gästen in der Schankstube getrunken und sich dabei so frei gefühlt wie schon lange nicht mehr.

Doch je näher er Cassel kam, desto mehr verdüsterte sich seine Stimmung, und so fragte er sich, ob er aus Absicht oder Versehen vom Weg abgekommen war. Seine behandschuhten Finger schlossen sich fester um die Zügel, als er seinen Blick über die hügelige Waldlandschaft streifen ließ, die ihm seltsam vertraut vorkam. Behutsam brachte er sein Pferd zum Schritttempo, während er sich weiterhin umsah und herauszufinden versuchte, wo er sich befand.

Perikles' Hufe ließen den gefrorenen Boden knirschen, und einen Moment lang glaubte Lorenz, in einer unwirklichen Welt aus Schnee, Wald und Nebel gefangen zu sein. Doch schließlich teilte sich das Dickicht, und eine Lichtung öffnete sich. Als er den Blick weiter nach oben schweifen ließ, entdeckte er auf der Spitze einer Hügelkette die protzigen Anlagen einer Festung und erkannte bei genauerem Hinsehen die Silhouette des Schlosses von Waldeck.

Also musste er sich in der Nähe der Stelle befinden, wo er vor nicht allzu langer Zeit den Deserteur Paul gefasst und dieses junge Mädchen vor der Schändung bewahrt hatte. Wie es ihr wohl jetzt ging? Ob sie inzwischen über die Ereignisse jenes Tages hinweggekommen war?

Doch das war nicht seine Sache. Im Augenblick hatte er genügend eigene Sorgen, und wenn es stimmte, was er über die Wiedertäufer gehört hatte, so tat man besser daran, diese Sonderlinge sich selbst zu überlassen.

In jedem Fall bot dieser Flecken Erde eine günstige Gelegenheit zur Rast. Die hohen Bäume schirmten die Lichtung vor dem kalten Wind ab, und der Blick hinauf zu der halb von winterlichem Nebel verhüllten Burg hatte etwas Geheimnisvolles.

Lorenz brachte das Pferd zum Stehen, sprang ab und machte ein paar ungelenke Schritte, um die Steifheit zu vertreiben. Dann nahm er Feldflasche, Proviant und eine Decke aus der Satteltasche. Das Leder seiner Stiefel knirschte leicht, als er sich auf einem Baumstumpf niederließ und die Beine ausstreckte.

*

Das Bild, das Kurt Paul durch die kahlen Zweige der niedrigen Büsche vor sich sah, befeuerte den Zorn, der ohnehin schon in ihm loderte.

Vor seinen Augen saß der verfluchte Sekondeleutnant Lorenz von Tannau, entkorkte in aller Seelenruhe seine Feldflasche, nahm genüsslich einen Schluck und zog anschließend ein gebratenes Stück Schinken aus seinem Beutel. Bei diesem Anblick lief Kurt das Wasser im Munde zusammen, und er glaubte, den verführerischen Duft in seiner Nase zu spüren. Sein ausgehungerter Magen ließ ein wütendes Knurren vernehmen und erinnerte ihn daran, dass er nichts mehr gegessen hatte, seit er in aller Frühe aufgebrochen war, um den verhassten Kerl nicht aus den Augen zu verlieren. Wie ein Bettler hatte er die ganze Nacht in eisiger Kälte unweit des Gasthauses verbracht, in welchem von Tannau gemütlich schlafen konnte. Seit dieser vor zwei Tagen von Cöln aufgebrochen war, befand er sich nun offensichtlich auf dem Weg zurück nach Cassel. Endlich hatte Kurt sein Opfer vor sich, ungeschützt und sprichwörtlich zum Greifen nahe.

Gerade nahm von Tannau einen weiteren Schluck aus der Feldflasche. Elende Bastarde, diese Offiziere! Wahrscheinlich genehmigte sich dieser vornehme Schnösel teuren Wein, während er selbst kaum seinen Hunger stillen konnte. Am liebsten hätte er sich gleich auf ihn gestürzt. Doch wie eine Katze, die sich ihrer Beute sicher ist und sie eine Weile beobachtet, bevor sie ihre scharfen Krallen in sie hineinstößt, verharrte er in seinem Versteck.

Dies Irae, der Tag des Zorns, war gekommen. Der Moment seiner persönlichen Rache.

✳

Der ärgste Hunger war gestillt, doch durch die längere Rast empfand Lorenz die Kälte so heftig, als dringe sie ihm durch den wollenen Rock direkt bis ins Mark. Der Branntwein wärmte ihn für kurze Zeit, konnte jedoch die plötzliche Unruhe, die ihn überfallen hatte, nicht vertreiben.

Er schob den Dreispitz in den Nacken und sah hinauf zu dem auf dem Gipfel thronenden Schloss, das beinahe vollständig im Nebel versank. Ein seltsamer Schauder überkam ihn, als er an die alten Geschichten dachte, welche die Magd Berthe ihm erzählt hatte, wenn er heimlich – sein Vater hätte dergleichen nie geduldet – in der rußigen Küche hockte und sich getrocknete Apfelstücke in den Mund schob. Vom hohen Meißner, der Frau Holle, den Naturgeistern. All diese Bilder hatten sich in seinem Kopf mit den Legenden der Heiligen vermischt, die seine Mutter ihm am Abend, wenn sie ihn zu Bett brachte, aus einem vergilbten, schwarz eingebundenen Buch vorgelesen hatte, das beim Durchblättern den Geruch von Staub, altem Leder und Papier verbreitete. Der Zauber der Jahrhunderte ...

Ein Knacken zerriss die Stille. Aufgeschreckte Vögel stoben mit wild schlagenden Flügeln auf. Lorenz sprang auf und griff nach seinem Degen. Suchend glitt sein Blick über die Lichtung, die kahlen Büsche – niemand war zu sehen. Doch mit dem untrüglichen Instinkt des geschulten Soldaten spürte Lorenz, dass sich jemand im Gebüsch verbarg. Aber wer? Und weshalb?

Das Bersten eines morschen Astes unterbrach seine Gedanken und ließ ihn herumfahren. Etwas kam auf ihn zugeschossen, krachte gegen seine Brust, riss ihn zu Boden. Der harte Schlag, mit dem sein Körper auf dem gefrorenen Erdreich aufschlug, raubte Lorenz den Atem.

Dann folgte Schlag auf Schlag. In blinder Wut hatte ihn jemand gepackt und hieb wahllos mit den Fäusten auf ihn ein, traf Brust, Magen, Stirn und Schläfen. Lorenz war ein guter Kämpfer, immer wieder gelang es ihm, den Angreifer, der wie ein Raubtier wütete, von sich zu schieben. Dann jedoch blitzte es metallisch in der blassen Wintersonne auf. Ein Messer! Der nächste Hieb war von einem stechenden Schmerz begleitet, der Lorenz in Brust und Seite durchzuckte.

Panik verlieh ihm neue Kräfte. Mit dem gesunden Arm

stieß er den Angreifer zur Seite und richtete sich auf. Doch schon war auch der andere aufgesprungen, umklammerte von hinten seinen Hals, stach wieder und wieder zu.

Warmes Blut tränkte Lorenz' Hemd und seinen Rock. Er spürte, wie sein Widerstand erlahmte. Ein Hieb traf seinen Hinterkopf, und die Welt um ihn herum versank. Erneut stürzte er zu Boden, während ein Schlag nach dem anderen auf seinen Körper niederging.

Sein Blick verschwamm. Schwarze Schatten breiteten sich vor seinen Augen aus, Wald und Lichtung verloren ihre Konturen. Bevor er vollständig das Bewusstsein verlor, schälte sich aus dem Chaos vor seinen Augen ein Gesicht heraus: hasserfüllte Augen, ein triumphierend aufgerissener Mund.

Kurt Paul.

*

Kurz bevor sie die Lichtung erreichte, blieb Anna einen Moment stehen. Es war noch immer entsetzlich kalt, denn das Licht der Sonne war so schwach, dass sie den Nebel nicht aufzulösen vermochte. Hätte sie nicht doch besser auf Gideons Rat hören sollen? War es vielleicht Hochmut, dass sie sich in die Idee verrannte, es sei Gottes Auftrag für sie, den Bedürftigen zu helfen und sich immer neu der Gefahr auszusetzen, allein die umliegenden Dörfer aufzusuchen?

Während ihr Vater zu Hause womöglich im Sterben lag.

Der eisige Wind pfiff ihr um die Ohren, und mit tauben Fingern schob sie sich ihre Haube tiefer ins Gesicht.

Du bist eine Närrin, du bist eine Närrin, schien es um sie herum zu wispern, und sie wusste nicht, ob es die Stimme Gottes war, um sie zu warnen, oder die des Versuchers, der sie vom rechten Weg abbringen wollte.

Einen Moment erschauderte sie, als hätte sie eine eisige Hand gestreift. Fest presste sie den Korb an ihre Brust und war kurz davor, zurück nach Hause zu laufen.

»Was soll ich tun, Herr?« Ihr Herz hämmerte im Rhythmus ihres Gebetes. »Wohin soll ich gehen?«

Anna atmete aus, und die Dampfwolke, die sich dabei vor ihrem Mund bildete, zerfaserte langsam. Dann setzte sie ihren Weg fort. Der Augenblick der Versuchung war vorüber.

Gefrorene Erde und trockene Zweige knackten unter ihren Schuhen, als sie weiter rasch voranschritt, getrieben von einem Gefühl drohender Gefahr. Die vertraute Strecke ins Dorf Berich flog förmlich an ihr vorbei, es wurde hell, als sie aus dem Wald hinaus auf die Lichtung trat... und wie angewurzelt stehen blieb.

Ein Bündel aus buntem Stoff, leuchtend grün und rot, lag auf dem mit Reif bedeckten Boden. Anna schnappte nach Luft. Im nebligen Licht des Morgens nahm die unförmige Gestalt deutliche Formen an.

Ein Mensch!

Ein Mann, zusammengekrümmt, mit zerrissener Kleidung, von Blut getränkt. Geistesgegenwärtig stellte Anna den Korb ab, eilte auf die am Boden liegende Gestalt zu und tastete am Hals nach dem Herzschlag. Obgleich die Haut so kalt war, dass man sie für die eines Toten hätte halten können, spürte sie, dass der Puls darunter schlug, sehr schwach zwar, aber gleichmäßig.

Allmächtiger! Hier war dringend Hilfe vonnöten. Der Mann hatte offenbar viel Blut verloren, das seine Kleider und den gefrorenen Boden rot färbte. Hoffentlich war es noch nicht zu spät.

Mit hämmerndem Herzen fasste Anna den leblosen Körper an Arm und Hüfte und drehte ihn auf den Rücken, um die

Jacke zu öffnen und feststellen zu können, wie ernst die Verletzungen waren. Ihre schweren Röcke bauschten sich auf, als sie niederkniete. Zitternd nestelte sie an den massiven Silberknöpfen und hoffte, dass sie dem Verwundeten dadurch nicht auch noch den Rest der Körperwärme entzog und ihn so dem sicheren Tod preisgab. Sie schob den Wollstoff der Jacke beiseite, öffnete behutsam die Weste und das blutige Hemd. Das Blut war noch nicht völlig getrocknet – der Kampf musste also vor nicht allzu langer Zeit stattgefunden haben. Sie hob den Kopf des Verwundeten leicht an, und ihr Blick fiel auf sein Gesicht. Wie erstarrt hielt sie in ihrer Bewegung inne. Diese von schwarzen Locken umrahmten aristokratischen Züge, die vornehm geschwungene Nase und das stark ausgeprägte Kinn! Trotz der Schwellungen und des verkrusteten Blutes erkannte sie ihn sogleich wieder. Vor ihr lag Lorenz von Tannau! Der hessische Offizier, der sie gerettet hatte.

Aber, bei Gott, was hatte er hier in dieser Einöde verloren? Und wer hatte ihn derart zugerichtet? Erschrocken fuhr Anna auf und schaute gehetzt in alle Richtungen. Bei dem Gedanken, dass der Täter sich womöglich noch in der Nähe aufhalten und ein weiteres Mal zuschlagen könnte, stieg Panik in ihr auf. Sie musste sich zwingen, regelmäßig zu atmen und zu horchen, ob irgendein verdächtiges Geräusch zu vernehmen war. »Steh mir bei, Herr!«, flehte sie tonlos, als sie sich wieder dem Bewusstlosen zuwandte. Wenn dieser Mann nicht innerhalb kürzester Zeit behandelt würde, wäre er dem sicheren Tod geweiht.

Ohne zu wissen, ob es klug war, ergriff sie seine Arme, schob seinen Oberkörper ein wenig nach oben, und legte den schweren Leib so über ihre Schulter.

Hoffnungslos!

Auf diese Weise würde sie mit ihm keine zwei Ruten weit

kommen, geschweige denn den Berg hinauf nach Waldeck. Der Mann, dem sie ihr Leben verdankte, würde hier elend sterben, nur weil sie zu schwach war.

»Wie kannst du das zulassen, Gott?« Der eisige Wind schluckte ihre Stimme und ließ sie frösteln. Lautlos rieselte Schnee von den kahlen Zweigen.

Und dann hörte sie es. Ein Knacken im Unterholz, ein Geräusch wie von zerbrechenden Ästen.

Bis ins Mark erschrocken fuhr Anna herum. Kam der Angreifer zurück? Wollte er sich vergewissern, ob sein Opfer wirklich tot war? Oder hatte er sie entdeckt? Hilflos ballte sie ihre Hände zu Fäusten, obgleich sie wusste, dass sie nie in der Lage wäre, sich einem bewaffneten Mann entgegenzustellen. Ihre Muskeln spannten sich, und sie musste sich zwingen, nicht einfach davonzurennen. Doch sie konnte diesen Offizier nicht seinem Schicksal überlassen, und so blickte sie starr vor Angst in die Richtung, aus der das Geräusch gekommen war.

Wieder ein Krachen, gefolgt von einem Rascheln und schweren Schritten. Ein Kopf schob sich hinter einem Baumstamm hervor, braun, länglich, zottelige Haare bis in die Stirn.

Ein Pferd! Beinahe hätte Anna aufgelacht. Mit Sattel und vollem Zaumzeug stand es da, und sie glaubte, das Tier des Offiziers wiederzuerkennen, das er damals mit sich geführt hatte. An jenem Tag im vergangenen Herbst ...

»Dich schickt der Himmel!« Vorsichtig, um es nicht zu erschrecken, machte sie mit ausgestreckten Händen einen Schritt auf das Pferd zu. Schnaubend fuhr es zurück.

»Brav, ich tu dir nichts«, murmelte sie weiter. »Aber dein Herr braucht deine Hilfe ...« Während sie noch sprach, eilte sie rasch zu ihrem Korb, zog zwei der Rüben heraus, die ihr Ruth mitgegeben hatte, und hielt sie dem Tier hin. »Hast du Hunger, mein Guter?«

Das Pferd stellte die Ohren auf.

»Warte! Sicher schmeckt dir das.«

Vor Anspannung und Kälte zitternd, sah Anna, wie das Tier den Kopf schüttelte, als würde es überlegen, bis es die Leckereien mit seinen weichen Lippen aus ihrer Hand genommen hatte, dann jedoch langsam auf sie zutrottete. Vorsichtig nahm sie die Zügel und führte das Pferd in die Nähe des verletzten Offiziers. Ihr Atem ging keuchend, während sie ihn unter den Achseln packte und langsam über den Schnee schleifte, sodass seine Stiefel zwei tiefe Furchen hinterließen.

Das Tier wieherte leise, als es seinen Herrn erkannte, und rieb seine Nase am Gesicht des Bewusstlosen, das Anna noch blasser erschien als zuvor. Tief atmete sie ein, dann stemmte sie ihre Füße fest in die gefrorene Erde und zog den schweren Männerkörper nach oben. Es kostete sie all ihre Kraft, ihn gegen den Leib des Pferdes gedrückt zu halten, bis sie wieder zu Atem gekommen war und ihn vollständig auf dessen Rücken schieben konnte, wo er wie eine leblose Puppe hing.

Noch einmal flehte sie Gott um Hilfe an, dann griff sie mit vor Kälte steifen Fingern nach den Zügeln des Pferdes. Sie wusste, dass ihr nicht mehr viel Zeit blieb.

✳

Die ewige Finsternis umgab ihn!

Sengendes Feuer verbrannte ihn von innen. Züngelnde Flammen jagten Salven des Schmerzes durch seinen Körper. Er wollte sich krümmen, laut schreien, doch war er zu keiner Bewegung fähig, gerade so, als wären alle seine Glieder gelähmt. Er fühlte sich wie im eisernen Schraubstock eines Folterknechtes.

War er gestorben und jetzt in der Hölle? *Gütige Mutter Gottes*, aber warum? Was hatte er getan, dass ...

Eine erneute Schmerzattacke ließ ihn die Frage vergessen.

Irgendetwas packte ihn, weich, kühl und zart. Und obgleich die unerwartete Berührung im ersten Augenblick guttat, löste sie doch eine solche Welle von Qualen aus, dass die Frage, in welchen Sphären des Jenseits er sich befand, plötzlich unwichtig erschien.

Er keuchte. Etwas in ihm verkrampfte sich. Bunte Blitze tanzten um seine Augen. Ein dumpfer Schlag traf ihn in den Leib. Er wollte schreien, hatte jedoch keine Stimme. Hilflos fühlte er, wie die immer höher lodernden Flammen ihn verschlangen. Dann wurde es mit einem Mal schwarz um ihn. Wehrlos stürzte er in den innersten Kreis der Hölle.

KAPITEL 6

Unbemerkt war Anna zur Hütte ihres Vaters gelangt. Es war bereits Mittag, und zu ihrem Glück waren die meisten Waldecker um diese Zeit im Haus, um das Essen einzunehmen. Vorsichtig ließ sie den Verletzten, der noch immer ohne Bewusstsein war, vom Pferd gleiten. Dann führte sie das Tier in den Stall zu ihrer Ziege. Mit letzter Kraft schleifte sie den Mann bis zur Tür der Hütte. Leise schob sie diese auf und zerrte den Leutnant bis zu ihrem eigenen Bett, wobei er auf dem Holzboden eine Spur aus Blut, Schlamm und feuchter Erde hinterließ. Aus den Augenwinkeln sah sie, dass ihr Vater schlief, und war erleichtert darüber, ihn nicht mit dem Anblick eines von Blut besudelten, halb toten Offiziers erschrecken zu müssen.

Hastig legte Anna zwei Holzscheite nach und fachte mit dem Schüreisen die Glut an, bis helle Flammen aufschossen. Der Mann hatte viel Blut verloren, war halb erfroren und brauchte Wärme. Aus einem bereitstehenden Eimer goss sie Wasser in einen Kessel und stellte ihn auf die Feuerstelle. Dann verhängte sie mit einem Tuch das kleine Fenster und hoffte, dass ihr in nächster Zeit niemand einen Besuch abstatten würde.

In einer irdenen Schüssel, die an der Seite einen großen Sprung aufwies, wusch sie sich rasch die Hände, bevor sie sich wieder dem Offizier zuwandte. Bewegungslos lag er vor ihr, sie nahm kein Stöhnen, keine einzige Regung seines Körpers wahr, und einen entsetzlichen Moment lang glaubte Anna, einen Toten auf ihr Lager gebettet zu haben. Ihre Angst unterdrückend, trat sie an ihn heran und fühlte ihm die Stirn. Die Hitze, die er ausstrahlte, zeigte ihr, dass er zwar noch lebte, aber sein Körper sich anschickte, Wundbrand und Unterkühlung durch ein heftiges, lebensbedrohliches Fieber zu bekämpfen.

Anna murmelte ein kurzes Gebet, während sie sich daranmachte, dem Offizier die kniehohen, mit Schlamm verschmierten Stiefel auszuziehen. Als sie spürte, dass das Feuer seine Wärme im gesamten Raum verbreitete, begann sie eilig, Knöpfe und Haken zu lösen, um den Mann seiner Uniform zu entledigen, die zwischenzeitlich vom getrockneten Blut steif geworden war.

Bei dem Anblick, der sich ihr bot, schrie sie erschrocken auf. Eilig presste sie die Hand vor ihren Mund und sah rasch zu dem Bett ihres Vaters hinüber. Doch dieser schlief noch immer den schweren Schlaf eines Kranken.

Wieder richtete sie ihren Blick auf den entkleideten Oberkörper des jungen Offiziers, und Tränen ließen ihren Blick verschwimmen. Hässliche Blutergüsse und scheinbar wahllos zugefügte Stichwunden übersäten Bauch, Brust und Arme. Deutlich sichtbare Schwellungen waren rot verfärbt, und an der rechten Bauchseite klafften zwei tiefe Wunden, deren Ränder bereits schwärzlich verkrustet waren, aber noch immer bluteten.

Wer auch immer der Angreifer gewesen war, er hatte die Absicht gehabt, diesen Mann zu töten. Und so, wie er ihn zugerichtet hatte, musste er von besinnungslosem Hass getrieben sein.

Wer in aller Welt war zu so etwas fähig?

Annas Blick fiel auf eine dünne Kordel am Hals des Offiziers, an deren Ende, halb im Brusthaar verborgen, ein

Anhänger zu sehen war. Vorsichtig griff Anna danach und hielt ihn ins schwache Licht.

Zwischen ihren Fingern hing ein silbernes Kreuz mit einer lebensecht gestalteten Christusfigur, deren Ausdruck von unendlichem Schmerz Anna für einen Moment den Atem stocken ließ. *Ein Papist!* Für einen Moment wurde Anna schwarz vor Augen, als ihr bewusst wurde, was das bedeutete. Dieser Offizier, der ihr das Leben gerettet hatte, gehörte zu denen, die dem römischen Papst und hölzernen Heiligenfiguren huldigten, aber für die Täufer nur Verachtung und Feindschaft übrig hatten.

Als hätte sie sich an dem Kruzifix verbrannt, ließ Anna es los und eilte zurück zur Feuerstelle. Mit zitternden Händen löste sie Seife in dem heißen Wasser auf, tauchte einen Lappen in die Schüssel und begann, den Mann zu waschen.

Seine Haut glühte, die Muskeln waren von Fieber und Schmerzen verspannt. Zähflüssig klebte die Mischung aus Blut und Schweiß auf seinem Körper, und Anna musste das Tuch mehrmals auswaschen, bis der Verletzte sauber war.

Vorsichtig tastete sie mit den Fingerspitzen über die Prellungen, um zu fühlen, ob es unter der Haut weitere Verletzungen gab. Sie stellte fest, dass zwei Rippen gebrochen waren. Wenn sich diese nun in die Lunge gebohrt hatten ...?

Nicht zum ersten Mal wünschte Anna sich, eine solch umfassende medizinische Ausbildung zu haben wie die Doktoren aus der Stadt. Aber ihre Mutter hatte sie schon früh die richtige Verwendung der Heilkräuter gelehrt, die zuweilen selbst dann halfen, wenn die gelehrten Ärzte nicht mehr weiterwussten.

Auf einem der Regale bewahrte Anna eine Flasche mit Branntwein auf, sorgfältig hinter Kästen mit getrocknetem Obst, Zucker und Mehl verborgen, den sie in Notfällen als

Tinktur einsetzte. Eilig griff sie danach, entkorkte die Flasche und goss etwas von der intensiv riechenden Flüssigkeit auf die erste Verletzung.

Der Mann bäumte sich auf, warf sich auf die Seite und stöhnte. Noch mehr Schweiß trat auf seine Stirn und lief in feinen Rinnsalen über Wangen und Schläfen hinab auf das Kopfkissen. Anna wartete einen Moment ab, bevor sie ihn wieder auf den Rücken drehte und mit der anderen Stichwunde genauso verfuhr, ihren Patienten dabei jedoch mit eisernem Griff auf der mit Stroh gefüllten Matratze hielt.

Nach dieser Prozedur waren beide mit Schweiß bedeckt. Nun holte Anna einen kleinen Tiegel mit Heilsalbe hervor. Sie öffnete ihn, tauchte ein frisches Tuch hinein und tupfte damit sorgfältig die Ränder der Stich- und Schürfwunden ab. Dann machte sie sich daran, die Verletzungen mit sauberen Stofflappen abzudecken und die gebrochenen Rippen zu bandagieren. Zuletzt zog sie die Decke über den Verletzten, wischte mit einem trockenen Tuch den Schweiß von seinem Gesicht und ließ sich erschöpft auf einen Schemel sinken.

Sie hatte alles getan, was sie konnte. Sein Schicksal lag nun in Gottes Hand.

✳

Noch immer loderte die Hitze in seinem Körper, züngelte es wie Feuer über seine Haut, doch brannte es nicht mehr so heftig. Ein Stöhnen entrang sich ihm, als er versuchte, seine Arme und Beine zu bewegen, und einen Moment lang drohte ihn die Schwärze erneut zu verschlucken. Schwer atmend wartete er darauf, dass der Schmerz nachließ und sich das Toben in seinem Schädel wieder beruhigte.

Schließlich lichteten sich die roten Flammen um ihn herum,

und stattdessen erschien ein blasses Gesicht, das von einer schlichten Haube umrahmt war.

Ein Engel, durchfuhr es ihn. Obgleich der Anblick dieser ebenmäßigen Züge angenehm war und sich wie Balsam auf seine verwundete Seele legte, war es ihm nicht möglich, die Augen offen zu halten, und so verschwamm alles in weißem Nebel.

Etwas Kühles wurde auf seine Stirn gedrückt. Dann spürte er, wie zwei Arme vorsichtig seinen Kopf anhoben, etwas Festes an seine Lippen pressten und wie schließlich eine bittere Flüssigkeit durch seine Kehle rann. Es schmeckte scheußlich. Lorenz würgte und hustete, um nicht daran zu ersticken.

Aber bald danach ließ der Schmerz nach, das Feuer erlosch, und er versank in einer tiefen Leere.

❉

»Anneli...«

Eine leise Stimme. Schwach, kaum mehr als ein Hauch.

Schläfrig blinzelte Anna und wandte sich in dem dämmrigen Raum um, unsicher, ob sie die Stimme wirklich gehört oder nur geträumt hatte.

Halb aufgerichtet saß ihr Vater in seinem Bett und blickte sie an.

»Vater.« Schuldbewusst stand sie auf und machte einen Schritt auf ihn zu. »Vater, ich...«

»Wer ist dieser Mann?« Eine Frage, kein Vorwurf.

Dennoch zuckte Anna zusammen. Bisher hatte sie sich noch keine Gedanken gemacht, wie sie ihrem Vater die Anwesenheit des Soldaten erklären sollte. Insgeheim hatte sie gehofft, dass er in seinem Zustand nichts von allem bemerken würde. Sie hätte es besser wissen können.

»Ein Verwundeter. Ich habe ihn auf dem Weg nach Berich gefunden und seine Verletzungen versorgt. Wenn es Gottes Wille ist, wird er die Nacht überleben.« Stumm wartete sie die Entgegnung ihres Vaters ab. Würde er sie verurteilen, sie davor warnen, was die anderen, die Ältesten dazu sagen würden?

Aber es kam keine Antwort.

»Es ist der Offizier, der mein Leben gerettet hat, an dem Tag, als dieser Deserteur versucht hat …« Sie unterbrach sich, zu schmerzhaft waren die Erinnerungen. Fast flüsternd setzte sie hinzu: »… als er versucht hat, mich zu schänden.«

Das fortdauernde Schweigen bedrückte Anna. Es schien, als ob jeder Herzschlag in ihren Ohren widerhallte, und die Stille, die sich im Raum ausbreitete, war beinahe greifbar.

»Eine seltsame Fügung.« Als ihr Vater endlich sprach, klang seine Stimme so leise, dass Anna Mühe hatte, ihn zu verstehen.

»Du meinst …?«

»Welchen Plan verfolgt Gott damit?« Seine Stirn war in Falten gelegt, sein Blick abwesend, als lausche er in die Nacht hinein auf eine Antwort.

Erleichterung durchströmte Anna. Was ihr Vater mit diesen Worten auch meinte, er hatte ihr ihr eigenmächtiges Handeln nicht übel genommen. »Du meinst also, es war kein Fehler?«

Sein Blick richtete sich wieder auf sie. Der Schatten eines Lächelns glitt über seine Züge. »Du hast recht gehandelt, auch wenn ich den Sinn noch nicht verstehe.«

»Er wäre sonst gestorben«, brachte sie als Entschuldigung hervor, obgleich sie wusste, dass es nicht mehr nötig war, da ihr Vater ohnehin auf ihrer Seite stand. So hatte sie ihn immer gekannt, weise, still und von großer Herzensgüte. Auch darin waren sich ihre Eltern ähnlich. Und diese aus Freiheit erwachsene Großherzigkeit hatten sie auch ihr stets vermittelt.

Bei der Erinnerung an die glücklichen Tage ihrer Kindheit spürte Anna, wie sich ihre Brust zusammenzog. Die Tränen stiegen ihr in die Augen, und sie wandte sich rasch ab.

»Ich mache uns das Abendessen, Vater.«

Während sie sich an den Töpfen zu schaffen machte, fragte sie sich, ob ihr Vater recht hatte und es Gottes Plan war, dass sie den Offizier wiedergesehen hatte.

Anna wusste nicht, wie weit die Nacht bereits fortgeschritten war. Müde warf sie einen Blick durch das kleine Fenster, doch draußen war es dunkel, und kein Lichtstreifen kündigte den Tag an.

Stöhnend wälzte sich der Verletzte im Bett hin und her. Schweiß lief in zähen Rinnsalen über sein Gesicht, tränkte seine Verbände und das Leintuch.

In regelmäßigen Abständen wischte Anna ihm mit einem Tuch über das feuchte, glühende Gesicht und versuchte ihm von dem Kräutersud einzuflößen, der in einem Tonkrug neben ihrem Stuhl auf dem Boden stand. Immer wieder drohte die Müdigkeit Anna zu übermannen, doch sie zwang sich dazu, wach zu bleiben und den verwundeten Soldaten zu versorgen.

Wenn er diese Nacht überstand, hatte er gute Chancen, andernfalls ...

Annas Hand krampfte sich zitternd um den Lappen, als sie noch einmal den Schweiß von seiner Stirn tupfte. Der schwache Schein der Kerze fiel auf sein Gesicht. Und in diesem Moment erschien es Anna so ebenmäßig und schön, dass es sie unwillkürlich an die Darstellung eines gefallenen Kriegers erinnerte, die sie einmal in einem Buch gesehen hatte.

Bei Gott, er durfte nicht sterben! Er war doch noch so jung.

Das erste Licht der Morgendämmerung zeigte sich am Fenster, als das Fieber schließlich sank. Der Mann begann, ruhiger zu atmen, und fiel in einen tiefen Schlaf.

Vor Erschöpfung schwankend, stellte Anna die Schüssel mit Wasser ab und setzte sich wieder auf ihren Schemel. Kurz darauf fielen ihr die Augen zu, ihr Kopf sank auf die Brust, und auch sie schlief ein.

Ein Klopfen ließ Anna aus dem Schlaf schrecken.

Sie fuhr zusammen, und im ersten Moment wusste sie nicht, wo sie sich befand. Jeder Knochen ihres Körpers schmerzte, ihre Muskeln waren verkrampft. Während sie die verspannten Glieder schüttelte, fragte sie sich, weshalb sie auf einem harten Holzschemel statt in ihrem Bett geschlafen hatte.

Durch das verhangene Fenster fiel fahles Licht in die Stube. Der Morgen musste bereits weit vorangeschritten sein.

Aber weshalb ... ?

Blitzartig fiel Anna alles wieder ein. Der fremde Offizier, seine Verletzungen, das Blut und ihre verzweifelten Versuche, ihn am Leben zu erhalten.

Ein erneutes Klopfen, diesmal heftiger.

Erschrocken fiel ihr Blick auf den Verwundeten, der noch schlief und gleichmäßig atmete. Der Schweiß, der ihm auf Wangen und Stirn stand, zeigte, dass das Fieber wieder gestiegen war.

Das Klopfen wurde ungeduldiger. »Anna! Anna, wo bist du?«

Gideon!

Panik erfasste Anna, und sie sprang hastig auf.

Was hatte Gideon hier zu suchen? Aber natürlich! Seit sie am Morgen des Vortages mit dem Verwundeten zurückgekommen war, hatte sie das Haus nicht mehr verlassen. Sicher wurde sie schon vermisst, man machte sich womöglich Sorgen. Und nun stand Gideon vor der Tür. Nach ihrem letzten Gespräch hätte sie nicht gedacht, dass sie ihn so schnell wiedersehen würde. Mit nervösen Fingern steckte sie sich eine widerspenstige Haarsträhne unter die Haube, strich ihren zerknitterten Rock glatt und eilte zur Tür.

Die gedrungene Gestalt Gideons zeichnete sich vor dem nebeligen Hintergrund ab. Ehe sie noch Gelegenheit hatte, ihn zu begrüßen und hereinzubitten, hatte er bereits seinen schwarzen Hut abgenommen und trat auf sie zu.

»Wie ich sehe, ist alles in Ordnung mit dir.« Mit der flachen Hand klopfte er die Schneeflocken von seinem Mantel. Sein fleischiges Gesicht war von der Kälte gerötet. »Wo hast du denn gestern gesteckt? Man hat schon nach dir gefragt, und ich dachte ...«

Er unterbrach sich, als er bemerkte, wie blass Anna war. »Ist etwas geschehen? Dein Vater?«

»Nein, mein Vater ist ... ich meine, sein Zustand hat sich nicht verschlechtert.« Noch immer versuchte sie, mit ihrem Körper den Blick auf ihr eigenes Bett zu verstellen, während sie fieberhaft überlegte, wie sie den unwillkommenen Gast höflich und ohne allzu großes Aufsehen zum Gehen bewegen konnte. »Er schläft viel, und ich weiche kaum von seiner Seite, um ...«

Sie senkte den Kopf, als sei sie zu bescheiden, um mit ihrer Wohltätigkeit zu prahlen, in Wirklichkeit jedoch, um die aufsteigende Röte zu verbergen, die ihr ins Gesicht schoss, als ihr bewusst wurde, wie dicht sie an einer Lüge vorbeigeschlittert war.

»Deine Aufopferungsbereitschaft ehrt dich.« Noch immer machte Gideon keine Anstalten zu gehen. »Doch ich fürchte, du bürdest dir zu viel auf. Es ist wirklich an der Zeit, dass dir ein liebender Ehemann helfend unter die Arme greift, wie Gott der Herr es für die Frauen vorgesehen hat.«

Die Bilder, die Anna bei diesen Worten vor sich sah, hatten nichts mit Gideon zu tun – unwillkürlich flogen ihre Augen zu ihrem Bett, wo sie den Fremden wusste.

»Wenn du erlaubst, würde ich mich gern selbst davon überzeugen, dass euch nichts fehlt.« Mit einer entschlossenen Bewegung schob er sie beiseite. »Wir haben zu Hause noch was von dem Braten übrig, falls dein Vater ...«

Mitten in der Bewegung hielt er abrupt inne. Seine Stimme erstarb, und er erstarrte. Anders als üblich schienen ihm mit einem Mal die Worte zu fehlen. Einige Atemzüge lang blieb er bewegungslos stehen, den Hut in der Hand, den Blick auf das Bett gerichtet. Es war offensichtlich, dass er nicht glauben konnte, was er sah.

Langsam wandte er sich zu Anna um. »Wer ist das?«, brachte er schließlich hervor, und alle Freundlichkeit war aus seiner Stimme verschwunden.

»Ein verwundeter Offizier. Als ich gestern auf dem Weg nach Berich war ... da war er ... ich meine, da hab ich ihn gefunden, blutüberströmt, halb erfroren und ohne Bewusstsein.«

Gideon sagte nichts, sah sie aber mit kalten Augen an.

»Ich konnte ihn doch nicht seinem Schicksal überlassen, also hab ich ihn hierhergebracht, seine Wunden versorgt ...« Wie um sich zu entschuldigen oder um jeden weiteren Verdacht im Keim zu ersticken, fügte sie hinzu: »Er ist seither noch nicht wieder zu sich gekommen, Gott sei's geklagt.«

»Du hast ihn hierhergebracht? In deine Hütte? Ohne jemandem etwas davon zu sagen? Ohne Erlaubnis der Gemeinde?« Seine Worte waren wie Ohrfeigen, aber es klang auch Ungläubigkeit in ihnen mit.

»Dazu war keine Zeit. Er wäre gestorben. Du hättest sehen sollen, wie schwach er war, kaum noch am Leben und ...«

»Das hätte ich nicht von dir gedacht, Anna Hochstetter!« Zorn und Enttäuschung hatten Gideons bartloses Gesicht tiefrot gefärbt. Sie konnte sehen, dass er die Hände zu Fäusten geballt hatte. »Dass du einfach ...«

»Was hättest du nicht gedacht, Gideon?« Ihre Stimme war ruhig, ihr Blick fest auf ihn gerichtet. »Dass ich es nicht über mich bringe, einen Mann einfach sterben zu lassen? Nur weil er ein Fremder ist, einer aus – der Welt?«

Gideons Gesicht färbte sich noch einen Ton tiefer, er schnaubte und reckte Anna drohend den Zeigefinger vors Gesicht. »Du weißt genau, was ich meine. Du öffnest der Unzucht Tor und Tür, missachtest die gebotene Absonderung, du ...«

Ein paar Herzschläge lang verharrte er so in seiner Position, dann fuhr er herum, setzte seinen Hut auf und riss die Tür so heftig auf, dass ein Schwall eisiger Luft in die Hütte wehte. Auf der Schwelle drehte er sich noch einmal zu ihr um. »Das müssen die Ältesten erfahren. Du wirst hören, was sie über die ganze Sache zu sagen haben.« Mit einem lauten Knall schlug er die Tür hinter sich zu. Durch das Holz gedämpft, vernahm Anna das Gackern der durch den Lärm aufgescheuchten Hühner, dann war alles still.

»Ist er weg?«

Eine leise Stimme kam von der anderen Seite des Raumes. Müde wischte sich Anna mit dem Handrücken über die Stirn und wandte sich dann ihrem Vater zu. Mit offenen Augen lag dieser auf seinem Lager.

»Vater?«

»Gideon, ist er weg?«

»Ja, Vater, er ist gegangen, er . . .« Anna wusste nicht, was sie sagen, wie sie ihrem Vater die Situation erklären sollte. Bisher war sie sicher gewesen, dass sie das Richtige tat und ihre Christenpflicht erfüllte. Doch das rüde Auftreten Gideons hatte sie verunsichert, und nun stand sie mit hängenden Armen da und wusste nicht, was sie sagen sollte.

»Er ist ein blinder Tor.« Sie musste sich zu ihm hinunterbeugen, um seine Worte zu verstehen. »Einer von denen, die Gott auf den Lippen, aber nicht im Herzen tragen, die sich an die Buchstaben des Gesetzes klammern, den Geist jedoch dabei außer Acht lassen.«

»Gideon? Aber er ist der Neffe eines Gemeindeältesten . . .«

»Und ein noch viel größerer Narr, eitel und besitzgierig. Nicht die Sorge um das geistige Wohl der Gemeinschaft treibt ihn, sondern bloße Eifersucht.«

Anna nickte, erleichtert, dass ihr Vater das Gleiche empfand wie sie.

»Er will dich besitzen, meine Tochter, um jeden Preis.«

Ein Schauder überlief Anna, und fröstelnd zog sie ihr Schultertuch fester um ihren Körper. »Aber ist es nicht seine Pflicht vor Gott und der Gemeinde, sich eine Frau zu suchen, eine Familie zu gründen?«

»Er *will* dich, Anneli. Und dabei geht es ihm nicht um dein Glück und Wohlergehen, sondern nur darum, seinen Willen durchzusetzen. Und er wird nicht eher ruhen, bis er sein Ziel erreicht hat. Sieh dich also vor, mein Kind, ich kann . . .«

Ein Hustenanfall erstickte den Rest des Satzes.

»Du sollst nicht so viel reden, Vater. Das strengt dich nur an.« Liebevoll strich Anna ihm mit der Hand über die dünn gewordenen Haare und spürte, dass er vor Fieber glühte.

»Ich mach dir einen Aufguss, der wird ...« Als sie sich abwenden wollte, spürte sie, wie eine Hand sie festhielt.

»Anneli, hör mir zu. Ich weiß nicht, wie viel Zeit mir noch bleibt, doch du musst mir eines versprechen: Hüte dich vor Gideon Beiler und Männern wie ihm. Sie würden dir keinen Funken Freiheit lassen.«

»Was redest du da?« Eine seltsame Unruhe hatte Anna erfasst. »Du bist krank, du hast Fieber. Da ist es normal, dass du die Zukunft düster siehst. Aber sei versichert, ich ...«

»Du erinnerst mich immer mehr an deine Mutter.« Auf das eingefallene Gesicht des Vaters stahl sich für einen kurzen Moment ein Lächeln. »Genauso dickköpfig! Unbeirrbar in ihren Entscheidungen! Und voller Mitleid für andere Menschen.«

Anna errötete, als sie an den Mann dachte, der in ihrem Bett lag, seine wohlgeformte Gestalt, die gepflegten Hände ... Beschämt senkte sie den Kopf.

»Unser Leben war nicht immer einfach, wie du weißt. Doch in einem Punkt waren wir uns stets einig: Unser Ziel war es, unsere Kinder in der Liebe zu Gott zu erziehen.«

Mit einem sauberen Tuch tupfte Anna ihrem Vater den Schweiß von der Stirn. »Mach dir keine Sorgen, Vater. Das ist euch gelungen.«

»Ja, aber nicht nur in der Liebe, sondern auch in der Freiheit Gottes. Die *Freiheit* ist, wie der Apostel Paulus schon sagte, eines der größten Geschenke Christi an die Welt.« Der Griff seiner Finger wurde fester, und Anna spürte, wie wichtig ihm das war, was er ihr mitzuteilen versuchte. »Als unsere Vorfahren sich vor Generationen vom Bann des Papsttums gelöst haben, war einer der Gründe, dass sie ihren Glauben in Freiheit leben wollten. Sie sehnten sich danach, nichts und niemandem auf der Welt verpflichtet zu sein, niemandem außer Gott. Keiner weltlichen Macht, keinem Fürsten und keinem Papst. Nichts als Gottes Wort, das uns in der Heiligen Schrift überliefert ist. Frei zugänglich für jeden Menschen, der bereit und willig ist, es in sich aufzunehmen.«

Freiheit, Liebe und Verantwortung. Wie oft hatte sie diese Worte aus dem Mund ihrer Mutter gehört, die ihr dabei zärtlich mit den von der Arbeit rau gewordenen Händen über die Wange strich.

»Menschen wie Gideon, die glauben, andere mit vermeintlich unverrückbaren Wahrheiten, Vorstellungen und starren Regeln beherrschen zu müssen, sind gefährlich. Solche Menschen waren es, welche die von unserem Herrn Jesus verkündete Freiheit nicht ertragen konnten und ihn töteten. Solche Menschen waren es, die ihre Nachbarn und Brüder verfolgt, gefoltert und getötet haben, nur weil sie dachten, sie würden nicht mit ihren überlieferten Wahrheiten übereinstimmen. Und warum? Sie haben den Sinn der Worte Jesu nicht begriffen. Sie haben die Botschaft der Liebe und Freiheit in einengende Regeln und Gesetze umgewandelt, statt nach Jesu Wort in der Freiheit des Geistes und der Liebe zu leben. Lass dir von solchen Menschen nicht deine Freiheit rauben. Einzig und allein Gott gegenüber bist du Rechenschaft schuldig.«

Einen Moment lang blieb Anna am Bett des Vaters sitzen, ihre Hand in der seinen. Sie hörte das leise Knistern des Holzes in der Feuerstelle und wünschte sich, einfach die Augen zu schließen und wieder ein Kind zu sein, geborgen in der Fürsorge ihrer Eltern. Aber das war nur ein schöner Traum. Die Wirklichkeit sah ganz anders aus, und es war nur noch eine Frage der Zeit, bis ihr auch noch der Vater genommen werden würde. Sie spürte, wie ihr bei diesen Gedanken die Tränen in die Augen schossen.

»Ich liebe dich, Vater.« Sie hauchte ihm einen Kuss auf die

fiebrige Stirn. »Und ich werde deine Worte nicht vergessen.«

Sorgfältig wickelte sie ihn wieder in die Decke ein. Dabei fragte sie sich, was ihr Vater sagen würde, wenn er ihre Gedanken lesen könnte. Denn dieser verletzte Soldat weckte in ihr weitaus mehr als nur Mitgefühl mit einem gequälten Erdenwurm, der ihrer selbstlosen Hilfe bedurfte.

KAPITEL 7

Die ersten Strahlen der Wintersonne bahnten sich ihren Weg durch das mit einem Tuch verhangene Fenster, hinter dem Anna bereits dabei war, Hafer für den morgendlichen Brei zu zerstampfen.

Das Feuer in der Herdstelle brannte schon, und seine Flammen waren die einzige Quelle von Wärme und Licht im gesamten Raum. In einem Kessel köchelte mit etwas Salz und Kümmel versetztes Wasser, in das Anna den zerstoßenen Hafer rührte. Die gleichmäßigen Bewegungen mit dem schweren Holzlöffel entspannten sie. Nachdem sie die dritte Nacht in Folge statt in ihrem Bett auf einem provisorischen Lager aus Decken und Strohsack vor der Feuerstelle verbracht hatte, fühlte sie sich wie zerschlagen. Als sich in dem Kessel eine gleichmäßige, sämige Masse gebildet hatte, fügte Anna noch einen winzigen Hauch Pfeffer hinzu. Zu viel wäre eine Verschwendung gewesen, denn Gewürze waren teuer.

Sie zündete eine Kerze an und näherte sich damit dem Bett ihres Vaters, der noch schlief. Sein Gesicht wirkte stark eingefallen, seine Augenpartie wies eine ungesunde dunkle Färbung auf, und sein Atem ging röchelnd. Aus Erfahrung wusste Anna, dass es nun nicht mehr lange dauern würde, bis Gott ihren Vater zu sich rufen würde. Ihren lieben, gütigen Vater.

Und dann stehe ich ganz allein auf der Welt.

Um den Gedanken und die eisige Kälte, die dabei in ihr aufstieg, zu vertreiben, wandte sie sich von ihm ab und trat an das Bett des Offiziers. Er befand sich immer noch in einem Dämmerzustand, schwer atmend und mit vom Fieber gerötetem Gesicht. Seit er hier war, hatte er nur einmal kurz die Augen geöffnet. Anna beschloss, mit dem Frühmahl noch zu warten und zuerst die Verbände des Mannes zu wechseln und seine Wunden mit ihrer Tinktur zu behandeln.

Vorsichtig hob sie seinen Oberkörper an, zog ihm das mehrfach geflickte Leinenhemd ihres Vaters über den Kopf und begann dann, die Mulltücher und Verbände zu lösen. Sie bemühte sich, ihm keine großen Schmerzen zu bereiten, was schwierig war, da der Stoff an vielen Stellen durch getrocknetes Blut mit der Wunde verklebt war.

Der Offizier stöhnte leise im Schlaf, und Anna war froh, dass er diese qualvolle Prozedur nicht bei vollem Bewusstsein ertragen musste. Schnell nahm sie einen sauberen Lappen aus einer Kiste, tränkte ihn mit etwas Öl und rieb damit sorgfältig seinen schweißbedeckten Körper ab, der durch die hässlichen Schnitte, Blutergüsse und Schwellungen verunstaltet war und einen beunruhigenden Geruch nach Blut und Siechtum ausströmte. Dennoch war es ein schöner Körper, der im flackernden Schein der Feuerstelle beinahe nackt vor ihr lag. Der junge Mann war hochgewachsen und von ebenmäßiger Gestalt, so wie sie sich als Kind den biblischen König David vorgestellt hatte, dessen Schönheit viele Frauen erlegen sein sollen.

Behutsam wusch Anna seine Schultern, Brust und Hüften, wo sich feste, wohlgeformte Muskeln abzeichneten. Sie konnte kaum den Blick von ihm lassen, und plötzlich erfasste sie eine tiefe Ehrfurcht und Dankbarkeit vor dem Schöpfer, der es fertiggebracht hatte, etwas derart Schönes zu erschaffen.

Nach seinem Ebenbild.

Und Gott sah, dass es gut war, kamen ihr die Worte der Heiligen Schrift in den Sinn, als sie vorsichtig mit den Fingerspitzen über die Sehnen an Hals und Armbeuge strich.

Oh ja, wirklich sehr gut … Ein leichter Schauder glitt durch Annas Körper, und sie beeilte sich, endlich mit ihren Waschungen fertig zu werden, um dann die Wunden zu versorgen.

Als der Fremde mit sauberen Leinenbinden und einem frischen Hemd versehen war, hörte Anna, dass ihr Vater langsam erwachte. Rasch warf sie die mit Blut und Eiter verschmierten Verbände ins Feuer, wusch sich die Hände und schöpfte etwas von dem Brei in eine Holzschüssel.

Dem Offizier konnten im Augenblick nur Zeit, Ruhe und Gottes Erbarmen helfen. So verbrachte sie den Rest des Morgens damit, sich um ihren Vater zu kümmern, ohne dass der Verletzte die Augen aufschlug.

*

Er war wieder ein Kind. Kräftig, ungebändigt, nicht älter als zwölf. Tobend rannte er mit seinen Cousins durch den Wald seines Onkels Johann. Sie beobachteten Rehe, Hirsche und Wildschweine. Gelegentlich huschten winzige, rotbepelzte Eichhörnchen an ihnen vorbei, die sich in atemberaubender Geschwindigkeit von Baum zu Baum schwangen. Aus den auf der Erde liegenden Ästen und Zweigen schnitten sich die Jungen Pfeile und Bögen, mit denen sie auf die Jagd gingen. Allerdings gelang es ihnen höchst selten, etwas zu treffen, was sie vorzeigen konnten, um mit ihrem Jagdglück zu prahlen.

Wenn sie am Abend nach Hause kamen, dreckverschmiert und mit von Dornen blutig zerkratzten Armen und Beinen, lachte seine Tante meist nur, fuhr ihnen durch die zerzausten Haare und schickte sie, sich zu waschen, bevor es Abendbrot gab.

Das Paradies auf Erden. *Colonia*, Cöln, mit den engen Straßen, alten Häusern, den vielen Kirchen, deren Turmspitzen bis zum Himmel reichten. Nicht zuletzt dem mächtigen Dom, der jedoch mit seinen unfertigen Türmen und dem ewigen Baugerüst mehr einer Ruine aus versunkenen Zeiten als einem Gotteshaus glich.

Während er dann an lauen Sommerabenden mit Tante, Onkel, Cousins und Cousinen im Schein der Kerzen am Tisch beim Essen saß, glaubte er die Geschichten, die sich die alten Leute erzählten, dass Cöln eine direkte Verbindung zum Himmel hatte. Immerhin beherbergte der Dom die letzte Ruhestätte der Heiligen Drei Könige, deren Schrein Menschen von nah und fern in die Stadt zog.

Ein jäher Schmerz ließ das Bild zerplatzen. Die Wolken verdunkelten sich, und er befand sich jetzt in den Gassen von Cassel und hörte die lauten Rufe der Nachbarskinder: »Papistensohn! Papistensohn!«

Ein Stein traf ihn im Rücken. Er stürzte. Der nächste traf ihn am Kopf. Blut tropfte auf seine Jacke. Es tat höllisch weh.

Noch immer spürte er die Schmerzen am ganzen Körper und stöhnte auf. Langsam kehrte sein Geist wieder in die Gegenwart zurück. Er war keine zwölf Jahre mehr, er war ein erwachsener Mann, ein Offizier des hochfürstlich hessischen Jägerregiments. Gleichwohl pulsierte das Blut durch die Adern in seinem geschwollenen Gesicht, er fühlte die Zerschlagenheit seiner Muskeln am ganzen Körper und ein qualvolles Stechen in der rechten Bauchseite. Angestrengt horchte Lorenz in die nebelige Nacht und konzentrierte sich darauf, nur flach zu atmen, damit der Schmerz abklang. Allmählich lichtete sich der Dunst um ihn herum. Vor seinen Augen formten sich klare Umrisse, etwas Helles war auszumachen, und einen Moment lang glaubte er, er blicke geradewegs in die Sonne, sodass er geblendet die Augen wieder schloss.

»Ihr seid in Sicherheit …«

Gedämpft und kaum verständlich trafen die Worte sein Gehör. *In Sicherheit?* Was meinte die Stimme damit? Wo war er? Wer sprach mit ihm?

Wieder öffnete er die Lider, und dieses Mal fiel es ihm schon etwas leichter. Doch der Anblick, der sich ihm bot, war so überraschend, dass er für einen Moment glaubte, er sei tatsächlich gestorben und befände sich nun im Himmel.

Über ihn gebeugt, nahe an seiner Wange, so nah, dass er den betörenden Duft von Blüten wahrnehmen konnte, sah er ein ebenmäßig ovales Gesicht, umrahmt von einem schlichten Häubchen. Eine zierliche Nase und große, rehbraune Augen, vielleicht eher die Farbe von Karamell, sahen ihn besorgt an.

Lorenz blinzelte, zermarterte sich seinen schmerzenden Schädel, um sich daran zu erinnern, woher er das Gesicht dieses Mädchens kannte. Es war weiß Gott nicht von auffallender Schönheit, dazu war es zu schmal und die Züge zu hager. Doch strahlte es so viel Ruhe und Zuversicht aus, dass allein dieser Anblick seine Schmerzen schon ein wenig linderte.

»Bin ich tot?« Krächzend, halb geflüstert, brachte er die Worte hervor. Seine eigene Stimme klang fremd in seinen Ohren.

Der rosafarbene Mund über ihm verzog sich zu einem Lächeln, das sich in den Augen widerspiegelte. »Ihr seid nicht tot. Auch wenn nicht viel dazu gefehlt hätte. Ihr seid in Sicherheit. Ihr seid …« Einen Moment schien sie zu zögern, als wisse sie nicht, welche Antwort er von ihr erwartete. »Ihr seid bei Freunden.«

Freunde. Tatsächlich? Wieder durchzuckte ein rasender Schmerz seine Schläfen, als er sich zu erinnern versuchte. Verstohlen glitt sein Blick über den Körper der jungen Frau, die ein einfaches Mieder über einer hellen Bluse trug und einen braunen Rock, über den eine blassblaue Schürze gebunden war. Einfache, derbe Kleidung, womöglich eine Bauerntochter. Die dunkelblonden Haare hatte sie unter einer schlichten Haube zu einem langen Zopf zusammengebunden, der ihr über den Rücken und beinahe bis zur Taille fiel.

Aber woher kannte er ihr Gesicht, diese weiche, leicht schweizerisch klingende Stimme? Seit wann hatte er denn Freunde unter den Bauern?

War er etwa mit seinen Offizierskameraden zu lange in den Wirtshäusern unterwegs gewesen? Hatten sie ihn bewusst betrunken gemacht und dann in einem billigen Bordell zurückgelassen, weil er nicht mehr in der Lage gewesen war, geradeaus zu laufen?

Das würde das Hämmern in seinem Kopf erklären, die Übelkeit in seinem Körper. Doch wirkte dieses Mädchen nicht gerade wie eine Dirne. Aber wie, bei allen Heiligen, konnte es sein, dass er im Bett einer Bäuerin erwachte, noch dazu einer, bei deren Anblick eine seltsame Erinnerung in ihm aufstieg, die er jedoch nicht festhalten konnte?

»Wo bin ich?« Diesmal klangen seine Worte fester. Fast verzweifelt packte er den Ellbogen des Mädchens und zuckte vor Schmerz zusammen. Sanft, aber bestimmt löste sie seine Hand von ihrem Arm und legte sie zurück auf die Bettdecke.

»Erinnert Ihr Euch nicht? Ihr seid auf einem Täuferhof in Waldeck.«

Und plötzlich stand ihm alles wieder vor Augen. Der Deserteur, die lange Suche, das junge Mädchen, das dieser zu schänden versucht hatte. Daher also kannte er ihr Gesicht. Aber wie war er hierhergekommen?

Fieberhaft versuchte Lorenz, sich zu erinnern.

Weshalb war er wieder in Waldeck? Wie durch einen tiefen Nebel entsann er sich an einen Besuch in Cöln, bei Onkel Johann, beim Erzbischof. Aber was war danach geschehen?

»Ihr seid offenbar überfallen worden. Unweit von hier in einem Waldstück. Als ich Euch fand, wart Ihr halb tot und fast erfroren. Ich habe Euch hierhergebracht und …«

Den Rest des Satzes hörte er nicht mehr. Überfallen? Wie unter einem Schlag zuckte er zusammen. Er versuchte, sich aufzurichten, um dann stöhnend wieder zurück in die Kissen zu sinken.

»… müsst Euch schonen … so haltet doch still …« Nur bruchstückhaft drangen die Worte der jungen Frau an sein Ohr, während er all seine Willenskraft aufbot, den Schmerz niederzukämpfen und die Ereignisse der letzten Tage in sein Gedächtnis zu rufen. Doch es war zwecklos.

Trocken klebte seine Zunge am Gaumen, sein Rachen brannte. Jedoch verbot ihm sein Stolz, vor diesem Bauernmädchen, dieser Wiedertäuferin, seine Schwäche zu zeigen. Kaum gelang es ihm, die Augen offen zu halten. *Würde und Contenance*, hatte ihm sein Vater immer wieder eingebläut, gelegentlich auch mit dem Rohrstock. Haltung bewahren, gleich in welcher Lebenslage.

Also bemühte er sich um einen festen Tonfall und fragte: »Wie heißt du, Mädchen?« Er war schockiert, wie heiser und brüchig seine Stimme klang.

»Mein Name ist Anna. Anna Hochstetter. Ihr seid hier im Haus meines Vaters.«

Fast wäre Lorenz entgangen, dass die junge Frau es vermied, ihn mit dem ihm als adeligem Offizier zukommenden Ehrentitel anzusprechen. Er hatte schon gehört, dass diese Täufer ein stures Volk waren, das recht einfach lebte. Sie verweigerten der weltlichen Obrigkeit die ihr zustehende Hochachtung und lehnten es schlichtweg ab, Kriegsdienst für ihren Herrn zu leisten oder einen Eid auf ihn zu schwören.

Gewöhnlich hätte Lorenz sich eine solche Respektlosigkeit

verbeten und das junge Ding in seine Schranken gewiesen, so elend und schwach er sich auch fühlen mochte. Wohin sollte es führen, wenn man dem einfachen Volk erlaubte, sich so zu benehmen, als gäbe es keine Unterschiede zwischen den Gesellschaftsschichten? Doch die Stimme der jungen Frau übte einen solchen Reiz auf ihn aus, dass er davon absah, sie wegen ihres Mangels an Ehrerbietung ihm gegenüber zu maßregeln. Und so sah er sie nur mit seinem festen Blick an, der es üblicherweise vermochte, Bauernlümmel einzuschüchtern und junge Damen erröten zu lassen. Anna jedoch senkte nicht einmal die Augen, in denen aufrichtige Sorge zu lesen war.

Schließlich stand sie auf und ging zur Herdstelle, wo ein prasselndes Feuer tanzende Schatten auf die weiß getünchten Wänden warf. Lorenz wünschte, sie wäre bei ihm geblieben, denn er fühlte sich zerschlagen, hilflos und schwach. Es war ein Trost, dieses seltsame Mädchen an seiner Seite zu wissen. Er versuchte, sich aufzurichten, um zu ihr hinüberzuschauen, doch ein heftiger Schmerz hinderte ihn daran.

»Verdammt!« Zornig ballte er seine Hand zur Faust, und erst, als er ein tadelndes Zungenschnalzen hörte, wurde ihm bewusst er, dass er laut gesprochen hatte.

»Im Haus meines Vaters wird nicht geflucht.« Anna stand wieder an seinem Bett, eine dampfende Schüssel und einen Holzlöffel in den Händen. »Wir beten zu Gott, aber verfluchen ihn nicht.«

Sie setzte sich zu ihm an den Rand seines Lagers, band ihm ein Tuch um den Hals und begann damit, ihn mit einem zähen, süßlichen Brei zu füttern.

Zu überrascht von ihrem Verhalten, ließ Lorenz sie gewähren. Doch in seinem Innersten machte sich Empörung breit. Wer war diese Frau, dass sie glaubte, sie könne ihn, den Freiherrn von Tannau und Offizier des Landgrafen, derart maßregeln? Bei allen Heiligen, wie war er nur in eine solch verfahrene Situation geraten? Wer konnte ihn nur überfallen haben? Immer wieder drehten sich seine Gedanken im Kreis. Wem in aller Welt hatte er einen Grund geliefert, ihn derart zuzurichten? Oder sollte es ein Strauchdieb gewesen sein, dem er zufällig über den Weg gelaufen war?

Wie aus dem Nichts tauchte plötzlich ein Gesicht vor ihm auf, wutverzerrte Augen, ein hasserfüllter Blick. *Kurt Paul.* Spielte ihm seine Fantasie einen Streich, oder kehrte die Erinnerung zurück?

Weitere Bilder stiegen in ihm hoch: der heimtückische Überfall, die rasende Wut des Angriffs. Paul musste ihm aufgelauert haben. Das würde jedoch bedeuten, dass dieser ihn die ganze Zeit über verfolgt hatte. Die seltsame Begegnung am Dreikönigsfest im Cölner Dom kam ihm in den Sinn. Das vage Gefühl des Wiedererkennens, das er damals nicht hatte zuordnen können. Jetzt war er sich sicher, dass es Paul gewesen war.

Bei Gott, wie dieser Mann ihn hassen musste! Ob er sich noch in der Nähe versteckt hielt? Und was würde er tun, wenn er erfuhr, dass sein Mordversuch fehlgeschlagen war?

Lorenz spürte, wie ihm der kalte Schweiß ausbrach. Würde der Kerl es wieder versuchen? Jetzt, wo er selbst schutzlos bei diesen Wiedertäufern lag, die, wie jeder wusste, jegliche Gewalt ablehnten? Oder schlimmer noch, würde seine Anwesenheit auch die junge Frau und ihren Vater in Gefahr bringen? Lorenz' Herz schlug bei diesem Gedanken hart in seiner Brust, seine Hand ballte sich zur Faust. Nein, das würde er nicht zulassen, nicht solange noch ein Funken Leben in ihm war!

Er musste so schnell wie möglich wieder auf die Beine kommen! Und so schlang er mit grimmiger Entschlossenheit den

Brei herunter, mit der festen Absicht, alles zu tun, um seine Genesung zu beschleunigen.

*

»Das war entsetzlich dumm von dir!« Die Worte kamen hart und abgehackt wie Schläge. »Was hast du dir nur dabei gedacht, so einen zu uns zu bringen?« Gideon schleuderte ihr die Worte mit einem solchen Abscheu entgegen, dass man hätte meinen können, er spräche vom Leibhaftigen persönlich.

Schicksalsergeben stellte Anna den schweren Wassereimer ab, mit dem sie gerade vom Brunnen kam. »Ich hab dir schon gesagt, dass er verwundet war und sonst gestorben wäre. Hätte ich ihn einfach da liegen lassen sollen?«

»Warum musstest du ihn aber *hierher*schaffen? Hierher zu uns?« Mit einer ausschweifenden Geste seines Armes wies Gideon auf die in winterliches Weiß gehüllte Umgebung, die Hütten und Fachwerkhäuser, den hügeligen Wald. »Hätte es nicht genügt, einfach nach einem Arzt zu schicken?«

»Bis dahin wäre er verblutet!« Wut stieg in Anna auf. Was dachte sich dieser Kerl eigentlich dabei, ihr auf offener Straße den Weg zu versperren, als sei sie sein Eigentum? Wollte er sie kontrollieren?

»Hat man dich nicht gelehrt, barmherzig zu sein?« Sie war es leid, sich ständig dafür rechtfertigen zu müssen, dass sie versucht hatte, einem Menschen das Leben zu retten. »Kennst du nicht die Geschichte des Mannes aus Samaria? Oder glaubst du, nur dann nach dem Wort Gottes handeln zu müssen, wenn es dir beliebt, es ansonsten aber nach deinem Gutdünken auszulegen, Gideon Beiler? Ich schäme mich für dich!«

Ohne seine Antwort abzuwarten, drehte sie sich auf dem Absatz um und ging auf ihre Hütte zu.

»Wie kannst du es wagen?« Gideons Stimme überschlug sich. »Ich rede mit dir, Frau! Also bleib stehen!«

Mit zusammengebissenen Zähnen hielt Anna im Gehen inne und wartete, bis Gideon sie eingeholt hatte. »Was gibt es noch?« Ihre Worte klangen müde.

Wie ein Racheengel hatte sich dieser vor ihr aufgebaut. »Störrisches Weib, glaubst du, dich einfach über die Regeln der Gemeinde hinwegsetzen zu können?«

Anna erwiderte nichts.

»Das werde ich nicht länger dulden!« Jedes seiner Worte, die er ausstieß, bildete kleine Wolken in der kalten Luft, und für einen Moment erinnerte er Anna an einen feuerspeienden Drachen.

»Die Ältesten beraten gerade über deine Zukunft! Morgen wird dir die Entscheidung mitgeteilt, an die du dich zu halten hast. Verstanden?«

»Du hast ja laut und deutlich gesprochen, *Bruder* Gideon. Und ich bin nicht taub.« Ohne ein weiteres Wort zog sie ihren Umhang enger um ihren Körper, trat einen Schritt zur Seite und setzte ihren Weg fort.

Er machte keinen Versuch, ihr zu folgen.

Als sie die Tür der Hütte öffnete, fragte sie sich, ob es tatsächlich Gottes Wille war, dass andere über ihr Gewissen und ihre Taten zu Gericht saßen.

KAPITEL 8

»Wir sollten einen Arzt holen oder den Mann seiner Familie übergeben.«

»Oder einen Boten an seinen Kommandanten schicken, damit man ihn abholen kommt.«

»Wie stellst du dir das vor?«

»Er würde den Transport nicht überleben.«

»Das liegt in Gottes Händen.«

»Versündige dich nicht, Bruder!«

»Bitte verzeih.« Der Satz verklang in demütigem Schweigen.

»Aber wenn wir jetzt um Hilfe bitten, wo dieser Mann, noch dazu ein Offizier, halb tot in einer unserer Hütten liegt... nach allem, was in letzter Zeit hier geschehen ist. Bedenkt den Überfall auf Anna, die Werber...«

»Der Verdacht wird womöglich auf uns fallen!«

»Es soll schon vorgekommen sein, dass Offiziere und Werber von der Bevölkerung angegriffen wurden.«

»Aber doch nicht von uns!« Empörung klang bei diesen Worten mit.

»Wir können nichts riskieren, was die Aufmerksamkeit irgendwie auf uns lenkt. Wir sind nicht gut gelitten hier, in diesem Land. Noch immer werden wir wie Fremde behandelt, die Dorfbewohner misstrauen uns.«

Müde vernahm Anna die gemurmelten Worte der Männer durch die nur angelehnte Tür des Nebenraums. Ihre Augenlider waren schwer, ihr ganzer Körper erschöpft von der aufreibenden Pflege des Soldaten. Nur das Wissen, dass in diesem Haus über das weitere Schicksal des jungen Mannes in ihrer Obhut entschieden wurde, hielt sie wach. So zwang sie sich, die Augen offen zu halten und mit sittsam im Schoß gefalteten Händen dazusitzen, ohne sich anmerken zu lassen, wie erzürnt sie war, dass andere darüber entschieden, ob es vor Gottes Augen gerecht war, dass sie einem Menschen das Leben gerettet hatte.

»Du hast recht, Caleb, das Wohlergehen unserer Gemeinde hat Vorrang vor allem anderen.«

»Dann ist es also entschieden?«

Zustimmendes Gemurmel erhob sich, dann hörte Anna das Rücken von Stühlen, das Scharren von Füßen, Schritte, die sich näherten. Ein Lichtstrahl traf ihr Gesicht, als sich die Tür öffnete und einer der Gemeindeältesten auf sie zutrat.

»Wir haben eine Entscheidung getroffen.«

Anna spürte, wie ihr Mund trocken wurde. Sie stand auf und grub die Finger in den schweren Stoff ihrer Röcke. »Ja?«

»Der Fremde kann nicht zurückgebracht werden. Nicht in seinem jetzigen Zustand, und solange der Verdacht, Mitglieder unserer Gemeinschaft könnten etwas mit dem Angriff zu tun haben, nicht vollständig ausgeräumt werden kann.«

Anna spürte, wie die Erleichterung sie durchströmte, und senkte den Kopf, damit ihre Miene nicht ihre Gefühle verriet.

»Wer soll sich um ihn kümmern?« Die Frage war anmaßend. Anna wusste, dass ihr diese Einmischung nicht zustand. Dennoch hatte sie sie nicht zurückhalten können.

»Wir finden es nicht schicklich, dass du dich allein eines Fremden angenommen hast.« Die auf sie gerichteten, von buschigen Brauen überwölbten Augen sahen sie streng an. Unterstrichen wurde dieser Tadel von einem ermahnend in die

Höhe gereckten Zeigefinger. »Doch gibt es niemanden hier, der sich besser auf Heilpflanzen und die Versorgung von Kranken versteht als du.«

Anna zwang sich, demütig den Kopf gesenkt zu halten.

»Solange dein Vater mit dir lebt und darauf achtet, dass der Sittlichkeit Genüge getan wird ... Ruth Wiehler wird zweimal am Tag nach dem Rechten sehen. Ansonsten verlassen wir uns auf deine Tugend und dein Gefühl für Anstand. Gott sei dir gnädig!«

Mit diesen Worten ließ der Älteste Anna allein. Den verhallenden Schritten und leiser werdenden Stimmen entnahm sie, dass auch die anderen Männer sich entfernten.

Nur einer war nicht gegangen. Als sie den Kopf hob, sah sie ihn in der geöffneten Tür stehen, eine stämmige Gestalt in einfacher, derber Kleidung aus Wolle und Leinen. Sein Blick war stumm auf sie gerichtet, und was sie darin las, ließ sie frösteln.

»Anna.« In Gideons Stimme klang ein fremder Unterton, eine Unsicherheit, mit. »Auch wenn die Gemeinde es so beschlossen hat, ich halte dein Tun nicht für klug.«

»Darüber haben wir doch schon gesprochen.« Ihre Stimme klang müde, ihr Körper sehnte sich nach Schlaf, und es fehlte ihr die Kraft, sich einer erneuten Auseinandersetzung zu stellen. »Ich hatte keine Wahl. Der Mann wäre sonst gestorben.«

»Ist das alles, was dich dazu getrieben hat? Wirklich der einzige Grund?«

Schwerfällig und ein wenig schwankend stand Anna auf und lockerte ihre vom langen Sitzen steif gewordenen Glieder.

»Ist das denn nicht Grund genug, Gideon? Haben wir nicht alle die Pflicht, einem Verletzten zu helfen?« Sie versuchte, sich an ihm vorbeizuschieben, hinaus ins Freie, in die

Kühle der Nacht, doch er griff nach ihrem Arm und hielt sie fest.

»Pass auf, was du tust. Der Pfad der Tugend ist schmal, und schon mancher ist auf dem Weg gestrauchelt ... ins eigene Verderben.«

Sein Atem war dicht an ihrem Ohr, sie spürte die Festigkeit seines Griffs, den drohenden Nachhall in seiner Stimme. Und plötzlich wusste sie, dass ihr Vater ihn richtig eingeschätzt hatte. Es ging Gideon nicht um das Wort Gottes, auch wenn er dieses immer wieder im Munde führte. Ganz gleich, in welch hehre Begriffe Gideon seine Beweggründe auch kleiden mochte, es ging ihm nur darum, sie davon abzuhalten, sich weiter um den fremden Offizier zu kümmern. Er selbst wollte sie besitzen. Und in diesem Moment, in dem ihre Gedanken bereits wieder bei dem Verwundeten weilten, Gideon sie jedoch am Weitergehen hindern wollte, verstand sie, dass auch innerhalb einer rechtgläubigen Gemeinde, unter guten und gottesfürchtigen Menschen, das Böse zu finden war.

Ohne ein weiteres Wort zu verlieren oder ihn auch nur anzuschauen, riss sie sich los und eilte aus dem Haus.

✳

Als Lorenz das nächste Mal erwachte, fühlte er sich schon etwas kräftiger. Zwar schmerzten sein linker Arm und seine rechte Seite bei jeder Bewegung, ja bei jedem tieferen Atemzug, aber nicht mehr so heftig wie zuvor. Unablässig brummte sein Schädel, und einige Rippen schienen gebrochen. Doch war sein Blick wieder klar und das Fieber offensichtlich gesunken. Vorsichtig versuchte er, sich aufzusetzen, aber ein rasender Schmerz, gefolgt von einer Welle der Übelkeit, zwang ihn zurück in die Kissen. Als sich die schwarzen Nebelschwaden

vor seinen Augen langsam lichteten, stand die junge Wiedertäuferin neben seinem Bett. Sie trug einen sorgfältig geglätteten dunklen Rock, über den sie eine blaue Schürze gebunden
hatte. Ihre Augen blickten ihn missbilligend an, in der Hand
hielt sie eine Schüssel, aus der es verheißungsvoll dampfte.

»Ich habe Euch doch gesagt, Ihr sollt liegen bleiben. Wem
ist damit gedient, wenn Ihr aus dem Bett springt und Euch den
Tod holt. Seid nicht so unvernünftig! Einem Mann wie Euch
hätte ich mehr Verstand zugetraut.«

Zu überrumpelt von einer solchen Respektlosigkeit aus dem
Munde einer Bauernmagd und noch immer von Schmerzen
gequält, enthielt sich Lorenz einer zurechtweisenden Antwort.
Stattdessen begnügte er sich damit, stumm ihre Bewegungen
zu beobachten, als sie sich ans Bett setzte und ihm ein weiteres Kissen in den Rücken schob. Erleichtert spürte er, wie
der Schmerz durch die veränderte Lagerung ein wenig nachließ.

»So, und nun esst, das wird Euch guttun.«

Mit hochgezogenen Brauen sah er die junge Frau an und
schüttelte den Kopf. »Man sagt, ›das wird Euch guttun, *Herr
Baron*‹.«

Lächelnd hielt sie ihm einen gefüllten Messingbecher hin.
»Ich kenne Euren Namen, Ihr seid Sekondeleutnant Lorenz
von Tannau. So hattet Ihr Euch doch vorgestellt, damals, nach
diesem Überfall auf mich, wisst Ihr noch?«

Lorenz zog die Brauen zusammen, verzichtete jedoch auf
weitere Belehrungen. Stattdessen nickte er. »Ja, ich erinnere
mich. Eine üble Sache, und wenn man es recht bedenkt,
wohl auch der Grund dafür, dass ich jetzt hier liege.« Als er
den fragenden Ausdruck in Annas Gesicht sah, fuhr er fort.
»Es besteht kein Zweifel, dass dieser Kerl sich an mir rächen
wollte.«

Schrecken zeichnete sich in ihrem Gesicht ab. »Ihr glaubt also, der Deserteur ist der Angreifer gewesen, der Euch töten wollte?«

Lorenz hob die Schultern. »Ich habe ihn festgenommen und dafür gesorgt, dass er bestraft wurde. Damals hat er mir Rache geschworen. Immerhin ist sein Plan nicht ganz aufgegangen.«

»Ihr hattet wirklich großes Glück«, murmelte sie leise.

»Und einen guten Schutzengel.« Er lächelte.

Mit Genugtuung bemerkte er, dass eine tiefe Röte ihr Gesicht überzog, auch wenn sie nach außen hin Haltung bewahrte. Ihr Blick flackerte. »Jetzt müsst Ihr aber wirklich essen.«

Wieder diese respektlose Anrede. Doch sein hungriger Magen und der verführerische Duft der Suppe brachten ihn dazu, sich eines weiteren Kommentars zu enthalten.

Genüsslich nahm er den ersten Löffel und ließ das Aroma von Gerste, Zwiebeln und Speck auf seiner Zunge zergehen, während er innerlich grinste. Dieses unscheinbare und gleichzeitig so resolute Ding war nicht nur eine hervorragende Köchin, sondern offensichtlich eine Herausforderung für ihn, wie er ihr in den mit Kerzen, Stuck und Marmor verzierten Ballsälen von Cöln und Cassel noch nicht begegnet war.

Und Herausforderungen hatten ihn stets gereizt.

✻

Sie konnte nicht länger die Augen davor verschließen! Gideon hatte recht!

Diese Erkenntnis erfüllte Anna mit Unbehagen, während sie die tropfnassen Tücher, Binden und Wäschestücke aus dem Trog zog, mit all der ihr zur Verfügung stehenden Kraft auswrang und schließlich in einen Korb legte. Von diesem Offizier ging eine Gefahr aus. Wenn sie ehrlich war, musste sie sich eingestehen, dass es besser gewesen wäre, sie hätte ihn nie zu Gesicht bekommen, nie im Haus ihres Vaters aufgenommen.

Sie würde Lorenz von Tannau ewig Dank dafür schulden, dass er sie damals vor dem Deserteur gerettet hatte. Aber seit jenem Tag und mehr noch, seit er mit ihr unter einem Dach lebte und sie ihn pflegte, war kaum eine Stunde vergangen, in der ihre Gedanken nicht zu ihm flogen. Stets hatte sie sein Bild vor Augen, und er weckte in ihr Gefühle, die sich für eine junge unverheiratete Frau nicht ziemten – schon gar nicht gegenüber einem Fremden, einem Offizier, einem Papisten.

Ein sehnsuchtsvolles Ziehen breitete sich in ihrer Brust aus, doch Anna beschloss, nicht darauf zu achten. Es entsprach nun einmal Gottes Willen, dass eine Frau sich nur mit einem Mann ihres Glaubens verheiraten sollte.

Allerdings, und dessen war sie sich ganz sicher, würde sie lieber ihr ganzes Leben in Einsamkeit verbringen, als dem Werben Gideon Beilers nachzugeben. Obgleich jeder in der Gemeinde sie für eine Närrin halten musste, wenn sie sein Angebot abwies.

Nun denn, dann war es eben so! Mit einer zornigen Bewegung packte sie den Wäschekorb, stieß die Tür auf und trat hinaus in die blasse Mittagssonne.

❋

Lorenz sah Anna nach, als sie mit einem Korb Wäsche die Hütte verließ. Dann stand er auf, schob mühsam ein Bein vor das andere und zwang sich, aufrecht zu stehen, auch wenn ihm bei jeder Bewegung die rechte Seite seines Körpers höllisch wehtat.

Verflucht! Er würde nicht länger tatenlos hier sitzen und warten, bis er genesen war, während dieser Verbrecher Kurt Paul frei herumlief.

Rechts, links, rechts.

Jeder Schritt war eine Qual, doch er würde wahnsinnig werden, wenn er länger auf die Mildtätigkeit der jungen Frau und dieser Wiedertäufer angewiesen wäre. Menschen, von denen er wusste, dass sie all das verachteten, wofür er stand und was er verkörperte. Auch zuvor hatte er in seinem Leben schon Verachtung erfahren, besonders in Cassel als Katholik unter Protestanten. Er wusste, wie bitter sie schmeckte. Aber jetzt, nachdem er, dem Wunsch seines Vaters entsprechend, Offizier des Hochfürstlich Hessischen Feldjäger Corps geworden war, würde er vor nichts und niemandem mehr die Stirn beugen.

Nicht, wenn er es verhindern konnte.

Rechts, links . . . Seine Beine zitterten vor Anstrengung, sein Körper war mit Schweiß bedeckt. Doch mit zusammengepressten Kiefern machte er weiter, bis er die winzige Kammer mehrmals durchschritten hatte, während er seine Gedanken schweifen ließ, um sich von dem Schmerz abzulenken.

Diese Anna war ihm ein Rätsel. Sie mochte kaum zwanzig Jahre alt sein, und doch schien sie bereits die ganze Last einer Familie auf ihren Schultern zu tragen.

Großer Gott, wie einfach diese Menschen hier lebten, wie unendlich bescheiden, verglichen mit dem Luxus im Herrenhaus seines Vaters, in dem er aufgewachsen war, oder dem Cölner Stadthaus seines Onkels Johann. Die Gegensätze konnten nicht größer sein. Aber auf eine unbestimmte Art erinnerte ihn Anna Hochstetter bisweilen an seine Mutter.

Womöglich war das der Grund, weshalb ihm die junge Frau nicht aus dem Sinn ging. Wenn sie die Hütte verließ, um Besorgungen zu machen, erwartete er ihre Rückkehr mit größerer Ungeduld, als er gewillt war, sich einzugestehen.

Besonders der Ausdruck ihrer Augen faszinierte ihn immer wieder. Ernst und verständnisvoll, wenn sie sich unterhielten, doch gelegentlich voller Schalk, wenn sie mit ihm disputierte. Ein Hauch Unerbittlichkeit lag darin, wenn sie ihn zwang, diesen bitteren Aufguss zu trinken, aber auch Mitleid, wenn sie die mit den Wunden verklebten Verbände wechseln musste. Eine Prozedur, die Lorenz mit zusammengebissenen Zähnen über sich ergehen ließ und die jedes Mal den Wunsch nach einem kräftigen Glas Branntwein in ihm weckte. Doch dieser wurde in einem solch gottesfürchtigen Haus wohl nur als Tinktur verabreicht, und so begnügte sich er damit, herben Kräutertee zu nippen und die Balken an der Decke zu zählen.

*

Anna erwachte fröstelnd und atmete tief die kalte Morgenluft ein. Schlaftrunken schlüpfte sie aus dem behelfsmäßigen Nachtlager auf dem Fußboden, zündete eine Kerze an und legte neue Holzscheite auf die Glut, die sie mit einem Schürhaken wieder anfachte. Kurz darauf prasselte das Feuer, und Anna genoss die angenehme Wärme, die sich langsam im Raum verbreitete. Doch mit einem Mal beschlich sie ein ungutes Gefühl, und ihre Nackenhaare stellten sich auf. Sie wandte sich um und horchte auf ein störendes Geräusch. Irgendetwas war nicht in Ordnung.

Ein Blick auf den Offizier verriet ihr, dass er schlief. Sein Atem ging gleichmäßig, sein ebenmäßiges Gesicht wurde von den ersten Strahlen der Morgensonne erhellt. Eine böse Vorahnung trieb sie zum Bett ihres Vaters. Ruhig lag er da. In diesem Moment begriff Anna, was sie gestört hatte: die ungewohnte Stille.

Totenstille.

Ihre Hände wurden klamm, ihr Herz setzte einen Schlag lang aus. Schnell beugte sich zu ihm hinab und umfasste seine Hand. Sie war kalt und steif. Ein Griff an seinen Hals zeigte ihr, dass auch kein Puls mehr spürbar war, nur eine erschreckende Kälte, die das ständige Fieber abgelöst hatte.

Friedlich lag ihr Vater da, auf seinen Lippen ein leichtes Lächeln, als habe er schon einen Blick auf die himmlische Herrlichkeit geworfen.

Anna stockte der Atem, ein schweres Gewicht schien mit einem Mal auf ihrer Brust zu liegen. Keuchend rang sie nach Luft, ein Schrei entfuhr ihr.

»Vater!« Sie erhielt keine Antwort. »Vater …«

Er war tot! Das letzte Mitglied ihrer Familie, das ihr noch geblieben war, hatte sie verlassen. Nie wieder würde sie mit ihm reden, mit ihm beten, sich von ihm trösten lassen können. Und niemand würde sie in Zukunft vor Männern wie Gideon schützen.

Nun war sie allein.

Ganz allein.

✻

Ein Geräusch hatte ihn geweckt, und als Lorenz die Augen öffnete, sah er Anna am Bett ihres Vaters stehen und dessen Namen rufen. Plötzlich schwankte sie.

Auf den ersten Blick hatte er die Situation erfasst und erreichte Anna gerade noch rechtzeitig, um sie aufzufangen. Ihr

Körper war steif, ihr Atem ging schwer und abgehackt. Mit einiger Anstrengung hob er die junge Frau auf seine Arme und trug sie humpelnd zu seinem Nachtlager. Vorsichtig ließ er sie auf die Decken gleiten, setzte sich zu ihr und bettete ihren Kopf an seine Brust. Wie eine Ertrinkende klammerte sie sich an ihn, Tränen liefen ihr über die Wangen, und sie vergrub ihr Gesicht in seinem Hemd. Beruhigend drückte er sie an sich, strich ihr über die Arme und murmelte tröstende Worte.

*

Anna wusste nicht, wie viel Zeit vergangen war, bevor ihr zu Bewusstsein kam, dass der Offizier neben ihr lag. Der Schock über den plötzlichen Tod des Vaters hatte all ihre Sinne gelähmt. Doch jetzt, wo sie langsam wieder aus ihrer Betäubung erwachte, hörte sie seine leise, raue Stimme, seinen festen Herzschlag direkt an ihrem Ohr und spürte seine Finger, die ihr Haar streichelten. Ihre Tränen hatten sein Hemd durchweicht, doch ihr Atem ging wieder ruhiger, und sie zwang sich, der Wahrheit ins Auge zu sehen.

Ihr Vater war tot, und vor ihr lag eine ungewisse Zukunft.

Mit einem Mal fühlte sie den Atem des Leutnants an ihrer Stirn, spürte, wie er sich zu ihr beugte. Seine Lippen berührten die zarte Haut an ihren Schläfen. Unwillkürlich drängte sie sich näher an ihn, nahm seine Wärme auf, empfing seinen Trost wie verdorrte Erde einen warmen Sommerregen. Die Zeit schien stehen zu bleiben, die Zukunft in weite Ferne gerückt.

Ein lautes Klopfen dröhnte durch den Raum. Bevor Anna reagieren konnte, wurde die Tür aufgestoßen und ein Schwall kalter Morgenluft fuhr herein. Schritte näherten sich und hielten abrupt an. Gideons vom Zorn verengte Augen starrten auf sie und den Offizier herab.

»Was geht hier vor?« Sein Blick schweifte durch den Raum, und er gewahrte ihren toten Vater auf seinem Bett.

Hilflos öffnete Anna den Mund, um etwas zu sagen, doch ihre Stimme versagte. Was gäbe es auch zu erklären? Nichts, das nicht offensichtlich war.

»Ich wusste, Ihr würdet nur Ärger bringen«, fauchte Gideon in Lorenz' Richtung, bevor er Annas Arm packte und sie vom Bett zerrte.

Anna stöhnte bei seinem festen Griff und sah, wie der Leutnant aufsprang und sich vor dem anderen aufbaute.

»Lasse Er sie los«, sagte Lorenz ruhig, aber mit eisiger Stimme, und Gideon ließ tatsächlich von ihr ab.

»Das wird Folgen haben, Anna. Wie konntest du nur ...«

»Er sollte jetzt gehen.« Lorenz trat einen weiteren Schritt auf den Bauern zu, der widerwillig zurückwich.

Anna spürte Gideons drohenden Blick auf sich ruhen und atmete erst wieder aus, als er wutschnaubend den Raum verlassen und die Türe mit einem dumpfen Geräusch hinter sich geschlossen hatte.

»Was hab ich getan?« Kaum wagte sie, den Offizier anzublicken. »Großer Gott, was hab ich nur getan?« Ihre Lippen zitterten, während sie eine Decke um ihren Körper schlang, da sie noch immer nur ihr Nachthemd trug. »Was wird Gideon nun über mich erzählen? Den Gemeindeältesten ... seinem Onkel.«

Hitze hatte ihren Körper erfasst, die Beine drohten nachzugeben. Stirn und Wangen brannten an den Stellen, wo die Lippen des Leutnants sie berührt hatten. Doch es fühlte sich gut an. Gut und richtig. Und unendlich tröstlich.

»Ich muss mich bei dir entschuldigen«, sagte Lorenz leise.

Anna schluckte. Nur mit Mühe gelang es ihr, die Fassung wiederzugewinnen und ihn anzusehen. »Es gibt nichts, wofür Ihr Euch entschuldigen müsstet.«

»Ich hätte dich nicht küssen dürfen.«

Sie nickte.

»Was meinte er damit, dass es Folgen haben wird?«

»Die Regeln sind streng hier. Mein Verhalten wird Anstoß erregen bei der Gemeinde.«

»Du hast nichts Schlimmes getan, Mädchen. Dein Vater ist tot. Deine Gefühle haben dich übermannt, und ich habe dich lediglich getröstet.«

»Ihr habt mich geküsst.«

Grimmig nickte er.

»Und ich habe neben Euch gelegen und es nicht unterbunden.« Sie wusste, dass sie diesen kleinen Moment ihrer Schwäche teuer würde bezahlen müssen. Aber in dieser schrecklichen Stunde hatte sein Trost ihr neue Kraft geschenkt, und dafür verspürte sie tiefe Dankbarkeit.

Dennoch, durch ihr unüberlegtes Verhalten war sie jetzt gezwungen, ihn fortzuschicken. Zumindest wenn sie Schlimmeres verhindern wollte, falls es dazu nicht ohnehin zu spät war.

Sie straffte die Schultern. »Ihr könnt nicht länger hierbleiben!«

Lorenz' Kopf fuhr herum. Zorn und Auflehnung standen in seinen Augen. »Ich werde dich in dieser heiklen Situation nicht allein lassen. Nicht, solange ich nicht weiß, ob es dir gut geht.«

Sie spürte, dass er es ehrlich meinte.

Ja, bleib bei mir!, hätte sie am liebsten gerufen. Doch sie schüttelte den Kopf. »Es wird leichter für mich sein, wenn Ihr geht.«

»Das kann ich nicht«, sagte er gepresst und trat einen Schritt auf sie zu. Anna wich zurück und streckte abwehrend eine Hand aus.

»Bitte. Geht.« Ihre Stimme war nicht mehr als ein Hauch. Sie zitterte leicht, doch dann gewann ihre anerzogene Selbstbeherrschung wieder die Oberhand.

✳

Ein erfreutes Wiehern begrüßte Lorenz, als er die Tür des Stalls öffnete und Perikles seine Anwesenheit witterte. Ein Bauer aus dem Ort hatte sich erboten, das Tier in seinem geräumigen Stall unterzubringen, da Annas Ziegenstall auf Dauer zu eng war. Noch immer leicht hinkend ging Lorenz auf den Hengst zu, dessen rötliches Fell im schwach hereinfallenden Winterlicht glänzte. Aufgeregt blähten sich seine Nüstern, als er ihm den Kopf entgegenstreckte und seine Stirn in seinen Handflächen rieb.

Offensichtlich hatte sich Anna gut um Perikles gekümmert. Lorenz spürte einen Anflug von Schuld, als er daran dachte, wie er ihr diese selbstlose Gastfreundschaft gedankt hatte. Selbst wenn er das keineswegs beabsichtigt hatte. Wie hätte er auch damit rechnen können, dass ausgerechnet dieser Pharisäer unaufgefordert hereinplatzen würde?

Damit hatte er die junge Frau in eine höchst unangenehme Lage gebracht. Er dachte an die vielen Stunden, die sie an seinem Bett verbracht, ihn gefüttert, gewaschen und seine Wunden verbunden hatte. Mit einem Mal wurde ihm bewusst, dass in dieser Zeit etwas mit ihm geschehen war, sich etwas in ihm verändert hatte. Ganz allmählich, aber spürbar. Und dass er die Gefühle, die er dieser schlichten jungen Frau entgegenbrachte, weit mehr waren als bloße Dankbarkeit. Obgleich er ihr so viel schuldete, sein Leben und seine Unversehrtheit. Ohne ihr beherztes Eingreifen wäre er jetzt tot, verblutet im Wald oder erfroren auf der kalten Erde.

Aber wie wurde ihr diese gute Tat gelohnt?

Er nahm eine Handvoll trockenes Stroh und begann, den Körper des Pferdes abzureiben, was es sich mit zufriedenem Schnauben gefallen ließ.

Bevor er von hier aufbrach, musste er einen Weg finden, die Sache in Ordnung zu bringen. Was konnte ihr geschehen? Was würden diese Wiedertäufer mit einer Frau tun, die unter scheinbar eindeutigen Umständen angetroffen worden war? Er dachte an das zornentflammte Gesicht Gideons, und seine Schuldgefühle wuchsen ins Unermessliche.

Ein Quietschen riss ihn aus seinen Überlegungen. Kühle Luft strömte herein, und auf dem strohbedeckten Boden wurden Schritte laut. Ohne sich umzudrehen, wusste Lorenz, dass es Gideon war, der ihn hier aufsuchte. Zum wiederholten Male fragte er sich, welchen Anspruch dieser Mann auf Anna, welchen Einfluss er auf die Gemeinde hatte, dass er derart herrisch auftrat.

»Ah, es geht Euch besser ...« Ein harter, bäuerlicher Tonfall, jedoch kein Wort über die Vorfälle am Morgen.

Unbeirrt fuhr Lorenz mit der Arbeit fort. »Mein Pferd wurde gut gepflegt, sage Er dem Bauern Dank für seine Großzügigkeit. Sobald ich wieder in Cassel bin, werde ich ihm Geld zukommen lassen, um ihm seine Unkosten zu erstatten.«

»Das ist nicht nötig.«

Lorenz zuckte zusammen, als Gideon direkt hinter ihm stand, schaute sich aber nicht um. »Ich bleibe nichts schuldig.«

Stille entstand, nur Perikles schnaubte leise.

»Das freut mich zu hören.«

Langsam wandte sich Lorenz um. »Was will Er damit sagen?«

»Ich rede von Anna. Sie hat eine schreckliche Zeit hinter sich – Vertreibung, Verlust der Familie ... Ich möchte nicht, dass sie ... ausgenutzt wird.«

Lorenz spürte, wie seine Gesichtszüge sich verhärteten. »Selbstverständlich werde ich auch sie für alle ihr entstandenen Kosten entschädigen. Sie soll durch meinen Aufenthalt keinen Schaden haben.«

»Das will ich hoffen.«

Unwillkürlich trat Lorenz einen Schritt zur Seite, als Gideon ihm so nah kam, dass sie sich fast berührten. Was erlaubte sich dieser Kerl eigentlich?

»Anna ist eine gute Frau, treu im Glauben der Väter, ein Engel der Barmherzigkeit.« Die Betonung, die der Täufer auf die letzten Worte gelegt hatte, zeigte, dass er diese Tatsache für alles andere als begrüßenswert hielt. »Aber sie ist auch wankelmütig, leicht zu verwirren und ... Nun, Frauen sind eben schwach, das sagt bereits die Schrift. Schon Eva hat sich von der Schlange verführen lassen und so die Sünde in die Welt gebracht. Deshalb hat Gott der Herr den Mann zum Vormund und Herrn über die Frau bestimmt.«

Lorenz musste unwillkürlich lächeln. Anna und schwach? Das passte nicht zusammen.

»Aus diesem Grund habe ich es auch nicht gern gesehen, dass Anna Euch derart lange Zuflucht gewährt hat. Aber, wie gesagt, sie ist die Barmherzigkeit in Person. Da Ihr verletzt wart, glaubte sie, nur ihre Pflicht zu tun. Doch dabei hat sie das Wesentliche vergessen ...«

Lorenz spürte, dass er sich nicht mehr lange würde beherrschen können. Zorn kribbelte unter seiner Haut, in seinen

Händen. Doch er hatte nicht vor, durch ein unüberlegtes Verhalten Annas Lage noch zu verschlimmern.

Also fragte er nur: »Und was soll das gewesen sein?«

»Gehorsam.« Gideons Blick strotzte vor Selbstgerechtigkeit, und gern hätte Lorenz diesem aufgeblasenen Bauern ins Gesicht geschlagen.

»Und wem sollte sie diesen *Gehorsam* schulden?«, brachte er mühsam beherrscht hervor.

»Dem Mann, den sie heiraten wird. *Mir.* Wie Anna Euch bestimmt gesagt hat, sind wir beide seit einiger Zeit verlobt.«

KAPITEL 9

Verlobt?

Wie das Echo einer Ohrfeige hallten Gideons Worte in Lorenz nach. Während ihm langsam bewusst wurde, was das bedeutete, spürte er ein schmerzhaftes Ziehen in seiner Brust und schalt sich einen Dummkopf, dass ihn eine voraussehbare Tatsache derart tief traf.

Anna Hochstetter hatte sein Leben gerettet und ihn gesund gepflegt, weil sie es für ihre Pflicht hielt. Mehr nicht. Von Beginn an war klar gewesen, dass sie beide durch Welten getrennt waren, dass es niemals eine andere Art von Beziehung zwischen ihnen geben konnte als die zwischen einer Pflegerin und einem Kranken. Doch bei dem Gedanken, eine Frau in den Armen gehalten zu haben, die einem anderen versprochen war, spürte Lorenz den bitteren Geschmack von Verrat.

Warum?, hämmerte es in seinem Kopf. *Warum hat sie es mir nicht gesagt? Weshalb hat sie mir verschwiegen, dass sie längst einem anderen Mann gehört?*

Lorenz' Hand krallte sich so fest in die Mähne des Pferdes, dass die Fingerknöchel weiß hervortraten.

»Ich spreche Ihm meine Glückwünsche aus.« Niemals würde er sich die Blöße geben, diesem Bauern zu zeigen, wie tief ihn seine Eröffnung getroffen hatte.

»Ich gehe davon aus, dass Ihr heute noch abreist«, sagte Gideon, ohne auf die Gratulation einzugehen.

»Natürlich. Sobald mein Pferd gesattelt ist und ich mich verabschiedet habe.«

»Das ist keine gute Idee.«

Lorenz fuhr herum. »Er will mir verbieten, meinen Dank abzustatten?«

Ein herablassender Blick traf ihn. »Eure Dankbarkeit hat schon genug Schaden angerichtet. Anna wird sich für ihr Verhalten vor der Gemeinde rechtfertigen müssen.«

»Sie wird *was*?« Ungläubigkeit und Wut rangen in Lorenz' Brust. »Dafür, dass sie mein Leben gerettet hat?«

»Dafür, dass sie sich einem Fremden gegenüber derart unschicklich verhalten hat.«

Lorenz richtete sich auf, soweit es die noch nicht vollständig verheilten Wunden zuließen. »Ich versichere Ihm, dass sie zu keinem Zeitpunkt die Grenzen von Sitte und Anstand verletzt hat.«

Doch – sie hätte mir die Wahrheit sagen müssen. Dass sie bereits versprochen ist.

»Das festzustellen, ist Aufgabe der Ältesten.«

»Das heißt, Anna wird verhört?« Der Gedanke, dass die junge Frau vor den Augen eines Mannes wie Gideon gedemütigt und bloßgestellt werden sollte, schwemmte mit einem Mal seinen Schmerz über ihre Unehrlichkeit beiseite. Das konnte er nicht zulassen!

»Wir handhaben derlei Angelegenheiten nach unseren Regeln. Ich bitte Euch, das zu respektieren. Und nun macht Euch reisefertig. Meine Mutter wird eine Wegzehrung für Euch vorbereiten.« Grußlos wandte sich Gideon ab und verließ den Stall.

Lorenz kam zu dem Schluss, dass es wohl wirklich an der Zeit war zu gehen. Er war ein Ehrenmann und wusste, wann man besser daran tat, Dinge, die geschehen waren, nicht noch schlimmer zu machen. Aber bei Gott, er hätte seine rechte Hand dafür gegeben, noch einmal mit Anna zu sprechen.

*

Noch nie war ihr der Schlamm unter ihren Füßen so schwer vorgekommen, die Luft in ihren Lungen so drückend. Ihr ganzer Körper fühlte sich an, als sei er aus Blei, als sei jedes einzelne Glied durch geschmiedete Ketten gebunden und gelähmt.

Selbst das Atmen kostete sie so viel Anstrengung, dass ihr der Schweiß auf die Stirn trat und in feinen Rinnsalen den Rücken hinablief. Der winterlich dicke Wollstoff ihrer Kleidung kratzte auf der feuchten Haut. Feindlich spürte sie die Blicke der umstehenden Täufer, die wohl auf Gideons Geheiß herbeigekommen waren, um sicherzugehen, dass der unwillkommene Fremde sie wirklich verließ.

Wie durch einen Nebel nahm sie wahr, dass Lorenz aus dem Stall trat. Er humpelte noch ein wenig, doch trug er wieder seine rot-grüne Uniform, in der sie ihn seit dem Tag, als sie ihn im Wald gefunden hatte, nicht mehr gesehen hatte. Während seiner Genesung hatte Anna sie gereinigt und ausgebessert.

Wortlos überquerte er den Hof, sein gesatteltes Pferd, das den Kopf an seiner Schulter rieb, führte er am Zaumzeug. Der Anflug eines Lächelns erschien auf Lorenz' blassem Gesicht, als er dem Tier den Hals klopfte. Annas Herz zog sich bei diesem Bild von Freundschaft und Zuneigung zusammen. All ihre Muskeln spannten sich an, um zu ihm zu laufen. Aber sie blieb stehen und sah ihn nur wortlos an: sein Gesicht, den Körper, den sie gepflegt hatte, von dem ihr jeder Zoll vertraut war. So viele Nächte lang hatte sie bei ihm gewacht, wenn ihn Albträume quälten, dass sie glaubte, ihn so gut zu kennen wie kaum einen anderen Menschen. Und sie verdankte ihm alles, was ihr auf dieser Welt noch wichtig war.

Ihre Unschuld, womöglich ihr Leben.

Mit einer geübten Bewegung ergriff er die Zügel seines

Pferdes und schob den linken Fuß in den Steigbügel. Dann hob er langsam den Kopf, als hätte er ihre Anwesenheit gespürt.

Seine Augen suchten ihren Blick, und für einen Moment glaubte sie, die Welt um sie herum müsse versinken. Wie konnte sie ihn nur ziehen lassen?

Von Kindesbeinen an hatte man sie Mäßigung gelehrt. Man durfte sich von seinen Gefühlen nicht zu falschem Handeln verleiten lassen. Tränen brannten in ihren Augen und drohten, ihren Blick zu trüben für den letzten Augenblick in seiner Nähe, die letzte Erinnerung, die ihr von ihm blieb. Ihre Lippen formten seinen Namen, doch sie blieb stumm.

Er zögerte, verharrte regungslos, einen Fuß auf der Erde, den anderen schon im Steigbügel. Fast schien es, als wolle er der Aufforderung, Waldeck zu verlassen, den Frieden des Ortes zu wahren, nicht folgen.

Anna spürte, was in ihm vorging, und schüttelte wortlos den Kopf. *Geh!*, sagte ihr Gesicht, ihre ganze Haltung. *Geh und beende die Schande, die wir heraufbeschworen haben.*

Einen Moment lang zögerte er, als sei er nicht bereit, ihrer unausgesprochenen Bitte Folge zu leisten. Er, der Offizier des Landgrafen, der sich von keinem Untergebenen Befehle erteilen ließ. Dann ging ein Ruck durch seinen Körper, als seine Muskeln sich spannten und er endlich aufsaß. Ohne sich von den abweisenden Blicken der Umstehenden abhalten zu lassen, lenkte er sein Pferd über den Hof auf Anna zu, hielt neben ihr an, und beugte sich zu ihr hinunter. Seine Hand streifte kurz ihr von der Haube bedecktes Haar, sein Atem glitt warm und vertraut über ihre Wange. »Ich verdanke dir mein Leben. Dafür stehe ich bis zum Ende meiner Tage in deiner Schuld.«

Anna schossen bei diesen Worten die Tränen in die Augen

und liefen heiß über ihr Gesicht. Doch unter den missbilligenden Blicken der anderen brachte sie es nicht fertig, etwas zu entgegnen.

»Solltest du jemals irgendetwas brauchen, Geld, Unterkunft, eine Arbeit, wende dich einfach an mich. Jederzeit.«

Einen Moment verharrte er so, und Anna hatte das Gefühl, dass es noch etwas gab, was er ihr sagen wollte, dass etwas Unausgesprochenes zwischen ihnen lag. Doch er schwieg, und schließlich trat sie einen Schritt zurück.

Lorenz von Tannau richtete sich wieder in seinem Sattel auf, schaute sie noch einmal an, tippte sich mit den Fingerspitzen an den Hut und ließ dann seine Augen kurz über die versammelten Amischen gleiten. »Habt Dank für eure Gastfreundschaft.«

Als niemand antwortete, trieb er sein Pferd mit einem leichten Schenkeldruck an, lenkte es über den Hof, an den Häusern und Scheunen entlang zur Straße.

Er schaute nicht mehr zurück.

»Erde zu Erde, Asche zu Asche, Staub zu Staub.«

Dumpf wie Paukenschläge drangen die Worte des Gemeindevorstehers an Annas Ohr, während sie wie betäubt vor dem geöffneten Grab stand und hinabstarrte.

Ich bin allein auf der Welt. Zum ersten Mal in meinem Leben bin ich völlig allein. Und sie werden mich unter den Bann stellen, aus ihrer Mitte ausstoßen, vertreiben aus dieser Oase des Friedens... und auch er hat mich verlassen. Lorenz.

Anna spürte nicht die Kälte des Februarwindes auf ihrer Haut, nicht den feinen Regen, der leicht wie Tautropfen auf Haar und Gesicht fiel und den Stoff ihres dunklen Kleides tränkte. In ihrem Inneren war nur eine tiefe Leere, eine dumpfe

Verzweiflung, die sie lähmte und die Wucht des Schmerzes dämpfte.

»Wir bitten auch für die Tochter unseres Verstorbenen. Von ihm wurde sie im Glauben der Väter und nach den Geboten Gottes unterwiesen. Aber sie hat den rechten Pfad verloren und körperliche Gelüste bei einem Ungläubigen gesucht.«

Es hat also bereits angefangen.

Dumpf wie ein Schlag in den Leib traf Anna diese Erkenntnis. Sie warteten noch nicht einmal so lange, bis ihr Vater beigesetzt worden war, um über sie zu richten.

»... die ihre Hände mit lustvollen Berührungen beschmutzt, ihren Leib mit Unzüchtigkeiten entweiht hat.«

Lüge! Alles Lüge!

Doch sie blieb stumm. Ihr Körper schien sich bei den Worten langsam aufzulösen, bis nichts mehr übrig blieb. Nur tiefe Trauer und Einsamkeit; Schwärze, die sie verschlang.

»Die Schrift lehrt uns, die Abtrünnigen und Sünder aus unserer Mitte zu verbannen, auf dass nicht auch wir unrein werden ...«

Die Lippen fest zusammengepresst, starrte Anna in das offene Grab. Sie spürte die Augen aller auf sich gerichtet, wusste, dass Gideon sie beobachtete. Seine Mutter Wiltrud warf ihr einen hasserfüllten Blick zu.

Eisige Kälte kroch in ihren Körper, doch sie verbannte alle Gedanken aus ihrem Bewusstsein, während sie stumm betete und die Seele ihres Vaters Gott anvertraute. Sie wartete noch, bis Männer der Gemeinde das Grab ihres Vaters mit Erde zugeschüttet hatten. Dann wandte sie sich um und machte sich wortlos auf den Weg zu ihrer Hütte.

Ein Klopfen an der Tür riss Anna aus ihren Gedanken. Gerade hatte sie die Sachen ihres Vaters in Ordnung gebracht, seine Kleidung gewaschen und getrocknet und alles auf einen Haufen gelegt, um es Bedürftigen zukommen zu lassen. Dann hatte sie die Stille des späten Nachmittages genutzt, um in der Bibel zu lesen in der Hoffnung, darin Trost zu finden – und Antwort auf ihre Fragen.

Das Klopfen wiederholte sich. Anna legte die Bibel beiseite und ging zur Tür, um zu öffnen.

Vor ihr stand Gideon Beiler. Anna konnte nicht verhindern, dass sie bei seinem Anblick einen Stich verspürte. Schiere Angst griff nach ihr, als er den Hut abnahm und sie stumm musterte. In seinen Augen lagen Verachtung, Enttäuschung und ... Hass.

Angespannt wartete sie ab, was er ihr zu sagen hatte. »Anna Hochstetter«, begann er mit unbewegter Miene. »Die Gemeinde hat dich des Ungehorsams, des Umgangs mit Ungläubigen und der Unzucht des Fleisches beschuldigt.«

Nichts anderes war zu erwarten gewesen. Und doch schnürten Gideons Worte ihr für einen Moment die Luft ab.

»Daher wirst du unter den Bann gestellt. Du weißt, was das bedeutet?«

Annas Mund war trocken, als sie stumm nickte.

Die Gemeindezucht der Amischen war streng und unerbittlich. Ein Mitglied, das die Gesetze übertrat, wurde ausgeschlossen. Niemand durfte mit ihm sprechen, Geschäfte führen oder auch nur an einem Tisch mit ihm essen.

Von nun an wäre sie wie eine Aussätzige inmitten der Gemeinde, von den anderen gemieden und verachtet!

»Doch Gott ist barmherzig. Und so ist auch dir der Zugang zu seinem Haus jederzeit offen, solange du willig bist, deine Schuld öffentlich zu bekennen.«

Es dauerte eine Weile, bis Gideons Worte Anna erreichten.

»Wenn du vor aller Augen Buße tust, wird man dich nicht verstoßen. Sei also klug und kehre auf den rechten Pfad zurück.«

Der rechte Pfad? Ich habe einen Kranken aufgenommen und gepflegt. Ihn vor dem Tod bewahrt, wie die Schrift es uns lehrt.

»Am kommenden Sonntag kannst du vor der Gemeinde niederknien und um Vergebung bitten. Wenn du dies aufrichtigen Herzens und zerknirschter Seele tust, wirst du wieder aufgenommen. Bist du dazu bereit?«

Eine Weile noch sah Gideon sie an, die spröden Lippen zusammengepresst, als erforsche er ihre Gesinnung und warte auf eine Antwort.

Die sie ihm nicht geben konnte.

Schweigend und bedrohlich stand er vor ihr. Schließlich machte er auf dem Absatz kehrt und stapfte den eisbedeckten Weg zurück, den er gekommen war.

Anna sah ihm nach, gedemütigt und bloßgestellt. Aber es gab Hoffnung für sie. Einen schmalen, wenn auch steinigen Weg, um wieder in den Schoß der Gemeinde zurückzukehren, die Gunst der Menschen wiederzugewinnen, die ihr und ihrem Vater Zuflucht gewährt hatten. Konnte sie diesen Weg gehen? Blieb ihr überhaupt eine Wahl, wenn sie nicht für den Rest ihres Lebens von Gott und ihren Glaubensbrüdern getrennt leben wollte?

Fröstelnd schlang Anna die Arme um den Körper. Von ihren Eltern war sie zu Wahrheit und Aufrichtigkeit erzogen worden. Und selbst wenn es schmerzhaft war, musste sie dem Weg Gottes und ihres Gewissens folgen. Wie konnte sie Reue für das zeigen, was in den vergangenen Tagen geschehen war? Wie konnte sie bekennen, gesündigt zu haben? Es wäre eine Lüge! Wie konnte Unwahrheit der Weg zu Gott sein?

Ihre Finger waren kalt, als sie zurück ins Haus trat, die Tür schloss und ihre Bibel wieder zur Hand nahm. Fahrig blätterte sie durch die Seiten.

Immer wieder schweiften ihre Gedanken zu der bevorstehenden Versammlung. Wofür sie sich auch entscheiden würde, eine Sache konnte sie nicht leugnen: Er war ein Kriegstreiber und ein Papist.

Und doch, sie liebte Lorenz von Tannau.

✳

Jetzt war es also offiziell!

Im Grunde hatte er es die ganze Zeit über gewusst. Es war bereits entschieden, lange bevor es den Herren Offizieren mitgeteilt worden war. Das gesiegelte Schreiben in seiner Hand war nur der Schlussstein, welcher die Angelegenheit unumstößlich verankerte.

Sein Marschbefehl.

Binnen einer Woche hatte Lorenz sich in der Festung Ziegenhain einzufinden, die bereits vor seiner Rückkehr als Sammelstelle und Rekrutenlager der Subsidientruppen des Landgrafen eingerichtet worden war – bis alles zum Abmarsch bereit wäre.

Durch das halb offene Fenster schimmerte eine blasse Frühlingssonne auf den Buchrücken im Regal. Tausendfach wurde sie vom geschliffenen Kristall der Gläser auf der Kommode gebrochen und in allen Regenbogenfarben reflektiert. Das Holz der sorgfältig polierten Möbel leuchtete in warmen Tönen.

Sein kleines Reich. Sein Refugium. Nichts von dem würde er mitnehmen können auf dem Weg, wohin er auch führen mochte. Fest umklammerte er sein Weinglas, und die kaum verheilten Wunden, die er von dem Überfall zurückbehalten hatte, machten sich bemerkbar.

Sei's drum.

Seit er Waldeck verlassen hatte, war ihm dies alles ohnehin nicht mehr wie sein wirkliches Zuhause vorgekommen. Etwas von ihm war dort in der kleinen Hütte zurückgeblieben.

Ein blasses schmales Gesicht erschien vor seinen Augen.

Wahrscheinlich war ein Aufbruch zu fernen Ufern genau das, was ein Mann in einer solchen Situation benötigte. Wenn erst einmal die Seeluft um seine Nase wehte, würde ihn das schon auf andere Gedanken bringen.

Er beschloss, sogleich mit dem Packen zu beginnen und seinem Vater eine Depesche zukommen zu lassen, um ihn über seinen bevorstehenden Aufbruch zu informieren.

*

Sie kniete auf dem Boden der Scheune. Der festgestampfte Lehm war hart und kalt, die Vorahnung des Frühlings, die Anna draußen verspürt hatte, schien ihren Weg nicht bis hierher gefunden zu haben.

Hier drinnen gab es nur verschlossene Tore und nackte Holzwände, denn die Amischen lehnten jeden Prunk ab. Von jeher dienten ihnen einfache Scheunen als Gotteshäuser. Die stummen Gesichter der versammelten Gemeindemitglieder waren allesamt auf Anna gerichtet.

Flüchtig erinnerte sie sich daran, dass es genau in dieser Scheune gewesen war, wo der hessische Deserteur versucht hatte, sie zu schänden, der Ort, an dem sie auch Lorenz von Tannau zum ersten Mal begegnet war. Eine seltsame Ironie, dass sie ausgerechnet hier, vor der versammelten Gemeinde, auf der Erde kniete, als Sünderin gebrandmarkt, und vor aller

Ohren bekennen sollte, dass sie durch eben diesen Mann der Verderbnis anheimgefallen war.

Die Erwartung, die im Raum lag, war deutlich spürbar. Mit jedem Herzschlag, mit jedem Wort, das sie sich auszusprechen weigerte, schwoll diese an, dehnte sich aus wie zu heißes Wasser in einem verschlossenen Kessel. Und Anna spürte, wie sie sich schwer und erdrückend auf ihre Brust legte.

»Nun, Anna Hochstetter, was hast du uns zu sagen?«

Ihr Mund war wie ausgetrocknet. Dennoch formte er schon die Worte, mit denen sie Buße zu tun, ihre Schmach, ihre Schuld, ihre Sünde vor Gott und der Gemeinde zu bekennen gedachte.

Doch gerade, als sie beginnen wollte, das ihr aufgezwungene Schuldbekenntnis zu sprechen, rührte sich etwas in ihrem Inneren, und das gütige Gesicht ihres Vaters erschien vor ihren Augen. Fast körperlich hörte sie seine Stimme. *Gott ist die Liebe. Du hast nichts Unrechtes getan. Folge deinem Herzen und deinem Gewissen.*

Wärme umfloss sie, Tränen traten ihr in die Augen, und das Bild verschwand.

»Gibt es irgendetwas, das du uns mitzuteilen hast?«

Die Worte des Gemeindeältesten rissen sie in die Wirklichkeit zurück.

Langsam hob sie den Kopf, hielt dem Blick des Mannes stand, einen Atemzug lang, zwei, drei …

»Ja, das habe ich!« Der feste Klang ihrer Stimme überraschte sie selbst. Und nicht nur sie, auch die anderen schienen die Veränderung zu spüren, die in ihr vorgegangen war. Die Mienen, die noch zuvor kalt und abweisend gewirkt hatten, wandten sich ihr wieder zu. Aufmerksam und neugierig.

»Es gibt etwas, das ich sagen möchte … Ich …«

Sie zögerte, als sie sah, dass der Gemeindeälteste die Stirn runzelte, als ahnte er, aufgrund ihrer Haltung oder ihres Gesichtsausdrucks, dass die Worte, die sie zu sagen gedachte, nicht denen entsprachen, die er von ihr erwartete.

Gott ist die Liebe.

»Als ich …«, begann sie, erst stockend, doch dann immer sicherer, »an jenem Wintertag ins Dorf aufbrach, um Nahrung und Heilmittel zu den Bedürftigen zu bringen, bin ich durch Zufall auf den leblosen Körper dieses Offiziers, Lorenz von Tannau, gestoßen.«

Sie wartete einen Augenblick, doch als keine Reaktion folgte außer unruhigem Füßescharren und vereinzeltem Räuspern, fuhr sie fort: »Er hatte viel Blut verloren, war bewusstlos und halb erfroren. Also habe ich ihn mit nach Hause genommen und gesund gepflegt.«

»Ohne jemanden um Erlaubnis zu bitten.«

Anna wusste nicht, ob diese Bemerkung eine Anschuldigung oder eine Frage sein sollte, doch sie nickte. »Dazu blieb keine Zeit. Er wäre sonst gestorben. Doch schon wenige Tage später haben mir die Gemeindeältesten die Aufgabe übertragen, mich um den Verwundeten zu kümmern, bis er wieder genesen wäre.«

Von irgendwoher war ein verächtliches Schnauben zu hören, und ohne den Kopf zu wenden, wusste Anna, dass es von Gideon kam.

»Ihn zu pflegen, aber nicht, um mit ihm Unzucht zu treiben.«

Sie spürte, wie ihr bei diesen Worten das Blut aus dem Gesicht wich und der Zorn wie eine heiße Flamme durch ihren Körper zuckte. »Das habe ich nicht.« Ihre Stimme klang ruhig, doch innerlich zitterte sie wie im Fieber. »Zu keiner Zeit habe ich irgendetwas getan, was den Regeln der Gemeinde oder gar den Geboten Gottes widerspricht. Wer dergleichen behauptet, der lügt!«

»Und an jenem Morgen, als dein Vater starb und ich dich bei ihm gefunden habe, bei diesem Fremden, im Bett, mit offenen Haaren, nur mit einem Nachtgewand bekleidet?« Gideons Stimme überschlug sich fast, als er seine Anschuldigung hervorbrachte.

Ganz langsam drehte Anna sich zu ihm um, bemerkte seine geröteten Augen, die heftig zuckende Ader an seiner Stirn und empfand beinahe so etwas wie Mitleid mit ihm. Sie, die Sünderin, die auf der schmutzigen Erde kniete, um vor aller Welt Buße zu tun.

»Manchmal trügt auch der Schein«, sagte sie leise.

Heftige Röte schoss in Gideons Gesicht, und es war offensichtlich, dass diese mehr durch unterdrückte Wut als durch den heiligen Eifer des Gerechten ausgelöst wurde. »Es ist der Richter der Welt, vor dessen Angesicht du hier stehst.«

»Wie wir alle«, gab sie zurück. »Doch du bist nicht *Er*, und woher nimmst du dir das Recht, meine Worte anzuzweifeln?«

Ein Raunen hatte sich erhoben und schwoll an wie ein entferntes Donnergrollen.

Gideons Gesicht war mittlerweile dunkelrot. »Wie kannst du es wagen . . .?« Vor Empörung verschluckte er den Rest seines Satzes.

Die unter dem langen weißen Bart halb verborgenen Züge des Gemeindeältesten hatten alle Farbe verloren, als er schließlich an Anna herantrat. Seine Stimme war brüchig und zitterte ein wenig, ob aus Zorn oder auch aus Trauer: »Bereust du, Anna Hochstetter? Bereust du vor Gott und den Menschen, was du getan hast?«

Alle Augen schienen auf sie gerichtet zu sein. Es war so still, dass man das leichte Knarren des Gebälks im Wind hören konnte. Schließlich schüttelte sie den Kopf. »Es gibt nichts, was ich zu bereuen habe. Nein.«

Anna glaubte, heftiges Einatmen zu vernehmen. Beinahe wie eine unbeteiligte Zuschauerin nahm sie wahr, wie die Schultern des alten Mannes herabsanken, als er für einen Moment die Augen schloss.

»Anna Hochstetter, da du nicht bereit bist, deine Sünden vor der Gemeinde zu bekennen und für deine Verfehlungen Buße zu tun, lässt du uns keine andere Wahl.«

Annas Atem stockte, ihr Herz setzte einen Schlag lang aus. Sie wusste, was nun kommen würde, kannte die Worte, die gesprochen werden mussten über eine wie sie. Eine Abtrünnige, eine Sünderin ohne Reue.

Von Kindheit an hatte sie sich stets bemüht, Gottes Wort zu befolgen, ein rechtschaffenes Mitglied der Gemeinde zu sein. Und nun kniete sie vor aller Augen auf dem schmutzigen Scheunenboden, verurteilt und verdammt. Doch in sich spürte sie noch immer diese sanfte Gegenwart der Liebe, welche ihr die Kraft gab, die Ankläger erhobenen Hauptes anzuschauen.

»Anna Hochstetter, von nun an wirst du aus der Gemeinde ausgeschlossen. Niemand wird mit dir sprechen, mit dir essen oder auch nur deinen Namen nennen. Das ist der Wille unseres Herrn. Und so soll es sein.«

Die letzten Worte verhallten im Dunkel der Scheune wie das Echo eines letzten Donnerschlages. Niemand sprach ein Wort, niemand rührte sich. Selbst die Kinder, die auf den Bänken oder den Schößen ihrer Mütter saßen, waren verstummt. Nur der Atem des Ältesten, der seine Bibel schloss und Anna weiterhin stumm betrachtete, war deutlich hörbar – schnell und keuchend.

Nun war das geschehen, wovor sie sich am meisten gefürchtet hatte. Sie war gebannt und auf sich allein gestellt. Ohne Heimat, ohne Familie.

KAPITEL 10

Auf der Passage nach America, Frühjahr 1776

Es war eine knochenbrecherische Arbeit an Bord des flämischen Handelsschiffes. Von morgens früh bis spät in die Nacht musste Kurt Paul schuften, dabei konnte er von Glück reden, dass er überhaupt auf einem Schiff hatte anheuern können, ohne dem Kapitän unangenehme Fragen über seine Herkunft und Vergangenheit beantworten zu müssen. Die Striemen des Gassenlaufens auf seinem Rücken und das unübersehbare Brandzeichen auf seinen Daumen sprachen schließlich Bände.

Am Anfang war er stolz darauf gewesen, dass es ihm gelungen war, sich trotz alledem als freier Mann auf dem Weg nach America zu befinden. Doch der Preis dafür erschien ihm mit jedem Tag, an dem er bleischwere Eimer schleppte, das Deck schrubbte, verbrannte Töpfe auskratzte und Unrat über Bord warf, höher.

Bisher hatte er es stets verstanden, sich durch geschicktes Taktieren und kleine Betrügereien durchs Leben zu schlagen. Selbst in der Armee des Landgrafen hatte sich der eine oder andere Vorgesetzte als bestechlich erwiesen, und so hatte er dort ein recht angenehmes Leben geführt.

Dumm nur, dass er die Finger nicht von den Weibern lassen konnte. Das hatte ihn immer wieder in Schwierigkeiten gebracht. Und dann hatte ihn auch noch dieser verfluchte von Tannau aufgestöbert, als er sich mit dieser kleinen Ketzerin vergnügen wollte. Noch jetzt glaubte er, die Rutenschläge auf seinem Rücken zu spüren, die dieser Kerl ihm eingebrockt hatte. Die Narben würden nie verschwinden. Ihm verdankte er auch, dass er sich nun hier zwischen nach Algen stinkenden Tauen und Abfällen bis zum Umfallen schinden musste. Der salzige Geruch des Meeres stieg ihm in die Nase, während sein Magen auf den schwankenden Planken unter seinen Füßen rebellierte.

Aber von Tannau hatte seine Strafe erhalten. Er selbst hatte ihn in die Hölle geschickt. Und immer, wenn er daran dachte, empfand Kurt ein Gefühl der Rache, das süßer schmeckte als der Kuss einer Dirne. Zwar war er nach seiner Tat Hals über Kopf geflüchtet, da er glaubte, Schritte gehört zu haben. Aber gesehen hatte er niemanden.

Knarrend öffnete sich die Luke, und mit einem Ruck hievte Kurt den mit stinkendem Unrat und Speiseabfällen gefüllten Eimer auf das Deck und stapfte dann mit seiner Last zur Reling, wo er den Inhalt über Bord warf und sich anschließend mit seinem schmutzigen Unterarm die schweißnasse Stirn abwischte.

Glutrot leuchtete die Sonne über dem gewaltigen Ozean, und ihr Licht wurde tausendfach von den winzigen Wellen und Kräuselungen gebrochen. Es sah aus, als erstrecke sich ein Meer aus Blut vor seinen Augen, was ihn wieder an seinen Triumph erinnerte und seine Stimmung hob.

Die kommenden Wochen auf See würde er noch die Zähne zusammenbeißen und den gehorsamen Knecht mimen müssen. Sobald sie in dem ersten americanischen Hafen eingelaufen wären – so sein Plan – würde er den Kapitän einen guten Mann sein lassen, sich heimlich an Land machen und irgendwo in der Endlosigkeit des fremden Kontinents ein neues Leben beginnen. Ein unbeschriebenes Blatt mit allen Chancen und Möglichkeiten. Sicher würde sich auch auf der anderen Seite der Welt eine Gelegenheit ergeben, auf schnelle Art zu Geld und Einfluss zu kommen.

Es musste keine redliche sein. Nur eine prompte.

＊

Zum letzten Mal öffnete Anna die Tür zu der Hütte, in der ihr Vater und sie einen Großteil der beiden vergangenen Jahre verbracht hatten. Der Ort, wo sie beide Zuflucht und Unterschlupf gefunden hatten, die vage Hoffnung auf eine neue Heimat.

Und wo sie Lorenz von Tannau gepflegt hatte. Beinahe glaubte Anna, seine Anwesenheit zu spüren, den besonderen Duft seines Körpers zwischen den Wänden wahrzunehmen.

Entschieden rief sie sich zur Ordnung. Es war nicht der Moment, an diesen Mann zu denken. Eilig begann sie, alles, was sie tragen konnte – ihre wenigen Kleidungsstücke, Tücher, Wäsche und ein wenig Proviant – zusammenzusuchen. Gedankenversunken faltete sie die Stoffe, rollte sie zusammen und achtete nicht auf die Tränen, die ihr dabei über das Gesicht liefen. Für Trauer war keine Zeit. Sie musste fort von hier. Fort von diesem Ort der Demütigung und des Verrats. Fort vor allem von Gideon, bevor dieser sich von seinem Schrecken erholt und sich einen Plan überlegt hatte, ihr diese öffentliche Demütigung heimzuzahlen oder – schlimmer noch – sie doch noch an ihn zu binden.

Als Letztes griff Anna zur Bibel ihres Vaters. Liebevoll strich sie über den von Alter und Abnutzung fleckig gewordenen Ledereinband, drückte das Buch kurz an ihre Brust und legte es dann oben auf ihr Gepäck, bevor sie das Bündel verknotete.

Draußen waren Schritte zu hören, Stimmen wurden laut.

Das Leben auf dem Hof erwachte. Für einen Moment erlaubte sie sich die Frage, ob es niemanden in der Gemeinde gäbe, der so etwas wie Mitleid mit ihr empfand. Der Gedanke an Ruth Wiehler und die anderen herzensguten Frauen, die von nun an nie wieder mit ihr reden durften, die gezwungen waren, sie zu behandeln wie eine Geächtete, war so schmerzhaft, dass ihr schwindelte.

Wann hatte sie überhaupt zum letzten Mal etwas gegessen? Zum letzten Mal erholsam geschlafen? Wehmütig schaute sie sich in dem schlichten Raum um, griff dann nach ihrem Bündel, überprüfte, ob ihre Haube ordentlich saß, und schlang sich ihr schweres, wollenes Tuch um die Schultern.

Einen Moment schloss sie die Augen und hörte wieder die Worte des Gemeindeältesten: »Du bist eine Sünderin, du hast Unzucht getrieben in unserer Mitte ... Gott sei dir gnädig, Gott ...«

Er war ihr sicher gnädig. Er allein.

Mit einem festen Stoß öffnete Anna die Tür und trat nach draußen. Niemand war zu sehen. Keiner hatte den Mut, sich auch nur in ihrer Nähe zu zeigen, den Verdacht zu wecken, sich über die Meidung, wie die Amischen den Bann nannten, hinwegzusetzen. Im Augenblick kam ihr dies jedoch gerade recht. Rasch schlüpfte sie auf die Hinterseite der Hütte, schob mit aller Kraft ein Regenfass beiseite und begann mit bloßen Händen, die feuchte Erde aufzugraben, bis ihre Finger auf etwas Weiches stießen. Das Ledersäckchen mit den Ersparnissen ihres Vaters, das Letzte, was der Familie von ihrem Leben in der Pfalz geblieben war.

Hastig grub sie es frei, zog es heraus und rieb den gröbsten Klumpen Erde ab, bevor sie es in ihrem Mieder verschwinden ließ. Dann warf sie die Erde zurück in das entstandene Loch, schob das Fass wieder darüber und tauchte ihre schmutzigen

Hände kurz in das Wasser, wusch sie notdürftig und rieb sie an ihrer Schürze trocken.

Nun gab es nichts mehr, was sie noch hielt. Nichts mehr, was sie mit der Vergangenheit verband, außer dem Grab ihres Vaters. Gerne hätte Anna dies ein letztes Mal besucht, doch sie wollte nicht riskieren, mit Gideon oder einem der Gemeindeältesten zusammenzutreffen. Bevor sie es sich anders überlegen konnte, drehte sich Anna um und eilte den kleinen Pfad Richtung Wald hinauf, den sie ein Stück durchqueren musste, bevor der Weg auf eine befestigte Straße stieß.

Ihre Schuhe hinterließen Spuren in dem feuchten Boden, als sie weiterlief, das Bündel fest an sich gedrückt, bis sie die Gehöfte hinter sich gelassen hatte und der Schatten der Bäume sie umfing.

Von nun ab würde sie sich auf Gottes Führung verlassen müssen.

✻

In seiner ganzen Pracht erstrahlte das Residenzschloss der Stadt Arolsen im blassen Licht der Abendsonne. Würdevoll erhob es sich vor Annas Augen, mit seinen ausladenden Seitenflügeln, den zahlreichen Fenstern und den in leuchtendem Gelb verputzten Fassaden. Jedes in die Sandsteinmauern eingemeißelte Relief, jedes symmetrische Fensterfries strahlte Reichtum und Ansehen seines Erbauers aus und war doch nichts als der Ausdruck weltlicher Herrschaft. Staub und Asche. Eine Zurschaustellung von Pomp und Verschwendung, die Anna unangenehm berührte.

Im Augenblick war sie allerdings zu müde, um darüber nachzudenken, wie viele Fürsten sich auf Gottes Gnade beriefen und doch seine Gebote missachteten, indem sie Reichtum und Macht auf den Rücken ihrer Untertanen anhäuften, wie es bereits in der Heiligen Schrift gerügt wurde. Erschöpft ließ sie sich auf einem Trittstein am Straßenrand nieder.

Sie hatte alle Brücken hinter sich abgebrochen. Nun musste sie sich nach einer Bleibe umschauen, eine Anstellung suchen und dann weitersehen. Irgendwie würde sie es schon schaffen, sich in der Stadt durchzuschlagen, denn sie war fleißig und geschickt. Sicher konnte sie sich irgendwo verdingen.

Aber ich habe keine Heimat mehr, keinen Vater, keine Familie …

Anna spürte, wie Tränen in ihr aufstiegen, doch blieb ihr keine Zeit für Trauer, zuerst musste sie jetzt für das Nächstliegende sorgen. Und so schob sie die Gedanken in den hintersten Winkel ihres Bewusstseins und kramte in ihrem Bündel nach den Resten der wenigen Nahrungsmittel, die sie eingesteckt hatte. Ein Kanten Brot, der bereits hart und unansehnlich geworden war, dazu ein Stück Käse waren noch übrig. Stumm sprach sie ein Gebet und verzehrte den Rest ihres Proviants. Nun war es an der Zeit, irgendwo eine Unterkunft zu finden. Bald würde die Dunkelheit hereinbrechen, und dann sollte sie sich als junge Frau nicht mehr allein auf der Straße aufhalten. Sie stand auf und machte sich wieder auf den Weg.

Unangenehm bohrten sich die Kanten des Kopfsteinpflasters durch ihre abgenutzten Schuhe und rieben sich an den vom Marsch wund gelaufenen Füßen.

Türen wurden geschlossen, Fässer in die Läden gerollt. Beinahe wäre Anna von dem Inhalt eines Eimers getroffen worden, den jemand schwungvoll aus dem Fenster entleerte. Schließlich fasste sie sich ein Herz und sprach einen Passanten an, den sie aufgrund seiner einfachen, aber gepflegt wirkenden Kleidung für einen ortsansässigen Händler hielt.

»Entschuldigt, Monsieur.« Anna bemühte sich, ihren leicht

schweizerisch klingenden Akzent zu unterdrücken, »ich bin fremd in der Stadt und auf der Suche nach ...«

»Aus dem Weg, Weib!« Grob wurde sie zur Seite gestoßen, sodass sie beinahe gestolpert wäre. Ungläubig sah sie dem Mann hinterher, der weiter die Straße hinunterschritt und dabei immer noch den Kopf schüttelte, als hätte sie ihm Grund gegeben, sich über ihr Verhalten zu empören.

Was war das gewesen? Verwirrt rieb sich Anna den Arm, während sie sich fragte, was sie falsch gemacht hatte. Da ihr nichts einfiel, betrat sie schließlich eine kleine Bäckerei, deren Türen noch offen standen und aus der ihr der Duft von knusprigem Brot entgegenströmte.

»Guten Abend!« Anna wartete einen Moment, bis die rundliche Frau, die gerade dabei war, den Boden des Ladens zu fegen, sich zu ihr umdrehte. »Ich bin fremd hier und suche Arbeit und Unterkunft. Könnt Ihr mir vielleicht helfen?«

Das in Erwartung eines Kunden gerade noch freundliche Gesicht der Bäckerin verdüsterte sich. Mit skeptisch hochgezogenen Augenbrauen begutachtete sie Anna, ihre schlichte Täufertracht, ihre unter der Haube streng zu einem Zopf geflochtenen Haare.

»Ich kann dir nicht helfen. Wenn du ein Bett zum Schlafen suchst, musst du dich an jemand anderes wenden. Guten Abend.«

Ohne ein weiteres Wort zu verlieren, hatte sie sich wieder umgedreht und fuhr damit fort, den Boden mit einem alten Reisigbesen zu bearbeiten.

Verwirrt blieb Anna einen Moment stehen, stammelte einen Gruß und wandte sich zum Gehen. Während sie nach draußen trat, hörte sie noch, wie die Frau mit zusammengebissenen Zähnen etwas murmelte: »Geh dahin zurück, wo du hergekommen bist.«

Dann stand Anna wieder auf der Straße. Ihr Herz pochte hart gegen ihre Brust. Hatte sie schon wieder etwas falsch gemacht, dass sie auf eine derart barsche Ablehnung stieß?

Es war Abend geworden, und die Dunkelheit senkte sich über die Gassen. Anna begegnete weiteren Passanten, doch nach dem, was sie gerade erlebt hatte, fehlte ihr der Mut, noch mal jemanden anzusprechen. Vereinzelt streifte sie ein abwertender Blick, ein Kopfschütteln, eine geraunte Bemerkung. Waren ihr mit einem Mal zwei Köpfe gewachsen?

Verunsichert knetete Anna ihre Schürze, und in diesem Moment verstand sie: Ihre Kleidung, ihr Haar und ihre Sprache verrieten auf den ersten Blick, was sie war: eine *Wiedertäuferin*. Und diese Tatsache allein genügte offensichtlich, um ihr mit Ablehnung zu begegnen. Zwar waren sie und ihre Familie auch in ihrer pfälzischen Heimat gelegentlich auf diese Form der Verachtung gestoßen, doch nicht derart unverhohlen. Damals, auf dem Weyerhof, hatte sie zumindest Schutz und Geborgenheit bei ihrer Familie und der Gemeinde gefunden.

Von ihrem Vater hatte Anna erfahren, dass manche Dorfpfarrer ihre Gläubigen geradezu gegen die Täufer, ob Amische oder Mennoniten, aufhetzten und diese in Grund und Boden verdammten. Dabei hatten sie ein leichtes Spiel, denn Fremde waren nirgendwo gerne gesehen. Nach den Jahren der Kriege waren viele Fürstentümer ausgeblutet, Höfe zerstört, Armut herrschte allerorten. Und wenn dann eine Gruppe fremder Menschen, die noch dazu einem anderen Glauben anhingen, durch Fleiß und Geschick oft erfolgreichere Landwirte und Pächter waren als die einheimische Bevölkerung, konnte das nur zu Neid und Missgunst führen. Mehr als einmal war es dadurch sogar zu handgreiflichen Auseinandersetzungen gekommen. Armut, Eifersucht und Unwissenheit waren eine gute Brutstätte für Vorurteile und Hass.

Mit einem Mal war die Zuversicht, die sie noch bei der Ankunft in der Stadt verspürt hatte, verflogen und einer dumpfen Angst gewichen. Wenn sie die Nacht nicht auf der Straße verbringen wollte, musste sie sehen, ob sie auf eigene Faust irgendwo ein Gasthaus fand. Dann konnte sie nur noch beten und abwarten, was der nächste Morgen bringen würde.

Annas Fingerknöchel brannten, als sie an die hölzerne Tür klopfte. Gespannt wartete sie, ob jemand öffnen würde. An diesem Tag würde sie sich nicht so schnell abfertigen lassen. Nachdem sie die Nacht in einem schäbigen, sehr zweifelhaften Gasthaus zugebracht hatte, in dem die Gäste zu betrunken und der Wirt zu geldgierig war, um sich um ihre Herkunft zu kümmern, hatte sie wieder neuen Mut gefasst. Bei einem einfachen Morgenmahl in der rußigen Schankstube war es ihr gelungen, der missmutigen Wirtin ein paar Informationen zu entlocken. Und diese wollte sie sich nun zunutze machen.

Schlurfende Schritte waren zu hören, dann wurde ihr geöffnet. Abgestandene Luft strömte ihr entgegen, der Geruch von Schweiß, Rauch und sauer eingelegtem Kohl. Zwei gleichgültige Augen in einem faltigen und dennoch feisten Gesicht, über dem sich eine Haube spannte, musterten sie abweisend.

»Guten Morgen.« Anna bemühte sich um einen festen Klang in ihrer Stimme. »In der Stadt sagte man mir, Ihr sucht eine Magd.«

Statt einer Antwort wurde sie noch eingehender gemustert. Der Blick der Frau glitt über Annas Mieder, den braunen Rock mit der darübergebundenen Schürze, die kaum von ihrem Schultertuch verdeckt war. Dann hob sie missbilligend die Augenbrauen und zog gleichzeitig die Mundwinkel nach unten.

»Du bist eine von diesen Schweizern, nicht?« Es klang wie eine Anklage. »Diesen Wiedertäufern?«

Anna kannte diesen Blick bereits. Verachtung, Ablehnung, gepaart mit Hohn.

Sie nickte. »Ich suche Arbeit. Habt Ihr welche zu vergeben?«

»Nur für anständige Christenmenschen, die ihrem Fürsten nichts schuldig bleiben.« Ohne den Blick von ihr zu lassen, stemmte die Frau ihre Hände in die Hüften. »Für Ketzer und Nutznießer nicht. Ich wünsche einen guten Tag.«

Dann wurde die Tür vor ihr zugeschlagen, und wie ein geprügelter Hund blieb sie einen Moment stehen, bevor sie sich auf den Rückweg zu ihrem Gasthaus machte.

Es war wieder kälter geworden. Unangenehm drang der Wind durch die Schichten ihrer Kleidung, und Anna spürte, dass die Hoffnungslosigkeit mehr und mehr von ihr Besitz ergriff.

Hier würde sie keine Arbeit finden. Ganz gleich, wohin sie sich wandte, jeder würde sofort erkennen, was sie war, und sie deswegen ablehnen.

Das Gefühl von Verzweiflung flammte auf wie ein Strohfeuer, das sich mit rasender Geschwindigkeit auszubreiten drohte. Aus ihrer pfälzischen Heimat hatte man sie vertrieben, die Gemeinde der Täufer hatten sie unter den Bann gestellt. Und hier in der Stadt war sie nicht willkommen – aufgrund ihrer Herkunft und ihres Glaubens, aufgrund all dessen, was sie war. Tränen brannten in ihren Augen, doch Anna schluckte sie hinunter. Es war nicht der Moment, sich in Selbstmitleid zu ergehen. Sie musste etwas tun, musste eine Lösung finden. Doch welcher Ausweg bot sich ihr noch? Als Frau, auf sich allein gestellt?

Ein Gedanke drang in ihr Bewusstsein, der so sündig und

frevelhaft war, dass Anna beinahe über sich selbst erschrak. Und doch ließ er sich nicht so einfach abwehren. Was hinderte sie daran, ihrem Glauben abzuschwören, in der Welt ein bürgerliches Leben zu beginnen, das Geld ihres Vaters für einen Neuanfang zu nutzen? Ihre eigenen Leute hatten sie doch als Sünderin verstoßen. Weshalb also hielt sie noch immer eisern an den Regeln und Lehren der Täufer fest?

Für einen Moment leuchtete die Idee einer solch einfachen Lösung hell wie ein Stern am Nachthimmel in ihrem Inneren auf. Sie spürte, wie ihre Hände zitterten, der Puls raste. Nach alledem, was hinter ihr lag, wäre das vielleicht die beste Möglichkeit, die ihr noch blieb. Die einzige Chance, eine Zukunft zu haben. Vielleicht . . .

Aber nein! Wie konnte sie so etwas auch nur denken! Anna rief sich zur Vernunft, und der Moment der Versuchung verflog. Nein, Anna Hochstetter würde nicht dem Glauben ihrer Väter, den Lehren ihrer Mutter abschwören, für die viele ihrer Vorfahren blutiges Zeugnis abgelegt hatten vor Gott und der Welt. Lieber würde sie weitersuchen, sich demütigen lassen und solange betteln, bis jemand ihr eine Anstellung gab, eine Arbeit, mit der sie ihr Brot verdienen konnte.

Ein männliches Gesicht erschien vor ihrem Inneren – dunkle Locken, eine gerade Nase, stahlgraue Augen.

Solltest du irgendetwas brauchen, Unterkunft, eine Arbeit . . .

Anna glaubte, Lorenz' Stimme zu hören, spürte die Berührung seiner Finger auf ihrem Handrücken.

Wende dich an mich. Jederzeit . . .

Jederzeit . . . Jederzeit . . .

Mit dem Unterarm wischte sich Anna die Tränen aus dem Gesicht und hob den Kopf. Womöglich war jetzt der Moment gekommen, dieses Versprechen einzulösen. Dort, wo er herkam, war Lorenz von Tannau ein angesehener Mann. Der Sohn eines Freiherrn, ein Offizier. Sicher reichte sein Einfluss weit genug, um ihr irgendwo eine Anstellung zu verschaffen, mit der sie sich ein Auskommen und ein Dach über dem Kopf verdienen konnte. Wer würde es wagen, sie davonzujagen, wenn ein Mann von Adel für sie bürgte?

Das war ein großes Geschenk.

Aber durfte sie solche Hilfe von einem Mann wie ihm annehmen? Einen Moment zögerte sie. Nur, hatte sie denn überhaupt eine andere Wahl, wenn sie nicht auf der Straße leben und womöglich in Versuchung geraten wollte, ihrem Glauben untreu zu werden?

Nein! Dieses eine Mal würde sie ihm erlauben, ihr zu helfen, seine Schuld bei ihr zu begleichen. Und dann – Anna spürte, wie ihr Herz bei dem Gedanken klopfte –, dann würde sie ihn nie mehr wiedersehen. Nie mehr in ihrem Leben.

Schweigend ließ sie die Augen noch einmal über die gepflasterten Straßen, die sauber verputzten Fachwerkhäuser gleiten. Rasch, ehe sie ihre Meinung ändern konnte, stand sie auf. Die Entscheidung war gefallen.

Nun musste sie nur noch den Weg nach Cassel finden.

✳

Die gebrüllten Befehle des Unteroffiziers hallten an den trutzigen Wänden der mittelalterlichen Wasserfestung Ziegenhain wider, die als Sammelplatz und Ausbildungsstätte der zum baldigen Abmarsch bereiten Truppen diente. Noch vermochte die Sonne es nicht, die Kälte aus den alten Gemäuern zu vertreiben. Ein eisiger blauer Himmel, der nur einen Hauch des herannahenden Frühlings erahnen ließ, erstreckte sich über dem

Exerzierfeld, von wo die Schritte der Soldaten durch die kristallklare Morgenluft dröhnten.

»Sekondeleutnant von Tannau?«

Lorenz wandte den Blick von der Truppe grünberockter Männer ab, die sich gerade anschickten, ihre Jägerbüchsen zu laden, und drehte sich um.

Vor ihm stand Generalleutnant von Knyphausen, dessen Regiment schon sehr bald aufbrechen würde. Sogleich nahm Lorenz Haltung an und salutierte.

»Herr General?«

Die Augen des Älteren gingen über die alten Mauern hinweg bis zum Horizont, wo ein großes Waldgebiet zu erkennen war. Sein Blick wurde weich, sein Ausdruck wehmütig, was bei einem Mann seines Ranges befremdlich wirkte.

»Die Vorboten des Frühlings in der Heimat. Jedes Jahr aufs Neue ein berauschendes Schauspiel. Wer weiß …« Er unterbrach sich, als hätte er sich dabei ertappt, etwas Ungebührliches zu sagen. »In diesem Jahr werden wir nicht erleben, wie der Sommer hier Einzug hält. Keiner von uns.« Seine Miene wurde wieder ernst, und sein Blick heftete sich auf Lorenz. »Was machen Eure Verletzungen? Seid Ihr marschbereit?«

»Mir geht es gut, Herr General«, erwiderte Lorenz nicht ganz wahrheitsgemäß. »Ich werde mich der nächsten Truppe, die eingeschifft wird, anschließen.«

Tatsächlich spürte er seine Verwundungen noch immer. Seit er Waldeck verlassen musste, wollten sie einfach nicht weiter verheilen. Seit sich der Feldscher und nicht mehr diese junge Wiedertäuferin um ihn kümmerte, ihm Salben aufstrich, Heiltränke verabreichte.

»Sehr gut, Leutnant. Dort wo wir hinkommen, brauchen wir Männer wie Euch.«

Noch immer wussten Lorenz und die anderen rangniederen Offiziere nicht, wohin genau sie verschifft werden sollten. Doch stand es ihm nicht zu, den Generalleutnant danach zu fragen.

»Habt Ihr Euch schon von Eurer Familie verabschiedet, oder begleitet sie Euch zu dem *großen Tag*?«

Ein Hauch von Ironie lag in der Stimme des Älteren. Wenn Truppen vereidigt oder ausgesandt wurden, war die Zeremonie ein öffentliches Schauspiel, zu dem neben Neugierigen und Gaffern vor allem die Angehörigen in Scharen kamen. Ein Volksfest und eine Trennung, manchmal für immer.

Lorenz dachte an seinen Vater, den jähzornigen und selbstgerechten Freiherrn, seine Stiefmutter Mathilde und seine Halbschwester. Seit er in die Dienste des Landgrafen getreten war, hatte er kaum noch einen von ihnen zu Gesicht bekommen, was er jedoch wenig bedauerte. Nein, er würde sie am Tag der Abreise nicht vermissen und verspürte auch keinerlei Bedürfnis, sie zuvor noch einmal aufzusuchen. Ein kurzer Brief mit höflichen Worten würde genügen.

Alle anderen, die ihm wirklich etwas bedeuteten, waren entweder tot oder lebten in Cöln. Wer also sollte ihm zum Abschied zuwinken?

Seltsam. Während er in Gedanken seine Bekanntschaften Revue passieren ließ, einschließlich die der keck herausgeputzten Damen, die auf Empfängen und Bällen gern seine Gesellschaft suchten, schob sich ein anderes Bild dazwischen: ein ovales Gesicht mit großen rehbraunen Augen unter einer schlichten hellen Haube.

Und in diesem Moment wusste er, dass es nur einen Menschen gab, den er vor seinem Aufbruch gerne noch einmal gesehen hätte.

✳

»Sekondeleutnant von Tannau?« Der diensthabende Wachposten kratzte sich am Kopf, während er Anna mit unverhohlener Neugierde und einem – wie es schien – nicht unbeträchtlichen Vergnügen anstarrte. Offensichtlich fragte er sich, was ein junges Ding, bis zum Hals in dunkles Leinen und Wolle gehüllt, den Kopf sittsam mit einer Haube bedeckt, von dem Offizier wollte.

Wie eines von den leichten Mädchen, die die Herren Soldaten besuchten, um ihnen gewisse Dienste anzubieten, sah sie nicht aus, das wusste Anna, und dieser Gedanke beruhigte sie einigermaßen. Die ganze Nacht über, während sie auf einer unbequemen, durchgelegenen Matratze gegen ihre Angst und vergeblich um erholsamen Schlaf rang, hatte sie sich überlegt, was sie tun und was sie sagen konnte, doch nun schienen ihr die passenden Worte wie weggewischt.

»Ich muss ihn sprechen. In einer dringlichen ... persönlichen Angelegenheit.«

Erneut ein abschätziger Blick. Brauen, die sich misstrauisch zusammenzogen. »Seid Ihr eine Verwandte des Herrn Leutnant, Mademoiselle?« Der Ton des Wachmanns schloss diese Möglichkeit von vornherein aus. Wen wunderte es? In ihrem schlichten, wenn auch ordentlichen Aufzug und mit ihrem ausgeprägten Akzent wirkte sie nicht gerade wie die Schwester oder Cousine eines Freiherrn.

»Nein, Monsieur«, antwortete sie daher wahrheitsgemäß und senkte die Augen, während sich eine verräterische Röte auf ihren Wangen ausbreitete.

»Das dachte ich mir schon ...«, sagte der Wachmann gedehnt, und als Anna wieder aufschaute, sah sie, dass er sie mitleidig musterte.

Wieder eines von diesen naiven Bauernmädchen, das sich von einem Offizier hat den Kopf verdrehen lassen, stand in seiner Miene zu lesen. »Der Herr Leutnant ist nicht da.« Und mit diesen Worten wandte er sich ab.

Panik explodierte in Anna. Sollte sich auch diese letzte Chance, die einzige Hilfe, die sie von irgendjemandem erwarten konnte, als Fehlschlag erweisen?

»Wo ist er denn, Monsieur?« Die Verzweiflung ließ ihre Stimme anschwellen, sodass sie beinahe schrie. »Ich muss ihn unbedingt sprechen! Es ist wichtig. Wenn Ihr mir sagt, wo er ist, werde ich ihn dort aufsuchen, wenn nötig auf ihn warten. Ich ...«

Der Wachmann blieb stehen und drehte sich langsam um. »Dann müsst Ihr wohl als Matrose anheuern und in See stechen, Mamsell.«

Ein Rauschen wie von einem Sturm breitete sich in Annas Kopf aus. Nur allmählich begriff sie, was diese Worte bedeuteten. Der letzte Hauch von Hoffnung zerplatzte vor ihren Augen.

»Der Sekondeleutnant von Tannau befindet sich mit seiner Einheit auf dem Weg nach America, um dort im Namen der britischen Krone die Rebellen zu bekämpfen.«

Anna spürte, dass ihre Knie nachzugeben drohten. Mit letzter Kraft hielt sie sich aufrecht. Die letzten Worte hörte sie nur noch wie durch Watte gedämpft.

»Niemand kann sagen, wann er zurückkehrt. Wenn Ihr also auf den Herrn warten wollt, Mamsell, müsst Ihr Euch wirklich *sehr* gedulden.«

Mit diesen Worten schulterte der Wachmann seine Waffe und ging davon. Die Sohlen seiner Stiefel schlugen hart auf dem Kopfsteinpflaster des Bodens auf und hallten wie Hohn in Annas Kopf nach.

*

Die Luft roch nach Algen, das nahe Meer ließ einen Geschmack von Salz auf der Zunge zurück. Menschen scharten sich auf den Pieren und Plätzen, Schaulustige, die sich das Spektakel der Hunderten buntberockter Soldaten, den Lärm der Trommeln und den exotischen Anblick der in rote Uniformen gekleideten Abgesandten aus London mit ihren sorgfältig weiß gepuderten Perücken nicht entgehen lassen wollten. Am Horizont waren die Masten der Segler zu sehen, die leicht auf den Wellen schaukelten, als warteten sie ungeduldig darauf, mit der nächsten Flut auszulaufen.

Eine Stimmung von Anspannung und Vorfreude, Furcht und Wagemut zugleich schien über den Reihen der Männer zu liegen. In voller Montur standen sie in Reih und Glied, blickten in Habachtstellung starr geradeaus und legten in leierndem Singsang den Eid auf die britische Krone ab. Bei Gott, ihrem Herrn und Richter, gelobten sie, in den Tod zu gehen, um Anliegen, Recht und Besitz des Königs von England zu verteidigen.

Mit zusammengekniffenen Augen sah Lorenz über seine Männer hinweg und wartete, bis der Oberst die Order gab, diese an Bord gehen zu lassen. Ein gebrüllter Befehl, und die Soldaten machten kehrt. In dröhnendem Gleichschritt marschierten sie über den Steg hinauf zum Schiff.

Ein Gefühl von Fernweh, ja Abenteuerlust überkam Lorenz, als er ihnen folgte. Sein Pferd und sein Gepäck waren bereits sicher verstaut. Es gab nichts mehr, was ihn noch an Land hielt. Er warf einen letzten Blick über den von Soldaten und Zivilisten wimmelnden Hafen von Bremerlehe, dann wandte er sich dem Meer zu, das schäumend und glitzernd in der Frühlingssonne lag, während um ihn herum unter lautem Gebrüll Taue gelöst und Segel gesetzt wurden.

Eine ehrfürchtige Faszination ergriff ihn bei diesem grandiosen Naturschauspiel, und so blieb er schweigend an der Reling stehen, während das Schiff langsam den Hafen verließ und in See stach.

※

Wie eine Schlafwandlerin irrte Anna durch die Gassen und Straßen von Cassel – diesem Labyrinth aus Häuserschluchten, palastartigen Gebäuden und engen, dicht bebauten Wohnvierteln. Aus den Ruinen des vergangenen Krieges wollte der Landgraf mit der Errichtung neuer Gebäude wohl eine Hauptstadt von nie zuvor gekannter Größe erschaffen.

Überall wurde gebaut. Es entstanden neue Häuser, selbst ganze Wohnviertel, dazu viele Prunkbauten. In manchen Gegenden zogen sich entlang der Häuserreihen sogar befestigte Straßenpflaster aus großen Quadersteinen und erlaubten es den Passanten, auch bei Regen ihr Ziel zu erreichen, ohne Schuhe und Kleidersäume durch den feuchten Schlamm zu ziehen.

Die völlig überfüllte Stadt summte wie ein Bienenschwarm. Händler, Frauen mit ihren Kindern, Handwerksburschen, Bauern, die ihre Erzeugnisse in hölzernen Karren auf den Markt brachten, drängten sich in der frühlingshaften Luft durch die Straßen. Und überall sah man Soldaten in ihren bunten Uniformen, deren Anblick Anna schmerzhaft an Lorenz von Tannau erinnerte.

Sie war ganz benommen von dem ungewohnten Treiben um sie herum. Die vielen Menschen, das Geklapper der Kutschen und bunt bemalte Sänften, die sich durch die Straßen schoben, verwirrten sie. Fast an jeder Ecke kniete ein Schuhputzer und bot lauthals seine Dienste an, obgleich auch in dieser Stadt die ärmere Bevölkerung barfuß lief oder zum Schutz vor der Frühjahrskälte die Füße nur mit Lumpen umwickelt hatte. Aus geöffneten Fenstern drangen Stimmengewirr, das laute Hämmern von Schmieden und der silbrige Klang von aneinanderstoßendem Besteck.

Anna hatte sich in den unbekannten Gassen verlaufen, doch da sie ohnehin kein Ziel mehr hatte, war ihr das gleichgültig. Seit selbst ihre letzte Hoffnung, dass Leutnant von Tannau ihr eine Anstellung besorgen könnte, mit der sie in der Lage wäre, ihren Lebensunterhalt zu bestreiten, zerstoben war, stand sie endgültig vor dem Nichts.

Kalter Frühlingswind fuhr ihr durch das Haar, riss an ihrer Haube und brannte ihr in den Augen. In diesem Moment fühlte sich Anna so elend, dass sie am liebsten auf der Stelle umgekehrt und den gesamten Weg zurück nach Waldeck gelaufen wäre, bereit, auf den Knien und vor aller Augen Buße zu tun, selbst wenn sie sich vor Gott und ihrem Gewissen keiner Schuld bewusst war.

Ihr Magen rebellierte vor Hunger. Doch allein bei dem Gedanken an Essen wurde ihr übel. Erschöpft und mutlos ließ sie sich an einer der Häuserwände hinabgleiten, umschlang die angewinkelten Beine mit ihren Armen und legte den Kopf auf ihre Knie.

Gott, wenn du willst, dass ich nicht zugrunde gehe, dann zeige mir einen Weg. Oder lass mich einfach sterben, hier und jetzt. Welchen Sinn hat das Ganze denn noch? Es gibt keinen Ort mehr, wo ich willkommen bin.

Doch der Himmel blieb stumm. Stattdessen ließ sie ein lauter Trommelwirbel erschrocken zusammenfahren. Er schien aus einer der Seitenstraßen näher zu kommen.

»America! Fruchtbare Erde, saftige Wiesen. Ländereien, die einen Besitzer suchen ...« Ein durchdringendes, ein wenig heiser klingendes Geschrei drang an ihr Ohr. Wieder folgte ein Trommelwirbel, und danach schilderte die Stimme in blumigen Bildern die Vorzüge der amerikanischen Kolonie Pennsylvanien. Langsam hob Anna den Kopf und sah eine Gruppe gut gekleideter Männer in die Straße einbiegen. Immer wieder sprachen sie Passanten an, erklärten ihnen, wie leicht und segensreich das Leben jenseits des Ozeans sei, und drückten jedem, der sich nicht dagegen wehrte, dicht bedruckte Papiere in die Hand.

Neugier und Verblüffung ließen Anna für einen Augenblick ihr Elend vergessen. Wie eine Verhungernde bei dem Geruch von würzig gebratenem Speck hörte sie den Männern zu, ließ die Worte auf sich wirken und stellte sich dabei die endlosen Weiten und fruchtbaren Täler dieses geheimnisvollen, fernen Landes vor. *America*.

Wie konnte das sein?

Sie erinnerte sich, einmal gehört zu haben, dass die Auswanderung von Cassel in die Neue Welt verboten sei. Doch offensichtlich scherten sich die Leute in dieser Stadt wenig um Gesetze, wenn der Gewinn, den sie dadurch erzielten, das Risiko wert war, wegen strafbarer Umtriebe verhaftet zu werden.

Die Werber schienen ihre Neugierde bemerkt zu haben. Einen Moment lang musterte einer der Männer Anna, als überlege er, ob es sich wirklich lohne, jemanden wie sie, die in einer Straßenecke auf der Erde kauerte, überhaupt anzusprechen.

»Weißt du, wo America liegt, Mädchen?« Die klangvolle Stimme, in der ein Hauch von Verlockung mitschwang, ließ Anna wieder aufblicken, und sie sah eine farbige Zeichnung, die ihr der Fremde direkt vor die Nase hielt.

Sie zeigte grüne, saftige Hügel, mit einem hübschen kleinen Häuschen. Im Hintergrund sah man Stallungen, hinter denen gerade die Sonne unterging, die alles in ein überirdisch verklärtes Licht tauchte und dem Bild etwas Anheimelndes verlieh.

»Könntest du dir vorstellen, da zu wohnen?«

Stumm blickte Anna auf das ihr dargebotene Bild. Ihr Mund war trocken, ihre Augen brannten.

»Na, Mädchen, wie sieht's aus?«

Anna wollte nicht mit diesem Fremden reden, Hoffnung auf ein neues Leben schüren, die sich doch nicht erfüllen und wieder in einer Enttäuschung enden würde. Doch welche Möglichkeiten hatte sie überhaupt noch? Es gab keinen Ort, wo sie hätte hingehen können.

»Was würde das kosten?«, fragte sie schließlich, und ihre Stimme klang heiser.

Das Gesicht eines der Fremden verzog sich zu einem befriedigten Lächeln. »Ah, das ist die richtige Einstellung.« Dann nannte er ihr eine Summe, die ihr so hoch erschien, dass sie den Mann nur erschrocken anstarren konnte. Es würde ihre gesamten Ersparnisse aufzehren, sogar noch etwas mehr. Doch könnte sie das Geld aufbringen, wenn sie die Uhr ihres Vaters, die sie seit dessen Tod stets bei sich trug, verkaufen würde.

Doch wozu? War es nicht Wahnsinn, alles, was sie besaß, herzugeben, um in eine unbekannte Welt aufzubrechen? Ohne überhaupt zu wissen, wie sie dort, auf sich allein gestellt und ganz ohne Geld, ein neues Leben beginnen sollte? Wie im Traum stiegen die Bilder der letzten beiden Jahre vor ihrem inneren Auge auf: der Tod ihrer Mutter, die Vertreibung aus ihrer pfälzischen Heimat, die Nachstellungen Gideon Beilers, das langsame Sterben ihres Vaters, der Bann der Gemeinde und ihre verzweifelten und doch fruchtlosen Versuche, als Täuferin eine bezahlte Arbeit zu finden.

Anna straffte die Schultern. Vielleicht war das der Weg, den

Gott ihr zeigen wollte, die Antwort auf ihre stummen Gebete.

Was hatte sie denn schon zu verlieren, nun, da sie ganz allein war? Aber wenn es irgendwo auf dieser Welt einen Platz gab, wo sie in Freiheit leben, ihrem Glauben und ihrem Gewissen folgen konnte, so würde sie ihn finden. Selbst wenn sie dafür an einen Ort reisen musste, der Pennsylvanien hieß und am anderen Ende von Gottes weiter Erde lag.

Sie würde dorthin gelangen und endlich, endlich frei sein.

Der Gedanke an diese Aussicht ließ ihr Herz schneller schlagen, während sie die Feder ergriff, die der Werber ihr reichte.

Für einen kurzen Moment sah sie ein anderes Gesicht vor sich, aristokratische Züge, graue Augen – Lorenz von Tannau. Und sie fragte sich, ob es nicht der geheime Wunsch war, *ihn* wiederzusehen, der sie dazu trieb, sich auf dieses unsichere Abenteuer einzulassen. Doch rasch schob sie diesen sündigen Gedanken beiseite. Das Land war unendlich groß. Ihn dort zu finden, wäre so, als suche man eine Nadel im Heuhaufen. Nein, sie würde diesem Offizier niemals wieder begegnen. Mit einem beherzten Zug setzte sie ihre Unterschrift unter das Papier und schaute zu, wie ihr Gegenüber schnell nach dem Blatt griff und es einsteckte.

Es sei denn, es wäre Gottes Wille.

Zweites Buch – Ferne Ufer

Frühjahr 1776 bis Frühjahr 1778

Irland,
New York,
Virginia und Pennsylvania

KAPITEL 1

Die Ketten der Sträflinge schlugen auf das schmutzige Kopfsteinpflaster und schleiften über den Boden. Hand- und Fußgelenke der Männer waren durch den langen Marsch vom Landesinneren zur irischen Ostküste blutig gescheuert. Ihr Gang war schwerfällig, stolpernd; Menschen am Ende ihrer Kraft, ohne Hoffnung, ohne Zukunft.

Es waren Soldaten Seiner Majestät, des Königs von England, in leuchtend roten Uniformen, sowie zwei Aufseher, die die Reihe der Gefangenen an beiden Enden flankierten. Mit Peitschen und Musketen bewaffnet, sorgten sie dafür, dass keine der erbarmungswürdigen Kreaturen einen Ausbruchsversuch wagte oder vor Hunger und Erschöpfung ins Straucheln kam und dadurch den ganzen Zug ins Stocken brachte.

Father Seán O'Flanagan spürte, wie sich seine Hände über dem schwarzen Stoff der Soutane zu Fäusten ballten, seine Kiefer sich anspannten und die Schlagader an seinem Hals heftig zu pochen begann. Mit Weihwasserkessel und Öltiegel versehen, war er gerade aus einer der Hütten gekommen, wo er einer alten Frau die Sterbesakramente gespendet hatte, bevor diese ihren Weg in die ewige Herrlichkeit antrat.

Der Anblick, der sich ihm bot, war die reinste Hölle. Einer der Wachleute traktierte einen vielleicht zwölfjährigen Jungen, der über seine Kette gestolpert war, so lange mit Stöcken und Peitschen, bis diesem die Tränen über das schmutzige Gesicht liefen und er zitternd wieder auf die Beine kam. Unauffällig strich ihm ein junges Mädchen, das sich ebenfalls in der Gruppe befand, vielleicht seine Schwester, mit ihren gefesselten Händen über den Kopf.

In Momenten wie diesem fiel es Father Seán schwer, sich von Gottes Geboten leiten zu lassen, die von den Menschen verlangten, zu lieben, statt zu hassen, dem Nächsten nicht einmal zu zürnen und Böses mit Gutem zu vergelten. Bisweilen war er versucht, zu glauben, dass beim Anblick der Grausamkeiten, mit der die britischen Herrscher ihre irischen Untertanen knechteten, selbst der Messias – der doch gekommen war, um Freiheit zu bringen – ganz anders gesprochen hätte. Statt Vergebung hätte er Revolution gepredigt, statt Liebe blutige Vergeltung.

Natürlich wusste Seán, dass solche Gedanken Häresie waren, Ketzerei, die sich für einen Mann seines Standes nicht ziemte. Doch erschien es ihm unerträglich, was seine Landsleute unter der englischen Knute zu erdulden hatten: Hunger, Ausbeutung, Grausamkeiten und nicht zuletzt die Beschneidung ihrer religiösen Freiheit und Eigenständigkeit.

Der Blick seiner Augen verschwamm hinter Tränen, als er den zerlumpten Gestalten nachsah, die sich am Ende ihrer Kräfte zum Hafen schleppten. Bevor er der Versuchung erlag, zu vergessen, dass er ein Mann des Glaubens und nicht des Schwertes war, wandte sich der Priester von dem Bild des Elends ab und ging zurück zu seinem Pfarrhaus. Obgleich erst Mitte dreißig, setzte er seine Schritte so schwerfällig wie ein alter Mann. Die Bürde des geknechteten Landes drückte ihn förmlich zu Boden. Und als er schließlich das kleine, schäbige Cottage unweit der Kirche betrat, brannte in ihm der Wunsch, mehr für seine Landsleute zu tun, als ihnen Trost in den Sakramenten zu spenden und für sie zu beten.

*

Ihr Ziel waren die britischen Kolonien in America! Ein Land, so weit entfernt, dass die Überfahrt schier endlos dauern konnte.

Erst als sie die Britischen Inseln erreicht hatten, war den Männern mitgeteilt worden, welches Einsatzgebiet sie ansteuern würden. Seither hatte Lorenz genügend Gelegenheiten gehabt, zu sehen, welch ungewisses Abenteuer ihm und den ihm anvertrauten Soldaten zugemutet wurde.

Nicht, dass er selbst Grund gehabt hätte, sich zu beschweren. Obgleich die hessischen Offiziere lediglich Angehörige untergeordneter Subsidienregimenter waren, wurden sie von ihren britischen Kollegen und Vorgesetzten meist mit Respekt behandelt. Das Essen war annehmbar, und auch die Unterkünfte waren akzeptabel.

Was Lorenz jedoch wütend machte, war die Art, mit der man an Bord seine Männer behandelte. Sicher, es waren einfache Soldaten, Gemeine aus dem Volk, die auch zu Hause im Hessischen kaum bessere Bedingungen in der Armee vorgefunden hatten. Und in ihren Familien waren sie als einfache Bauern, Tagelöhner und Jäger an ein hartes Leben gewöhnt.

Hier jedoch, im Bauch des englischen Schiffes, spitzte sich die Situation mit jeder Woche auf offener See weiter zu. Der trockene Zwieback und das gedörrte, in Salz eingelegte Fleisch, das die Mannschaft bekam, ließen quälenden Durst aufflammen, und die ohnehin gereizte Stimmung an Bord drohte immer wieder zu kippen. In den Fässern begann das Wasser zu faulen, sodass selbst der Schiffskoch, der gewöhnlich nur Wein und Rum zu sich nahm, aufs Krankenlager geworfen wurde, als er bei seiner Arbeit einmal davon trank.

Zudem waren die Unterkünfte der Soldaten so beengt und schäbig, dass sich diese wie auf einem der berüchtigten Sklavenschiffe fühlen mussten, die den Atlantik überquerten, um menschliche Fracht in die Kolonien der Neuen Welt zu bringen. Dicht an dicht waren sie in Betten übereinandergepfercht, die mehr an Einlegeböden von Schränken erinnerten als an Schlafstätten. Von den Ausdünstungen und Körpersäften der Männer stanken die überfüllten Räume bestialisch.

Folglich blieben die Krankheiten nicht aus. Erst am Tag zuvor hatten sie einen Jungen von höchstens achtzehn Jahren dem Meer übergeben müssen, der nach einer Woche Todeskampf an Fieber und Wundstarrkrampf gestorben war. Mit allen Kräften versuchten die Feldscher, die Leiden zu lindern und möglichst viele der vom britischen König mit teurer Münze bezahlten Soldaten lebendig zu den Kriegsschauplätzen zu bringen. Dennoch kam es immer wieder zu schweren Erkrankungen und Todesfällen, oft auch zu Verwundungen junger Hitzköpfe, deren Anspannungen sich in Faustkämpfen und Messerduellen Luft machte. Mit der Disziplin an Bord des Schiffes stand es ohnehin nicht zum Besten. Wenn sie nicht bald Land sahen, würden weder gelegentliche Vergünstigungen noch drakonische Strafen eine sichere Reise garantieren.

Steifbeinig und ein wenig schwindelig stieg Lorenz die schwankende Treppe hoch, stieß die Luke zum Deck auf und betrat die Planken. Salzige Meeresluft schlug ihm entgegen, der Geruch nach Fisch und Tang. Ein unendlicher Himmel wölbte sich über dem Schiff und verschmolz in der Ferne am nicht enden wollenden Horizont mit den Wellen des Meeres.

Einen Moment lang blieb Lorenz stehen und blinzelte, da ihn die Sonne blendete. Ein Seufzen entrang sich seiner Brust, als er sich fragte, was seine Mutter wohl dazu gesagt hätte, dass ihr einziger Sohn den großen Ozean überqueren und auf unbekannter Erde für einen fremden König kämpfen würde. Während er sich mit den Unterarmen auf der Reling abstützte und das sanfte Schaukeln der Planken unter seinen Fußsohlen spürte, versuchte er, sich vorzustellen, dass sie ihn von da, wo sie jetzt war, beobachtete. Er versuchte, sich ihre von schwarzem Haar umgebenen Züge und ihre blütenweiße Haut in Erinnerung zu rufen. Stattdessen erschien ein anderes Gesicht vor ihm, schmal und blass, mit großen karamellfarbenen Augen.

✳

Ein Hauch von Weihrauch hing in der Luft, gemischt mit dem honiggetränkten Rauch der brennenden Altarkerzen. Deren Schein tauchte den Innenraum der kleinen Kirche in ein flackerndes Licht, das sich auf den Gesichtern der Heiligenfiguren widerspiegelte: Saint Patrick, Saint Kevin, Saint Anne und natürlich die Gottesmutter Maria, die, das Jesuskind auf den Armen, mit mildem Gesicht auf Father Seán herabsah.

Vereinzelt knieten noch Gläubige in den Bänken, welche die Ruhe nach der Frühmesse nutzten, um vor dem Tabernakel in stiller Andacht zu verweilen oder den Rosenkranz zu beten. Rhythmisch klackerten hölzerne Perlen durch welke Finger. Es war diese Atmosphäre der Stille, die Father Seán O'Flanagan so liebte und die es ihm erlaubte, die Bilder zu vergessen, die ihn seit dem Anblick des Sträflingszuges am Vortag quälten und bis in den Schlaf hinein verfolgt hatten.

Bedächtig räumte er den goldenen Kelch, die Patene und den Krug aus dünnem Ton vom Altar, faltete die Tücher zusammen und brachte alles zurück in die Sakristei, durch deren Fenster bereits die ersten Strahlen der Morgensonne fielen.

Das Krachen des Kirchenportals ließ ihn zusammenfahren. Eine Stimme rief seinen Namen: »Father Seán, Father Seán!« Dumpf und gleichzeitig schrill hallte sie im Gebetsraum wider wie ein von fern herannahendes Gewitter.

Es musste etwas Schlimmes geschehen sein, wenn eine der

Frauen aus dem Dorf es für nötig erachtete, den Frieden und die Heiligkeit dieses Ortes zu stören. Mit schnellen, fast stolpernden Schritten eilte Noreen das Kirchenschiff entlang, bis kurz vor den Altarraum.

Eine dumpfe Angst in den Knochen, kam Seán ihr auf halber Strecke entgegen und fing sie nur wenige Schritte vor den Kommunionbänken auf, wo sie schluchzend zusammenbrach.

»Brigid … sie haben … Brigid … sie …« Nur schwer konnte der Priester verstehen, was die Weinende ihm mitteilen wollte. Noreen war die Frau des Schuhmachers, die im Sommer die Kirche oft mit Blumen schmückte. Kaum dreißig Jahre alt, war sie eine Schönheit mit fein geschnittenen Gesichtszügen, einer zierlichen Nase und kupferfarbenen Locken, die sie fast vollständig unter einem Tuch verborgen hielt. Doch hatten Armut und Entbehrung schon deutliche Spuren in ihr Gesicht gegraben.

Sanft strich er der jungen Frau über den Kopf. »Was ist mit Brigid?«

Es dauerte eine Weile, bis sich Noreen wieder so weit gefangen hatte, dass sie in der Lage war zu sprechen. »Soldaten … sie sind gekommen … und Brigid … oh mein Gott …« Wieder endete der Satz in einem Schluchzen. Brigid war eine Witwe mittleren Alters, die sich ihren Lebensunterhalt mehr schlecht als recht durch das Nähen und Ausbessern von Kleidung verdiente. Drei ihrer Kinder waren in den Hungerwintern der vergangenen Jahre gestorben, lediglich ihr Jüngster, Ronin, hatte allen Widrigkeiten des Lebens getrotzt, aber es war ihm bisher nicht gelungen, eine einträgliche Stellung zu finden, um sich und seine Mutter versorgen zu können. Obgleich kaum sechzehn Jahre alt, galt er als Hitzkopf und Aufwiegler, der sich darin gefiel, den britischen Landlords gelegentlich einen Streich zu spielen.

Doch wenn Brigid ihre Abgaben nicht bezahlt hatte, dann ... Ein jähes Entsetzen packte Seán, und mit einem Ruck ließ er die weinende Frau los. »Führ mich hin!«

Und mit einem Male glaubte er zu wissen, wie sich der Hirtenjunge David vor dem Anblick des Riesen Goliath gefühlt haben musste.

✳

Das Knarren der Planken unter seinen Füßen klang bereits vertraut, das leichte Schwanken, das jeden seiner Schritte begleitete, nahm er kaum noch wahr. Selbst der Geruch nach Teer, feuchtem Holz, brackigem Wasser, Salz und Algen war Lorenz in den letzten Wochen fast zu einem Stück Heimat geworden. Aber er vermisste das Land, das Gefühl, festen Boden unter den Füßen zu haben, den Anblick von Bäumen, Wäldern, Kirchtürmen und Häusern. Ihm fehlte der Geruch nach feuchter Erde und frisch geschnittenem Gras, das in der Sonne trocknete. Seine Haut war sonnenverbrannt und von der salzigen Luft gerötet. An manchen heißen Tagen kam er sich vor wie ein Stück Fleisch, das gepökelt und getrocknet wurde.

Er betrachtete die weiße Sichel des Mondes, das Glitzern der Sterne erschien ihm unwirklich und fern. Einen Moment lang glaubte er sich in seine Kindheit zurückversetzt, wo er oft und ausgiebig den Nachthimmel betrachtet hatte, während seine Mutter ihm aus einem alten Buch fromme Heiligenlegenden vorlas. Damals hatte er sich vorgestellt, dass all diese wundersamen Männer und Frauen nun jenseits der Sterne in einem himmlischen Paradies lebten und über ihn wachten.

Irgendwann war dieser kindliche Glaube verloren gegangen und der Realität gewichen. Geschichten von Engeln und

Heiligen erschienen ihm wie Märchen für Kinder. Bis er Anna Hochstetter begegnet war, die ihn mit der Geduld eines Engels und der Hingabe einer Heiligen gepflegt hatte.

Anna. Zornig ballte er seine Hand zur Faust und schlug sie so hart auf die Reling, dass ihn ein heftiger Schmerz bis zum Oberarm durchzuckte. Dann wandte er sich von der See ab und spazierte langsam über das Deck. Es war einfach lachhaft, dass ein Bauernmädchen derart seine Gedanken beherrschen konnte. Es musste an den Strapazen der Überfahrt, den langen, schlaflosen Nächten liegen, dass er in letzter Zeit so oft an sie dachte. An eine Ketzerin, die noch dazu einem anderen versprochen war.

Das Klackern von Würfeln, gefolgt von einem lauten Auflachen, riss ihn aus seinen Grübeleien. Erst jetzt nahm Lorenz den Geruch von Branntwein und menschlichen Ausdünstungen wahr.

»Verrotten soll er in seinem Schloss, der alte Fettwanst.« Der Schein einer Kerze erhellte einen kleinen Kreis von vier Soldaten. »Baut seine Schlösser und Museen, verfrisst und versäuft das Geld seiner Landsleute ...«

»... und wenn's dann alle is' ...«, nahm ein anderer in leicht lallendem Tonfall die Worte seines Kameraden auf, »verkauft er seine Männer an den Meistbietenden.«

Ganz unrecht haben sie nicht, musste Lorenz einräumen, obgleich es einem Gemeinen natürlich nicht zustand, die Entscheidungen seines Landesfürsten derart offen zu kritisieren. Ein zustimmendes Schnauben aus der Runde war die Antwort, gefolgt von erneutem Würfelklackern.

»Was soll man auch anderes erwarten von einem Papisten.«

Unwillkürlich zuckte Lorenz bei diesem Ausdruck zusammen, obgleich er diesmal nicht gemeint war. Landgraf Friedrich II. von Hessen-Cassel war bereits vor Jahren zum katholischen Glauben übergetreten. Dieser Skandal hatte ihm nicht nur das Misstrauen mancher seiner Untertanen eingebracht, sondern auch die Trennung von seiner ersten Frau, die ihn wegen seiner Konversion mitsamt den gemeinsamen Söhnen für immer verlassen hatte. Der Regent war sogar von seinem eigenen Vater dazu gedrängt worden, eine Urkunde zu unterzeichnen, die sicherstellte, dass in seinem Staate der Protestantismus auch weiterhin die privilegierte Religion blieb. Die Vorurteile gegenüber Katholiken hatten dadurch wieder neue Nahrung bekommen, wie Lorenz am eigenen Leib hatte erfahren müssen.

»Und nun frisst und säuft er sich in seinen Palästen voll, während wir uns mit aufgeweichtem Zwieback und wurmstichigem ...«

»Ich glaube nicht, dass jemand die Erlaubnis erteilt hat, hier offenes Feuer zu machen!« Ohne Vorwarnung war Lorenz aus dem Schatten getreten.

Sogleich erstarben Würfelklackern und Stimmen. Die vier Männer kamen unsicher schwankend auf die Beine und nahmen Haltung an. Unterdrückte Aufsässigkeit und der Gedanke an Meuterei waren im schwachen Kerzenschein in den Gesichtern zu lesen, der Geruch von Alkohol verstärkte unangenehm die aufgeladene Atmosphäre.

»Und dazu noch«, langsam machte Lorenz einen Schritt auf die Burschen zu, »Reden, die als Landesverrat gedeutet werden könnten.«

Einer der Männer öffnete den Mund, um etwas zu erwidern, doch nach einem Rippenstoß seines Kameraden ließ er ihn gleich wieder zuklappen.

Gut. Zumindest wussten diese Kerle, dass man einem Offizier nicht widersprach.

»So, und nun verschwindet. Ich will keinen von euch mehr hier erwischen! Verstanden?«

Eine knappe Erwiderung, dann packten die Soldaten ihr Würfelspiel, löschten die Kerze und trollten sich schleunigst aus seiner Sichtweite.

Kühl wehte die nächtliche Brise über Lorenz' Gesicht. Doch brachte auch das kaum Erleichterung. Er wusste, dass das, was die Soldaten gerade geäußert hatten, der Meinung vieler entsprach, die an Bord zusammengepfercht und gezwungen waren, in einen Krieg zu ziehen, der nicht der ihre war. Er stöhnte leise. In Anbetracht der Gefahr von Aufsässigkeit und Meuterei blieb nur zu hoffen, dass die Überfahrt ohne Verzögerung vonstattengehen würde. Denn je länger sie unterwegs wären, desto schwerer würde es werden, bei diesem aus Briten und Deutschen zusammengewürfelten Haufen einigermaßen Disziplin zu halten. Die Wochen bis zu ihrer Ankunft würden sich wohl endlos hinziehen.

KAPITEL 2

Der Geruch einer brennenden Fackel war das Erste, was Father Seán O'Flanagan wahrnahm. Dann hörte er das verzweifelte Wimmern einer Frau, gefolgt vom gebellten Befehl eines Mannes, der dem Tonfall nach zu urteilen irgendwo aus der Gegend von Yorkshire stammen musste. Einen Augenblick lang blieb der Geistliche stehen, schloss die Augen und rang nach Luft, als die Wucht der Erinnerung ihn zu übermannen drohte. Ein erneutes hilfloses Aufschluchzen riss ihn wieder in die Gegenwart.

Ohne auf die Bilder zu achten, die nach all der Zeit wieder von ihm Besitz zu ergreifen drohten, beschleunigte er die Schritte. Kaum dass er den Hügelkamm überquert hatte, der um diese Jahreszeit bereits erste Spuren von frischem Grün zeigte, erkannte er, weshalb man ihn gerufen hatte.

Vor einer schäbigen Hütte standen zwei rotberockte Soldaten, einer mit einer brennenden Fackel, der andere mit einem gezogenen Degen in der Hand. Hinter ihnen, auf einem rotbraunen Pferd, saß ein weiterer Uniformierter, der seiner Haltung nach zu urteilen der vorgesetzte Offizier war.

Zu seinen Füßen kauerte eine Frau, die ein einfaches, braun kariertes Kleid und ein wollenes Schultertuch trug. Es war Brigid O'Meally. Ihr Rücken bebte vor Schluchzen. Neben ihr stand ihr Bruder Pádraig. Mit der ganzen Kraft seines von den Jahren harter Arbeit ausgemergelten Körpers versuchte er, einen Halbwüchsigen, den Seán als Ronin erkannte, davon abzuhalten, sich in seiner Wut auf einen der Soldaten zu stürzen.

Dessen ungeachtet schrie der Junge dem hoch zu Ross sitzenden Offizier üble Verwünschungen zu, der wahrscheinlich kein Wort seiner gälischen Flüche verstand. Die gesamte Szenerie schien wie festgefroren: Die Frau schluchzte, der junge Mann fluchte, und die drei Soldaten standen regungslos daneben. Lediglich das Flackern der Fackel brachte eine gespenstische Bewegung in den albtraumhaften Anblick.

Schweiß strömte Seán übers Gesicht. Schwer atmend stand er da und betrachtete das ganze Grauen, während in seinem Inneren wieder seltsame Bilder aus der Vergangenheit aufstiegen.

Verzweifelt dreinblickende Augen, ein vor Entsetzen aufgerissener Mund, der Schrei einer Frau.

Ein Zittern überlief den Priester, als sich die Bilder, die aus den Tiefen seiner Seele kamen, mit den Ereignissen mischten, die sich gerade vor seinen Augen abspielten. Dennoch straffte er sich, hob beschwichtigend die Arme und trat auf die Gruppe zu. Sie würden es nicht wagen, einen Geistlichen zu töten. Noch nicht einmal diese Rotröcke ...

»Was geht hier vor?« Seine Stimme klang heiser.

Ungehalten wandte sich der Offizier zu ihm um. Er musterte ihn von oben bis unten und verzog schließlich den Mund zu einem abschätzigen Lächeln. »Verschwinde, Pfaffe. Das hier geht dich nichts an!«

Seán hielt plötzlich in seiner Bewegung inne. Er wusste, dass katholische Priester in den Augen der Besatzer keinerlei Ansehen besaßen. Seit Jahrzehnten wurden ihnen Beschränkungen auferlegt, und wenn es nach dem Willen und den Gesetzen der Engländer gegangen wäre, hätte es kaum noch welche von ihnen gegeben.

Doch obgleich er daran gewöhnt war, trafen Seán derartige Beleidigungen immer wieder aufs Neue. Er hob den Kopf, sah dem Offizier in die Augen und trat einen Schritt auf ihn zu. »Was hat diese Frau getan?«

Das Weinen, das für einen Moment verstummt war, setzte nun wieder ein, heftiger als zuvor.

»Bist du taub? Ich hab gesagt, dass dich das nichts angeht!« Der Tonfall war eine Spur schärfer geworden. Unter der gepuderten Perücke war das Gesicht des Mannes zu einer mitleidlosen Maske erstarrt, aus seiner ganzen Haltung sprach Verachtung. Seán ballte die Hände zur Faust, als sich ein unbändiger Zorn seinen Weg an die Oberfläche bahnte.

Ein Zittern hinunterkämpfend, trat er noch einen Schritt näher heran, sodass ihn der warme Atem des Pferdes, auf dem der Kerl wie ein Feldherr thronte, direkt ins Gesicht blies. »Wer hat das veranlasst? Wie lautet die Anklage?«

Das Gesicht des Offiziers lief nun puterrot an, seine Augen verengten sich zu Schlitzen. Unter normalen Umständen wäre Seán das eine Warnung gewesen, es genug sein zu lassen. Doch hinter seiner Stirn formte sich ein anderes Bild, ein anderer Mann in der gleichen Uniform. Und eine solche Welle von Hass und Zorn überschwemmte ihn, dass er sich nur mit Mühe zurückhalten konnte, dem Engländer mit bloßen Händen den Hals umzudrehen.

Nicht daran denken, beschwor er sich, während er versuchte, ruhig und gleichmäßig zu atmen, den Dämonen der Vergangenheit keinen Einlass zu gewähren, *du darfst jetzt nicht daran denken!*

Mit einer knappen Handbewegung gab der Offizier einen Befehl, worauf der Soldat ausholte und mit Schwung die brennende Fackel auf das Dach der Hütte schleuderte. Sogleich fing das Stroh Feuer. Hungrig fraß es sich durch das morsche Gebälk, und nur wenige Augenblicke später stand die Hütte in hellen Flammen.

Beißender Rauch brannte in Seáns Augen und ließ seinen Blick verschwimmen. Die leichte Frühlingsluft wehte Hitzeschwaden zu ihm herüber, und zwischen dem Knacken des verkohlenden Holzes hörte er Brigids ersticktes Weinen.

»Kennt Ihr überhaupt kein Erbarmen? Keine Menschlichkeit?« Die Worte, die Seán dem Engländer entgegenschleuderte, klangen gepresst. »Wenn Ihr ein wenig gewartet hättet, wäre diese Frau vielleicht ...«

»Ein Offizier der Krone ist einem papistischen Götzendiener keine Rechenschaft schuldig!«

Noch bevor Seán begriff, was geschah, hatte der Mann sein Pferd so plötzlich am Zügel herumgerissen, dass dessen Kopf ihn an der Schläfe traf und er taumelnd zurückwich. Seine Hand flog an die Stirn. Als er sie zurückzog, war sie voll Blut, Schmerz explodierte in seinem Kopf. Entsetzt keuchte Seán auf, und plötzlich ging alles sehr schnell.

Ronin riss sich von seinem Onkel los, stürzte sich auf den nächststehenden Soldaten und versuchte, ihn zu Boden zu reißen. Mit einem dumpfen Laut, der an nasse Säcke erinnerte, schlugen beide auf dem schlammigen Erdreich auf.

Ein Schuss krachte. Gellend schrie Brigid. Der Hass in Ronins Blick erstarb und wich dem Ausdruck der Überraschung. Langsam, wie in Trance, sah er an sich herunter. Einen Fingerbreit unterhalb seiner Brust leuchtete ein blutroter Fleck, der sich langsam auf dem hellen Beige seines Leinenhemdes ausbreitete. Dann brachen seine Augen.

Das Wimmern der Frau ging in ein hysterisches Kreischen über: »Ronin! Ronin!« Wie eine Besessene stieß sie einen der Soldaten beiseite, fiel neben ihrem Jungen auf die Knie und umklammerte ihn. Doch dieser sah und fühlte all das nicht mehr. Noch ehe seine Mutter ihn erreicht hatte, war sein Blick gebrochen, sein Kopf zur Seite gefallen. Ein dünnes Rinnsal von Blut lief aus seinem Mund, während sich die Flammen der brennenden Hütte auf seinem Gesicht spiegelten.

Nur die Hitze auf seiner Haut und der beißende Rauch in seinen Augen bewiesen Father Seán, dass er sich nicht in einem der Albträume befand, die ihn regelmäßig heimsuchten. In ohnmächtigem Zorn sah er, wie der Anführer der schluchzenden Frau ein paar Worte zurief und dann den Befehl zum Abmarsch gab. Zurück ließen die Soldaten Zerstörung und unendliches Leid, vollbracht im Namen von Recht und Ordnung. Im Namen Seiner Majestät, des Königs George III.

Unfähig, etwas zu tun oder zu sagen, spürte Seán, wie sich ein bitterer Geschmack in seinem Mund ausbreitete. Schweiß brach ihm am gesamten Körper aus und tränkte den schwarzen Stoff seiner Soutane.

Während Rauch und Feuer vor seinen Augen ihr zerstörerisches Werk vollendeten, stiegen andere Bilder vor ihm auf, die aus der Tiefe verdrängter Erinnerungen kamen. Einer Erinnerung, von der er gehofft hatte, dass sie weit hinter ihm lag und sie ihn, geschützt von allen Heiligen, dem sanften Duft des Weihrauchs und dem Segen der Mutter Kirche, nicht mehr erreichen konnte.

Ein anderer Tag, ein anderer Abend. In einem anderen Leben.

Eryn. Schwarze Haare, grüne, leicht schräg stehende Augen, ein anmutig geschwungener Mund, ein ansteckendes Lachen. Schon immer hatten sie sich gekannt. Sie war fünf Jahre jünger als er und die Schwester seines besten Freundes Ryan. Seit Seán denken konnte, war ihr kleiner, ja aufdringlicher Schatten ihm und ihrem Bruder gefolgt, beim Jagen im Wald, beim Herumtollen auf der Wiese. Er hatte nie sonderlich Notiz von ihr genommen bis zu jenem Tag, jenem Frühlingsfest, kurz vor ihrem siebzehnten Geburtstag.

Niemals würde Seán den Moment vergessen, wie sie an diesem Abend aus dem Haus trat, die Farbe ihrer Haut, als die rötlich untergehende Sonne sich darauf spiegelte, sich im Grün ihrer Augen brach. Sie trug die Haare aufgesteckt, die schwarzen Locken in festen Flechten gebändigt, und unter ihrem Kleid zeichneten sich wohlgeformte Brüste ab.

Eryn wurde die Liebe seines Lebens.

Und er, der bis zu jenem Augenblick wenig mit Frauen im Sinn gehabt hatte, begann damit, alles zu versuchen, um auf dieses Wunder der Schöpfung Gottes nachhaltigen Eindruck zu machen. Mit Erfolg. Die Verbindung wurde von beiden Familien begrüßt. Es folgte eine baldige Verlobung, die reichlich mit Whiskey und Ale begossen wurde. In glückseliger Erwartung einer Ehe, die vom Himmel beschlossen zu sein schien.

Und die von der Hölle zerstört wurde, noch bevor sie zustande kam.

Eryns Bruder Ryan hatte sich den White Boys angeschlossen, einer irischen Untergrundbewegung von Bauern und Pächtern, die es sich zum Ziel gesetzt hatten, mit Anschlägen gegen ausbeuterische Gutsherren, Beamte und Soldaten vorzugehen. Jeder wusste, dass auf solche Verbrechen die Todesstrafe stand. Seán hatte seinen Freund gewarnt, Eryn für ihren Bruder gebetet, doch dieser hatte sich entschieden: Er wollte nicht länger mit ansehen, wie seine Leute durch Steuern und Abgaben an den Rand des Hungertodes getrieben, durch die Penalty Laws ihres Glaubens und ihrer Kultur beraubt wurden. Während er tagsüber unter der heißen Sonne schuftete, zog er des Nachts eingehüllt in den weißen Kittel seiner Verbindung los und übte Vergeltung an denen, die sein Volk, seine Familie so grausam ausbluten ließen.

Es dauerte keine drei Monate, bis man ihm auf die Schliche

kam. Nach kurzem Prozess wurden er und seine Genossen zum Tode verurteilt. Seán hatte es das Herz zerrissen, dass er nichts für seinen Freund tun konnte. Unauslöschbar hatte sich sein Gesicht, in dem Moment, als der Urteilsspruch verlesen und er von den Wachen abgeführt wurde, in Seáns Gedächtnis eingebrannt.

Der Aufschrei der Empörung, das Weinen der Mütter und Schwestern. Wie betäubt hatte er Eryn nach Hause gebracht, er wollte ihr ersparen, mehr zu sehen als unbedingt nötig. Und der gemeinsam empfundene Schmerz hatte ihre Verbundenheit noch gestärkt.

Doch das Schicksal schlug noch ein weiteres Mal zu. Ein junger, ehrgeiziger Offizier schien ein Exempel statuieren zu wollen und befahl, auch noch die Familie der frevlerischen Aufrührer zu bestrafen, sie aus dem Haus zu verjagen und ihren Besitz dem Erdboden gleichzumachen.

Es war Eryns Fehler, sich trotz seiner Warnung den Soldaten entgegenzustellen. Sie weigerte sich, die Hütte zu verlassen, und reizte den Offizier damit aufs Äußerste. Ein tödlicher Fehler. Der Mann gab seinen Männern den Befehl, Eryn und Seán zu ergreifen. Obgleich sie sich wehrte wie ein wildes Tier, um sich trat, biss und kratzte, war sie dem eisernen Griff der beiden Soldaten nicht gewachsen, die sie auch noch festhielten, während der Offizier ihre Kleider zerriss und sie vergewaltigte. Vor Seáns Augen.

Wie ein Wahnsinniger versuchte er, sich aus der Umklammerung der Soldaten zu befreien und seiner Braut zu Hilfe zu kommen. Vergebens.

Blind vor Zorn und Tränen hörte er mehr, als dass er es sah, wie der Offizier seine Schandtat vollendete und das Mädchen danach wie einen nassen Sack fallen ließ. Doch als der Mann seine Kleidung wieder in Ordnung brachte und sich zum

Gehen wandte, sprang Eryn wie von Sinnen auf, umklammerte seinen Hals, riss ihm die Perücke vom Kopf und biss ihm ins Gesicht, dass das Blut von seinen Wangen tropfte.

Dann geschah alles blitzschnell. Der Offizier war überrascht, ging in die Knie, aber nur kurz. Einen Augenblick später war er wieder auf den Beinen, hatte von irgendwoher ein Messer und bohrte es Eryn in die Brust. Die Wachen ließen Seán los und rannten zu ihrem Vorgesetzten. Halb wahnsinnig vor Angst stolperte er auf die am Boden liegende Frau zu, hob sie auf seine Arme, drückte sie an sich und rief immer wieder ihren Namen. Doch es war zu spät. Eryn war tot.

An diesem Tag hatte er beschlossen, Priester zu werden, nie wieder eine Frau zu berühren.

Während die letzte Glut im schwarz verkohlten Gebälk des Hauses verglomm, schlug Father Seán O' Flanagan die Hände vors Gesicht, sank zur Erde und ließ seinen Tränen freien Lauf.

✳

Der Anblick des Schiffes im Hafen von Rotterdam war das Erschreckendste, was Anna je gesehen hatte. Die *Ariadne* war ein riesiges Gebilde aus Holz und Eisen, das im regelmäßigen Rhythmus der Wellen an der Mole auf und ab schaukelte und nur darauf zu warten schien, die Passagiere in seinem dunklen Bauch zu verschlingen.

Unwillkürlich musste Anna an Jonas denken. Und sie fragte sich, ob sie wie er zur Strafe von diesem Ungeheuer geschluckt wurde, weil sie Gottes Weisungen nicht befolgt hatte. Oder konnte sie wie einst Noah unter Gottes Schutz das Schiff betreten?

Jemand rempelte sie an, sodass ihr das Bündel mit ihrem

Gepäck aus der Hand glitt und auf das Kopfsteinpflaster fiel. Schnell bückte sie sich danach, wobei ihr beinahe ein Mann auf die Finger getreten wäre. Als sie sich wieder aufrichtete, blickte sie in die trüben Augen einer älteren Frau, deren Blick von dem großen Schiff gefesselt war, von dessen Deck nun eine Planke heruntergelassen wurde.

»Das überleb ich nicht«, murmelte sie und bekreuzigte sich. »Allmächtiger Gott! Das ist mein Tod.«

Für einen Moment legte Anna der Frau beruhigend die Hand auf die Schulter und lächelte sie an. »Wir sind alle in Gottes Hand. Habt Vertrauen.« Dann schritt sie beherzt die Planke hinauf zum Schiff.

Salziger Wind zerrte an ihrem Rock, und mit der freien Hand musste sie ihre Haube festhalten, damit diese nicht fortgeweht wurde. Und doch fühlte sich Anna mit einem Mal so stark und frei, als wäre der frische Wind geradewegs durch ihre Seele gebraust.

Sie schwankte ein wenig, als sie das Deck des Schiffes erreichte und zusammen mit anderen Passagieren sogleich zu den Luken gedrängt wurde, die zu den Zwischendecks führten. Für einen Moment gelang es ihr jedoch, stehen zu bleiben und einen Blick auf die vor ihr liegende See zu werfen. Die morgendliche Sonne glitzerte auf der sich kräuselnden Oberfläche, während die Planken in der gleichmäßigen Bewegung knarrten, als warteten sie ungeduldig darauf, endlich aufzubrechen.

Blinzelnd suchte Anna den Horizont ab, sah jedoch nichts als die Endlosigkeit des Meeres, über dem sich ein wolkenloser Himmel spannte. Irgendwo dahinter befand sich America, das gelobte Land, das auch von manchen ihrer Glaubensbrüder als Ort der Zuflucht und Hoffnung gesehen wurde. Ihr Herz schlug schneller bei diesem Gedanken, und sie spürte, wie sich ihre Hand fester um das Bündel mit ihren Habseligkeiten klammerte. Ein weiter, harter Weg lag vor ihr. Und dort, im fremden Land, würde es ebenfalls nicht leicht werden. Nachdem sie das Geld für die Überfahrt bezahlt hatte, besaß sie kaum mehr als das, was sie am Leibe trug. Doch war sie an schwere Arbeit gewöhnt, und sicher würde es ihr gelingen, irgendwo eine Anstellung zu finden. Und wenn es Gottes Wille war, auch eine Gemeinde, die sie wieder aufnahm.

Und dann – ihr schwindelte bei dem Gedanken, während ihre Lungen tief die salzige Luft einatmeten –, dann wäre sie endlich frei. In diesem Moment war sie sicher, dass sie das Versprechen, das sie sich selbst gegeben hatte, wahr machen würde. Sie würde diesen Ort finden, an dem sie frei ihren Glauben leben konnte. Frei, ihrem Gewissen zu folgen und das zu tun, wozu sie sich von Gott berufen fühlte – anderen Menschen zu helfen, für Kranke und Notleidende da zu sein. Und während die anderen Passagiere weinend und fluchend an ihr vorbeidrängten, nahm Anna sich in ihrem Herzen vor, dass sie sich von nichts und niemandem aufhalten lassen würde, bis sie dieses Ziel erreicht hatte.

Gleichgültig, wie hart es werden würde.

Gleichgültig, wie lange es dauern würde.

Eines Tages würde sie wirklich frei sein.

Noch einmal warf sie einen Blick auf die verheißungsvolle Weite des Ozeans. Dann spürte sie einen Stoß im Rücken und wurde weitergedrängt, hinab in den Bauch des Schiffes, das sie verschluckte wie ein Wal.

❋

Der Geruch von Rauch lag schwer in der Luft, zog über das grüne Land wie eine Flagge des Todes, der Odem von Zerstörung und Unterwerfung.

Regungslos kauerte Seán O'Flanagan vor dem Haufen aus verbranntem Holz und verkohltem Putz, der einmal Haus und Heim einer Familie gewesen war.

Der Leichnam des ermordeten Jungen war von Nachbarn und Freunden in das Haus seines Onkels gebracht worden. Frauen aus der Verwandtschaft würden ihn dort aufbahren und herrichten. Drei Tage würden sie Totenwache halten und beten, bis Seán ihn dann zu Grabe geleiten würde. Die völlig gebrochene Brigid war von ihrem Bruder weggebracht worden. Seán jedoch hatte sich nicht von der Stelle gerührt. Wie von einem bösartigen Zauber gebannt, hatte er dagestanden und zugesehen, wie das Werk der Zerstörung seinen Lauf nahm, die züngelnden Flammen Wände, Dach und Fundamente der Hütte auffraßen, bis diese schließlich mit einem lauten Krachen einstürzten und die schwelende Glut den Rest besorgte.

Erst als die Sonne sich rötlich über den hügeligen Horizont senkte und Kälte hereinbrach, richtete Seán sich schwerfällig auf und ging, wie von einer unsichtbaren Macht angezogen, auf die schwarze Ruine zu. Von dem plötzlichen Wunsch beseelt, vielleicht noch irgendetwas retten zu können, hob er verbrannte Balken an und schob mit dem Fuß Asche und Ruß beiseite. Die Hitze war immer noch zu spüren. Blasen bildeten sich an Seáns Händen, doch er spürte den Schmerz nicht.

Kaum etwas war der Vernichtung entgangen. Der karierte Stoff eines Schultertuches lugte unter dem Schutt hervor. Es musste im Wäschetrog gelegen haben und war aufgrund der Feuchtigkeit nur an den Säumen angesengt. Daneben schimmerten vom Feuer schwarz gefärbte Scherben eines Tongeschirrs und ein von der Hitze verformter, jedoch noch immer verwendbarer Eisenkessel.

Nicht viel, und doch alles, was von einem Leben übrig

geblieben war, das eine Familie mit Blut, Schweiß und Tränen für sich und nachkommende Generationen aufgebaut hatte.

Wieder spürte Seán, wie der Zorn über ihm zusammenzuschlagen drohte. Warum? Wie konnte Gott diese zum Himmel schreiende Ungerechtigkeit zulassen? Wieso strafte er die Besatzer nicht mit seinem gerechten Zorn? Wieso …

Etwas hatte seine Aufmerksamkeit auf sich gezogen. Als er genauer hinschaute, erkannte er, um was es sich handelte. Ein Buch war dieser Flammenhölle entgangen, zumindest teilweise. Die aufgeschlagenen, halb verkohlten Seiten bewegten sich leicht im Abendwind. Das konnte nicht sein, das war ein Wunder. Ungläubig bückte sich Seán danach – es war eine Bibel. Er strich mit den Fingern über die Seite, die sich gerade vor seinen Augen geöffnet hatte. Die obere Hälfte des Blattes war bis zur Unkenntlichkeit versengt. Doch er erkannte, dass es sich um eine Passage aus dem zweiten Buch Mose handelte, in dem der Herr zu jenem aus dem brennenden Dornbusch sprach:

Ich habe gesehen das Elend meines Volkes in Ägypten und habe ihr Geschrei gehört über die, so sie drängen; ich habe ihr Leid erkannt und bin herniedergefahren, dass ich sie errette von der Ägypter Hand und sie ausführe aus diesem Lande in ein gutes und weites Land, in ein Land, darin Milch und Honig fließt.

Seán kam es vor, als spräche Gott zu ihm.

Weil nun das Geschrei der Kinder Israel vor mich gekommen ist, und ich auch dazu ihre Angst gesehen habe, wie die Ägypter sie ängsten, so gehe nun hin, ich will dich zu Pharao senden, dass du mein Volk, die Kinder Israel, aus Ägypten führest.

Jedes dieser Worte traf Seán mit einer solchen Heftigkeit, als hätte er noch nie zuvor diese Stelle der Schrift gelesen. Als hätte er sie – bis zu diesem Moment, vor den Trümmern eines zerstörten Hauses, auf blutgetränktem Boden – nicht verstanden.

Sein Blick war in die Ferne gerichtet, als er die Bibel langsam sinken ließ. Während sich die jüngsten Ereignisse mit den Schatten seiner Erinnerungen mischten, formte sich ein ganz neuer, unerhörter Gedanke hinter seiner Stirn und nahm mit jedem Atemzug Gestalt an.

Als Father Seán O' Flanagan die angesengten Buchdeckel schloss, wusste er, was er zu tun hatte.

Kapitel 3

Dublin, Irland, Mai 1776

Ein lautes Poltern riss Anna aus dem leichten Dämmerschlaf, in den sie immer wieder zurückglitt, seit das Schiff den Hafen von Rotterdam verlassen hatte und in See gestochen war. Helles Licht fiel durch die Luke, die sich über den Köpfen der Auswanderer öffnete, und einen Moment war Anna von der plötzlichen Helligkeit so geblendet, dass sie die Augen schließen musste.

Ein Raunen erhob sich unter den Menschen, die mit ihr zusammen auf dem Zwischendeck eingepfercht waren. Enge und Gestank waren fast unerträglich, doch zumindest gab es genügend zu essen, und jeder verfügte über eine einfache Schlafstätte. Auf anderen Auswandererschiffen, so erzählte man sich, sollten weitaus schlimmere Verhältnisse herrschen. Anna hatte gehört, dass diese kleinen Verbesserungen nur den emsigen Bittschreiben und der finanziellen Unterstützung der *German Society of Pennsylvania* zu verdanken waren. Diese von deutschstämmigen Bürgern gegründete Gesellschaft setzte sich dafür ein, dass ihre Landsleute, wenn sie schon Haus und Hof aufgeben mussten, um in der Neuen Welt eine Bleibe zu finden, nicht auch noch wie Vieh behandelt wurden oder auf offener See verhungern mussten.

Mit schweren Schritten stapfte der holländische Bootsmann, der Anna bereits zuvor durch sein unwirsches Gebaren und seine derben Flüche aufgefallen war, die schmale Treppe hinab zum Zwischendeck. Unwillkürlich wichen manche der Anwesenden zurück, als verspürten sie einen körperlichen

Ekel vor dem Mann mittleren Alters, der sich breitbeinig vor ihnen aufpflanzte und einen herausfordernden Blick in die Runde der Auswanderer warf.

Gerüchte gingen um, dass ihr Schiff zwischenzeitlich britisches Hoheitsgebiet erreicht hätte, wo es von Gesetzes wegen einen Zwischenstopp einlegen musste, bevor die Auswanderer ihren Weg in die Kolonien fortsetzen durften. Doch niemand auf dem Zwischendeck wusste, ob das stimmte, und so war alsbald ungeduldiges Gemurmel und Füßescharren zu hören, da der Bootsmann die Spannung der Menschen gar allzu lange auskostete.

»Weiß jemand von euch, wie man einem Kind auf die Welt hilft?«

Fragende Blicke nach allen Seiten, verständnisloses Gemurmel war die Antwort.

Mit dem Gesichtsausdruck eines Menschen, der eine Angelegenheit von großer Wichtigkeit zu verkünden hatte, fügte der Bootsmann hinzu: »Heute Morgen haben wir die irische Küste erreicht und im Hafen von Dublin angelegt.« Das Raunen schwoll an, wurde jedoch sogleich von einer Handbewegung des Sprechers unterbunden. »Da draußen, bei den alten Getreidespeichern, liegt eine Frau in den Wehen. Geht ihr scheint's sehr schlecht, dabei hat ein Pflanzer in Virginia gutes Geld für sie bezahlt. Wenn sie draufgeht...« Er ließ den Satz unvollendet, doch alle wussten, was er damit sagen wollte: Wenn diese Frau starb, würde der Reeder um seine Bezahlung kommen, und das nur wegen eines Bastards, der sich weigerte, ordentlich auf die Welt zu kommen.

Wut und Ekel stiegen in Anna auf. Doch statt sich zu empören, erhob sie sich und trat mit so viel Würde, wie sie in dieser Situation auszustrahlen vermochte, vor.

»Ich könnte Euch helfen.«

Das Grinsen, das sich bei diesen Worten auf dem wettergegerbten Gesicht des Bootsmannes ausbreitete, war dermaßen anzüglich, dass es Anna die Schamesröte ins Gesicht trieb. »Mir willst du helfen? Nur zu! Wenn das so ist, warte ich heute Abend in meiner Kajüte auf dich und schenke dir eine süße Nacht und köstliche Träume.«

Einen Moment lang wollte Anna zu einer Erwiderung ansetzen, und es juckte ihr in den Fingern, diesem ehrlosen Weiberheld ob seines unzüchtigen Angebots ins Gesicht zu schlagen. Doch dann dachte sie an die arme Frau, die irgendwo in dem stinkenden Hafen in den Wehen lag und um ihr Überleben kämpfte, und so antwortete sie nur: »Bringt mich hin.«

Zwei Herzschläge lang erweckte der Bootsmann den Anschein, als überlege er sich eine weitere zotige Bemerkung. Dann aber wandte er sich wortlos um und winkte Anna, ihm die Leiter hinauf zu folgen. Vom plötzlichen Licht, der salzigen Seeluft und dem heftigen Wind getroffen, musste sie den Atem anhalten und die Augen schließen. Dann erst ergriff sie die ihr dargebotene Hand und ließ sich ganz an Deck ziehen.

Beim Anblick der irischen Küste vergaß Anna einen Moment lang alles andere um sich herum. Weiß schäumend brachen sich die Wellen an der Mole und hinterließen kühle Spritzer auf ihrer Haut. Der Geruch nach Salz und Algen mischte sich mit dem der diesigen Frühlingsluft. Kreischend zogen Möwen große Kreise um ihren Kopf, während sich der Himmel schier unendlich bis zum Horizont spannte.

Anna konnte nicht sagen, wie lange sie in dem großen, zugigen Schuppen gesessen und mit allen ihr zur Verfügung stehenden Mitteln um das Leben der Frau und das ihrer Zwillinge gekämpft hatte. Sie spürte die Müdigkeit in jedem Knochen, in jedem Muskel ihres Körpers, und ein kurzer Blick nach draußen zeigte ihr, dass die Sonne sich bereits anschickte, hinter dem Horizont zu versinken.

Es war eine schwere Geburt gewesen. Die Frau war so schwach und abgemagert, als hätte sie ihr ganzes Leben nur Arbeit und Hunger gekannt. Durch das Austragen von gleich zwei Kindern waren ihre Kräfte vollständig erschöpft. Zwischen den Wehen hatte Anna ihr einen Sud aus Weidenrinde verabreicht, den irgendeine gute Seele aus dem von ihr mitgebrachten Pulver zubereitet hatte. Auch das Wenige, was sie selbst als Proviant bei sich hatte, trockenen Zwieback und etwas harten Käse, hatte sie ihr gegeben, sodass Annas Vorräte nun völlig aufgebraucht waren.

Nach den Stunden der Anstrengung, zwei Kindern das Leben geschenkt zu haben, lag die junge Mutter da und schlief, in jedem Arm eines der beiden notdürftig in Windeln gewickelten Säuglinge, ein Junge und ein Mädchen. Ihre winzigen Gesichter waren zerdrückt, und selbst im Schlaf runzelten sie die Stirn, als ahnten sie bereits voller Sorge, welche harten Zeiten ihnen bevorstanden, sollten sie die Überfahrt ins Unbekannte überleben.

Dieser Gedanke erinnerte Anna daran, dass sie nicht wusste, wie spät es war, und sie gut daran täte, zu ihrem Schiff zurückzukehren. Schwankend stand sie auf und wischte sich die blutverschmierten Hände an ihrer Schürze ab. Sie hatte getan, was sie konnte. Nun musste sie die Frau mit ihren Kindern Gottes Führung überlassen.

Rötliches Abendlicht durchzog bereits den Himmel, als sie die Tür des Schuppens aufstieß und nach draußen trat, wo sie gierig die salzige Luft einatmete. Selbst um diese Tageszeit herrschte noch reger Betrieb. Rot berockte Uniformierte marschierten an ihr vorüber, mit Fässern und Tauen beladene Fuhrwerke holperten über Kopfsteinpflaster, Händler packten ihre Ware zusammen, befremdlich grell geschminkte Frauen standen an den Straßenecken und in den Tornischen und hielten mit tief ausgeschnittenem Dekolleté und hungrigen Augen nach Freiern Ausschau.

Sanft schaukelten einige Segler im Hafen, doch keiner davon kam Anna bekannt vor. Das Gefühl der Panik kroch in ihr hoch, umklammerte ihre Kehle wie eine Klaue. Mit pochendem Herzen näherte sie sich dem Pier, achtete nicht auf den uniformierten Wachmann, der ihr irgendetwas zurief, und rannte in wachsender Verzweiflung an der Mole entlang an Schiffen vorbei, um die an die Schiffsrümpfe aufgepinselten Namen zu lesen.

Nichts! Die *Ariadne* war nicht dabei.

Unwillkürlich entfuhr ihr ein Schreckensschrei. Das Schiff, das sie von Rotterdam bis hierher gebracht hatte, war verschwunden. Es musste ausgelaufen sein, als sie im Schuppen bei der Geburt geholfen hatte. Mit nahezu all ihren Habseligkeiten an Bord, ihrer ganzen Hoffnung auf Zukunft. Offensichtlich waren die werdende Mutter und sie selbst doch nicht wertvoll genug, um auf sie zu warten.

Die Übelkeit, die Anna befiel, ließ sie schwanken. Einen Moment lang hielt sie noch ihre anerzogene Selbstbeherrschung aufrecht, dann forderten Erschöpfung, Hunger und die Erkenntnis, völlig mittellos in einem fremden Land gestrandet zu sein, ihren Tribut. Wie eine Puppe brach sie zusammen.

✳

Ins Gebet versunken stand Father Seán O'Flanagan an der Hafenmole und blickte auf die schäumende See, deren Wellen in regelmäßigen Abständen gegen die Anlegestelle schlugen. Heftig zerrte der Wind an seiner schwarzen Soutane, und die Gischt hinterließ salzige Tropfen auf seinem Gesicht.

Damals vor Brigids verkohlter Hütte hatte er geglaubt, Gottes Auftrag zu vernehmen, seinen Landsleuten, die vor Hunger und Unterdrückung in die Neue Welt flüchteten, zu helfen. Nun aber, beim Anblick des schier endlosen Ozeans, der ihn und seine Heimat von den americanischen Kolonien trennte, konnte er der bohrenden Frage nicht mehr ausweichen, ob es wirklich Gottes Stimme gewesen war, die er vernommen hatte. Oder ob nicht viel mehr seine eigene Hoffnungslosigkeit ihn dazu getrieben hatte, seine von den Briten ausgebeutete Insel zu verlassen.

Ein erbärmlicher Schrei riss ihn aus seinen Überlegungen. Als er sich umwandte, sah er eine junge Frau, die mit schreckgeweiteten Augen die vor Anker liegenden Schiffe anstarrte. Ihre Aufmachung und schlichte Kleidung erinnerten ihn an die verhassten Puritaner, die bereits vor einem Jahrhundert mit radikalem Fanatismus die Ausrottung des katholischen Glaubens in Irland angestrebt hatten. Doch bevor er weiter darüber nachdenken konnte, wurde die Frau plötzlich schneeweiß im Gesicht und sackte lautlos zusammen.

Mit einem Sprung war er an ihrer Seite und vergewisserte sich, dass sie keine Verletzung davongetragen hatte. Behutsam bettete er ihren Kopf auf das kleine Bündel, das neben ihr lag. Oft genug hatte er Sterbenden die Sakramente gespendet, um die Zeichen schwerer Krankheit und des herannahenden Todes zu kennen. Mit Erleichterung stellte er fest, dass nichts davon auf dem blassen Gesicht der jungen Frau zu erkennen war.

Fast noch ein Mädchen, hatte sie ein ebenmäßiges, ansprechendes Gesicht, das jedoch nicht wirklich schön zu nennen war. Das einfache Kleid und die glatt nach hinten gekämmten, unter einer Haube aufgesteckten Haare verliehen ihrem Aussehen eine strenge Würde. Bei seiner Berührung flackerten ihre Lider, und sie schlug die Augen auf. Zunächst irrte ihr Blick orientierungslos umher, bis er schließlich an ihm hängen blieb. Sie sagte etwas, doch in einer fremden Sprache, die Seán nicht verstand. So lächelte er ihr nur beruhigend zu und hob zugleich fragend die Schultern. Taumelnd, aber entschlossen rappelte sie sich wieder auf. Mit den Händen wies sie auf den Hafen, zeichnete die Umrisse eines Schiffes in die Luft und wiederholte immer ein Wort, das er trotz ihrer seltsamen Aussprache verstand: Ariadne.

Und plötzlich wusste er, was sie meinte. Offensichtlich kam sie von einem jener Auswandererschiffe aus den deutschen Fürstentümern, die auf dem Weg nach America in Irland vor Anker gingen. *Ariadne* war der Name eines dieser Schiffe, die in regelmäßigen Abständen hier im Hafen eintrafen und, *gütige Jungfrau*, er selbst hatte gesehen, wie das Schiff erst vor ein, zwei Stunden mit dem Aufkommen der Flut die Anker gelichtet hatte und in See gestochen war.

»Ariadne«, wiederholte die junge Frau, und fragend lagen ihre Augen auf ihm, als sei er die Antwort auf ihre Hoffnung.

Doch er würde sie enttäuschen müssen. Wenn es sich so verhielt, wie er dachte, war ihr Schiff ohne sie wieder aufgebrochen, während sie selbst, aus welchen Gründen auch immer, am Ufer zurückgeblieben war. Einen Augenblick fehlten ihm die Worte, als er erkannte, was das bedeutete. Das fremde Mädchen, das kein Wort Englisch zu sprechen schien, war vollkommen allein hier zurückgeblieben.

*

Noch immer betäubt von dem Schlag, der sie getroffen hatte, folgte Anna dem schwarz gekleideten Mann, der ihr mit Gesten zu verstehen gab, dass sie etwas essen müsse. Da sie weder die Kraft noch das nötige Geld hatte, um abzulehnen, ließ sie sich von ihm in eine Schankstube führen, wo es nach Bier, Zwiebeln und gekochtem Fleisch roch.

Anna hatte in dem Fremden gleich einen katholischen Priester erkannt. Mit einem Mal waren all die Schreckensgeschichten wieder gegenwärtig, die sie als Kind vor dem Herdfeuer der Küche und den Spinnrädern am Fenster gehört hatte. Gerade die Kleriker der großen anerkannten Kirchen waren in der Vergangenheit, neben den Bütteln der weltlichen Macht, für die unbarmherzige Verfolgung der Täufer verantwortlich gewesen. Selbst noch in diesen Tagen, wo die Zugehörigkeit zum mennonitischen Glauben nicht mehr als todeswürdiges Verbrechen galt, nutzten manche Kirchenmänner ihren Einfluss beim Landesfürsten und den einfachen Gläubigen, um Vorurteile und Misstrauen gegenüber religiösen Minderheiten zu schüren.

Doch in dieser aussichtslosen Lage, allein, völlig mittellos und ohne die geringste Möglichkeit, sich sprachlich zu verständigen, sah es so aus, als ob ausgerechnet ein Priester der Papisten ihr helfen wollte. Eine innere Stimme oder auch eine gewisse Menschenkenntnis sagte Anna, dass er es ehrlich meinte.

Gemeinsam mit *Vaderscho*, so nannte er sich wohl, nahm sie ein schlichtes Mahl aus Brot und Eintopf zu sich. Und trotz ihrer Erschöpfung gelang es ihr mehr und mehr, sich durch ein Gemisch aus Gesten und einfachen Worten, die sie bereits auf dem Schiff gelernt hatte, verständlich zu machen.

Während sie müde, aber hungrig den stark gewürzten Eintopf löffelte, sah sie plötzlich in dieser stinkenden Hafenschenke einen neuen Weg vor sich, der sie einen Schritt weiter zu ihrem Ziel bringen konnte.

KAPITEL 4

Dublin, Irland, Mai 1776

This indenture ...

Nur holprig kamen Anna diese Worte über die Lippen, die in großen, verschnörkelten Lettern ganz oben auf dem über und über mit Text beschriebenen Vertrag standen. Sie sah erst den jungen Priester an, dann den in Kniehosen, Weste und Dreispitz gekleideten Mann, der ihr das Blatt unter die Nase hielt – mit dem verheißungsvollen Gesichtsausdruck eines Fischhändlers, der versucht, vor seinen Kunden die Tatsache zu verschleiern, dass seine Ware nicht mehr ganz frisch ist.

»Was heißt das?« Sie wies auf die in Englisch geschriebenen Sätze und hob fragend die Schultern.

Für ihr Gegenüber war diese Situationen scheinbar nichts Neues. Mit Gesten und einfachen, kurzen Sätzen versuchte er, ihr zu erklären, was auf dem Papier stand. Anna konnte kaum mehr als die Begriffe *ship*, Schiff, *America* und *work*, Arbeit, ausmachen, während seine feisten Finger ihr die Zahl Sieben signalisierten. *Seven years.*

Verzweifelt versuchte sie zu verstehen. Wollte der Agent ihr sagen, dass die Möglichkeit bestand, für eine Passage auf dem Schiff zu arbeiten? Ein Hauch von Zuversicht flackerte in Anna auf.

Sieben Jahre ... aber das ...

Mit einem Schlag erlosch ihre Hoffnung und wich dem Entsetzen der Erkenntnis. Was der Mann ihr dort anbot, war nicht eine Anstellung als Köchin oder Magd auf einem der Auswandererschiffe. Nein! Stattdessen stellte er ihr freie

Überfahrt nach America in Aussicht, wenn sie sich im Gegenzug dazu verpflichtete, sieben Jahre ohne Bezahlung, nur für Unterkunft und Verpflegung zu schuften.

Sieben Jahre Knechtschaft. *Sklaverei.*

Wie Paukenschläge hämmerte dieses Wort in Annas Kopf wider, während ihr langsam bewusst wurde, was das bedeutete. Offensichtlich hatte sie nur die Wahl, hier in diesem schmutzigen Hafen zu verkommen, womöglich ihren Körper anzubieten, um nicht zu verhungern, oder sich selbst für die Dauer von sieben Jahren an irgendeinen unbekannten Herrn zu verkaufen. Sie hatte sich auf den Weg nach America gemacht, um endlich die Freiheit zu finden, die ihr in der alten Heimat versagt geblieben war. Und nun …

Anna warf einen hilfesuchenden Blick zu dem schwarz gekleideten Priester hinüber, doch sein Bild verschwamm wie im Nebel.

Ungeduldig wedelte der Agent mit der Urkunde vor ihrer Nase und bedachte sie mit einem Wortschwall, von dem sie so gut wie nichts verstand, der ihr jedoch in Gestik und Tonfall klarmachte, dass er sich nicht länger von einer wie ihr würde hinhalten lassen.

Wie in Trance nahm sie wahr, dass der junge Priester ihr sanft die Hand auf die Schulter legte, als wollte er sie dazu ermutigen, diesen Schritt zu wagen, und für einen kurzen Moment durchströmte sie eine leise Zuversicht. Was hatte sie denn noch zu verlieren? Sie besaß nichts mehr, kein Geld, kein Heim und keine Familie, zu der sie zurückkehren könnte. Harte Arbeit war sie gewohnt, und wenn ihr jemand dafür ein Dach über den Kopf bot und ausreichend zu essen … Allzu schlimm konnte es also nicht werden.

Sie zitterte, als sie nach der Feder griff, die der Agent ihr hinhielt, und ihren Namen auf das Formular setzte. Kaum dass sie mit dem letzten Buchstaben fertig war, hatte ihr Gegenüber bereits das Blatt weggezogen und löschte mit zufriedenem Gesichtsausdruck die noch feuchte Tinte mit etwas Sand. Dann nahm er eine Schere zur Hand, zerschnitt das Formular entlang einer gezahnten Linie in zwei Hälften und reichte ihr eine davon. Kraftlos schlossen sich Annas Finger darum, und sie bemerkte kaum, dass der Agent noch ein paar Sätze mit dem Priester wechselte.

Sie sah auf das Meer, über dem blutrot die Sonne unterging und den Himmel und das sich spiegelnde Wasser wie eine riesige klaffende Wunde erscheinen ließ, die immer schwärzer wurde. In diesem Moment fragte sie sich, ob es nicht leichter gewesen wäre, einfach zu sterben.

Es hatte Anna keinen Tag gekostet, festzustellen, wie grausam sich dieses Schiff von jenem unterschied, mit dem sie ihre Reise von Rotterdam angetreten hatte, bevor sie im Dubliner Hafen gestrandet war.

Eine schwimmende Hölle.

Dicht an dicht hatte man die zukünftigen Schuldknechte und -mägde im Zwischendeck zusammengepfercht, während Anna auf der *Ariadne* zumindest noch genügend Platz gehabt hatte, um die Arme ausstrecken und sich gelegentlich die Beine vertreten zu können. Auf diesem Schiff herrschten dagegen erbarmungswürdige Zustände.

Dunkelheit und Gestank waren ganz und gar unerträglich. Tag und Nacht im riesigen Bauch des Schiffes, zusammen mit Hunderten von Menschen eingeschlossen, bekam man nie den Himmel, nie das Tageslicht zu sehen, was langsam, aber sicher zur Orientierungslosigkeit führte. Die Folgen ließen nicht auf sich warten. Seekrankheit und Fieber, Krätze und Ausschlag, Lungenentzündung und Ruhr machten die Runde.

Manchmal glaubte Anna, all das nicht mehr ertragen zu können. Doch immer, wenn sie nahe daran war, sich dem Gefühl der Hoffnungslosigkeit und Gottverlassenheit hinzugeben, vernahm sie von irgendwo im Zwischendeck ein Weinen oder Stöhnen. Dann rappelte sie sich mühsam auf, um nachzusehen, ob sie helfen konnte.

Dabei standen ihr hier weder ausreichend Licht noch Verbandsmaterial oder sauberes Wasser zur Verfügung, ganz zu schweigen von ihren Heilpflanzen, Tinkturen und Salben. So musste sie sich meist damit begnügen, den um Hilfe wimmernden Menschen Mut zuzusprechen, feuchte Umschläge zu machen oder mit Stoffstreifen Verletzungen zu verbinden. So gut es ihre mangelnden Sprachkenntnisse erlaubten, versuchte sie, den Angehörigen klarzumachen, dass es darauf ankam, die Kranken sauber zu halten, was unter den gegebenen Umständen jedoch kaum möglich war.

Father Seán O'Flanagan bekam Anna nur selten zu Gesicht. Er hatte sich entschlossen, seine Landsleute bei der Überfahrt in die Neue Welt zu begleiten und zu unterstützen. Auch er half, wo er nur konnte, tröstete Kranke, machte den Verzweifelten Mut, spendete Sterbesakramente.

Je länger die Reise dauerte, desto unerträglicher wurden Gestank und Schmutz im Zwischendeck. Regelmäßig fanden sich, wenn einer der Maate seine Runden machte, neben kranken, verlausten Menschen in abgerissenen Kleidern auch Tote. Ohne viel Federlesens wurden sie in einen Sack gepackt, an Deck gebracht und in den Fluten versenkt.

Wieder hatte man Anna zu einem Kranken gerufen. Einen kurzen Moment schwankte sie, schloss die Augen und versuchte, nicht allzu viel von dem ekelerregenden Gestank um

194

sich herum wahrzunehmen. Dann jedoch hatte sie sich wieder gefangen und begann, die vom Fieber gerötete Haut eines etwa zehnjährigen Jungen mit einem feuchten Tuch abzuwaschen. Der kleine Körper strahlte so viel Hitze aus, dass sie das Tuch immer wieder in der mit schalem Wasser gefüllten Blechschüssel auswaschen musste.

Von Krämpfen geschüttelt, warf sich ein anderer hin und her, während er etwas vor sich hin murmelte. Es war kein Englisch, das erkannte Anna, die bereits gelernt hatte, sich mit einfachen Sätzen in dieser Sprache zu unterhalten. Doch hatte sie gehört, dass manche der Iren noch immer ihre alte Sprache benutzten.

Eine alte Frau mit schütterem weißen Haar, das notdürftig zu einem Knoten aufgesteckt war, ließ eine Kette mit Perlen durch ihre welken Finger gleiten, während sie bei jeder einen Moment verharrte und ein Gebet flüsterte, dessen Klang seltsam beruhigend auf Anna wirkte. Unter gewöhnlichen Umständen wäre ihr diese Zurschaustellung papistischer Frömmigkeit unangenehm gewesen. Immerhin verehrten Katholiken verstorbene Menschen als Heilige und beteten sogar zu deren in Holz und Stein geschnitzten Abbildern. Doch hier, in der düsteren Stickigkeit des Schiffes, umgeben von Krankheit und Tod, war sie fast dankbar, außer dem hoffnungslosen Weinen und Stöhnen überhaupt so etwas wie ein Gebet zu vernehmen.

✳

Er war in einer fremden Welt gelandet, in einem Land jenseits des Atlantiks, auf einem unbekannten Kontinent.

Auf den ersten Blick hatte sich nicht viel geändert, seit sie in Sandy Hook wieder festen Boden unter die Füße bekommen und Übelkeit, Hunger und Krankheiten hinter sich gelassen hatten.

Alles schien so zu sein, wie Lorenz es aus Deutschland kannte. Männer in Uniformen mit kniehohen Stiefeln, dreispitzigen Hüten und zu Locken aufgedrehten Haaren exerzierten täglich bis an den Rand der Erschöpfung. Nur dass neben den auf Deutsch gebrüllten Befehlen der Unteroffiziere die seltsam nasale und gekünstelte Sprache der Engländer zu hören war, wenn die britischen Sergeanten ihre Truppen drillten. Doch am Abend nach seinem Dienst, wenn die Sonne die Berge in ihr rötliches Licht tauchte, erschien ihm alles wie eine neue Schöpfung. Jedes Mal aufs Neue erfüllte ihn ehrfurchtsvolles Staunen, wenn er Pflanzen und Tiere sah, von denen er noch nie in seinem Leben etwas gehört hatte. Vögel mit seltsam geformten Schnäbeln und glänzendem Gefieder, die ein ohrenbetäubendes Geschrei veranstalteten, Blumen von einem solch leuchtenden Rot und intensiven Duft, dass der schiere Anblick ihn an frisches Blut, der Duft jedoch an eine schöne junge Frau erinnerte.

Wann immer er die Gelegenheit dazu hatte, nahm er sein Notizbuch zur Hand, in dem er seine Aufzeichnungen über die Reise und die Ereignisse der Tage festhielt, und begann, manche der Pflanzen und Tiere, die es ihm besonders angetan hatten, Strich für Strich einzufangen. Und bisweilen fragte er sich, ob er je die Gelegenheit haben würde, seinen Freunden und Verwandten zu Hause diese Bilder zu zeigen, ihnen von den Wundern und Schrecken, die er in dieser seltsamen Welt hier erlebt hatte, zu berichten. In Momenten wie diesen überraschte es ihn, dass er kaum Wehmut bei der Vorstellung empfand, womöglich niemanden aus seiner Familie wiederzusehen, seine Cölner Verwandtschaft ausgenommen.

Nur der Gedanke an ein blasses, ovales Gesicht mit großen

braunen Augen, das er ebenfalls nicht mehr sehen würde, raubte ihm einige Herzschläge lang den Atem, während er versuchte, sich wieder zur Vernunft zu bringen. Denn selbst wenn er nicht nach America geschickt worden wäre – irgendwo ins Niemandsland, wo er auf den Feind wartete oder den Tod –, sagte er sich, hätte es keine Zukunft für sie beide gegeben. Die Wiedertäuferin und der hessische Offizier, die Tochter eines Bauern und der Sohn eines Freiherrn. Sie hatte ihm das Leben gerettet, ihm geholfen, als er Hilfe benötigte, und ihn gesund gepflegt, wie ihr Glaube es verlangte. Mehr nicht.

Und obgleich sich Lorenz' Herz bei der Erinnerung an sie schmerzhaft zusammenzog, redete er sich ein, dass es töricht war, an das Mädchen zu denken. Die Welten, die sie trennten, waren weiter voneinander entfernt als die beiden Kontinente, die Kluft zwischen ihnen tiefer und breiter als der Atlantik, der zwischen ihnen lag. Bestimmt hatte sie mittlerweile den Tod ihres Vaters verkraftet und war mit diesem jungen, etwas grobschlächtigen Bauern verheiratet, dem sie versprochen gewesen war. Wie hieß er noch gleich? Gideon?

Bei dem Gedanken an ihn runzelte Lorenz die Stirn. Ja, sicher war sie jetzt die Ehefrau dieses Mannes, plante eine Familie und spann bereits die Wolle für die Kleidung der gemeinsamen Kinder – ohne auch nur einen Gedanken an ihn, den fremden Offizier, zu verschwenden.

*

Eine plötzliche Schwäche hatte Anna überfallen und warf sie mit Wucht zu Boden, sodass ihr die Härte des Aufpralls für einen Moment den Atem und die Sinne raubte. Kaum spürte sie den Schmerz, das harte Holz der Planken, das ihr die Handflächen aufschürfte und Schulter und Kopf wie ein unvorhergesehener Hieb traf. Eine Welle der Übelkeit überkam sie, gefolgt von einer fiebrigen Hitze, die sie wie eine Feuerwalze überrollte. Sie wusste nicht mehr, wo sie sich befand. Nichts um sie herum schien ihr real. Nichts als das Toben in ihrem Körper. Sie spürte, wie ihre Glieder zitterten und sich ihre Brust, die verzweifelt ohne ihr Zutun nach Luft rang, unregelmäßig zusammenzog.

Einen Augenblick verharrte sie zusammengerollt und bebend auf dem schmutzigen Holzboden. Erneut durchfuhr sie die Übelkeit, und sie erbrach sich auf die Planken.

Als die Zuckungen nachließen, kehrte ihre Geistesgegenwart zurück, und sie erfasste die ganze entsetzliche Wahrheit. *Güter Gott!*, durchfuhr es sie. *Es ist so weit. Ich habe mich angesteckt!*

Sie lag da und versuchte, ihre verworrenen, angsterfüllten Gedanken zu ordnen. Dann riss sie eine tiefe Schwärze mit sich hinab.

✳

Father Seán O'Flanagan hatte den Morgen im Gebet verbracht. Neben seinem Lager kniend, hatte er versucht, seinen Geist Gott anzuvertrauen, während er alte lateinische Litaneien murmelte. Auch er litt unter den Strapazen der Überfahrt, den durchwachten Nächten, dem schlechten Essen und dem unbeständigen Seegang. Ohne diese Stunden der Einsamkeit und des Gebets würde er angesichts des Elends und der unmenschlichen Bedingungen an Bord verzweifeln. Besonders dankte er Gott für Anna Hochstetter. Solange er sie bei den Kranken und Bedürftigen seiner irischen Landsleute wusste, verspürte er selbst einen Hauch von Hoffnung.

Dabei war er – vielleicht aus Mitleid – nur einem Impuls

gefolgt, als er die junge Frau damals im Hafen angesprochen und ihr eine Überfahrt auf dem gleichen Schiff vermittelt hatte, mit dem er selbst in See stechen wollte. Seither war sie ihm wie ein Fels in der Brandung erschienen. Aus ganz ähnlichem Antrieb heraus wie er kämpfte sie unermüdlich darum, das Leid der Menschen zu lindern, und nahm sich auch ihrer seelischen Nöte an.

Mehr als einmal hatte er sie mit geschlossenen Augen in ein stilles Gebet versunken gesehen. Sie war eine Täuferin, so viel hatte er verstanden. Und obgleich er sich ein Leben ohne die Segnungen der Kirche, ihre Rituale, Heiligen und Märtyrer nicht vorzustellen vermochte, erkannte er doch, wie unerschütterlich und stark der Glaube dieser kleinen Person war. Doch schien sie einen stillen Kummer in sich zu tragen, denn manchmal, wenn sie sich unbeobachtet fühlte, starrte sie längere Zeit stumm vor sich hin. Bisher hatte sich aber noch keine Gelegenheit ergeben, sie danach zu fragen.

»Father Seán! Oh, mein Gott, Father Seán!« Atemlos hervorgestoßene Worte, kaum mehr als ein Schluchzen.

Als er sich umwandte, sah er hinter sich die achtzehnjährige Maureen, die mit vor Entsetzen geweiteten Augen auf ihn zukam. Dicht hinter ihr folgte Fergus, ihr Mann, kaum älter als sie, mit stoppeligem Kinn und vom gerade erst überstandenen Fieber noch immer eingefallenen Wangen.

»Was hast du, mein Kind?« Sanft fuhr er ihr mit den Fingerspitzen über das rötliche, gewellte Haar, »Was ist geschehen?«

Ein Kopfschütteln war die Antwort und ein erneutes Schluchzen.

»Es geht um Anna, Father.« Unsicher knetete Fergus seine Mütze in Händen, als er seiner Frau zu Hilfe kam. »Anna Hochstetter, die ...«

Der Priester spürte, wie die Angst ihn erfasste. Seine Hand

hielt in der Bewegung inne, sein Mund war schlagartig trocken. »Was ist mir ihr?«

»Als wir runtergekommen sind, heute Morgen, da...«, brachte Maureen schluchzend hervor, »lag sie auf der Erde, glühte vor Fieber. Sie hat sich gekrümmt, erbrochen... und...«

»Sieht so aus, als hätte sie sich angesteckt, Father«, ergänzte Fergus. »Typhus.«

»Gütige Mutter Gottes!« Seán spürte, wie alle Farbe aus seinem Gesicht wich. »Ich muss zu ihr, schnell!«

»Aber, Father«, Fergus stellte sich ihm in den Weg. »Bleibt besser weg. Was ist, wenn Ihr Euch auch noch ansteckt?«

»Ich muss zu ihr«, wiederholte Seán. »Anna hat uns immer geholfen, und wir werden sie nicht einfach ihrem Schicksal überlassen.«

»Aber was ist, wenn Ihr auch krank werdet, Father? Was sollen wir dann ohne Euch machen?«

»Alles liegt in Gottes Hand.« Sanft, aber bestimmt schob er sich an Fergus vorbei und eilte mit klopfendem Herzen in Richtung des Zwischendecks, während er darum betete, nicht zu spät zu kommen.

❊

Sie waren hier nicht willkommen. Sie waren Invasoren, verhasste Eindringlinge, gedungene Mörder, die ihren Leib und ihre Seele dafür verkauften, um einem Tyrannen zu helfen, seine Macht aufrechtzuerhalten.

Wortlos blickte Lorenz von Tannau auf das Pamphlet, das ihm einer der Kuriere in die Hand gedrückt hatte. Offensichtlich war es in großer Stückzahl im Umlauf, in deutscher Sprache verfasst und direkt an die Soldaten aus Hessen gerichtet. Darin wurde jedem »Söldner«, der bereit wäre, seine Einheit zu verlassen und die Sache des jungen Landes zu unterstützen, fünfzig Morgen Land, Vieh und Steuerfreiheit versprochen. Ein offener Aufruf zu Meuterei und Desertion.

Wütend zerknüllte Lorenz das Papier und warf es auf die Erde. Er war kein Verräter! Weder er noch seine Männer waren Deserteure. Sie alle hatten einen Eid auf den Landgrafen und die britische Krone geleistet, für die sie hier zu kämpfen und zu sterben bereit waren. Und für kein billiges Geld würde er sich von diesen »Americanern«, wie sie sich großspurig nannten, kaufen lassen. Von einem Haufen aufrührerischer Bauern und ehemaliger Strafdeportierten, welche die Dreistigkeit – und Dummheit – besaßen, sich gegen ihren König und die von Gott bestimmte Ordnung aufzulehnen. Aber sie würden es ihnen zeigen!

Ein schwacher Wind ließ die Zeltplanen leicht flattern, dennoch war es brütend heiß. Die Brise, die vom Meer und vom Hudson River herüberwehte, schien nicht bis ins Zelt zu gelangen, und der Schweiß auf seiner Haut kribbelte unangenehm unter der wollenen Uniformjacke. Gern hätte er seinen Männern etwas Erleichterung verschafft. Viele von ihnen waren einfache Bauern und Tagelöhner. Sie kannten kaum ein englisches Wort, und wären vermutlich nicht einmal dazu in der Lage, America auf der Landkarte zu finden. Für sie musste die ganze Situation noch viel belastender sein als für ihn.

Das Signal einer Trommel riss ihn aus seinen Gedanken. Es musste etwas geschehen sein, womöglich hatte es einen Angriff gegeben. Hastig vergewisserte er sich, dass seine Uniform tadellos saß, griff nach Handschuhen und Dreispitz und ging mit großen Schritten hinüber zur Unterkunft des Kommandanten, um zu erfahren, was ihm und seinen Männern bevorstand.

KAPITEL 5

Leedstown, Virginia, September 1776

Skeptisch blickte John Huntley zum stahlblauen Himmel, an dem nicht die kleinste Wolke zu sehen war. Bereits zu dieser frühen Stunde war es unangenehm schwül, und, bei Gott, es würde noch schlimmer werden. Spätestens gegen Mittag wäre die Hitze unerträglich. Nur die Lage am Potomac River bewahrte die Stadt Leedstown davor, zu einem Backofen zu werden, dessen stickige Luft heimtückische Krankheiten verbreitete, wie es weiter im Landesinneren oft der Fall war.

Mit Schaudern dachte John daran, wie viele Sklaven seine Familie im vorletzten Jahr durch Gelbfieber verloren hatte. Der Geruch nach Siechtum und Tod, der bis zum Herrenhaus herübergezogen war, das Wimmern und Weinen, die traurigen Gesänge, all das hatte er bis heute nicht vergessen. Die weitaus schlimmste Folge aber war, dass sie die Tabakernte nun mit weniger Arbeitern einholen und deswegen die Sklaven noch härter zur Arbeit antreiben mussten, was zu weiteren Ausfällen und Toten geführt hatte.

Zwar hatte sein Vater Adam Huntley, Begründer und Oberhaupt der Plantage, die unweit von Williamsburg, der Hauptstadt Virginias, lag, gleich im nächsten Frühjahr neue Arbeitskräfte erworben, doch, wie sich zeigte, reichten diese bei Weitem nicht aus. Das Wetter war warm, die Tabakpflanzen gediehen, und nicht zuletzt der Krieg gegen England führte dazu, dass der Ruf nach einheimischen Produkten immer lauter wurde.

Nun hatte vor einigen Tagen die *Virginia Gazette* die An-

kunft eines Schiffes mit Sträflingen und Schuldknechten ange-
kündigt. Also war John nach Leedstown aufgebrochen, um
rechtzeitig zur Ernte die Arbeiterschaft der Plantage aufzu-
stocken.

Die Straßen wurden voller, je mehr er sich dem Hafen
näherte. Die beständig wachsenden Viertel und Quartiere mit
den sauber verputzten Häuserfronten zeugten von Wohlstand
und wirtschaftlicher Blüte, denen bisher selbst diese unsägliche
Rebellion gegen das britische Mutterland wenig hatte anhaben
können. Eine hektische Betriebsamkeit herrschte in den Gassen der Handelsstädte von Virginia. Von überall her waren
laute Stimmen zu vernehmen. Geschäftig wurden Türen zugeschlagen, Fässer von einem Händler zu ihrem neuen Besitzer
gerollt. Ein Wagen, voll beladen mit neuen Seilen und Tauen,
rumpelte über das Kopfsteinpflaster, und aus den geöffneten
Türen der Werkstätten war das Hämmern der Schmiede und
Schuster zu hören, das Surren von Spinnrädern und das Klappern von Webstühlen.

Stolz erfüllte John in Momenten wie diesem, Stolz und ein
Gefühl unverbrüchlicher Treue zu England und der britischen Krone. Deren Macht und Einfluss hatte dies alles erst
ermöglicht, das Land, Acre für Acre den eingeborenen Wilden abgetrotzt und gegen die gierigen Hände der Franzosen
und Spanier verteidigt. Und er, John Huntley aus Williamsburg, gehörte mit seiner Familie dazu. Sie waren Teil dieses
blühenden Landes, so weit entfernt vom alten Europa und
doch Teil des British Empire, das dazu ausersehen war, die
Welt zu beherrschen.

Eine Reihe aneinandergeketteter Sklaven kreuzte seinen
Weg und unterbrach seine Gedanken. Schmutz, verkrustetes
Blut und zerrissene Stofffetzen, die man kaum als Kleidung
bezeichnen konnte, klebten auf schweißfeuchter, im Licht der

Sonne wie Ebenholz schimmernder Haut. Eilig drückte John seinem Pferd die Fersen in die Flanken, um dem erbärmlichen Gestank zu entgehen, den diese Kreaturen verströmten.

Nicht, dass Sträflinge und Schuldknechte aus dem alten Europa eine vorteilhaftere Wahl gewesen wären. Auch sie rochen widerlich, kränkelten oft nach der langen Überfahrt und wiesen meist kaum bessere Manieren auf als die Wilden aus den afrikanischen Urwäldern. Doch wenigstens sprachen sie eine halbwegs verständliche Sprache, wenn man von dem Gegrummel und Geknurre mancher papistischer Schotten und Iren einmal absah. Außerdem waren sie keine Heiden, die ihren dunklen, unheimlichen Göttern huldigten wie diese Wilden – wobei man bei den Iren auch diesbezüglich nicht wirklich sicher sein konnte.

Die Stimme eines Marktschreiers verkündete die Ankunft des Schiffes mit der menschlichen Ware sowie den Beginn der Auktion in wenigen Stunden. Mit einem zufriedenen Lächeln richtete sich John in seinem Sattel auf. So lange brauchte er nicht zu warten. Bereits vor Jahren hatte sein Vater mit den Schiffseigentümern einen Handel abgeschlossen, der allen Mitgliedern der Familie Huntley das Recht zusicherte, die Schiffe gleich nach ihrer Ankunft betreten zu dürfen. In Johns Satteltasche befanden sich mehrere Holzkisten mit den besten Zigarren, die der Schiffseigner als Gegenleistung für seine Gefälligkeit erhalten würde. Die Möglichkeit, die Sträflinge, Knechte oder Sklaven bereits vor der Auktion erwerben zu können, ersparte den Huntleys das ermüdende und preistreibende Feilschen in sengender Hitze. Zudem erlaubte es auch, die zum Verkauf stehenden Männer und Frauen zu inspizieren, bevor diese Halsabschneider von Seelenverkäufern Gelegenheit hatten, die menschliche Ware durch allerlei Tricks und Kniffe so herzurichten, dass ihre Mängel und Gebrechen für die potenziellen Kunden nicht so leicht sichtbar waren. Doch wenn John in den Genuss dieses Privilegs kommen wollte, musste er sich beeilen. Und so trieb er sein Pferd weiter an, um rechtzeitig am Hafen zu sein.

Es war genau so, wie er es befürchtet hatte. Nichts als Abschaum! Abgemagerte, verlauste Gestalten, die ihn aus tief in den Höhlen liegenden Augen schweigend anstarrten. Und dann dieser Gestank!

Angewidert presste John Huntley sich ein mit Duftwasser getränktes Spitzentaschentuch auf Mund und Nase. Gleichzeitig bemühte er sich, die pestilenzartige Luft, die sich während der langen Überfahrt im Bauch des Schiffes angesammelt und verdichtet hatte, nicht allzu tief einzuatmen. Fast bereute er es, dass er sich auf den Handel mit dem Kapitän eingelassen hatte, statt abzuwarten, bis die zum Kauf stehenden Sträflinge und Schuldknechte, zumindest notdürftig gesäubert, unter freiem Himmel angeboten wurden.

»Nun denn, Sir, habt Ihr etwas gesehen, das Euch gefällt?« Scheinbar unbehelligt von dem furchtbaren Gestank, rieb der Kapitän sich die Hände und ließ ein solch begehrliches Lachen hören, dass John die Lust am Kauf fast verging. So warf er nur einen angewiderten Blick auf den jämmerlichen Haufen von Menschen, bevor er sich dem Fragenden zuwandte.

»Wenn das alles ist, was Ihr zu bieten habt, werden wir kaum miteinander ins Geschäft kommen. Was meine Familie braucht, sind kräftige Arbeiter, Männer, die bei Hitze und Regen auf der Plantage anpacken und zur Erntezeit auch bei den Negern aushelfen können. Keine ausgehungerten Skelette, die von der ersten Hitzewelle dahingerafft werden wie die Fliegen.«

Angeekelt spuckte er aus und fragte sich, weshalb er sich auf den langen Weg von Williamsburg nach Leedstown gemacht hatte, um dann ausgerechnet ein Schiff mit lauter Iren, dieser faulen, versoffenen Brut anzutreffen. Das Taschentuch noch immer vor den Mund gepresst, wandte er sich wieder an den Kapitän, den er um Haupteslänge überragte. »Hat es auf der Reise irgendwelche Zwischenfälle gegeben, Unwetter, Krankheiten oder ...« John zögerte einen Moment, als befürchte er, mit seiner direkten Frage sein Gegenüber zu erschrecken und in eine Lüge flüchten zu lassen. »... Rebellion?«

Die plötzlich auftretenden roten Flecken unter dem weißen Puder auf dem Gesicht des Kapitäns bestätigten ihm, dass er zumindest teilweise ins Schwarze getroffen hatte. John war fest entschlossen, dieses Wissen zu nutzen, um den Preis der Ware zu drücken.

»Aber Sir, wie könnt Ihr nur glauben, dass ...«, setzte der andere an, unterbrach sich aber gleich wieder, als John dem wesentlich älteren Mann beinahe väterlich seine Hand auf die Schulter legte und ihn mit einem, wie er fand, verständnisvollen Nicken ansah.

»Aber, aber, Mister Cooper. Wir wissen doch alle, wie diese Iren sind. Faul, ungebildet und ständig betrunken, mit nichts im Kopf als Rebellion und Aufruhr. Und dann die lange Überfahrt auf engstem Raum ...« Mit einem leichten Zungenschnalzen legte er den Kopf schief. »Dass es da zu Unruhen kommt, das weiß ich genauso gut wie Ihr ...«

»Also, nun ja ... ich meine ...« Befriedigt nahm John zur Kenntnis, dass der Kapitän betreten nach Worten suchte.

»Natürlich wird das, was Ihr mir mitteilt, diesen Raum hier nicht verlassen. Es geht mir nur darum, zu erfahren, auf welche dieser Männer Verlass ist.« Mit dem Taschentuch in der Hand vollführte John eine schwungvolle Geste, sodass sich ein feiner Duft nach Veilchen und Sandelholz in der Luft verbreitete, und drückte es anschließend wieder unter seine Nase. »Wie Ihr sicher wisst, ist mein Vater ein einflussreicher Mann, und er würde es nicht gerne sehen, wenn man ihm – wie soll ich es ausdrücken? – zweitklassige Ware andreht, Männer, die seine Plantage mit Krankheiten verseuchen oder gar die Leute zur Rebellion anstiftet. Ihr versteht ...«

Hastig vollführte der kleine Mann ein paar schnelle Kratzfüße, sodass ihm beinahe die Perücke verrutschte. »Aber sicher doch, wo denkt Ihr hin. Natürlich bekommt Ihr nur das Beste. Ihr kennt mich doch.«

Eben drum, dachte John, doch bereitete ihm die sichtliche Verlegenheit des Kapitäns ein teuflisches Vergnügen. Auch wenn er wenig Hoffnung auf brauchbares Material hatte, folgte er ihm, ließ sich den einen oder anderen Arbeiter zeigen und hörte sich dessen Vorzüge an. Doch schnell erkannte er, dass diese verfluchte Reise wirklich vergeudete Zeit gewesen war und er unverrichteter Dinge wieder würde heimkehren müssen.

Seit dieser verfluchte Krieg ausgebrochen war, mangelte es nicht nur an Luxusgütern wie Tee, Stoffen und Porzellan. Auch brauchbare Arbeiter fanden nur noch selten ihren Weg von Europa in die Kolonien.

Einen unfeinen Fluch unterdrückend wollte sich John gerade mit ein paar höflichen Worten verabschieden, um endlich den stinkenden Schiffsrumpf zu verlassen und wieder frische Luft zu atmen. Doch dann blieb sein Blick an etwas hängen, das ihn so abrupt innehalten ließ, dass der Kapitän beinahe über ihn gestolpert wäre.

Haare in der Farbe von Honig, feingliedrige Arme und Fußgelenke, elfenbeinfarbene Haut, auch wenn diese Blässe sicherlich auf die Wochen und Monate in der Dunkelheit des Schiffsbauches zurückzuführen war.

Ohne auf den Wortschwall seines Begleiters zu achten, trat er einen Schritt näher, nahm die feinen Schweißperlen auf der Haut der jungen Frau wahr, und die Gedanken, die ihn bei diesem Anblick überfielen, ließen ihn nur mit Mühe ein heftiges Aufkeuchen unterdrücken.

Entschlossen beugte er sich zu der Frau hinunter, schob die behandschuhten Finger unter das Kinn und hob ihren Kopf an. Mit der anderen Hand strich er ihr die feuchten Strähnen aus dem schmalen Gesicht. Etwas an diesen Zügen berührte John. Fiebrig gerötete Wangen, fahle Haut, die Augen geschlossen. Keine Schönheit, wahrhaftig nicht. Zu wenig ausgeprägte Wangenknochen und dann die einfache, von Schmutz und Schweiß getränkte Kleidung ... Und doch ...

John spürte, wie sich ein bekanntes Gefühl in ihm regte, Hitze seinen Körper durchzog. Seit seine Verlobte, die Tochter eines patriotischen Emporkömmlings, ihn bei Kriegsbeginn aufgrund seiner Treue zur britischen Krone verlassen hatte, war keine weiße Frau mehr in seinem Bett gewesen. Gelegentlich hatte er seine Lust an einer der Negerinnen seines Vaters gestillt. Doch konnte er schwarzer Haut nicht viel abgewinnen, und den Geruch nach Staub, Schweiß und getrocknetem Tabaksaft, der von den meisten Sklavinnen ausging, empfand er nicht gerade als verlockend.

Aber diese da ... Beinahe willig schien sie dazuliegen, die Lippen leicht geöffnet. Wenn er erst einmal ihre Papiere besaß, würde sie sich sicher dankbar erweisen.

Ihre Lider flackerten, ein leises Stöhnen entrang sich ihrer Kehle. Und als sie die Augen aufschlug, große, karamellfarbene Augen, die orientierungslos umherirrten, wurde der Wunsch, diese Frau zu besitzen, in ihm beinahe übermächtig.

»Wer ist das?«, fragte er den Schiffseigner, während er sich aufrichtete und gleichzeitig versuchte, die Begierde aus seiner Stimme zu verbannen.

»Diese da?« Überraschung lag in der Stimme des Kapitäns. »Eine Schuldmagd irgendwo vom Kontinent. Womöglich aus Flandern oder so. Spricht kaum unsere Sprache, hat sich aber während der Überfahrt als recht nützlich erwiesen, bis sie selbst krank geworden ist.«

»Nun denn . . .« John bemühte sich um Haltung, während er überlegte, wie er möglichst unauffällig und, ohne den Preis in die Höhe zu treiben, die Papiere des Mädchens kaufen konnte.

»Mutter sucht noch jemanden, der ihr im Alltag zur Hand geht. Sie vertraut den Negerinnen nicht, und vielleicht würde sich dieses Mädchen dazu eignen. Natürlich nur, wenn . . .« In gespielter Herablassung sah er zu der jungen Frau hinunter, die wieder in Bewusstlosigkeit versunken zu sein schien. »So, wie sie aussieht, steht zu bezweifeln, dass sie den Weg zur Plantage überhaupt übersteht. Ich bin sicher, dass Ihr das beim Preis berücksichtigen werdet . . .«

»Aber Sir!« Augenrollend blickte der Kapitän ihn an. »Ich hatte Unkosten für die Frau, die Überfahrt, Verpflegung, Wasser . . .«

»Allzu viel kann sie nicht gegessen haben, sonst wäre sie nicht so abgemagert. Und was das Wasser angeht, scheint es mir, als hätte sie sich damit das Fieber eingefangen. Betrügt mich nicht, sonst könnt Ihr sehen, wer Euch zukünftig Eure Ausschussware abkauft.«

Im Gesicht des Kapitäns arbeitete es. Offensichtlich erkannte er, dass er von Glück reden konnte, wenn er für dieses magere, kranke Ding überhaupt etwas bekam, bevor sie womöglich starb. Schließlich einigten sie sich auf einen Preis, der John immer noch recht hoch erschien. Doch als er an die zierlichen Hände und die ausdrucksvollen Augen des Mädchens dachte, an die Freuden, die dieser biegsame Körper, diese weiße Haut versprachen, schien es die Summe wert zu sein.

Mit einem letzten Blick auf die auf dem Boden liegende Frau schlug er in den Handel ein. Dann beeilte er sich, wieder an Deck zu kommen, um dem Gestank und Elend zu entgehen.

Ein zufriedenes Lächeln umspielte seine Lippen. Allem Anschein nach hatte er die Reise doch nicht ganz umsonst gemacht.

KAPITEL 6

Stille um sie herum. Nichts als wohltuende, unendliche Stille.

Ein kühler Luftzug strich Anna übers Gesicht wie eine sanfte, lindernde Berührung, und sie konnte wieder frei atmen.

Anna wusste nicht, wo sie sich befand. Alles, was sie wahrnahm, war ein gleichförmiges Rauschen. Es klang wie raschelnde Blätter im Wind oder wie das Plätschern eines kleinen Waldbaches. Das Feuer, das seit Unendlichkeiten in ihr gebrannt hatte, war erloschen, ihr Körper lag weich gebettet, und ihr Kopf fühlte sich herrlich erfrischt an.

Langsam ging das Geräusch in ein leises Summen über. Eine seltsame Melodie, fremd und schwermütig, drang an Annas Ohr und umhüllte sie wie eine liebevolle Umarmung. Das Bild ihrer Mutter stieg vor ihr auf, ihr zartes Gesicht, ihre sanften Hände. Sie wollte es festhalten, nach ihr greifen, doch sie konnte sich nicht rühren, und die Gestalt zerfloss wie die Spiegelung auf einer Wasseroberfläche, auf die ein Stein fällt.

Etwas Kaltes, Feuchtes legte sich auf ihre Stirn, die Dunkelheit, die sie umgab, verwandelte sich erst in ein flammendes Rot, dann in gleißendes Licht. Annas Lider flackerten, und endlich gelang es ihr, die Augen aufzuschlagen. Die Helligkeit blendete sie. Ihr Blick war wie durch Nebel getrübt, und nur vage konnte sie ihre Umgebung erkennen: eine rohe Holzwand, kleine, mit verwaschenem Stoff verhängte Fenster. Der Geruch von kalter Asche und getrockneten Kräutern drang ihr in die Nase.

Wo in aller Welt war sie? Krampfhaft versuchte sie, sich an irgendetwas zu erinnern. Sie wollte sich aufsetzen, doch eine Welle von Übelkeit jagte durch ihren Körper, gefolgt von einem stechenden Schmerz hinter Stirn und Schläfen, sodass sie mit einem Stöhnen wieder zurücksank.

Jemand schien sie gehört zu haben, denn es näherten sich schlurfende Schritte, die sie erneut die Augen öffnen ließen. Ein rotes, zu einem Turban geschlungenes Kopftuch schob sich in ihr Blickfeld. Darunter zeigte sich das bemerkenswerteste Gesicht, das Anna je an einer Frau gesehen hatte. Von Falten durchzogene, dunkelbraune Haut spannte sich über den hervorspringenden Wangenknochen. Volle Lippen formten sich zu einem freundlichen Lächeln, das bis zu den von Furchen umgebenen, leicht mandelförmigen Augen reichte.

»Wo bin ich?«, fragte Anna schließlich, doch ihre Stimme klang schwach, und die Frau verstand sie augenscheinlich nicht. Mit Mühe gelang es Anna, sich an ein englisches Wort zu erinnern: »*Where?*«

Das Lächeln in dem dunklen Gesicht vertiefte sich. »Huntley Plantation«, sagte die ältere Frau. Obwohl sie von zierlichem Körperbau war, klang ihre Stimme fest, rauchig und tief.

Anna sah sie verständnislos an. Es schien sich um einen Namen zu handeln. Doch bevor sie Gelegenheit hatte, weiter nachzufragen, wurde sie von einem Wortschwall überschüttet, melodisch, fast wie gesungen und auf jeden Fall gut gemeint. Das Einzige, was sie davon verstand, war, dass der Name der Frau wohl Abigail lautete.

So begnügte sich Anna damit, höflich zu nicken und die andere zu beobachten. Diese war klein und mager, wirkte aber behände und voller Entschlusskraft. Aus einem Kessel, der über der erloschenen Feuerstelle der Hütte hing, schöpfte sie eine trübe Flüssigkeit in einen Becher und reichte ihn Anna.

Vorsichtig nippte diese daran und verzog den Mund. Das Gebräu schmeckte bitter wie Galle und ließ ihre Zunge taub werden. Um die Frau nicht zu enttäuschen, trank sie noch einen Schluck. Dann spürte sie, wie die Schmerzen in ihrem Kopf nachließen, eine angenehme Müdigkeit sie überkam.

Mit einem dankbaren Lächeln reichte sie den leeren Becher zurück, während sie in Gedanken weiter nach Antworten suchte. Sie lag hier, in einer Holzhütte, an irgendeinem Ort, der sich *Huntley Plantation* nannte. Das konnte nur bedeuten, dass sie ihr Ziel erreicht hatte, die americanischen Kolonien. Aber wie war sie hierhergekommen? Allem Anschein nach hatte sie im Fieberdelirium gelegen, als jemand ihre Papiere erwarb. Nur, zu welcher Arbeit war sie in ihrem Zustand überhaupt zu gebrauchen? Sicherlich würde es noch eine ganze Weile dauern, bis sie wieder ganz gesund wäre. Wer also ...?

So viele Fragen drängten sich ihr auf. Doch sie spürte, wie eine bleierne Müdigkeit sie übermannte. Am nächsten Tag würde sie weitersehen. Jetzt wollte sie nur noch schlafen.

Draußen krähte ein Hahn. Gleichzeitig wurde die Tür geöffnet und ließ mit der hellen Morgensonne Wärme und einen Schwall mit fremdartigen Düften getränkter Luft ein.

Anna öffnete die Augen. Ihr Blick war verschwommen, noch immer glaubte sie, das Schwanken des Schiffrumpfes zu spüren. Doch dann klärte sich ihre Sicht, sie erwachte vollständig, und mit einem Male wusste sie wieder, wo sie sich befand.

Sie war in America, lag in einer Holzhütte, und Abigail, diese schwarze Frau, hatte sich um sie gekümmert.

Nur vage, wie in dichten Nebel gehüllt, erinnerte sich Anna an die Geschehnisse der vergangenen Tage. Sie wusste weder, wann ihr Schiff die americanische Küste erreicht hatte, noch, wie sie hierhergekommen war. *Hier*, wo war das überhaupt? *Huntley Plantation*, so viel hatte sie verstanden. Also gehörte sie ab sofort einem gewissen Huntley, wer auch immer das sein mochte. Bei Gelegenheit würde sie Abigail danach fragen. Doch dazu musste sie erst einmal die Sprache besser verstehen. Bruchstücke davon hatte sie auf dem Schiff gelernt, meist von Father Seán, der geduldig genug gewesen war, ihr die Grundlagen des Englischen beizubringen.

Father Seán ... bei der Erinnerung an das sanfte, traurige Gesicht des jungen Priesters wurde ihr weh ums Herz. Wo er jetzt wohl sein mochte? Ob er sein Ziel sicher erreicht und seine Herde gut ans fremde Ufer gebracht hatte? Ins gelobte Land? Aber war es das tatsächlich?

Sie selbst fühlte sich keineswegs wie Moses beim Anblick des von Gott verheißenen Landes. Weit eher wie Josef, als er von seinen Brüdern verraten und in die Fremde verkauft worden war.

Geschwächt, wie sie durch ihre lange Krankheit, das Fieber und die Entbehrungen war, spürte Anna Hoffnungslosigkeit in sich aufsteigen. Doch dann trat Abigail an ihr Bett, eine Schüssel in der einen, einen blechernen Becher in der anderen Hand. Beides stellte sie auf einem Tisch ab.

Als sie sah, dass Anna wach war, lächelte sie und begrüßte ihren Schützling mit einem Schwall fröhlicher Worte in ihrem weichen, kehligen Singsang. Anna verstand kein Wort, doch als Abigail ihr mit einer mütterlichen Geste beim Aufsetzen half, stellte sie erleichtert fest, dass ihr bei dieser Anstrengung kaum mehr schwindelte.

Mit dem rechten Fuß zog sich die alte Frau einen wackeligen Hocker heran.

»*You – eat?*« Sie sah Anna fragend an und machte eine Handbewegung, als würde sie einen Löffel zum Mund führen. Obgleich Anna keinen Hunger hatte, nickte sie.

Abigail reichte ihr die hölzerne Schüssel mit einem gelblich schimmernden Brei, dessen Geruch Anna fremd war. Vorsichtig nahm sie ein wenig davon auf den Löffel und schob ihn sich in den Mund.

Das ihr unbekannte Getreide schien vor dem Kochen in etwas Fett angeröstet worden zu sein und war durchaus schmackhaft. Mit einem Mal spürte sie, wie ihr das Wasser im Mund zusammenlief und ihre Lebensgeister wieder erwachten.

Unter zufriedenem Nicken beobachtete Abigail, wie Anna alles aufaß, und reichte ihr dann den Becher.

Als Anna ihr Frühmahl beendet hatte, wies Abigail auf eine Schüssel mit Wasser, die auf einem Stuhl in einer Ecke des Raumes stand. Daneben lagen ein großer Schwamm, ein Stück grau verfärbte, bröckelige Seife und ein Tuch aus Baumwolle.

Offensichtlich sollte sie sich waschen. So tauchte Anna die Hände hinein, seifte Gesicht und Arme ein, spülte mit klarem Wasser nach und rieb sich schließlich mit dem Tuch trocken.

Abigail war kurz verschwunden und mit einem Bündel zurückgekehrt, das sie ihr nun reichte. Als Anna es auseinanderschlug, sah sie, dass es ein einfaches braun kariertes Kleid war, an mehreren Stellen ausgebessert, aber allem Anschein nach frisch gewaschen, wie der leichte Geruch nach Seifenlauge verriet.

Einen Moment lang fragte sie sich, wo ihre eigenen Sachen abgeblieben waren. Bestimmt waren sie nach der schier endlosen Überfahrt und der langen Krankheit nicht mehr zu gebrauchen gewesen.

Während sie in das Kleid schlüpfte und sich von Abigail

beim Binden der Schnüre auf der Rückseite helfen ließ, regte
sich in ihr ein leises Bedauern, dass mit ihrer Täufertracht
auch das letzte Stück Heimat und Vertrautheit verloren gegangen war.

Bevor sie sich in diesen Grübeleien verlieren konnte, hatte
Abigail die Tür der kleinen Hütte aufgestoßen und schob
Anna nach draußen in die gleißende Morgensonne.

Einen Moment lang musste sie stehen bleiben, bis sie sich an
die Helligkeit und Hitze gewöhnt hatte. Anna wusste nicht,
ob es August oder schon September war, und fühlte sich durch
die völlige Orientierungslosigkeit noch mehr verunsichert.
Dennoch straffte sie die Schultern und folgte Abigail durch die
Reihen der winzigen Holzbaracken, vor denen kleine Par-
zellen mit Nutzgärten angelegt waren. Nach der kaum überstandenen Krankheit fiel es Anna schwer, mit der älteren Frau
Schritt zu halten. Doch sie biss die Zähne zusammen und ließ
sich ihre Erschöpfung nicht anmerken. Als sie die Baracken der
Sklaven hinter sich gelassen hatten, kam das Herrenhaus in
Sicht. Anna blieb wie angewurzelt stehen.

Stolz thronte der Prachtbau auf einer kleinen Anhöhe. Aus
rotem Backstein errichtet, teilweise weiß verputzt, war das
Haus zwei Stockwerke hoch. Obgleich sie nur die Rückseite
sehen konnte, wirkte es fast wie ein Palast auf sie, hochherr-
schaftlich und mächtig. Geschäftig liefen dunkelhäutige Menschen umher und brachten Körbe mit Gemüse, Kohlesäcke
und Fässer zu einem wesentlich kleineren Haus, ebenfalls aus
Backstein, an dessen beiden Außenwänden sich jeweils ein
breiter Schornstein erhob. Trotz der spätsommerlichen Hitze
stieg Rauch daraus hervor. Aus den geöffneten Fenstern
strömte ein verführerischer Duft nach gebratenem Speck, frischem Brot und allerlei Gewürzen, sodass Anna vermutete,
dass es sich um die Küche handelte.

Als sie gerade darüber nachdachte, weshalb es hier ein gesondertes Küchenhaus gab, hörte sie auf dem sorgfältig angelegten Kiesweg Schritte knirschen und drehte sich um.

Drei Männer kamen auf die beiden Frauen zu. Der Erste, vielleicht Mitte dreißig, war hochgewachsen und schlank. Doch war sein Gesicht zu rund, um wirklich anziehend zu wirken, und wies auf der linken Wange eine dünne, sichelförmige Narbe auf. Auf dem Kopf trug er eine weiß gepuderte Perücke und einen Dreispitz, der in dem gleichen hellen Blau gehalten war wie seine Jacke und die Kniebundhosen.

Ähnlich gekleidet, wenn auch in gedeckten Braun- und Beigetönen, war der ältere Mann, der Anfang sechzig sein mochte und dessen Auftreten vermuten ließ, dass es sich um den Herrn der Plantage, Mister Huntley senior, handelte. Statt einer Perücke hatte er sein eigenes, vom Alter grau gewordenes Haar im Nacken zu einem Zopf zusammengebunden, auf der Nase trug er eine silberfarbene Brille mit runden Gläsern, die ihm einen Anflug von Bildung und Nachdenklichkeit verlieh. Der jüngere Mann war ihm wie aus dem Gesicht geschnitten und musste sein Sohn sein. Diesen beiden Männern würde Anna also für die nächsten sieben Jahre gehören.

Unmittelbar hinter den beiden ging ein Dritter, dessen einfache braune Leinenbekleidung deutlich vom noblen Aufzug der beiden anderen abstach: ein schlichtes Hemd, eine abgenutzte Weste und ein von der Sonne ausgebleichter Hut, der schon bessere Zeiten erlebt hatte.

Während die beiden anderen stehen blieben, näherte er sich Anna mit gerunzelter Stirn und musterte sie eindringlich von Kopf bis Fuß. Unwillkürlich senkte Anna den Blick und sah in diesem Moment, dass im Gürtel ihres Gegenübers eine zusammengerollte Lederpeitsche und eine Pistole steckten.

Abigail, die in respektvollem Abstand von der Gruppe

geblieben war, richtete ein paar knappe Worte an den Mann, den sie als Mister Anderson ansprach. Anna vermutete, dass es sich um eine Art Aufseher handelte, dem sie nun Auskunft über den Gesundheitszustand der neuen Schuldmagd gab.

Wie um sich selbst zu überzeugen, trat Anderson zu Anna, umfasste mit seiner schwieligen Hand ihren Oberarm und drückte zu, als wolle er fühlen, wie kräftig sie sei, drehte ihre Handflächen nach oben und strich mit einem Kopfschütteln über ihre mageren Schultern. Dann glitten seine Finger tiefer, betasteten ihren Bauch, als wolle er sich vergewissern, dass sie unter dem weiten Kleid keine Schwangerschaft verbarg, hob den Rock an, kniff ihr in die Waden und schnaubte abfällig, als er sah, wie dünn ihre Beine waren.

Abscheu und Ekel überkamen Anna bei dieser Prozedur, und sie musste jeden Muskel anspannen, um ein Zittern zu unterdrücken.

Zu guter Letzt schob der Kerl auch noch seine sehnigen Finger zwischen Annas Lippen, zwang mit einem festen Druck ihre Kiefer auseinander und betrachtete ihre Zähne, als sei sie eine Stute, die auf dem Markt zum Verkauf stand. Tränen der Wut und Demütigung stiegen in ihr auf, doch sie fühlte sich zu schwach, um sich zu widersetzen.

Endlich war er mit ihr fertig, trat einen Schritt zurück, und durch einen Schleier von Tränen sah Anna, wie nun auch der ältere Huntley auf sie zukam, um sie genauer in Augenschein zu nehmen, während er ein paar Worte mit Anderson wechselte. Dann nickte er ihr überraschend freundlich zu, ehe er sich mit seinem Sohn in das große Haus zurückzog. Noch immer war Andersons Blick abschätzig auf Anna gerichtet, dann gab er Abigail in knappen Worten eine Anweisung und wandte sich ebenfalls zum Gehen. Doch die Antwort der Sklavin ließ ihn innehalten.

Von dem hitzigen Wortwechsel, der nun folgte, verstand Anna nichts, doch ahnte sie, dass sich gerade ihr weiteres Schicksal entschied. Immer wieder schüttelte Abigail heftig den Kopf, stemmte ihre dürren Arme in die Hüften und antwortete auf jedes Wort ihres Gegenübers in einem entschiedenen Ton.

»No, Sir!«

Ein schmerzhafter Krampf durchzuckte Annas Magen, als sie sah, wie sich auf dem Gesicht des Mannes rote Flecken der Wut ausbreiteten. Langsam, wie in einem Albtraum, machte er einen Schritt auf die alte Frau zu, dann noch einen. Als er direkt vor ihr stand, zog er die Peitsche aus seinem Gürtel und schob den Stiel unter Abigails Kinn.

Anna vernahm einen Schrei und ahnte, dass sie selbst ihn ausgestoßen haben musste. Blass vor Angst beobachtete sie, dass die alte Frau den Aufseher noch immer unverwandt anschaute und bei dessen Drohung weder zusammengezuckt noch zurückgewichen war.

Einen Moment lang ruhte Andersons Blick drohend auf Abigail, dann ließ er die Peitsche sinken und drehte sich zu Anna um. Mit seinen Fingern wies er auf ihr Gesicht und stieß ein paar kurze Worte aus, wobei er seine schiefen, gelb verfärbten Zähne zeigte.

Rasch sah Anna zu Boden, bemerkte aber noch, wie er neben ihr ausspuckte, dann kehrtmachte und Richtung Küchenhaus verschwand.

Die Luft in dem Waschhaus, in dem sich vier Frauen aufhielten, war zum Schneiden. Dichte Dunstschwaden mit dem Geruch nach schmutziger Wäsche und Seifenlauge hingen zwischen den Wänden. Unter einem der Bottiche, in dem die

Leibwäsche ausgekocht wurde, brannte ein Feuer. Unangenehm vermischte sich seine Hitze mit der schwülen Wärme des hochsommerlichen Tages und ließ den stickigen Raum selbst wie einen brodelnden Kessel erscheinen.

Nach Atem ringend strich sich Anna mit dem Ärmel ihres Kleides den Schweiß von der Stirn und kämpfte gegen die Schwäche an, die sie seit ihrer Krankheit immer wieder überkam. Nach nur einer Woche der Erholung unter Abigails Pflege war sie zur Arbeit in der Wäscherei abgeordnet worden, die sich ein wenig abseits des Herrenhauses, unweit der Sklavenbaracken befand. Durch den Schleier von Dunst und Rauch bemerkte sie, dass auch die drei schwarzen Sklavinnen, die mit ihr dort arbeiteten, unter der Hitze zu leiden schienen. Nach zwei Stunden konnte sich Anna kaum noch auf den Beinen halten. Der riesige Holzlöffel, mit dem sie die Wäsche im schäumenden Wasser umrühren musste, kam ihr vor wie ein Fels, den zu bewegen ihre ganze Kraft erforderte.

Mehr als einmal war sie versucht, darum zu bitten, sich einen Moment ausruhen zu dürfen. Doch etwas in ihrem Inneren hielt sie davon ab, ihre Schwäche offen zu zeigen. So biss sie die Zähne zusammen und arbeitete weiter, zu erschöpft, um an irgendetwas zu denken oder auch nur zu beten, wie sie es sonst bei der Arbeit häufig getan hatte.

Mit einem Mal begann eine der Arbeiterinnen, leise vor sich hin zu summen. Eine so traurige Melodie, wie Anna sie noch nie gehört hatte. Die anderen Frauen stimmten ein, und bald darauf war der enge Raum von einem weichen, rhythmischen Gesang erfüllt, der zwar fremdartig, doch irgendwie tröstlich war und sie so einlullte, dass sie ihre Arbeit mechanisch, fast wie in Trance fortführte.

Plötzlich verstummte der Gesang. Hereinfallendes Licht blendete Anna, als sie bemerkte, dass sich die Tür geöffnet hatte und der Aufseher Anderson hereintrat, gefolgt von einem etwa achtjährigen Mädchen. In einer Hand trug es mehrere Holzteller, in der anderen einen Kessel, unter dessen Gewicht es beinahe zusammenbrach. Feine Schweißperlen glitzerten auf seiner kaffeefarbenen Haut. Seine Haare waren zu winzigen Zöpfchen geflochten, die in alle Richtungen vom Kopf abstanden, was ihm einen seltsam verletzlichen Ausdruck verlieh.

Die Stimmung kippte offensichtlich, und selbst Anna spürte, wie sich beim Anblick des Aufsehers die feinen Härchen in ihrem Nacken aufstellten. Die Blicke der Sklavinnen senkten sich, und für einen Moment war nichts zu hören als das Knistern des Feuers und das Summen einer Fliege, die durch das geöffnete Fenster in das Waschhaus geraten war.

Einige Augenblicke lang schien Anderson die Anspannung auszukosten. Er musterte den Raum, die mit Lauge und Wäsche gefüllten Kessel und nacheinander jede der Frauen. Dann erst sagte er etwas mit seiner heiseren Stimme, was Anna zwar nicht verstand, sie jedoch an das Bellen eines wütenden Hundes erinnerte.

Eine der Frauen zuckte zusammen, erwiderte aber nichts und hielt den Blick weiter gesenkt. Ohne aufzusehen, spürte Anna, dass der Aufseher nun sie anstarrte, länger und ausgiebiger als die anderen. Ihr Herz begann so wild zu hämmern, dass sie beinahe glaubte, jeder im Raum müsse es hören, doch zwang sie sich, regelmäßig zu atmen und keine Regung zu zeigen. Gerade als sie glaubte, die Anspannung nicht mehr länger aushalten zu können, gab der Mann dem noch immer stumm hinter ihm stehenden Kind ein Zeichen und wandte sich so ruckartig um, dass er es beinahe umgestoßen hätte. Ohne jedoch darauf zu achten, stapfte er nach draußen und warf mit einem lauten Knall die Tür hinter sich zu.

Das Aufatmen, das durch den Raum ging, hatte etwas von einer kühlen Brise, welche die Hitze vertrieb. Während sich Anna mit ihrer Schürze den Schweiß von der Stirn wischte, begann das Kind damit, die Teller auf dem Boden zu verteilen und in jeden etwas von dem gelblichen Brei einzufüllen, den Anna bereits kannte.

Dankbar für die Pause setzte sich Anna auf die Erde, lehnte den Rücken an die Wand und schloss für einen Moment die Augen. Sie beugte sich nach vorn, um nach dem Essen zu greifen, als ein zierlicher, milchkaffeebrauner Fuß in ihr Blickfeld kam. Noch ehe sie begriff, was geschah, trat dieser gegen den Teller, der umkippte und seinen Inhalt auf den schmutzigen Boden ergoss.

»*Dammit, Rose, take you care!*« Die kurze, scharfe Bemerkung der älteren Frau war an diejenige gerichtet, die für das Malheur verantwortlich war. Dann wies sie das Kind an, den Teller erneut zu füllen.

Während Anna endlich zu essen anfing, spürte sie den Blick dieser Rose auf sich ruhen und sah verstohlen zu ihr hinüber. Die Sklavin war fast noch ein Mädchen, vielleicht so alt wie sie selbst – ein Bild vollendeter Schönheit mit hellbrauner Haut, vollen, schön geschwungenen Lippen und einer zierlichen Figur.

Doch ihr Gesichtsausdruck war verkrampft, und in ihren schwarzen Mandelaugen blitzte es so feindselig, dass Anna ein eiskalter Schauer über den Rücken huschte. Mit einem Mal wusste sie, dass die junge Frau ihr Mittagessen nicht versehentlich, sondern mit voller Absicht verschüttet hatte.

Bestürzt über diese Erkenntnis, fragte sich Anna, was sie getan haben konnte, um bereits an ihrem ersten Arbeitstag einen solchen Zorn auf sich zu ziehen.

KAPITEL 7

Huntley Plantation bei Williamsburg, September 1776

Die Sonne war noch nicht aufgegangen, als Rose sich von ihrem Lager erhob. Mit dem ihr eigenen, leicht wiegenden Schritt ging sie zu dem kleinen Fenster der Sklavenhütte hinüber und blickte nach draußen.

In den kleinen Gartenparzellen, die sich zur Eigenversorgung der unfreien Arbeiter vor jeder der Unterkünfte befanden, standen die Gemüsebeete in üppiger Pracht. Dahinter zog sich ein breiter, früher einmal Kies bedeckter Weg entlang, der jetzt allerdings nur noch aus getrocknetem Schlamm bestand. Am Ende des Sichtfeldes erhoben sich schwere knorrige Bäume, über und über mit spanischem Moos behangen, was ihnen das Aussehen riesiger Gespenster verlieh. Dort waren auch die Geräteschuppen mit den Sicheln, Macheten, Äxten, Hacken und Rechen untergebracht, welche die Feldsklaven für ihre Arbeit auf den Tabakfeldern benötigten.

Beim Anblick der Schuppen empfand Rose einen Anflug von unbändigem Stolz darüber, dass sie nicht länger gezwungen war, Tag für Tag, von Sonnenaufgang bis spät in den Abend, auf den Feldern zu schuften.

Keinem Schicksal und keinem Gott verdankte sie ihren Aufstieg von der verachteten Feldhand zur – doch vergleichsweise privilegierten – Wäscherin. Einzig und allein durch ihre eigene Klugheit hatte sie dieses Ziel erreicht. Wobei natürlich auch eine schlanke Gestalt und ein zartbrauner Cremeton der Haut von einem nicht zu unterschätzenden Vorteil waren, wenn es darum ging, unmittelbar für die Herrschaft statt als Tabakpflückerin auf den Feldern zu arbeiten.

Gefährlich war es allerdings, wenn diese Hellhäutigkeit auf die Triebhaftigkeit des eigenen Masters zurückzuführen war. Denn keine betrogene Ehefrau wollte durch milchkaffeefarbene Sklavenkinder Tag für Tag an die Untreue ihres Gatten erinnert werden. Nur allzu häufig wurden solche Kinder dann einfach verkauft.

Ein bitterer Geschmack breitete sich in ihrem Mund aus. Oh ja, Geschichten wie die ihre gab es zur Genüge! Rose war bei Weitem nicht die Einzige unter den Sklaven, die eines Morgens aus dem Schlaf gerissen, mit Stricken gebunden und in den Wagen von Sklavenhändlern gestoßen worden war. Sie hatten sie fortgebracht, fort von allem, was sie kannte, von allem, was bis zu diesem Zeitpunkt ihre Heimat gewesen war.

Noch immer brannte der Schmerz über den schrecklichsten Tag ihrer Kindheit in ihr wie eine eitrige Wunde. Doch Rose tat ihr Bestes, um weiterhin obenauf zu bleiben, arbeitete hart und schenkte jedem, vom Aufseher bis zum Hausherrn, ihr verführerischstes Lächeln. Sie war jung, sie war schön, sie war hellhäutiger als die meisten anderen Sklavinnen – früher oder später würde sich diese Tatsache auszahlen.

Einen Moment lang regte sich bei dem Gedanken an ein anderes Gesicht mit dunklen, ebenmäßigen Zügen und einem offenen Lächeln ihr schlechtes Gewissen. Noah schien ihr ehrliches Interesse entgegenzubringen, und sie bewunderte seine Stärke, seine Intelligenz, seine Ehrlichkeit und seinen Humor, doch er war nicht in der Lage, ihr eine bessere Position zu verschaffen. Und so würde er damit leben müssen, sie früher oder später mit einem weißen Mann zu teilen oder sie zu verlieren.

Rose wusste, dass sie eine der hübschesten Frauen auf der

Plantage war, verfolgt von den Augen der männlichen Sklaven, der Vorarbeiter, des Aufsehers, und – bei dem Gedanken schlug ihr Herz schneller – auch dem jungen Master konnten ihre Reize unmöglich verborgen bleiben.

Ein Stich der Eifersucht durchzuckte sie, als sie sich an die Szene am Vortag erinnerte. Sie hatte gesehen, wie Anderson, der hagere Trunkenbold, das neue weiße Mädchen angestarrt hatte. Hemmungslose Gier vermischt mit Bewunderung. Dabei war es all die Zeit über Rose gewesen, der Andersons Interesse gegolten hatte. Eine Begierde, die sie eines Tages gewinnbringend einzusetzen gedachte. Doch kaum erschien diese weiße Schlampe auf der Plantage, zog sie schon die Aufmerksamkeit aller auf sich. Wahrscheinlich würde es nicht lange dauern, bis sie im Haus irgendeine leichte Arbeit zugewiesen bekam, womöglich genau die, welche Rose selbst anstrebte. Wie bittere Galle stieg das vertraute Gefühl der Zurückweisung und Demütigung in ihr auf. Immer wurden diese Weißen bevorzugt, selbst dann noch, wenn sie in Knechtschaft leben mussten, und das würde sich auch niemals ändern.

Das leise Stöhnen der anderen Frauen, die nach und nach erwachten, riss Rose aus ihren Gedanken. Eilig machte sie sich daran, das Feuer zu entfachen, um in einer blechernen Kanne das Wasser für den Kaffee zu erhitzen. Zwischenzeitlich schlüpfte sie in ihre Kleider, bürstete ihr Haar und band ein Tuch darum.

Doch obwohl sie sich auf ihre Arbeit zu konzentrieren versuchte, konnte sie die Erinnerungen an die Vergangenheit, die mit der Ankunft dieser weißen Frau wieder erwacht waren, nicht verdrängen. Den ganzen Tag über spürte sie die Bitterkeit mit jeder Faser ihres Herzens.

*

Nachlässig drückte John Huntley seine Zigarre aus, ergriff die dargebotene Hand seines Gegenübers und schlug ein. Nur mit Mühe konnte er den Ausdruck von Zufriedenheit auf seinem Gesicht unterdrücken, als er aufstand, sich Hut, Handschuhe und Reitpeitsche reichen ließ und zur Tür ging.

»Dann sind wir uns also einig?«

Bedächtig setzte John den Dreispitz auf und streifte die Handschuhe über, während er nickte. »Wir werden liefern, sobald der Tabak geerntet, ausreichend getrocknet und fermentiert ist. Ihr könnt Euch auf uns verlassen.«

»Wie immer.«

John verabschiedete sich und stieg die drei Treppenstufen hinab zur Straße, wo ihm sogleich ein Sklavenjunge, der sich um sein Pferd gekümmert hatte, beim Aufsteigen behilflich war.

Mit einem leichten Schenkeldruck lenkte John das Tier am Capitolgebäude vorbei in Richtung der Duke of Gloucester Street. Ein Blick nach Westen zeigte ihm, dass die Sonne bereits tief stand und er sich beeilen müsste, wollte er rechtzeitig zum Dinner zu Hause sein. Bei dem Gedanken an gebratenen Schinken zog sich sein Magen sehnsüchtig zusammen, und John freute sich bereits auf das Glas Portwein, welches er sich zusammen mit seinem Vater auf der Veranda genehmigen würde, um den abgeschlossenen Handel zu feiern.

Wieder beglückwünschte er sich zu seinem Geschäftssinn, dem er es verdankte, dass er jedes Jahr aufs Neue mit der Tabakernte gute Gewinne erzielen konnte. Das war in der momentanen Situation keine Selbstverständlichkeit, denn seine politische Gesinnung war im patriotisch besetzten Williamsburg wahrhaftig nicht von Vorteil. Abgesehen davon hatte er durchaus Grund, mit sich und der Welt zufrieden zu sein. Während sich viele Pflanzer aufgrund des Krieges und der unsicheren politischen Lage gezwungen sahen, ihre Produktion langsam auf Getreide und andere Nutzpflanzen umzustellen, war es seiner Familie gelungen, den Ertrag noch weiter zu steigern. Ihr Tabak wuchs und gedieh, bis zum Horizont reichten die von fleischigen grünen Pflanzen bewachsenen Felder. Sein ganzer Stolz, die Zucht von edlen Vollblütern, wie er sie schöner und prächtiger weder in England noch in Irland gesehen hatte, war mittlerweile in ganz Virginia und bis weit darüber hinaus bekannt. Und wenn man von den unerfreulichen Ereignissen des vorletzten Sommers einmal absah, als ein Teil der Sklavenschaft an Gelbfieber erkrankt und gestorben war, hatte es bereits seit Jahren nichts mehr gegeben, was den steigenden Wohlstand der Familie geschmälert hätte. Ihr Vermögen wuchs ständig an, und alle Banken in Williamsburg standen in ihrer Schuld.

Nachdenklich ließ John seine Augen über die gepflegten Gebäude der Hauptstraße gleiten. Geschäfte und Wohnhäuser, eine bescheidene Gediegenheit prägte die gesamte Stadt. Dann jedoch fiel sein Blick auf ein einstöckiges, weiß verputztes Holzhaus mit symmetrisch angeordneten Dachgauben, über dessen Haupteingang die ebenfalls weiße Büste eines Mannes prangte. Laute Stimmen, das Klirren von Gläsern, der Duft nach Brandy und Bier drangen durch die geöffnete Tür nach draußen. *Raleigh Tavern*. Sogleich verdüsterte sich Johns Stimmung.

Hier hatte alles begonnen, hier war eine der Brutstätten des ganzen Wahnsinns, der nicht nur Virginia, sondern die gesamten blühenden Kolonien an der amerikanischen Atlantikküste zu vernichten drohte. Hier hatten sie sich zusammengerottet, die Abgeordneten des *House of Burgesses*, nachdem der britische Gouverneur ihre Versammlung wegen Rebellion und Hochverrats aufgelöst und aus dem Capitol hatte werfen lassen. Hier, in diesem Gasthaus, befand sich die Keimzelle des Verrats.

Im vergangenen Dezember hatten diese sogenannten Patrioten Lord Dunmore, den britischen Gouverneur von Virginia, aus Williamsburg vertrieben. Im Mai dieses Jahres hatten sie sich für unabhängig erklärt und anschließend den Verräter Patrick Henry als neuen Gouverneur eingesetzt. Den ganzen Sommer über hatte die aufständische Virginia-Miliz unweit von Williamsburg gelagert und die Bewohner der Stadt in Angst und Schrecken versetzt. Keine Frau in der Gegend war mehr sicher gewesen, und die Pflanzer mussten befürchten, dass betrunkene Soldaten nachts über ihre Besitzungen und Vorratsscheunen herfielen. Es wurde gesoffen, gestohlen und aus Übermut wahllos herumgeschossen.

Noch immer glaubte John, das Krachen der Gewehrsalven zu hören, die ihn mehr als einmal aus dem Schlaf hatten hochschrecken lassen. Wie er sie hasste, diese selbst ernannten Patrioten mit ihren gottlosen Fantasien!

Unabhängigkeit. Freiheit. Dieses Rebellenpack! Nur durch ihre Weigerung, dem britischen Mutterland die ihm zustehenden Steuern zu zahlen und dem König Respekt und Gehorsam zu zollen, hatten sie diesen unseligen Krieg vom Zaun gebrochen. Einen Krieg, der alles gefährden konnte, was die Familie Huntley sich über Generationen hinweg aufgebaut hatte. Einen Krieg, der den Handel mit England, dem Hauptabnehmer des Virginia-Tabaks, beeinträchtigte und darüber hinaus drohte, Zerstörung und Verwüstung über das Land zu bringen.

John spürte, wie sich seine behandschuhten Finger fester um die Zügel krallten, als wolle er jeden dieser Verräter mit eigenen Händen erwürgen. Unvermittelt scheute sein Pferd, als ein dunkel gekleideter Mann aus dem Gerichtsgebäude trat und zur anderen Straßenseite hinübereilte. *Ungehobelter Lümmel!* Mit einem Anflug von Bedauern stellte John fest, dass die neben dem Gericht aufgebauten Pranger leer waren, also zurzeit offensichtlich niemand eine Strafe abbüßen musste. Doch was war schon von einer Verwaltung zu erwarten, die sich aus einem Haufen Rebellen zusammensetzte?

Abschaum, der in Sträflingsketten und Auswandererschiffen hierhergekommen war und oft genug nicht einmal den eigenen Namen schreiben konnte, wollte plötzlich die Macht an sich reißen. Kaum der Armut und Verfolgung im eigenen Land entronnen, hatten sie hier doch eine Arbeit, oft sogar ein Stück Land erhalten, das sie und ihre Familie ernährte. *Undankbares Gesindel!* Wo wären sie denn jetzt, hätten nicht der König und seine Regierung die Kolonien eingerichtet, diese Jahr für Jahr verwaltet, ihre Produkte abgenommen und für Recht und Ordnung gesorgt?

Doch waren es nicht nur Leute aus den niederen Schichten, die sich an diesem Kampf beteiligten. Zu Johns Leidwesen bildeten häufig sogar Männer wie er, reiche Pflanzer aus guter Familie, mit genügend Bildung und Weltgewandtheit, um es eigentlich besser wissen zu müssen, die treibenden Kräfte bei diesem Aufstand. George Washington, Thomas Jefferson und wie sie noch hießen. Verräter waren sie. Alle miteinander.

John presste die Lippen zusammen, als er weiter die Straße hinunterritt, wo bereits die Abendglocken der Bruton Parish Church läuteten. Missmutig betrachtete er das große Backsteingebäude mit dem kreuzförmigen Schiff, dem hohen Turm und den bogenförmigen Sprossenfenstern. Selbst diese Kirche hatten die Rebellen entweiht, indem sie in den Gottesdiensten zum Widerstand gegen die Steuergesetze aufriefen.

Blasphemie und offene Rebellion. Hatten sie vergessen, wo sie eigentlich herkamen, wem sie ihre Loyalität schuldeten?

John war sich dessen stets bewusst. Obgleich er seine Kindheit und Jugend in den Weiten Virginias, im Herzen des Tabaklandes, verbracht hatte, fühlte er sich der Britischen Krone tief verbunden. Als er alt genug gewesen war, hatten seine Eltern ihn nach Oxford auf die Universität geschickt, wie es in seiner Familie, deren Vorfahren sich von beiden Seiten auf alte englische Familien zurückführen ließen, üblich war. Anschließend hatte er noch eine Zeit lang Dienst in der britischen Armee getan, bevor er in die Kolonie Virginia zurückkehrte.

Aber wie hatte sich das Land seither verändert! Überall dort in den Kolonien, wo das Rebellenpack inzwischen das Sagen hatte, lebten Loyalisten in der ständigen Gefahr, gemieden, boykottiert oder gar geteert und gefedert zu werden. Es war nur dem langjährigen tadellosen Ruf seiner Familie zu verdanken, dass man sie bisher unbehelligt gelassen hatte und er weiterhin lukrative Geschäfte abwickeln konnte. Gott allein wusste, wie lange noch ...

Gleichwohl hatte auch John bereits teuer für seine Treue zum König bezahlt. Noch immer brannte die Demütigung wie eine Wunde in ihm, wenn er daran dachte, wie er im Frühjahr die Depesche seiner Verlobten erhalten hatte, die ihm das Ende ihrer Verbindung mitteilte. Auch eine Verräterin! Es sei ihr nicht möglich, so hatte sie geschrieben, weiterhin mit einem Mann verbunden zu sein, der all ihren politischen Idealen und Werten entgegenstehe.

Pah, ihren Werten! Als wäre so ein Weibsstück überhaupt in der Lage, politische Ideen auch nur zu begreifen. Natürlich steckte ihr Vater dahinter, der alte Geizkragen! Zunächst hatte es ihm nicht schnell genug gehen können, für seine Tochter einen wohlhabenden Pflanzer zu ergattern. Aber als es ihm nicht mehr zweckdienlich erschien, verwandtschaftliche Verbindungen zu einem loyalistischen Tory aufzuweisen, wurde die Verlobung einfach aufgelöst!

Später waren John Gerüchte zu Ohren gekommen, seine Braut habe sich deswegen von ihm getrennt, weil er sie schlecht behandelt habe. Bei dem Gedanken daran spürte er, wie ihn erneut eine ohnmächtige Wut überkam.

Üble Verleumdungen einer verwöhnten Göre!

Möglich, dass ihm das eine oder andere Mal die Hand ausgerutscht war, wenn sich dieses junge Ding herausgenommen hatte, ihm zu widersprechen. Doch wenn ihr Vater es schon versäumt hatte, seiner Tochter den nötigen Respekt vor ihrem zukünftigen Ehemann beizubringen, musste er es eben tun und das Frauenzimmer gelegentlich in seine Schranken verweisen.

Ohnehin kannte er nur eine einzige vernünftige Frau, seine Mutter. Zwar achtete er seinen Vater Adam und bewunderte ihn für seine wirtschaftlichen Erfolge. Doch ging dieser sowohl mit politisch Andersdenkenden als auch mit seinen Sklaven viel zu nachsichtig um. Je älter sein Vater wurde, desto milder wurde er. Da war seine Mutter doch ganz anders! Sie wusste, wie ein Haushalt zu führen war, wie man sich in der Gesellschaft behauptete und wie man mit unnachgiebiger Strenge das Geschmeiß von Negern, Sträflingen und Tagelöhnern bei der Stange hielt.

Zwischenzeitlich hatte John die Stadt hinter sich gelassen und folgte der Landstraße Richtung Jamestown. So weit das Auge reichte, erstreckten sich Felder mit Tabak, Mais und Baumwolle. Dieser Anblick beruhigte sein Gemüt, und er spürte, wie sein Zorn sich legte.

Nach einigen Minuten kam das Herrenhaus der Huntleyschen Plantage in Sicht. Prächtig lag das hohe rote Backsteingebäude im Licht der Abendsonne. Die weiß getünchte

Frontseite mit der Veranda, ihren Säulen und Fensterläden reflektierte den rötlichen Schimmer. Mächtige Eichenbäume mit tief herabhängenden Ästen säumten beidseitig die breite Auffahrt, auf die er schließlich einbog.

Kaum hatte er seinen Master erblickt, eilte ihm ein junger Sklave entgegen, um sein Pferd entgegenzunehmen. Doch John schickte ihn fort und lenkte das Tier stattdessen am Haus vorbei. Er hatte beschlossen, auf den Tabakfeldern nach dem Rechten zu sehen.

Vom Waschhaus her kam ihm eine zierliche Gestalt entgegen. Es war die neue Schuldmagd. Wie hieß sie noch gleich? Anna? Mit einem Stapel von Wäschestücken über dem Arm ging sie geradewegs auf das Herrenhaus zu.

Ein Lächeln zuckte in Johns Mundwinkel. Welch außerordentlich günstige Gelegenheit! Die Tabakfelder konnten warten – das hier versprach deutlich interessanter zu werden.

Noch hatte die Magd ihn nicht gesehen, und so trieb er das Pferd in ihre Richtung und brachte es vor ihren Füßen zum Stehen. Mit einem Gefühl der Befriedigung sah er, wie sie zusammenschreckte und hastig zu ihm aufsah.

»Master John?« Ihr Atem ging stoßweise. Seine plötzliche Anwesenheit machte ihr eindeutig Angst.

Gut, es gefiel ihm, wenn eine Frau wusste, wen sie zu fürchten hatte. Das sorgte für den nötigen Respekt. Mit einem festen Schenkeldruck lenkte John sein Pferd um die Frau herum, kreiste sie ein, beobachtete sie. Ihre Augenlider flatterten, ihre Lippen waren fest zusammengepresst, sonst zeigte sie jedoch keine Regung.

»Wie ich sehe, geht es dir also besser?«

Ihrem Gesichtsausdruck nach zu urteilen, hatte sie Mühe, seine Worte zu verstehen. Doch schließlich nickte sie.

»Ja, Sir.«

John beugte sich im Sattel ein wenig nach vorn. »Lass dich einmal anschauen. Dreh dich um.«

Entweder verstand das dumme Ding seine Anweisungen nicht, oder sie missachtete diese bewusst. Auf jeden Fall blieb sie regungslos stehen.

Erneut spürte John, wie Wut in ihm aufstieg. Er hasste es, wenn Untergebene sich widersetzten, ganz besonders, wenn es sich um Frauen handelte. Sie mussten lernen, wo ihr Platz im Leben war.

Schon wollte er die Magd zurechtweisen, als ein Blick auf die über ihrem Arm liegende Wäsche ihn auf eine andere Idee brachte. So beugte er sich noch ein wenig tiefer hinunter, ergriff das Kinn der jungen Frau und drehte ihr Gesicht so, dass sie gezwungen war, ihn anzusehen. Eine nur durch eiserne Selbstbeherrschung gezügelte Furcht stand in ihren Augen, und diese Reaktion erregte ihn derart, dass es ihm für einen Moment die Luft nahm.

»Anderson hat dich also ins Waschhaus geschickt?« Er gab seiner Stimme einen festen, tiefen Klang und beobachtete dabei ihre Reaktion. »Eine sehr unangenehme Arbeit, wie ich mir denken kann.«

Eine Spur von Trotz glomm in ihrem Blick auf, als sie ihm unverwandt in die Augen sah. »Nicht so schlimm.«

Diese unverschämte Entgegnung und dazu noch die Frechheit, ihm direkt ins Gesicht zu blicken, konnte er nicht durchgehen lassen. Er fasste ihr Kinn fester, und ihrem kurzen Zusammenzucken konnte er entnehmen, dass ihre Sicherheit schwand.

»Vielleicht gäbe es ja eine Möglichkeit für dich, im Herrenhaus zu arbeiten. Würde dir das gefallen?«

Anna biss sich auf die Lippe. Ihre Augen schimmerten feucht, und er erkannte, dass sie nur mit Mühe die Tränen zurückhielt. Als sie nicht antwortete, ließ er sie los, beugte sich jedoch noch näher zu ihr. »Bestimmt finden wir dort etwas, was dir zusagt.« Das Blut rauschte in seinen Ohren, als er ihr mit dem Handrücken über die Wangen strich. »Ich könnte mir sehr gut vorstellen, dass ...«

Ehe er weitersprechen konnte, fuhr die Schuldmagd herum und stolperte einige Schritte rückwärts.

»Ich muss gehen. Eure Mutter wartet. Es ist schon spät.«

Sie drehte sich auf dem Absatz um und rannte den Rest des Weges bis zum Haus.

John sah ihr nach, fassungslos, zornig – und mit ungestillter Begierde.

KAPITEL 8

Bei New York, Oktober 1776

Lorenz fluchte leise, als er den Lauf seiner Büchse kontrollierte und seine Männer dann weiter den schlammigen Hügel hinauf zur Eile antrieb.

Der schon tagelang andauernde Regen hatte sie alle bis auf die Haut durchnässt. Schwer und kalt klebte der Stoff der Uniformen an ihren Körpern. Sie konnten von Glück sagen, dass ihnen bei dieser Witterung nicht die gesamte Munition unbrauchbar geworden war. Doch offensichtlich stand Gott auch diesmal auf ihrer Seite, auf der Seite von Recht und Gesetz, der Seite des Königs von England. Seit ihrer Ankunft in der Neuen Welt waren die hessischen Truppen fast immer siegreich gewesen. In mehreren kleinen Scharmützeln hatten sie den Rebellen empfindliche Niederlagen beigebracht. Und auch an diesem Tag war es ihnen und den Briten in der Schlacht gelungen, den Gegner in die Flucht zu treiben.

Warum also nun dieses Zaudern bei den Briten? Zähneknirschend preschte Lorenz mit seinen Jägern voran, während er noch immer die plötzliche Zurückhaltung des Generals Howe verfluchte. Was mochte bloß in ihn gefahren sein, dass er die Verfolgung der besiegten Rebelleneinheiten abbrechen ließ, um stattdessen eine befestigte Stellung zu errichten?

Mit den Zähnen riss Lorenz ein Papiertütchen mit Pulver auf und schickte sich an, seine Büchse neu zu laden. Wollte man die britischen Soldaten bei der Jagd auf aufsässige Kolonisten schonen und nicht länger als nötig Regen und Unwetter aussetzen? Oder war man sich auf britischer Seite seiner Sache einfach zu sicher und glaubte, es genüge bereits, ein Exempel zu statuieren, um diese americanischen Bauern derart einzuschüchtern, dass sie keinen weiteren Versuch mehr wagen würden?

Wenn sich Howe und sein König da nur nicht irrten! Eisiges Regenwasser rann über Lorenz' Hand, als er die Kugel in den Lauf schob. Das Metall der Waffe fühlte sich unangenehm kalt und feucht an. Er kniff die Augen zusammen und blickte hinauf zum Himmel, der sich grau und verhangen über New York wölbte.

Bereits vom ersten militärischen Zusammenstoß an hatte Lorenz erkannt, dass man die Rebellen nicht unterschätzen durfte. Sie mochten kampfunerfahrene Bauern sein, doch besaßen sie drei nicht zu unterschätzende Vorteile: Sie waren Feuer und Flamme für ihre Idee und kämpften mit der entsprechend brennenden Leidenschaft, sie beachteten keine Regeln, und nicht zuletzt kannten sie das Land besser als alle britischen Soldaten oder deren deutsche Verbündete.

Verbissen und ohne Pausen waren sie auch an diesem Oktobertag von Aufständischen angegriffen und beschossen worden, während sie das eiskalte Wasser des Bronx Rivers durchwatet hatten. Noch immer dröhnten Lorenz der Donner der Gewehr- und Kanonensalven und die Schreie der Getroffenen im Ohr. Doch am Ende unterlagen die Americaner, und Washington musste mit seinen Männern aus dem Dorf White Plains, in dem sie sich vergraben hatten, fliehen.

Für die Briten wäre es ein Leichtes gewesen, den Kampf fortzusetzen und den geschwächten Rebellen endgültig den Todesstoß zu versetzen. Stattdessen ließ dieser Dummkopf Howe seine Männer nun Schanzen und Befestigungen aufbauen, wodurch Washingtons Einheit einen immensen Vorsprung gewann. Mit grimmiger Genugtuung nahm Lorenz zur Kenntnis, dass zumindest sein hessischer General von Knyphausen mehr Mut und Scharfsinn besaß und seinen Männern die Verfolgung der Aufständischen befohlen hatte.

Ein Blitz erhellte die regengepeitschte Landschaft, gefolgt von einem Donnergrollen, das die Erde erzittern und einige seiner Männer erschrocken zusammenfahren ließ. Verbissen trieb er sie weiter zur Eile an. Nicht mehr lange, und sie hätten Washington mit seiner Truppe eingeholt. Und dann befände sich ganz New York in Händen der verbündeten Hessen und Briten.

New York. Beim verheißungsvollen Klang dieses Namens erschauderte Lorenz. Er hatte die Karten und Pläne gesehen. Die Lage dieser Kolonie war von strategischer Bedeutung. Wenn sie Stadt und Umland gesichert hätten, wäre das die perfekte Ausgangsbasis für weitere militärische Operationen. Bereits jetzt war der Hafen dort Dreh- und Angelpunkt für Angriffe von der Seeseite. Wenn er mit seiner Einschätzung recht behielt, lag nur noch Washingtons geschwächte Truppe zwischen ihnen und der vollständigen Einnahme New Yorks.

Während der Himmel immer wieder aufriss, Blitz und Donner wie Kanonenfeuer dröhnten, wurde Lorenz mehr und mehr bewusst, dass dieses Ziel in greifbarer Nähe lag. Und wenn Gott wirklich auf ihrer Seite stand, wäre der endgültige Sieg nur noch eine Frage von Stunden oder Tagen.

Und – bei diesem Gedanken spürte Lorenz eine plötzliche Wärme in seinem Körper, der ihn für einen Moment den strömenden Regen und die eisige Kälte vergessen ließ – sollte das gelingen, wäre dieser Sieg nicht zuletzt ihm und seinen Männern zu verdanken.

*

Der Abend senkte sich wie eine rotgoldene Glocke über das Land, als Anna endlich ihre Arbeit beendete und als Letzte das Waschhaus verließ. Sie fühlte sich ausgelaugt und erschöpft. Trocken klebte ihre Zunge am Gaumen, jeder Knochen schmerzte und zeigte ihr, wie schwach sie noch immer vom überstandenen Typhus war. Und das, obgleich Abigail sich wie eine Mutter um sie kümmerte und ihr jeden Tag reichlich von dem dicken, *grits* genannten Brei vorsetzte. Zubereitet wurde er aus den gemahlenen sonnengelben kleinen Kugeln eines kolbenförmigen Getreides, welches, wie Anna inzwischen wusste, *sweet corn* oder *maize* hieß.

Anna konnte nicht sagen, wie viele Tage sie jetzt schon hier war. Zu ihrer Enttäuschung hatte sie mittlerweile verstanden, dass sie sich nicht in der Kolonie namens Pennsylvania befand – ihrem ursprünglichen Ziel –, sondern mehrere hundert Meilen südlich davon, in Virginia. Zäh und gleichförmig zerrann die Zeit bei der nicht enden wollenden Arbeit im stickigen Waschhaus.

Doch nun war das Feuer unter den Waschkesseln erloschen, und an den Leinen hingen schwer die tropfenden Baumwollstoffe, als seien sie genauso erschöpft wie diejenigen, die sie bearbeitet hatten. Anna war zu müde, um zu essen oder mit jemandem zu sprechen. Obwohl sie die fremde Sprache inzwischen recht gut verstand, war eine Unterhaltung immer noch sehr mühselig.

Für einen kurzen Moment lehnte sie sich mit geschlossenen Augen an die Hinterwand des Waschhauses, spürte das von der Sonne aufgewärmte Holz in ihrem Rücken und ließ die unterschiedlichen Geräusche der Plantage auf sich wirken, bis sie ineinanderflossen wie eine sanfte, in Wellen an- und abschwellende Melodie.

Erschrocken fuhr sie zusammen, als sie entfernte Schritte

auf dem Kies vernahm, und eine jähe Furcht, was geschehen würde, wenn der Aufseher Anderson sie hier beim Träumen und Nichtstun entdeckte, packte sie. Erleichtert sah sie, dass es nur die Feldsklaven waren, die in einer langen Reihe hintereinander von ihrem Tagwerk zurückkehrten.

Dennoch hielt es Anna für klüger, sich den Anschein von Beschäftigung zu geben. Verstohlen reckte sie ihre schmerzenden Muskeln, drückte ihr Kreuz durch und ging, ein wenig schwankend, über den Kiesweg vorbei an den kleinen Werkstätten, der Schusterei, der Tischlerei und der Schmiede, bis sie zu den Ställen kam.

Der Geruch von Pferden, Kühen und Schweinen drang zu ihr herüber, mischte sich mit dem der staubigen Erde, dem süßen Duft der Tabakblüten. Gerade versuchte ein vielleicht vierzehnjähriges Sklavenmädchen, die Hühner in den Stall zu treiben. Schweiß glänzte auf seiner pechschwarzen Haut, und seine Lippen waren vor Anspannung zu einer schmalen Linie zusammengepresst.

Anna schloss die Augen. Die Geräusche aus dem Stall und der Geruch der Tiere erinnerten sie an ihre Heimat. Sie stellte sich vor, sie wäre wieder zu Hause auf dem Weyerhof und die Mutter würde sie jeden Moment ins Haus rufen, zur gemeinsamen Abendmahlzeit. Langsam ging sie weiter und blieb dann vor einem großen Tor stehen. Neugierig, welche Tiere sich dahinter verbergen mochten, schob sie es einen Spalt auf und schlüpfte hinein.

Ein freundliches Aufwiehern, gefolgt von dem Stampfen von Hufen, begrüßte sie. Der ausgeprägte, aber angenehme Geruch von Pferden stieg ihr in die Nase. Sanftes Abendlicht fiel durch die geöffneten Fenster und verlieh dem lang gestreckten Stall mit den einzelnen Boxen eine anheimelnde Atmosphäre.

Nach kurzem Zögern schloss Anna sorgfältig die Tür hinter sich. Vorsichtig ging sie auf die Tiere zu, die ihr neugierig die Köpfe entgegenreckten. Zum Zeichen, dass sie ihnen nichts tun wollte, aber auch nichts für sie zum Fressen dabeihatte, hielt Anna ihnen ihre offenen Handflächen entgegen.

Sanft berührten die weichen Lippen eines Grauschimmels ihre Fingerspitzen. Sie spürte den warmen Atem des Tieres, das zutraulich mit den Augen rollte. Ohne nachzudenken, war sie näher herangetreten, klopfte ihm den sehnigen Hals und strich sanft mit den Fingern über das weiche Fell, während sie ihm deutsche Worte zuflüsterte.

Zufrieden schnaubend legte das Pferd den Kopf auf Annas Schulter und fing an, am Kragen ihres Kleides zu knabbern. Die Wärme des Tieres und der sanfte Atem beruhigten Anna, und mit einem leichten Schauer schloss sie die Augen. Wohlig überließ sie sich diesen Empfindungen und spürte, dass die Anspannung, die seit ihrer Begegnung mit John Huntley von ihr Besitz ergriffen hatte, von ihr abfiel.

Durchdringend quietschten die Scharniere, als die Stalltür geöffnet wurde. Helles Licht fiel herein, und von einem Moment auf den anderen war Anna wieder im Hier und Jetzt angekommen. Ihr ganzer Körper verkrampfte sich. Sie hatte kein Recht, hier zu sein. Und wenn dies nun Anderson war oder gar der junge Master?

Langsam ließ sie den Hals des Pferdes los, während ihr Herz so laut pochte, dass sie glaubte, man könne es bis zum Herrenhaus hören. Das Schuldbewusstsein musste ihr auf der Stirn geschrieben stehen, doch sie senkte nicht den Blick, sondern beobachtete angsterfüllt, wer sich näherte.

Statt der strengen Miene des Aufsehers schob sich das Gesicht eines unbekannten jungen Mannes über die Absperrung der Box. Einen Moment lang spiegelte sich darin Überraschung, dann jedoch verzog sich der Mund zu einem entwaffnenden Lächeln. Ebenmäßige, weiß blitzende Zähne, leicht mandelförmige, dunkle Augen und eine hellbraune, beinahe bronzefarbene Haut. Anna kamen diese Züge bekannt vor, doch ehe sie Gelegenheit hatte, weiter darüber nachzudenken, tippte sich der junge Mann wie zum Gruß an eine imaginäre Mütze und kam auf sie zu.

»Du musst Anna sein, die neue Schuldmagd. Ma hat von dir erzählt, aber bis jetzt sind wir uns noch nicht begegnet.« Er sprach schnell und verschluckte in seinem leicht singenden Tonfall einige Silben, sodass es Anna schwerfiel, ihn zu verstehen. Als sie ihren Namen hörte, nickte sie zustimmend, fühlte sich aber nicht in der Lage, dem jungen Mann zu antworten.

Er schien ihre Verlegenheit nicht zu bemerken und trat noch einen Schritt weiter auf sie zu, wobei er eine Karotte aus der Hosentasche zog und diese dem Grauschimmel hinhielt, der sofort daran zu knabbern begann.

»Verstehst du was von Pferden?«

Angestrengt zog Anna die Augenbrauen zusammen. Was hatte er gefragt? Ob sie sich mit Pferden auskannte?

»*No*«, antwortete sie wahrheitsgemäß und schüttelte den Kopf. Derart wertvolle Tiere hatte keiner von ihren Freunden und Bekannten besessen. Die meisten waren so arm gewesen, dass sie Kühe vor den Pflug spannen mussten, um die Äcker zu bewirtschaften.

Röte schoss ihr ins Gesicht, als ihr bewusst wurde, dass sie keine wirklich einleuchtende Erklärung für ihren Aufenthalt in den Stallungen hatte, doch ihr Gegenüber schien sich daran nicht zu stören.

»Ich kümmer mich hier um die Pferde. Wenn du Zeit hast, zeig ich dir alles. Willst du? Ich heiße übrigens Noah.«

Anna zögerte einen Moment. Sie kannte nicht alle Regeln

auf der Plantage. Viele Gepflogenheiten waren ihr noch immer ebenso fremd wie die Sprache. Sie wusste einfach nicht, ob es statthaft war, sich von dem Stallburschen herumführen und die Besitztümer ihres Masters zeigen zu lassen. Auf der anderen Seite hatte sie ihr Tagwerk verrichtet, und der junge Sklave schien nichts dabei zu finden.

Also nickte sie und folgte ihm in kurzem Abstand auf seinem Weg durch die Stallungen, wobei sie den Saum ihres Rockes anhob, um ihn nicht zu beschmutzen.

Es war erstaunlich, welche Wirkung Noahs Anwesenheit auf die Pferde hatte. Sobald er an den Boxen vorbeikam, wurden selbst jene Tiere ruhig, die zuvor noch mit den Hufen gegen Boden und Holzwände getreten hatten. Zutraulich streckten sie ihm die Köpfe entgegen, und er flüsterte ihnen beruhigende Worte in seinem weichen, melodischen Singsang zu. Unterdessen erzählte er Anna, welche Besonderheiten die einzelnen Tiere aufwiesen und sah dabei so stolz und zufrieden aus, als gehörten sie ihm und nicht – ebenso wie er selbst – Master Huntley. Zwar verstand Anna kaum die Hälfte von dem, was er sagte, doch sie begriff, dass es wohl kaum jemanden geben konnte, der besser mit Pferde umgehen konnte als er.

Während er sprach, beobachtete Anna ihn unauffällig und wie gebannt. Diese sicheren Bewegungen, diese weiche, klangvolle Stimme! Sie fragte sich, weshalb seine Haut so hell war und weshalb ihr sein Gesicht, die Art zu sprechen und der beruhigende Tonfall seiner Stimme seltsam vertraut vorkamen. Zum ersten Mal, seit sie dieses Land betreten hatte, fühlte sie sich nicht mehr ganz so fremd.

»Ich muss jetzt gehen«, sagte sie nach einer Weile, obgleich sie gern noch etwas länger diese friedliche Atmosphäre genossen hätte, und raffte ihre Röcke, um über einen Balken zu steigen.

Noah reichte ihr die Hand, um ihr behilflich zu sein. Als Anna sich kurz umschaute, stolperte sie und wäre beinahe gestürzt, wenn er sie nicht aufgefangen hätte.

»Hoppla! Pass besser auf, wo du hintrittst. Du machst noch die Pferde scheu, wenn du so rumpolterst.«

Sein Lachen wuchs in die Breite, und plötzlich wusste Anna, an wen er sie erinnerte. *Abigail.* Das waren Abigails Augen, ihr Lächeln und der Hauch besorgter Fürsorge im Blick.

War Noah also ihr Sohn? Wie konnte das sein? Abigails Haut war so viel dunkler! Doch dann riss sie das Quietschen von Scharnieren aus ihren Überlegungen.

»Noah!« Eine weibliche Stimme, weich und verführerisch. »Noah, bist du hier?«

Ehe Anna die Gelegenheit hatte, zu reagieren, schob sich eine zierliche Gestalt hinter dem Gitter hervor, und erst in dem Moment, als sie Rose erkannte, wurde ihr bewusst, dass Noah sie noch immer umfasst hielt.

Schamesröte schoss ihr ins Gesicht. Hastig befreite sie sich aus seinem Griff und schalt sich wegen ihrer eigenen Torheit. Und Rose, *die schöne und ehrgeizige Rose*, würde daraus die falschen Schlüsse ziehen. Der Hass, der in diesem Moment in deren Augen aufblitzte, traf Anna wie ein Hieb. Das Gesicht der Sklavin war grau geworden, ihre Lippen bebten.

Grundgütiger!, durchzuckte es Anna. Offenbar war Noah der Freund, Verlobte oder gar Ehemann von Rose. Und sie selbst lag – wenn auch unbeabsichtigt – in seinen Armen. Zu allem Überfluss reagierte sie auch noch wie eine ertappte Sünderin.

»Rose«, sagte Noah gelassen, wandte sich um und streckte ihr die Arme entgegen. »Wie schön, dich zu sehen. Du kennst Anna ja schon. Ich hab ihr gerade die Pferde gezeigt, sie ...«

»Schweig!«

Roses Aufschrei, so scharf wie ein Peitschenschlag, schnitt ihm das Wort ab, und Noah hielt wie getroffen in seiner Bewegung inne.

»Wie kannst du es wagen?« Zwischen jeder Silbe schien sie nach Atem zu ringen. Tränen glitzerten in ihren Augen, doch sie sprachen weniger von Trauer als von Zorn und unbändiger Wut. »Diese weiße Hure!« Langsam trat sie auf Anna zu, blieb dicht vor ihr stehen und starrte sie schweigend an, während ihr Blick wie Feuer auf deren Haut brannte. »Dafür wirst du bezahlen!« Sie spuckte die Worte aus wie Gift. »Glaubst du, du könntest dir alles nehmen, was du willst? Nur weil du weiß bist wie sie?« Mit der ausgestreckten Hand wies Rose in eine Richtung, in der Anna das Herrenhaus vermutete. »Aber du bist nicht wie sie!«

Annas Magen verkrampfte sich, als Rose sie langsam umrundete und von oben bis unten abschätzig musterte. »Du riechst nicht wie sie, du sprichst nicht wie sie, und du gehörst ihnen genauso, als ob du schwarz wärst. Hörst du? *Sie* besitzen dich, du bist *ihr* Eigentum, und wenn du das nicht wahrhaben willst, werde ich dafür sorgen, dass du dich in Zukunft daran erinnerst. Du bist nicht besser, du bist ... Dreck!«

Noch während sie Anna die letzten Worte entgegenschleuderte, wirbelte Rose auf der Stelle herum, dass ihre Röcke flogen. Dann stürzte sie aus dem Stall und schlug die Tür so fest hinter sich zu, dass die Holzwände erzitterten. Einige der Pferde wieherten erschrocken und traten gegen die Stallwand.

Anna stand da wie betäubt. So viel Hass, so viel Verzweiflung waren ihr in diesem kurzen Augenblick entgegengeschlagen, dass sie sich nicht mehr in der Lage fühlte, sich zu rühren. Hilflos schaute sie zu Noah hinüber. Auch dieser erwachte gerade erst wieder aus seiner Erstarrung.

»Wir ... ich ... Offensichtlich habe ich Rose sehr verletzt ...«, murmelte Anna. Eine ungute Vorahnung ließ ihre Worte versiegen. Der Schock lähmte sie zu sehr, um sich in der fremden Sprache auszudrücken.

»Ach ...« Zerknirscht und verlegen kratzte sich Noah am Kopf, schien jedoch nicht im Entferntesten so betroffen zu sein wie sie. »Rose ist ein liebes Ding.« Er grinste. »Und eine Schönheit noch dazu. Nur leider ein wenig unbedacht, und sie war wohl einfach überrascht. Aber das legt sich schon wieder, du wirst sehen, morgen früh ist alles vergessen.«

Was Anna jedoch stark bezweifelte. Sie hatte Roses Augen gesehen, den fassungslosen Ausdruck darin, der innerhalb eines Atemzugs von Hilflosigkeit in blanken Hass umgeschlagen war. So nickte sie schwach, hielt es aber für besser, sich so schnell wie möglich zu verabschieden, bevor sie noch jemand anderes hier entdeckte.

Sie spürte Noahs Blicke im Rücken, als sie durch das quietschende Stalltor nach draußen in die Abendluft trat.

KAPITEL 9

Bei Fort Washington, New York, November 1776

Mit leisem Gurgeln leckten die Wellen an den Bootskörpern, die schwankend auf dem schwarzen Wasser lagen. Am östlichsten Horizont war ein Streifen hellen Graus zu sehen, die Vorahnung des herannahenden Morgens.

Eisige Kälte drang Lorenz bis auf die Haut. Unablässig fiel leichter Schnee in lautlosen, dünnen Flocken, deren Berührung auf Nase, Wangen und Lippen stach. Der Wasserstand des Harlem River war bedenklich niedrig, da die Ebbe dem Fluss das Wasser entzog. Lorenz spürte das Schwanken des Flachbootes unter seinen Füßen, den Atem seines Nebenmannes an seinem Gesicht und die stumme Anspannung, welche die Gruppe von Knyphausens Männern erfasst hatte. Mit unbezähmbarem Siegeswillen setzten sie zum anderen Ufer über, um dort zum entscheidenden Angriff überzugehen.

Nach der erfolgreichen Schlacht, bei der die verbündeten Hessen, Waldecker und Briten Washingtons Truppen aus White Plains vertrieben hatten, trennten sie nur noch zwei americanische Forts vom offenen Zugang nach New Jersey. Wenn dieser frostige Novembertag zu Ende wäre, würde zumindest über dem – nach dem selbst ernannten Feldherrn der Rebellen benannten – Fort Washington die britische Fahne wehen. Daran hegte keiner aus seinen eigenen Reihen auch nur den geringsten Zweifel. Zu sehr hatte das Schicksal oder auch der Wankelmut der Aufständischen ihnen in die Hände gespielt.

Ein seltsamer Haufen, diese Bürger der Vereinigten Staaten

von America. Offenbar waren nicht alle ganz so überzeugt von ihrer Sache. Oder wie war es sonst zu erklären, dass erst vor wenigen Tagen der Adjutant des Fortkommandanten selbst zum Überläufer geworden war und dessen Verteidigungspläne an die Briten verraten hatte? Ein sicheres Todesurteil für die schlecht ausgebildeten Männer dieser unzulänglich gesicherten Festung.

Bereits in den wenigen Wochen, in denen Lorenz sich in den Kolonien – oder Staaten – aufhielt, hatte er deutlich die Kluft gespürt, die sich durch die Bevölkerung zog und ganze Familien spaltete, Väter mit ihren Söhnen entzweite, Frauen mit ihren Männern. Ein absonderlicher Krieg, der keine wirklichen Fronten kannte, wo Bruder gegen Bruder kämpfte, Brite gegen Brite. Das Misstrauen wuchs mit jedem Tag, da jeder ein Spion oder ein möglicher Überläufer sein konnte.

Unwirklich und schwarz rückte das steil abfallende Ufer näher, auf dessen höchstem Punkt das Fort errichtet worden war. Lorenz musste den Kopf in den Nacken legen, um das Gelände zu überblicken, das ihn an diesem kalten Herbstmorgen auf unerklärliche Art an die steilen Schieferhänge am Rhein erinnerte. Schließlich war er Tausende von Meilen von seiner Heimat entfernt und schickte sich an, Tod und Verwüstung in ein Land zu bringen, dessen Bewohner weder ihm noch seinen Landsleuten etwas angetan hatten – nur um die alte Ordnung wiederherzustellen, für einen König, den er nur vom Hörensagen kannte.

Kurz blitzte Anna Hochstetters Gesicht vor seinem inneren Auge auf, und er fragte sich, warum er ausgerechnet in diesem Moment an sie denken musste, wo doch diese Wiedertäufer jede Form von Kriegsdienst und Gewaltanwendung ablehnten. Es fröstelte Lorenz bei der Vorstellung, was sie von ihm denken würde, wenn sie ihn in diesem Moment sehen könnte. Bis unter die Zähne bewaffnet. Bereit, sich und seine Männer in die Schlacht zu stürzen, um den Feind in den Tod zu schicken.

Ein harter Ruck ging durch den Bootsleib und zeigte Lorenz an, dass das gegenüberliegende Ufer erreicht war. Auf ein kurzes Handzeichen eines vorgesetzten Offiziers hin gab er den Befehl, die Boote zu verlassen.

Das Klatschen von Wasser und das Knirschen von Kies unter festen Sohlen waren zu hören, als ungezählte Stiefel ihren Weg an Land fanden. Lorenz wartete einen Moment, um sicherzugehen, dass alle seine Männer an Land gegangen waren. Dann erst schickte er sich an, ihnen zu folgen, und verbannte alle Zweifel und die Erinnerung an eine blutjunge Täuferin aus Waldeck aus seinem Bewusstsein.

✳

Angenehme Ruhe umfing Rose, als sie das *Große Haus* durch den hinteren Dienstboteneingang betrat. Aufatmend blieb sie einen Augenblick stehen und ließ diesen Luxus auf sich wirken, der nach dem stickigen, laugengeschwängerten Dunst des Waschhauses eine willkommene Erfrischung für sie bedeutete. *Manche Leute können immer so leben, Jahr für Jahr, Sommer wie Winter, bei angenehmen Temperaturen, während Hitze und Kälte gleichermaßen ausgeschlossen werden*, schoss es Rose durch den Kopf. Dieser Gedanke brannte in ihr wie ätzende Säure und vertrieb das Gefühl der Entspannung. Mit einem Tritt ihres zierlichen Fußes stieß Rose die Tür hinter sich zu und machte sich auf den Weg zu den Schlafräumen der Herrschaft.

Die hohen Decken der Flure, die farbigen Blumentapeten an den Wänden beeindruckten sie immer wieder aufs Neue.

Sie musste dabei an die Schlösser und Burgen aus den Märchen denken, von denen sie als Kind gehört hatte.

Die Kinderfrau ihrer früheren Herrschaft hatte der Tochter des Masters, der *ehelichen, legitimen* Tochter, oft aus einem dicken, ledergebundenen Buch vorgelesen. Die bunten Illustrationen hatte die kleine Rose immer gerne betrachtet. Doch derartige Privilegien gehörten nun der Vergangenheit an.

Roses Stimmung hatte sich noch weiter verfinstert, als sie endlich in Mistress Dorothys Schlafzimmer stand, an das ein geräumiges Boudoir angeschlossen war.

Vorsichtig legte sie die sauber gewaschenen, geglätteten und zusammengefalteten Bettlaken auf das Himmelbett der Herrschaft, damit sie später von dem Hausmädchen eingeräumt werden konnten. Die Tür öffnete sich, und hereinrauschte die Mistress in ihrem braunseidenen Kleid, dessen Rock so weit ausgestellt war, dass sie ihn leicht zusammendrücken musste, um ins Zimmer zu kommen. Die Haare tadellos aufgesteckt und von einer weißen, gestärkten Haube bedeckt, stellte sie das perfekte Bild einer gottesfürchtigen Frau dar.

Bei ihrem Eintreten knickste Rose, wurde ihrerseits jedoch mit keinem Gruß bedacht. Stattdessen steuerte die Dame des Hauses geradewegs auf den Stapel Wäsche zu.

»Ah, die Bettlaken, wie gut. Sind die Blutflecken also herausgegangen?« Mit spitzen Fingern hob Dorothy die Wäschestücke an, und inspizierte ihre Sauberkeit, wobei sie bei jedem einzelnen Teil zustimmend nickte, bis sie das unterste erreichte, das offensichtlich ihren Unwillen erregte. Mit einer ruckartigen Bewegung riss sie nacheinander die anderen Laken herunter, bis sie einen blassbraunen Fleck freilegte.

»Und was ist das da?«

Ehe Rose sich's versah, war ihre Herrin auf sie zugetreten

und verpasste ihr eine schallende Ohrfeige, die ihr die Tränen in die Augen trieb. Wut kochte in ihr hoch. Doch mit den Jahren hatte sie gelernt, ihren Zorn herunterzuschlucken, im tiefsten Winkel ihres Herzens zu verbergen.

»Kannst du nicht ordentlicher arbeiten, du dummes Ding? Was erlaubst du dir eigentlich, mir so etwas ins Haus zu bringen?« Die Stimme der Mistress war schrill. »Das kommt eben davon, wenn man sich auf Neger verlässt, ihnen Leib und Leben, Hab und Gut anvertraut. Und jetzt ...« Vor Empörung bebend hielt sie Rose, die noch immer reglos vor ihr stand, den fleckigen Stoff vor die Nase.

Wie sie die Weißen hasste! Plötzlich blitzte ein Gedanke in Rose auf. Vielleicht war das die Chance, auf die sie gewartet hatte, der passende Moment, um es der kleinen deutschen Schlampe heimzuzahlen.

»Bitte verzeiht, Missus.« In gespielter Zerknirschtheit ließ Rose den Kopf sinken, knickste erneut und nahm das fleckige Tuch entgegen. »Eine Schande, wirklich eine Schande, in der Tat.«

Offensichtlich überrascht von diesen Worten hielt die Mistress in ihren Schimpftiraden inne und beugte sich ein wenig zu der Sklavin vor.

»Ich habe ja gleich gesagt, dass es nicht gut sein kann, eine wie die in der Wäscherei arbeiten zu lassen, aber ...« Rose bemühte sich, so leise zu reden, als spräche sie mehr zu sich selbst, doch war es natürlich genau das, was die Aufmerksamkeit der Herrin erregte.

»Wen meinst du? Wer hat das zu verantworten?«

»Ach, Missus ...« Verlegenheit heuchelnd zog Rose den Kopf ein und hob die Schultern. »Ihr dürft nicht so zornig sein, sie ist neu hier und ...«

»*Wen* meinst du?« Diese Worte waren so schneidend hervorgebracht worden, dass Rose nicht einmal schauspielern musste, um zusammenzuzucken.

»Nun ja, das deutsche Mädchen.« Rose flüsterte kaum hörbar, als hasse sie es, die andere Wäscherin anzuschwärzen. »Diese Anna, die Schuldmagd, die Euer Sohn vor einiger ...«

»Schluss jetzt, ich will nichts davon hören!«, schnitt Dorothy ihr das Wort ab, doch mit Genugtuung hatte Rose wahrgenommen, dass das ohnehin schon rote Gesicht ihrer Herrin bei der Erwähnung des Namens eine noch tiefere Färbung annahm.

Aufgebracht begann diese, im Schlafzimmer auf und ab zu laufen. »Ich habe gleich gesagt, diese Ausländerin bringt nur Ärger ins Haus. Aber nein ...«

Rose nickte zustimmend. »Ihr habt recht, Missus. Das Mädchen ist abscheulich. Faul, aufsässig und dazu ...« Sie schluckte vor Aufregung und überlegte fieberhaft, was sie noch vorbringen könnte, um Anna endgültig in Misskredit zu bringen. »... dazu hält sie sich für was Besseres. Denkt, ihr stehe ein Platz im Herrenhaus zu, nur weil ...«

»Weil ...?«, fragte Dorothy gedehnt.

Hastig senkte Rose den Blick, um zu verbergen, dass sie log. »Nur weil sie ebenso weiß ist wie Ihr, Missus, und sie glaubt ...«

»*Was* glaubt sie?«

Der kalte Schweiß brach ihr aus. Sie wusste, dass sie viel riskierte. »Sie hält sich für eine von Gott Auserwählte. Sie betet viel, weigert sich jedoch, die Gottesdienste in der Bruton Parish Church zu besuchen.«

»Was soll das heißen?«

»Nun ja.« Die Verlegenheit, in der sich Rose unter den Augen ihrer Herrin wand, war nur zum Teil gespielt. »Ich glaube, Missus, sie ist eine von diesen Wiedertäufern.«

»Von den Baptisten?«

Rose nickte, eine Spur zu schnell. Tatsächlich war sie sich nicht ganz sicher. Sie hatte lediglich einmal ein Gespräch mitgehört, in dem Anna Abigail von ihrer Heimat erzählte. Rose wusste jedoch, dass ihre Herrin eine fanatische Anhängerin der Church of England war und jeden verachtete, der – wie sie es nannte – sich in ketzerischer Weise von deren Lehren entfernte. Sie sollte sogar einmal geäußert haben, dass sie es für eine Schande hielte, wie milde man mittlerweile in den Kolonien mit Abtrünnigen umsprang. Und wenn es nach ihr ginge, würden die alten Gesetze gegen Quäker und Baptisten wieder in Kraft gesetzt werden.

Dorothys Mund wirkte verkniffen, die Fassade großherziger Mütterlichkeit, die sie normalerweise gern zur Schau stellte, war gänzlich verschwunden. »Was hat sie noch gesagt?«

»Missus, ich weiß nicht …« Rose spürte, wie ihr das Blut ins Gesicht schoss. Allmählich bewegte sie sich auf wirklich dünnem Eis.

»Nun rede schon, oder hat man dir die Zunge herausgeschnitten?«

Ohnmächtiger Hass gab Rose Kraft: »Sie hat gesagt, Ihr und Eure ganze Familie wärt ohnehin der Hölle geweiht, weil Ihr der Kirche von England angehört, die Irrlehren verbreitet und …« Sie unterbrach sich, wusste, dass sie nicht dreister hätte lügen können. Mit Befriedigung nahm sie jedoch zur Kenntnis, dass die Worte ihre Wirkung nicht verfehlt hatten.

Selbst unter dem Puder war deutlich zu erkennen, dass Dorothys Gesicht erneut zornesrot anlief, ihre Kiefermuskeln spannten sich, mit einer ruckartigen Bewegung fuhr sie herum. »Ich werde diese unverschämte Person lehren, was es heißt, sich auf derart ungehörige Weise über die Herrschaft zu

äußern. Lass sofort Anderson rufen! Sie soll die neununddrei-
ßig Hiebe bekommen.«

Einen kurzen Moment genoss Rose das Gefühl des Triumphes. Sie ergötzte sich an der Vorstellung, wie die verhasste
Rivalin in Ketten gelegt und zum Gerüst geführt werden
würde, wie Anderson ihr die Kleider vom Leib riss und ...

Es war eine schöne Vorstellung, doch dazu würde es nicht
kommen, selbst wenn die Missus sich noch so sehr erregte.
Noch nicht. Wenn Rose wollte, dass Anna richtig bestraft
würde, musste sie klüger vorgehen, weitaus klüger. Sie räusperte sich, und in diesem Moment waren ihre Angst und Verlegenheit nicht gespielt. »So was wird der Master sicher nicht
zulassen, Missus.«

Hastig fuhr Dorothys Kopf nach oben, ihre Hand hob
sich, als wolle sie Rose noch einmal ohrfeigen, weil sie es gewagt hatte, ohne Aufforderung das Wort zu ergreifen. Doch
schließlich nickte sie nur.

»Und mein Sohn scheint auch einen Narren an dieser Person gefressen zu haben«, sagte sie mehr zu sich selbst.

Rose spürte, wie erneut Hass in ihr aufflammte. Dieses
weiße Drecksstück hatte also schon den jungen Herrn in ihren
Bann gezogen! Dabei konnte sie – außer heller Haut – nichts
an Schönheit aufweisen, so armselig und mager, wie sie war.

»Du scheinst eine gute Beobachtungsgabe zu haben«,
wandte sich Dorothy wieder an Rose. »Noch dazu bist du klug.
Was meinst du, womit könnte man dieses hochnäsige Ding in
seine Schranken weisen?«

Rose konnte es nicht fassen. Es war das erste Mal, dass
jemand sie um ihren Rat fragte. Die Herrin schien diese Deutsche wirklich nicht zu mögen.

»Wenn Ihr meine Meinung hören wollt, Missus, so glaube
ich, dass es dieser Anna nicht schaden würde, ein bisschen

mehr Demut zu lernen. Gleich nachdem sie hier angekommen ist, hat sie eine Stelle als Wäscherin bekommen und musste nicht auf dem Feld arbeiten. Das hat sie wohl hochmütig werden lassen.«

Dorothys Augen verengten sich. »Jemand wie du empfindet es also als Bevorzugung, die schmutzige Wäsche anderer waschen zu dürfen. *Interessant.*«

Das war eine Spitze, und sie traf Rose dort, wo sie am verletzlichsten war. Mühsam unterdrückte sie die wieder aufsteigende Wut und biss sich auf die Zunge, um eine unbedachte Antwort zu verhindern.

»Nun gut«, sagte Mistress Dorothy nach längerem Schweigen, und das kurze Aufleuchten in ihren Augen zeigte, dass sie gerade einen Einfall gehabt hatte, der ihr große Befriedigung zu verschaffen schien.

»Gefallene Mädchen, zerbrochene Existenzen wie diese Sträflinge oder Schuldmägde, haben ja immer höchst zweifelhafte Moralvorstellungen.«

Eine ungute Vorahnung überkam Rose.

»Gott, der Herr, wird dafür sorgen, dass solche Leute über ihre eigene Lasterhaftigkeit stolpern. Und deshalb werden sie auch ihrer Strafe nicht entgehen.«

Noch immer verstand Rose nicht, worauf ihre Herrin hinauswollte.

Genüsslich ließ sich Dorothy Huntley in den weichen, mit Rosshaar gepolsterten Sessel, der neben ihrem Bett stand, sinken und streckte die Füße aus. Sogleich kniete sich Rose neben sie, um ihr die Schnallen der zierlichen spanischen Schuhe zu lösen und von den Füßen zu ziehen.

»Und verhält es sich nicht so«, vernahm sie die Stimme der Herrin über sich, während sie die Schuhe sorgfältig neben das Bett stellte und rasch mit einem Lappen über das teure Leder fuhr, »dass eine Schuldmagd, die bei der gotteslästerlichen Unzucht mit einem unfreien Neger durch die Hand des Gesetzes ebenfalls in den Stand der Sklaverei fällt, und zwar für den Rest ihres irdischen Lebens?«

Roses Herz setzte einen Schlag lang aus.

»Du hast recht, Mädchen«, fuhr Dorothy fort. »Sie muss Demut lernen. Wirklich, du bist klug und wirst es einmal weit bringen in diesem Haus. Ich werde also anordnen, dass diese Anna zukünftig Arbeiten verrichtet, die ihr besser zu Gesicht stehen. Sie soll sich um die Pferde kümmern, die Ställe ausmisten und Noah zur Hand gehen. Und in der Nacht wird sie im Stall bei den Tieren schlafen!«

Langsam erkannte Rose, was ihre Herrin im Sinn hatte. Mistress Dorothy hatte vor, das weiße Mädchen in eine Falle zu locken, und Noah – ihren Noah – wollte sie dabei als Köder benutzen.

Kälte breitete sich in Rose aus. Sie keuchte, als sie sich aufrichtete und Mistress Dorothy entsetzt in die Augen blickte.

»Wer hat dir erlaubt, mich anzusehen?« Worte, hart wie ein Schlag, und sogleich senkte Rose wieder den Blick, doch ihr Herz hämmerte, und ihre Handflächen wurden feucht, während sie noch immer den Schuhlappen hielt.

»Aber das ist doch Männerarbeit, Missus! Mister Huntley wird was dagegen haben, dass ...«

Die Ohrfeige, die Rose traf, ließ sie zurücktaumeln, erschrocken rang sie nach Luft.

»Wer hat dich nach deiner Meinung gefragt?« Dorothy war aufgestanden, griff der noch immer vor Schrecken zitternden Rose unter das Kinn und riss ihr Gesicht nach oben. »Ich warne dich. Wenn du noch einmal wagst, mich zu unterbrechen, dann wirst du diejenige sein, die meinen Zorn zu spüren bekommt, und nun verschwinde!«

Rose stürzte aus dem Schlafzimmer. Ihre Knie zitterten, als sie die Dienstbotentreppe hinuntereilte.

✳

Anna wusste nicht, was sie sich hatte zuschulden kommen lassen.

Eines Tages hatte Anderson plötzlich die Tür zu Abigails Hütte aufgerissen, mit einer Hand ihre wenigen Habseligkeiten, mit der anderen ihre Schulter gepackt und sie nach draußen vor die Tür geschoben.

Abigail hatte geschimpft und geschrien, doch anders als beim letzten Mal waren ihre Einwände fruchtlos geblieben. Ohne ihr Gezeter zu beachten, hatte Anderson sie in die Hütte zurückgestoßen und ihr damit gedroht, den Master dazu zu bringen, sie und ihren missratenen Sohn zu verkaufen, wenn sie nicht endlich den Mund hielte.

Ungläubig hatte Anna zugehört, als der Aufseher ihr verkündete, dass sie von nun an Noah bei den Pferden helfen und in den Stallungen schlafen würde. Doch sie hatte nichts erwidert.

Hinter der ganzen Angelegenheit musste Master John stecken! Sicher wollte er ihr dadurch heimzahlen, dass sie seinen Stolz verletzt hatte, indem sie vor seinen Annäherungsversuchen einfach weggelaufen war. Niemand in seiner Position ließ sich so etwas von einem Untergebenen, noch dazu einer unfreien Magd, gefallen.

Wenn das die Strafe dafür war, würde sie damit leben können. Sich mit dem Master einlassen zu müssen, wäre die weitaus schlimmere Wahl gewesen. Es stand außer Zweifel, was er von ihr wollte, und bei dem Gedanken daran fröstelte sie. Sie hatte in seinen Augen den gleichen Ausdruck gelesen wie damals bei diesem Deserteur in Waldeck, das gleiche Verlangen, die gleiche irrsinnige Gier.

Nur dass ihr damals ein junger Offizier zu Hilfe gekommen war, Lorenz von Tannau. Und bei dem Gedanken an ihn überkam Anna wieder das Gefühl von Sehnsucht, das sich nicht verdrängen ließ. Seit sie sich halbwegs vom Typhus erholt hatte, dachte sie fast jeden Tag an ihn, fragte sich, wo er jetzt sein mochte, und betete zu Gott für seine Sicherheit, für sein Leben und seine Seele.

Nur darum, ihn wiederzusehen, betete sie nicht. Diese Sünde wollte sie nicht auf sich laden, nicht einmal für einen Mann, der ihr noch schöner als König David erschien, mit seinen stahlgrauen Augen und einer Stimme, die so weich war wie flüssiger Honig.

Inzwischen lebte sie schon einige Wochen im Stall. Es war Mitte Dezember, und an manchen Tagen fielen die Schneeflocken wie winzige Daunenfedern vom Himmel. Anna hätte nicht gedacht, dass es in Virginia, wo sie in den ersten Wochen beinahe an der Hitze erstickt wäre, so kalt werden konnte.

Vom ersten Moment an hatte sie sich mit Noah gut verstanden. Er hatte ihr den Umgang mit den Pferden gezeigt, sich bei den Mahlzeiten zu ihr gesetzt oder gemeinsam mit ihr in Abigails Hütte gegessen. Die Sklavin liebte ihren Sohn über alles, und wieder fühlte Anna einen kleinen Stich, wenn sie daran dachte, dass sie niemanden mehr hatte, zu dem sie gehörte.

Doch durfte sie sich nicht beschweren. Sehr schnell hatte sie gespürt, dass sie in Noah so etwas wie einen Freund gefunden hatte. Und sie mochte die Arbeit mit den Pferden. Zu Hause auf dem nassauischen Weyerhof hatten sie auch Tiere gehabt, und sie schätzte ihre beruhigende Ausstrahlung, ihre Wärme, ihre Nähe.

Sie kniete neben Noah, und beide kümmerten sie sich um

ein verletztes Pferd, das eine blutende Wunde am Unterlauf aufwies. Sie rührte daher, dass Anderson versucht hatte, es über eine Mauer springen zu lassen. Dieser Kerl war nicht nur grausam zu den Sklaven, auch Tieren gegenüber zeigte er weder Respekt noch Mitgefühl. Vorsichtig bestrich Anna die Verletzung mit einer Salbe und raunte dem Tier dabei sanfte, leise Worte zu.

Sein rötlich schimmerndes Fell erinnerte sie an das Pferd Lorenz von Tannaus, und wieder spürte sie Schwermut in sich aufsteigen. Wie immer, wenn sie an den Leutnant dachte, schlug ihr Herz schneller. Mehrfach hatte sie Gott darum gebeten, sie diesen Mann vergessen zu lassen. Doch bisher war ihre Bitte nicht erhört worden.

Ruckartig wurde die Stalltür geöffnet, eisige Winterluft drang herein, und erschrocken zuckte das Pferd unter ihren Händen zusammen.

»Schsch, alles wird gut . . .« Beruhigend streichelte sie dem Tier über den Hals, als ein Paar glänzend polierter Stiefelspitzen in ihrem Blickfeld erschien. Sie sah auf.

Vor ihr stand John Huntley, in Hut, Handschuhe und einen dicken Mantel gekleidet, die Reitgerte unter dem Arm. Was hatte er vor?

Ungeduldig sah er zu Noah hinüber. »Los, sattle mein Pferd, aber beeil dich! Der Kutscher wird dir mein Gepäck bringen, das räumst du dann in die Satteltasche.«

Sogleich stand der Angesprochene auf. »Ihr wollt verreisen, Sir?«

Ein knappes Nicken war die Antwort.

Skeptisch sah Noah durch die geöffnete Stalltür nach draußen, wo aus einem grauen Himmel feine Schneeflocken fielen. »Dann solltet Ihr wohl besser die Kutsche nehmen, Sir. Es ist scheußlich kalt da draußen und . . .«

»Wer hat dich nach deiner Meinung gefragt, Nigger? Los, mach dich an die Arbeit, ich habe nicht den ganzen Tag Zeit!«

Anna sah, wie sich Noahs sonst so offenes Gesicht verschloss. Fest presste er die Lippen zusammen, tat jedoch, wie ihm geheißen.

Anna blieb mit Huntley allein zurück. Sie spürte seinen Blick auf ihrer Haut und bemühte sich, weiterhin auf das verletzte Tier zu schauen, das sich unter ihren sanften Berührungen allmählich zu entspannen schien.

Stroh raschelte, als der Master einige Schritte auf sie zukam.

»Ich werde für ein paar Monate fort sein, um Geschäfte mit dem Tabak abzuwickeln und die Feiertage mit Verwandten in den Carolinas zu verbringen.«

Annas Herz klopfte, doch sie zwang sich, weiterhin ihre auf dem seidigen Fell des Pferdes liegenden Hände zu betrachten.

»Wirst du mich vermissen, wenn ich so lange weg sein werde?«

Es war die schiere Erleichterung, die sie überkam, wenn sie daran dachte, dass sie die nächste Zeit keine Angst mehr vor der bedrohlichen Anwesenheit dieses Mannes haben musste. Doch sie blieb stumm.

»Möchtest du mir nicht eine gute Reise wünschen?« Huntley war näher zu ihr herangetreten, seine Hand strich über ihren Nacken und blieb auf ihrer Schulter liegen.

Ekel stieg in Anna auf, als sie nach oben blickte. »Gott möge Euch auf Eurer Reise beschützen – Sir.«

»Ist das alles?« Langsam ging er in die Hocke, bis sein Gesicht mit ihrem auf der gleichen Höhe war. »Keine persönlichen Worte, kein … kein Abschiedskuss?«

Sein Atem streifte sie. Er war so nah, dass sie selbst im Dämmerlicht des Stalls erkennen konnte, wie seine Augen flackerten, wie gerötet seine Haut war und dass die mondförmige Narbe auf seiner Wange weißlich hervorstach.

Panik bemächtigte sich Annas. Sie wusste nicht, was sie sagen sollte, wusste nicht, wohin sie fliehen konnte. Mit dem Rücken zur Wand kniete sie auf dem Stallboden, während Huntleys Hände weiter zu ihrem Nacken glitten und sich so fest in ihre unter dem Tuch hochgesteckten Haare krallten, dass sie vor Schmerz aufschrie.

»Nun zier dich nicht so!« Sein Mund näherte sich ihrem Gesicht. Übelkeit schoss in ihr hoch. »Ihr Schuldmägde wisst doch immer . . .«

»Euer Pferd ist jetzt fertig, Sir!« Ohne dass sie es bemerkt hatte, war Noah wieder herangetreten, einen gesattelten und gezäumten Grauschimmel am Zügel. Seine Miene war ausdruckslos, doch er musste gesehen haben, was Huntley vorhatte. Wütend über die Unterbrechung sprang dieser auf und fuhr herum. Noch immer war sein Gesicht gerötet, sein Atem ging heftig, und der Zorn über diese unwillkommene Unterbrechung war ihm deutlich anzusehen.

»Ich hoffe, du hast den Gaul gut getränkt und versorgt, Nigger. Es fehlt mir gerade noch, dass er unterwegs vor Erschöpfung zusammenbricht!«

Noch immer zeigte Noahs Gesicht keine Regung. »Ihr werdet zufrieden sein, Sir. Ich wünsche Euch eine gute Reise.«

Einen Moment sah Huntley so aus, als hätte er den Sklaven am liebsten aus den Stallungen gejagt, um doch noch ein wenig ungestörte Zeit mit seiner Magd verbringen zu können. Dann aber riss er sein Pferd so hart am Zügel, dass es erschrocken wieherte, und führte es in Richtung Tür.

»Und sieh zu, dass du dich in meiner Abwesenheit gut um

die Tiere kümmerst. Wehe dir, ich höre auch nur eine Klage, wenn ich zurückkomme! Dann wird Anderson dir eine Lektion erteilen, die du so schnell nicht vergisst.«

Ein Funken von Aufbegehren lag in Noahs Augen, aber er nickte. »Sicher, Sir. Ihr könnt Euch auf mich verlassen.«

Anna war beeindruckt, wie beherrscht seine Stimme klang, als er seinem Master die Tür öffnete, ihm half, das Pferd nach draußen zu bringen und das zwischenzeitlich von Martin, dem Kutscher der Huntleys, bereitgestellte Gepäck in der Satteltasche zu verstauen.

Schneeflocken glitzerten in Noahs kurzem Haar, als er wieder in den Stall kam. Obgleich er ihr ein Lächeln schenkte, spürte Anna seinen mühsam unterdrückten Zorn. Gern hätte sie ihm etwas Tröstendes gesagt, doch damit hätte sie seinen Stolz nur noch mehr verletzt, und so schwieg sie.

»Hat er dir was getan?« Sie spürte, wie Noah beruhigend seine Hand auf ihre Schulter legte, und schüttelte den Kopf.

»Seit seine Verlobte ihn verlassen hat, ist er noch schlimmer als vorher. Und er hat ein Auge auf dich geworfen, Annie. Pass nur gut auf dich auf!«

Ein Schauder durchfuhr sie, doch fiel ihr nichts ein, was sie noch tun könnte, um Huntley von seinen Annäherungsversuchen abzuhalten.

»Master John ist gewohnt, zu bekommen, was er will. Notfalls mit Gewalt. Sieh dich also vor und sorge dafür, dass du nie mit ihm allein bist.«

Anna lachte bitter auf. Wussten sie doch beide, dass es im Grunde keine Möglichkeit gab, sich gegen den Willen ihres Herrn aufzulehnen.

Doch wenigstens würde sie in der nächsten Zeit Ruhe vor ihm haben. Und sie konnte nur hoffen, dass seine Reise sehr lange dauern würde.

Nachdenklich sah sie nach draußen, in das dichter werdende Schneegestöber, das sie daran erinnerte, dass bereits in einigen Wochen Weihnachten bevorstand. Das erste Weihnachtsfest, das sie allein, hier in diesem Land feiern würde.

Und als sie mit Noah zurück zu dem verletzten Pferd ging, fragte sie sich, wie Lorenz von Tannau in diesen Kriegswirren wohl die Feiertage verbringen würde.

KAPITEL 10

Trenton, New Jersey, 25. Dezember 1776

»Ziert Euch doch nicht so, Herr Leutnant! Kommt her und trinkt einen Madeira mit mir! Schließlich ist heute Weihnachten.«

Der feste Schlag auf seine Schulter ließ Lorenz unwillkürlich einen Schritt zurückweichen, als ihm der Alkoholatem seines Vorgesetzten ins Gesicht wehte. Gemeinhin galt Oberst Rall als disziplinierter Mann, der nicht nur seine Truppen, sondern auch sich selbst stets im Griff hatte – und den seine eigenen Soldaten bisweilen mehr fürchteten als den Feind.

Doch an diesem Dezemberabend, wo die Rebellen auf der gegenüberliegenden Seite des Delaware River feststeckten und der Sieg zum Greifen nahe schien, gab es allen Grund zu feiern. Daher konnten auch die Offiziere der drei hessischen Regimenter – Knyphausen, Lossberg und Rall –, die in der Kleinstadt Trenton in New Jersey ihr Winterlager bezogen und sich in den Häusern einquartiert hatten, entspannt das Weihnachtsfest begehen. Beinahe wie zu Hause. Bei fetten Speisen, teuren Weinen und dem sanften Licht der Kerzen lockerte sich die Stimmung allmählich.

»Danke, Herr Oberst«, antwortete Lorenz abwesend und ergriff das hauchdünne Kristallglas. Um seinen Vorgesetzten nicht zu beleidigen, nippte er daran. Der Alkohol wärmte seinen Magen, beruhigte jedoch nicht die Anspannung, die ihn überfallen hatte, seit der Befehl zu allgemeinen Weihnachtsfeierlichkeiten ausgegeben worden war. Nur allzu gern waren die hessischen Soldaten, gleich welchen Rangs, dieser Order nachgekommen.

Immerhin lag ein höchst erfolgreicher Feldzug hinter ihnen, der den hessischen und britischen Einheiten fast ausschließlich Siege eingebracht hatte. Dazu machten Gerüchte die Runde, welche die Stimmung der Hessen noch weiter hob. Die Armee der Rebellen stehe kurz vor der Auflösung, hieß es, General Washington habe bald keine Soldaten mehr. Selbst die Männer, die trotz aller Niederlagen noch bei seiner sogenannten Kontinentalarmee geblieben waren, würden diese spätestens zum Jahreswechsel verlassen. Dann endeten die Dienstverträge der meisten Freiwilligen, und sie konnten wieder ihren Verpflichtungen für Haus, Hof und Familie nachkommen. So schien es nur noch eine Frage der Zeit, bis sich das verlustreiche Rebellenheer von selbst auflösen würde.

Lorenz konnte diesen Optimismus nicht ohne Weiteres teilen. Wenn er in seiner militärischen Laufbahn eines gelernt hatte, dann, dass man den Gegner niemals unterschätzen durfte. Gleichgültig, was die britische Seite über die verlausten und ungebildeten Bauern sagen mochte, die es gewagt hatten, sich gegen König und Vaterland zu erheben – die Patrioten hatten Mut bewiesen, den Mut der Verzweiflung. Und wenn ein Pflanzer aus Virginia wie George Washington zum General ernannt wurde, musste er Qualitäten aufweisen, die für einen Feldherrn unabdingbar waren: Härte, Intelligenz, List. Dazu sicher eine ordentliche Portion Wagemut, die es ihm erlaubte, sich und seine Männer durch die Hölle zu schicken, wenn auch nur die geringste Aussicht auf Erfolg bestand.

Die von Eiskristallen überzogenen Scheiben der Sprossenfenster gaben nur eine verschwommene Sicht nach draußen frei, wo der Schneesturm, der nahezu den ganzen Tag angedauert hatte, allmählich nachließ. Doch schien die Welt da draußen noch immer unwirklich und fremd – trotz der friedlich anmutenden Winterlandschaft unberechenbar und gefährlich.

Durch die Ritzen der Fensterläden drang eiskalte Luft herein, und Lorenz befürchtete, dass auch die hessischen Jäger, die in dieser Nacht zur Wache abkommandiert waren, mehr am Feiern als an ihrer Pflicht interessiert sein würden.

Doch nicht einmal der sonst so besonnene Oberst Rall schien sich darüber Sorgen zu machen. Er lehnte sich in seinem bequem gepolsterten Sessel vor und streckte sein Glas aus, um sich nachschenken zu lassen.

Die Lage sei unter Kontrolle, hatte noch am Tag zuvor ein britischer Dragoneroffizier berichtet, dessen Regiment zusammen mit den Hessen in Trenton lag. Das Rebellenpack sei zu geschwächt, um auf dumme Gedanken zu kommen. Es bestehe demnach kein Grund zur Sorge. Mit fast den gleichen Worten hatte erst kürzlich der britische General James Grant den Antrag Ralls auf Verstärkung abgelehnt.

Einer fröhlichen Feier stand also nichts im Wege, und doch gelang es Lorenz nicht, seine Unruhe zu vertreiben. Mit einigem Unbehagen dachte er daran, wie am Vorabend ein Bote mit einer Nachricht für Oberst Rall ins Lager gekommen war. Eine Information von äußerster Dringlichkeit, wie es hieß. Rall jedoch, der noch wenige Tage zuvor selbst über mögliche Angriffspläne seitens der Rebellen besorgt gewesen war, hatte das Schreiben, ohne seine Kartenpartie zu unterbrechen, ungelesen zerknüllt.

Während Lorenz in dem von Kerzen, Kaminfeuer und Bratendunst stickig gewordenen Saal sein Glas beinahe unberührt in der Hand hielt, verfluchte er den untypischen Leichtsinn seines Vorgesetzten, der sogar eine Verstärkung der Schanzen und Wachen abgelehnt hatte.

Trotz Schnee und Kälte hätte Lorenz es vorgezogen, mit der Büchse draußen Wache zu stehen, statt tatenlos zuzusehen, mit welcher Seelenruhe die kommandierenden Offiziere das Fest genossen, als gäbe es keinen Feind.

Die Schwere in seinem Magen rührte nicht nur von dem Braten her, als Lorenz aufstand und einen letzten Vorstoß wagte. Knapp salutierte er vor Rall, der ein wenig überrascht zu ihm aufsah: »Herr Oberst, ich bitte darum, mich um eine Verstärkung der Wachen kümmern zu dürfen. Der Schneesturm scheint nachgelassen zu haben, und in Anbetracht der Situation ...«

»Aber, aber, Herr Leutnant.« Leutselig schlug einer der Offiziere Lorenz auf die Schulter. »Ihr werdet uns doch mit Euren Kassandrarufen nicht den Weihnachtsabend verderben wollen.«

Ein weinseliges Auflachen, erheiterte Blicke aus leicht trüben Augenpaaren, die Lorenz eher mitleidig als verärgert anschauten. Dieser schluckte. »Ich bin sicher, Herr Oberst, ich werde ein paar Freiwillige finden, ich selbst kann ...«

»Sekondeleutnant von Tannau«, ergriff Rall das Wort, doch dem glasigen Flackern in seinen Augen war zu entnehmen, dass auch er sich im Reich der Glückseligen befand, »ich erteile Euch hiermit den Befehl, Euch wieder dem Wein zu widmen, die Feier zu genießen und es zu unterlassen, weiterhin die Stimmung meiner Männer zu beeinträchtigen. Verstanden?«

Gedämpftes Gelächter erhob sich, und Lorenz spürte, wie ihm bei dieser Zurechtweisung die Hitze ins Gesicht stieg. Mit zusammengepressten Kiefern salutierte er erneut und wandte sich dann ab. Flüsternde Stimmen, spöttisches Raunen. Seine Augen verengten sich zu Schlitzen, als er mit versteinerter Miene zur Tür ging.

»Dem ist wohl der Wein zu Kopf gestiegen!« Die schleppenden Worte des Sprechers zeigten, dass er von sich auf andere schloss. Dennoch erntete er lachende Zustimmung.

»Kann halt nicht jeder so viel vertragen, was, Herr Leutnant? Oder geht Ihr nach draußen, um Euch abzukühlen?«

Das Grölen der Angetrunkenen verfolgte Lorenz bis nach draußen in die kalte Winternacht. Erst als er die von der feuchten Wärme dampfende Tür hinter sich zugezogen hatte, ebbte es ab, sodass er das Knirschen des gefrorenen Schnees unter seinen Stiefeln hören konnte.

Stille Nacht ...

*

Wie die Stimmen der Elfen und Waldgeister, von denen die Alten im Waldecker Land immer erzählt hatten, drang der leise Gesang einer jungen Sklavin in den Stall. Auch wenn Anna die Worte nicht verstehen konnte, so lag etwas in der Melodie, schwermütig und hoffnungsvoll zugleich, das ihr Innerstes anrührte und ihr die Tränen in die Augen trieb, die sie sogleich mit dem Handrücken wegwischte.

Es war das erste Weihnachtsfest in der Fremde, das erste ohne ihren Vater, ja, das erste, an dem sie nicht mehr sich selbst gehörte, sondern einem reichen Pflanzer aus Virginia. Bei diesem Gedanken konnte sie die Tränen nicht mehr zurückhalten.

Dabei war der Tag durchaus angenehm verlaufen. Am Morgen, kurz nach Sonnenaufgang, hatten sich einige der Sklaven zu einem kurzen Gebet versammelt. Keiner von ihnen hatte die Erlaubnis erhalten, die Familie des Masters zum Gottesdienst in die Pfarrkirche nach Williamsburg zu begleiten.

Nicht, dass Anna dies besonders viel ausgemacht hätte. Die Riten der Kirche von England waren ihr ohnehin fremd. Auch die Vorstellung, den Gottesdienst mit Menschen zu feiern, die andere wie Vieh kauften und verkauften, nur weil deren Haut schwarz war, während sie gleichzeitig dem im Stall geborenen Erlöser huldigten, erschien ihr abstoßend und verlogen.

Also hatte sie sich mit der kleinen Schar Sklaven vor den Hütten getroffen und ihren fremdartigen Gesängen gelauscht. Dann hatte sie ihre eigenen vertrauten Gebete gesprochen und Gott dafür gedankt, dass er sie bisher vor Schlimmerem bewahrt und auch in diesem fremden Land die Hand über sie gehalten hatte.

Sie wusste, dass viele der Sklaven weder getauft noch über den christlichen Glauben unterrichtet waren. Niemand im Herrenhaus hielt es offenbar für angebracht, ihnen von Liebe und Hoffnung zu predigen. Daher war es auch nur eine kleine Gruppe, die sich nach der Andacht zurück in ihre Hütten begab, um dort das Essen für die gemeinsame Feier vorzubereiten. Und doch war es das erste Mal seit Monaten, dass Anna so etwas wie Frieden in sich verspürt hatte.

Anders als die Hausdiener, die am Feiertag alle Hände voll zu tun und für das Wohlergehen der Herrschaft zu sorgen hatten, blieb den Feld- und Arbeitssklaven dieser Tag zur freien Verfügung. Es wurde gekocht, geredet, gesungen, und als es dann Zeit für das gemeinsame Mahl war, ließ sich Anna von dieser Fröhlichkeit anstecken.

Der Geruch nach gebratenem Fleisch, das zu diesem Anlass an die Sklaven ausgeteilt worden war, vermischte sich mit dem Dunst von Maisschnaps. Da es zu kalt war, um draußen zu feiern, hatte man sich in der Werkstatt des Schmieds zusammengefunden, wo sich bald eine ausgelassene Gesellschaft zusammendrängte. Bis weit in die Nacht wurde getanzt und gesungen. Es war eine ausgelassenere Art, Weihnachten zu feiern, als Anna es von zu Hause gewohnt war. Dort wurde Christi Geburt als stilles, besinnliches Fest begangen, besonders in Waldeck, bei den Amischen, bei denen Tanz und laute Musik verpönt waren.

Irgendwann hatte sich Anna verabschiedet und in den Stall zurückgezogen. Zwischen den Boxen stand eisige Luft, aber von den Leibern der Pferde ging ein Hauch Wärme aus.

Ohne sich auszukleiden, wickelte sie sich in ihre Decke und legte sich hin, konnte jedoch nicht einschlafen. Noah kam spät in der Nacht zurück, und sie lag noch immer wach, lauschte auf das Schnauben der Pferde, das leichte Rascheln im Stroh, das von einer Maus herrühren mochte.

Als sie Noahs regelmäßige Atemzüge vernahm, hielt Anna es nicht länger aus. Rasch schlang sie die Decke wie einen Umhang um ihren Körper und stand auf. Die Stalltür quietschte beim Öffnen, und die Kälte, die ihr entgegenschlug, vertrieb den letzten Rest von Müdigkeit.

Klirrender Frost hatte den Boden steinhart werden lassen, Erde, Gräser und die kahlen Bäume waren mit einer Eisschicht bedeckt, die im Licht des Vollmondes silbrig glitzerte. Vereinzelte Schneeflocken rieselten lautlos zur Erde, es roch nach Winter und Schnee.

Beinahe wie zu Hause.

Eine Träne zog eine heiße Spur über die von der Kälte erstarrte Haut ihres Gesichts, eine zweite folgte, dann weitere. Das Heimweh überfiel Anna so heftig, dass ihr ganzer Körper bebte und sie sich mit dem Rücken an die Wand des Pferdestalles lehnen musste, um nicht zu Boden zu sinken. Gut, dass ihre Eltern sie so nicht sehen konnten – aus der Gemeinde verstoßen, in Knechtschaft lebend.

Schritte knirschten auf dem gefrorenen Boden. Geistesgegenwärtig schlüpfte Anna hinter die Tür und spähte nach draußen, um zu sehen, wer so spät in der Nacht, nein, eher kurz vor Morgengrauen, noch zwischen Ställen und Sklavenbaracken etwas zu schaffen hatte.

Anderson.

Was hatte der Aufseher um diese Uhrzeit hier zu suchen?

Stumm beobachtete sie, wie er sich in Richtung der Sklavenhütten bewegte, einen Moment zögerte und dann an einer Tür klopfte. Nichts geschah.

Er pochte erneut, diesmal ungehaltener: »Los, Lilly, mach auf. Ich weiß, dass du da bist.«

Eine Weile blieb es still, dann konnte Anna erkennen, wie die Tür einen Spaltbreit geöffnet wurde, Anderson mit dem Fuß dagegentrat und sie ganz aufstieß. »Schick mir Velvet raus, aber sofort.« Seine vom Alkohol schwere Stimme trug seine Worte über die Sklavenquartiere bis hinüber zum Stall.

Die gemurmelte Antwort konnte Anna nicht verstehen, doch offensichtlich war sie dazu angetan, den Mann aufzubringen. »Sie soll mir helfen, s'ist schließlich Feiertag, da hab ich wohl 'n Geschenk verdient, oder?«

Eine Ewigkeit, wie es Anna schien, tat sich nichts. Dann flackerte das Licht einer Kerze in der dunklen Türöffnung auf. Barfuß und nur in ein Nachthemd gehüllt, stolperte ein etwa vierzehnjähriges Mädchen vor die Tür: Velvet, Lillys älteste Tochter.

Annas Magen verkrampfte sich, als sie Andersons zufriedenes Knurren hörte und sah, wie er das Mädchen am Arm herauszerrte und dessen Mutter die Tür vor der Nase zustieß.

Ein leises Wimmern durchdrang die Stille, als er Velvet hinter sich herzerrte, die Angst des Mädchens die geheiligte Nacht erfüllte. Ungehalten riss Anderson es nach vorn, sodass es stolperte und beinahe gestürzt wäre.

»Du kleine Schlampe, hör auf zu heulen, sonst geb ich dir 'nen Grund dazu. Ihr Negerinnen wollt doch nichts lieber als 'nen ordentlichen weißen Kerl, also tu nicht so. Ich kenn Euch doch.«

Das Weinen verstummte, nur stolpernde Schritte auf gefrorenem Boden waren zu hören, die sich langsam entfernten.

Fassungslos hockte Anna in ihrem Versteck, wagte kaum, sich zu rühren. Nur mühsam kämpfte sie das Verlangen nieder, hinter dem Aufseher herzulaufen und ihm das Mädchen aus den Armen zu reißen. Dieses Scheusal, dieses menschliche Ungeheuer! Ohnmächtige Wut stieg in ihr auf, raubte ihr den Atem, vertrieb die Heiligkeit der Weihnachtsnacht, in der so gottlos und brutal ein junges Mädchen, fast noch ein Kind, geschändet werden konnte, ohne dass jemand einschritt.

Anna zitterte. Beim Gedanken an das, was der Aufseher mit dem Sklavenmädchen vorhatte, blieb ihr jedes Gebet im Halse stecken. Wie entsetzlich, dass niemand, noch nicht einmal dessen eigene Mutter, die Macht hatte, etwas dagegen zu tun! Tränen der Hilflosigkeit und des Zorns liefen über Annas Gesicht.

In albtraumhafter Genauigkeit stieg ein anderes Bild in ihr auf, eines, das sie seit jenem Tag immer wieder bis in den Schlaf verfolgte. Der Morgen, als dieser Deserteur versucht hatte, ihr Gewalt anzutun. Das Gefühl ihrer Hilflosigkeit, des vollkommenen Ausgeliefertseins. Und mit einem Mal überkam Anna die Gewissheit, dass über diesem geheiligten Feiertag eine schwere, schwarze Glocke hing, welche sich unaufhaltsam über das Land senkte und den Weihnachtsfrieden erstickte.

*

Der durchdringende Knall eines Schusses, gefolgt von einem markerschütternden Schrei, ließ Lorenz aufspringen. In dieser Nacht hatte er kaum ein Auge zugetan und war deshalb sofort auf den Beinen. Im Halbdunkel tastete er nach seiner Büchse, die er am Abend zuvor griffbereit an die Wand gelehnt hatte.

Das fahle Licht eines nebligen Morgens fiel durch die von Eiskristallen überzogenen Fenster. Wie dunkle Schatten huschten bewaffnete Gestalten an den Fronten der Häuser entlang, die den hessischen Truppen als Quartier dienten. Mit einem Schlag war Lorenz hellwach. Die auf einen Zettel gekritzelte Warnung an Heiligabend kam ihm in den Sinn, seine düstere Vorahnung.

Angespannt kniff er die Augen zusammen, kratzte hastig mit den Fingerspitzen etwas von der Eisschicht auf den Scheiben weg, um besser sehen zu können.

Schieres Entsetzen durchfuhr ihn, als er erkannte, was sich vor dem Fenster abspielte: Die bunt zusammengewürfelte Schar der Rebellen, Washingtons Kontinentalarmee, hatte direkt vor dem Quartier der Hessen Stellung bezogen. Sie waren überall!

Keuchend fuhr er herum, schüttelte den Major, der noch immer mit halb offenem Mund schnarchte, und stieß ihn, als er nicht reagierte, kurzerhand aus dem Bett. Mit einem lauten Krachen kam der Offizier auf dem Boden auf, rieb sich stöhnend den Schädel.

»Los, steht auf, zieht Euch an! Ein Überfall!«

Schlaftrunkenes Murmeln war die Antwort.

»Nun macht schon! Sie sind bereits hier!«

Um seinen Worten Nachdruck zu verleihen, riss Lorenz den völlig Überrumpelten auf die Beine und drückte ihm seine Waffe in die Hand, bevor er sich anschickte, die seine zu laden.

Lorenz' Fingerspitzen waren kalt und zitterten, als er das Pulver einfüllte, aber Jahre der Erfahrung und des Exerzierens hatten ihm die Handgriffe in Fleisch und Blut übergehen lassen. Von draußen waren Schüsse zu hören, Befehle wurden gebrüllt, von Kugeln und Bajonetten getroffene Männer schrien.

»So kommt endlich!«, rief er dem anderen zu, dann hatte er die Tür erreicht und öffnete sie einen Spalt.

Beißende Kälte und Pulverdampf raubten ihm den Atem, brannten in Hals und Nase. Nur mit Mühe konnte er ein Husten unterdrücken. Doch mit wenigen Schritten war Lorenz draußen, versuchte mit zusammengekniffenen Augen, sich ein Bild der Lage zu machen. Die hessischen Soldaten wirkten völlig orientierungslos. Die sonst wie eine Einheit agierende Truppe schien Schwierigkeiten zu haben, sich zu formieren. Aus den Türen und Hauseingängen stolperten weitere Männer, teils nur in Hemd und Hose, alle aus dem Schlaf gerissen. Am Ende der Straße entdeckte Lorenz Oberst Rall auf einem Pferd, den Ausdruck ungläubigen Entsetzens auf dem Gesicht.

Die Rebellen schienen jetzt von allen Seiten anzugreifen. Eine weitere Gewehrsalve zerriss die morgendliche Luft, und Lorenz sah, wie sich Rall an die Brust griff, einen Moment schwankte.

Sie zielen auf Offiziere!, schoss es Lorenz durch den Kopf. Diese rebellischen Barbaren legten es wirklich darauf an, kommandierende Offiziere zu töten, ein Vorgehen, das allem widersprach, was in einem Krieg unter zivilisierten Völkern als Ehrenkodex galt.

Lautlos sank der Oberst vornüber und kippte vom Pferd. Das Donnern der Kanonen barst in Lorenz' Ohren, als er seine Deckung verließ, um zu ihm zu gelangen.

Diese Bastarde! Ehrlose Verräter!

Lorenz duckte sich, um im dichter werdenden Rauch des Musketen- und Kanonenfeuers nicht gesehen zu werden. Mit wenigen schnellen Schritten war er bei Rall, der gekrümmt auf der Erde lag. Der gefrorene Boden knirschte, als Lorenz den Mann unter den Achseln packte und ein wenig abseits, hinter die Wand eines Hauses zog, wo er ihn behutsam niederlegte.

»Herr Oberst«, sagte Lorenz leise, während er hastig an Rock und Weste seines Vorgesetzten nestelte, um festzustellen, wie schwer die Verwundung war. Doch Rall ergriff seine Hände und hielt sie fest.

»Die Pläne.« Ralls Stimme klang gepresst, als bereite ihm jedes Wort Schmerzen. »Die Pläne ... in ... in ... meinem ... die Pläne ...«

»Herr Oberst?« Einen Moment lang glaubte Lorenz, der Mann habe aufgrund seiner Verletzung und des plötzlichen Blutverlustes den Verstand verloren. Der Donner der Kanonen und Gewehre vereinigte sich mit den Schreien der Verletzten zu einer Hölle aus Lärm. Lorenz beugte sich tiefer zu dem Offizier hinunter, bis sein Ohr fast dessen Mund berührte.

»Hört Ihr? Ihr müsst die Pläne vor den Rebellen in Sicherheit bringen! Sofort!«

Lorenz dämmerte, was Rall ihm sagen wollte. Er wusste, dass es geheime Pläne gab, die sie Überläufern und Agenten verdankten. Darin waren Ausrüstung, Stärke und Standort der gegnerischen Einheiten aufgeführt. Außerdem existierten sorgsam ausgearbeitete Angriffspläne der eigenen Truppen, die für verschiedene Eventualitäten vorbereitet waren. Diese Aufzeichnungen waren wertvoller als Gold und schlagkräftiger als alle Waffen. Ihr Besitz konnte über Sieg oder Niederlage entscheiden.

Die Finger des Obersts hatten sich fest um Lorenz' Hand gekrallt. »Ihr müsst Euch zu meinem Quartier durchschlagen. Dort liegen sie ...« Husten erschütterte seinen Körper. »Unter den Bodendielen, unter meinem Bett. Ihr müsst ...« Der Rest des Satzes ging in einem weiteren Hustenanfall unter.

Lorenz hatte verstanden.

»Ihr wollt, dass ich in Eurem Quartier unter Eurem Bett die Dielen herausnehme. Dort liegen die Pläne, die ich in Sicherheit bringen soll.«

Rall nickte schwach. Ein feines Rinnsal von Blut lief aus seinem Mundwinkel.

»Sie dürfen nicht in die Hände der Rebellen fallen. Sie sind ... zu wichtig ... geheim ...« Trotz seiner schweren Verwundung blickte er Lorenz eindringlich an.

»Nehmt sie an Euch, und schützt sie mit Eurem Leben! Sie sind unsere ...« Seine Pupillen verdrehten sich, und einen Moment lang glaubte Lorenz, der Oberst verliere das Bewusstsein. Aus einem Impuls heraus schob er seinen Arm unter dessen Kopf und hob ihn leicht an.

»Ihr müsst los, sofort!« Als Rall die Augen wieder öffnete, wirkten sie klar. »Keine Zeit zu verlieren ... Sofort!«

»Herr Oberst, Ihr seid ...«

»Schert Euch weg! Was mit mir ist, spielt keine Rolle, wenn nur ...« Ein unterdrücktes Stöhnen. »Ihr müsst es schaffen! Es ist ... wichtig ...«

Lorenz hatte verstanden. Er war Soldat. Und wenn sein Oberst ihm befahl, ihn vor seinen Augen verrecken zu lassen, um brisante Pläne vor dem Feind in Sicherheit zu bringen, dann würde er gehorchen.

Aber es blieb ihm nicht mehr viel Zeit. Mit einem letzten Blick auf den Schwerverletzten spähte er um die Häuserwand und sah einen Pulk von Kämpfenden, deren Kleidung und bunte Uniformen ein grotesk unwirkliches Bild im nebligen Wintermorgen boten.

Es würde schwer werden, unbemerkt Ralls Quartier zu erreichen. Rasch vergewisserte sich Lorenz, dass seine Büchse geladen war, wartete den Moment ab, in dem bei den gegnerischen Reihen eine Pause zum Nachladen entstand, dann preschte er los.

Er wusste, wo sich das fragliche Gebäude befand, und hatte einige Sekunden Vorsprung, bevor die Waffen der Kontinentalen wieder schussbereit wären. Fast hatte er sein Ziel erreicht, als die nächste Salve die eisige Luft erzittern ließ. Direkt vor seinem Gesicht schlug eine Kugel in die Hauswand. Putz zersplitterte, spritzte nach allen Seiten, traf sein Gesicht. Ohne zu zögern, stürzte er durch die offen stehende Tür, blieb einen Moment atemlos stehen und machte sich dann umgehend auf die Suche nach den Plänen.

Keuchend vor Anstrengung schob er das schwere Bett zur Seite, kniete sich hin und riss gewaltsam die nur notdürftig befestigten Holzdielen heraus. Im trüben Morgenlicht entdeckte er einen Stapel sorgfältig zusammengefalteter Blätter, den er zwischen Hemd und Weste steckte. Er vergewisserte sich, dass die Dokumente dort sicher aufgehoben waren. Dann hastete er zurück zur Tür, um einen Weg zu finden, dieser Hölle zu entkommen.

Das Papier schien unter dem Stoff seiner Uniform förmlich

zu glühen. Schwer lastete die Verantwortung auf ihm, die Rall ihm übertragen hatte. Falls er dem Feind in die Hände fiele, wären die wertvollen Pläne für die hessischen Truppen verloren und ihr Besitz könnte es der gegnerischen Seite ermöglichen, den Krieg zu ihren Gunsten zu entscheiden.

Draußen war der erbitterte Kampf in vollem Gange. Dichter Rauch mischte sich mit dem Winternebel, doch glaubte Lorenz zu erkennen, dass Washingtons Truppen die Hessen zusammengetrieben hatten.

Er fluchte lautlos – das würde die Durchführung seines Auftrags zusätzlich erschweren. Der Pulverdampf brannte ihm in den Augen, drang ihm bis tief in die Lungen. Einen Moment sondierte er die Lage, dann rannte er los, quer durch die Gruppen der Angreifer. Eine Kugel zischte an seinem Kopf vorbei. Hinter jeder Mauer, jedem Baum suchte er einen Moment Deckung, ehe er weiterlief. Er hasste es, wie ein Feigling das Schlachtfeld verlassen zu müssen, statt sich an der Seite seiner Männer dem Kampf zu stellen. Doch für solche Empfindlichkeiten blieb keine Zeit. Er hatte Ralls Befehl auszuführen, und deshalb musste er am Leben bleiben.

Aber um das zu erreichen, benötigte er sein Pferd. Dazu musste er zu den Stallungen gelangen, die sich ein wenig abseits der Häuser, in denen die Regimenter einquartiert waren, befanden. Atemlos rannte er weiter, und endlich sah er den Stall vor sich, einen einfachen Holzschuppen mit einer aus Brettern genagelten Eingangstür. Nur noch wenige Schritte trennten ihn davon, und Lorenz schickte sich bereits an, ein Dankgebet zum Himmel zu senden, als ein Geräusch ihn herumfahren ließ. Eine Gestalt stürzte auf ihn zu, die schäbige Nachahmung einer Uniform, die Waffe im Anschlag, das Bajonett aufgepflanzt. Mit lautem Gebrüll ging der Mann auf ihn los, der geistesgegenwärtig zur Seite auswich. Haarscharf fuhr die Klinge an seinem Gesicht vorbei. Doch Lorenz packte seine Büchse fest mit beiden Händen, holte aus und versetzte seinem Gegner mit dem Kolben einen so gezielten Schlag an die Schläfe, dass dieser sofort in sich zusammensackte.

Lautes Gebrüll kündigte an, dass sich weitere Soldaten näherten. Hastig wandte sich Lorenz von dem Bewusstlosen ab, erreichte mit zwei schnellen Schritten die Stalltür und schlüpfte hinein. Dort schlug ihm das nervöse Schnauben von drei angebundenen Pferden entgegen. Vermutlich hatten die hessischen Berittenen die anderen Tiere mit in den Kampf genommen. Perikles trampelte vernehmlich, als er seinen Herrn erkannte. Lorenz klopfte ihm kurz den Hals, dann streifte er ihm das Zaumzeug über und führte ihn Richtung Ausgang. Plötzlich bemerkte er einen verdächtigen Geruch. Ein Blick zum hinteren Teil des Stalles zeigte ihm, dass dort schwarzer Qualm aufstieg, der sich rasch ausbreitete. Das Gebäude hatte Feuer gefangen, und das auf der Erde liegende Stroh ging bereits in züngelnden Flammen auf, die sich in rasender Geschwindigkeit ausbreiteten. Die beiden noch angebundenen Pferde wieherten wild, rollten mit den Augen und rissen panisch an den Stricken, mit denen sie an der Wand festgemacht waren.

Lorenz zögerte einen Moment, dann ließ er Perikles' Zügel los, riss im Laufen seinen Degen aus der Scheide und hieb damit die Seile durch. Einen Moment stampften die Pferde orientierungslos auf, schlugen mit den Köpfen. Dann zerrte er sie an den Stricken auf das Tor zu. Doch von dort hörte er laute Stimmen. Das Blut rauschte in seinen Ohren, als er blitzschnell seine Lage überdachte. Die Hitze des Brandes im hinteren Stallteil drohte seinen Rücken zu versengen, vom Eingang her näherte sich der Feind, und drei vor Angst panische Tiere versperrten ihm die Sicht.

Lorenz schlug den Tieren mit der flachen Hand fest auf die Kehrseite, sodass sie erschrocken einen Satz nach vorn machten.

»Los! Raus mit euch! Los!« Im gleichen Moment entdeckte er zwei Gestalten, die gerade im Begriff waren, den Stall zu betreten. Dunkelblaue Uniformen, von Eis und Frost weißlich überzogen.

Washingtons Männer! Mit angelegten Waffen standen sie da, fuhren aber beim Anblick der wild auf sie zugaloppierenden Pferde zurück und gaben für den Bruchteil einer Sekunde den Eingang frei.

Diesen Moment nutzte Lorenz, um Perikles' Zügel zu ergreifen, aufzuspringen und ihn mit einem festen Schenkeldruck aus dem inzwischen in hellen Flammen stehenden Stall zu treiben. Bevor die überrumpelten Kontinentalen die Lage begriffen, war er an ihnen vorbei.

Das Donnern der Hufe vermischte sich mit dem Gebrüll der Kanonen und dem Krachen der Musketen. Ein stechender Schmerz durchzuckte seinen Arm, als eine Kugel ihn streifte, doch trieb er Perikles immer weiter an. Einen Rebellen, der sich ihm in den Weg stellte, riss er von den Füßen, und schließlich war der Weg frei.

Die Schlacht tobte weiter, Männer stürzten getroffen zu Boden, herrenlose Pferde rannten durch die aufgelösten Reihen. Von allen Seiten schienen Rebellen herbeizuströmen und die Hessen einzukreisen. Hätte Lorenz nur kurze Zeit später zu fliehen versucht, es wäre ihm nicht mehr gelungen.

Er beeilte sich, schleunigst aus der Schusslinie zu kommen, um die wertvollen Pläne sicher zum Hauptquartier nach New York zu bringen, sie notfalls mit seinem Leben zu schützen. Falls es nicht schon zu spät war ...

Unter dem gleichmäßigen Hämmern von Perikles' Hufen

wurde Lorenz bewusst, dass die Rebellen sie geschlagen hatten. Es war eine vollständige, vernichtende Niederlage.

Ob die Pläne, die er bei sich trug, noch helfen könnten, die Situation wieder zugunsten der Hessen und Engländer zu wenden? Die Bürde dieser Verantwortung ließ ihn sein Pferd weiter antreiben, hinein in einen nebligen, eiskalten Wintermorgen.

KAPITEL 11

Philadelphia, Pennsylvania, Januar 1777

Es war zum Wahnsinnigwerden!

Seit Tagen war er nun schon unterwegs, hatte an beinahe jede Tür geklopft, an jedem Laden, in jeder Werkstatt vorgesprochen, doch niemand war dazu bereit gewesen, ihm Arbeit zu geben.

Wut züngelte in Kurt Paul hoch, als er sich auf eine Mauer setzte, den Hut vom Kopf nahm und sich mit einem Tuch den Schweiß von der Stirn wischte, wobei sein Blick wieder auf den Buchstaben »D« fiel, der in seine beiden Daumen eingebrannt war. Augenfälliger noch als die Narben auf Schultern und Rücken kennzeichneten diese ihn als verurteilten Deserteur, als einen straffällig gewordenen Soldaten, und erschwerten ihm den Einstieg in diese fremde Gesellschaft genauso wie zu Hause in Hessen.

Dieser verfluchte von Tannau! Ihm allein hatte er es zu verdanken, dass er sich in dieser erbärmlichen Situation befand. Das ganze Geld, das seine alte Mutter ihm geben konnte, ihre gesamten Ersparnisse und alles, was ihm sein Geschick beim Kartenspielen eingebracht hatte, war bereits in den ersten Wochen auf dem neuen Kontinent draufgegangen. Nun musste er sehen, wie er hier, in diesem entsetzlichen Land, ein sicheres Auskommen fand. Einige ebenso kurze wie schlecht bezahlte Gelegenheitsarbeiten hatte er rasch wieder aufgegeben. Da er die englische Sprache nur bruchstückhaft beherrschte, konnte er sich kaum mit den Leuten verständigen. Und immer öfter befielen ihn Zweifel, ob er nicht besser in der Heimat geblieben wäre. Vielleicht hätte er zuerst in einem anderen Fürstentum, in Bayern oder Sachsen, sein Glück versuchen sollen. Die Arroganz dieser amerikanischen Kolonisten, die ihn immer wieder abwiesen, war nicht zu ertragen.

Wenn es so weiterginge, wäre er womöglich noch gezwungen, sich als Schuldknecht oder Lehrling bei irgendeinem dieser eingebildeten Rebellen zu verpflichten, nur um nicht zu verhungern. Doch die Vorstellung, unter der Knute eines Herrn zu stehen, behagte ihm ganz und gar nicht. Zornig rappelte er sich auf und folgte der staubigen Straße. Früher oder später würde ihm eine Lösung einfallen. Es wäre doch gelacht, wenn er keine Möglichkeit fände, bald wieder obenauf zu sein.

An der nächsten Straßenecke blieb Kurt verwundert stehen. Laute Rufe und wüste Beschimpfungen waren zu hören. Eine dicht gedrängte Menschenmenge versperrte ihm den Blick auf die Straße. Er drängelte sich nach vorn, wobei er mehreren Umstehenden seinen Ellbogen in die Rippen stieß, bis er sehen konnte, was da vor sich ging.

Er versuchte erst gar nicht, die Genugtuung zu verbergen, die ihn erfasste, als er die jämmerlichen Gestalten an sich vorbeiziehen sah. Mit Stricken und Ketten gefesselt, nur noch in Reste der vormals leuchtend farbigen Uniformen ihrer hessischen Einheiten gehüllt, humpelten sie, von Pistolen, Stöcken und Peitschen vorwärtsgetrieben, durch die Straßen von Philadelphia. Es musste sich um die in der Schlacht bei Trenton in Gefangenschaft geratenen Soldaten handeln, die hier zur Schau gestellt wurden.

Manche der Männer ließen die Köpfe hängen, gebrochen, dem Schicksal ergeben. Andere hingegen starrten grimmig zu den an den Straßenrändern und Hauseingängen versammelten Passanten, die, in wärmende Winterkleidung gehüllt, den Durchzug der Gefangenen beobachteten und nicht mit Beschimpfungen und hämischen Bemerkungen sparten. Steine flogen, ein junger Soldat wurde am Kopf getroffen und brach zusammen, aus einer klaffenden Wunde an der Schläfe ergoss sich Blut auf den gefrorenen Boden. Einer der Kontinentalsoldaten riss ihn hoch und stieß ihn so lange mit dem Gewehrkolben in den Rücken, bis er sich schwankend und stolpernd wieder in Bewegung setzte, das Gesicht blutverschmiert.

Heiße Genugtuung schoss durch Kurts Adern, als er dem triumphalen Schauspiel zusah und sich dazu gratulierte, nicht mehr bei diesem erbärmlichen Haufen Dienst zu tun. Denn noch immer brannte in ihm die Demütigung seiner Gefangennahme in Waldeck und des Gassenlaufens, und der Anblick der geschlagenen Truppe, die jetzt ihren americanischen Spießrutenlauf durchstehen musste, erfrischte ihn mehr als ein kühles Bier. Erst als der letzte Gefangene stolpernd aus seinem Blickfeld verschwunden war, schob Kurt zufrieden seine Daumen in den Gürtel und beschloss, zur Feier des Tages eine Schenke aufzusuchen und sich von seinem letzten Geld einen Becher Ale zu gönnen. Ein herrlicher Tag, wahrlich! Über alles Weitere würde er morgen nachdenken.

*

Mit geschlossenen Augen lag Anna im Stroh, aber sie konnte nicht einschlafen. Der Wind pfiff durch die Ritzen der Stallwand und rüttelte an der Tür. Der vertraute Geruch nach Pferden hing in der Luft, ihr gleichmäßiges Atmen und vereinzeltes Schnauben war zu hören.

Über vier Monate waren bereits vergangen, seit man sie zur Arbeit in den Stall geschickt hatte. Inzwischen musste es Mitte März sein, denn der Frühling brach an, und die Arbeiten auf den Tabakfeldern hatten längst wieder begonnen. Land wurde gerodet, die Erde vorbereitet, während die winzigen Setzlinge in ihrem Frühbeet aus Stroh, Dung und Zweigen kräftig heranwuchsen. Seit sie auf der Plantage lebte, hatte sie die zeitliche Orientierung verloren, doch vermutete sie, dass es bis Ostern nicht mehr lange hin war.

Anna spürte, wie sie bei diesem Gedanken die alte Schwermut wieder überfiel. Zwar hatte sie einige Freunde gewonnen, vor allem Abigail und Noah, aber viele der anderen Sklaven hielten sich von dem fremden deutschen Mädchen fern, so als hätten sie mit Weißen bisher nur schlechte Erfahrungen gemacht.

Anna vermisste ihre Heimat, sie vermisste das Gefühl, zu einer Gemeinschaft zu gehören, zu einer Gemeinde. Sie vermisste die gemeinsamen Gottesdienste, die alten vertrauten Gesänge und Gebete, die Möglichkeit, ihren mennonitischen Glauben mit anderen zu leben. Doch am meisten vermisste sie – Gott mochte ihr verzeihen – Lorenz von Tannau. Wie fast in jeder Nacht, in der sie nicht vor Erschöpfung sofort einschlief, wanderten ihre Gedanken unweigerlich zu ihm.

Es musste etwa ein Jahr her sein, dass sie ihn zum letzten Mal gesehen hatte. Seither war ihr ganzes Leben auseinandergebrochen und auf den Kopf gestellt worden. Damals war sie noch eine freie Frau gewesen, die Tochter eines respektierten Mannes. Und nun ...

Was würde Lorenz sagen, wenn er sie so sehen könnte? Wie sie in einem Stall schlief, kaum besser als eine Sklavin. Der Freiherr von Tannau, der Offizier und Adelige, dem sie so nahegekommen war wie keinem anderen Mann auf der Welt und dessen Berührungen sie zuweilen immer noch zu spüren glaubte.

Ein unbestimmtes Geräusch drang von draußen an ihr Ohr, flüsternde Stimmen, die durch das dicke Holz der Stallwand gedämpft wurden. Sie waren leise, klangen jedoch gepresst und aufgeregt. Sogleich war Anna hellwach, sprang auf und eilte zur Tür. Dort verharrte sie, unsicher, was sie tun sollte.

Noah musste ebenfalls etwas gehört haben, denn er stand plötzlich neben ihr und legte ihr kaum merklich die Hand auf die Schulter.

»Bleib hier, ich schau nach, was los ist.«

Vorsichtig öffnete er die schwere Stalltür einen Spalt, und die Stimmen wurden lauter. Eine davon gehörte eindeutig einer Frau. »Es ist Wahnsinn, und du weißt es!«

Als Noah die Tür weiter aufschob, erkannte Anna den Kutscher der Huntleys, Martin. Neben ihm stand seine Schwester Sue, die in heller Panik leise auf ihn einredete, während sie versuchte, ihn am Unterarm festzuhalten.

Als sie Noah entdeckte, fuhr sie herum. »Noah, gut, dass du da bist. Bitte hilf mir, meinen Bruder zur Vernunft zu bringen! Er will heute Nacht weglaufen ...«

Die letzten Worte waren kaum noch hörbar. Trotzdem hatte Anna sie verstanden und spürte, wie sie blass wurde.

Auch Noah hielt einen Moment erschrocken inne, hatte sich jedoch gleich wieder im Griff. »Kommt rein.« Vorsichtig, als handele es sich um ein unruhiges Pferd, legte er Martin seine Hand auf die Schulter. »Drinnen können wir besser über alles reden, und ...«

»Nein!« Wütend hatte Martin seine Hand weggestoßen und fuhr herum. »Ich werde heute Nacht verschwinden, und dann werde ich frei sein.« Er war klug genug, leise zu sprechen, und doch zitterte seine Stimme. »Und dann kauf ich Molly frei. Wir gehen zusammen fort, und ...« Er verstummte, als hätte er bereits zu viel gesagt.

Anna wusste dennoch, worum es ging. Es war kein Geheimnis, dass Martin schon vor einigen Jahren eine junge

Sklavin auf einer der Nachbarplantagen kennengelernt hatte. Wenn sie es recht verstanden hatte, war es die große Liebe – von beiden Seiten. Doch dann war der Krieg gekommen, und die Huntleys stellten den gesellschaftlichen Kontakt mit der benachbarten Pflanzerfamilie ein, die offen den rebellischen Ideen anhing. Was zur Folge hatte, dass Martin die Herrschaft nicht mehr dorthin kutschieren musste und Molly nur noch selten sah.

Vor Kurzem hatte er es gewagt, die Bitte zu äußern, Mister Huntley möge Molly für seine Plantage kaufen, wie manche Pflanzer es taten, wenn sich eine Verbindung zwischen zwei Sklaven aus unterschiedlichen Familien anbahnte. Immerhin war das die beste Investition, um für kostenlosen Sklavennachwuchs zu sorgen. Master John jedoch war daraufhin furchtbar wütend geworden und hatte Martin eine strenge Strafe angedroht, falls er nicht umgehend den Kontakt zu dieser Sklavin abbrechen würde.

Im fahlen Mondschein konnte Anna sehen, wie Martins Augen blitzten, seine Hände sich zu Fäusten ballten. Er schien zum Äußersten entschlossen.

»Sei vernünftig, Martin!« Sanft und beruhigend klangen Noahs leise Worte durch die Nacht. »Weißt du nicht mehr, was mit Samuel passiert ist, als er es versucht hatte? Nach zwei Tagen haben sie ihn gefasst und fast zum Krüppel geprügelt, wie du dich bestimmt noch erinnerst. Also nimm Vernunft an!«

Martin straffte die Schultern. »Das hier ist was anderes. Ich werde durchkommen!«

»Das sagen alle!« Sues verzweifelte Stimme drang durch die Nacht. »Und dann werden sie doch zurückgebracht.«

Martin schüttelte den Kopf. »Diesmal ist alles anders. Die Engländer ...« Er senkte die Stimme, sodass selbst Anna Mühe hatte, seine Worte zu verstehen. »Als ich neulich die

Mistress nach Williamsburg gebracht hab, musste ich vor einem der Läden auf sie warten. Da hab ich gehört, wie die Leute darüber redeten, dass die britischen Truppen jedem geflohenen Sklaven, der in ihre Armee eintritt, Schutz und die Freiheit anbieten. Es heißt, dass schon Hunderte weggelaufen sind. Alle sind jetzt Soldaten Seiner Majestät. Freie Männer!«

Noahs Augen wurden hart, als er den Kopf schüttelte. »Und das glaubst du wirklich? Dass wir ausgerechnet für die Briten so was wie Menschen sind? Dass sie uns besser behandeln als ...« er unterbrach sich, und seine Hand machte eine vage Geste Richtung Herrenhaus, »... als die da? Sei nicht so vertrauensselig, Martin! Du wärst bestenfalls Kanonenfutter! Mehr nicht!«

Fast so etwas wie Hass brannte in Martins Augen, als er Noah ansah. »Kein Kanonenfutter. Ein Soldat! Ein Soldat des Königs. Und wenn der Krieg vorbei ist, dann bin ich frei. Frei, hörst du? Und dann hol ich Molly und ...« Ohne den Satz zu vollenden, fuhr Martin plötzlich herum und rannte los. Blitzschnell war Noah an seiner Seite, packte ihn am Arm und riss ihn zu Boden. Mit seinem ganzen Körpergewicht warf er sich auf ihn und presste ihn fest auf die harte, trockene Erde, während der andere sich wie ein gefangenes Tier wehrte und versuchte, ihn abzuschütteln.

»Mach keinen Unsinn, Martin! Denk an deine Mutter und deine Schwester. Willst du sie unglücklich machen, nur weil du an eine Welt glaubst, die es nicht gibt?«

Knirschende Schritte wurden laut. Als Anna sich umsah, stand Anderson nur wenige Schritte von ihnen entfernt, seine Pistole im Anschlag.

Martin erstarrte in seiner Bewegung, und Noah richtete sich langsam auf, ohne den Aufseher aus den Augen zu lassen.

»Macht der Kerl Schwierigkeiten?« Mit den Schuhspitzen stieß der Aufseher Martin, der mit verbissener Miene liegen blieb, in die Seite.

»Nein, Sir.« Noah hatte sich zwischen den Freund und den Aufseher gestellt. »Eine Privatangelegenheit unter Männern, Ihr versteht?«

Auf Andersons Gesicht erschien ein hässliches Grinsen. »Unter – *Männern!* Das soll ja wohl ein Witz sein!«

Ein Zucken fuhr durch Martins Körper. Er sprang auf und schien drauf und dran, dem Aufseher an die Gurgel zu gehen, doch geistesgegenwärtig hielt Noah ihn zurück.

»Lass es gut sein, Martin! Wir werden Rose die Sache selbst entscheiden lassen. Dann sehen wir ja, wen von uns beiden sie will.«

Während Martin Noah einen verständnislosen Blick zuwarf, verfinsterte sich Andersons Gesicht, als er den Namen Rose hörte.

»Lasst bloß die Finger von ihr. Das Mädchen hat etwas Besseres verdient als zwei Mistkerle wie euch. Schert euch dahin zurück, wo ihr hergekommen sein. Sonst ...«

Aus den Augenwinkeln sah Anna, dass Abigail, die den Lärm wohl gehört hatte, aus ihrer Hütte gekommen war und das Geschehen stumm beobachtete.

»Und du ...« Anderson wies auf Sue. »Du passt besser auf, dass dein Bruder keinen Unsinn macht, wenn du nicht willst, dass der Master ihn an seinen Vetter nach Barbados verkauft.« Mit diesen Worten schob er die Pistole zurück in den Gürtel und ging davon.

Eisiges Schweigen entstand, niemand rührte sich.

Erst als der Aufseher außer Sichtweite war, lief Sue stolpernd zu ihrem Bruder, der sie unwirsch zur Seite stieß.

»Morgen werde ich Rose alles erklären müssen, aber im

Moment ist mir nichts Besseres eingefallen«, meinte Noah mit einem fast entschuldigenden Achselzucken.

»Warum hast du mich zurückgehalten?« In Martins Augen standen Tränen. »Ich hab gedacht, du wärst mein Freund.«

»Gerade deswegen.«

Martin fuhr herum. »Verschwinde, du Verräter! Wenn du nicht gewesen wärst, wär ich jetzt frei, auf dem Weg zu den Briten, ein Soldat. Du ...«

»Komm zur Besinnung, Martin!« Leise war Abigail herangetreten. »Noah hat recht getan, du hättest nicht die geringste Chance gehabt.«

Martins Gesicht verhärtete sich. Er öffnete den Mund, um etwas zu erwidern, schwieg dann aber.

»Hast du nichts von den vernichtenden Niederlagen der Briten und ihrer Verbündeten aus Deutschland gehört? Sie haben so furchtbare Verluste erlitten, dass nur wenige davongekommen sind. Bei wem hättest du dich da als Soldat bewerben können? Bei einer Armee auf dem Rückzug?«

Anna presste die Hände an die Brust, als sie Abigails Worte hörte. Ihr erster Gedanke war Lorenz. War er auch bei diesen Kämpfen dabei gewesen?

Oh Gott, lass ihn nicht tot sein!, flehte sie im Stillen.

Wie in Trance nahm sie wahr, dass Sue ihren Bruder am Arm fasste und ihn in die Sklavenhütte führte. Anna schwankte leicht, und sofort war Noah an ihrer Seite. Er brachte sie zurück in den Stall und bettete sie behutsam auf ihr Strohlager. Mit weit aufgerissenen Augen lag sie reglos da, während die Angst um Lorenz ihr bis zum Morgengrauen die entsetzlichsten Szenen vorgaukelten.

KAPITEL 12

Williamsburg, Virginia, Mai 1777

John Huntleys Stimmung verdüsterte sich ebenso schnell wie der Himmel, als er auf dem Rückweg nach Williamsburg erkannte, dass er die Plantage der Familie nicht mehr vor Einbruch der Dunkelheit erreichen würde.

Mit einem derben Fluch gab er dem Pferd die Sporen. Fünf lange Monate war er nun unterwegs gewesen, um neue Geschäftsverbindungen zu knüpfen, alte zu vertiefen und in den umliegenden Kolonien den durch den Krieg bedingten massiven Einbruch der Tabakproduktion zu nutzen, um seine begehrte Ware gewinnbringend zu verkaufen. Er hätte sich die Reise sparen können!

War es ihm noch im vergangenen Herbst gelungen, ein lukratives Geschäft in Williamsburg abzuschließen, so hatte er mit ungläubigem Verdruss feststellen müssen, dass die unerwarteten Siege der Rebellen in Trenton und kurz darauf in Princeton die Lage völlig verändert hatten.

In den benachbarten Städten und Kolonien hatte er, als Unbekannter ohne familiäre Bindungen, die ihm bei seinen Geschäften weiterhalfen, wenig Chancen gehabt. Der Name seiner Familie, der ihm in Williamsburg noch immer fast jede Tür öffnete, galt dort nichts. Und da in vielen Teilen des Landes bereits dieses Rebellenpack das Sagen hatte, war dort ein Königstreuer ohnehin nicht gerne gesehen.

Unliebsame Erinnerungen stiegen in John auf. An eine andere Zeit, an eine andere Rebellion ebenfalls gegen die rechtmäßige Ordnung und den von Gott eingesetzten König.

Auch diesen Aufstand hatte er hautnah miterlebt, wenn auch auf der anderen Seite des Atlantiks, als er nach Beendigung seines Studiums in Oxford in die britische Armee eingetreten war. Kurz nachdem er das Offizierspatent erworben hatte, war er nach Irland versetzt worden, auf diese abgelegene, aufrührerische Insel, deren Einwohner genauso stur und eigenbrötlerisch zu sein schienen wie die Schafe, die sie züchteten. Papistische, faule und gerissene Trinker, die ständig versuchten, sich der Zahlung rechtmäßiger Abgaben und Steuern zu entziehen. Stattdessen setzten sie immer mehr von ihrer Brut in die Welt, die dann ebenfalls bettelnd und saufend durch die entlegenen Gebiete des Britischen Empires zog.

Gerade zu dieser Zeit hatten sich irische Jugendliche zu Banden zusammengerottet, um die Landbesitzer in Angst und Schrecken zu versetzen. Es war eine Herausforderung gewesen, gegen diese Jungs zu kämpfen, da man nie genau sagen konnte, wo sie als Nächstes zuschlagen würden und ob man nicht gar selbst als Opfer auserkoren war.

»White Boys« nannten sie sich, aufgrund der einheitlichen weißen Farbe ihrer Hemden. Bei der Erinnerung daran pochte es schmerzhaft in Johns Schläfen. Er und seine Männer hatten dafür gesorgt, dass die Hemden nicht weiß blieben, sondern sich rot von Blut färbten. Ein Spion hatte damals geholfen, ein ganzes Nest auffliegen zu lassen und die Rädelsführer ihrer Strafe zuzuführen. Und nun schien sich die Geschichte zu wiederholen. Nur dass die americanische Rebellion gegen den rechtmäßigen König nicht so leicht niederzuschlagen war.

Die Bäume huschten an John vorbei wie die Riesen aus alten Legenden, und hinter jedem der dicken Stämme befürchtete er, einen bewaffneten Aufständischen hervorspringen zu sehen. Doch bisher war er ohne Zwischenfälle durchgekommen. Es war Mitte Mai, das ganze Land stand in voller Blüte, und doch hinderte dieser verfluchte Krieg ihn daran, die Erträge seines Landes gewinnbringend zu verkaufen.

Ebenso erfolglos war die zweite Angelegenheit verlaufen, derentwegen er sich auf diese Reise gemacht hatte. Trotz aller Bemühungen war bisher noch keine der gut aussehenden Pflanzertöchter auf sein Werben eingegangen, um den Platz seiner früheren Verlobten einzunehmen. Auch hatte sich nicht eine geneigt gezeigt, ihm zumindest eine Nacht in ihrem Bett zu gewähren.

Den ganzen Rückweg über hatte John sich damit getröstet, wenigstens zu Hause einen gebührenden Empfang zu erleben. Das Pfingstfest wurde in seiner Familie traditionell groß gefeiert, und er hatte sich darauf gefreut, den Abend mit gutem Essen und teurem Wein im Kreise der Familie zu verbringen. Doch dann hatte sein verfluchter Gaul gelahmt, und bis er endlich einen Schmied aufgetrieben hatte, der ein neues Hufeisen anbringen konnte, war es spät geworden. Zu allem Überfluss hatte es auch noch zu nieseln angefangen. Leichter, feiner Regen legte sich wie ein Film auf Johns Gesicht und tränkte Hut, Mantel und Hose.

Endlich kam das Herrenhaus der Huntleyschen Plantage in Sicht. Still und dunkel lag es im blassen Mondlicht. Kein Fenster war erleuchtet. Ganz offensichtlich hatte seine Familie das Pfingstfest ohne ihn begangen und sich schon schlafen gelegt, während er hundemüde und vom Regen durchweicht auf schlechten Straßen unterwegs gewesen war.

Sein Pferd schnaubte leise, als er es zum Eingangsportal lenkte und dann aus dem Sattel glitt. Steif geworden, machte er ein paar Schritte auf dem Kiesweg, der leise unter seinen Füßen knirschte, atmete die feuchte, frühsommerliche Nachtluft ein und sah sich um. Niemand erwartete ihn, niemand war da, um sein Pferd entgegenzunehmen, und Johns Enttäuschung vermischte sich mit Zorn. Diese verdammten Nigger lagen wahrscheinlich alle in ihren Hütten und schliefen. Oder sie feierten auf Kosten seines gutmütigen Trottels von Vater, der ihnen zu den Feiertagen immer eine Extraration an Fleisch, Öl und Speck zukommen ließ.

So stand er, der Sohn des Hauses, in regennassen Kleidern und mit knurrendem Magen vor verschlossenen Türen. Zornig band er sein Pferd an, eilte die Stufen zum Eingangsportal hinauf und hatte schon die Hand erhoben, um Hector, den Hausdiener, aus dem Bett zu trommeln, als ihm ein anderer Gedanke in den Sinn kam.

Schnell wandte er sich um, eilte zum Küchenhaus und klopfte laut an der Tür.

»Tilly! Tilly, komm und mach auf!«

Nichts rührte sich. John spürte, wie die Wut in ihm weiter wuchs.

»Tilly, du faules Miststück, scher dich sofort her, oder du kannst was erleben!«

Endlich näherten sich Schritte, die Tür wurde geöffnet, und im Schein einer Kerze stand die kleine, rundliche Köchin mit verschlafenen Augen, die sich jedoch bei seinem Anblick vor Schreck weiteten.

»Master John? Ihr seid zurück? Wir dachten ...«

»Halt's Maul!« Mit einer unwirschen Geste hatte er die Frau beiseitegeschoben und trat ein.

»Mach mir was zu essen, ich hab den ganzen Tag im Sattel gesessen und komme um vor Hunger.«

Tillys Augen flackerten, und hektisch knetete sie ihr Nachthemd, als sie ihn mit einem Blick betrachtete, den er nicht deuten konnte.

»Na los, beeil dich!«

Mit der Hand stieß er die Frau in Richtung Herd, wo immer

noch eine schwache Glut glomm. Stolpernd löste sie sich aus ihrer Erstarrung und begann damit, Brot, Schinken und Käse zusammenzusuchen, jeweils zwei Scheiben abzuschneiden und alles auf einem Teller anzurichten.

»Bring mir noch was von dem alten Portwein und Vaters Brandy!«, rief er der Köchin zu, die sich beeilte, dem Befehl nachzukommen, und sogleich zwei gefüllte Gläser auf den grob behauenen Tisch stellte.

Ohne sich zu setzen, begann John gierig zu kauen und spülte jeden Bissen mit dem schweren Wein hinunter. Er wollte nur seinen Hunger stillen und sich dann einer anderen Angelegenheit zuwenden. Er wusste, wie er sich für die anstrengende Reise und das versäumte Dinner entschädigen konnte.

»Was macht eigentlich diese Deutsche? Mutters Schuldmagd?«, fragte John wie beiläufig zwischen zwei Bissen und ergriff das Brandyglas, das er in einem Zug leerte und sich sogleich wieder nachschenken ließ. »Kümmert sie sich noch im Stall um die Pferde?«

Im schwachen Licht sah John, wie sich die Augen der Köchin erschrocken weiteten.

»Was ist, willst du mir nicht antworten?« Mit einem lauten Knall stellte er das Glas auf dem Tisch ab, wobei sich ein Teil des Inhaltes über seine Hand ergoss.

Hastig senkte Tilly den Blick. »Ja, Sir. Ich meine, sie arbeitet noch immer im Stall. Soll ich nach Noah schicken, um Euer Pferd zu versorgen? Er ist noch in Abigails Hütte, um mit ihr das Pfingstfest zu feiern.«

Schwankend schob John den Teller beiseite. »Ich kümmere mich selbst drum.«

Einen Augenblick schien sich der Raum um ihn zu drehen, und er musste sich am Tisch festhalten. Als er sich umwandte, war die Köchin verschwunden.

»Tilly!«, brüllte er, »Tilly!«

Doch es tat sich nichts.

Der Zorn, der in ihm aufloderte, drohte beinahe, ihn zu überwältigen. Nur gut, dass er jetzt zu Hause war. Offensichtlich wurde es Zeit, dass jemand den Sklaven wieder Respekt beibrachte. In seiner Abwesenheit musste sein Vater wie immer viel zu nachsichtig mit ihnen umgegangen sein.

Schnell hatte er den letzten Bissen verschlungen und leerte das Portweinglas. Noch immer fühlte sich seine Kleidung unangenehm klamm an, doch er hatte ohnehin vor, sich ihrer bald zu entledigen.

Wenn er nur wüsste, wohin diese verfluchte Köchin so plötzlich verschwunden war! Er hätte gern noch eine weitere Flasche Port angebrochen, doch da er keine fand, trank er hastig den Rest des Brandys aus. Und jetzt war es an der Zeit, ein anderes dringliches Bedürfnis zu stillen. Er wischte sich über den Mund und trat nach draußen.

Der Regen hatte aufgehört, und ein schwacher Mond schien durch die aufgerissene Wolkendecke, als John sich auf den Weg zum Stall machte.

*

Plötzlicher Schmerz riss Anna aus dem Schlaf. Erschrocken fuhr sie auf, doch ehe sie wusste, was ihr geschah, hatte eine Hand sich auf ihren Mund gepresst und erstickte ihren Schrei.

Panik schoss durch ihren Körper, während sie um Orientierung kämpfte. Schwarze Nacht hüllte sie ein, wie durch Watte vernahm sie das schläfrige Schnauben der Pferde, ihren vertrauten Geruch.

»So, du scheinheiliges Weib. Es ist an der Zeit, deinem Master ein kleines Willkommensgeschenk zu machen.«

Sie erkannte die heisere Stimme John Huntleys. Er roch nach Portwein, und seine schwere Zunge verriet, dass er diesem ausgiebig zugesprochen hatte. Entsetzt wich sie zurück, doch sogleich wurde sie an der Schulter gepackt und zurückgerissen.

»Hiergeblieben, du Biest!« Bevor sie sich's versah, hatte er sie so nah zu sich herangezogen, dass sein alkoholschwangerer Atem sie streifte. Obgleich sie nicht mehr trug als ihre Chemise, flammte ihr Körper heiß auf.

Seit wann war er zurück von seiner Reise? Niemand hatte sie darüber unterrichtet. Panisch flog ihr Blick durch den dunklen Stall. Sie war allein.

Noah, der normalerweise ebenfalls die Nächte bei den Pferden verbrachte, war sicherlich noch bei Abigail und den anderen Sklaven, um mit ihnen zusammen den Pfingsttag zu begehen. Aber was hätte er auch schon gegen John Huntley ausrichten können? Es wäre glatter Selbstmord gewesen, sich gegen den Master zur Wehr zu setzen.

Gierig presste sich Huntleys Mund auf ihren Hals. Er roch nach Tabak, schwerem, teurem Parfum, feuchter Wolle, Schweiß und Alkohol.

»Master, was tut Ihr hier?« Während sie die besitzergreifenden Arme abwehrte, bemühte sie sich, so sachlich wie möglich zu klingen, keine Angst und vor allem keinen offenen Ungehorsam oder Widerspenstigkeit zu zeigen.

Das Geräusch von zerreißendem Stoff brachte sie zum Verstummen. Mit einem einzigen Griff hatte Huntley ihr die Chemise von den Schultern gezogen. »Du weißt genau, was ich will, du prüdes Ding, also stell dich nicht dümmer, als du bist.«

Bevor sich Anna dagegen wehren konnte, hatte er sie mit dem Gewicht seines Körpers zu Boden gedrückt, mit seinem Knie den Stoff ihres Hemdes hochgeschoben. »Ich hab dich diesem stinkenden Schiffseigner abgekauft, als du halb tot warst. Nun ist es an der Zeit, mir dafür zu danken.«

Im schwachen Mondlicht, das durch die Stalltür hereinfiel, sah sie seine kleinen Augen aufblitzen, irr und voller Gier, während sich auf seinem Gesicht rote Flecken ausbreiteten. Anna keuchte, versuchte, den Mann von sich zu wälzen, doch trotz seines Rausches war er stärker als sie, hielt sie weiterhin wie in einer Eisenklammer auf die Erde gepresst.

»Es gibt nichts, wofür ich Euch danken muss, Sir. Ihr habt meinen Vertrag gekauft, und dafür verrichte ich meine Arbeit.« Jedes Wort kostete sie große Anstrengung, während sie sich unter dem schweren Körper wand, um ihn abzuwehren. »Und was Ihr hier versucht, ist Sünde. Das solltet Ihr wissen, wo Ihr doch stets zur Kirche geht.«

Das Entsetzen, das sich ihrer bemächtigte, gab ihr ungeahnten Mut. Sie fürchtete sich nicht mehr davor, von Huntley wegen ihrer Widerspenstigkeit bestraft oder wegen ihres Ungehorsams ausgepeitscht zu werden. Lieber würde sie die Schmerzen ertragen als die Schande, missbraucht zu werden wie eine Hure, wie ein Stück bezahltes Fleisch. Nach Atem ringend, spürte sie, wie er sich anschickte, auch noch den Rest ihres Hemdes zu zerreißen und mit seinen schweißfeuchten Händen ihren Körper zu erforschen. Verzweifelt versuchte sie, sich aus dem Griff zu befreien, trat um sich, versuchte, seine Arme wegzustoßen, doch schien er ihren Widerstand nicht einmal zu bemerken.

»Gott wird Euch strafen für das, was Ihr tut.« Tränen rannen ihr über das Gesicht. »Egal, wer Ihr auch zu sein glaubt, Gott wird Euch strafen!«

Die Ohrfeige, die sie traf, ließ ihren Kopf herumschnellen, und sie rang nach Atem. Sogleich breitete sich der Geschmack von Blut in ihrem Mund aus.

»Wie kannst du es wagen, so mit mir zu reden?« Für einen Moment schien Huntleys Zorn seine Lust zu übertreffen. »Weißt du noch immer nicht, wo hier dein Platz ist?«

Anna nutzte die Gunst des Augenblicks, um sich seiner anderen Hand zu entwinden, und das, was von ihrem Hemd noch übrig war, wieder über ihren Körper zu ziehen. Doch ihre Gegenwehr schien seinen Zorn nur noch weiter anzustacheln.

»Du bleibst, wo du bist. Ich werde dir zeigen, wer dein Herr ist!« Mit einem Ruck hatte er sie wieder zu Boden geworfen, drückte mit seinen Knien ihre Beine auseinander. Anna glaubte, in eine tiefe Schlucht zu stürzen, die Wirklichkeit um sie herum verschwamm.

»Was tut Ihr da, Master?«

Eine vertraute Stimme riss sie wieder ins Hier und Jetzt zurück. Zunächst glaubte Anna, ihre Fantasie hätte sie genarrt, doch dann lockerte Huntley seinen Griff, als hätte auch er diese Worte gehört.

»Es ist schon spät. Ihr müsst müde sein von der langen Reise. Ich geleite Euch nach Hause.«

Wie eine Ertrinkende, die für einen kurzen Moment die Wasseroberfläche erreicht hatte, keuchte Anna auf, als sie Noah erkannte. Wo kam er so plötzlich her? Er konnte sie unmöglich gehört haben.

»Kommt, Master. Ich bringe Euch noch bis zum Haus. Draußen ist es dunkel, und Ihr seid sicher erschöpft.«

Leise und eindringlich, als spräche er zu einem scheuenden Pferd, drangen Noahs Worte durch den Stall, und im Halbdunkeln sah Anna, dass er langsam einen Schritt auf sie zu machte und Huntley die Hand entgegenstreckte, um ihm aufzuhelfen.

»Wo ist Euer Pferd, Master? Soll ich es noch versorgen?«

»Verschwinde, Nigger!«

Trotz ihres pochenden Herzens und der eisigen Angst verspürte Anna einen Anflug von Bewunderung für Noahs Mut und scheinbare Gelassenheit. Er kam immer näher, Schritt für Schritt, hob Huntleys Rock auf und hielt ihn diesem so respektvoll hin, als sähe er nicht das entwürdigende Bild, das sich seinen Augen bot.

»Mach, dass du wegkommst, Bursche!«, knurrte Huntley und versprühte einen Hauch feuchten Speichels auf Annas Gesicht.

Eine Weile war nichts zu hören als das Keuchen des jungen Masters. Anna war vor Angst wie gelähmt. *Geh! Bitte, geh doch!*, hätte sie Noah am liebsten zugerufen, doch ihre Stimme versagte. *Bring dich nicht in Gefahr. Nicht meinetwegen.*

Als hätte dieser verstanden, dass sie ihm etwas sagen wollte, traf sie sein Blick. Hell schimmerten seine Augen im Halbdunkel des Stalles und zeigten einen entschlossenen Ausdruck.

»Ihr solltet nun wirklich gehen, Master. Das ist nicht der richtige Ort für Euch.« Noah war keinen Schritt zurückgewichen.

Es war eine offene Auflehnung. Selbst in seinem Zustand zwischen Rausch und Wollust konnte Huntley das nicht entgangen sein. Mit einem Ruck stieß er Anna von sich. Sie prallte mit dem Rücken so hart auf den Boden, dass ihr die Luft wegblieb. In gefährlicher Langsamkeit stand er auf, während er sich sorgfältig die Strohreste vom Hemd und der samtenen Kniebundhose strich.

»So, du also auch, Bursche! Nicht genug, dass dieses deutsche Drecksstück nicht weiß, wem es Gehorsam schuldet, nun werden auch noch meine Nigger aufsässig.«

Einen Moment erweckte Noah den Anschein, als wollte er etwas erwidern. Dann besann er sich eines Besseren, presste die Kiefer zusammen und sah seinen Herrn nur wortlos an, jedoch nicht bereit, den Blick zu senken.

Huntleys Atem ging keuchend, als er das Hemd zurück in die Hose steckte und den Körper straffte. Wütend sah er auf Anna hinunter, die noch immer regungslos auf der Erde kauerte, die Arme und den Stoff ihrer Chemise an ihren Körper gepresst. Dann stapfte John zur Tür und stieß im Vorbeigehen den jungen Sklaven zur Seite.

»Das hättest du besser nicht getan!«, vernahm Anna seine zischende Stimme, dann war er in der Nacht verschwunden.

Die Angst, die er zurückließ, schien mit Händen greifbar. Mit wenigen Schritten war Noah bei ihr.

»Bist du verletzt?«

Behutsam half er ihr auf die Beine, und Anna spürte, wie schwach sie war.

»Nein, mir ist nichts geschehen. Nur ein paar Prellungen... und der Schreck. Du bist im rechten Moment gekommen. Aber... Noah... Er wird diese Sache nicht auf sich beruhen lassen. Er wird...«

»Sch... sch, mach dir um mich keine Sorgen! Tilly hat mich geschickt.« Er verschwand kurz im Hintergrund der Scheune und kam mit einer Pferdedecke wieder, die er Anna um die Schultern legte. »Du zitterst ja. Komm, lass dir von Abigail etwas Warmes zu trinken geben und deine Prellungen versorgen. Alles andere wird sich...«

»Verstehst du nicht? Du hast Huntley gerade vor meinen Augen gedemütigt. Das wird er dir nicht durchgehen lassen, Noah!«

Grimmige Entschlossenheit hatte sich auf seinem Gesicht ausgebreitet, doch er antwortete nicht, während er mit der leicht humpelnden Anna auf das Stalltor zuging. »Ich bring dich jetzt zu Mutter.«

»Nichts dergleichen wirst du tun, Nigger!« Bevor sie die Gelegenheit hatten, ins Freie zu gelangen, war Anderson ihnen in den Weg getreten. Sein Gesicht war unrasiert, seine Haare zerzaust. Er musste aus dem Schlaf gerissen worden sein.

»Du hast für diese Nacht schon genug Unruhe gestiftet. Lass die Kleine los, und komm mit!«

Erst jetzt sah Anna, dass der Aufseher in der linken Hand eine Kette mit schweren Eisenfesseln trug, die rechte ruhte in unmissverständlicher Geste an der Pistole, die in seinem Gürtel steckte.

Übelkeit stieg in ihr auf. Panisch flog ihr Blick zwischen Anderson und Noah hin und her. Dieser machte zunächst keinerlei Anstalten, dem Befehl zu gehorchen. Den Blick stumm auf den Aufseher gerichtet, blieb er stehen.

Anderson wandte sich an Anna: »Du gehst jetzt besser. Los!« Als sie zögerte, riss er sie mit einem Ruck von dem Sklaven weg und stieß sie in Richtung der Hütten. »Verschwinde zu der Kräuterhexe oder sonst wohin. Mit dem hier hat der Master noch was vor.«

Die Angst, die wie ein Meer kleiner Flammen an ihr gezüngelt hatte, loderte nun brennend in Anna auf. »Er hat nichts Unrechtes getan!« Wie erstarrt blieb sie stehen, nicht bereit, den Mann, der sie vor der größten Schmach gerettet hatte, einem Schläger wie Anderson zu überlassen. »So glaubt mir doch, er hat ...«

»Verschwinde, bevor ich es mir anders überlege und dir auch noch Prügel verabreiche! Los!«

Die Gedanken in Annas Kopf überschlugen sich. Was konnte sie tun? Gab es irgendetwas, das in ihrer Macht stand, um Noah zu helfen, oder machte sie durch ihre Weigerung, sich zu entfernen, alles nur noch schlimmer für ihn?

»Du tust jetzt sofort, was ich dir sage, oder ...« Drohend zog Anderson seine Pistole hervor, und Anna wich erschrocken einen Schritt zurück. Aus den Augenwinkeln heraus sah sie, dass Noah den Augenblick der Unaufmerksamkeit nutzte, um sich aus dem Griff des Aufsehers zu befreien. Kurz schien er zu zögern, bevor er sich umwandte und dazu ansetzte, wegzurennen. Einen Augenblick zu spät.

Denn schon hatte Anderson ihn mit einem Hieb der Ketten, die er noch immer in Händen hielt, zu Fall gebracht. Schnell warf er sich auf ihn, drückte ihn mit seinem ganzen Körpergewicht zu Boden und hielt ihm schließlich den Lauf seiner Pistole an den Hinterkopf. »Das wirst du schön bleiben lassen, oder ich versprech dir, dass du den nächsten Sonnenaufgang nicht mehr erlebst.« Mit der einen Hand umklammerte er noch immer den Knauf der Pistole, mit der anderen riss er Noah die Arme auf den Rücken und legte ihm die Eisenketten an. Dann zerrte er ihn grob wieder auf die Beine.

»Du stehst ja noch immer da!« Die Geduld des Aufsehers war eindeutig am Ende. Sein Atem ging keuchend, und Anna wusste nicht, was er als Nächstes tun würde, sollte sie es wagen, sich ihm weiter zu widersetzen.

Sie warf einen letzten Blick auf Noah, der mit verbissener Miene, aus der jedoch deutlich die Angst herauszulesen war, noch immer in Andersons Griff hing. Schließlich drehte sie sich um und lief in Richtung der Sklavenunterkünfte. Ihr Herz hämmerte zum Zerspringen, als sie daran dachte, welch entsetzliche Nachricht sie Abigail überbringen musste.

✻

Der Klang der Peitsche zerschnitt die morgendliche Luft – und Roses Herz.

Mit zusammengepressten Lippen stand sie wie erstarrt bei den anderen Sklaven und musste zusehen, wie Noah seine Strafe erhielt. Blutrot färbte sich der östliche Himmel, und obgleich die Hitze des Tages noch nicht hereingebrochen war, war Roses Kleid bereits von Schweiß getränkt. Nur mühsam gelang es ihr, die Übelkeit zu unterdrücken, die bei dem klatschenden Geräusch jedes Hiebs in ihr aufstieg.

Es war bei Weitem nicht die erste Auspeitschung, bei der sie anwesend war. Immer wieder glaubten diese Weißen, durch rohe Gewalt ihre Macht demonstrieren zu müssen. Doch der Mann, der diesmal dort an dem Holzgerüst gefesselt hing, war Noah, der einzige Mensch, der ihr etwas bedeutete. Zumindest seit sie aus dem Hause ihres Vaters verstoßen worden war. Erneut flammte der Hass in ihr auf, mit einer solchen Heftigkeit, dass sie glaubte, daran zu ersticken. Hass war so viel leichter zu ertragen als Ohnmacht, Angst und Verzweiflung. Solange man hasste, besaß man den Willen, etwas zu verändern.

Auf jeden Hieb folgte ein unterdrücktes Stöhnen. Rose hatte fast das Gefühl, die Schläge auf ihrer eigenen Haut zu spüren.

Das alles verdankte er dieser weißen Hexe aus Deutschland. Hätte sie nicht mit ihren unschuldigen Rehaugen und wiegenden Schritten den Master bezirzt, wäre dieser gar nicht auf den Gedanken gekommen, sich mit ihr vergnügen zu wollen. Und Noah – ihr Noah – hätte sich nicht genötigt gefühlt, dieser scheinheiligen Person auch noch zu Hilfe zu kommen.

Jetzt stand diese da, bleich wie ein Leintuch, die Augen geschlossen, um die Grausamkeit, die Noah nur ihr zu verdanken hatte, nicht sehen zu müssen. Mit ineinander verschränkten Händen schien sie lautlos etwas zu murmeln. Betete sie etwa zu ihrem Christengott? Als ob der jemals geholfen hätte!

Tränen schossen Rose in die Augen, rannen ihr über Gesicht und Nase, doch sie war zu stolz, um sie wegzuwischen, um irgendeine Spur von Schwäche zu zeigen. Noah war jung und stark. Wenn sie die Götter um Hilfe anflehte, würde er die Strafe überleben. Vielleicht hatte er dann auch endlich verstanden, dass es nur Ärger einbrachte, sich für eine weiße Frau einzusetzen. Ganz gleich, wie unschuldig sie daherkam. Und wenn er es überstanden hätte, wäre Rose da, um ihn zu trösten.

Das unterdrückte Stöhnen wurde von vereinzelten Schreien unterbrochen. Roses Körper zitterte jetzt so sehr, dass sie befürchtete, sich nicht länger auf den Beinen halten zu können, und doch zwang sie sich dazu, nicht den Kopf zu senken.

Während die versammelten Sklaven stumm dem Geschehen folgten, war die Sonne kaum merklich höher gestiegen. Jeder wusste, für welches Verbrechen Noah bestraft wurde: Um die Ehre einer jungen Frau zu verteidigen, hatte er es gewagt, seinem Master entgegenzutreten. Dieses öffentliche Schauspiel diente dazu, auch noch dem widerspenstigsten Sklaven zu zeigen, wer auf dieser Plantage das Sagen hatte, und jeden Anflug von Widerstand im Keim zu ersticken.

Durch zusammengekniffene Augenlider sah Rose, wie Anderson erneut ausholte. Noahs Schreie waren verstummt, er musste das Bewusstsein verloren haben und hing leblos in seinen Fesseln.

Das Schnauben, das Anderson ausstieß, während er die blutige Peitsche zusammenrollte und achtlos auf den Boden warf, glich dem eines Pferdes. Mit knappen Worten befahl er dem Stallburschen, einen Eimer Wasser über Noah zu schütten.

Dann drehte er sich um und schaute herablassend in die Gesichter der Sklaven, die sogleich den Kopf senkten. Sein Blick blieb an Rose hängen, die weiterhin stolz und verbissen geradeaus starrte, strich über ihren Körper, bohrte sich in ihre Augen, forderte sie heraus, machte ihr ein eindeutiges Angebot. Unwillkürlich hielt sie den Atem an, glaubte, vor Abscheu die Besinnung zu verlieren.

Doch dann wandte sich Anderson ab, und Rose schickte sich an, unverzüglich zu ihrer Arbeit zu kommen. Auch die anderen Sklaven lösten sich aus ihrer Erstarrung, huschten wortlos zu den Schuppen, der Schmiede oder den Stallungen.

»Na, Mädchen, war dir das nun eine Lehre?« Unbemerkt war Anderson vor sie getreten. Mit einer großspurigen Geste setzte er sich wieder den Hut auf und stemmte die Hände in die Hüften.

Sein nach Alkohol und Tabak riechender Atem streifte ihr Gesicht. Rose hasste diesen Mann, seine Grausamkeit widerte sie an. Doch wusste sie, dass – außer der Herrschaft selbst – niemand auf der Plantage so mächtig war wie er.

Daher nickte sie nur und murmelte: »Ja, Sir.«

Dieser Tag hatte ihr wieder einmal gezeigt, dass sie es nie zu etwas bringen würde, solange sie nicht einen von denen da oben auf ihrer Seite hatte. Sie würde ihre wenigen Trümpfe an der geeigneten Stelle ausspielen müssen. Und so unterdrückte sie ihren Ekel und leistete keinen Widerstand, als Anderson ihr kurz mit seinen schmutzigen Fingern über die Wangen strich, bevor er sich wieder abwandte und befahl, Noah loszuschneiden.

*

Einen Augenblick lang zögerte Anna. Der Gedanke, was mit ihr geschehen würde, wenn Anderson sie erwischte, schoss ihr durch den Kopf. Grauenhafte Bilder tauchten vor ihr auf. Entschlossen schob sie diese beiseite und schlüpfte nach draußen.

Es war selbst am Abend noch schwül. Obwohl sie von der harten Arbeit erschöpft war, beeilte sie sich, über die kiesbedeckten Wege hinüber zu den Geräteschuppen zu gelangen. Noch einmal blickte sie über die Schulter und blieb dann vor einer einfachen Holzbaracke, die mit einem Balken verschlossen war, stehen. Niemand hatte sich die Mühe gemacht, sie mit einem Schloss zu sichern, denn keiner der Sklaven würde es wagen, diese Hütte ohne Erlaubnis zu betreten. Dafür hatte Anderson gesorgt.

Annas Herz klopfte zum Zerspringen. Seit sie hatte ansehen müssen, wie unbarmherzig Anderson Noah ausgepeitscht hatte, machte sie sich keinerlei Illusionen mehr. Jedem, der es wagen würde aufzubegehren, stand das gleiche Schicksal bevor. Und als Schuldmagd stellte sie einen weitaus geringeren Wert dar als eine Sklavin, von deren Arbeitskraft man ein ganzes Leben und nicht bloß einige Jahre profitierte.

Dennoch konnte sie es nicht ertragen, Noah in diesem Zustand einfach seinem Schicksal zu überlassen. Damals in Waldeck hatte sie Gideon und den Gemeindevorstehern getrotzt, um ihren Weg zu gehen – um Gottes Weg zu gehen – und Menschen zu helfen. Und auch hier würde sie nicht damit aufhören, selbst wenn ihr Ketten und Peitsche drohten.

Mit aller Kraft stemmte sie sich gegen den Balken, bis er schließlich nachgab und sie ihn aus der Verankerung lösen konnte. Dann stellte sie ihn vorsichtig ab und öffnete die Tür. Scharniere knarrten, die Tür schleifte schwer über den Boden. Erschrocken hielt Anna inne. Erst als sie sicher war, dass niemand das Geräusch gehört hatte, trat sie ein.

Kein Licht erhellte das Halbdunkel, keine Kerze, noch nicht einmal der Mond schien durchs Fenster. Mit klammen Fingern hob Anna ihre Laterne an, die sie zuvor mit den Falten ihres Rockes abgeschirmt hatte. Blanker Lehmboden, rohe Holzwände und in Erde und Wand eingelassene Ketten – ein Ort der Demütigung und Unterwerfung. Erst auf den zweiten Blick machte sie die zusammengekauerte Gestalt vor der gegenüberliegenden Wand aus. Eine schwere Kette hing an den Fußgelenken. Blut hatte den Stoff des Hemdes hässlich verfärbt.

Es kostete Anna Überwindung weiterzugehen, doch riss sie sich zusammen und hatte mit wenigen Schritten den jungen Mann erreicht. Vorsichtig kniete sie sich neben ihn.

»Noah?«

Keine Reaktion. Entsetzt fragte sich Anna, ob ihre Hilfe womöglich zu spät kam und Noah bereits an Blutverlust und Entkräftung gestorben war. Doch schließlich vernahm sie ein schwaches Stöhnen.

Hastig stellte sie die Lampe neben sich auf den Boden, kramte ihr Bündel hervor, nestelte die Knoten auf und förderte eine Glasflasche zutage, die sie mit den Zähnen entstöpselte. Während sie mit der einen Hand Noahs Kopf ein wenig anhob, goss sie mit der anderen etwas von dem Wasser über seine Haare und sein Gesicht und ließ ihn dann davon trinken.

Seine Lippen waren aufgeplatzt, und als er schließlich die Augen aufschlug, bemerkte sie einen fiebrigen Glanz, ein suchendes Flackern, das sie alarmierte.

»Noah«, flüsterte sie. »Kannst du mich hören? Weißt du, wer ich bin?«

Einen Moment lang geschah nichts, nur seine Augen verdrehten sich wie kurz vor einer drohenden Bewusstlosigkeit.

»Anna«, sagte er schließlich, und sie musste sich weiter hinabbeugen, um den schwachen Hauch zu vernehmen, den seine Worte bildeten. »Was ... tust ... du ... hier ...?«

Gott sei gelobt, er war bei Bewusstsein.

Doch ihr blieb nicht viel Zeit. Wenn man sie hier erwischte, war es um sie beide geschehen. Also zog sie schnell das Maisbrot hervor, dass sie in Abigails Hütte kurz in etwas zerlaufene Butter getaucht hatte, brach ein Stück davon ab und steckte es Noah zwischen die Lippen.

»Iss das. Es wird dir guttun.«

Mühsam versuchte er, etwas von dem weichen Brot herunterzuwürgen, kaute, schluckte, gab es jedoch schließlich auf. Offensichtlich kostete es ihn zu viel Kraft.

Anna spürte, wie Panik in ihr aufstieg. »Du musst essen! Du bist schon so schwach. Versuch es doch!«

Aber es war sinnlos. So begnügte sich Anna damit, ihm erneut die Flasche an die Lippen zu setzen und zuzusehen, wie er in langsamen, schweren Schlucken trank, auch wenn die Hälfte über seine Mundwinkel rann und auf den Boden tropfte.

Er lag in einer unnatürlich gekrümmten Haltung da, die ihm das Schlucken erschwerte, doch scheute sie sich, ihn umzudrehen, da sonst sein gesamtes Körpergewicht auf seinen Verletzungen gelastet hätte. Als die Flasche wieder sorgfältig verstaut war, fasste sie vorsichtig unter Noahs Arme und drehte ihn, soweit die Ketten es zuließen, auf den Bauch. Gerne hätte sie ein sauberes, trockenes Tuch unter ihn gelegt, doch das würde Anderson bemerken.

Vorsichtig, um ihm keine unnötigen Schmerzen zu bereiten, rollte sie das blutverkrustete Hemd hoch, und versuchte, die Stellen, wo der Stoff mit den Wunden verklebt war, vorsichtig zu lösen. Leise stöhnte Noah auf, sein Körper bebte im

Fieber, doch schließlich hatte Anna es geschafft und zog die Laterne näher zu sich heran, um die Verletzungen genauer zu betrachten.

Der Anblick, der sich ihr bot, war entsetzlich. Tiefe Striemen, die kreuz und quer über den Rücken verliefen und kaum eine heile Stelle übrig gelassen hatten. Vereinzelt sickerte Blut hervor, wo die Wunden wieder aufgerissen waren. Noch nie im Leben hatte sie eine derartige Grausamkeit gesehen, und der Abscheu vor dem, was Menschen einander anzutun in der Lage waren, ließ sie schaudern.

Rasch holte sie die Salbe hervor, die sie noch in Abigails Hütte zubereitet hatte, und begann, diese mit einem sauberen Tuch auf die Verletzungen aufzutragen. Schon bei der ersten Berührung bäumte sich Noah vor Schmerzen auf, ein Stöhnen entrang sich ihm, und Anna musste all ihre Kraft aufwenden, um ihn ruhig auf dem Boden zu halten und mit der Behandlung fortfahren zu können. Der Körper unter ihren Fingern war heiß und brannte im Fieber. Kaum verkrustete Striemen platzten wieder auf, und Blut rann klebrig über ihre Hand. Wieder wurde Anna von Zorn überwältigt.

Sie wusste, dass ihr Glaube es verbot zu hassen. Man durfte die Sünde hassen, aber nicht den Sünder. Seine Feinde sollte man lieben und für sie beten. Aber, bei Gott, wie konnte man jemanden lieben, der in der Lage war, einen jungen Mann derart zuzurichten und dann seinem Schicksal zu überlassen?

Selbst wenn Noah die Strafe überlebte, würden die Narben für immer bleiben. Er war für den Rest seiner Tage gezeichnet und von nun an nichts mehr wert. Sollte er verkauft werden, würde jeder die Spuren von Aufsässigkeit und Ungehorsam an seinem Leib erkennen und ihm – einem Unruhestifter und Aufwiegler – nur noch die niedrigsten und gefährlichsten Aufgaben zuteilen. Immer misstrauisch bewacht, die Pistole im Anschlag. Es war grausam und unmenschlich. Noah war so jung und hatte ein solches Geschick mit Pferden. Wer würde ihm jetzt noch die Pflege seiner wertvollen Tiere anvertrauen?

Endlich hatte Anna die Prozedur beendet und sah zu, wie Noahs Körper langsam zur Ruhe kam. Er musste entsetzliche Schmerzen haben, und sie konnte kaum etwas dagegen tun. Um zu verhindern, dass Schmutz in die frisch aufgeplatzten Striemen kam und sich diese wieder mit dem Stoff verklebten, wartete sie noch damit, das schweiß- und blutgetränkte Hemd wieder herunterzuziehen. Stattdessen goss sie den Rest Wasser über ein sauberes Tuch und strich Noah damit vorsichtig über Stirn und Gesicht. Dabei murmelte sie Worte, die ihr in den Sinn kamen, vielleicht war es ein Gebet.

Es war jetzt an der Zeit, zu gehen. Aber sie wollte ihren Freund in diesem Zustand nicht allein lassen.

»Du bist ... dumm ...« Kaum hörbar kamen diese Worte aus Noahs Mund. Ihm fehlte die Kraft, die Augen zu öffnen, doch der Griff, mit dem er ihre Hand umklammert hielt, war verzweifelt und fest, wie der eines Ertrinkenden. »... zu gefährlich ... dich entdecken.«

Anna ahnte, was er ihr sagen wollte, war jedoch entschlossen, an seiner Seite zu bleiben, bis er wieder eingeschlafen war.

»Mach dir um mich keine Sorgen.« In Momenten wie diesem, wo Angst und Erschöpfung ihren Tribut forderten, fiel es Anna noch immer schwer, in zusammenhängenden englischen Sätzen zu sprechen. Dennoch hoffte sie, Noah mit dem Klang ihrer Stimme ein wenig zu beruhigen und die Anspannung aus seinem Körper zu nehmen. »Abigail betet die ganze Zeit für dich.« Mit Unbehagen dachte Anna an die verzweifelt gemurmelten Gebete, die sicher nicht an den Gott der Liebe und der Vergebung gerichtet waren, sondern an strafende und rachsüchtige Götter. Sie konnte es Noahs Mutter nicht verdenken.

»Anderson hat uns verboten, zu dir zu kommen, aber wir mussten wissen, wie es dir …«

»Gefährlich … geh wieder … schnell … nicht entdecken …« Noahs Stimme wurde schwächer.

»Abigail weiß nicht, dass ich hier bin. Anderson lässt sie nicht aus den Augen, und so konnte sie nicht selbst kommen.« Anna spürte, wie Noahs Finger sich ein wenig entkrampften, als ließe der Schmerz allmählich nach. »Sie ist ein guter Mensch. Vom ersten Tag an, seit ich hier angekommen bin, war sie für mich da. Ohne sie …«

»Ich glaub ja nicht, was ich hier sehe …« Die Stimme des Aufsehers durchdrang die Mainacht und ließ Anna herumfahren. Verschwommen zeichneten sich die Umrisse seiner Gestalt im Türrahmen ab. »Hast du's also wirklich gewagt, du Drecksstück …«

Während Anderson bedrohlich langsam die Hütte betrat, griff seine rechte Hand zur Peitsche im Gürtel, und Anna begann zu zittern. Voller Angst stand sie auf und schob sich zwischen ihn und den auf der Erde kauernden Noah. Ihr Mund war trocken, ihr Herz schien ihre Brust zerschlagen zu wollen, doch sie hielt dem Blick des Mannes stand, dessen Atem nach Bier stank.

»Ich hab verboten, dass irgendwer da reingeht«, knurrte er.

Noch immer erwiderte Anna nichts, verharrte schweigend und sah ihr Gegenüber an.

»Was hast du hier zu suchen?«

»Dieser Mann wäre gestorben«, sagte sie nur, und mit schmerzhafter Genauigkeit erinnerte sie sich daran, vor langer

Zeit die gleichen Worte zu Gideon gesagt zu haben, als er sie gemaßregelt hatte, weil sie einen Fremden bei sich zu Hause gepflegt hatte. Lorenz.

»Wenn dieser Schwarzbock verreckt, dann hat er's nicht anders verdient. Dann ist es Gottes Wille, seine Strafe, weil er sich's mit dem Master verscherzt hat.«

»Ihr legt den Willen des Herrn ziemlich weit aus, Mister Anderson. Schaut lieber mal in die Heilige Schrift.«

»Du ...« Das Gesicht rot vor Wut, war Anderson einen Schritt näher herangetreten, die Hand bereits zum Schlag erhoben, doch Anna hatte sich geschworen, nicht zurückzuweichen. Nur ihr Herz pochte hart gegen ihre Brust, erinnerte sie an die Gefahr, in der sie schwebte, wenn sie dem Mann vor ihr weiter die Stirn bot. Doch genau das hatte sie vor.

»Schlagt mich, wenn Ihr wollt. Das ändert nichts an der Wahrheit.« Innerlich zitterte sie bei dem Gedanken, er könnte sie beim Wort nehmen.

Andersons Gesicht verzog sich zu einer grinsenden Fratze. »Du redest wie ein Nigger.« Offensichtlich hatte er gemerkt, dass sie sich nicht so leicht einschüchtern ließ, und daher die Spielregeln geändert. »Oder wie diese verfluchten irischen Papisten.« Angeekelt spuckte er neben ihr aus.

Die plötzliche Änderung seines Verhaltens verunsicherte Anna, doch sie zwang sich, ihm weiterhin ruhig in die Augen zu sehen. »Ich bin ganz sicher keine Papistin. Und wenn Euch die Art, wie ich rede, nicht gefällt, bitte ich Euch, daran zu denken, von wem ich die englische Sprache gelernt habe.«

Als Anderson schwieg und sie mit einem hinterhältigen, nur angedeuteten Lächeln musterte, fügte sie hinzu: »Und wenn Ihr wollt, dass der Master auch morgen noch jemanden hat, der sich um seine Pferde kümmert, muss dieser Mann hier sofort ein paar Decken und heißes Wasser bekommen, sonst wird er die Nacht wohl nicht überstehen. Guten Abend, Sir.«

Mit diesen Worten wollte sie sich an ihm vorbeischieben, doch als sie auf seiner Höhe war, packte er sie am Arm und riss sie herum. »So, du sorgst dich also um die Pferde des Masters? Wie rührend! Und um seine Nigger, was sagt man dazu?« Spöttisch blies er ihr seinen Alkoholatem ins Gesicht, und eine Welle von Übelkeit überkam Anna. »Aber gut, wenn du dich so für die verdammten Sklaven einsetzt, dann sollst du auch so arbeiten wie sie. Das leichte Leben hier kannst du dir aus dem Kopf schlagen. Die Pferde des Masters sind zu schade für eine wie dich. Ab sofort schläfst du wieder bei der alten Kräuterhexe und kommst mit auf die Tabakfelder. Mal sehen, wie dir das gefällt.«

Und bevor Anna etwas sagen oder auch nur einen letzten Blick auf Noah werfen konnte, hatte er sie hinausgezerrt und die Tür hinter sich verriegelt.

»Morgen früh vor Sonnenaufgang erscheinst du gefälligst, und dann werden wir sehen, wie lange du's noch mit deinen Freunden hältst.«

Mit einem harten Stoß warf er sie zu Boden. Der Aufprall ließ ihr für einen Moment die Sinne schwinden. Als sich ihr Blick wieder klärte, war Anderson verschwunden und sie war allein.

KAPITEL 13

Huntley Plantation bei Williamsburg, Ende Mai 1777

Der Schrei, der das Morgengrauen zerriss, klang kaum noch menschlich. Das Wehklagen eines waidwunden Tieres ließ Anna von ihrem Lager aufschrecken. Schwaches Licht fiel durch das Fenster, es dämmerte schon.

Wieder dieses Aufheulen, gefolgt von einem verzweifelten Schluchzen, erstickt, haltlos, abgrundtief. Hastig band Anna sich die Haare zusammen und streifte ihr Kleid über. Ein Blick auf die andere Schlafstätte zeigte ihr, dass Abigail nicht da war. Eine böse Ahnung überkam sie, und sie begann am ganzen Körper zu zittern. Kaum gelang es ihr, die Schnüre ihres Mieders zu binden. Atemlos riss sie die Tür auf und stürzte hinaus.

Am Ende der Sklavenquartiere, vor einem hölzernen Wagen, standen Anderson und drei weitere Männer. Einer davon zerrte Noah, in Ketten und kaum in der Lage aufrecht zu stehen, zu dem Gefährt.

Wie betäubt stolperte Anna weiter. Erst dann entdeckte sie, wenige Schritte von dem Wagen entfernt, Abigail, die krausen Haare unbedeckt, die Hände vors Gesicht geschlagen. Einige der Tabakpflückerinnen hatten sie umringt, hielten sie aufrecht, schwiegen mit Tränen in den Augen.

Scheppernde Ketten schleiften über den trockenen Boden. Staub wirbelte auf, als Noah mit einem Ruck weitergezogen wurde. Noch immer glänzten seine Augen fiebrig, sein Körper war gebeugt, der Gang eines gebrochenen Mannes.

Was hatten sie mit ihm vor?

Offensichtlich hatte Noah sie erkannt, denn er hob den Kopf und sah zu ihr herüber. Stumm begegneten sich ihre Blicke.

Verzweiflung. Schmerz.

Ein Stoß ließ ihn taumeln und beinahe zu Boden stürzen. Ein unterdrücktes Stöhnen, dann hatte er sich wieder in der Gewalt.

»Los, weiter, Nigger. Wir haben nicht den ganzen Tag Zeit!«

Mühsam wankte Noah zum Wagen. Grob wurde er hineingestoßen und sogleich festgebunden. In gekrümmter Haltung saß er auf den nackten Holzbrettern, das Gesicht grau, die Züge hoffnungslos.

Master John hatte Noah verkauft!

Wie ein Schlag traf Anna die Erkenntnis. Die Männer waren Sklavenhändler, die ihn mitnahmen, um ihn irgendwo auf einem der Märkte, in einer Stadt oder den Häfen an den Meistbietenden zu verschachern.

Offensichtlich war es für John Huntley in seinem gekränkten Stolz noch nicht genug gewesen, Noah vor aller Augen halb tot prügeln zu lassen. Zudem hatte er eine der grausamsten Strafen über ihn verhängt, die ihm zu Gebote stand: einen auf der Plantage geborenen Sklaven aus all dem herauszureißen, was er kannte, und ihn von seiner Heimat, seinen Freunden und seiner Mutter zu trennen.

Annas Blick flog zu Abigail. Sie war zu Boden gesunken. Sie flehte nicht, sie bettelte nicht. Jahrzehnte des Sklavendaseins mussten sie gelehrt haben, dass man weder mit Tränen noch Bitten irgendetwas erreichen konnte.

Aus den Augenwinkeln heraus sah Anna, wie einer der Fremden einen Beutel hervorzog und ein paar Münzen in Andersons Hand abzählte, der sich zufrieden an den Hut tippte und die Finger um das Geld schloss. *Judaslohn.*

Zwei der Kerle sprangen auf den Kutschbock, der dritte kletterte nach hinten zu Noah, eine Pistole in der Hand, als stumme Warnung, dass jeder Fluchtversuch sinnlos wäre.

»Noah!« Plötzlich kam wieder Leben in Abigail. Schwankend stand sie vom Boden auf, stolperte zum Wagen. Ihre rissigen Hände griffen nach ihrem Sohn, versuchten, ihn zu berühren.

»Schaff dich fort, Alte!« Der Knauf der Pistole traf sie, doch sie wich nicht zurück. »Der Junge ist verkauft, also verschwinde!«

Abigails Hand glitt in die ihres Sohnes, flüsterte ihm leise Worte zu.

Ein Peitschenknall setzte das Pferd in Bewegung. Der Wagen machte einen Ruck nach vorn, und die Sklavin musste Noah loslassen. Dann rumpelte der Wagen über den steinigen Weg davon.

Abigail blieb zurück, eingehüllt von einer Staubwolke, die sich langsam auf ihre Kleidung senkte. Wie erstarrt stand sie da. Tränen liefen ihr über die Wangen.

»Das verdankt er nur dir, du Hexe!«

Die Worte, bebend vor Zorn hervorgezischt, schienen Anna geradezu in den Nacken zu springen. Sie wirbelte herum.

Vor ihr stand Rose. Die langen Haare fielen ihr offen über die Schultern, im Licht des frühen Morgens, die Haut makellos, der Körper schlank und grazil, wirkte sie noch schöner als sonst. Nur ihr Gesicht war wutverzerrt, ihre Augen starrten Anna so voller Hass an, dass sie einen Moment lang fürchtete, sie würde ihr ins Gesicht schlagen.

»Das wirst du mir büßen!«, keuchte Rose. »Du wirst den Tag verfluchen, an dem du die Plantage betreten hast. Du elende Hure ... du weiße ...«

»Das reicht!« Andersons donnernde Stimme fuhr wie ein

Keil zwischen die beiden Frauen. »Die Vorstellung ist vorbei, macht, dass ihr an eure Arbeit kommt, sonst ergeht es euch wie dem da, und dann habt ihr Grund zu zetern! Also los!«

Roses Brustkorb hob und senkte sich heftig, ihre Lippen zitterten, die Augen funkelten, doch schließlich gab sie nach. Wortlos wandte sie sich um und ging.

Abigail ließ sich von den Frauen wegführen.

Während im Osten die Sonne aufstieg und sich über das Herrenhaus, die Küche, die Arbeitshäuser und Sklavenbaracken ergoss, blieb Anna allein zurück. Nach und nach erwachte um sie herum das Leben. Türen wurden aufgestoßen, Arbeiter traten heraus. Schweigend und vorsichtig, als schienen auch diejenigen, die geschlafen hatten, doch zu ahnen, was gerade geschehen war.

»Was stehst du hier noch herum? Los, beweg dich!« Andersons Stimme holte Anna in die Wirklichkeit zurück. Der Riemen der Peitsche war über seine Hand gerollt, als warte er nur darauf, dass Anna ihm eine Gelegenheit geben würde, zuzuschlagen. »Hab ich nicht gesagt, es ist vorbei?«

»*Yessuh*«, hauchte Anna und lief dann den Weg zurück zu ihrer Unterkunft. Nur weg von Anderson, nur weg von diesem entsetzlichen Ort, dem Schauplatz, an dem ein Mensch wie Vieh verkauft worden war.

❊

»*Was* willst du tun?« Dorothys Stimme hallte durch den großen Parlor des Huntleyschen Herrenhauses, wo sie mit ihrem Sohn bei einer Tasse Tee saß. »Aber du bist doch gerade erst zurückgekommen!«

»Ich weiß, Mutter. Doch die Pflicht ruft, und ich werde ihr folgen.« Mit einer, wie er hoffte, entschieden wirkenden Bewegung stellte John Huntley seine Tasse aus blau-weißem Wedgewood-Porzellan auf dem Unterteller ab. »Mein Entschluss steht fest. Ich werde mein Offizierspatent reaktivieren und wieder in den Dienst Seiner Majestät treten. Dieses Rebellenpack muss doch endlich in seine Schranken gewiesen werden.«

Dorothys Blick war skeptisch. »So, so, deine Pflicht ruft. Der Dienst für Seine Majestät bedeutet dir also mehr als deine eigene Plantage? Bist du sicher, dass es keine anderen Gründe für diese Entscheidung gibt? Vielleicht ist es dir ganz recht, allem hier eine Weile den Rücken zu kehren?«

John spürte, wie ihm die Röte ins Gesicht schoss. Zwar bewunderte er seine Mutter über alle Maßen, doch bisweilen hätte er es vorgezogen, sie besäße eine weniger scharfe Beobachtungsgabe.

Mit einer wegwerfenden Handbewegung tat er ihren Einwand ab. »Ich bin Soldat und muss mein Land verteidigen. Weitere Gründe brauche ich nicht.«

Dorothy hob die Augenbrauen. Sie wirkte nicht überzeugt, ließ die Angelegenheit jedoch auf sich beruhen.

Widerwillig gestand sich John ein, dass sie recht hatte. Er musste wirklich fort aus diesem Haus, fort von dieser Pflanzung, wo sich offensichtlich alle gegen ihn verschworen hatten und seine Autorität infrage stellten. Schlimm genug, dass diese Schuldmagd sich immer wieder seinen Wünschen widersetzte. Nun wurden auch noch die Nigger aufsässig.

Aber er hatte es ihnen heimgezahlt. Der unverschämte Pferdeknecht war verkauft worden, angeblich, weil er hatte fliehen wollen. Den wahren Grund kannten nur John selbst – und diese scheinheilige Person, die ihm den ganzen Ärger eingebrockt hatte. Diese konnte aber jetzt bei der Knochenarbeit auf den Feldern darüber nachdenken, ob sie nicht doch besser ihrem Master nachgegeben hätte. Das hätte ihr eine weitaus angenehmere Stellung im Herrenhaus eingebracht.

John brauchte Abstand von alledem. Und womöglich würde ihn die Position als kommandierender Offizier, das Gefühl, mit einer Waffe in der Hand Macht ausüben zu können, wieder zu seinem früheren Selbstbewusstsein zurückfinden lassen.

»Aber wer soll sich um die Plantage kümmern, wenn du weg bist? Dein Vater ist ein guter Mann, aber ...«, Dorothy senkte die Stimme, »... wir wissen doch beide, wie weich er bisweilen ist. Wenn ich nicht wäre, würden uns die Neger hier glatt auf der Nase herumtanzen. Es bedarf einfach der festen Hand eines echten Mannes im Haus – deiner Hand.«

Ungemein geschmeichelt griff John nach der Tasse und nahm einen Schluck Tee. Als er sie wieder abgesetzt hatte, fühlte er sich bemüßigt, sich vorzubeugen und beruhigend den Unterarm seiner Mutter zu tätscheln.

»Und dann der jüngste Vorfall mit Noah«, fuhr diese noch immer aufgebracht fort. »Entsetzlich, wie dieser undankbare Kerl sich benommen hat. Nie hätte ich gedacht, dass er geplant hatte, einfach davonzulaufen, um sich auf die Seite dieser Rebellen zu schlagen! Ein Verräter in unseren Reihen! Ich weiß nicht, was ich ohne deinen Beistand gemacht hätte.«

John war sich sicher, dass seine Mutter sehr wohl in der Lage gewesen wäre, eine solche Situation zu meistern. In der Vergangenheit hatte sie bei gegebenen Anlässen Anderson schon häufiger angewiesen, Sklaven zu bestrafen. Und, wusste der Himmel, zimperlich war sie wirklich nicht.

Mit einer Leidensmiene sah Dorothy zu ihrem Sohn auf. »Und jemand muss sich nach einem neuen Pferdeknecht umsehen, nun da Noah nicht mehr da ist. Ich weiß ja gar nicht, wie ...«

»Martin kann das übernehmen, zumindest vorübergehend.«
Ungeduldig stellte John die Tasse ab. »Es ist Krieg, Mutter,
und da können wir von Glück reden, wenn unsere Tiere nicht
auch noch eingezogen werden.«

»Eingezogen? Von diesen Barbaren?« Dorothys Stimme
überschlug sich vor Empörung. »Unsere wertvollen Pferde,
wie könnten sie es wagen ...«

»Eben deshalb, Mutter, ist es meine Pflicht, unseren Besitz
gegen die Aufständischen zu verteidigen.« Mit einem helden-
haften Gefühl in der Brust stand er auf und küsste sie auf die
gepuderte Stirn. »Aber sei unbesorgt. Solange ich eine Waffe
in der Hand habe, wird es keiner von diesen Bauernlümmeln
wagen, einen Fuß auf unser Land zu setzen.«

Hastig wandte er sich ab. »Ich werde dem Kammerdiener
auftragen, meine Sachen zu packen. Teilst du meine Entscheidung Vater mit?«

Ohne ihr Gelegenheit zur Antwort zu geben, hatte er den
Parlor verlassen und eilte die Treppe hinauf.

Er konnte es nicht erwarten, endlich fortzukommen, fort
von dieser Plantage, wo alles ihn an seine persönlichen Demütigungen erinnerte. Und je eher es losging, desto besser.

*

Ein lautes Klopfen an der Tür riss Anna aus dem Schlaf. Sogleich war sie hellwach.

»Hast du das auch gehört?« Abigail klang benommen.

»Ja. Ich seh mal nach, was los ist.«

»Nein, warte. Es ist zu gefährlich.«

Abigail hatte nicht unrecht. Es waren Gerüchte im Umlauf,
dass die britische Flotte auf die Chesepeake Bay zusteuere,
und deshalb hatten sich um Williamsburg patriotische Trup-

pen aus ganz Virginia versammelt, um einen möglichen Angriff auf die Stadt abzuwehren. Mehrere Tausend Soldaten lagerten seit Ende August in der Region, und es wurde von Überfällen auf Zivilisten berichtet, besonders nachts, wenn die Männer betrunken waren. Da die Plantagen etwas abseits, außerhalb der Stadt lagen, verließ man als Frau in der Dunkelheit nicht gern schutzlos das Haus.

Wieder dieses Pochen, dann eine verzweifelte Stimme: »Abigail, wach auf! Du musst schnell zu Georges Hütte kommen!«

»Das ist Martin«, rief Abigail und war überraschend behände auf den Beinen. »Irgendwas muss geschehen sein.« Während sie die Tür öffnete, zündete Anna eine Kerze an und band sich die Haare zusammen.

Draußen stand der Kutscher mit einem entsetzten Gesichtsausdruck. »Komm sofort mit! George ist sehr krank geworden. Wir brauchen deine Hilfe!«

Rasch packte Abigail einige Heilmittel in einen Beutel. Anna wollte ihr diesen abnehmen, doch die Sklavin wehrte ab.

»Du bleibst hier! Ich werde nachsehen, was los ist.«

»Ich komme mit«, beharrte Anna ruhig. Sie hatte Angst um die Frau, die seit dem Verkauf ihres Sohnes nicht mehr sie selbst war.

»Das kann ich nicht zulassen.« Mit mehr Geschick, als es von ihrem schwachen Körper zu erwarten gewesen wäre, hatte Abigail sich angekleidet und nahm Anna die Kerze ab. »Du hast dich schon mal zu weit vorgewagt, und nun schau, was aus dir geworden ist. Du schuftest wie ein Feldsklave, deine Haut ist verbrannt, deine Hände sind kaputt. Anderson nimmt dich härter ran als alle anderen. Es ist nur eine Frage der Zeit, bis du zusammenbrichst.«

Annas Blick huschte auf ihre Handflächen, die von der harten Arbeit mit den Tabakpflanzen rissig und voller Schwielen waren. Ihr Rücken schmerzte unerträglich von der Arbeit in ständig gebeugter Haltung auf den Feldern. Doch wenn die Sklaven diese Arbeit überlebten, würde auch sie nicht daran zugrunde gehen.

Ein heftiger Schmerz fuhr durch ihre Schulterblätter, als sie sich nach ihrem Kleid bückte. Abigails Vermutung, dass Anderson es zu seinem persönlichen Anliegen gemacht hatte, sie an ihre körperlichen Grenzen zu treiben und ihren Willen zu brechen, war gerechtfertigt. Auch hegte sie den Verdacht, dass Master John hierbei seine Hand im Spiel hatte. Üblicherweise ließ man neuen Sklaven eine gewisse Zeit, um sich einzuarbeiten. Ihr hingegen war von Beginn an das volle Pensum der Arbeit zugeteilt worden. Dass sie diese Tortur überhaupt durchhielt, verdankte sie vor allem Abigail, die abends mit einem nahrhaften Essen auf sie wartete, damit sie wieder zu Kräften kam. Sie sorgte für sie wie eine Mutter, und in dieser Nacht würde sie die Frau nicht allein gehen lassen.

»Ich komme mit, keine Widerrede!« Anna trat nach draußen.

»Eigensinniges Mädchen«, murmelte Abigail, doch hinderte sie Anna nicht mehr daran, ihr zu folgen.

Ein gedämpftes Stöhnen war zu hören, und sie beeilten sich, zu Georges Hütte zu gelangen. Anna hatte als Erste die Tür erreicht, und als sie diese öffnete, schlug ihr der Geruch von Krankheit und Siechtum entgegen, sodass sie dem Drang widerstehen musste, sich den Stoff ihres Unterkleides vor die Nase zu halten. Den Ekel niederkämpfend, betrat sie den kleinen Raum, der vom flackernden Licht eines Feuers ausgeleuchtet wurde, das die Hitze noch unerträglicher machte. Gleich hinter ihr folgte Abigail. Auf dem Boden kniete Sue, den Kopf auf die Unterarme gestützt, und schluchzte laut. Ihr zu Füßen, auf einer Matte, lag George, einer der Feldsklaven, und wand sich stöhnend, Gesicht und Oberkörper von Schweiß bedeckt, die Augen geschlossen, die Lider flackernd. Seine Haut, sonst von einem satten, warmen Braun, war seltsam graugelb verfärbt, schwarzer Speichel rann aus seinen Mundwinkeln.

Sanft schob Anna seine weinende Frau beiseite, dann tastete sie Georges Gesicht und Stirn ab. Seine Haut brannte unter ihren Fingern, und als sie vorsichtig Kinn und Achseln befühlte, spürte sie deutlich knotige Schwellungen.

Abigail war neben sie getreten, kniete sich mit einem leichten Ächzen auf die Erde und nahm einen Arm des Patienten, der bei der Berührung zusammenzuckte. Fasziniert sah Anna, wie die Sklavin mit der rechten Hand dessen Unterarm festhielt und mit dem Nagel des linken Zeigefingers mit einigem Druck darüberkratzte.

Sofort bildete sich an der Stelle eine tiefdunkle Linie und rechts und links daneben zwei weitere, die eine hellere Färbung aufwiesen.

»Also doch«, murmelte Abigail, »Gelbfieber.«

Sues Schluchzen verstummte einen Moment.

Anna erstarrte. »Was bedeutet das?« Sie hatte bereits von dieser Krankheit gehört, die sich oft in großen Städten ausbreitete, doch war sie noch nie selbst damit in Berührung gekommen.

Abigails Lippen zuckten, als weigere sich etwas in ihr, das auszusprechen, was sie dachte: »Kann sein, dass ... eine Epidemie ...«

Wie durch Nebel hörte Anna ein Aufkeuchen und bemerkte, dass es von ihr selber kam. »Aber ... wie ...«

»Du musst mir helfen, das Fieber zu senken. Wenn wir das schaffen, wird George vielleicht überleben.«

Lähmende Angst breitete sich in Anna aus, sie fröstelte trotz der stickigen, rußgeschwängerten Luft.

»Schnell, lauf zur Köchin, und weck sie auf! Lass dir etwas Weidenrinde geben. Sie soll sie aufkochen und ...«

»Essig«, murmelte Anna fahrig, die Augen noch immer auf den sich in Fieberkrämpfen windenden Mann gerichtet, »ich werde um Essig bitten, saubere Tücher. Wir müssen ...«

Bevor sie den Satz beenden konnte, verkrampfte sich Georges Brust, als versuche er, sich aufzurichten, dann schoss ein Schwall tiefschwarzen Auswurfs aus Mund und Nase, ergoss sich auf die Decken, seine Hose und über Abigails Hände. Der Kranke zuckte, spie weiter, warf sich zur Seite, und ohne nachzudenken, hielt Anna seinen Kopf und Oberkörper, damit er nicht an dem Erbrochenen erstickte.

»Nein, nein, *nei-en* ...« Sues Stimme steigerte sich zu einem hysterischen Kreischen. Mit weit aufgerissenen Augen hockte sie in der Ecke und starrte zum Lager hinüber, während sie den Körper wie im Schock hin und her wiegte. »Nein, nein, nein ...«

Gern hätte Anna sie getröstet, ihr gesagt, dass alles in Ordnung sei. Aber dazu hätte sie lügen müssen, und das konnte sie nicht, nicht einmal in einer solchen Situation. Dabei hatte Sue doch Kummer genug mit ihrem Bruder Martin, der immer noch Fluchtgedanken hegte. Wenn nun auch noch ihr Mann starb ... Großer Gott!

Fest hielt Anna den noch immer zuckenden George an sich gepresst, bis der Anfall vorüber war. Dann half sie Abigail, den Mann zu reinigen, und kämpfte dabei den Impuls nieder, nach draußen zu laufen, frische Luft zu atmen, das schreckliche Bild des Todes vor ihren Augen zu verscheuchen.

»Geh, und weck die Köchin«, wiederholte Abigail. »Ich

bleib hier und tue, was ich kann!« Ihre Stimme duldete keinen Widerspruch, und Anna lief hinaus, stolperte über den Rasen, hinüber zum Küchenhaus, das, wie der Rest der Plantage, in tiefer Dunkelheit lag.

»Tilly!« Sie hämmerte an die Tür. »Tilly, wach auf! Schnell, ich brauche deine Hilfe!«

Nichts geschah, kein Laut, keine Regung war hinter der verschlossenen Tür zu hören. Was kein Wunder war, denn Tilly war am vorherigen Tag von früh bis spät auf den Beinen gewesen, um für Dorothys Geburtstagsfeier zu kochen, und daher sicher erst spät ins Bett gekommen.

»Tilly! Bitte, Tilly, mach doch!« Annas Rufen hallte durch die Nacht, von irgendwo antwortete ein Hund mit lautem Gebell. Dann endlich wurden Schritte laut, und auf der anderen Seite der Tür knirschte es, als der Riegel zurückgeschoben wurde und diese sich öffnete.

Mitleid überflutete Anna, als sie das erschöpfte Gesicht der Köchin sah. Schlaftrunken blinzelten deren Augen im Licht der Kerze, die sie in der linken Hand hielt. »Was ist los?«

»Um der Liebe Gottes willen, Tilly, lass mich rein! George ist krank. Gelbfieber, sagt Abigail. Womöglich hat es noch andere erwischt. Ich brauche Weidenrinde, Essig und sauberes Wasser, um das Fieber zu senken. Rasch, sonst stirbt er noch!«

Ehe sie mit ihrer Erklärung fertig war, hatte Tilly die Tür ganz geöffnet und Anna eintreten lassen. Die Küche lag in fast vollständiger Dunkelheit, nur schwach glomm etwas Glut in der Feuerstelle, das Licht der Kerze huschte gespenstisch über die hölzerne Anrichte, Regale, Tische und Stühle. Der Geruch von Braten und Zwiebeln und dem allgegenwärtigen Maisbrei hing in der Luft.

Es blieb ihnen nicht viel Zeit.

Eilig entzündete Tilly eine weitere Kerze, nahm eine Flasche Essig vom Regal, kramte in einer kleinen Holzkiste und nahm etwas Weidenrinde daraus hervor, die sie sogleich in einen Topf warf, den sie mit Wasser füllte und auf den Herd stellte. Mit geübten Bewegungen entfachte sie das Feuer und legte weitere Holzscheite auf. Während der Sud zu kochen anfing, lief sie in ihre Schlafkammer und kam kurze Zeit später mit einem Schwung sauberer Leintücher über dem Arm zurück.

»Hier, nimm schon mal das und den Essig. Ich komme nach und bringe sauberes Wasser und den Aufguss. Du kannst ...«

»Was ist hier los?« Wie ein Rachegott stand Anderson in der Tür. Keine der beiden Frauen hatte ihn kommen gehört. Erschrocken fuhr Anna herum und starrte den Aufseher, dessen Schlaf sie offensichtlich gestört hatte, mit schreckgeweiteten Augen an. Er musste sich hastig Hemd und Hose übergestreift haben, und in der rechten Hand hielt er seine Pistole. »Was soll der Lärm?«

Panik erfasste Anna, sie befürchtete, wertvolle Zeit zu verlieren, wenn sie alles noch einmal erklären musste. Zeit, von der womöglich Georges Leben abhing. Und doch hatte sie keine Wahl. »Mister Anderson, George ist krank, womöglich Gelbfieber. Tilly hier hilft mir, einen Aufguss und Medikamente ...«

»Gelbfieber?« Bei diesem Wort wurde der Aufseher bleich, doch dann schüttelte er den Kopf. »George simuliert. Der will sich bloß vor der Arbeit drücken. Geht wieder schlafen.«

»Nein, Sir, er ist wirklich krank, Ihr solltet ihn sehen. Abigail ist bei ihm.«

»Die alte Hexe sollte sich besser um ihre eigenen Sachen kümmern, statt des Nachts herumzuschnüffeln. Oder hat sie vergessen, was mit ihrem Sohn passiert ist?«

Nur mühsam unterdrückte Anna ihren Zorn. »Nein, Sir. Wie auch? Aber nun lasst mich bitte gehen. George braucht Hilfe, und wenn er stirbt...«

Ohne eine Antwort abzuwarten, wollte sie sich mit den Tüchern und der Essigflasche an ihm vorbeidrücken. Doch er packte sie und zog sie zu sich heran. »Was gibst du mir, wenn ich dich zu diesem Schwarzbock gehen lasse?« Schwer lag seine Hand auf ihrer Schulter, durch den dünnen Stoff ihres Unterkleides spürte sie die Hitze seines Körpers. Sein Atem streifte ihr Gesicht. Er hatte wieder getrunken. »Versprichst du, mir einen kleinen Gefallen zu tun, sobald du mit dem Kerl fertig bist?«

Mit zusammengebissenen Zähnen schluckte Anna, ihr Körper zitterte vor Wut, Abscheu und Furcht. Dort hinten in der Hütte lag George im Sterben, und dieser Mann hier trieb seine schmutzigen Spielchen mit ihr.

»Mister Anderson, bitte.« Sie wand sich unter seinem Griff, doch es war nutzlos, Alkohol und Begierde verliehen ihm unbeugsame Kraft. »Der Mann stirbt vielleicht. Wie wollt Ihr das morgen dem Master erklären, ich bitte Euch... Sir.«

Aus den Augenwinkeln heraus sah sie, wie Tilly die Szene mit entsetztem Gesicht beobachtete. Von ihr war keine Hilfe zu erwarten.

»Aber, Sir, der Master braucht jeden seiner Arbeiter. Lasst mich los, damit ich George helfen kann.«

Andersons alkoholschwangerer Atem wurde immer unerträglicher, als sein Mund näher kam. Mit einem Ruck hatte er Anna von den Füßen gehoben und sich über die Schulter geworfen. Verzweifelt strampelte sie und hätte beinahe die sauberen Tücher verloren. Am liebsten hätte sie diesem widerlichen Scheusal die Essigflasche auf den Kopf geschlagen.

»Lasst mich runter, Sir. Ich muss zu George!«

Er hielt sie weiter fest.

»Ich schreie das ganze Herrenhaus zusammen, wenn Ihr mich nicht sofort loslasst!«

Ein höhnisches Lachen war die Antwort. »Wirklich? Das traust du dich nicht.«

Die Angst um George verlieh Anna ungeahnten Mut.

»Mister Huntley! Hilfe! *Mis-ter Hunt-ley*...!« Ihre verzweifelten Schreie hallten durch die Nacht, während sie gleichzeitig versuchte, sich aus der Umklammerung zu befreien.

Es war der pure Irrsinn, was sie hier tat. Mitten in der Nacht die Herrschaft aus dem Bett zu brüllen. »Mister Huntley...!«

Flackerndes Licht erhellte eines der Fenster im ersten Stock des Herrenhauses, dann öffnete es sich. Die Nachtmütze auf dem Kopf und eine Kerze in der Hand, blinzelte der alte Huntley in die Dunkelheit, an die sich seine Augen wohl erst gewöhnen mussten. »Mister Anderson, was ist da los? Wer schreit denn da so erbärmlich?«

Mit einem Ruck ließ der Aufseher Anna frei. Hart stürzte sie zu Boden und konnte im letzten Moment die Essigflasche mit ihrem Körper schützen, sodass diese nicht zerbrach. Doch ein Hämmern an Knie und Unterarm zeigten an, dass sie sich diese beim Sturz geprellt hatte. Dessen ungeachtet rappelte sie sich wieder auf, ignorierte den vor Anstrengung und Wut schnaubenden Mann neben sich und richtete ihren Blick nach oben zum offenen Fenster.

»Mister Huntley, einer der Sklaven ist krank. Womöglich Gelbfieber!« Mit dem Mut der Verzweiflung lief Anna näher zum Herrenhaus in der Hoffnung, dass der alte Mann sie dann erkennen konnte. Sie hatte nichts mehr zu verlieren. Was sie getan hatte, war für jemanden in ihrer Position unverzeihlich.

Wenn sie George – und sich selbst – jetzt noch helfen wollte, blieb nur die Flucht nach vorn. »Abigail meint, es könnte der Beginn einer Epidemie sein. Bitte, Sir, ich kann dem Kranken helfen. Vielleicht lässt sich dann noch das Schlimmste verhindern!«

Huntleys Miene wirkte besorgt und ein wenig verwirrt, aber vielleicht war dieser Eindruck nur dem schwachen Licht der Kerze zu verdanken. »Hast du gerade geschrien?«

Beklommen nickte Anna. »Ja, das war ich, Sir.«

Sein Blick ging zu dem Aufseher. »Mister Anderson, ich erwarte eine Erklärung ...«

Dieser räusperte sich so wütend, dass es fast wie ein Knurren klang. »Das Verhalten von diesem Weibsstück ist unentschuldbar.«

»Wenn es stimmt, was die Kleine sagt, solltet besser Ihr aufpassen, dass Ihr nichts Unentschuldbares tut«, brummte Huntley. »Los, lauf, Mädchen. Tu, was immer du tun kannst, damit diese Seuche sich nicht ausbreitet!«, wandte er sich dann an Anna.

»Danke, Sir.« Erleichterung durchflutete sie wie eine frische Brise. »Gott segne Euch. Ich werde alles tun, was in meiner Macht steht.« Erst jetzt spürte sie, dass sie am ganzen Körper zitterte, ihre Knie waren vor Angst so weich, dass sie beinahe zusammengesunken wäre.

»Und Ihr, Mister Anderson, sorgt dafür, dass alles seine Ordnung hat. Ihr seid mir persönlich für die Gesundheit meiner Leute verantwortlich. Habt Ihr verstanden?«

»Ja, Sir.« Zorn und unterdrückter Hass zischten bei diesen Worten mit. Ruckartig wandte Anderson sich ab, und nur vage nahm Anna wahr, dass sich das Fenster im Herrenhaus wieder schloss.

Eilig wandte sie sich um, um zurückzulaufen, doch Anderson stellte sich ihr in den Weg und hielt sie am Arm fest. »Dafür wirst du zahlen, du kleine Ratte, das schwöre ich!«

Anna riss sich los und lief stolpernd zu Georges Hütte. Kurz darauf erschien Tilly mit dem Sud und dem Wasser.

Es wurde eine lange Nacht, doch als der Morgen graute, war Georges Fieber ein wenig gesunken.

Anderson machte sein Versprechen wahr. Nach dieser Demütigung hatte er ein noch schärferes Auge auf Anna und die anderen Sklaven als bisher.

Bereits am nächsten Morgen, als sie gerade von Georges Hütte zurückgekehrt war und sich hingelegt hatte, ließ Anderson die Sklaven früher wecken als sonst. Anna glaubte, keinen Fuß vor den anderen setzen zu können, geschweige denn einen Tag auf den Feldern zu überstehen. Doch schnell zog sie sich ihr Kleid über, trank einen Schluck Wasser, schlüpfte nach draußen und schloss sich der Reihe der Feldsklaven an.

Die Hitze stand zwischen den Tabakpflanzen, Schlafmangel und Durst zehrten an Annas Kräften. Und jedes Mal, wenn sie aufsah, schien es ihr, dass Anderson auf seinem Pferd genau in ihrer Nähe stand, als sei er darauf bedacht, sie der kleinsten Nachlässigkeit zu überführen.

Wenige Stunden später, die Sonne stand noch nicht im Zenit, war Anna schweißgebadet. Ihr Körper zitterte, einige Blasen an ihren Händen waren aufgeplatzt und bluteten, sodass sie diese ständig am Rock ihres Kleides abwischen musste.

Doch immer, wenn sie glaubte, nicht mehr weiterarbeiten zu können, vor Schwäche zusammenbrechen zu müssen und sich so der Willkür Andersons auszusetzen, schob ihr unbemerkt eine der Sklavinnen ein Stück Maisbrot oder einen getrockneten Apfelschnitz zu oder lenkte den Aufseher für einige Augenblicke so geschickt ab, dass Anna unbemerkt etwas Wasser aus dem Bottich trinken konnte.

Wie ein Lauffeuer musste sich die Nachricht verbreitet haben, dass Anna es in der Nacht zuvor mit Anderson und dem Master aufgenommen hatte, um George das Leben zu retten. Und die Woge stummer Dankbarkeit, kleiner Hilfen und aufmunternden Lächelns trug sie über den entsetzlichen Tag hinweg, bis die Sonne nach nicht enden wollenden Stunden am westlichen Himmel versank und es Zeit war, zu den Unterkünften zurückzukehren.

Abigail sollte recht behalten: George blieb nicht der einzige Patient. Wie eine der ägyptischen Plagen fiel die Krankheit über die Sklavenbaracken her. Nacheinander erkrankten viele der Menschen. Mehrmals in der Nacht wurden Anna und Abigail zu neuen Patienten gerufen, und schon bald fehlten immer mehr Arbeitskräfte. So lastete die wachsende Feldarbeit auf immer weniger Schultern.

Abends, wenn Anna vor Erschöpfung zitternd vom Feld kam, sank sie meist noch vor dem Essen in einen traumlosen Schlaf, nur um kurz darauf wieder von Abigail geweckt zu werden, damit sie ihr bei der Pflege der Kranken half.

Hitze, Überanstrengung und Schlafmangel forderten ihren Tribut. Nach einer Woche fühlte sich Anna so ausgelaugt, dass sie nicht wusste, wie es ihr gelang, sich auf den Beinen zu halten. Nur mit eiserner Willensanstrengung schaffte sie es, auch weiterhin die Arbeit auf dem Feld zu leisten, um Anderson keine Gelegenheit zu geben, sie wegen irgendetwas zu bestrafen.

Doch die Sklaven vergaßen es ihr nicht, dass sie des Nachts ihre Angehörigen, Ehepartner oder Freunde pflegte. Nicht nur, dass sie Anna mit zusätzlicher Nahrung versorgten, auch übernahmen andere, immer wenn Anderson es nicht sehen konnte, einen Teil ihrer Arbeit. Mehr noch als ihr Körper erholte sich ihre verletzte Seele durch die Dankbarkeit und Zuneigung dieser Menschen, die kaum selbst genug zum Leben hatten und ebenso wie sie von früh bis spät schuften mussten.

Seit sie George das Leben gerettet hatte, war Anna ein respektiertes Mitglied in der Gemeinschaft der Sklaven, und dieses Gefühl der Zugehörigkeit nahm ihr zum ersten Mal etwas von der Einsamkeit, die sie, seit sie aus Waldeck vertrieben worden war, begleitet hatte.

Nur eine der Sklavinnen war Anna alles andere als wohlgesinnt. Abends, wenn Anna mit den anderen Feldarbeitern den Weg zurück zu den Unterkünften antrat, wartete Rose neben den Wohnbaracken, sah zu, wie sie verschmutzt und in von Schweiß getränkten Kleidern dem Vorarbeiter die Werkzeuge übergab und dann mit letzter Kraft zu Abigail in die Hütte kroch, um sich kurz auszuruhen.

Noch hinter der geschlossenen Tür fühlte Anna die dunklen, hasserfüllten Augen der jungen Frau auf sich ruhen.

KAPITEL 14

Lorenz von Tannau verabscheute die Aufgabe, die man ihm übertragen hatte, ja, er verabscheute sich selbst dafür, dass er sie nicht abgelehnt hatte. Menschen zu kaufen wie ein Stück Vieh erschien ihm als das Barbarischste, von dem er je gehört hatte. Natürlich musste es Adelige geben und das einfache Volk, Herren und Knechte. So war die Welt nun einmal. Und von seinem Vater hatte er gelernt, dass jeder Mensch seinen gottgewollten Platz in dieser Welt hatte, den es nach besten Kräften auszufüllen galt.

Aber Menschen wie Tiere zu behandeln, sie an den Meistbietenden zu verschachern, der dann die absolute Gewalt über Leben und Tod hatte? Nein, das konnte nicht der Wille Gottes sein! Trotzdem war es hierzulande erlaubt. Und Lorenz war nun gezwungen, sich selbst an einem solchen Geschäft die Finger schmutzig zu machen. Auch wenn er sich schlecht dabei fühlte, so blieb ihm keine Wahl, als der Anordnung seines vorgesetzten Offiziers zu folgen, der ihn damit beauftragt hatte, ein paar Stallknechte zu besorgen. Schwarze Bedienstete zu haben, war auch unter den Subsidientruppen zur gängigen Praxis geworden, sodass Lorenz trotz seiner inneren Ablehnung kein ausreichender Grund eingefallen war, sich diesem Befehl zu widersetzen.

Die Junisonne stand bereits in ihrem Zenit, und die Hitze machte Lorenz zu schaffen, als er mit Sergeant Weiser durch die Straßen New Yorks bis zur Wall Street, einem der wichtigsten Handelszentren der Stadt ging, wo sich auch der örtliche Sklavenmarkt befand. Vor dem Eingang eines schmucklosen Holzgebäudes hatte sich eine Menschenmenge versammelt.

Neben einfachen Bauern, die schlichte Hemden und Hosen trugen, sah er andere, die, ihrer Kleidung nach zu urteilen, zum gehobenen Stand der Kolonisten zählen mussten. Wieder kam ihm zu Bewusstsein, wie zerrissen dieses Land doch war, wie gespalten in Denkweise und Kultur. Verfeindete Loyalisten und Patrioten, die zuvor als Nachbarn Tür an Tür gelebt hatten, fielen jetzt in blutigen Gemetzeln übereinander her, spionierten sich aus und denunzierten einander. Seit New York im November 1776 von den Briten und ihren hessischen Verbündeten eingenommen worden war, befand sich dort auch deren Hauptquartier. Kurz zuvor hatte ein großes Feuer ganze Straßenzüge zerstört. Die Spuren der Zerstörung waren noch immer überall zu erkennen. Dabei war die Stadt nicht nur das Refugium flüchtiger Loyalisten, die in ihren Heimatorten von den Rebellen schikaniert oder gar aus ihnen vertrieben worden waren. Sie diente auch als Zufluchtsort entsprungener Sklaven, die auf das Versprechen von Freiheit hin vor ihren patriotischen Herren geflohen waren, um sich den britischen Truppen anzuschließen. Misstrauen und Spionage herrschten seither in der Stadt, vor deren Ufern auch viele der Gefangenenschiffe lagerten, auf denen Rebellensoldaten inhaftiert waren.

Hass und Argwohn rissen tiefe Wunden, die sich wie Gräben durch die Gesellschaft der Kolonien, ja bisweilen sogar durch einzelne Familien zogen. Es gab Momente, in denen Lorenz dachte, es wäre besser, diese entzweite Bevölkerung sich selbst zu überlassen, statt sie mit Waffengewalt dazu zu zwingen, dem britischen König zu gehorchen.

Noch immer erinnerte er sich voller Zorn an das unselige Weihnachtsfest des vergangenen Jahres, als sich die Hessen so leichtsinnig hatten überrennen lassen. Zu Tode erschöpft und halb erfroren, war es ihm damals gelungen, Oberst Ralls geheime Kriegspläne hierher, zum britisch-hessischen Hauptquartier, nach New York zu bringen. Sein wagemutiges Manöver hatte ihm die Beförderung zum Premierleutnant eingebracht. Doch hatten die herben Verluste – über hundert Verwundete und Gefallene, dazu annähernd tausend Hessen, die in americanische Gefangenschaft geraten waren – die Schlagkraft der deutschen Einheiten deutlich geschwächt, den Kampfesmut der Rebellen hingegen nachhaltig gestärkt.

Nun würde der britische General Howe mit seinen Truppen und den hessischen Verbündeten in den nächsten Tagen von New York aufbrechen, um mit einer neuen, groß angelegten Kampagne die Schmach von Trenton zu tilgen und den Rebellen einen empfindlichen Verlust beizubringen.

Ein Aufschrei riss Lorenz aus seinen Gedanken. Ehe er erkannte, woher dieser kam, stolperte ein junger Schwarzer mit schweren Eisenketten an Händen und Füßen aus einem der Hintereingänge des Gebäudes. Trotz der Fesseln bewegte er sich behände, wenn auch nicht flink genug, um seinen beiden mit Pistolen bewaffneten Verfolgern zu entkommen. Nach wenigen Schritten hatten sie ihn eingeholt, seine Ketten ergriffen und ihn mit einem Ruck auf die Erde geworfen. Einer verpasste ihm mit dem Knauf seiner Pistole einen Schlag ins Genick, sodass seine Muskeln erschlafften und er benommen den Widerstand aufgab.

Das alles ereignete sich nur wenige Meter von Lorenz entfernt, sodass er das angespannte Zittern des jungen Sklaven sehen konnte und ihm der Geruch nach Tabak, Branntwein und Schweiß, der von den beiden Wachen ausging, in die Nase stieg.

Stirnrunzelnd trat Lorenz hinzu und fragte in strengem Ton: »Was ist hier los?«

Sogleich richteten sich die zwei Männer auf, musterten ihn, und als sie sahen, dass es sich um einen Offizier handelte, beeilten sie sich, ihren Gefangenen in eine sitzende Position zu zerren.

»Nichts weiter, Sir. Nur ein Nigger, der versucht hat zu fliehen.« Die Antwort des Mannes kam hastig, er hatte einen leicht schnarrenden Akzent und zeigte beim Sprechen eine lückenhafte Reihe bräunlich verfärbter Zähne.

Angewidert wandte sich Lorenz dem jungen Sklaven zu, der nach dem Schlag allmählich wieder zu sich kam.

»Wie heißt du?«

Der Angesprochene hob langsam den Kopf, als bereite ihm diese Bewegung Schmerzen, doch in seinen Augen lag ein zorniger Trotz, ein Aufbegehren, das die Schwerfälligkeit seiner Bewegungen Lügen zu strafen schien.

»Steh auf!«, befahl Lorenz, als der Mann nicht antwortete. »Ich will dich anschauen!«

»Aber nein, Sir, nein! Der hier eignet sich nicht für die Armee! Er ist ein Aufwiegler und Unruhestifter.« Kurzatmig und hochrot im Gesicht war ein älterer Mann in einem schlecht sitzenden, jedoch aus gutem, dunkelblauem Tuch gefertigten Anzug zu der Gruppe geeilt. Sein hell gepudertes Gesicht war füllig, seine wurstigen Hände vollführten eine abweisende Geste.

»Wieso denkt Ihr das?« Misstrauisch hatte Lorenz die Augenbrauen zusammengezogen und musterte den Sklavenhändler. Der junge Schwarze, der sich inzwischen heftig atmend aufgerichtet hatte, erweckte noch immer den Anschein, sofort die Flucht zu ergreifen, falls er Gelegenheit dazu fände.

»Glaubt mir, Sir, ich habe meine Erfahrungen.« Offensichtlich befürchtete der Händler, weitere lukrative Geschäfte mit den Truppen zu gefährden, sollte er ihnen Sklaven verkaufen, die Ärger machten. »Seht Euch seinen Rücken an, und Ihr wisst, was ich meine.«

Wie um diese Worte zu unterstreichen, hatte einer der beiden Wachen, die den Sklaven gepackt hielten, diesem das Hemd hochgerissen. Breite, kaum verheilte Striemen zogen sich kreuz und quer über dessen Rücken, verkrusteter Schorf hob sich schwärzlich von der dunklen Haut ab. Er war ein kräftiger junger Bursche, und Lorenz fragte sich, was er getan haben mochte, um eine solche Strafe zu verdienen.

»Welche Arbeiten hast du verrichtet?«, fragte er den Schwarzen, der mit einer trotzigen Geste unaufgefordert wieder das Hemd herunterzog.

»Ich hab mich um Pferde gekümmert.«

»Also ein Pferdeknecht?«

Mit einem Hauch von Verachtung in der Stimme antwortete er: »Ich war verantwortlich für die beste Pferdezucht in ganz Virginia.«

Lorenz erkannte den Stolz in den Worten des jungen Mannes und überlegte. Ein Pferdeknecht war genau das, was sie brauchten. Aber ein Unruhestifter?

Dabei hatte etwas an dem Sklaven seine Sympathie geweckt. Und sollte er wirklich über eine große Erfahrung im Umgang mit Pferden verfügen, wäre das ein Gewinn für das Regiment.

Und so stand seine Entscheidung fest.

»Ich nehme diesen mit und brauche noch zwei weitere, die sich mit Pferden auskennen. Sicher werdet Ihr mich gut beraten.«

»Aber, Sir«, protestierte der Händler, während er in schierer Verzweiflung mit den Augen rollte. »Ihr solltet lieber …«

»Was ich sollte, Mister, entscheide ich noch immer selbst.

Und wenn wir nun zum Geschäftlichen kommen könnten. Sicher habt Ihr Verständnis dafür, dass meine Zeit knapp bemessen ist.«

Wie immer zeigte Lorenz' herablassend aristokratischer Tonfall auch bei Abschaum wie diesem Seelenhändler Wirkung. Binnen einer halben Stunde war das Geschäft abgewickelt, und der Premierleutnant von Tannau begab sich mit Sergeant Weiser und drei neu erworbenen Sklaven auf den Weg zurück zu seiner Einheit.

✻

Ein Trommelwirbel riss Kurt Paul aus dem betäubenden Schlaf, den er, halb auf der Erde, halb an eine feuchte Häuserwand gelehnt, wieder einmal unter freiem Himmel hatte verbringen müssen.

Fluchend rappelte er sich auf und ging ein paar Schritte, um die Steifheit aus seinen Gliedern zu verscheuchen. Die erste verfrühte Herbstkälte war ihm in die Knochen gezogen, Tau bedeckte seine Hose und Jacke, und das vernehmliche Grummeln seines Magens erinnerte ihn daran, dass er sich an seine letzte Mahlzeit kaum zu erinnern vermochte.

Wieder ein Trommelwirbel. Dann sah er, wie, gefolgt von einer Meute Kinder und Schaulustiger, eine kleine Gruppe Uniformierter um die Straßenecke kam. Inmitten von Unrat, zwischen Läden und Ständen legten sie ein Brett über zwei Böcke und stellten ein Tintenfass und einen Stapel Papiere darauf. Mit einer großspurigen Geste öffnete einer der Soldaten eine schwere Holzkiste, entnahm ihr eine Handvoll Münzen und ließ sie auf das gespannte Leder der Trommel fallen. Begleitet von dem rhythmischen Trommeln, Klimpern und Pfeifen, begann er dann, prahlerisch von den großen

Erfolgen der Kontinentalarmee George Washingtons zu erzählen.

Beinahe hätte Kurt laut aufgelacht. Was für ein armseliges Trüppchen! Diese unausgebildeten Halunken waren tatsächlich Werber, welche die Aufgabe hatten, neue Rekruten zu finden, die sich der hoffnungslosen Sache anschließen sollten. Wahrscheinlich suchten sie verzweifelt Nachschub, da ihnen nach jeder Niederlage weitere Männer davonliefen. Eine erbärmliche Armee, die es kaum zustande brachte, ihre Soldaten mit Schuhen und Kleidung zu versorgen, geschweige denn mit einer einheitlichen Uniform, wie es sich für eine Einheit ziemte.

Doch er selbst hatte weder Schuhe noch saubere Kleidung. Erneut knurrte sein Magen vernehmlich und erinnerte ihn daran, dass er noch nicht einmal Geld besaß, um sich Brot kaufen zu können. Bald blieb ihm wirklich nur noch die Wahl, Hungers zu sterben oder sich als Schuldknecht an einen dieser stinkenden Seelenverkäufer zu verschachern. Keine dieser Möglichkeiten erschien ihm verlockend. Der Herbst stand vor der Tür, und mit leerem Bauch starb es sich in America genauso schnell wie in Hessen.

Kaum verstand er die gebrüllten Worte der Werber, doch waren es wahrscheinlich die gleichen Versprechungen, wie sie auch in seiner Heimat gemacht wurden: ein sicherer Sold, ein Dach über dem Kopf und ein voller Magen. Selbst wenn die Hälfte davon gelogen war, erschien es Kurt immer noch besser als das, was er jetzt hatte.

Kämpfen konnte er, das hatte er gelernt. Für welche Seite er dabei seinen Kopf hinhielt, spielte für ihn keine Rolle. Nur eine Vorstellung ließ ihn noch zurückschrecken: Er hatte keine Lust, für diese dreckigen Kolonisten mit ihren Hirngespinsten von einer Welt in Freiheit und Unabhängigkeit als

Kriegsgefangener in irgendeinem stinkenden Lager zu verrotten.

Aber selbst dann – und bei diesem Gedanken breitete sich ein Grinsen auf seinem Gesicht aus –, selbst dann wäre die Lage nicht aussichtslos. Es wäre nicht das erste Mal, dass er sich aus einer brenzligen Situation befreien könnte. Und, dessen war er sich sicher, in diesem öden Land würde ihn niemand suchen und finden.

Also, was hatte er zu verlieren?

*

Die Schlacht hatte bis zum Abend gedauert. Das Töten hatte sich hingezogen, bis der Himmel sich ebenso blutrot färbte wie die Erde des vom Nebel eingehüllten Schlachtfeldes und das zäh fließende Wasser des Brandywine Creek.

Zwar schwiegen nun die Waffen, aber das Donnern der Kanonen, das Krachen der Musketen, gemischt mit den Schreien der Verwundeten und Sterbenden, klang noch immer in Lorenz' Kopf nach. Er befürchtete, dass er sie auch in dieser Nacht nicht würde abschütteln können.

Obgleich er selbst, von einer Schramme an der Wange abgesehen, unverletzt aus dem Kampf gekommen war, fühlte er sich völlig zerschlagen.

Doch es war ein Sieg gewesen. Ein großer Sieg.

Die Rebellen flohen und mit ihnen ihr Befehlshaber George Washington. Und wenn die Berichte der Späher und Spione zutrafen, war die Stadt Philadelphia, die Keimzelle der Rebellion und Sitz des selbst ernannten amerikanischen Kontinentalkongresses, von den Aufständischen nicht mehr zu halten.

Während sein Blick über das nächtliche Schlachtfeld streifte, nickte Lorenz grimmig. Es dürfte nur noch wenige Tage dauern, bis sie Philadelphia erreichten und besetzen konnten. Und dann hätten sie, neben New York, eine weitere, bedeutende Basis, von der aus sich das Nest der Revolution würde ausheben lassen.

Man hatte es aufgegeben, die flüchtenden Rebellen zu verfolgen, und gestand ihnen ihren Rückzug zu. Die Nacht war über New Jersey hereingebrochen und ließ ohnehin jede militärische Operation sinnlos erscheinen.

Britische und deutsche Offiziere hatten sich zu einem gemeinsamen Abendessen getroffen, um den Ausgang der Schlacht zu begießen. Doch Lorenz stand der Sinn nicht nach derartigen Feierlichkeiten. Der Gedanke an die Gefallenen und Verwundeten hatte seinen Appetit schwinden lassen. Außerdem drängte es ihn, nach seinem Pferd zu sehen, das seit einer Weile unter seltsamen Koliken litt und jeden Tag schwächer wurde.

Und so verabschiedete er sich, nachdem er seine Männer entlassen und mit den Offizierskollegen einige Informationen und Höflichkeiten ausgetauscht hatte, und machte sich auf den Weg zur Koppel.

Schon von Weitem nahm er den vertrauten Geruch nach Pferden und Stroh wahr. Einige der Tiere kamen auf ihn zu getrabt. Im Licht des Halbmondes sah er jedoch eines auf der Erde liegen, das sich mit gepeinigtem Wiehern hin und her warf, und mit Schrecken erkannte er Perikles. Eine menschliche Gestalt kniete neben dem Pferd, betastete seinen Bauch und redete beruhigend auf es ein.

Es war Noah, der Pferdeknecht, den er unlängst zusammen mit zwei anderen Sklaven für das Regiment erstanden hatte.

Seit jenem Tag hatte er ihn gelegentlich bei den Tieren angetroffen, doch schien der junge Schwarze ihn zu meiden. Allerdings hatte sich rasch herausgestellt, dass er damals auf dem
Sklavenmarkt nicht übertrieben hatte. Er besaß tatsächlich ein
ungewöhnliches Geschick im Umgang mit Pferden und hatte
dadurch schnell den Respekt der anderen Knechte und sogar
mancher Offiziere gewonnen.

Auch hatte er, entgegen der Voraussage des Sklavenhändlers, bisher keinerlei Ärger gemacht. Weder hatte er zu fliehen
versucht, noch war er durch Aufsässigkeit aufgefallen. Lediglich das kühle, unnahbare Auftreten, das er Lorenz gegenüber
an den Tag legte, war befremdlich. Offenbar war Noah zu stolz,
um zu vergessen, in welch demütigender Situation Lorenz ihn
gesehen und gekauft hatte.

Auch jetzt blitzte ein stummes Aufbegehren in den Augen
des Sklaven auf, als er ihn erkannte und sich schnell erhob.

»Leutnant von Tannau, Sir.«

Dann ging sein Blick wieder hinab zu Perikles, der den
Kopf schmerzerfüllt herumwarf und so stark mit den Augen
rollte, dass nur das Weiße zu sehen war.

»Es geht ihm nicht besser?« Lorenz' Stimme klang heiser.

»Nein, Sir, er quält sich schon seit Tagen. Und heute
Abend ...« Noah hob die Schultern. »Es ist schlimmer geworden.«

Lorenz spürte, wie er bei diesen Worten erstarrte. Dieses
Pferd bedeutete ihm viel. War es doch die letzte Verbindung
zu seiner Heimat und hatte ihn bisher in diesem Krieg nie im
Stich gelassen. Seine Wangen zuckten, und nur mit Mühe gelang es ihm, zu verhindern, dass seine Augen feucht wurden.

Schweigen entstand. Lorenz fing Noahs überraschten Blick
auf und spürte, wie dessen Ausdruck sich veränderte. Für
einen kurzen Moment leuchtete Verständnis auf.

»Dieses Pferd liegt Euch sehr am Herzen, Sir.« Es klang eher wie eine Feststellung als wie eine Frage.

Verärgert und betroffen, dass der Sklave ihn durchschaute, presste er die Lippen zusammen, nickte jedoch knapp. »Ja.«

»Es hat Euch den ganzen Krieg über begleitet, Sir?«

»Es ist ein Geschenk meines Vaters.« Lorenz hatte das Gefühl, diese Erklärung geben zu müssen, doch der andere hatte sich wieder neben den Hengst gekniet und übte mit routiniert wirkenden Bewegungen Druck auf bestimmte Stellen des Bauches aus. Erneut bäumte sich das Tier auf, schlug wild und verzweifelt mit den Hufen um sich.

Noah nickte. »Wie ich es mir dachte.«

»Was hat er? Wird er durchkommen?« Lorenz konnte nicht verhindern, dass seine Stimme heiser klang.

Langsam stand der Sklave wieder auf. »Es gibt noch Hoffnung, aber ...«

»Aber was?« Unwillkürlich packte Lorenz ihn am Arm. »So red schon!«

Der Kopf des jungen Mannes fuhr herum, Zorn blitzte in seinen Augen auf, und einen Moment lang sah es so aus, als wolle er sich brüsk aus dem Griff winden.

Lorenz zuckte zurück und ließ ihn los. »Wie könntest du ihm helfen?«

Mit zusammengepressten Kiefern starrte Noah ihn einen Moment lang an. »Ich brauche Weißdorn«, sagte er dann. »Damit hab ich gute Erfahrungen gemacht. Meist sterben die Tiere an den Krämpfen. Aber mit Weißdorn hab ich es schon öfter geschafft, sie durchzubringen. Er gibt ihnen ...«, er suchte nach Worten, »... irgendwie die Kraft, die Krankheit zu überleben.«

Hoffnung glomm in Lorenz auf. Dieser Sklave schien zu wissen, von was er sprach. Nun blieb nur noch die Frage, wie er an diese Pflanze in ausreichender Menge gelangen könnte. Doch er würde sich bei den Einheimischen danach erkundigen. Selbst wenn er dazu persönlich die Wälder durchforsten müsste.

Entschlossen nickte er. »Du wirst den Weißdorn bekommen. Ich vertraue dir.« Wie um einen Vertrag zu besiegeln, streckte er ihm die Hand entgegen. »Danke.«

Zwar ergriff Noah diese nicht, doch das Lächeln, das für einen kurzen Moment über sein Gesicht huschte, wirkte wie ein Versprechen. »Ich werde alles tun, um Euer Pferd wieder auf die Beine zu bringen, Sir.«

Erleichterung durchströmte Lorenz, und als er zusah, wie der junge Schwarze mit seiner Behandlung fortfuhr, spürte er, dass das Eis zwischen ihnen gebrochen war.

✳

»Steh auf, nun mach schon!«

Eine Stiefelspitze traf Anna in der Seite und riss sie aus einem tiefen Schlaf.

»Hast du nicht gehört? Los!«

Benommen richtete sie sich auf, und als sie in das nur von der Feuerstelle erhellte Halbdunkel blinzelte, erkannte sie Anderson neben sich, in Hemd und Hose gekleidet, einen Mantel nachlässig über die Schultern geworfen. Ihr Magen verkrampfte sich, hastig zog sie die zerschlissene Decke bis zum Hals.

»Sorgst du dich um deine Tugend, Niggerfreundin?« Das bösartige Blitzen in seinen Augen ließ sie trocken schlucken. Einen Moment schien Anderson ihre Angst auszukosten, beobachtete sie genau, jede ihrer Bewegungen. Dann wandte er sich ruckartig um, riss ihr Kleid vom Stuhl und warf es ihr über: »Los, zieh dich an, aber wasch dich vorher. Der Master

344

schickt nach dir, also wage es nicht zu trödeln!« Wie zur Bekräftigung seiner Worte tippte er mit den Fingerspitzen an die zusammengerollte Peitsche, die in seinem Gürtel steckte, bevor er nach draußen trat.

»Was ist los?« Abigail war ebenfalls wach geworden.

»Ich weiß es nicht.« Anna schlug die Decke zurück und stand auf. »Mister Huntley. Er lässt mich rufen.« Mit klammen Fingern griff sie nach dem Kleid und nestelte an den Schnüren ihres Mieders herum, bis es ihr schließlich gelang, die Kordel straff zu ziehen und zu verknoten.

»Was will er von dir?«

»Ich weiß es nicht.« Eilig band sie den Rock fest und strich den Stoff glatt.

Besorgnis flackerte in Abigails Augen auf. Eine unausgesprochene Frage stand zwischen ihnen im Raum. Auch wenn der alte Master nicht dafür bekannt war, sich junge Sklavinnen aufs Zimmer schicken zu lasen, um sich mit ihnen zu vergnügen, so konnte man sich doch nie sicher sein.

»Vielleicht ist jemand im Haus krank.« Anna konnte ein Zittern in ihrer Stimme nicht ganz unterdrücken.

»Warum schickt man dann nicht nach mir?« Abigail hatte sich aufgerichtet, und die Decke glitt von ihrem Körper. Anna sah, wie mager sie durch den Kummer um ihren Sohn geworden war.

Ruhig blickte Anna ihr in die Augen. »Ich weiß es nicht, aber ich werde es bestimmt herausfinden. Schlaf noch ein wenig. Ich bin bald wieder da...«

»So, warte hier!«

Mit der Faust hämmerte Anderson an die schön gearbeitete, auf Hochglanz polierte Holztür, während er mit der linken

Annas Handgelenk festhielt, als fürchtete er, sie würde die nächstbeste Gelegenheit nutzen und das Weite suchen.

Noch immer wusste Anna nicht, was von ihr verlangt wurde, und sie spürte, wie ihr vor Angst und Ungewissheit der Schweiß über den Rücken lief.

Die Tür wurde geöffnet, und der alte Hector hieß Anna eintreten.

»Weißt du, weshalb ich herbestellt bin?«, fragte Anna den Hausdiener.

Dieser legte den Finger auf den Mund, beugte sich aber zu ihr herab und raunte ihr ins Ohr: »Die Missus hat eine schlimme Erkältung. Du sollst ihr helfen, weil du dich so gut mit Kräutern auskennst.«

Erleichtert atmete Anna auf. Erkältungen hatte sie schon oft erfolgreich behandelt.

Leise klopfte Hector an die Schlafzimmertür, und Daphne, die Zofe, öffnete. Sie führte Anna sogleich zum Bett der Mistress, die mit tränenden Augen und geröteter Nase dalag.

Matt gab sie Anna ein Zeichen, näher zu kommen, und krächzte: »Mir ist zu Ohren gekommen, dass du dich mit Krankheiten auskennst.«

Anna nickte, und Mistress Dorothy fuhr fort: »Dieser Dummkopf von Doktor konnte mir nicht helfen! Schon seit drei Tagen leide ich unsäglich. Nachts bekomme ich kein Auge zu. Ich will nur hoffen, dass du mehr davon verstehst als dieser Quacksalber.«

Anna konnte nur die arme Daphne bedauern, denn sie wusste, dass eine solche Erkältung meist eine Woche anhielt und man nichts tun konnte, außer dem Kranken etwas Linderung zu verschaffen. Eine ungute Ahnung, was ihr in den nächsten Tagen bevorstand, beschlich sie. Denn Wunder, wie sie wohl von ihr erwartet wurden, konnte sie keine vollbringen.

»Und nun mach dich an die Arbeit! Tilly wird dir später einen Platz zum Schlafen zuweisen.«

Entsetzt riss Anna die Augen auf. Sie sollte die Sklavenquartiere, die neue Gemeinschaft, die ihr endlich das Gefühl von Geborgenheit gegeben hatte, verlassen? Und stattdessen nur noch für diese verwöhnte, herrschsüchtige Frau arbeiten, die sie bei Tag und Nacht argwöhnisch beobachten würde, noch dazu ohne einen Ort, wo sie sich einmal zurückziehen könnte?

»Ja, Mistress, ich hole sofort meine Sachen«, brachte sie mit rauer Stimme hervor. Bei dieser Gelegenheit würde sie auch Abigail Bescheid geben können, was sich ereignet hatte.

»Papperlapapp!« Mit einer Handbewegung schnitt Dorothy ihr das Wort ab. »Darum wird sich Martin kümmern. Du hast Wichtigeres zu tun!«

Einen Augenblick lang war Anna zu benommen, um zu reagieren. Dann aber nickte sie. »Ja, Mistress, ich werde sofort sehen, was ich tun kann.«

Es war sinnlos, sich zu wehren. So viel hatte Anna bereits verstanden. In diesem Haus zählte nur das Wort der Herrschaft. Und während sie sich auf den Weg in die Küche machte, um frisches Wasser und die Kräuter für den Aufguss zu besorgen, fühlte sie sich, als sei über ihr eine Falle zugeschnappt.

KAPITEL 15

Valley Forge, Pennsylvania, Februar 1778

Das hatte er sich anders vorgestellt.

Zähneknirschend griff Kurt Paul nach der Muskete, hob sie an und legte sie sich über seine rechte Schulter. Der nächste Befehl kam, und auf Kommando griff er erneut zu, schob den Lauf von sich weg, präsentierte das Bajonett. Nicht, dass er Probleme mit dem Drill gehabt hätte. Das Exerzieren war er von seinem früheren Leben her so gewohnt, dass es ihm in Fleisch und Blut übergegangen war.

Doch hatte er etwas Besseres erwartet, als er, von Hunger und Verzweiflung getrieben, den Verlockungen des Werbeoffiziers nachgegeben und sich für die nächste Zeit bei Washingtons Kontinentalarmee verpflichtet hatte. Was hatte er sich alles ausgemalt! Famose Aufstiegschancen, unbegrenzte Freiheit, die Aussicht, bei einem Sieg ein eigenes Stück Land zu erhalten.

Und nun stand er da, in Reih und Glied und übte den Waffendrill unter den Augen eines Bauern, der nicht annähernd auf eine so lange militärische Erfahrung zurückblickte wie er selbst, geschweige denn die notwendigen Führungsqualitäten besessen hätte, um Untergebene auszubilden.

Doch über derartige Kleinigkeiten schien man hier hinwegzusehen, ebenso wie über Hunger, Kälte und Entbehrungen. Dazu hatten in den vergangenen Monaten fast alle Schlachten der Kontinentalarmee in Niederlagen geendet. Und nun war auch noch Philadelphia, die heimliche Hauptstadt der jungen Nation, der Sitz des Kontinentalkongresses, der Ort, an dem die Unabhängigkeitserklärung unterzeichnet worden war, in die Hände der Briten gefallen. All dies lastete schwer auf den ausgedünnten und entkräfteten Einheiten, die sich in diesem eisigen Winter 1777/78 in dem im südlichen Pennsylvania gelegenen Valley Forge zusammengefunden hatten.

Dass es dennoch nicht zur völligen Resignation und Massendesertion kam, verdankte Washington einem Mann, dem dieses aus dem Boden gestampfte Lager erst seit Kurzem unterstand: Friedrich Wilhelm von Steuben. Er war ein Preuße, der aus Gründen, über die nur hinter vorgehaltener Hand getuschelt wurde, den Dienst in seiner Heimat quittiert hatte. Und nun sollte der Baron in Washingtons Auftrag diesen undisziplinierten, von Niederlagen, Hunger und Erschöpfung gezeichneten Haufen zu einer schlagkräftigen Truppe zusammenschweißen. Dabei halfen ihm seine langjährige Erfahrung, eiserne Disziplin sowie die Verwegenheit, auf ungewöhnliche Situationen mit unorthodoxen Maßnahmen zu reagieren.

Ironie des Schicksals, schoss es Kurt durch den Kopf, während er die richtige Menge Pulver abmaß, um seine Waffe zu laden: Tausende Meilen von zu Hause entfernt, nach seiner Verurteilung und Bestrafung, unterstand er nun also einem preußischen Offizier sowie einer Horde kolonialer Bauern. Und wenn Kurt an die Fortschritte dachte, welche die Männer unter von Steubens Anleitung machten, schien ein Sieg der Rebellen, der wenige Monate zuvor noch als reine Utopie gegolten hatte, gar nicht mehr so undenkbar.

Ein durchdringender Knall erschütterte das Lager, als fünfzig Mann fast gleichzeitig feuerten und sich das winterliche Tal mit schwärzlichem Rauch überzog.

Ein Gefühl der Befriedigung überkam Kurt. Politik interessierte ihn nicht. Die Ziele der kriegsführenden Parteien waren ihm noch immer gleichgültig. Doch im Augenblick sah es so aus, als könnte er sich auf der Seite der Sieger befinden. Und diese Tatsache allein war ihm Ansporn genug.

Routiniert lud er ein weiteres Mal, legte an, und bevor er den Abzug tätigte, stellte er sich als Ziel das Gesicht eines bestimmten Casseler Offiziers vor, von dem er hoffte, dass seine Gebeine im Waldboden verrotteten und seine Seele in der tiefsten Hölle schmorte.

✳

Angenehm warm schien die Aprilsonne durch die kleinen Fenster der Stallungen, in denen die Pferde der hessischen Regimenter untergebracht waren. Staubkörner tanzten in der Luft, und der Duft nach trockenem Heu verbreitete eine wohlige, friedliche Atmosphäre.

Immer wieder genoss es Lorenz, hierherzukommen und so dem Trubel in Philadelphia zu entgehen. Seit der Eroberung durch britische und hessische Truppen im vergangenen Herbst diente die ehemalige Rebellenhauptstadt nun den Besatzern als Winterlager und Hauptquartier. Und kaum verging ein Tag, an dem die Offiziere nicht von den königstreuen Familien zu Empfängen, Bällen und Theaterbesuchen eingeladen wurden.

Einst von britischen Quäkern und deutschen Einwanderern geprägt, war Philadelphia mit seinen Geschäften und Wohnhäusern, den gerade angelegten, teils sogar nachts beleuchteten Straßen für die neuen Herren eine Quelle nicht enden wollender Vergnügungen und lang ersehnter Sorglosigkeit. Wusste man sich doch durch mehrere Wachstationen geschützt, die jeden, der die Stadt verlassen oder betreten wollte, genau inspizierten.

Zusammen mit einem Großteil der patriotisch gesinnten Bevölkerung war auch der Kongress der Rebellen beim Einrücken der Briten aus Philadelphia geflohen und tagte nun irgendwo an einem Ort namens York. Und während die Hessen und Briten den klirrend kalten Winter über in geheizten Häusern einquartiert gewesen waren, sollten Washingtons Truppen in einem Winterlager bei Valley Forge beinahe verhungert und erfroren sein.

Das hätte das Ende dieser unsäglichen Rebellion bedeuten können. Doch war das britische Oberkommando durch Spione darüber informiert worden, dass ein preußischer Offizier namens von Steuben die Ausbildung der in Valley Forge lagernden Kontinentalarmee übernommen hatte. In kürzester Zeit sollte er es geschafft haben, aus dem halb verhungerten Rebellenhaufen eine schlagkräftige Truppe zu machen. Zudem häuften sich die Gerüchte, dass es dem amerikanischen Botschafter Benjamin Franklin nach langer Zeit endlich gelungen sei, den französischen König als Verbündeten der jungen Nation zu gewinnen.

Während man in Philadelphia noch immer auf neue Befehle aus dem britischen Hauptquartier in New York wartete, schien die Zeit unwirklich stillzustehen.

Lorenz fühlte sich mit jedem Tag des Nichtstuns unruhiger und angespannter. Am liebsten wäre er selbst losgeritten, um die Lage zu erkunden. Doch im Augenblick blieb ihm nichts anderes übrig, als heiratswütige Loyalistentöchter über den Tanzboden zu führen und sich auf nichtssagende Gespräche mit deren Vätern einzulassen. Da verbrachte er seine Zeit doch lieber bei den Pferden.

Schon beim Betreten des Stalls hatte er Noah in Perikles' Box angetroffen und sich auf einen Strohhaufen gesetzt, um ihm zuzusehen. Fasziniert betrachtete Lorenz die routinierten Bewegungen des jungen Sklaven, der offenbar genau wusste, was er tat, und selbst bei dieser einfachen Arbeit mit dem Pferd zu verschmelzen schien. Seit es ihm im letzten Sommer, nach der Schlacht von Brandywine, gelungen war, Perikles von seinen lebensbedrohlichen Koliken zu kurieren, hatte Noah eine besondere Zuneigung zu diesem Hengst gefasst. Auch seine Distanziertheit Lorenz gegenüber war einer gelassenen Offenheit gewichen, obgleich er bisweilen von einer tiefen Traurigkeit erfüllt zu sein schien.

»In Deutschland ist doch sicher vieles anders als hier, Sir.« Ohne von seiner Arbeit aufzuschauen, fuhr Noah fort, das rotbraune Fell zu striegeln, was Perikles mit sichtlichem Genuss über sich ergehen ließ.

Überrascht blickte Lorenz ihn an. Ein Gefühl wehmütiger Sehnsucht überkam ihn. Doch wie konnte man einem Fremden beschreiben, wie es in seiner Heimat aussah?

»Ein Deutschland in diesem Sinne gibt es gar nicht«, begann er nach kurzem Zögern. »Es ist zersplittert in viele unterschiedliche Fürstentümer, Grafschaften, Herzogtümer – ja gar ein Königreich. Im Grunde ist es nur die gemeinsame Sprache und Geschichte, welche die einzelnen Herrschaftsbereiche miteinander verbindet. Was sie nicht daran hindert, gegeneinander in den Krieg zu ziehen.«

»Bürgerkriege also? So ähnlich wie hier?« Noch immer sah Noah nicht auf, hörte jedoch aufmerksam zu.

Lorenz schüttelte den Kopf. »Es lässt sich nicht vergleichen. Das ganze Land ist...« Er suchte nach den richtigen Worten, wusste aber nicht, wie er diese völlig andere Welt im alten Europa verständlich erklären konnte. Die unendlichen Weiten der Prärien, Wälder und Sümpfe hierzulande kamen ihm in den Sinn, die Meilen und Meilen, die man zurücklegen konnte, ohne auch nur auf eine einzige Siedlung, geschweige denn eine Stadt zu stoßen.

»Es gibt viele Deutsche, die hierherkommen.« Mit dem

Ärmel seines Leinenhemdes wischte Noah sich den Schweiß von der Stirn, sah ihm jedoch nicht in die Augen. Das letzte Zeichen der Unterwürfigkeit.

Nachdenklich hob Lorenz die Schultern. »Das ist nicht erstaunlich. Überall herrscht Armut. Immer wieder haben Kriege die Städte, Gehöfte und Äcker zerstört. Dadurch verloren viele der einfachen Leute ihre Existenz. So zieht es manche von ihnen in die Neue Welt, in der Hoffnung auf ein besseres Leben, in der Hoffnung auf Freiheit . . . « Er unterbrach sich, als er bemerkte, was er gerade einem Sklaven gegenüber geäußert hatte.

Noah nickte jedoch nur, während er den Striegel beiseitelegte und eine Karotte aus seiner Tasche zog, die er dem Pferd hinhielt. »Auf Master Huntleys Plantage hat auch ein deutsches Mädchen gearbeitet, eine junge Schuldmagd von kaum zwanzig Jahren.« Noah klopfte die Hände an seiner Hose ab und bückte sich nach Eimer, Bürste und Striegel. »Als sie ankam, war sie sehr krank. Wahrscheinlich hat sie sich auf dem Schiff mit einer dieser Seuchen angesteckt. Aber sie hat sich schnell wieder erholt.«

Ein Schauer durchfuhr Lorenz, als er an seine eigene Überfahrt dachte, die bedrückende Enge, das faulige Wasser, die ständige Seekrankheit. Was konnte ein so junges Mädchen veranlasst haben, allein eine solche Reise zu wagen?

Lorenz bemerkte, dass Noah ihn beobachtete, als warte er auf weitere Anweisungen. Der absurde Gedanke, er müsse dem Schwarzen irgendwie seine Wertschätzung zeigen, ging ihm durch den Kopf.

»Noah«, hörte er sich sagen und sah zu, wie sich der Angesprochene fragend umdrehte. »Diese Magd aus Deutschland . . . «

»Ja?«

Lorenz schalt sich selbst einen Narren. Als Offizier höfliche Konversation mit einem Pferdeknecht zu führen. So weit war es mit ihm in diesem rebellischen Land schon gekommen. Doch eine Frage musste er noch stellen: »Dieses Mädchen auf eurer Plantage, weißt du, warum sie ihre Heimat verlassen hat?«

Noah schüttelte den Kopf. »Darüber haben wir nie geredet. Aber«, ein Lächeln blitzte in seinem Gesicht auf, »sie war ein gutes Mädchen, unsere Annie.« Dann wandte er sich zum Gehen.

Mit widerstreitenden Gefühlen sah Lorenz ihm nach, während die Züge einer jungen Frau vor seinen Augen auftauchten … *Anna Hochstetter*. Wie es ihr, nach all der Zeit, jetzt wohl erging?

*

Es war ein prachtvolles Gebäude, ausgestattet mit bedruckten Tapeten, schweren Samtvorhängen, aus England importiertem Porzellan und Tafelsilber. Hier zu arbeiten statt unter sengender Sonne und der Peitsche des Aufsehers auf den Tabakfeldern hätte für die meisten Sklaven das größte Geschenk bedeutet, das sie in ihrem Leben erwarten konnten.

Doch Anna empfand dieses Haus als ein Gefängnis. Sie verabscheute die steife Vornehmheit der bis ins Detail kostbar ausstaffierten Räume mit dem pompösen Mobiliar. Mit hochmütigen Gesichtern residierten an den Wänden neben den Porträts der Ahnen auch die der heutigen Familienmitglieder in goldenen Rahmen.

Wenn Anna daran dachte, dass für diese ganze Pracht die Sklaven der Familie unter menschenunwürdigen Bedingungen schuften mussten, stieg Zorn in ihr auf. Zu Recht hatten sich ihre mennonitischen Glaubensväter schon vor Generationen dem einfachen Leben verschrieben, harter Arbeit mit ihren eigenen Händen statt Eitelkeit und Reichtum auf Kosten anderer. Und je mehr Einblicke sie in das Leben der sogenannten Oberschicht bekam, desto dankbarer war sie Gott, dass sie in eine schlichte Täuferfamilie statt in einen prunkvollen Herrschaftssitz hineingeboren worden war.

Am meisten vermisste Anna jedoch die Gemeinschaft, die in den Sklavenquartieren herrschte, die unausgesprochene Solidarität und Freundschaft, die ausgelassene Freude während der seltenen Feiertage. Liebend gerne hätte sie all die Annehmlichkeiten des Lebens als Hausdienerin gegen die Arbeit in der Wäscherei oder auf den Feldern getauscht.

Ihre Hoffnung, nach der überstandenen Erkältung ihrer Herrin wieder zu Abigail zurückkehren zu dürfen, hatte sich nicht erfüllt. Dorothy schien es zu genießen, die Rolle der Leidenden zu spielen, und so plagte sie angeblich jeden Tag eine andere Krankheit, die Anna zu behandeln hatte.

Bei einem flüchtigen Blick auf den Kopf eines der Briefe, welche die Mistress schrieb, hatte sie das Datum gesehen und wusste daher, dass es bereits der April des Jahres 1778 war. Anderthalb Jahre gehörte sie nun schon der Familie, und noch lagen fünfeinhalb Jahre Knechtschaft vor ihr, bevor man sie freilassen würde. Fünfeinhalb lange Jahre ... Vorausgesetzt, dass sie sich nichts zuschulden kommen ließ, was ihre Zeit hier verlängern würde.

Es waren also schon zwei Jahre vergangen, seit sie Lorenz von Tannau zum letzten Mal gesehen hatte. Dabei dachte sie noch immer fast täglich an ihn, betete für ihn, wo immer er auch sein mochte. Mit der Zeit fiel es ihr jedoch immer schwerer, sich sein Gesicht, den Klang seiner Stimme in Erinnerung zu rufen, ebenso die Berührung seiner Hand und ... seiner

Lippen. Nur die Gefühle, die sie für ihn hegte, waren unverändert geblieben. Auch wenn es nicht mehr so wehtat, an ihn zu denken, je länger das Leben auf der Plantage sie so vollständig in Beschlag nahm.

»*Ännie!*« Mistress Dorothys schriller Ruf riss sie aus ihren Gedanken. Hastig eilte sie zum Boudoir der Hausherrin, vor dessen halb offener Tür sie stehen blieb und zögernd an den Türrahmen klopfte.

»Nun komm schon herein!«, beschied ihr eine unwirsche Stimme, sodass Anna rasch ins Zimmer trat.

Einen Moment benötigte sie, um sich an das Halbdunkel des Raumes zu gewöhnen. Mistress Dorothys ausladende Röcke aus mit farbigen Blumenmustern bedruckter Baumwolle ergossen sich wie ein riesiger Berg über das Sofa, auf dem sie sich niedergelegt hatte. Während sie mit geschlossenen Augen und leidender Miene Anna herbeiwinkte, hielt sie sich ein feuchtes Tuch auf die Stirn gepresst.

»Wo bleibst du denn so lange? Hast du meine Kopfschmerzen vergessen? Schon heute Morgen hatte ich dir aufgetragen, mir einen Aufguss zu bereiten, der diesem ... diesem entsetzlichen Bohren Einhalt gebietet.«

Sie hatte nichts dergleichen gesagt, doch Anna äußerte sich nicht zu der ungerechtfertigten Beschuldigung. Stattdessen sagte sie nur: »Vielleicht solltet Ihr das Mieder Eures Kleides ein wenig öffnen, das wird Euch das Atmen erleichtern, es ist recht warm draußen.«

»So ein Unsinn, was haben meine Kopfschmerzen mit meinem Mieder zu tun?« Stöhnend hatte sich Dorothy aufgesetzt und starrte sie mit wütenden Blicken an. »Auf so eine Idee kann nur jemand kommen, der mit Negern zusammenlebt.«

»Das Aufschnüren des Mieders würde Euch Erleichterung

verschaffen«, wiederholte Anna, ohne auf die Beleidigung einzugehen. Es war kein Geheimnis, dass die Hausherrin ihr fortschreitendes Alter nicht nur mit einer übertriebenen Schicht Puder, sondern auch durch besonders enge Schnürung zu verbergen suchte. »Doch wenn Ihr möchtet, bereite ich Euch jetzt einen Aufguss zu!« Sie wandte sich zum Gehen.

»Hiergeblieben. Niemand hat dich entlassen!«

Mitten in ihrer Bewegung blieb Anna stehen, drehte sich um und wartete still auf weitere Anweisungen, während sie zusah, wie Dorothy sich mit einem gekünstelten Seufzer vom Sofa erhob und vor ihr aufbaute.

»Wie ich sehe, hast du immer noch keine Manieren gelernt. Doch wen wundert's, wenn man bedenkt, wo du herkommst und wie du sprichst. Dein Englisch ist ja kaum zu verstehen.«

Hitze schoss in Annas Wangen, doch sie beherrschte sich und zwang sich dazu, stumm der Tirade zu folgen, ohne jedoch den Blick zu senken.

»Stimmt es, was mir über dich zu Ohren gekommen ist?« Die kleinen Augen schienen sie zu durchbohren.

»Stimmt *was*, Mistress?«

»Dass du eine von diesen Wiedertäufern bist, diesem gotteslästerlichen Abschaum, der sich vermehrt wie die Läuse und ebenso schwer wieder loszuwerden ist?«

Einen Augenblick fragte sich Anna, woher ihre Herrin das wissen konnte. »Ja.« Mehr brachte sie nicht hervor.

»Baptistengeschmeiß. Eine wahrhaftige Plage!« Mit dem Ausdruck eines unverstandenen Propheten schüttelte Dorothy den Kopf. »Als der rechtmäßige König noch in seiner Kolonie hier das Sagen hatte, wusste man, was mit Ketzern zu tun war. Doch das Rebellenpack hat auch darüber seine eigenen Ansichten.« Sie ballte die Faust, als wolle sie allen Wiedertäufern höchstpersönlich den Garaus machen. Mit erhobenem

Zeigefinger wandte sie sich dann an Anna: »Eins sage ich dir: Solltest du es wagen, hier im Hause eines deiner blasphemischen Rituale zu zelebrieren, den Sklaven deine ketzerische Lehre aufzutischen oder … oder …« Tiefrote Flecken bildeten sich unter der Schicht weißen Puders.

Das Zittern, das Annas Körper durchlief, rührte gleichermaßen von Zorn wie von Furcht her. Obgleich sie stets bereit war, die Befehle der Herrschaft auszuführen und sich in ihre Rolle zu fügen, konnte sie in diesem Moment nicht schweigen.

»Was meint Ihr mit *oder*, Mistress?« Sie war überrascht, wie ruhig ihre Stimme klang.

Entweder war es die Wut über die dreisten Widerworte oder die Empörung über das Unaussprechliche, das Dorothy die Fassung verlieren ließ. Die Haut unter ihrem Haaransatz wurde krebsrot, als sie damit herausplatze: »Zauberei! Schwarze Magie! Jeder weiß doch, dass diese Abtrünnigen mit dem Teufel im Bunde stehen. Deshalb weigern sie sich ja, auch ihre Kinder zu taufen.«

Anna spürte, wie sie blass wurde. Nur mühsam beherrscht antwortete sie: »In diesem Punkt seid Ihr falsch informiert. Wir ehren Gott und verabscheuen das Böse. Zauberei ist dem Herrn ein Gräuel, und daher würden wir uns nie mit etwas derart Sündhaftem beflecken.« Der Zorn verlieh ihr Mut. »Was das angeht, so müsst Ihr Euch wirklich nicht sorgen, Mistress. Und nun mache ich Euren Aufguss, es sei denn, Ihr habt Angst, ich könnte Euch damit vergiften!« Mit diesen Worten drehte sie sich um und verließ den Raum. Laut hallten ihre Schritte durch den weiten Flur.

»*Ännie!* Du kommst sofort zurück, ich war noch nicht fertig mit dir, hörst du?« Dorothys Kreischen verklang, doch diesmal reagierte Anna nicht darauf, sondern setzte einfach ihren Weg zur Küche fort.

Sie war so aufgebracht, dass sie den Schatten nicht beachtete, der sich eine ganze Weile unbemerkt in der Nähe der Tür aufgehalten hatte und nun lautlos davonglitt.

✳

Der Lärm in den Straßen von Philadelphia verebbte, als Lorenz die Stalltür hinter sich schloss. Gedankenverloren nahm er den Dreispitz ab, zog seine Handschuhe aus und ging auf die Box zu, in der er Perikles wusste. Als hätte dieser seinen Herrn erkannt, wandte er den Kopf und begrüßte ihn mit einem erfreuten Aufwiehern. Ein Lächeln glitt über Lorenz' Gesicht, während er sich dem Hengst näherte und ihm behutsam über Hals und Körper strich. Dann erst zog er einen verschrumpelten Apfel hervor, nach dem das Tier begierig schnappte.

Doch war er nicht wegen Perikles in die Stallungen des Regiments gekommen. Eine seltsame Unruhe hatte ihn hierhergetrieben, ein drängendes Gefühl, das ihn seit seiner letzten Unterhaltung mit Noah nicht mehr verlassen hatte – seit dem Gespräch über dieses deutsche Mädchen.

»Sir?« Ein Räuspern hinter ihm. »Kann ich Euch behilflich sein?«

Wie ertappt fuhr Lorenz herum, als er Noahs Stimme hinter sich vernahm. Der junge Sklave musste seine Schritte bemerkt haben.

»Nun, Noah, ich wollte nur ...«

Verflucht! Nun begann er auch noch, vor einem Pferdeknecht zu stammeln wie ein Bauernlümmel, der beim Stehlen erwischt worden war. Er besann sich seiner Stellung und schüttelte den Kopf. »Ich wollte nur noch einmal nach Perikles schauen. Er schien mir in den letzten Tagen so unruhig ...«

»Tatsächlich, Sir?« Überrascht hob der Schwarze die Brauen und sah zu dem Pferd hin, das entspannt und zufrieden schnaubte. »Davon hab ich nichts gemerkt. Ich hatte den Eindruck, dass er ...«

»Auf jeden Fall geht es ihm nun wieder besser.« Verärgert über seine eigene Ungeschicklichkeit schnitt Lorenz dem Sklaven das Wort ab und streifte sich die Handschuhe wieder über. »Gib ihm eine extra Ration Hafer, das wird ihm guttun. Morgen sehen wir weiter.« Er schickte sich an, den Stall zu verlassen, doch die Frage, um die es ihm eigentlich ging, hatte er noch nicht gestellt. Also trat er an sein Pferd heran und kraulte es zwischen den Ohren.

»Ein wirklich schönes Tier, Sir.« Aufrichtige Zuneigung glomm in Noahs Augen auf, und wieder war Lorenz gerührt von der Hingabe, die der junge Sklave Pferden entgegenbrachte, selbst wenn keines ihm gehörte. »Wann hat Euer Vater es Euch geschenkt?«

»Als ich Offizier wurde.«

»Euer Vater scheint ein gutes Auge für Pferde zu haben.«

Mein Vater hat ein Auge für alles, was schön, teuer und pompös ist, schoss es Lorenz durch den Kopf, und das Bild seiner immer herausgeputzten, doch stets übellaunigen Stiefmutter stieg in ihm auf. Aber er nickte nur.

Noah schien seine ernste Miene jedoch anders zu deuten: »Ihr denkt oft an zu Hause, Sir? An Deutschland?«

Eine bessere Vorlage hätte der andere ihm nicht bieten können, um sich möglichst unauffällig nach diesem Mädchen zu erkundigen. »Gelegentlich schon«, entgegnete er einsilbig. »Es ist immer schwer, wenn man gezwungen ist, sein Zuhause zu verlassen.«

Ein Anflug von Traurigkeit überschattete Noahs Gesicht. »Ja.« Mehr sagte er nicht, und doch sprach aus diesem Wort so viel Schmerz, dass Lorenz die Frage entfuhr, die er nie hatte stellen wollen: »Warum hat man dich verkauft?«

Ein Zittern lief durch den Körper des Sklaven, Zorn blitzte in seinen Augen auf. »Wegen Aufsässigkeit und Ungehorsams.«

Lorenz sah, wie sich Noahs Hände zur Faust ballten.

»Was hast du getan?«

Langsam wandte sich der Schwarze zu ihm um und sah ihm direkt in die Augen. »Ich habe ein Mädchen vor einem Verbrechen beschützt. Ihre Ehre verteidigt. Nicht mehr.«

Lorenz spürte, dass er die Angelegenheit nun auf sich beruhen lassen sollte, doch etwas an der Verbitterung des jungen Mannes, den er nur als zuverlässig und ehrlich erfahren hatte, berührte ihn. »Was meinst du damit?«

Scharf atmete Noah ein. »Der Sohn des Masters, John Huntley, wollte sich am Abend des Pfingstfestes mit seiner Schuldmagd vergnügen. Er hatte wohl genug von dunkelhäutigen Sklavinnen.« Kaum unterdrückter Hass glitzerte in seinen Augen. »Er war betrunken, und Annie hatte keine Möglichkeit, sich gegen ihn zu wehren. Das konnte ich nicht zulassen.« Abrupt wandte er sich ab.

Lorenz' Mund war trocken. Noahs Erzählung hatte sich bildhaft vor seinem inneren Auge abgespielt, und die Willkür dieses Sklavenhalters ließ seine Wut aufflammen. »Du meinst diese Schuldmagd aus Deutschland?« Unwillkürlich packte er Noahs Schulter und drehte ihn zu sich herum.

Verblüffung über Lorenz' Reaktion stand diesem ins Gesicht geschrieben, doch nickte er.

»Ist ihr etwas geschehen?«

Langsam schüttelte Noah den Kopf. »Nicht, solange ich auf der Plantage war.«

Der Anflug von Erleichterung verschwand genauso schnell, wie er gekommen war. Lorenz musste es genau wissen, jetzt auf der Stelle. Ganz gleich, was der andere von ihm denken würde. »Noah ... diese Magd, die du vor deinem Master gerettet hast. Wie lautete ihr vollständiger Name?«

Verwirrt starrte der Sklave ihn an. »Sie hieß Anna. Anna Hochstetter.«

Als hätte er sich plötzlich die Finger verbrannt, ließ Lorenz den jungen Mann los. »Anna Hochstetter?«

Seine Ahnung hatte ihn also nicht getäuscht ... Aber was, um alles in der Welt, hatte diese Frau in die Fremde verschlagen?

KAPITEL 16

Huntley Plantation bei Williamsburg, Mai 1778

Das sanfte Schnauben der Pferde war wie ein fröhlicher Willkommensgruß, und gern ließ Anna zu, dass das eine und andere Tier mit seinen weichen Lippen über ihre Wangen strich.

Der Tabak war bereits gepflanzt, und jeden Tag wurde es heißer. Über vier Monate lebte sie nun schon im Herrenhaus bei Mistress Dorothy. Jeden einzelnen Tag in der Gegenwart dieser launischen, selbstsüchtigen Frau hätte sie noch immer gerne gegen die Arbeit auf den Feldern eingetauscht, wo zumindest die Gesellschaft eine angenehmere war. Doch die seltsame Hierarchie einer Tabakplantage ließ Verbrüderungen zwischen Haus- und Feldsklaven nur wenig Raum. Während sie an den Boxen entlangging, um sich zu vergewissern, dass niemand anderes im Stall war, kam sich Anna beinahe wie ein Eindringling vor.

Obgleich es nun bereits ein Jahr her war, seit die Huntleys Noah verkauft hatten, glaubte Anna noch immer, seine Anwesenheit zu spüren. Sie vermisste ihn, seinen klugen Witz, seine Freundschaft. Und sie vermisste auch seine Mutter Abigail, die sie nur noch selten sah.

Nachdem Noah weggebracht worden war, hatte zunächst Martin die Arbeit des Pferdeknechts übernommen. Als Anderson dann einen der Feldsklaven entbehren konnte, ließ er ihn im Stall anlernen, damit er Martin zur Hand gehen konnte. Doch obgleich beide ihr Bestes taten, um die Pferde gut zu versorgen, fehlte ihnen doch Noahs Geschick im Umgang mit den Tieren. Und wahrscheinlich war es ihr Glück, dass sich Master John irgendwo im Krieg befand, sonst hätte dieser sicher seinen Zorn über ihre mangelnden Fähigkeiten an ihnen ausgelassen.

Zwar bedeutete die Abwesenheit des jungen Herrn auch für Anna eine große Erleichterung – zumindest war sie nun vor dessen Nachstellungen sicher –, aber zunehmend bedrückte sie die Tatsache, dass sie noch immer kein selbstbestimmtes Leben führen durfte, so wie sie es sich in Waldeck erträumt hatte. Und während sie ihre Finger sanft durch die weiche Mähne eines Braunen gleiten ließ, dachte sie nicht zum ersten Mal an die Ironie des Schicksals: Da war sie nach America gekommen, um in Freiheit leben zu können, und fand sich stattdessen in Knechtschaft wieder.

Als die Tür geöffnet wurde, wirbelten Staub und Spelzen auf, und ein Schwall warmer Luft strömte herein. Vor Schreck erstarrte Anna in ihrer Bewegung. Einen Moment lang war sie versucht, sich hinter einem der Tiere ins Stroh sinken zu lassen, um sich zu verstecken. Da sie jedoch nichts Verbotenes getan hatte, blieb sie stehen.

Erstaunt erkannte Anna den alten Adam Huntley. Er trat in den Stall und ließ seinen stets etwas nachdenklichen Blick über die Boxen und Tiere gleiten, bis er Anna entdeckte.

Zunächst blinzelte er, als er sie sah, dann ging er lächelnd auf sie zu, nicht ohne immer wieder einem der Tiere aufmunternd den Rücken zu klopfen. »Ah, Anna, du bist es. Besuchst du deine alten Freunde?«

Falls ihm bewusst war, dass sich seine Schuldmagd gerade an einem Ort aufhielt, an dem sie nichts mehr zu suchen hatte, ließ er dies nicht erkennen.

Erleichtert erwiderte Anna sein Lächeln. »Ja, Mister Hunt-

ley. Es tut gut, sie hin und wieder zu sehen. Sie sind so ...
unschuldig und beruhigend.«

Zufrieden brummte er eine Bestätigung, während ein Anflug von Stolz in seinen Augen aufblitzte. »Ich verstehe, was
du meinst. Aus ganz ähnlichen Gründen habe ich damals mit
der Zucht begonnen, noch bevor ich mich dazu entschloss, in
Tabak zu investieren.« Sein Blick fiel wieder auf Anna. »Ich
war kaum älter als du heute ...«

*... und doch mit ausreichend Mitteln und persönlicher Freiheit ausgestattet, um seine ganz persönlichen Ziele und Träume
zu verwirklichen,* vollendete Anna in Gedanken den Satz,
begnügte sich jedoch mit einem stummen Nicken.

Ein wehmütiger Ausdruck erschien auf dem Gesicht des
alten Huntley. »Wie sich seither alles verändert hat! Eine ganze
Welt steht Kopf und doch ...« Er unterbrach sich und schaute
Anna aufmunternd an. »Was hast du für Pläne, Mädchen?«

Überrascht zuckte Anna zusammen. »Pläne, Sir?«

»Ja, deine Pläne, wenn du deine Zeit hier abgearbeitet hast.
Sicher hat ein junger Mensch wie du doch irgendwelche Ideen
und Wünsche für die Zukunft. Gibt es jemanden, den du
kennst und an den du dich dann wenden kannst?«

Annas Augen wurden feucht, da der alte Master sich aufrichtig für sie zu interessieren schien. Aber auch die Erkenntnis, dass sie nicht wusste, wo sie hingehen sollte, wenn ihr
Arbeitsvertrag endete und sie frei wäre, erfüllte sie mit Trauer.
Sie schüttelte den Kopf. »Es gibt niemanden, Sir.«

*Abgesehen von einem hessischen Offizier, von dem ich nicht
weiß, wo er sich aufhält, und der mich wohl längst vergessen
hat, und einem irischen Priester, von dessen Verbleib ich seit
der Landung des Auswandererschiffes nie wieder etwas gehört
habe,* fügte sie in Gedanken hinzu. Mit einem Mal erschien ihr
ihre Zukunft ausgesprochen düster ...

Tröstend legte Huntley ihr die Hand auf die Schulter. »Kopf hoch, Mädchen. Da wird sich sicher etwas finden. So manche der heute angesehenen Bürger von Virginia – oder deren Väter – haben ihren Weg ebenfalls als Schuldknechte begonnen. Nicht wenige von ihnen konnten es mit Fleiß und Geschick sogar weiter bringen als ich. Und ein tüchtiges, nettes Mädchen wie du ...«

»Danke, Sir.« Noch immer brachte Anna vor Rührung kaum ein Wort hervor und bemühte sich, ihre Tränen zu unterdrücken. »Soll ich Euch ein Pferd satteln, Sir?«

»Könntest du das tun? Ich würde wirklich gerne wieder einmal ausreiten.« Ein Hauch von jugendlichem Übermut überzog das faltige Gesicht, die Augen hinter den Brillengläsern leuchteten.

»Gerne, Sir.« Anna beeilte sich, dem Wunsch nachzukommen, und schon kurze Zeit später führte sie einen schwarzbraunen Wallach am Zaumzeug zu Adam Huntley, dem sie mit einem kurzen Nicken die Zügel übergab.

»Danke, Anna. Ich hoffe, der Ritt bringt mich auf andere Gedanken. In letzter Zeit leide ich häufiger unter starken Kopfschmerzen ...« Wie zur Bestätigung rieb er sich mit den Fingerkuppen die Schläfen, und erst jetzt bemerkte Anna, wie blass und müde er wirkte.

»Vielleicht solltet Ihr dann heute doch lieber auf den Ausritt verzichten und Euch stattdessen ein wenig hinlegen. Ich könnte Euch einen Aufguss aus Weidenrinde machen. Dann würdet Ihr Euch sicher gleich besser fühlen.«

»Ach ja, die kleine Heilerin.« Wieder lächelte er. »Meine Frau kann von Glück reden, jemanden wie dich an ihrer Seite zu haben. Ich hoffe, sie weiß es zu schätzen, wo sie doch ständig über irgendein Zipperlein klagt. Sie macht dir das Leben bestimmt nicht immer leicht.«

»Sir?« Fassungslos über eine solche Offenheit wusste Anna nicht, was sie antworten sollte, und folgte ihrem Master schweigend nach draußen. Ein wenig beunruhigt sah sie zu, wie er sich mühsam in den Sattel schob. Er wirkte erschöpft. Ob es ihn sehr belastete, seinen einzigen Sohn im Krieg zu wissen und die Verantwortung für die große Plantage vorübergehend wieder allein tragen zu müssen? Und auch das Leben an der Seite einer Frau wie Mistress Dorothy gestattete ihm wohl kaum einen ruhigen Lebensabend.

Gerade wollte Anna ihm nochmals vorschlagen, seinen Spazierritt auf einen anderen Tag zu verschieben, als er sich umwandte und zu ihr hinunterschaute. »Ich möchte mich auch noch bei dir bedanken, dass du dich während der Gelbfieberepidemie so fürsorglich um unsere Kranken gekümmert hast. Ohne deine Hilfe hätten wir wohl einige gute Arbeiter verloren und in so mancher Hütte hätte man um tote Angehörige trauern müssen.«

Von so viel unerwarteter Güte überwältigt, konnte Anna nur nicken. Dann beobachtete sie nicht ohne Sorge, wie Huntley sein Pferd ein wenig unsicher wendete und es den staubigen Weg zu den Tabakfeldern hinuntertrieb.

»*Soldaten mögen noch angehen, aber die Offiziere! Nichts ist ihnen gut genug, und Sie hätten nur die Rechnung sehen sollen; es lohnte sich nicht der Mühe.*« Schleppend und ein wenig stockend kamen Annas Worte hervor, als ihre Fingerspitzen über die Zeilen der eng bedruckten Buchseiten glitten. Zwar sprach sie zwischenzeitlich ganz leidlich Englisch, doch das Lesen in der fremden Sprache fiel ihr noch immer etwas schwer.

Verstohlen huschten ihre Augen über den Rand des Buchdeckels hinweg zu Mistress Dorothys Sofa, um zu sehen, ob sie vielleicht eingeschlafen war. Zu gerne hätte sie damit aufgehört, ihrer Herrin aus diesem seltsamen Buch vorzulesen, dessen Autor sich Henry Fielding nannte, denn die Geschichte gefiel ihr gar nicht. Außerdem war es brütend heiß im Raum, und vom langen Sprechen war ihr Mund schon ganz trocken. Ein kleines Sklavenmädchen fächelte Mistress Dorothy mit einem Wedel Luft zu, während Anna der Hitze ausgesetzt war.

»Was ist, warum hörst du auf?«, herrschte Dorothy sie an. Sie wirkte zwar gelangweilt, aber noch keineswegs schläfrig. »Los, ich will hören, wie es weitergeht!«

Schicksalsergeben quälte sich Anna weiter durch die Zeilen, die bisweilen vor ihren Augen zu verschwimmen drohten. Und so kam es ihr nicht ungelegen, als sie plötzlich vom Flur her aufgeregte Stimmen hörte.

»Du kannst hier nicht rein! Wie siehst du denn überhaupt aus?«, drang Daphnes Stimme schrill in das Boudoir. »Wenn der Master dich so erwischt, wird er ...«

»Lass mich durch, ich muss mit der Missus sprechen!«

Es klopfte laut, und auf einen Wink ihrer Herrin eilte Anna hinüber, um zu öffnen. Im Türrahmen stand der Feldsklave George. Seine Kleidung war staubbedeckt, seine Hände waren schmutzig, und Anna fragte sich, wie er es wagen konnte, in einem solchen Aufzug das Herrenhaus zu betreten.

In seinen Augen war helle Panik zu lesen. Atemlos wandte er sich an Mistress Dorothy, die sich gerade anschickte, den Sklaven mit einem empörten Gesichtsausdruck zurechtzuweisen.

»Es ist was Furchtbares passiert, Missus! Der Master, er ist vom Pferd gefallen! Er ist die Straße an den Tabakfeldern entlanggeritten, und da hat sein Pferd gescheut und ihn abgeworfen.«

Ein eisiger Schrecken fuhr durch Annas Körper. Das durfte nicht sein! Der alte Huntley, gestürzt?

»Zwei andere von uns bringen ihn her, ich bin vorausgelaufen, damit Ihr alles vorbereiten und nach einem Arzt schicken könnt.«

Schon hörte man durch die geöffnete Tür Schritte, dann Hectors entsetzte Stimme, wohl als er den Master erblickte, seine kurze, schnelle Anweisung, ihn nach oben zu bringen. Nur wenige Augenblicke später traten zwei weitere Feldsklaven durch die Tür, die ihren Herrn behutsam auf ihren Armen trugen.

Beim Anblick des Blutes, das aus einer Kopfwunde über sein Gesicht lief, seiner kalkweißen Haut und der geschlossenen Augen schrie Dorothy entsetzt auf, besaß aber noch genügend Geistesgegenwart, um den Sklaven die Anweisung zu geben, ihren Herrn auf das Bett in ihrem Schlafzimmer zu legen.

»Los, macht schon, ihr Taugenichtse, holt Dr. Thomson, aber schnell!«

Sogleich verließen die Feldsklaven den Raum und hasteten die Treppe hinab. Während Dorothy hektisch auf und ab lief, stand Daphne betreten in der Nähe der Tür.

»Geh, hol heißes Wasser und saubere Tücher. Dazu etwas von der Tinktur, die Tilly immer zubereitet, um Wunden zu versorgen«, raunte Anna ihr zu und eilte zu dem bewusstlosen Huntley hinüber.

»Lasst mich bitte nach ihm sehen, Mistress. Vielleicht kann ich etwas für ihn tun.«

Auf ein Nicken der Herrin hin hob Anna vorsichtig den Kopf des Bewusstlosen an, und zugleich ergoss sich ein Rinnsal von Blut aus dessen Mund, das seiner Frau einen weiteren Schrei entlockte und bei Anna die schlimmsten Befürchtungen hervorrief.

Als sie die schütteren Haare beiseitestrich, entdeckte sie am oberen Hinterkopf eine klaffende Wunde, die noch immer blutete. Bei seinem Sturz musste er auf etwas Hartem aufgekommen sein. Mit den Fingerspitzen tastete sie die Kopfhaut ab und erkannte, dass der Schädel verletzt war. Ihr wurde eiskalt ums Herz – sie würde nichts mehr für ihren Master tun können. Und aller Wahrscheinlichkeit nach wäre auch Dr. Thomson machtlos.

»Was ist mit ihm?«, kreischte Mistress Dorothy, welcher der Anblick von so viel Blut offensichtlich schwer zu schaffen machte. »Los, sag schon, kannst du ihm helfen?«

Blass geworden, wagte Anna nicht, den Kopf zu schütteln. Ihr Mund war trocken, und sie brachte es nicht über sich, ihrer Herrin die schlechte Nachricht zu verkünden. Nicht, ehe sie sich wirklich ganz sicher war.

Vorsichtig öffnete sie sein Hemd und betrachtete seine Brust. Dort war nichts Auffälliges zu sehen. Als sie ihn jedoch sanft von sich weg zur Seite drehte und den Rücken betrachtete, erkannte sie, dass dieser leicht eingedrückt war, als seien die hinteren Rippen gebrochen.

Er hustete, und ein weiterer Schwall von Blut ergoss sich aus seinem Mund. Wahrscheinlich hatte sich eine der Rippen in die Lunge gebohrt. Stumm sandte Anna ein Gebet zum Himmel. Nein, es gab nichts mehr, was sie oder jemand anderes für Mister Huntley tun konnte. Langsam ließ sie ihn wieder zurück auf den Rücken gleiten und fragte sich, ob sie zumindest seine Schmerzen lindern konnte, doch er hielt die Augen geschlossen und schien nichts zu spüren.

Stumm hatten Hector und Tilly ebenfalls den Raum betreten.

»Was ist denn nun? Sprich doch endlich, du dummes Stück!« Hart hatte Dorothy sie an den Schultern herumgerissen.

Anna zwang sich dazu, die Herrin anzusehen. »Es sieht schlecht aus, Mistress. Sein Schädel scheint verletzt, dazu muss sich eine Rippe in seine Lunge gebohrt haben. Es wäre ein Wunder, wenn er ...«

»Stümperin!« Der Schlag traf Anna so unerwartet, dass sie erschrocken zurücktaumelte. Keuchend hielt sie sich die brennende Wange, rührte sich jedoch nicht, als Dorothy sie weiter beschimpfte.

»Wozu habe ich dich denn ins Haus geholt, wenn du doch zu nichts zu gebrauchen bist!« Flüchtig fiel ihr Blick auf ihren Mann, dessen Augenlider zu zittern begannen.

»Dorothy, Liebes ...« Huntleys Stimme klang schwach, doch es genügte, um seine Frau in ihrer Tirade innehalten zu lassen. Mit gerunzelter Stirn beugte sie sich zu ihrem Gatten hinab, vermied es aber, ihn zu berühren.

»Adam, wie fühlst du dich? Hast du Schmerzen? Wir haben nach Dr. Thomson geschickt. Sicher wird er gleich ...«

Mister Huntley hatte die Augen nur halb geöffnet, sein Blick flackerte. »Pass gut auf dich auf, jetzt, wo ...« Ein Husten unterbrach ihn, dem ein weiterer Schwall Blut folgte, was Dorothy beinahe angewidert einen Schritt zurücktreten ließ. »Und kümmere dich um die Sklaven, sie ...«

Bevor er den Satz zu Ende gesprochen hatte, verdrehten sich seine Augen. Dann erschlaffte seine Hand. Schwer fiel sein Kopf zur Seite, das Keuchen verebbte. Der Master war tot.

Sogleich erhob Mistress Dorothy ein lautes Gezeter, in das sich das Schluchzen der Haussklaven mischte.

Annas Blick verschwamm ebenfalls vor Tränen, während sie zum Bett lief und das Handgelenk ihres Herrn ergriff. Es ließ sich kein Puls mehr fühlen. Unterdrücktes Weinen schüttelte ihren Körper, als ein Gefühl echter und aufrichtiger

Trauer sie überkam. Ein tiefes Bedauern, dass sie ihm nicht hatte helfen können, erfüllte sie. Und die Erkenntnis, dass mit dem alten Huntley der letzte Rest von Güte und Menschlichkeit von der Plantage verschwunden war, traf sie bis in die Seele.

✳

Wie auf Katzenpfoten schlüpfte Rose durch den Dienstboteneingang ins Herrenhaus, wo sie eine angenehme Kühle umfing, und schloss lautlos die Tür hinter sich.

Während sie durch die menschenleeren Flure des Dienstbotentraktes eilte, achtete sie besonders darauf, dass sie das in ein Tuch eingeschlagene Päckchen nur mit den Fingerspitzen berührte und es weit weg von ihrem Körper hielt. Sich immer wieder umschauend, schlich sie die hölzerne Treppe nach oben und öffnete die Tür zum Herrschaftstrakt einen Spalt weit. Niemand war zu sehen, und so erreichte sie unbemerkt Mistress Dorothys Schlafzimmer. Obgleich sich alle auf der Beerdigung des alten Master Huntley befanden, klopfte Rose vorsichtshalber an. Da sich erwartungsgemäß nichts rührte, drehte sie den Türknauf. Das Schloss sprang auf, und mit klopfendem Herzen betrat sie den Raum.

Das hohe Himmelbett war mit hellen, mit winzigen blauen Blüten bedruckten Vorhängen ausgestattet. Darauf lagen weiße Bettlaken, Daunenkissen, deren Ränder mit Spitze besetzt waren, und federleichte Decken. Eine Kommode, ein Frisiertisch und ein mit aufwendig geschmiedetem Rankwerk verzierter ovaler Spiegel, der matt das durch die Fensterläden gedämpfte Licht der Nachmittagssonne widerspiegelte, schmückten das herrschaftliche Zimmer, an das sich ein ähnlich kostbar ausgestattetes Boudoir anschloss.

Immer wenn Rose diese Räumlichkeiten betrat, verspürte sie den brennenden Wunsch, ein ebensolches Leben zu führen wie ihre Herrin, ein Leben in Luxus und Sorglosigkeit. Oder doch zumindest das Leben, das ihr als der Tochter ihres Vaters zugestanden hätte.

Wenn sie nicht schwarz wäre! Wenn sie keine Sklavin wäre!

Bevor diese immer wiederkehrenden Gedanken ganz von ihr Besitz ergreifen konnten, erinnerte sie sich daran, weshalb sie hergekommen war, und schickte sich an, ihr Vorhaben auszuführen.

Als sie wenige Minuten später den Raum verließ und die Tür hinter sich zuzog, lag ein Ausdruck größter Befriedigung auf ihrem Gesicht, ihre Wangen glühten vor Aufregung.

Nun denn, das Ihre hatte sie getan. Jetzt galt es, abzuwarten, wie die Mistress reagieren würde.

✳

An diesem Abend bereitete Lorenz die gesellschaftliche Zusammenkunft noch weniger Vergnügen als üblich. Auf dem Ball der Offiziere, der seit der Eroberung Philadelphias durch die britischen und hessischen Truppen fast jeden Donnerstag stattfand, waren alle Leute anzutreffen, die in der britischen und loyalistischen Gesellschaft Pennsylvanias etwas auf sich hielten. Zumindest alle, die es sich noch leisten konnten, in teure Seide und Baumwollstoffe gehüllt, den gesellschaftlichen Verpflichtungen nachzukommen.

Die hohen Decken waren mit Stuck verziert, Lüster und Kerzenhalter erleuchteten den Raum. Wo das Auge hinsah, vornehm gekleidete Menschen: neben den Offizieren in ihren Uniformen auch wohlhabende Loyalisten in seidenen Anzügen und mit gepuderten Locken. Die ausladenden Kleider der Damen schmückten den Ballsaal mit ihren leuchtenden Farben.

Doch Lorenz schenkte dem bunten Treiben um sich herum kaum Beachtung. Seine Gedanken waren bei Anna. Er musste sie wiedersehen. Nun, da er wusste, dass sie als Schuldmagd auf einer Tabakplantage schuften musste, noch dazu bei einem Master, der seine Untergebenen mehr als grausam behandelte, war ihm die Lust am Feiern endgültig vergangen. Nachdem er sich mehrere schlaflose Nächte lang mit der Frage gequält hatte, wie er zu Anna gelangen könnte, war plötzlich eine Idee in ihm aufgekeimt.

Tatsächlich gab es einen Weg, nach Williamsburg zu reisen: In unregelmäßigen Abständen sandte Generalleutnant von Knyphausen einen seiner Offiziere zu dem Unterhändler der Rebellen. Durch Lebensmittel- oder Geldzuwendungen sollte sichergestellt werden, dass alle hessischen Kriegsgefangenen ausreichend versorgt und gegebenenfalls gefangene Offiziere ausgetauscht wurden.

Unruhig nippte Lorenz an seinem Glas Punsch, während sein Blick über die Gesichter der Anwesenden glitt in der Hoffnung, darunter von Knyphausen zu entdecken.

Doch dieser erschien erst zu vorgerückter Stunde. In seiner Armbeuge lagen die behandschuhten Finger der Gastgeberin, der königstreuen, etwa dreißigjährigen Witwe eines loyalistischen Offiziers, an deren Wohlergehen dem Generalleutnant seit einiger Zeit sehr gelegen war.

»Mylady. Herr General.« Höflich verbeugte Lorenz sich vor der Dame und erwies dann seinem kommandierenden Offizier die Reverenz. »Es ist mir unangenehm, auf einer Veranstaltung wie dieser stören zu müssen, aber ...«

Mit hochgezogenen Augenbrauen nippte von Knyphausen an seinem Glas Sherry. »Hat das nicht Zeit bis später?«

»Die Sache duldet keinen Aufschub.«

»So? Stehen etwa die Rebellen vor der Stadt?« Er lächelte spöttisch.

»Kann ich Euch unter vier Augen sprechen, Herr General?« Und mit einem Blick auf seine Begleiterin fügte Lorenz hinzu. »Natürlich nur mit Eurer Erlaubnis, Mylady.«

Ein kokettes Aufschlagen des Fächers, ein flüchtiges Lächeln der Zustimmung. Erleichtert führte Lorenz den Mann, der noch immer das Glas in der Hand hielt, beiseite.

»Was ist denn nun so dringlich? So sprecht endlich!« Unwillig nahm von Knyphausen einen Schluck aus dem Kristallglas.

»Ihr braucht doch einen Mann, der bereit ist, mit Gouverneur ...« Hastig unterbrach sich Lorenz, als er seinen Fauxpas bemerkte. »Mit dem Rebellen Patrick Henry über unsere Kriegsgefangenen zu verhandeln.«

»Und wegen dieser Sache kommt Ihr ausgerechnet heute Abend zu mir?« Unwillig wandte der General sich ab.

»Das Leben unserer Männer hängt womöglich davon ab ...« Unwillkürlich war Lorenz so laut geworden, dass einige der Gäste sich überrascht umsahen.

Offensichtlich verärgert, blieb von Knyphausen stehen und sah Lorenz wieder an. »Habt Ihr Euch vorgenommen, uns das Fest zu verderben?«

Obwohl er befürchtete, die Sache falsch angepackt zu haben, blickte Lorenz seinem Vorgesetzten fest ins Gesicht. »Nein, Herr General. Aber das Wohl unserer Männer interessiert mich – mit Verlaub gesagt – mehr als die Qualität des Sherrys und das Können der Musiker.« Mit einem beschwichtigenden Lächeln, das auch diesmal seine Wirkung nicht verfehlte, wandte er sich an die Gastgeberin, die wieder hinzugetreten war. »Wobei beides ganz vorzüglich zu nennen ist.«

Es war nicht das, was er beabsichtigt hatte, doch mit der ungewollten Aufmerksamkeit hatte er von Knyphausen in die Enge getrieben. Zu viele Ohren hörten ihm zu, als dass er sich mit dem Hinweis auf einen gemütlichen Abend einfach aus der Affäre ziehen konnte. Ein Generalleutnant, den seine Männer in der Gefangenschaft nicht kümmerten, da er sich lieber mit Sherry oder Kartenspiel vergnügte, hätte, nicht nur bei seiner Truppe, recht schnell an Ansehen verloren.

Knurrend stellte von Knyphausen sein Glas auf einem Tablett ab, das ein livrierter Diener umhertrug. »Also, was wollt Ihr von mir?«

Erleichtert atmete Lorenz auf. Die erste Hürde war genommen. »Ihr sucht doch«, wiederholte er, »einen Mann, der bereit ist, nach Virginia zu reisen, um den Austausch von Offizieren in die Wege zu leiten und sich für eine bessere Versorgung unserer gefangenen Männer einzusetzen.«

»Was die Kriegskasse wieder bedeutend belasten wird.«

»Womöglich nicht ganz so stark, wenn Ihr den richtigen Mann hinschickt.«

Noch immer war die Stimmung des Generals alles andere als wohlwollend, während er nach seiner Begleiterin schielte, die jedoch geduldig auf ihn wartete. »Und der wäre?«

»Ein Mann, der nicht nur über ausreichende Kenntnisse der englischen Sprache verfügt, sondern auch über Geschick in Verhandlungen und im gesellschaftlichen Umgang.« In gespielter Selbstsicherheit nippte Lorenz an seinem Punsch.

Ein herablassender Blick, auf den er jedoch nicht reagierte, traf ihn. »Ihr sprecht von Euch selbst.«

»Das ist mein Angebot.«

»Aha.« Grummelnd sah sich von Knyphausen um, als sei er unschlüssig, ob er Lorenz rundherum abweisen oder die Gelegenheit beim Schopfe packen sollte, ihm diese Aufgabe zu übertragen. »Also gut«, sagte er schließlich. Der Soldat in ihm hatte wohl die Oberhand gewonnen. »Tut, was Ihr nicht lassen könnt. Meldet Euch morgen früh in der Kommandantur, dann wird man Euch die notwendigen Vollmachten aushändigen. Guten Tag, Herr Leutnant.«

Ohne ein weiteres Wort wandte sich der General um, kehrte zu seiner hübschen Witwe zurück und ließ Lorenz von Tannau, der kurz Haltung annahm, stehen.

Er hatte es geschafft! Gleich am nächsten Tag würde er nach Williamsburg aufbrechen, zunächst mit dem Vertreter Patrick Henrys über die Gefangenen verhandeln und schließlich nach Anna Hochstetter suchen.

Sein Plan war aufgegangen!

❈

»Mörder! Verrat! Zu Hilfe!«

Im ersten Augenblick wusste Anna nicht, wo sie sich befand. Dann erkannte sie, dass sie auf der mit Stroh gefüllten Matratze auf dem Dachboden lag. Fahles Mondlicht fiel durch das Fenster und erleuchtete nur trübe den kleinen Raum, in dem außer ihr auch die Haushälterin, die Näherin und das Stubenmädchen schliefen.

Keine von ihnen schien jedoch aufgewacht zu sein. Leise brummelnd drehte sich die alte Haushälterin unter ihrer Decke um und begann zu schnarchen.

Hatte Anna den Schrei nur geträumt und war sie von ihrer eigenen Angst erwacht? Einen Moment lang hielt sie den Atem an und lauschte. Dann vernahm sie das Schlagen von Türen, aufgeregtes Gemurmel und nur wenig später das Knarren der morschen Holztreppe, die nach oben zu den Gesindekammern führte.

Plötzlich traf der flackernde Schein einer Kerze Annas Gesicht. Es dauerte einen Moment, bis sie Hectors Züge ausmachte, der sich offensichtlich ein wenig schlaftrunken in die Kammer schob.

Anna sprang sogleich auf. »Ist etwas geschehen, Hector?« Nur mit Mühe gelang es ihr, das Zittern aus ihrer Stimme zu verbannen und ruhig zu klingen. Ihr Herz hämmerte wie wild. Wenn der Hausdiener um diese Uhrzeit in die Gesindestube kam, konnte das nichts Gutes bedeuten. Seit dem Tod des alten Masters war die Stimmung im Haus angespannter geworden. Besonders, da es der Mistress nicht gelungen war, die Beerdigung bis zu Johns Eintreffen hinauszuschieben, und diese daher in Abwesenheit des Sohnes und Erben hatte stattfinden müssen.

Ohne Anna anzuschauen oder auf ihre Frage einzugehen, sagte Hector: »Komm mit!«, und wandte sich wieder zum Gehen.

Einen Moment war sie zu überrascht, um sich zu rühren. Man ließ sie rufen? Mitten in der Nacht? War vielleicht jemand krank und benötigte Hilfe? Mit einem Wink gab ihr der alte Sklave zu verstehen, dass sie sich beeilen solle. So folgte sie ihm barfuß die knarrenden Holzstiegen hinab in den Herrschaftsbereich. Gern hätte Anna sich die Zeit genommen, ihre Haare, die ihr offen bis zur Taille fielen, aufzustecken und mit einem Tuch zu bedecken.

Die Tür zu Dorothys Schlafzimmer stand sperrangelweit offen. Also war die Herrin krank?

Anna hielt jäh inne, als sie den von zwei Kandelabern beleuchteten Raum betrat und feststellen musste, dass die Mistress keineswegs leidend im Bett lag. Stattdessen standen, wie ein Erschießungskommando, die vermeintliche Kranke, die Köchin Tilly und die Zofe Daphne vor ihrem Bett, alle drei im Nachtgewand. Während Anna den Ausdruck der beiden Sklavinnen nicht richtig zu deuten wusste, waren auf dem Gesicht der Herrin Zorn und Empörung unmissverständlich zu lesen.

Bevor Anna Gelegenheit hatte, zu fragen, wie sie behilflich sein könne, hatte Dorothy schon ihren Zeigefinger auf sie gerichtet, als wolle sie sie mit ihren sorgfältig gepflegten Nägeln aufspießen.

»Da ist ja die Hexe! Habe ich nicht gleich gesagt, dass diesem Ding nicht zu trauen ist? Sie leugnet die Segnungen der Kirche, folgt ihren eigenen Ritualen und ist mit den Mächten der Finsternis im Bunde, sie...« Dorothys Stimme überschlug sich, und so endete ihre Tirade in einem Hustenanfall, der die Köchin dazu nötigte, hastig zu dem kleinen Tisch zu eilen, auf dem ein Messingbecher und ein Krug Wasser standen, etwas davon einzuschenken und es der Herrin zu reichen. Mit zitternden Händen griff diese danach.

Einen Augenblick lang war Anna verwirrt durch die Heftigkeit des Angriffs, glaubte schon, die Worte der Mistress falsch verstanden zu haben. Doch die feindseligen Blicke, die sie trafen, zeigten ihr, dass sie sich nicht getäuscht hatte.

Erschrocken machte sie einen Schritt zurück, stieß jedoch mit dem alten Hector zusammen, der noch immer in der Tür stand und ihr so den Ausgang versperrte.

Sie spürte, wie kalte Angst in ihr aufstieg und ihr Herz umklammerte.

»Was ist geschehen?«, brachte sie schließlich hervor.

Statt einer Antwort trat Dorothy an ihr Bett und zog mit einem Ruck ihr daunengefülltes, mit geklöppelter Spitze verziertes Kopfkissen beiseite, sodass jeder im Raum sehen konnte, was sich darunter befand: eine Puppe, zusammengenäht aus weißem Stoff, mit einem aufgemalten Gesicht und

Haaren aus Wolle, die auf die gleiche Art hochgesteckt waren, wie es die Mistress zu tun pflegte. Zweifelsohne sollte diese Puppe Dorothy Huntley darstellen. Das Erschreckende jedoch war, dass ein dünner Nagel genau in der Herzgegend der Stofffigur steckte.

Die Anwesenden schnappten hörbar nach Luft, und unwillkürlich schlug Anna die Hände vor den Mund.

»Jemand hat versucht, mich zu verfluchen.« Das Gesicht der Hausherrin nahm vor Zorn oder Angst eine tiefrote Farbe an, ihre Lippen bebten. »Jemand hat die Mächte der Finsternis beschworen, um mir zu schaden, und mir dann dieses ... dieses ... Ding ins Bett gelegt!«

Schwer atmend trat sie einen Schritt näher an Anna heran, sodass diese fast die Hitze zu spüren glaubte, die vom Körper ihrer Herrin ausging.

»Du hast die Gelegenheit genutzt, jetzt da ich allein und schutzlos dastehe ohne meinen Mann – und mein Sohn in der Fremde für unseren König kämpft.«

Anna spürte, wie ihr vor Schreck das Blut aus den Wangen wich und ihre Knie nachzugeben drohten. Ihre Stimme versagte, doch sie war geistesgegenwärtig genug, den Kopf zu schütteln.

»Man hat dich gesehen, wie du dich kurz vor der Schlafenszeit in der Nähe meiner Tür herumgetrieben hast. Ich habe es ja immer gewusst, du bist eine Hexe, und nun hast du es auf mich abgesehen, du ...«

Entsetzt keuchte Anna auf: »Das ist eine Lüge, Mistress. Warum sollte ich so etwas ...«

»Schweig!«

Die Ohrfeige raubte Anna beinahe den Atem. Tränen stiegen ihr in die Augen, doch sie wusste, dass es nicht der richtige Moment war, um sich gehen zu lassen. »Mistress«, begann sie, nachdem sie sich für einen Moment gesammelt hatte und hoffte, die Angelegenheit vernünftig regeln zu können. »Ihr kennt mich nun schon eine ganze Weile. Ihr wisst, dass ich mich stets um die Kranken gekümmert habe. Zu diesem Zweck habe ich auch Salben und Heiltränke hergestellt, aber nie – niemals – würde ich mich mit irgendetwas abgeben, das in den Augen Gottes ein solches Gräuel ist, wie …« Sie musste sich überwinden, um diese Worte auch nur auszusprechen: »… wie schwarze Magie!«

»Lüge!«, zischte Dorothy. »Alles Lüge! Aber was soll man auch von jemandem erwarten, der unsere Sprache nicht richtig spricht, unseren Glauben schmäht und sich zu diesen gottlosen Wiedertäufern zählt, die, wie jeder weiß, eine Gefahr für Gesellschaft und Kirche darstellen. Du Hexe!«

Plötzlich, inmitten dieser schrecklichen Situation, in der vielleicht sogar ihr Leben auf dem Spiel stand, spürte Anna, wie sie eine tiefe Ruhe, eine ungeahnte Stärke überkam. Es war ein ähnliches Gefühl wie damals in Waldeck, als sie gezwungen gewesen war, vor aller Augen in einer Scheune zu knien und sich selbst als Sünderin zu beschuldigen.

Langsam hob sie den Kopf und blickte Dorothy Huntley direkt in die Augen. »Ich schmähe nicht Euren Glauben, Mistress. Verzeiht mir, wenn ich diesen Anschein erweckt haben sollte. Ganz im Gegenteil, ich empfinde Hochachtung für jeden, der die Liebe zu unserem Herrn und Gott teilt.«

Ein empörtes Aufschnaufen war die Antwort, als empfände Dorothy es schon als eine Beleidigung, sich vorzustellen, dass sie, die reiche Pflanzergattin mit britischen Wurzeln, den gleichen Gott anbetete wie diese deutsche Schuldmagd.

»Auch glaube ich nicht, dass ich oder irgendeiner meiner Glaubensbrüder etwas getan hat, um vorsätzlich jemandem zu schaden. Ganz im Gegenteil, wir sind dankbar, dass wir selbst nicht länger Verfolgungen ausgeliefert sind, und ziehen uns meist zu Unseresgleichen zurück. Wenn ich also etwas getan haben sollte, das Euch in irgendeiner Weise gekränkt oder verletzt hat ...«

Eine weitere Ohrfeige traf Anna so unerwartet, dass sie zurücktaumelte. Sie hielt sich die Wange, reckte jedoch wieder das Kinn vor und begegnete dem erbarmungslosen Blick Dorothys, welche die Hand bereits zum nächsten Schlag erhoben hatte.

»Schweig, du elendes Ding, und versuche nicht, von der Sache abzulenken! Mich interessieren weder deine obskure Religion noch deine gottlosen Rituale. Fest steht, dass du mich mit einem Fluch belegen wolltest. Wahrscheinlich hast du auf diese Art sogar den Tod meines Gatten herbeigeführt. Aber dafür wirst du zahlen – das kannst du mir glauben!« Die letzten Worte kamen atemlos, kaum verständlich und enthielten eine deutliche Drohung.

Dennoch schaute Anna ihre Herrin weiter unbeirrt an. »Mein Glaube verbietet mir, einen Eid zu leisten, Mistress, doch ich versichere Euch aufrichtig, dass ich dergleichen niemals tun würde.«

Eisiges Schweigen entstand, selbst die Kerzen schienen im Flackern innezuhalten, und Anna wusste, dass sie verloren hatte.

»Übergebt sie dem Gericht!« Dorothys Stimme klang klar und laut.

Sogleich setzte sich Hector in Bewegung, um dem Befehl Folge zu leisten. Regungslos sah Anna zu, wie auch in den Rest der Anwesenden wieder Leben kam, und spürte die mitleidigen Blicke der Köchin und der Zofe auf sich ruhen. Dann betrat Anderson, nur mit Hemd und Hose bekleidet, den Raum, zerrte Anna an den Ellbogen hinaus und fesselte ihr schließlich mit einem groben Strick die Hände auf dem Rücken.

Als er sie durch den dunklen Flur und die Treppe hinab zum Ausgang stieß, bemerkte Anna im schwachen Mondlicht Rose, die halb versteckt hinter einer Hecke stand und ihre Demütigung mit triumphierendem Lächeln verfolgte.

DRITTES BUCH – DAS WIEDERSEHEN

Mai 1778 bis Oktober 1779

Williamsburg, Virginia
Monmouth, New Jersey
und Philadelphia, Pennsylvania

KAPITEL 1

Huntley Plantation bei Williamsburg, Ende Mai 1778

John Huntley hatte es für klüger gehalten, den Weg nach
Hause in ziviler Kleidung zurückzulegen. In diesen Tagen war
es gefährlich, sich offen als Soldat, ja Offizier des Königs, zu
zeigen, besonders in seiner von Rebellen beherrschten Heimatstadt. Am liebsten hätte er den Wunsch seiner Mutter
rundweg abgelehnt. Doch war es wohl eine Frage der gesellschaftlichen Notwendigkeit, dass der Sohn und Erbe nach
Hause zurückkehrte, wenn der Vater bei einem Reitunfall
ums Leben gekommen war.

Vom langen Ritt ein wenig steif, lief John die Treppen zum
Eingangsportal hinauf und klopfte. Wenige Augenblicke später öffnete Hector die Tür.

»Master John.« Die Stimme des Hausdieners war dem Anlass entsprechend gedämpft. »Eure Mutter erwartet Euch
bereits.«

Ohne die Begrüßung zu erwidern, streifte John die Handschuhe ab und trat ein.

Bereits im Flur vernahm er zwei Stimmen, die sich im Parlor gedämpft, jedoch sehr erregt unterhielten. Eine davon
gehörte seiner Mutter.

Nachdem er Handschuhe, Hut und Reitpeitsche an Hector
übergeben hatte, durchquerte er die Halle und öffnete die Tür
zum Parlor, die nur angelehnt war. Zu seiner Überraschung
erblickte er dort neben seiner Mutter Mr. Hamilton, den
Anwalt der Familie. Niemand wusste so recht, auf welcher
Seite dieser im gegenwärtigen Krieg stand – ihm eilte der Ruf

voraus, dass er selbst den Teufel verteidigen würde, wenn sich diese Angelegenheit für ihn als lukrativ genug erweisen könnte.

John spürte, wie sich sein Magen zusammenzog. Gab es irgendwelche Probleme wegen Vaters Tod? Wegen ihres Besitzes? Ihrer politischen Gesinnung?

»Guten Abend«, sagte er, und sogleich richteten sich die Augen der beiden Anwesenden auf ihn.

»John, gut, dass du endlich da bist!« Dorothy stand auf und kam auf ihn zu. Das schwarze Trauerkleid ließ die nervösen roten Flecken auf ihrem Gesicht deutlich hervortreten. Rasch küsste sie ihren Sohn auf beide Wangen und zog ihn dann am Arm hinüber zu der Sitzgruppe, einem Sofa, zwei zierlichen Sesseln und einem kleinen Tisch, auf welchem Tee und Gebäck angerichtet waren.

Keiner der Haussklaven war anwesend, und mit Erstaunen nahm John zur Kenntnis, dass seine Mutter ihm persönlich einschenkte.

»Du glaubst gar nicht, was in den letzten Tagen alles geschehen ist. Sicher kennst du Mr. Hamilton? Ich musste ihn rufen lassen ... ach, John ...«

»Natürlich. Sehr erfreut, Euch wiederzusehen, Sir.« Bemüht, sich seine Unruhe nicht anmerken zu lassen, schüttelte er dem Anwalt die Hand und ließ sich dann in einem der Sessel nieder.

»Du kannst dir ja nicht vorstellen, John ...« Die Stimme seiner Mutter überschlug sich fast, und rasch nahm sie einen Schluck Tee.

Mit größerer Selbstsicherheit, als er empfand, legte er ihr beruhigend die Hand auf den linken Unterarm.

»Gewiss erinnerst du dich noch an unsere deutsche Schuldmagd. Diese Anna.«

Bei der Erwähnung des Namens zuckte John innerlich zusammen. Doch er nickte scheinbar gelassen. »Was ist mit ihr?«

»Denk dir nur, was dieses falsche, undankbare Weibsstück getan hat…« Wieder nippte Dorothy an ihrem Tee, wobei sie sich beinahe verschluckt hätte. »Im vergangenen Winter bin ich krank geworden, und Dr. Thomson, dieser Quacksalber, war nicht in der Lage, mir zu helfen. Ich habe also nach Anna geschickt, und irgendwie ist es ihr gelungen, mich in kurzer Zeit wieder auf die Beine zu bringen… Heute bin ich mir allerdings nicht mehr sicher, welcher Mittel sie sich dabei bedient hat.« Mit einer theatralischen Geste fasste sie sich an den Kopf, als leide sie noch immer unter Schmerzen.

John wurde allmählich ungeduldig, wagte aber nicht, seine Mutter zu unterbrechen.

»Danach hat sie unter diesem Dach hier gelebt, ist ein und aus gegangen, hat es sich gut gehen lassen und…«

»Du hast diese Frau in unser Haus gelassen?« Es fiel John schwer, hinter der gespielten Empörung seine wahren Gefühle zu verbergen, die bei der Vorstellung in ihm aufstiegen, dass diese Magd im Herrenhaus gewohnt hatte – während er selbst weit entfernt gewesen war. Welche Gelegenheiten er da versäumt hatte! »Wie konntest du das nur tun?«

»Das frage ich mich inzwischen auch.«

Nicht zum ersten Mal überkamen John Zweifel, ob Dorothys Leidensmiene auf echtem Schmerz beruhte oder lediglich gespielt war. Schon immer war es ihm ein Rätsel gewesen, wie sich seine sonst so energische Mutter von einem Moment auf den anderen in ein hilfloses, kränkelndes Wesen verwandeln konnte. Ob dieses Verhalten eine kluge Taktik von ihr war, um ihren Willen durchzusetzen?

Er nahm ein Stück Gebäck. »Was hat sie getan?«

»Alles fing damit an, dass sie aufsässig und unverschämt wurde. Meine Wünsche rundweg ablehnte.«

John zog die Augenbrauen hoch. »Das sollte dich nicht überraschen.«

Der Blick, den Dorothy ihm als Antwort zuwarf, war vernichtend. »Immerhin hast du sie damals angeschleppt. Aber wie dem auch sei.« Die Untertasse klirrte, als sie ihren Tee abstellte. »Man hat sie im Stall gesehen, bevor dein Vater an jenem verhängnisvollen Tag losgeritten ist und sich den Hals gebrochen hat. Obgleich sie sich immer mit ihren Heilkünsten brüstete, war sie nicht in der Lage, nach seinem Unfall auch nur das Geringste für ihn zu tun – was sie natürlich auch gar nicht wollte. Als Dr. Thomson kam, konnte er nur noch den Tod feststellen.«

Johns Blick verdüsterte sich. Aus welchem Grund sollte diese Deutsche bei dem Tod seines Vaters ihre Hände im Spiel gehabt haben?

Seine Mutter hingegen schien das anders zu sehen. Sie hatte sich regelrecht in Fahrt geredet. »Und um allem die Krone aufzusetzen, hat sie die Gelegenheit genutzt, nach Adams Tod, als du im Krieg warst und ich ... eine Witwe, allein und hilflos ...« Sie machte eine dramatische Pause.

John bezweifelte, dass seine Mutter jemals in ihrem Leben hilflos gewesen war. Doch das behielt er lieber für sich.

»... da hat sie es gewagt, ihre scheußlichen Rituale anzuwenden und mich mit einem Fluch zu belegen. Sie ist eine Hexe!«

John spürte, wie sich etwas in ihm verkrampfte. »Was sagst du da? Wie kommst du darauf?«

Dorothys Augen blitzten, und zumindest ihre Empörung schien echt. »Sie ist den ganzen Abend vor meiner Schlafzimmertür herumgeschlichen. Und als sie schließlich unbeobach-

389

tet war, da hat sie ... sie hat ... sie hat mir dieses Ding ins Bett
gelegt.«

»Was für ein Ding?«

»Na, so eine von diesen ...« Dorothy unterbrach sich, als
würde allein vom Aussprechen des Wortes eine Gefahr für sie
ausgehen. »Wir haben es sogleich verbrannt. Aber selbst die
Neger sind davor zurückgescheut, es auch nur zu berühren.
Ich musste Daphne damit drohen, sie zukünftig auf die Felder
zu schicken, bis sie schließlich bereit war, das verfluchte Zeug
aus meinem Bett zu ziehen und ins Feuer zu werfen.«

Seine Mutter schien sich wirklich zu fürchten. Diesmal
war ihre Angst nicht gespielt. John jedoch blieb skeptisch.
So frömmlerisch, wie er Anna kannte, würde sie niemals ein
solch heidnisches Ritual anwenden.

Aber ... ein anderer Gedanke stieg in ihm auf. Auch wenn
er selbst nicht glaubte, dass diese Schuldmagd versucht hatte,
die Hausherrin mit einem Fluch zu belegen, so bot sich ihm
damit vielleicht die lang ersehnte Gelegenheit, dieses widerspenstige Ding für seine Weigerung, ihm zu Willen zu sein, zu
bestrafen.

Er wandte sich an den Anwalt. »Glaubt Ihr, wir können das
irgendwie belegen? Das einzige Beweisstück wurde ja verbrannt.«

Der Angesprochene lehnte sich in seinem Sitz zurück und
schlug die Beine übereinander. »Nun, ich sehe zwei Punkte,
die uns Schwierigkeiten bereiten könnten. Zum einen ist allgemein bekannt, dass Eure Familie und Ihr nicht eben Freunde der patriotischen Sache seid.«

Wut überkam John, und er setzte bereits zu einer scharfen
Erwiderung an, was der Anwalt jedoch mit einer beschwichtigenden Handbewegung abwehrte.

»Diesen Punkt zu bereinigen, fühle ich mich jedoch durch-

aus in der Lage. Verlasst Euch nur auf mich und meine …
ähm … Überredungskünste.«

»Und die andere Sache?«, hakte Dorothy nach.

Hamilton zog die Augenbrauen hoch. »Nun, nach allem,
was ich weiß, ist der letzte Prozess wegen Hexerei in Virginia
schon so lange her, dass sich selbst Euer verstorbener Gatte
kaum noch daran erinnert haben dürfte.«

»Heißt das etwa, schwarze Magie ist in diesem Land inzwischen geduldet?« Dorothys Stimme klang schrill.

»Das habe ich so nicht gesagt. Doch wir befinden uns im
Krieg. Jeden Tag werden hierzulande Männer wegen ihrer
politischen Überzeugung, Spionage oder Hochverrat gehängt. Es wird nicht leicht werden, den Richter davon zu
überzeugen, dass die naiven Rachegelüste einer ungebildeten
Schuldmagd eine Angelegenheit von allzu großer Bedeutung
ist.«

»Wollt Ihr damit andeuten, dass sich nun auch schon die
Schuldknechte ungestraft alles herausnehmen dürfen?« Bei
dieser Rebellenherrschaft hätte John das nicht gewundert.

Der Anwalt lächelte. »Keineswegs. Wir müssen nur geschickt vorgehen. Dabei könnte es sich als hilfreich erweisen,
unter den Anklagepunkten die schwarzmagischen Praktiken
ein wenig außen vor zu lassen.«

»Aber gerade diese hat sie angewendet!«, brauste Dorothy
auf.

»Das stellt auch niemand hier im Raum in Zweifel, Verehr-
teste.« Hamilton neigte ihr den Kopf zu. »Dennoch würde es
unserer Sache zum Vorteil gereichen, wenn man diesen Frevel
durch andere Vorfälle, der ein wenig … nun … bodenständi-
geren Art untermauern könnte.«

»Auf was wollt Ihr hinaus?« Irgendetwas an den Worten
des Anwalts missfiel John.

»Nun, es mag in jüngster Zeit nicht mehr möglich sein, Frauen aufgrund des Vorwurfs der Hexerei zum Tode zu verurteilen. Doch noch immer ist es Recht und Gesetz, eine aufsässige Schuldmagd einer abschreckenden Strafe zuzuführen.«

John spürte, wie bei dieser Vorstellung ein Zittern durch seinen Körper lief, und mit einer kurzen Handbewegung forderte er den Anwalt auf, fortzufahren.

»Wenn es uns also gelänge, das Gericht von dem Tatbestand des Ungehorsams und dem Versuch, das Leben des Masters und der Mistress zu gefährden, zu überzeugen ...«

»Sie ist eine Hexe«, beharrte Dorothy.

»... könnte der Richter sie aufgrund ihrer Vergehen öffentlich auspeitschen und anschließend ihre Dienstzeit in Eurem Hause verlängern lassen.«

»So einfach soll sie davonkommen?« Die Empörung der Hausherrin schien den ganzen Raum auszufüllen. »Wo sie womöglich gar beim Tod meines Gatten ihre Finger im Spiel hatte?«

Der Anwalt sah erst Dorothy, dann John mit einem nicht zu deutenden Gesichtsausdruck an. »Es gäbe eventuell eine Möglichkeit, sie gänzlich aus dem Weg zu räumen ...« Langsam drehte er die Tasse in seiner Hand. »Vorausgesetzt, Ihr wärt bereit ...«

»Zu allem, was notwendig ist!«, fiel Dorothy ihm ins Wort. »Diese unverschämte Person muss ihre Strafe erhalten!«

Hamilton beugte sich vor. »Nun, dann solltet Ihr mir noch einmal in allen Einzelheiten berichten, wie sich diese Magd im Hause betragen hat. Sie war also von Beginn an aufsässig?«

John stand auf und schenkte sich einen Brandy ein, während er zuhörte, wie seine Mutter und der Anwalt Annas Verderben planten.

Das Quietschen der Zellentür zerriss die Welt der Dämmerung und des Traumes, in die sich Anna geflüchtet hatte. Schlagartig stand ihr alles wieder vor Augen: ihre Festnahme, die Anklage, die Verhöre und die endlos scheinende Zeit im Gefängnis. Dazu ständig die quälende Frage, warum ihr so etwas angetan wurde, die Angst, was nun mit ihr geschehen würde.

Mühsam erhob sie sich, soweit ihre Fesseln es zuließen, um zumindest den Anschein von Würde zu wahren. Ihre schweißgetränkte Kleidung fühlte sich nach dem langen Tragen, ohne die Möglichkeit sich zu waschen, schmierig an. Unordentlich hingen ihr Haarsträhnen ins Gesicht, und auf den Wangen klebten getrocknete Tränen.

Ein Gerichtsdiener war eingetreten, packte sie wortlos am Arm und zerrte sie nach draußen, wo gleißendes Licht und brütende Hitze ihr entgegenschlugen. Geblendet schloss sie die Augen, doch unbarmherzig zog der Mann sie weiter durch den von einer hohen Mauer umgebenen Innenhof.

Wachen und Gerichtsdiener wechselten ein paar kurze Worte, dann wurde Anna auf die Straße geschoben, während sie darum kämpfte, sich auf den Beinen zu halten.

»Wohin bringt Ihr mich, Sir?«, fragte sie mit zitternder Stimme.

Ohne zu antworten, führte der Mann sie durch die belebten Straßen der Stadt. Schaulustige starrten sie an, Gassenjungen riefen ihr Schimpfworte hinterher, zweimal konnte sie nur knapp einem Fuhrwerk ausweichen. Anna fühlte sich ausge-

liefert und gedemütigt, mit letzter Kraft setzte sie einen Fuß
vor den anderen. Vergebens versuchte sie, sich von ihrer Umgebung abzuschirmen, der Hitze, dem Staub, der immer größer werdenden Menschenmenge, die hinter ihr und dem
Gerichtsdiener herlief. Endlich hatten sie ein aus roten Ziegelsteinen errichtetes Gebäude mit bogenförmigen Sprossenfenstern erreicht.

Die Menge drängte zum Hauptportal, das durch ein weißes
Vordach beschattet wurde, während der Gerichtsdiener Anna
zu einem der Seiteneingänge und schließlich durch die Tür
zerrte.

»Werde ich vor Gericht gestellt?« Ihre Stimme zitterte.

»Wirst du schon sehen! Los jetzt! Die Geschworenen können nicht ewig warten.«

Anna spürte, wie ihr letzter Mut sank. Bereits einige Tage
zuvor hatte man sie zu einer Voruntersuchung gebracht, bei
der sie vor Angst kaum in der Lage gewesen war, alle Anklagepunkte zu verstehen, geschweige denn etwas zu ihrer Verteidi-
digung vorzubringen. Offensichtlich waren dem Richter die
Beschuldigungen ausreichend stichhaltig – oder die Familie
der Klägerin bedeutend genug – erschienen, um einen Pro-
zesstermin anzuberaumen.

Das Gewicht der Ketten zog Anna zu Boden. Doch unerbittlich wurde sie weiter durch einen dunklen Flur zur Tür
eines großen Saales geschoben. Als sich diese öffnete, strauchelte sie und wäre beinahe gestürzt.

Der Gerichtssaal wirkte riesig und schien sie verschlucken
zu wollen. Einem Bienenschwarm gleich summte es um Anna
herum: Stimmen dröhnten in ihren Ohren, Füße scharrten
über den Holzboden, Bänke wurden quietschend verrückt.

Nur mit Mühe hielt sie sich aufrecht. Die Augen aller Anwesenden waren auf sie gerichtet. Das Kleid starrend vor

Schweiß und Schmutz, die Haare aus der notdürftig herge-
richteten Frisur gelöst – schon ihr Aussehen schien die Anklage zu bestätigen und noch den letzten Zweifel an ihrer
Schuld zu widerlegen.

Eine aufsässige Magd, eine ketzerische Hexe, der jede
Schandtat zuzutrauen war.

Wie in einem Albtraum nahm sie wahr, dass der Gerichtsdiener sie zu einem Podest stieß, das durch ein Gitter von den
Umstehenden abgetrennt war, den Blicken der Öffentlichkeit
ausgeliefert, ohne die Möglichkeit, sich zu setzen.

Zuletzt nahmen einige Männer mit ernster Miene, wohl die
Mitglieder der Jury, sowie der Richter ihre Plätze ein. Übel-
keit stieg in Anna auf, als plötzliche Stille eintrat. Alles um sie
herum begann sich zu drehen, doch zwang sie sich dazu, den
Kopf zu heben, dem Richter und den Geschworenen in die
Augen zu blicken.

»Anna Hochstetter, Schuldmagd im Hause des Adam
Huntley. Du hast dich ungebührlich und sträflich ...« Vom
Rest der salbungsvollen Rede des Richters, die offenbar darauf angelegt war, einem unwürdigen Wesen wie ihr die Bedeutung von Zucht und Moral aufzuzeigen, bekam sie nur
einen Teil mit. Seine undeutliche, schnarrende Stimme ging in
dem wieder steigenden Lärm im Saal unter. Doch nach allem,
was sie verstand, warf man ihr vor, sich von Beginn an im
Haus der Herrschaft ungehorsam und aufsässig verhalten,
durch ihr Betragen Frieden und Sicherheit des Hauses gefähr-
det zu haben. Darüber hinaus schien man ihr vorzuwerfen,
auch den Tod ihres Masters Adam Huntley verschuldet zu
haben.

Das Getöse im Saal schwoll an wie eine donnernde Gewit-
terfront. Die Gerichtsdiener hatten Mühe, für Ruhe zu sorgen. Kalter Schweiß brach Anna aus, während zugleich die

Hitze im Raum weiter anstieg, als würden die Gemüter der Zuschauer die Luft aufheizen.

Wie das Murmeln eines Baches rauschten die Anklagepunkte an Annas Ohren vorbei. Zu ihrer Verwunderung war kein Mitglied der Familie Huntley erschienen. Offensichtlich ließen sie sich von einem Anwalt vertreten, einem schwarzhaarigen Mann, der dem Richter ständig ins Wort fiel. Auch wenn sie vielen Ausführungen nicht ganz folgen konnte, erkannte sie doch an Tonfall, Gestik und Mimik, dass Richter und Anwalt sich nicht einig waren.

Schließlich erhob sich Letzterer und las einen längeren Text von zwei großen Papierseiten ab. Nach allem, was Anna verstand, musste es sich hierbei um eine Erklärung von Mistress Dorothy und Master John handeln, die das ungebührliche Betragen ihrer Schuldmagd mit drastischen Worten schilderten.

Anna erschauderte. *Master John!* War er wieder in der Stadt?

Ihre Angst steigerte sich zur Panik. Kein Wunder, dass man sie vor Gericht gestellt hatte, wenn John Huntley seine Hände dabei im Spiel hatte.

Nachdem der Anwalt geendet hatte, ordnete der Richter an, die Zeugen aufzurufen.

Anna erstarrte? *Zeugen?* Wer konnte das sein? Wer wäre in der Lage, Beweise gegen sie vorzubringen, die sie entlasten oder – was wahrscheinlicher war – ans Messer liefern würden?

Der Gerichtsdiener führte nur einen einzigen Mann herein, dessen Anblick jedoch genügte, um Anna schwindeln zu lassen: den Aufseher Anderson.

Als dieser die Hand auf die Bibel legte und schwor, die Wahrheit zu sagen, schaute er herablassend zu Anna hin. Ein beinahe genüssliches Grinsen erschien auf seinem Gesicht.

Ein Schauer wie von einem Fieberschub durchlief Anna. Was mochte ein Mann wie Anderson, dem es Vergnügen bereitete, Menschen im Namen von Recht und Gesetz halb tot zu prügeln, und der sich nicht scheute, unschuldige Mädchen zu schänden, unter Wahrheit verstehen?

Und während der Aufseher seine Aussagen machte, in denen er ein Bild von ihr als einer unzuverlässigen, hinterlistigen und ungehorsamen Person zeichnete, die zweifelhafte Heiltränke braute und sich anmaßte, mehr zu wissen als ein Arzt, beobachtete Anna, wie sich die Mienen der Geschworenen verdüsterten. Verächtliche, ja feindselige Blicke aus den Reihen der Jury und der Zuschauer trafen sie. Sie spürte, dass die Stimmung zu ihren Ungunsten umzuschlagen drohte. Auch wenn die Familie Huntley als loyalistische Tories in der Stadt derzeit nicht gut gelitten war, so konnte doch eine aufsässige Schuldmagd, die womöglich gar den Tod ihres Herrn zu verantworten hatte, keineswegs geduldet werden.

Nachdem Anderson seine Ausführungen beendet hatte, lehnte er sich zufrieden zurück und warf Anna ein siegesgewisses Lächeln zu.

Zuletzt erhielt auch sie als Angeklagte die Gelegenheit, sich zu dem Sachverhalt zu äußern. Schlagartig trat wieder Ruhe im Saal ein, und alle Augen ruhten auf ihr.

Anna schüttelte den Kopf. Mühsam versuchte sie, mit ihren begrenzten Sprachkenntnissen zu erklären, dass sie sich stets darum bemüht habe, der Familie Huntley nach Kräften zu dienen, wie sie es in ihrem Arbeitsvertrag zugesichert hatte. Dass sie alles ihr nur Mögliche getan habe, um den Kranken der Familie, auch den Sklaven, zu helfen. Sie konnte nicht verhindern, dass ihr Tränen über das Gesicht liefen und ihre Stimme zitterte. »Doch niemals«, brachte sie schließlich mit letzter Kraft hervor, »hätte ich zugelassen, dass Mister

Huntley etwas zustößt. Ich hätte nichts unversucht gelassen, um sein Leben zu retten, aber es stand nicht in meiner Macht. Er war ein guter Master, ein gerechter Mann. Scin Tod ist ein … Verlust. Für die Stadt, die Familie … für die Sklaven …« Ihre Stimme brach, und ihr unterdrücktes Schluchzen ließ ihren Körper erbeben.

Man hätte eine Stecknadel fallen hören können, so still war es plötzlich. Nachdenklich, beinahe betroffen musterten die Zuschauer Anna, als würden zumindest sie ihr Glauben schenken.

Wie auf ein unsichtbares Zeichen hin verließen die Geschworenen den Saal, wohl um sich miteinander zu beraten. Das daraufhin hereinbrechende Gemurmel legte sich wie ein klebriges Spinnennetz über die nervenzerreißende Anspannung. Fast körperlich fühlte Anna die Blicke der Anwesenden auf ihrer Haut, neugierig, mitleidig, sensationshungrig. In einer Ecke saß noch immer Anderson. Als sie den Kopf hob, sah er sie an, und in seinem Gesicht las sie Rachedurst, Schadenfreude und Triumph. Mit einem hämischen Grinsen entblößte er seine Zähne, als wolle er sagen: *Hab ich dir nicht versprochen, dass du eines Tages für deine Unverschämtheit bezahlen wirst?*

Schaudernd wandte Anna den Kopf ab und schloss die Augen. So sehr sie sich auch darum bemühte, ihrer Verzweiflung durch ein Gebet Herr zu werden, gelang es ihr nicht. Ihre Gedanken zerfaserten, die Worte in ihrem Herzen verhallten. Zurück blieb nur die lähmende Angst.

Was stand ihr bevor? Welche Strafe hatte eine Schuldmagd in diesem Land zu erwarten? War es Anderson und diesem Anwalt gelungen, die Jury davon zu überzeugen, dass sie tatsächlich eine Schuld am Tod ihres Masters trug? Wäre sie dann eine Mörderin? Und würde …

Ihre albtraumhaften Gedanken wurden von Schritten unterbrochen, als die Geschworenen wieder den Saal betraten und ihre Plätze einnahmen. Annas Herz raste, das Rauschen in ihren Ohren schwoll so stark an, dass sie zwar sah, wie der Richter der Jury einige Fragen stellte, jedoch nicht in der Lage war, die Antworten zu verstehen. Dann erhob der Richter sich schließlich, und ein Gerichtsdiener versetzte Anna, die in sich zusammengesunken war, einen Stoß. Diesmal sprach der Richter langsam und mit lauter Stimme, sodass sie jedes Wort mit schmerzhafter Deutlichkeit vernahm. »Anna Hochstetter, Schuldmagd der Familie Huntley, man hat dich der Aufsässigkeit und des Ungehorsams für schuldig befunden. Aus diesem Grunde wirst du dazu verurteilt, gebrandmarkt zu werden und anschließend achtundvierzig Stunden ohne Nahrung am Pranger zu verbringen, als Warnung für die Bürger dieser Stadt.«

Vereinzelte Pfiffe aus dem Zuschauerraum ertönten.

Anna spürte, wie ihr Körper sich versteifte, ihr Mund trocken wurde, die Hände sich verkrampften.

»Sobald du deine Strafe verbüßt hast, wird die Gerichtsbarkeit dich wieder der Familie Huntley übergeben. Wie ich von ihrem Anwalt erfahren habe ...«, er räusperte sich und blickte sie fast mitleidig an, »... hat diese bereits beschlossen, dass du anschließend nach Barbados gebracht werden sollst, wo du auf den Zuckerrohrfeldern des Vetters des Geschädigten, Leonard Huntley, deine Schuld abarbeiten wirst.«

Ein ohrenbetäubendes Pfeifkonzert brandete auf. Die Zuschauer waren eindeutig mit einem solch grausamen Ausgang des Verfahrens nicht einverstanden.

Barbados?

Einen Moment lang glaubte Anna, sich verhört zu haben. Barbados, diese unendlich weit entfernte Hölle mitten im Meer. Das Schreckenswort, das ihr durch die irischen Schuldknechte auf dem Auswandererschiff ein Begriff war. All das, was sie gerade erlebten, so hatten diese erzählt, sei nichts gegen Barbados, wo Feldarbeiter zu Tausenden starben, durch Hitze, knochenharte Arbeit, Mücken, Fieber und Krankheiten. Dorthin wollte man sie nun also bringen lassen? Das erschien ihr gleichbedeutend mit einem Todesurteil.

Der Boden unter ihr fing an zu beben, der Gerichtssaal sich zu drehen. Die Gesichter um sie herum verschwammen in schlierigem Nebel.

»Das Urteil ist sofort zu vollziehen. Gerichtsdiener, führe die Frau hinaus!«

Wie durch Watte gedämpft vernahm Anna die Stimme des Richters, dann wurde ihr schwarz vor Augen.

✻

Der lange Ritt in Ruhe und Einsamkeit hatte ihm gutgetan. Nach einer Woche im Sattel, ohne das Lärmen der Waffen, das Gebrüll beim Exerzieren der Truppen – und diese entsetzlich langweiligen Offiziersbälle – fühlte sich Lorenz so zufrieden und frei wie schon lange nicht mehr. Er hatte ein klares Ziel vor Augen: Zunächst würde er mit dem Vertreter des Gouverneurs verhandeln und anschließend zur Plantage dieser Huntleys reiten.

Seit etwa drei Stunden war er unterwegs, nachdem er die Nacht in einem Gasthaus verbracht hatte. Der morgendliche Nebel hatte sich bereits gelichtet, als er an den weiträumigen Plantagen vorbeiritt, die vor der Stadt Williamsburg lagen und auf deren Feldern schwarze Sklaven arbeiteten. Plötzlich überfiel ihn der Gedanke, was sein Vater sagen würde, wenn er wüsste, was sein Sohn vorhatte. Mitten im Krieg, in einem fremden Land, beherrschte eine Schuldmagd seine Gedanken – und jetzt gar sein Handeln. Unwillkürlich musste Lorenz grinsen. Nun denn, ein ganzer Ozean lag zwischen ihm und dem alten Freiherrn, und dieser hatte ihn ohnehin stets als aufsässigen Querschädel bezeichnet. Also sollte er auch recht behalten.

Die ersten Häuser der Stadt tauchten vor ihm auf, und noch immer lächelnd lenkte er sein Pferd mit leichtem Schenkeldruck auf die breite Hauptstraße. Unangenehm spürte er die misstrauischen, ja feindseligen Blicke der Menschen, als er an den aus rotem Backstein oder weiß gestrichenen Holzbalken errichteten Häusern entlangritt.

Die halbe Stadt schien auf den Beinen zu sein. Elegant gekleidete Frauen in bunt bedruckten oder bestickten Kleidern mit ausladenden Röcken schützten ihre makellos weiße Haut mit zierlichen Schirmen vor der sengenden Sonne. Gentlemen in seidenen Kniehosen und Röcken flanierten durch die Straßen oder unterhielten sich, lässig auf einen Stock gestützt, miteinander. Aber auch viele Handwerker in groben Leinenhosen und ledernen Schürzen und Händlerinnen in einfachen Baumwollkleidern und weißen Hauben bevölkerten die Straßenzüge.

Nur an den Anblick der vielen schwarzen Sklaven, die Wagen entluden, Fässer über die Straße rollten, Säcke mit Getreide oder Körbe mit Einkäufen vom Markt schleppten, konnte sich Lorenz noch immer nicht gewöhnen. Erneut fragte er sich, wie sich ein Volk erdreisten konnte, im Namen der Freiheit einen Krieg anzuzetteln, gleichzeitig aber glaubte, Menschen mit anderer Hautfarbe zu versklaven und als billige Arbeitskräfte missbrauchen zu dürfen. Seine erste Begegnung mit Noah kam ihm in den Sinn. Er sah noch vor sich, wie übel dieser zugerichtet gewesen war. Doch zwang er sich, diese unangenehme Erinnerung abzuschütteln und seine Aufmerksamkeit auf die vor ihm liegende Aufgabe zu richten. Noch wusste er nicht, wie lange die Verhandlungen im Gouverneursgebäude andauern würden, doch schlug sein Herz heftiger bei der Vorstellung, nach all der Zeit Anna Hochstetter wiederzusehen.

Nach wie vor konnte er sich nicht erklären, weshalb es sie hierher nach Virginia verschlagen hatte, noch dazu als Schuldmagd. Warum hatte sie ihren Verlobten – diesen Gideon – nicht geheiratet? Hatte er sie etwa verstoßen? Womöglich durch seine, Lorenz' Schuld, sein unüberlegtes Verhalten damals?

Genug jetzt! Er würde es bald erfahren. Aber bevor er sich um Anna kümmern konnte, hatte er eine Pflicht zu erfüllen, die es nicht zu vernachlässigen galt.

Lorenz hielt nach einem Schankhaus Ausschau. Nach dem langen Ritt konnte es nicht schaden, wenn er sich ein wenig erfrischte, bevor er beim Vertreter des Gouverneurs vorsprach.

Bei dem Gedanken an ein kühles Ale trieb er Perikles zu einer schnelleren Gangart an und passierte ein auffallend großes Gebäude aus rotbraunem Backstein. Ein breiter Aufgang aus mehreren Stufen führte zu dem Eingangsportal, über dem ein ungewöhnliches säulenloses Vordach zu schweben schien.

Es musste sich um das Gerichtsgebäude handeln, denn auf dem Platz davor standen mehrere Pranger und der Stauppfahl.

Ein Anflug von Mitleid überfiel Lorenz, als er sah, dass an einem der Pranger gerade eine junge Frau ihre Strafe verbüßte. Sie musste schon eine ganze Weile in der brennenden Sonne gestanden haben, denn ihr einfaches dunkles Kleid war schweißgetränkt, ihre feingliedrigen Finger hatten sich bläulich verfärbt, und ihr Kopf war vornübergesunken, als hätte sie die Besinnung verloren. Eine Flut verfilzter Haare ergoss sich über ihr Gesicht. Es war deren honigblonde Farbe, die in Lorenz eine Erinnerung weckte. Stirnrunzelnd brachte er sein Pferd zum Stehen.

Konnte das möglich sein?

Sein Herz klopfte heftig, als er aus dem Sattel glitt und auf die junge Frau zuging.

Die Form ihrer Hände, die zierliche Gestalt! Kaum berührten ihre Füße den Holzblock. Wenn sie bei Bewusstsein war, musste sie entsetzliche Qualen leiden.

Mit zwei, drei Schritten hatte Lorenz das Gestell erreicht, tastete nach dem Hals der Frau und stellte aufatmend fest, dass sie noch lebte. Dann strich er die feuchten Haare aus ihrem Gesicht und hob vorsichtig, um ihr keine weiteren Schmerzen zuzufügen, ihr Kinn an.

Für einen Moment setzte sein Herzschlag aus.

Vor sich, mehr tot als lebendig, erkannte er die Frau, der er sein Leben verdankte und deren Gesicht ihm seither immer wieder in seinen Träumen erschienen war.

Die Bewusstlose am Pranger war Anna Hochstetter.

KAPITEL 2

Williamsburg, Anfang Juni 1778

Eine Berührung, zart und vorsichtig, ließ Anna aus ihrem Dämmerzustand schrecken. Sogleich verkrampfte sich ihr ganzer Körper, und sie rang stöhnend nach Atem. Ihre Zunge war vor Hitze und Durst geschwollen, ihr Mund trocken, und nur mit Mühe gelang es ihr, die Augen zu öffnen.

Das grelle Sonnenlicht blendete sie so sehr, dass sie zunächst wenig um sich herum erkennen konnte. Dann aber gewöhnten sich ihre Augen an die Helligkeit, und die Umrisse eines Gesichtes schälten sich heraus, zeichneten sich dunkel gegen die Umgebung ab. Ihr Körper zitterte, sie fror und glühte gleichzeitig. Ihre Hände, die seit Ewigkeiten in dem Holzblock zu stecken schienen, waren taub und gefühllos.

Erneut verschwamm ihr Blick.

»Anna?« Eine fragende Stimme, weich, warm und irgendwie bekannt. Eine Erinnerung aus einem anderen Leben. Stand sie bereits an der Schwelle des Todes?

»Anna, kannst du mich hören?«

Etwas Kühles presste sich auf ihren Mund, eine Flüssigkeit benetzte Lippen und Zunge, rann über ihr Kinn.

Wasser! Gierig schluckte sie es, rang um Atem, schluckte wieder. Obgleich ein großer Teil von dem kostbaren Nass über ihr Gesicht lief und sie nur wenig davon zu sich nehmen konnte, spürte sie doch, wie die Hitze in ihr abnahm.

»Was haben sie mit dir gemacht? Großer Gott, Anna, so sag doch etwas!«

Die Quelle versiegte, das Wasser war aufgebraucht.

Stattdessen spürte sie nun, wie ihr jemand mit einem kühlen Tuch übers Gesicht strich, Schweiß, Tränen und Schmutz von Stirn und Wange wischte.

»Du glühst ja! – *Anna*, kannst du mich hören?«

Unter Aufbietung all ihrer Kraft gelang es ihr, die geschwollenen Lider erneut zu öffnen. Undeutlich sah sie den Mann, der sich zu ihr heruntergebeugt hatte und weiterhin mit einem feuchten Tuch ihre Stirn abtupfte. Eine dunkelgrüne Uniform mit den tiefroten Aufschlägen und den sauber polierten Knöpfen.

Fiebrig irrte ihr Blick umher, suchte das Gesicht, fand es schließlich und versank darin. *Nein*, das konnte doch nicht sein! Sie musste träumen. Schwarze Locken, aristokratische Züge, eine gerade Nase und Augen von einem klaren, ungetrübten Grau, die sie bestürzt anblickten.

Lorenz von Tannau.

»Weißt du, wer ich bin?« Die Stimme klang besorgt – und unendlich vertraut.

Blinzelnd zwang sich Anna aufzublicken, das Bild vor ihren Augen festzuhalten.

»Leutnant … von … Tannau?« Jedes Wort war eine Qual, doch über das Gesicht des Mannes huschte der Anflug von Erleichterung.

»Gott sei Dank, du lebst. Anna, was ist mit dir – was ist geschehen?«

Wie im Traum spürte sie Lorenz' Hand auf ihrer Schulter, seinen Atem an ihrem Ohr. Mühsam bewegte sie die Lippen, um zu antworten, doch sie brachte kein Wort heraus. Erneut drohte Schwärze sie zu übermannen.

»Komm, ich helfe dir. Ich werde …«

»Was tut Ihr da?«

Der laute Ruf des Gerichtsdieners zerstörte den Moment der Nähe. Genagelte Schuhe hämmerten auf dem Pflaster.

Ohne Anna loszulassen, wandte sich Lorenz um, und selbst durch den Nebel der Benommenheit nahm sie die Empörung des Mannes wahr, der sie vor zahllosen Stunden an den Pranger gestellt hatte.

»Wer hat Euch erlaubt, der da Wasser zu geben? Was fällt Euch ...«

»Diese Frau ist am Ende ihrer Kräfte. Wenn sie noch länger hierbleibt, wird sie ...«

»Das geht Euch nichts an, Sir! Sie ist verurteilt zu achtundvierzig Stunden, und genau die wird sie abbüßen, nicht eine einzige Minute weniger.«

Annas Hoffnung verflog, zerplatzte wie eine Seifenblase. Erneut verkrampfte sich ihr Körper, und eine Woge von Schmerz jagte durch ihre Glieder. Ihr Stöhnen rief einen fast befriedigten Ausdruck auf dem Gesicht des Gerichtsdieners hervor.

»Wir haben hier unsere eigenen Methoden, mit Verbrechern und anderem Pack umzugehen. Und einen bezahlten Söldner von irgendwo da drüben sollte das besser nicht kümmern.«

Wie aus weiter Ferne drangen die Worte an Annas Ohr, zeigten ihr, wie töricht es gewesen war, anzunehmen, der Leutnant könne etwas für sie tun.

Dies war nicht sein Territorium. Solange in Williamsburg die Rebellen regierten, war ein Freiherr aus Cassel, so einflussreich und mächtig er in seiner Heimat auch sein mochte, nichts anderes als ein verhasster Ausländer, ein Verbündeter des Feindes. Was immer er auch versuchen würde – sie war rechtmäßig zur Prangerstrafe verurteilt. Und anschließend würden die Huntleys sie nach Barbados verschiffen. Nichts und niemand konnte sie davor bewahren.

✳

Lorenz empfand die verächtlichen Worte des Gerichtsdieners wie einen Hieb. Ungehobelter Bauerntölpel, ohne jedwede Manieren! Hatten nicht selbst im Krieg gewisse Höflichkeitsregeln zu gelten? Doch davon schien dieser Kerl, dessen Lebensaufgabe ganz offensichtlich darin bestand, Verurteilte zum Richtplatz, dem Kerker oder dem Galgen zu führen, nichts zu wissen.

Mühsam schluckte Lorenz seinen Ärger hinunter, zwang sich zu einer unbewegten Miene und verspürte für einen Moment fast Dankbarkeit für die unerbittliche Erziehung seines Vaters, seines Lehrers und seines Fechtmeisters, die von ihm in allen Lebenslagen Selbstbeherrschung gefordert hatten.

Langsam ging er einen Schritt auf den noch immer vor Empörung rotgesichtigen Mann zu. »Ich bin Premierleutnant von Tannau, unterwegs im besonderen Auftrag des Generalleutnants von Knyphausen, und soll mich hier mit dem Vertreter Ihres ...«, Lorenz zögerte, einen selbst ernannten Aufständischen mit einem solchen Ehrentitel zu bezeichnen, »Ihres Gouverneurs Patrick Henry treffen.«

Der andere zeigte sich von dieser Eröffnung keineswegs beeindruckt. »Wenn auch!« Seine Augen waren hart. »Ihr habt hier nichts zu schaffen, Sir, also bitte ich Euch zu gehen. *Good Day.*«

Einen Moment verharrte Lorenz regungslos, die eine Hand noch immer auf Annas Schulter. Dann nickte er. »Gut. Aber eins sage ich Euch, wenn *das* die Freiheit ist, für die Ihr in diesen Krieg zieht, dann seid Ihr nicht besser als die, gegen die Ihr glaubt, Euch auflehnen zu müssen.«

Ohne eine Antwort abzuwarten, streifte Lorenz seine Handschuhe über und bewegte prüfend die Finger. Er beugte sich zu Anna hinab und flüsterte leise auf Deutsch. »Ich komme wieder.«

Dann wandte er sich um und ging unter den misstrauischen Augen des Gerichtsdieners wortlos auf sein Pferd zu. Mit einer einzigen Bewegung hatte er sich in den Sattel geschwungen, nahm die Zügel auf und lenkte Perikles zurück auf die Straße.

Er hatte einen Auftrag auszuführen. Das Wohl der hessischen Gefangenen hing von seinem Verhandlungsgeschick ab. Doch schwor er sich, sobald diese Aufgabe erfüllt wäre, Himmel und Hölle in Bewegung zu setzen, um Anna zu helfen.

Er wusste, dass der Gerichtsdiener jede seiner Bewegungen beobachtete, und zwang sich, nicht mehr zurückzuschauen. Und während er sich langsam dem Gouverneurspalast näherte, fragte er sich, ob das Schicksal es wollte, dass er und Anna Hochstetter sich immer nur dann trafen, wenn sich einer von ihnen in einer hoffnungslosen Lage befand.

Das Gebäude strahlte eine Art stiller Eleganz aus. Widerwillig musste Lorenz sich eingestehen, dass alles, von der gepflegten Treppe bis hin zum schön geschwungenen Türklopfer in Form eines Löwenkopfes, harmonisch und einladend wirkte.

Es kostete Lorenz große Beherrschung, nicht einfach das Eingangsportal aufzutreten und ins Haus zu stürzen, um dem Herrn der Plantage jedwede Summe zu bieten, um Anna freizukaufen.

Doch wenn es eine Lektion gab, die ihm sein Fechtmeister

erfolgreich eingebläut hatte, dann die, dass man mit Geschicklichkeit und Raffinesse meist weiterkam als mit stumpfsinnigem Vorwärtspreschen.

Dass er Verhandlungsgeschick besaß, hatte er eben erst im Gouverneurspalast unter Beweis gestellt. Zumindest diese Gespräche waren gut verlaufen. Das Geld, welches er der gegnerischen Seite aushändigen konnte, hatte bewirkt, dass die Sache rasch geklärt worden war. Er hatte das Ehrenwort des sogenannten Gouverneurs, dass die hessischen Gefangenen ordentlich versorgt werden würden.

Nun galt es jedoch, eine weitere Angelegenheit zu regeln. Eine weitaus persönlichere, deren Ausgang ihm mehr als alles andere am Herzen lag. Entschlossen betätigte Lorenz den Türklopfer.

Das Geräusch hallte im Inneren des Hauses dumpf wider, kurz darauf näherten sich Schritte, und ein Hausdiener öffnete die Tür.

Eine knappe Verbeugung. »Ihr wünscht, Sir?«

Lorenz kam nicht umhin, den seltsamen Kontrast zwischen leuchtend blauer Livree, weiß gepuderter Perücke und einer Haut in der Farbe von poliertem Ebenholz zu bestaunen. Doch nannte er rasch Name, Titel und Rang und äußerte den Wunsch, den Herrn des Hauses zu sprechen.

Einen Moment schien der Sklave zu zögern. Dann bat er Lorenz einzutreten und entfernte sich, um den Gast anzumelden.

Kühle umfing ihn, Schatten und sanftes, durch Fensterglas gedämpftes Licht. Ein Ort, dazu gemacht, Reichtum und Ansehen seiner Besitzer herauszustellen. Und doch rief das alles in ihm nur das Gefühl von Verachtung hervor. Dieser Luxus war auf den Rücken unfreier Arbeiter aufgebaut, der Reichtum der Familie beruhte auf Unterdrückung und Ausbeutung schwarzer Sklaven und – bei diesem Gedanken schlug sein Puls vor Zorn heftiger – Anna, seiner Lebensretterin.

Einen Moment lang stieg in ihm die Frage auf, ob es zu Hause in Cassel sehr viel anders gewesen war. Schließlich gab es auch dort Arme und Reiche, Mächtige und Unterdrückte. Nur, dass es ihm dort kaum aufgefallen war, hierzulande jedoch schmerzhaft ins Auge stach.

Doch ehe er diese Überlegung zu Ende führen konnte, wurde eine Tür geöffnet, und eine Sklavin in einem schlichten schwarzen Kleid mit weißer Schürze bat ihn mit höflichen Worten in den Parlor.

Ein ausladender, mit weißem Stuck verzierter Kamin fiel ihm ins Auge, hellblau geblümte Tapeten, elegant geschnitzte Möbel, deren Holzoberflächen im Licht des frühen Abends glänzten, dazu eine mit nachtblauem Brokat bezogene Sitzgarnitur, die um einen kleinen Tisch angeordnet war. Eine hohe Decke und große, in weißen Rahmen eingefasste Sprossenfenster ließen den Raum großzügig und harmonisch erscheinen. Auf einem kleinen runden Tisch mit einer weißen Spitzendecke stand ein Silbertablett mit einer Schale Gebäck und feinstem englischen Porzellan.

Wortlos zog sich die Sklavin zum anderen Ende des Raums zurück und schien dort fast mit der Wand zu verschmelzen. Da niemand ihn zum Sitzen aufgefordert hatte, trat Lorenz an eines der Fenster und ließ seinen Blick über die geometrisch angelegte Gartenanlage mit sauberen Wegen, sorgfältig in Form geschnittenen Büschen und bunten Blumenbeeten schweifen. Er wusste, dass das friedliche Bild der Plantage trog. Bei dem Gedanken an den geschundenen Noah und an Anna, die öffentlich am Pranger hing, überfiel ihn wieder heftiger Zorn. Doch wenn er sein Ziel erreichen und Anna freikaufen wollte, galt es geschickt vorzugehen und zumindest nach außen der Höflichkeit und Etikette Genüge zu tun. Auch wenn er dem Mann, der für Annas Leiden verantwortlich war, am liebsten die Faust ins Gesicht gerammt hätte.

Eine andere Tür öffnete sich, und der ausladende Rock eines schwarzen Trauerkleides schob sich herein. Das musste Dorothy Huntley sein, die Herrin des Hauses. Gleich hinter ihr betrat offenbar ihr Sohn, ein Mann von Mitte dreißig mit einem rundlichen Gesicht, den Raum. Mit einer knappen Geste wies er die Sklavin an, den Tee auszuschenken.

Für einen kurzen Moment nahm Lorenz Haltung an und verbeugte sich dann andeutungsweise in Richtung der Eintretenden, um die Mistress zu begrüßen und deren Sohn seine Achtung zu erweisen.

»Premierleutnant von Tannau aus Cassel, wie ich gehört habe.« Huntley nickte ihm nur kurz zu. »Man hat mir Eure Ankunft gemeldet. Nehmt bitte Platz.« Mit einer herablassenden Geste wies er auf die Sessel, und mit einer höflichen Antwort nahm Lorenz die Einladung an. In Gedanken bei Anna und den Qualen, die sie noch in diesem Moment am Pranger erleiden musste, kostete es ihn alle Mühe, seine Rolle als adeliger Geschäftspartner weiterzuspielen, um sein Vorhaben nicht durch ungeschickte Worte zu verderben.

»Nun, womit kann ich dienen, Sir?«, fragte Huntley.

Betont langsam griff Lorenz nach der zierlichen Tasse, deren Porzellanwand mit Blütenranken dekoriert und so dünn war, dass sie fast durchscheinend wirkte. Der Tee war angenehm warm und verbreitete seinen typischen herben Duft. Ganz offensichtlich war Huntley kein Patriot, wenn er in diesen Zeiten noch Tee aus britischen Lieferungen trank und diese Tatsache auch vor Gästen zur Schau stellte.

»Wenn ich richtig informiert bin, so seid Ihr im Besitz der

Verträge einer Schuldmagd, die im vergangenen Jahr hier angekommen ist. Ihr Name ist Anna Hochstetter.«

Während er mit leichtem Klirren die Tasse auf dem Unterteller abstellte, beobachtete Lorenz, wie sich bei der Erwähnung des Namens auf dem Gesicht des Pflanzers tiefe Röte abzeichnete und eine Ader an der rechten Schläfe nervös zu pochen begann.

»Wenn dem so wäre, Sir, so frage ich mich doch, was das mit unseren Geschäften zu tun hat.« Sichtlich um Fassung bemüht, blickte er seinen Gast an.

»Ganz einfach. Ich möchte die Papiere des Mädchens kaufen. Nennt mir den Preis.«

Das hörbare Ausatmen, das auf diese Worte folgte, kam von Mistress Huntley, die schräg gegenüber Platz genommen hatte. Die Teetasse, die sie in der Hand hielt, begann bedenklich zu schwanken.

Was konnte Anna nur getan haben, dass sein Anliegen eine solche Wirkung hervorrief?

»Weshalb interessiert Ihr Euch für sie?« Noch immer sah Huntley aus, als hätte er in ein Stück Zitrone gebissen, doch zumindest schien er sich wieder der gebotenen Höflichkeit zu entsinnen.

»Nun ...«, in betonter Lässigkeit schlug Lorenz die Beine übereinander, »in meinem Regiment benötigt man dringend eine neue Köchin. Sie sollte unsere Sprache sprechen und in der Lage sein, das Essen so zuzubereiten, wie es die Herren Offiziere von zu Hause gewohnt sind. Allerdings ist es hierzulande nicht gerade einfach, eine deutsche Magd zu finden. Von daher ...« Ohne sich seine Anspannung anmerken zu lassen, zeigte Lorenz sein entwaffnendstes Lächeln, während er in gespielter Gleichgültigkeit die Schultern zuckte. »Wie viel verlangt Ihr für sie?«

»Sie ist nicht zu verkaufen.« Wie aus der Pistole geschossen kam die Antwort aus dem Mund der Hausherrin, die mit einer entschlossenen Geste ihre Tasse auf einem der kleinen Tische abstellte. »Wenn Ihr eine Magd sucht, könnt Ihr Euch gerne eine unserer Sklavinnen anschauen, obgleich wir im Augenblick jede verfügbare Hand bei der Feldarbeit benötigen.«

Lorenz musste seine gesamte Willenskraft aufbringen, um sich seiner Manieren zu entsinnen und der Dame des Hauses weiterhin ein Lächeln zu schenken. »Und weshalb ist Euch das Mädchen so unentbehrlich, wenn ich fragen darf? Wie ich sehe, habt Ihr hervorragend geschultes Personal, nicht zu vergleichen mit einem Bauernmädchen.«

John Huntley öffnete den Mund, um etwas zu erwidern, doch bevor er auch nur einen Ton sagen konnte, hatte seine Mutter das Wort ergriffen. »Wir haben sie meinem Neffen als Geschenk zugesichert. Er hat eine Plantage auf Barbados und heiratet im nächsten Monat. Eine Familienangelegenheit, Ihr versteht.«

Lorenz' Hand ballte sich zur Faust. *Barbados!* Er hatte gehört, unter welchen Bedingungen die Menschen dort schuften mussten, dazu Mücken, die Hitze, Krankheiten. Die Demütigung am Pranger war offensichtlich nicht die ganze Strafe, die man Anna zugedacht hatte. Sie sollte deportiert werden, in eine tropische Hölle. Wut kochte in Lorenz auf, die er nur mühsam beherrschte.

Um Annas willen war er gezwungen, die Ruhe zu wahren, obwohl er nicht übel Lust verspürte, vor diesem aufgeblasenen Kerl und seiner herzlosen Mutter auszuspucken. Lorenz hasste den verdammten Zufall, der ihn dazu zwang, in diesem Krieg auch für die Interessen von Leuten wie diesen Huntleys zu kämpfen, nur weil sie aufseiten des Königs standen. Denn er verachtete alles, was sie darstellten, ihre absolute, uneingeschränkte Macht, die sie über Untergebene ausüben konnten.

Das Schweigen, das sich im Parlor ausbrcitete, schwoll an wie heiße Luft in einem Kessel. Lorenz' Erziehung sagte ihm, dass es nun Zeit wäre, sich zu verabschieden oder doch zumindest das Gespräch in unverfänglichere Bahnen zu lenken. *Aber zur Hölle!* Er würde Anna Hochstetter nicht der Etikette und den guten Umgangsformen opfern.

»Das ist in der Tat eine – recht heikle Situation.« Zu seiner eigenen Überraschung gelang es ihm, gelassen zu klingen. »Vielleicht könnte ich einen, sagen wir, Handel vorschlagen.«

»Welche Art von Handel?«

Lorenz erkannte, dass sein Gegenüber nur mit Mühe die Fassung bewahrte. Gepresst kamen Huntleys Worte hervor, und das geschäftsmännische Lächeln wirkte gezwungen.

Lorenz nippte an seinem Tee. »Ich habe – nun – sagen wir, gute Beziehungen zur Kommandantur meines Regimentes. Im Gegensatz zu den Rebellen legen wir Hessen, genau wie unsere britischen Verbündeten, großen Wert darauf, auch in Kriegszeiten einen gehobenen Lebensstandard zu halten.« Er machte eine Pause, nahm einen weiteren Schluck und ließ seine Worte auf die Anwesenden wirken. »Wenn Ihr mir bei meinem Ansinnen entgegenkommt und das Mädchen an mich verkauft, wäre ich bereit, mich dafür einzusetzen, dass man den Tabak für die Offiziere von Euch und Eurer Plantage bezieht.«

Das war ein glatter Bluff. Selbst wenn er gewollt hätte, wäre Lorenz nicht in der Lage gewesen, derartige Dinge zu beeinflussen. Doch er war bereit, alles in die Waagschale zu werfen, um Anna zu retten.

»Wie würde das klingen: Lieferant der Armee des hessischen Landgrafen?«

Erneut verstärkte sich das Pochen in Huntleys Schläfe. »Wieso glaubt Ihr, dass ich auf einen solchen Handel eingehen würde?« Die Tasse in seiner Hand zitterte gefährlich. »Glaubt Ihr, das hätte ich nötig?«

Das spöttische Lächeln, das Lorenz aufsetzte, war nur zur Hälfte gespielt. »Nun, es ist kein Geheimnis, dass Eure Familie nicht zu den Rebellen gehört, Sir. Und sicher tun sich Männer in Eurer Position entsprechend schwer, mit Patrioten ins Geschäft zu kommen. Ihr solltet ein solches Angebot nicht einfach ausschlagen. Oder seid Ihr nicht loyal gegenüber Eurem König George?«

»Ich denke, das geht Euch nichts an!« Ohne auf die Etikette zu achten, war John Huntley aufgesprungen. Sein sorgfältig gepudertes Gesicht war rot vor Zorn. »Unsere Familie ist nicht darauf angewiesen, mit einem Söldner wie Euch Geschäfte zu machen.«

Langsam erhob sich Lorenz aus seinem Sessel. »Ich denke, dann haben wir nichts mehr zu besprechen.«

✻

»Anna?« Ein Flüstern, leise, fast unhörbar, ließ sie aus dem Dämmerzustand schrecken.

»Anna, hör zu. Ich bringe dich von hier fort.«

Es war kein Traum. Vor ihr stand Lorenz von Tannau. Sein Gesicht war nur schwach im Licht des Mondes zu erkennen, in der Dunkelheit wirkte der Stoff seiner Uniform beinahe schwarz.

»Was...«, setzte sie an, doch sogleich verkrampften sich alle Muskeln ihres Körpers, und der Rest des Satzes ging in einem schmerzhaften Stöhnen unter.

»Sch... sch... still!« Vorsichtig bedeckte er mit seiner

Hand ihren Mund. »Der Gerichtsdiener schläft da drüben im Wachhaus, wenn er dich hört, ist alles verloren. Ich versuche, dich zu befreien.«

Anna war nicht fähig, etwas zu erwidern, zwang sich jedoch, stillzuhalten, während Lorenz ein Messer aus seinem Stiefel zog und sich daran machte, vorsichtig die Schrauben des Schlosses zu lösen, das die Holzbalken zusammenhielt.

Das alte Metall knirschte, und Anna befürchtete, die gesamte Miliz müsse zusammengelaufen kommen, so laut erschien ihr das Geräusch in der nächtlichen Stille.

»Ich habe versucht, mit Huntley zu sprechen, habe ihm Geld geboten, um dich freizukaufen, doch es war sinnlos ...«

Angestrengt versuchte Anna, sich auf seine Worte zu konzentrieren, um den Schmerz aus ihrem Bewusstsein zu verbannen, der ihren Körper durchzog und bei jeder Erschütterung zunahm.

»Nur noch einen Moment, diese Schraube, dann haben wir es ... so. Das war's.« Es knarrte, als die obere Hälfte des Prangers, die Annas Kopf und Arme auf das Gerüst gepresst hatte, nach oben gehoben wurde. Vorsichtig schob sich eine Hand unter ihr Kinn, drückte erst ihren Kopf nach oben, danach beide Arme. Im gleichen Moment, als sie spürte, dass wieder Blut durch ihre Glieder strömte, durchzuckte sie ein so heftiger Krampf, dass sie aufschrie und unter Schmerzen zusammensackte.

Lorenz' Arme fingen sie auf, ließen sie langsam zu Boden gleiten. »Anna! Anna, was ist?«

Sie war nicht in der Lage zu antworten. Tausend Nadelstiche schienen wie Ameisen über Arme, Hals und Schultern zu laufen, sich erbarmungslos in ihre Haut zu bohren. Ihre Arme zuckten, und sie schmeckte Blut, als sie sich auf die Lippen biss, um einen weiteren Schrei zu unterdrücken.

Der Geruch nach Leder, Pferd und Wolle drang in ihre Nase, als Lorenz sie an sich zog und ihr Gesicht an seine Brust drückte, während er damit begann, ihre tauben Finger, Hände und Arme zu massieren und anschließend mit Nacken und Schultern fortfuhr. Im ersten Augenblick nahm der Schmerz sogar noch zu, Tränen liefen ihr über die Wangen. Dann jedoch spürte sie, wie die Nadelstiche abklangen und ganz langsam wieder ein Gefühl in ihre Glieder zurückkehrte.

»Geht es besser?«

»Hmhm.« Mehr brachte sie nicht hervor, unfähig, sich zu bewegen, spürte sie die warme Erde unter ihren Füßen, Lorenz' Körper an ihrem.

»Kannst du laufen?«

Vorsichtig versuchte sie, die Knie anzuwinkeln, den Arm zu heben. Nichts. Im Augenblick schien sie vollständig gelähmt.

Ein zorniges Knurren an ihrem Ohr. »Dreckige Hunde, eine Frau so zu behandeln.«

Behutsam hob Lorenz sie vom Boden auf und trug sie in eine dunkle Seitengasse, wo er seinen Hengst angebunden hatte. Perikles schnaubte, als er sich mit Anna näherte, hielt jedoch still, als er sie auf seinen Rücken schob, wo sie leblos vornübersank. Schnell war er hinter ihr aufgesessen, umfasste sie mit dem linken Arm, während er mit der rechten Hand die Zügel ergriff und das Pferd die Straße hinablenkte.

✳

Die Morgendämmerung war über Virginia angebrochen. Noch immer hielt Lorenz die besinnungslose Anna fest an sich gedrückt, während der gleichmäßige Trab des Pferdes ihn in eine Art Dämmerzustand versenkte.

Seit sie Williamsburg verlassen hatten – wie durch ein Wunder von niemandem behelligt – war Anna noch nicht wieder zu Bewusstsein gekommen. Doch ging ihr Atem gleichmäßig und tief, nur Handgelenke und Nacken waren geschwollen und mit schwarzblauen Blutergüssen überzogen.

Wieder spürte Lorenz Wut in sich aufsteigen, als er daran dachte, was man dieser Frau angetan hatte, und er drückte sie ein wenig fester an sich. Ihr Körper strahlte eine unnatürliche Hitze aus.

Beunruhigt ließ er das Pferd anhalten, glitt aus dem Sattel und bettete Anna vorsichtig ins hohe, trockene Gras. Sein Blick glitt über die karge Landschaft, die endlose Weite. Nur gelegentlich waren sie in den letzten Stunden an Häusern oder kleineren Gehöften vorbeigekommen.

Schnell streifte er seine Handschuhe ab und strich die schweißgetränkten Haarsträhnen aus Annas Gesicht. Ihre Wangen glühten, ihre Lippen hatten eine bläuliche Färbung angenommen, die Augenlider schimmerten violett. Sie fieberte.

Verflucht!

Hastig sprang er auf, nahm die noch halb gefüllte Feldflasche aus der Satteltasche, entkorkte sie und hielt sie Anna an die Lippen. Vorsichtig goss er etwas von dem Wasser über ihre leicht geöffneten, rissigen Lippen. Es dauerte eine Weile, doch dann kam sie zu sich. Sie schluckte, schluckte noch einmal und trank schließlich die Flasche leer, wobei ein wenig davon in einem feinen Rinnsal ihre Mundwinkel hinablief und ins Gras tropfte.

Erleichtert atmete Lorenz auf, als er sah, dass Anna sich ein wenig zu erholen schien. In medizinischen Dingen war er selbst völlig unerfahren. Doch wo würde er hier, im Land der Rebellen, Hilfe finden? Ein hessischer Soldat und eine entlaufene Schuldmagd? Womöglich ließen die Huntleys bereits nach ihr suchen. Dieser Gedanke gab den Ausschlag. Alles, was er im Augenblick für sie tun konnte, war, sie so weit wie möglich von Williamsburg wegzubringen.

Vorsichtig hob er Anna, die wieder das Bewusstsein verloren hatte, auf das Pferd, saß hinter ihr auf und trieb Perikles zu einem leichten Trab an. Richtung Norden, in Sicherheit.

Er wollte versuchen, bis zum Sonnenuntergang so weit wie möglich zu kommen, und sich dann nach einer Unterkunft und Hilfe umschauen. Einen Augenblick lang verfluchte er seine grüne Uniform, die ihn weithin als hessischen Jäger kenntlich machte, doch diese abzulegen, wäre ihm wie Verrat erschienen. Und so betete er stumm um Gottes Hilfe, während er sein Pferd zu immer schnellerem Lauf antrieb.

Nur fort, fort aus Virginia.

KAPITEL 3

Huntley Plantation bei Williamsburg, Anfang Juni 1778

John Huntley wusste, dass er eigentlich Trauer empfinden sollte. Oder doch zumindest den Anflug von Bedauern. Immerhin hatte man während seiner Abwesenheit seinen Vater zu Grabe getragen – den Mann, der durch Mut, Fleiß und Geschicklichkeit alles, was sie besaßen, aufgebaut hatte.

Doch während er zusammen mit seiner tiefschwarz gekleideten Mutter das Mittagsmahl einnahm, verspürte er nichts als Befriedigung, das betörende Gefühl von Triumph, das sich heiß in ihm auszubreiten begann wie das Feuer des Portweins, von dem er zwischen den einzelnen Bissen immer wieder in raschen Zügen trank.

Nun war er Herr der Plantage. Alles, was er um sich herum sah, gehörte ihm: der große, mit einem weißen Damasttuch bedeckte Tisch, das hauchdünne Porzellan in den auf Hochglanz polierten Schränken, das Tafelsilber, das kostbar und schwer in seiner Hand lag, ebenso Hector und Mimy, das Serviermädchen, die reglos hinter ihrer Herrschaft standen. Das alles, der gesamte Grund und Boden der Plantage, jede einzelne Tabakpflanze, jeder verdammte Nigger war nun in seinen alleinigen Besitz übergegangen. Und von jetzt an gab es niemandem mehr, der ihm in diesem Haus Vorschriften machen konnte.

Diese Vorstellung erregte John so sehr, dass er Mühe hatte, das saftig gebratene Stück Rindfleisch mit seinem Messer zu zerteilen und es sich mit der Gabel in den Mund zu schieben.

»Der Braten ist versalzen, findest du nicht auch?« Dorothys Stimme trug laut durch das große, von farbigen Tapeten und schweren Vorhängen gesäumte Speisezimmer, durch dessen geöffnete Fenster die warme Frühsommerluft hereinströmte. »Du musst dich sofort darum kümmern, dass Tilly und die anderen Hausneger ihre Arbeit hier ernster nehmen. Es kann nicht angehen, dass sie uns weiterhin auf der Nase herumtanzen wie zu Lebzeiten deines Vaters. Diese Nachlässigkeit ist ja nicht mehr auszuhalten!«

Wie unerträglich seine Mutter doch sein konnte. Unwillig runzelte John die Stirn. Immer wollte sie alles sofort haben, nie hatte sie Geduld. Seltsam, dass ihm das nicht schon früher aufgefallen war. Doch jetzt, da er der Herr des Hauses war ...

»Natürlich, Mutter. Bevor ich zu meinem Regiment zurückkehre, werde ich mit Anderson sprechen, dass er während meiner Abwesenheit ein besonderes Auge darauf hat. Sei also unbesorgt.«

Beinahe herablassend tätschelte er ihre Hand und übersah den aufgebrachten Blick, den sie ihm dabei zuwarf.

Am nächsten Tag würde er anfangen, sich um alles zu kümmern. Erst einmal jedoch hatte er allen Grund zum Feiern. Nicht nur, weil er durch den Tod seines Vaters ein mächtiger Mann geworden war, sondern auch, weil diese aufsässige Schuldmagd ihre gerechte Strafe erhalten hatte. Gleich nach dem Essen wollte er hinunter nach Williamsburg reiten und sich um die Auslieferung dieser deutschen Hexe kümmern. Die zwei Tage am Pranger waren ihr hoffentlich eine Lehre gewesen, und bis man sie nach Barbados verschiffte, würde sie sich ihm gegenüber vielleicht nicht mehr so abweisend zeigen. Das Hochgefühl, das ihn bei dieser Vorstellung überkam, ließ ihn beinahe laut auflachen. Das hatte dieses unverschämte Bauernmädchen nun davon, dass sie es gewagt hatte, sich gegen ihn und seine Familie aufzulehnen.

Und so würde es auch den Rebellen ergehen, diesem faulen, undankbaren Gesindel. John war sich sicher, dass es nicht mehr lange dauern würde, bis der Krieg vorbei war. Seit fast einem Jahr schon lag Philadelphia, das Herz des Aufstandes, in britischer Hand, und es war nur noch eine Frage der Zeit, bis dieser ganz niedergeschlagen wäre.

Ein Pochen am Hauptportal dröhnte laut und vernehmlich bis ins Speisezimmer. Sogleich löste Hector sich aus seiner Erstarrung und verließ mit einer knappen Verbeugung den Raum. John hörte gemurmelte Stimmen vom Eingang her, Schritte wurden laut, und der Sklave schob sich erneut durch die Tür.

»Ein Gerichtsdiener, Master. Er hat eine wichtige Nachricht für die Familie. Soll ich ihn hereinbitten, Sir?« Hectors Miene war wie immer undurchdringlich, doch in seinen Augen stand ein seltsamer Ausdruck, der John beunruhigte.

»Er soll kommen!«, antwortete er daher, obgleich er es als anmaßend empfand, dass ein Gerichtsdiener ausgerechnet beim Mittagsmahl zu stören wagte.

Mit einem kurzen Gruß trat dieser ein. »Entschuldigt die Störung, aber es gibt unangenehme Nachrichten. Jemand hat Eure Schuldmagd in dieser Nacht aus dem Pranger befreit. Sie ist spurlos verschwunden.«

»Das darf doch nicht wahr sein!« Ein Glas kippte um, als John aufsprang. Dunkelrot ergoss sich der Wein über das weiße Tischtuch, und sogleich war Mimy zur Stelle, um den Schaden zu beseitigen.

»Diese unverschämte Person war der Aufsicht des Gerichts unterstellt! Und statt sie zu bewachen, bis sie ihre Strafe verbüßt hat, lasst Ihr sie einfach entkommen! Wahrscheinlich war der Wächter wieder mal betrunken!«

John bemerkte, dass seine Mutter warnend den Kopf schüttelte, doch er achtete nicht auf sie. Sein Zorn drohte ihn zu übermannen. »Ein Skandal ist das! Ein unglaublicher Skandal! Ich bestehe darauf, dass Ihr das Mädchen sofort sucht!«, brachte er schließlich mühsam beherrscht hervor. »Schickt ihr die Sklavenfänger auf den Hals, meinetwegen die ganze verfluchte Miliz. Nur schafft mir dieses Weibsstück her!«

Die Miene des Gerichtsdieners wurde kalt. »Ich glaube, Ihr habt etwas vergessen, Sir. Ihr habt keinerlei Anspruch gegenüber dem Gericht oder dem Staat Virginia. Ihr brüstet Euch doch immer damit, ein Anhänger von König George zu sein. Außerdem heißt es in der Stadt, Eure lange Abwesenheit habe nichts mit Euren Geschäften zu tun, sondern Ihr wärt wieder Offizier in der Britischen Armee – und damit ein Feind unserer Sache.«

John begann vor unterdrückter Wut zu zittern.

»Ihr habt also allen Grund, Sir, dem Gericht dankbar zu sein, dass es sich trotz dieser zweifelhaften Umstände überhaupt mit dem Anliegen Eurer Familie befasst hat.« Herausfordernd blickte er sich um. »Seid Euch nicht so sicher, dass Landesverräter immer unbehelligt bleiben.«

John spürte, wie sein Kopf zu explodieren drohte. Er ballte die Fäuste und schickte sich an, dem überheblichen Kerl ins Gesicht zu schlagen. Doch eine Hand legte sich fest auf seine Schulter. Seine Mutter war zu ihm getreten und blickte ihn entrüstet an. So biss er die Kiefer zusammen und knirschte mit den Zähnen.

»Meine Aufgabe war es, Euch in Kenntnis zu setzen. Das habe ich getan. Mein Beileid noch zum Tod Eures Vaters. Er war ein aufrechter und geachteter Mann. Ich wünsche noch einen guten Tag, Sir.«

Ohne eine Antwort abzuwarten, wandte sich der Gerichtsdiener um und verließ den Raum. Nach einem kurzen Blick auf seine Herrin folgte ihm Hector auf den Flur, um ihn nach draußen zu geleiten.

»Wie kann dieser Lump es nur wagen?«, brüllte John, kaum, dass er die Haustür zuschlagen hörte. »Spaziert einfach so herein, erzählt uns in aller Seelenruhe, unser Besitz sei ihm abhandengekommen, und erdreistet sich dann auch noch, uns zu beleidigen! Dieses Rebellenpack! Unverschämtes Gesindel, man sollte ...«

»Du vergisst dich, John.« Mit tadelnder Miene hatte sich seine Mutter ihm in den Weg gestellt und verhinderte so, dass er in seiner Wut die auf der Kommode stehende chinesische Vase ergriff und sie gegen die Wand schleuderte.

»Wie konntest du nur derart unvorsichtig sein und diese Leute gegen uns aufbringen? Der Mann hat recht, und du weißt es. Bisher hat uns nur der gute Ruf deines Vaters davor bewahrt, von Grund und Boden vertrieben zu werden, wie es schon vielen anderen Königstreuen ergangen ist. Es war dumm von dir, zur britischen Armee zurückzukehren. Noch dazu aus Gründen, die wir beide kennen, die ich jedoch nicht akzeptieren kann. Also benimm dich nicht wie ein trotziger Junge, sondern sieh zu, dass du nicht noch Haus und Hof aufs Spiel setzt.«

Dorothys Worte wirkten auf John wie ein kalter Guss. Noch nie hatte sie so mit ihm geredet, und er spürte, wie sein blinder Zorn dahinschwand. Er starrte sie fassungslos an. Noch vor wenigen Minuten hatte er geglaubt, er allein habe nun das Sagen auf der Plantage. Aber da hatte er seine Mutter wohl unterschätzt ...

»Ich bin sicher, dieser Hesse steckt dahinter«, sagte sie schließlich, während sie Mimy und Hector ein Zeichen gab, das Essen abzutragen. »Es kann kein Zufall sein, dass er gestern hier aufgetaucht ist, sich für diese Hexe interessiert hat und diese dann plötzlich verschwunden ist. Nur er kann Anna zur Flucht verholfen haben.«

Natürlich hatte sie recht, wie schon so oft. Was auch immer diesen dreisten deutschen Söldner mit ihrer Schuldmagd verband, er musste sie entführt haben, nachdem John sie ihm nicht überlassen hatte.

Wieder kochte die Wut in ihm hoch. »Ich werde mich sofort nach dem Mann erkundigen. Wie war noch gleich sein Name? Von Tannau? Ich werde sein Regiment ausfindig machen und dafür sorgen, dass ...«

»Nichts dergleichen wirst du tun!«, unterbrach ihn seine Mutter schroff. »Schlimm genug, dass du dich auf der ganzen Plantage lächerlich gemacht hast! Soll man nun auch noch in der Stadt über unsere Familie spotten? Du wirst deinen guten Ruf als Gentleman nicht beschmutzen, indem du dir die Blöße gibst, einen verbündeten Offizier des Diebstahls zu bezichtigen. Und das alles nur, weil du dich in eine Bauernmagd verguckt hast! Nimm ein kaltes Bad, oder such dir für die Nacht eine Sklavin, und dann sieh zu, dass du dich wie ein Mann deines Standes benimmst!«

Entsetzt sah John seine Mutter an, die sich selbst ein Glas Sherry einschenkte und sich damit seufzend auf einem der Stühle niederließ. Der Tag, der so verheißungsvoll begonnen hatte, war zu einem Albtraum geworden. Zuerst von einem hessischen Verbündeten aufs Kreuz gelegt, der mit seiner widerspenstigen deutschen Schuldmagd entflohen war, dann musste er sich die unverhohlenen Drohungen eines Rebellentölpels anhören. Und zu guter Letzt behandelte ihn auch noch seine Mutter wie ein unmündiges Kind, statt ihn als neuen Herrn der Plantage zu respektieren.

Ohne ein weiteres Wort verließ er das Speisezimmer und eilte die Treppe hinauf. Es wurde Zeit für ihn, zu seinem Regiment zurückzukehren und für Recht und Gesetz in diesem verwahrlosten Land zu sorgen. Vielleicht würde er auf dem Schlachtfeld auch Leutnant von Tannau wiedertreffen.

»Warte, du Bastard«, murmelte er, während er nach dem Kammerdiener schickte, damit dieser alles für seinen Aufbruch vorbereitete. »Bete darum, dass wir uns in diesem Krieg nie begegnen. Sonst ist dein Leben keinen Pfifferling mehr wert.«

✳

»Nun ist es nicht mehr weit. Einmal links um die Ecke, Sir. So ...ja. Da vorne, gleich die nächste Tür. Ja, genau.«

Den ganzen Weg über eine wackelige Stiege hinauf zu den Gästezimmern hatte die rundliche Wirtin mit den geröteten Wangen nicht aufgehört zu plappern. Lorenz, der ihr folgte, trug die noch immer fieberglühende Anna auf den Armen und presste sie fest an seinen Körper.

Abgestandene Luft schlug ihnen entgegen, als die Frau die Tür zu einem kleinen, aber einigermaßen sauberen Zimmer aufstieß, dessen Einrichtung aus einem Bett, einem Tisch und zwei Stühlen bestand. Hinter dem trüben Glas eines kleinen Fensters war zu erkennen, dass sich der Abendhimmel bereits rötlich färbte.

Lorenz war dankbar, nach dem langen Ritt, während dem die junge Frau nur ab und zu das Bewusstsein wiedererlangt hatte, endlich eine Herberge gefunden zu haben. Noch dazu eine, deren Wirt sich offensichtlich nicht für Politik interessierte, sondern dafür, wie zahlungskräftig die Gäste waren. Und da kam ein ausländischer Offizier mit seltsamem Akzent wohl gelegen. Zwar hatte er beim Anblick der bewusstlosen Frau zunächst skeptisch geblickt, dann jedoch sogleich ein verschwörerisches Grinsen aufgesetzt. So, als wolle er sagen: *Schließlich sind wir im Krieg, und warum soll sich in diesen wirren Zeiten ein Mann nicht ein bisschen amüsieren?*

Seine Gattin hingegen hatte sich beim Anblick von Annas bemitleidenswertem Zustand zu einer barmherzigen Samariterin entwickelt. Sogleich hatte sie eine Schüssel mit sauberem Wasser gebracht und sich an Lorenz' Fersen geheftet, als er die Treppe hinaufstieg. Er hätte sie am liebsten mit einem Schubs aus dem Zimmer befördert und die Tür hinter sich zugeschlagen, um endlich seine Ruhe zu haben. Doch da er selbst keinerlei Erfahrung mit der Pflege von Kranken hatte, war er auf ihre Hilfe angewiesen. Und so murmelte er einen Dank und legte Anna vorsichtig auf das Bett.

Nur ein leises Stöhnen war zu vernehmen, ansonsten zeigte sie keine Reaktion. Ihre Wangen schimmerten flammend rot, die Partie um Mund und Nase war von einer unnatürlichen Blässe, ihre Haut glühte, und der Atem ging unregelmäßig und flach.

»Das arme Mädchen. Wie furchtbar!« Die Frau war nähergetreten, stellte die mit Wasser gefüllte Schüssel auf dem Tisch ab, legte das Tuch daneben und schaute neugierig zu der Bewusstlosen hinab. »Was ist ihr nur zugestoßen? Ihre Lippen sind ja ganz rissig, und diese schwarzen Schatten um die Augen ... Wenn Ihr Euch einen Moment geduldet, bringe ich Euch Bier und eine Suppe. Ganz frisch zubereitet.«

Mühsam beherrscht wandte sich Lorenz zu ihr um. »Habt Dank für Eure Güte. Ihr sollt auch Euren Lohn bekommen.«

Seine Finger hielten Annas schlaffe Hand fest umschlungen. Vom langen Ritt hatte sich ihr Zopf vollständig gelöst. Das Haar ergoss sich schweißgetränkt und strähnig über das helle Leintuch. Nur die dichten Wimpern gaben ihr selbst im Fieberschlaf noch etwas geheimnisvoll Sinnliches.

Seltsam, dass dieses unscheinbare Mädchen ohne die geringste Spur von Koketterie ihm begehrenswerter erschien als jedes andere weibliche Wesen, das er auf Bällen und Empfängen in Cöln oder Cassel kennengelernt hatte. Und es verlangte ihn nach ihr, mehr noch als nach jeder Frau zuvor. In einer Tiefe und Aufrichtigkeit, die er bisher nicht erlebt hatte und die ihn beinahe erschreckte. Nur die Anwesenheit der Wirtin hinderte ihn daran, sie an sich zu ziehen und zu küssen.

In den schrecklichen Nächten vor einer Schlacht, in denen sich so manche Kameraden aus Angst und Verzweiflung bis zur Besinnungslosigkeit betranken, hatte Lorenz stets Annas Bild vor Augen gehabt. Auch wenn er in all der Zeit immer in dem Bewusstsein gelebt hatte, dass ihre Wege sich nie wieder kreuzen würden.

»Nun tretet endlich beiseite und lasst mich mal nachsehen!« Ungeduldig schob sich die Wirtin an ihm vorbei, setzte sich auf die Bettkante und begann, die Knöpfe des schmutzigen Kleides zu öffnen.

Skeptisch zog Lorenz die Augenbrauen zusammen. »Versteht Ihr denn etwas von Heilkunde?«

Ein belustigtes Schnauben war die Antwort. »Na, wenn man so wie ich Nacht für Nacht mit Betrunkenen und Streithähnen zu tun hat, bringt das der Beruf so mit sich.«

Lorenz wusste nicht, ob dies eine Empfehlung für sie war, doch ihm blieb keine Wahl, als die Frau gewähren zu lassen. Stumm sah er zu, wie sie Annas Arme aus dem Kleid pellte. »Was ist nur geschehen, dass sie noch immer bewusstlos ist? Seid Ihr unterwegs überfallen worden? Gott bewahre, sie wird doch keine von diesen Seuchen haben, die allerorts die Leute dahinraffen. Aber nein, danach sieht es wahrhaftig nicht aus.« Ohne in ihrem Redefluss innezuhalten, drehte sie Anna auf den Bauch, schob den Stoff ihres Kleides hinab und erstarrte. Der Anblick, der sich ihr bot, schien selbst der red-seligen Alten die Sprache zu verschlagen.

Lorenz folgte ihrem Blick. Auf Annas rechter Schulter zeichnete sich zu seinem Entsetzen ein verkrustetes Brandzei-chen ab, das sich stark entzündet hatte. Es war ihm zuvor nicht aufgefallen, und hilflose Wut bemächtigte sich seiner, als er erkannte, was Anna alles hatte ertragen müssen.

Mit einer energischen Handbewegung schob die Wirtin Annas Haare beiseite, und man konnte sehen, wie gerötet die umliegende Haut war. Hals und Nackenbereich waren an den Stellen, wo Anna im Pranger eingeschlossen war, violett ver-färbt und geschwollen. Kopfschüttelnd glitt die Wirtin mit den Fingern über Annas Schultern hinab zu ihren Armen und entdeckte, dass auch ihre Handgelenke deutlich die Abschür-fungen und Blutergüsse von Fesseln aufwiesen. Augenblick-lich verwandelte sich die Miene der Frau in einen Ausdruck der Empörung. Schnaubend sah sie Lorenz an. »Das hier ist ein anständiges Haus, Sir. Kein Unterschlupf für Verbrecher und anderes Gesindel. Wie kommt Ihr dazu, mir so eine ins Haus zu bringen?«

Lorenz spürte, wie Zorn in ihm aufloderte, und musste sich zwingen, der Frau nicht für ihre unverschämten Worte eine kräftige Ohrfeige zu verabreichen. Doch damit wäre Anna nicht geholfen gewesen. »Ich versichere Euch, gute Frau, das hier ist ganz gewiss keine Verbrecherin.«

»Ach ja?« Der Tonfall der Wirtin klang spöttisch. »Wollt Ihr etwa behaupten, solche Verletzungen hole man sich bei einem Sturz vom Pferd? Für wie dumm haltet Ihr mich?«

Mühsam beherrscht schüttelte er den Kopf. »Ich gebe Euch mein Wort als Offizier, dass diese Frau sich keines Vergehens schuldig gemacht hat, sondern das Opfer verhängnisvoller Umstände geworden ist.«

Noch während er sprach, hatte er eine Münze aus seinem Beutel gezogen und drehte sie mit einer lockenden Geste vor den Augen der Frau hin und her.

»Ihr könnt mir entweder glauben und in dieser Nacht ein gutes Geschäft machen, oder ...« Er tat, als wolle er das Geld wieder verschwinden lassen. Doch schneller, als es ihre Körperfülle hätte vermuten lassen, hatte die Frau die Münze an sich genommen und eingesteckt.

»Ich bringe Euch eine gute Suppe und eine Salbe für die Verletzungen. Großer Gott, wenn nur niemand erfährt, wen ich hier oben beherberge. Nein, also wirklich, nein ...« Ihre Rede verklang, als sie sich durch die Tür schob und die Stiege hinab zum Schankraum ging.

Ein leises Stöhnen ließ Lorenz sich wieder Anna zuwenden. Noch immer hatte sie die Augen geschlossen, doch murmelte sie undeutliche Worte in einem Gemisch aus Englisch und ihrem seltsam schweizerisch eingefärbten Deutsch.

In den vergangenen Monaten hatte er so manchen Mann, Freund wie Feind, sterben sehen. Er kannte die Verzweiflung im Angesicht des Todes, die allgegenwärtige Gewissheit, dass jeder Tag der letzte sein konnte. Und doch glaubte Lorenz, noch nie in seinem Leben eine solch tiefe Angst um jemanden verspürt zu haben wie um diese zierliche Frau.

Kurz darauf kam die Wirtin zurück, mit frischen Tüchern, einem Salbentopf, der versprochenen Suppe und zwei Krügen Bier, die sie keuchend auf einem Tablett hereintrug. Zu zweit versorgten sie Anna, so gut es ging, doch erlangte diese während der ganzen Prozedur das Bewusstsein nicht wieder.

Die ganze Nacht über saß Lorenz neben Annas Bett, kühlte ihre Haut mit feuchten Tüchern und flößte ihr immer wieder von der Brühe ein, wenn sie kurz die Augen aufschlug.

Als er am nächsten Morgen ihre Habseligkeiten zusammenpackte und die junge Frau die Treppe hinabtrug, war das Fieber kaum gesunken. Er war verzweifelt, weil er nicht wusste, was ihr fehlte und was er für sie tun konnte. Irgendetwas von Hitzschlag und Wundbrand hatte die Wirtin gemurmelt. Doch selbst wenn es die Pocken gewesen wären, bliebe ihnen keine Zeit, sich weiter auszuruhen. Sicher ließen die Huntleys bereits nach Anna suchen, und der Zorn dieser Familie erschien Lorenz gefährlicher als jedes Fieber.

Das Wirtsehepaar beschwor ihn, der armen Kranken unbedingt noch eine längere Zeit Ruhe zu gönnen. Sie bedauerten wohl, dass diese gute Geldquelle bereits nach nur einer Nacht wieder versiegen sollte. Lorenz bestieg sein Pferd, bettete Anna vor sich auf den Sattel und ritt mit ihr weiter, Richtung Philadelphia.

Die Luft war drückend heiß und kühlte sich auch nicht ab, obgleich sie gegen Norden ritten. Noch immer fiebernd lag Anna mit dem Rücken an seine Brust gelehnt, während er sie mit einem Arm festhielt und befürchtete, dass jeder Huftritt, der sie näher an die Grenze von Pennsylvania trug, sie zugleich näher an die Schwelle des Todes bringen würde. Schweiß tränkte seinen Uniformrock, und mit einer ungeduldigen Handbewegung wischte er sich über die Stirn, während die Frage in ihm bohrte, wie er von Knyphausen die Verzögerung erklären sollte.

Nach erfolgreichem Abschluss der Verhandlungen und der Übergabe der Gelder für die hessischen Kriegsgefangenen habt Ihr unverzüglich zurückzukehren, hatte der unmissverständliche Befehl des Generals gelautet. Es galt, keine Zeit zu verlieren, da ein Angriff der französischen Flotte erwartet wurde. Schon lange vor seinem Aufbruch nach Williamsburg war unter den Offizieren gemunkelt worden, dass die Attacke kurz bevorstünde. Die Bemühungen des einflussreichen Verlegers und Rebellen Benjamin Franklin, der als Diplomat den französischen König lange Zeit vergebens um militärische Unterstützung ersucht hatte, waren schließlich doch von Erfolg gekrönt gewesen. Durch ihre neue Allianz mit Frankreich verfügten die Aufständischen nun auch über eine schlagkräftige Seestreitmacht. Daher war jetzt auch ein Vorstoß nach Philadelphia zu befürchten, und die dort stationierten hessischen Truppen konnten keinen ihrer Offiziere entbehren.

Wäre Lorenz alleine unterwegs gewesen, hätte er die Stadt schon vor Tagen erreichen können. Doch da sich Annas Zustand nur unwesentlich gebessert hatte, war er gezwungen gewesen, immer wieder eine Rast einzulegen. An einem Abend waren sie in einer schäbigen Herberge untergekommen, die derart mit Wanzen verseucht war, dass Lorenz' Haut am folgenden Morgen über und über mit schmerzhaften Bissen übersät war. Die Nacht darauf hatten sie in einem verlassenen Stall verbracht, dem noch der Gestank nach Kühen und Ziegen anhing.

Doch je näher Lorenz seiner Einheit kam, desto drängender wurde die Frage, was er in Zukunft mit der jungen Frau anfangen sollte, die ihm einst das Leben gerettet hatte. Noch immer wusste er nicht, was in der Zwischenzeit mit ihr geschehen war. Weshalb hatte sie nicht diesen Gideon geheiratet? Wieso war sie hier, in Virginia, noch dazu als Schuldmagd?

Aber Anna war nicht ansprechbar, selbst wenn sie zwischendurch immer wieder kurz zu Bewusstsein kam und ihn mit fiebrigen Augen orientierungslos ansah. Nachts wurde sie von Albträumen gequält, murmelte vor sich hin oder schrie entsetzt auf. Wenn er sie dann schüttelte und fragte, was mit ihr sei, schaute sie ins Leere, ohne ihn wahrzunehmen.

Bei allen Heiligen, wie sollte das alles enden? Wie konnte er seinen Leuten erklären, dass er plötzlich mit einer Frau zurückkam? Und wer würde sich in Philadelphia um sie kümmern, wenn es wirklich zur Schlacht käme?

Mit einem kurzen Ruck am Zügel brachte er Perikles zum Stehen und blickte hinunter auf die Ebene, die zum Susquehanna River führte. Trotz seiner Erschöpfung schlug sein Herz bei dem Anblick schneller.

Nun waren es höchstens noch drei Tagesritte bis Philadelphia.

✳

Hitze strömte wie Lava durch ihren Körper. Gleichzeitig glaubte sie, bis ins Mark zu frieren. Hart schlugen ihre Zähne aufeinander, ihre Hände verkrampften sich.

»Sch… sch… Es ist alles gut. Du bist in Sicherheit.« Eine tiefe, vertraute Stimme drang an Annas Ohr. Sanft strich eine raue Hand über ihre Wange, glitt dann in die ihre und massierte ihre steifen Finger. Sogleich spürte Anna, wie die Krämpfe nachließen und sie sich entspannte. Ihre Augenlider waren schwer wie Blei, und nur mit Mühe gelang es ihr, sie zu öffnen. Im schwachen Licht einer Kerze sah sie das Gesicht Lorenz von Tannaus. Besorgt war sein Blick auf sie gerichtet, die Lippen zusammengepresst. Er hatte sich seines Uniformrocks und der Weste entledigt. Sein Hemd stand halb offen, die Haare fielen ihm bis zur Schulter, und auf seiner Brust schimmerte matt das kleine Kruzifix, welches sie bereits in Waldeck an ihm gesehen hatte.

»Dann war es doch kein Traum.« Anna wusste nicht, ob

ihre Worte verständlich waren, denn ihr Mund fühlte sich trocken und ihre Zunge pelzig an.

Ein Ausdruck der Erleichterung huschte über Lorenz' Züge, als er sich weiter zu ihr hinabbeugte. »Du bist wach, Gott sei Dank!« Schnell nahm er von einem kleinen Tisch einen Holzbecher und hielt ihn ihr an die Lippen.

Das Wasser schmeckte warm und etwas abgestanden, doch es genügte, dass sich die Nebelschleier vor Annas Augen lichteten und ihre Stimme ihr wieder gehorchte.

»Du warst über eine Woche ohne Bewusstsein.« Nachdem sie ausgetrunken hatte, stellte er den Becher zurück. »Ich hatte schon Angst, du wachst gar nicht mehr auf. Und leider verfüge ich nicht annähernd über dein Wissen in der Heilkunde.«

Er lächelte, und dieses Lächeln ließ eine plötzliche Schwäche in Anna aufkeimen, die nicht auf ihre körperliche Verfassung zurückzuführen war.

»Wo sind wir?«, fragte sie, bemüht, sich ihre Gefühle nicht anmerken zu lassen.

Er blickte zum Fenster, hinter dem sich die Nacht dunkel abzeichnete. »In einem Gasthaus kurz vor der Grenze zu Pennsylvania. Keine zwei Tagesreisen mehr bis Philadelphia.«

»Pennsylvania?« Überrascht fuhr Anna auf, sank jedoch sogleich mit einem Stöhnen zurück. Übelkeit hatte sie gepackt, und es dauerte mehrere Atemzüge lang, bis sie wieder klar sehen konnte.

»Nicht so stürmisch!« Gutmütiger Spott lag in seiner Stimme, als er sich über sie beugte, sodass sie seinen intensiven Geruch nach Wolle, Leder und Pferd wahrnahm, der sie auf angenehme Weise erneut schwindeln ließ. »Du solltest doch am besten wissen, dass man sich nach Verletzungen eine Weile schonen muss. Zumindest hast du das zu mir gesagt – damals in Waldeck, falls du dich erinnerst.«

Wieder stiegen die unterschiedlichsten Empfindungen in Anna auf. *Damals in Waldeck.* Als könnte sie das je vergessen. Kaum ein Tag war seither vergangen, da sie nicht an ihn gedacht hatte. Und nun kniete er vor ihr, an ihrem Krankenlager.

Wie war das nur möglich?

Eine ähnliche Frage schien auch er sich gestellt zu haben, denn nach einem kurzen Schweigen fragte er: »Wie kommt es, dass du in America bist? Allein. Als Schuldmagd. Ich dachte, du wolltest deinen Bauern heiraten, wie hieß er noch – Gideon?«

Unwillkürlich zuckte Anna bei der Erwähnung dieses Namens zusammen. »Nein, das hatte ich nie vor. Wie kommt Ihr darauf?«

Sie sah, wie Lorenz' Augen sich verengten, als sei er über etwas erzürnt. »Er hat es mir selbst gesagt.«

Annas Atem ging heftiger, und trotz ihrer Schwäche hob sie den Kopf. »Was hat er gesagt?«

Noch immer waren seine Züge angespannt. »Dass du ihm das Eheversprechen gegeben hast.«

»Das ist eine Lüge!«, fuhr sie auf, und wieder blitzten bei der plötzlichen Anstrengung Sterne vor ihren Augen auf. »Wir waren nie verlobt. Nicht einen Tag lang war ich ihm versprochen. Wie konnte er ...«

In diesem Moment erinnerte sich Anna an den seltsam abweisenden, beinahe verletzten Ausdruck in Lorenz' Gesicht, als er sich damals von ihr verabschiedet hatte. Vorher musste Gideon ihm wohl diese Lüge aufgetischt haben.

Sanft, aber bestimmt drückte Lorenz sie wieder auf ihr Lager. »Du solltest wirklich liegen bleiben. Wenn ich auch nicht genau weiß, was dir fehlt, so hat es genügt, dass du mehr als eine Woche lang besinnungslos warst.«

Er hatte recht. Sie fühlte sich wirklich noch sehr schwach. Der Kopf und die Brandwunde auf ihrer Schulter schmerzten erbärmlich. Obgleich es ihr seltsam vorkam, dass plötzlich die Rollen vertauscht waren und Lorenz sie pflegen musste, hielt sie es für klüger, seinen Rat zu befolgen.

Das Schweigen dauerte eine Weile, bis Lorenz wieder das Wort ergriff: »Kannst du mir sagen, wieso du Waldeck verlassen hast? Wie konntest du dich nur als Schuldmagd verkaufen, um nach America zu gelangen?« Er brach ab, doch schien es Anna, als ob er gern noch weitere Fragen gestellt hätte.

Die Erinnerung an die letzten Tage in der Gemeinde überkam sie erneut mit heftigem Schmerz, und sie vermied es, Lorenz anzuschauen. »Gideon hat nicht vergessen, dass er mich mit Euch auf dem Bett gefunden hat. Gleich nach Eurer Abreise hat er mich öffentlich der Unzucht bezichtigt. So wurde ich unter den Bann gestellt und aus der Gemeinde ausgeschlossen.«

Schlagartig änderte sich Lorenz' Miene. Trotz des dämmrigen Lichtes erkannte sie, wie Röte in sein Gesicht schoss, seine Züge sich verkrampften. »Du weißt am besten, dass das eine infame Lüge ist! Wie kommt dieser Kerl dazu, so etwas zu behaupten?«

Schwach hob Anna die Schultern. »Was er gesehen hatte, veranlasste ihn, mich zu beschuldigen. Und ich war nicht gewillt, Reue zu zeigen.«

Eine Frage stand in Lorenz' Augen, doch er schwieg.

Anna ließ es auf sich beruhen. Ihr brannte eine andere Sache auf der Seele. »Was hattet Ihr als hessischer Offizier eigentlich in Williamsburg zu schaffen? Die Stadt ist doch in der Hand der Patrioten.«

Einen Moment lang zögerte Lorenz. »Ich war als Unterhändler dort, um mit einem Vertreter des Gouverneurs zu sprechen.«

Irgendetwas an der Geschichte stimmte nicht. Anna erkannte es an seinem Gesicht, an der Art, wie er ihrem Blick auswich. Er verschwieg ihr etwas, und mit einem Mal erkannte Anna auch, was ihr von Anfang an seltsam vorgekommen war.

»Als Ihr mich vom Pranger befreit habt, sagtet Ihr mir, Ihr hättet mit der Familie Huntley gesprochen.« Als Lorenz zustimmend nickte, fuhr sie fort. »Aber wie konntet Ihr wissen, dass ich dort als Schuldmagd arbeite?«

Ein Lächeln erschien auf Lorenz' Gesicht und ließ ihn überraschend jung, beinahe übermütig aussehen. »Seit etwa einem Jahr arbeitet in unserem Regiment ein schwarzer Pferdeknecht aus Virginia. Angeblich wurde er wegen Aufsässigkeit von seinem Master verkauft. Sein Name ist Noah.«

»Noah?« Anna spürte, wie ihr Tränen in die Augen schossen, als sie versuchte, das Gehörte zu verarbeiten. »Noah ist bei Euch? Und es geht ihm gut?«

»Was immer er auch getan hat, um den Zorn seines früheren Herrn auf sich zu ziehen, in unserer Einheit hat er sich bei allen, vom gemeinen Soldaten bis hin zum Oberst, mit seinem exzellenten Pferdeverstand Respekt erworben.«

Stumm liefen Anna Tränen der Erleichterung über die Wangen. Noah hatte also die Strafe überlebt! Es ging ihm gut, und er war in Sicherheit.

»Und dieser Noah hat mir von einer deutschen Schuldmagd namens Anna Hochstetter erzählt. Und da...« Er unterbrach sich und schien plötzlich ein wenig verlegen.

Hieß das, Lorenz hatte sie gesucht? Ein Gefühl von Wärme durchströmte Anna. Der Freiherr von Tannau war nach Wil-

liamsburg gekommen, um sie wiederzusehen? Bei diesem Gedanken wurde ihr schwindelig.

»Was soll nun mit mir geschehen?«, fragte Anna nach kurzem Schweigen.

»Ich bringe dich nach Philadelphia, zu meiner Einheit.
Dort werden wir dann weitersehen.«

Philadelphia. Anna spürte, wie der Name dieses Ortes erneut Hoffnung in ihr auslöste. Sollte sie doch noch ihr Ziel
erreichen, zu dem sie damals aus Deutschland aufgebrochen
war? Würde ihr Traum, in America ein Leben in Freiheit zu
führen, nach all dieser Zeit schließlich in Erfüllung gehen?

KAPITEL 4

Vor Philadelphia, Pennsylvania, 18. Juni 1778

Das Glück ist mit den Mutigen. Lorenz spürte, wie ihn Zuversicht, ja beinahe ein Anflug von Triumph durchströmte, als Perikles den letzten Hügel erklomm, der ihn von Philadelphia trennte. Je näher sie der Stadt kamen, desto mehr erfüllten ihn Erleichterung und Vorfreude.

Alles würde gut werden.

Nur noch ein paar Meilen, dann hätten Anna und er Philadelphia erreicht und sie wären beide in Sicherheit. Sehnsucht erfüllte Lorenz bei dem Gedanken an ein erfrischendes Bad, ein Glas kühles Bier und ein weiches Bett. Aber zuvor musste er sich nach einem Arzt für Anna umschauen, um sicherzugehen, dass sie wieder auf die Beine käme. Und dann – Lorenz fragte sich, weshalb er nicht früher darauf gekommen war – würde er sich darum kümmern, dass Anna eine Anstellung in einem deutschen Haushalt bekäme. Am besten in einem, wo man keine neugierigen Fragen nach der Herkunft eines neuen Dienstmädchens stellte. Und sobald es Anna besser ginge, hätte er die Gelegenheit, sie regelmäßig zu sehen.

Von neuem Optimismus erfüllt, trieb er Perikles an, bis sie die Hügelspitze erreicht hatten, von der aus er endlich einen Blick auf Philadelphia werfen konnte, die Stadt, die ihm nach den Strapazen der gefährlichen Reise fast wie das gelobte Land vorkam.

Zufrieden tätschelte er Perikles' Hals. »Gut gemacht, alter Knabe.« Dann richtete er sich wieder im Sattel auf, blickte nach unten – und erstarrte.

Was er sah, ließ all seine Hoffnung zerbersten.

Staub lag über der Stadt wie eine Dunstglocke.

Staub, aufgewirbelt von Hunderten Füßen, die im Gleich-schritt marschierten, hinaus aus der Stadt in Richtung Nord-osten.

Großer Gott!

Was hatte das zu bedeuten? Alarmiert trieb er sein Pferd weiter an. Er musste schnellstens herausfinden, was gesche-hen war. Anna hielt er noch immer fest an sich gepresst, als könne er sie so vor allem schützen.

Je näher sie kamen, desto deutlicher erkannte Lorenz die Lage. Ein Exodus von Menschen, wie ein roter Fluss schim-merten die Uniformen der Briten durch die trübe Wolke aus Staub hindurch, durchbrochen vom hessischen Grün …

Als wäre er gegen eine gläserne Wand gerannt, riss er Perik-les am Zügel und blieb ruckartig stehen.

Sie zogen ab! Die Briten und Hessen zogen ab, ließen die Stadt zurück, die Hauptstadt der Rebellen, der Unterpfand des Sieges. Das konnte nicht sein, das durfte nicht sein! Einen Moment zögerte er. Was sollte er jetzt tun?

Das Pferd unter ihm schnaubte ungeduldig. Es blieb Lorenz keine andere Wahl, als zu versuchen, die abrückenden Truppen zu erreichen, um zu hören, was geschehen und wie nun weiter vorzugehen war.

Ein Stöhnen in seinen Armen riss ihn aus seinen Überle-gungen. Bläuliche Schatten hatten sich um Annas Augen gebildet, ihre Lippen waren rissig, und Schweißperlen standen ihr auf dem Gesicht.

»Sind wir endlich da? Haben wir es geschafft?«, fragte sie leise.

Eine Berührung ihrer Schläfen zeigte Lorenz, dass ihr Fie-ber wieder gestiegen war. Er nickte. »Vor uns liegt Philadelphia. Aber ...« Er wusste nicht, wie er ihr erklären konnte, dass all ihre Hoffnungen erneut zunichtegemacht worden waren. »Wir können nicht dorthin. Schau selbst. Unsere Truppen und die unserer Verbündeten räumen gerade die Stadt. Ich weiß nicht, was vorgefallen ist ... *Großer Gott*.« Noch immer erschütterte ihn der Anblick.

Annas Gesicht schien eine Spur blasser zu werden, ihre Augen flackerten. »Heißt das ...«, flüsterte sie, »... dass wir wieder vor dem Nichts stehen?«

Lorenz hob die Schultern. »Ich weiß es nicht. Aber ich werde es herausfinden.«

Ohne die Panik, die in ihm aufstieg, zu beachten, hielt er weiter Richtung Norden, der Wolke aus Hitze und Staub entgegen.

Er hatte den Berittenen zu spät entdeckt, der über einen Hügel kam und sich ihnen näherte. Für einen Moment beschirmte Lorenz die Augen mit der Hand und sah, dass der Mann die grüne Uniform der hessischen Jäger trug. Womöglich war es einer der Kundschafter, die losgeschickt worden waren, um den Rückzug zu decken und sofort zu melden, falls sich etwas Verdächtiges tat oder der Feind von unerwarteter Seite kam. Er musste Lorenz' Uniform erkannt haben und hielt direkt auf ihn zu.

Lorenz fluchte innerlich. Jetzt, da man ihn gesehen hatte, konnte er nicht so einfach kehrtmachen, um eine Unterkunft für Anna zu suchen. Es wäre ihr bestimmt nicht damit geholfen, wenn man ihn als Deserteur oder Verräter jagte und vor ein Kriegsgericht stellte.

Zähneknirschend trieb er sein Pferd in Richtung des jungen Spähers und zwang sich dazu, eine militärische Miene aufzusetzen, kalt und dienstlich. Als gäbe es keinen Grund, Fragen zu stellen, wenn ein berittener Offizier in schmutziger Uniform und mit einer halb bewusstlosen Frau im Arm fernab von seiner Truppe angetroffen wurde.

Doch Angriff war zuweilen die beste Verteidigung. Das galt nicht nur im Krieg. So hielt Lorenz zielsicher auf den Kundschafter zu und brachte sein Pferd kurz vor dem des anderen zum Stehen. »Was ist hier los, Soldat?«

Ein knapper militärischer Gruß. Erstaunen, fast Verwirrung stand in den Augen des jungen Mannes, dessen Uniform von Staub bedeckt war.

»Wisst Ihr das denn nicht, Herr ...«

»Leutnant von Tannau.«

»... Herr Leutnant. Die Briten verlassen die Stadt, Clinton hat den Befehl zum Abmarsch bekommen. Seit heute Morgen sind alle Mann unterwegs.«

»Ein Rückzug?« Lorenz spürte, wie belegt seine Stimme klang. »Auf wessen Anordnung? Nun spreche Er schon, Bursche!«

»Das kann ich nicht sagen, Sir. Wahrscheinlich vom obersten Kommando in New York ...«

»Wurde die Stadt vollständig aufgegeben?«

»Ganz und gar, Sir, die Truppen befinden sich bereits auf dem Marsch nach New York. Die Loyalisten, welche den Wunsch hatten, mit uns die Stadt zu verlassen, sowie Geschütze und Munition werden auf dem Seeweg dorthin verfrachtet. Die britischen Streitkräfte sollen wieder auf New York konzentriert werden, um besser den Franzosen zu widerstehen, die jetzt mit den verfluchten Rebellen gemeinsame Sache machen.«

»Hat es eine Schlacht gegeben?«

»Noch nicht, Sir. Doch wird berichtet, Washingtons Truppen befänden sich bereits auf dem Weg. Wenn wir Glück haben, dann ...«

»Danke, Soldat, ich weiß, was ich zu tun habe. Tue Er das Seine! Guten Tag.« Ohne zu wissen, ob es klug war, ließ Lorenz den verdutzten Späher stehen und trieb sein Pferd in Richtung Philadelphia. Vielleicht hatte er ja Glück und kam noch rechtzeitig in die Stadt, bevor sie von den feindlichen Truppen eingenommen wurde. Denn zuerst musste er, koste es, was es wolle, einen Arzt für Anna auftreiben.

Er durfte keine Zeit verlieren, und so überhörte er die Worte, die der andere ihm nachrief, und hielt weiter auf die Stadt zu.

Es war schlimmer, als Lorenz es sich vorgestellt hatte, weit schlimmer, als es von ferne ausgesehen hatte.

Es war kein bloßer Rückzug. Es war eine vollständige, vernichtende Niederlage. Und das, obwohl kein einziger Schuss gefallen war.

Das, was sich dort vor seinen Augen abspielte, kam beinahe einer Flucht gleich, wenn auch in geordneten Bahnen. Wie der Soldat schon berichtet hatte, flohen nicht nur die Truppen vor den heranrückenden Einheiten der Rebellen und ihrer französischen Verstärkung, auch viele Zivilisten hatten sich ihnen angeschlossen. Auf dem Delaware, der wie ein bleiernes Band in der trägen Mittagshitze schimmerte, sah er Schiffe und Boote, die wie eine schwimmende Karawane Richtung Norden zogen und neben Waffen und Munition auch viele königstreue Bürger der Stadt in Sicherheit brachten.

Annas Stöhnen erinnerte ihn daran, dass er keine Zeit zu vergeuden hatte. Er musste handeln. Bevor er sie nicht sicher untergebracht hatte, konnte er sich unmöglich bei seiner Einheit zurückmelden. Doch wo, in all diesem Durcheinander, sollte er einen Ort finden, an dem die junge Frau bleiben konnte, bis sie wieder ganz genesen war?

Plötzlich bemerkte er, dass ein Teil des Zuges zum Stehen gekommen war. Einer der Offiziere hatte sich vom Pferd herabgebeugt und besprach sich mit zwei seltsam dunkel und altmodisch gekleideten Männern.

Quäker. Also verließen sie zusammen mit den Briten die Stadt, *ihre* Stadt, denn keine Religionsgruppe hatte Philadelphia so sehr geprägt wie sie. Es musste schwer für sie sein, alles aufzugeben, aber wenn jetzt wieder die Rebellen hier das Sagen hatten! Waren doch die meisten Quäker treue Anhänger der Krone und hatten die Loyalisten mehr oder weniger offen unterstützt – manche von ihnen gar als Informanten oder Spione. Ein seltsamer Widerspruch zu ihrem Ruf als gläubige Pazifisten, die für ihre Hilfsbereitschaft in sozialen Belangen bekannt waren, sich für die gerechte Behandlung von Eingeborenen und Gefangenen einsetzten, sich um Verwundete sorgten und ...

Ein Hauch von Wärme durchflutete Lorenz. Konnte das die Lösung sein? Unverzüglich trieb er Perikles zu der Gruppe von Männern, erbot kurz dem Kommandanten seinen Gruß und wandte sich dann an die Quäker.

»Werden alle von Euch Philadelphia verlassen?«, begann Lorenz statt einer Begrüßung.

Ein überraschter Blick, doch schließlich folgte das erhoffte Kopfschütteln. »Nein, einige Familien ziehen es vor zu bleiben.«

»Ich habe hier eine Kranke.« Lorenz verachtete sich dafür, dass seine Stimme heiser klang und er nur mit Mühe ein Zittern unterdrücken konnte. »Sie hatte mehrere Tage hohes Fieber und ist immer noch sehr schwach. Wisst ihr vielleicht jemanden, der sich hier in der Stadt um sie kümmern könnte?«

Ein Zögern lag im Blick des Quäkers, fragend sah er seinen Glaubensbruder an.

»Ich bitte Euch, sie ist fremd in dieser Gegend und völlig auf sich gestellt. Wie Ihr seht, muss ich mit der Truppe weiterziehen und kann mich daher nicht länger selbst um sie kümmern.«

Schweigend war der ältere der Männer auf sie zugetreten. Er schaute sich Anna, die blass und erschöpft mehr auf dem Pferd lag denn saß, genau an, dann nickte er langsam. »Es gäbe da jemanden, der sicher bereit wäre, ihr zu helfen.«

»Wer?« Lorenz spürte, wie Perikles nervös tänzelte.

»Ein Drucker, sein Name ist Emmett McKinley. Er bleibt in der Stadt, da er ...« Räuspernd unterbrach sich der Quäker. »Nun, seine Schwägerin hat Erfahrung in der Krankenpflege. Sicher würde er die Frau aufnehmen. Sie ...«

»Wo kann ich ihn finden?«

»Freund, es ist unklug, jetzt in die Stadt zu reiten. Eure Truppen ziehen sich zurück.« Sorge stand in den Augen des Mannes.

»Wie Ihr selbst seht, bleibt mir wenig Zeit. Ich muss diese Angelegenheit sofort regeln.«

Ein zähes Schweigen entstand. Dann nickte der andere: »Gut, ich werde die junge Frau persönlich zu dem Drucker bringen. Das ist wahrscheinlich sicherer für sie, als mit ...«

»Premierleutnant von Tannau. Wie schön, Ihr seid zurück.«

Unbemerkt hatte sich ihm Generalleutnant von Knyphausen auf seinem Pferd genähert. Reflexartig wandte Lorenz sich um, nahm Haltung an und salutierte kurz. »Herr General.«

Verflucht.

Aus den Augenwinkeln heraus sah Lorenz, wie die Kolonne der Soldaten weiter an ihnen vorbei Richtung Norden zog. Eine Armee, zwar ungeschlagen, und doch auf dem Rückzug. Eine Hoffnung, die zerfloss.

»So, Ihr seid also wohlbehalten von Eurer Mission zurückgekehrt.« Ein Paar prüfender Augen war auf ihn gerichtet.

»Jawohl, Herr General.«

»Und mit Erfolg, will ich doch hoffen.«

Nur mit Mühe gelang es Lorenz, seine Anspannung zu verbergen. Wenn von Knyphausen erfuhr, dass er einen wichtigen Auftrag dazu missbraucht hatte, das Gesetz zu brechen und einer rechtmäßig verurteilten Schuldmagd zur Flucht zu verhelfen, könnte dies durchaus das Ende seiner Laufbahn bedeuten. »Ja, Herr General. Der Gouverneur war bereit, auf unser Anliegen einzugehen. Nach ausreichender Überzeugungsarbeit in barer Münze.«

»Was wohl nicht anders zu erwarten war.«

»Sicher nicht, Herr General.«

Von Knyphausens Blick fiel auf Anna. Langsam zog er die Augenbrauen hoch. »Und wie ich sehe, musstet Ihr die Rückreise noch nicht einmal allein antreten.« Ein Hauch von Herablassung lag in seiner Stimme, und Lorenz betete darum, dass der General keinen Verdacht schöpfte, was es mit der jungen Frau wirklich auf sich hatte. »Eine nette Begleitung habt Ihr Euch da ausgesucht, Herr Leutnant.«

Lorenz spürte, wie ihm die Hitze ins Gesicht stieg. »Eine Verwundete, Herr General. Gerade wollte ich sie in die Obhut unserer Quäkerfreunde geben, die mir zusagten, für sie eine Bleibe zu finden.«

»Tatsächlich?« Die Stirn in Falten gelegt, trieb von Knyphausen sein Pferd näher heran und musterte Anna, die mit geschlossenen Augen dalag, eingehend.

Lorenz wurde kalt. Wenn der Offizier Annas frisches Brandzeichen entdeckte oder die Spuren der Prangerstrafe, wäre sein Spiel vorbei.

»Ihr wolltet Euch wohl als barmherziger Samariter betätigen?«

Krampfhaft schluckte Lorenz. Der Spott in der Stimme des Generals war nicht zu überhören. »Selbst im Krieg soll man nicht die Tugend der Ritterlichkeit vergessen …«

»Ich möchte nicht stören, Freund.« Die dunkle Gestalt des älteren Quäkers schob sich zwischen Lorenz und den General. »Doch können wir nicht länger warten. Wenn wir noch etwas für die Frau hier tun sollen …«

Verärgert blickte von Knyphausen zu ihm hinab. »Was denn tun?«

»Ich weiß jemanden, der sich um sie kümmern könnte. Noch kann ich sie dorthin bringen, doch es eilt. Wer weiß, wie lange der Weg in die Stadt noch sicher ist.«

Das Gesicht des Generals verdunkelte sich. Sein Blick fiel auf die vorbeiziehenden Truppen, und er schien sich darauf zu besinnen, dass er sich um wichtigere Angelegenheiten zu kümmern hatte.

»Nun denn, ein Mann hat das Recht, sich gelegentlich zu amüsieren.« Mit einem Zügel lenkte er sein Pferd in die andere Richtung, wandte sich jedoch noch einmal zu Lorenz um. »Ihr meldet Euch in Kürze bei mir und erstattet ausführlichen Bericht.« Und mit einem Blick auf die Quäker: »Noch einen angenehmen Tag.«

Erleichterung durchströmte Lorenz, als er ihm nachsah. Anna war gerettet. Auch wenn das bedeutete, dass er sie zurücklassen, sie nicht wiedersehen würde.

Auf unbestimmte Zeit. Vielleicht für immer.

Behutsam drückte er sie an sich. »Du bist in Sicherheit. Diese Männer werden dich in die Stadt bringen. Dort wird man für dich sorgen. Niemand wird dir etwas tun.«

Ihre Pupillen flackerten, ihre Lippen waren rissig und wund. »Was ist mit Euch?«

Seine Kehle war wie zugeschnürt, seine Augen brannten. Er blinzelte, und sein Blick klärte sich wieder. »Ich muss zurück zu meinem Regiment. Wir ziehen ab, Richtung New York.«

Unentwegt schoben sich die Kolonnen der kampflos geschlagenen Armee an ihm vorbei. Annas Herzschlag vibrierte auf seiner Haut.

»Ich kann dir nicht sagen, wann wir uns wiedersehen. Vielleicht ...«

Annas Augen wurden feucht, eine tiefe Traurigkeit lag auf ihrem Gesicht, und sie wandte den Blick ab. »Wozu das alles?«, murmelte sie, und ihre Stimme klang so schwach, als spräche sie im Fieber.

Lorenz wusste nicht, was sie meinte, doch das Gewicht ihres Kopfes auf seiner Schulter, ihres Körpers an seiner Brust erweckten in ihm den Wunsch, sie fester an sich zu drücken, nie wieder loszulassen. Schon gar nicht jetzt, wo diese ungewisse Zukunft vor ihnen lag.

»Freund.« Es war die Stimme des älteren Quäkers.

»Natürlich.« Eine leise Antwort, kaum hörbar in Annas Haar gemurmelt. Lorenz konnte sie nicht gehen lassen. Und wenn die ganze Welt in Trümmer fiele, er hätte weiter dasitzen und Anna in seinen Armen halten wollen.

»Es ist Zeit.« Die Anspannung des Quäkers war beinahe körperlich spürbar.

Es kostete Lorenz unendliche Kraft, abzusitzen und die junge Frau vorsichtig aus dem Sattel zu heben.

»Wir haben einen Wagen. Sie muss nicht weiter auf einem Pferderücken sitzen. Das wäre sicher nicht förderlich.«

»Danke.« Mühsam löste Lorenz seine Augen von Anna, die stumm und kraftlos in seinen Armen lag, und sah die beiden dunkel gewandeten Quäker an. »Selbstverständlich werde ich für alles aufkommen. Ganz gleich, was es kostet! Es soll ihr an nichts fehlen.«

»Das wird nicht nötig sein. Aber nun kommt, solange es noch möglich ist ...« Mit einer vorsichtigen Bewegung griff der jüngere der beiden Männer Anna unter die Arme und führte sie zu einem Wagen.

Lorenz' Mund wurde trocken. Er hasste es, keine Wahl zu haben und diese Frau ein weiteres Mal zurücklassen zu müssen. Langsam folgte er den beiden, und bevor der Quäker ihr auf den Wagen helfen konnte, hatte er Anna wieder ergriffen und zog sie so fest an sich, dass er ihren warmen Atem auf seinem Nacken spüren konnte.

Wie eine Ertrinkende presste sie sich an ihn, ihr Körper zitterte. Sanft berührten seine Lippen ihre Stirn, glitten zu ihren Wangen, ihrem Hals. Zu seiner Überraschung wehrte sie sich nicht, wandte ihm ihr Gesicht zu, als verlange sie nach mehr. Oder war es nur ihre Verzweiflung?

»Du musst sie gehen lassen, Freund«, mahnte der ältere Quäker.

Wie konnte er das? Wie konnte er Anna in Kriegszeiten irgendwo bei Fremden zurücklassen? Jetzt, da er sie wiedergefunden hatte? Einem Impuls folgend, nestelte Lorenz an seinem Hemd und zog dann seine Kette über den Kopf, an deren Ende das silberne Kruzifix hing. Schnell schob er Annas gelöste Haare beiseite und legte ihr die Kordel um den schlanken Hals.

»Sie gehörte meiner Mutter ...« Seine Stimme versagte, als

er sah, wie Anna den Anhänger vorsichtig mit ihren Fingern berührte.

Eine Träne lief ihr über das Gesicht. »Habt Dank, es ist . . . « Sie schluckte. »Ich werde jeden Tag für Euch beten.«

Perikles schnaubte und rieb seinen Kopf an Lorenz' Schulter. Um ihn herum dröhnte das Stampfen von Stiefeln, die Richtung Norden zogen. Die Welt geriet aus den Fugen, und Lorenz konnte an nichts anderes denken als an diese Frau.

»Leb wohl, Anna.« Es war kaum mehr als ein Flüstern, das im Lärm der vorbeiziehenden Kolonnen unterging.

Dann wandte er sich ab, schwang sich in den Sattel und lenkte Perikles in Richtung Nordosten, bevor er ihn mit einem Flankendruck in leichten Galopp fallen ließ, um zu seiner Einheit aufzuschließen.

Staub wirbelte auf, drang ihm in Augen und Lunge. Er hatte nicht die Kraft, zurückzublicken.

KAPITEL 5

Als Anna die Augen öffnete, wusste sie nicht, wo sie sich befand. Ihr Blick fiel auf einen schlichten Raum ohne jeglichen Zierrat mit einfachen, gestreiften Tapeten und einem kleinen Sprossenfenster. Eine Kommode mit Krug und Waschschüssel, zwei Stühle und ein runder Tisch bildeten die einzige Ausstattung. Vor ihr stand eine Frau von etwa fünfzig Jahren. Sie trug ein dunkles Gewand, über Schultern und Mieder war ein helles Tuch geschlungen. Eine weiße Haube verbarg ihr aufgestecktes Haar vollständig, das freundliche, wenn auch resolute Gesicht war von feinen Falten durchzogen.

Als sie bemerkte, dass Anna wach war, lächelte sie und reichte ihr einen Becher Wasser. »*Art thou better? Canst thou understand me?*«

Bevor Anna antworten konnte, trat ein Mann in ihr Blickfeld, der mit dunklen Kniehosen, Hemd, Weste und Jacke bekleidet war. Er trug eine silberne Brille und eine gepuderte Perücke. Verwundert bemerkte Anna, dass seine Fingerspitzen schwarz schimmerten, vielleicht von Tinte, und sie fragte sich, welcher Tätigkeit er wohl nachgehen mochte.

»*Thou art welcome in my house.*« Seine Stimme klang ruhig, ein wenig schleppend. »Ich bin Emmett McKinley, und das ist meine Schwägerin Amanda Robertson. Sie wird sich um dich kümmern, bis du wieder ganz gesund bist.«

Allmählich kehrte Annas Erinnerung zurück. Am Tag zuvor war sie von zwei Männern hier ins Haus gebracht worden. Doch vor Schwäche und Verzweiflung über die überstürzte Trennung von Lorenz hatte sie wenig davon wahrgenommen. Kaum dass man ihr aus der verschmutzten Kleidung geholfen, sie gewaschen und ins Bett gebracht hatte, war sie in einen traumlosen Schlaf gesunken.

»Kannst du mich verstehen?«, wiederholte die Frau besorgt, setzte sich auf die Bettkante und ergriff ihr Handgelenk, um ihren Puls zu fühlen. Voller Scham ob ihres unhöflichen Schweigens beeilte Anna sich zu nicken.

»Ja, ich verstehe Euch, Mistress.« Leicht schwankend setzte sie sich auf. »Und ich möchte mich auch für Eure Freundlichkeit bedanken. Es war sehr großherzig von Euch, mich aufzunehmen.« Anna zwang sich zu einem Lächeln. »Heute fühle ich mich schon viel besser.« Dass ihr das Herz schwer und der Gedanke an Lorenz beinahe unerträglich war, ging nur sie selbst etwas an.

Die ältere Frau lächelte. »Sei willkommen in Philadelphia.« Herzlich drückte sie ihre Hand. »Doch nenn mich nicht *Mistress*, mein Name ist Amanda.«

Anna fiel die seltsam altertümliche Sprechweise auf, derer sich auch der Mann bedient hatte – die Gesprächspartner mit einer aus der Mode gekommenen, antiquiert klingenden Duform anzureden.

»Ich bin ...« Einen Moment zögerte sie. Sicher wurde sie, als verurteilte Verbrecherin und entlaufene Schuldmagd, schon namentlich gesucht. Doch ging von diesen Leuten eine solche Ehrlichkeit aus, dass sie es nicht fertigbrachte, die Unwahrheit zu sagen. »Anna. Anna Hochstetter.«

Das Lächeln der beiden rief ein Gefühl von Sicherheit und Wärme in ihr hervor. Emmett McKinley bekräftigte seine Worte durch ein freundliches Nicken. »Sei gegrüßt, Anna Hochstetter. In diesem Hause bist du ein gern gesehener Gast.«

Emmetts Worte sollten sich bewahrheiten. In den nächsten Tagen erfuhr Anna eine derart herzliche Gastfreundschaft, dass sie sich so sicher und geborgen fühlte wie schon lange nicht mehr.

Geistesabwesend stand sie am Fenster, und ihre Gedanken wanderten einmal mehr zu einem jungen hessischen Offizier. Wo er jetzt wohl war? Ob er zu ihr zurückkehren würde? Ein Klopfen an der Tür zwang sie, die immer gleichen Gedanken zu vertreiben.

»Es freut mich, dass es dir wieder besser geht.« Amanda nickte Anna zufrieden zu, als sie eine Schüssel mit Haferbrei auf den Tisch stellte. »Heute Morgen hast du wieder Farbe im Gesicht. Nun müssen wir nur noch schauen, dass du schnell zu Kräften kommst.«

Dankbar lächelte Anna und begann zu essen. Zum ersten Mal seit ihrer Genesung verspürte sie wirklichen Hunger. Seit fast einer Woche lebte sie nun schon bei Emmett McKinley, der, wie sie bald erfahren hatte, eine Druckerei besaß. Er war Witwer und schien keine eigenen Kinder zu haben. Seine Schwägerin Amanda führte ihm den Haushalt, wohnte aber mit ihren beiden Töchtern in einem eigenen Haus, nur wenige Straßenzüge weiter.

Zwar erholte sich Annas Körper durch die gute Pflege rasch wieder, ihre Seele kam jedoch nicht zur Ruhe. Immer wieder flogen ihre Gedanken zu Lorenz, den sie so unverhofft wiedergefunden und so schnell wieder verloren hatte. Das Wiedersehen mit ihm hatte all ihre geheimen und verbotenen Gefühle mit einer solchen Heftigkeit wiederaufflammen lassen, dass es Anna beinahe körperlich schmerzte. Jede Faser in ihr sehnte sich nach seiner Nähe, und doch befürchtete sie, dass dieser Abschied vor den Toren Philadelphias ein Abschied für immer gewesen war.

»... gerne kannst du uns dabei begleiten. Anna? Hast du gehört?« Amandas Stimme ließ sie aufblicken.

»Entschuldige bitte, ich war in Gedanken.« Angestrengt versuchte Anna, sich zu erinnern, was die Ältere sie gefragt hatte.

»Ich sagte, dass wir auch in Zukunft mit unserer Arbeit weitermachen werden, und habe gefragt, ob du dich kräftig genug fühlst, uns vielleicht zu begleiten.«

Vorsichtig stellte Anna ihre Tasse ab und schob die leere Schüssel zurück. »Von welcher Arbeit sprichst du?«

Stumm tauschten Amanda und Emmett einen Blick.

»Von der Pflege der Kranken und Verwundeten. Mehrmals in der Woche gehen wir zum Hospital und unterstützen das Personal bei seinen Aufgaben. An anderen Tagen versorgen wir in der Nähe untergebrachte Kriegsgefangene mit zusätzlicher Nahrung und Medikamenten. Da du einmal erwähnt hast, dass du in diesem Bereich Erfahrungen besitzt, dachte ich, es würde dir womöglich helfen, auf andere Gedanken zu kommen.«

Ein Krankenhaus? Kriegsgefangene? Einen Moment lang überkam Anna Furcht. Wie konnte sie die Sicherheit des Hauses verlassen, solange sie nicht wusste, ob die Huntleys nach ihr suchen ließen? Auch wenn sie nicht viel über die Familie der McKinleys wusste, so schien es ihr doch klüger, sich vorerst im Schutz ihres Hauses aufzuhalten.

»Du brauchst keine Angst zu haben ...« Als hätte Amanda ihre Gedanken gelesen, legte sie ihr beruhigend die Hand auf die Schulter. »Niemand wird irgendwelche Fragen stellen. Du bist nun Teil unserer Familie.«

Familie. Die Vorstellung, dass es Menschen gab, die sich um sie sorgten, zu denen sie gehörte, trieb Anna fast die Tränen in die Augen. Dankbar ergriff sie Amandas Hand und entschied sich, offen mit ihr zu reden.

»Ich bin Mennonitin und komme aus Deutschland, wie ihr wohl schon aufgrund meiner Aussprache vermutet habt.«

Amanda nickte. »So etwas hatte ich mir bereits gedacht. Hier in Pennsylvania gibt es viele deutsche Mennoniten, zu denen wir als Quäker gute Verbindungen haben. Vielleicht möchtest du ja demnächst einmal nach Germantown gehen, wo viele von ihnen leben. Dann könntest du dort den Gottesdienst besuchen und . . .«

»Das ist leider nicht möglich.« Nur ungern unterbrach Anna ihre Gastgeberin. »Ich bin als Schuldmagd in die Kolonien gekommen, wenn auch nicht ganz freiwillig. Und . . .«, sie zögerte einen Moment, »ich bin meinem Herrn sozusagen entlaufen.« Hitze schoss ihr in die Wangen, als sie auf eine Reaktion wartete.

Verständnisvoll blickte Emmett sie an, während er begann, sich seine Pfeife zu stopfen, ein Luxus, den er sich gelegentlich gönnte. »Geschichten wie deine kennen wir zur Genüge.«

Auch Amanda schien nicht überrascht zu sein. »Ich habe dein Brandzeichen gesehen, doch sei unbesorgt. Dein Geheimnis ist gut bei uns aufgehoben.«

Erleichterung ließ Annas Augen erneut feucht wurden. »Wie kann ich das je wiedergutmachen?«

Emmett schüttelte den Kopf. »Das ist nicht notwendig. Vielleicht kann ich auf diese Art . . .« Er unterbrach sich, als hätte er bereits zu viel gesagt, lächelte Anna dann jedoch freundlich zu. »Du bist uns so lange willkommen, wie du möchtest.« Ohne Hast stand er auf und verließ den Raum, um sich für die Arbeit des Tages fertig zu machen.

Von draußen her war Lärm zu vernehmen. Amanda ging zum Fenster, um zu sehen, was los war. Ein Hauch von Befriedigung lag auf ihrem Gesicht, als sie sich wieder umwandte.

»Die Vertriebenen kehren zurück. Der Kongress wird bald seine Arbeit wieder aufnehmen können. Doch bis dahin....«
Ohne den Satz zu beenden, machte sie sich daran, den Frühstückstisch abzuräumen.

Eilig sprang Anna auf, um ihr bei der Arbeit zur Hand zu gehen. Dabei wurde sie das Gefühl nicht los, dass etwas Unausgesprochenes im Raum stand.

*

Links, rechts, links, rechts, das rhythmische Stampfen Tausender Füße auf der getrockneten Erde dröhnte wie Paukenschläge in Kurt Pauls Kopf wider und machte ihn trunken.

Noch immer steckten seine Füße in Lumpen, die bunt zusammengewürfelten Kleidungsstücke waren wohl kaum als Uniform zu bezeichnen, und doch fühlte er sich zum ersten Mal seit Monaten wieder als Mann und als Soldat.

Endlich hatte der Sommer Einzug gehalten. Der entsetzliche Winter in Valley Forge schien lange zurückzuliegen. Diejenigen, die Kälte, Hunger, Krankheiten und Drill überlebt hatten, waren dank der Hilfe von Steubens die wohl am besten ausgebildeten Soldaten, welche die selbst ernannte Kontinentalarmee je gesehen hatte. Nun befanden sie sich auf dem Marsch nach Philadelphia, um die Hauptstadt der Rebellen zurückzuerobern.

Nicht, dass Kurt dieses Anliegen auch nur das Geringste bedeutete. Noch immer scherte er sich nicht darum, welche Luftschlösser diesen Bauern am Ende der Welt im Kopf herumspukten. Doch zum Teufel auch, sie zogen in die Schlacht!

Obgleich seine Füße vom langen Marsch bereits Blasen hatten, seine Muskeln brannten und seine Lippen von Hitze und Durst rissig waren, spürte er, wie das Blut durch seine Adern floss, sein Herz pochte und sich der rauschähnliche Zustand verstärkte. Eine fiebrige Genugtuung erfüllte ihn bei dem Gedanken, dass er bald denjenigen eine Lektion erteilen konnte, die sich den gesamten Winter über in Philadelphia durchgefressen und -gesoffen hatten – während er in den Zelten und notdürftigen Holzbaracken von Washingtons Winterlager Kälte, Hunger und Entbehrung hatte ertragen müssen.

Von dieser Vorstellung erregt, schritt Kurt fester aus und ertappte sich dabei, wie er ein altes Soldatenlied summte, das in der Frühsommerhitze Pennsylvanias seltsam fremdartig klang.

         ❊

Die Welt schien in Trümmer zu fallen, in Kanonendonner, Musketenfeuer und Trommelwirbel, welche die gebrüllten Befehle der Offiziere kaum zu durchdringen vermochten. Doch Lorenz' Gedanken waren bei Anna. Er nahm die brütende Hitze, die den in Pulverdampf und Rauch gehüllten Männern den Schweiß in Strömen fließen ließ, kaum wahr. Den einzigen Menschen, der ihm in diesem fremden Land etwas bedeutete, hatte er wieder verloren, kaum dass sie sich gefunden hatten.

Mechanisch lief er an den Linien des Schlachtfeldes entlang, die geladene Büchse in der Hand. Ihrer Flucht aus Philadelphia hatten sich Scharen von Loyalisten mit ihren Familien angeschlossen. Die endlosen Tage des Marschierens mit schwerem Gepäck, die ungewöhnlich heiße Junisonne und die Tausenden von Moskitos, die während des Rückzugs über die Männer hergefallen waren, hatten ihren Tribut gefordert. Zu Hunderten waren die Menschen, darunter auch eine Unzahl hessischer und britischer Soldaten, vor Erschöpfung zusammengebrochen, den Körper von Stichen übersät, die Lippen rissig vor Durst und Fieber.

Der Rückzug von Clintons und Knyphausens Truppen aus Philadelphia nach New York hatte sich als langwieriger und schwieriger erwiesen als erwartet. Obgleich man einen Großteil der Ausrüstung und anderen Ballastes auf Schiffe verladen hatte, war der meilenlange Zug nur zäh vorangekommen. Wege und Brücken waren von einer Vorhut der Rebellen und patriotischen Milizen zerstört worden. Immer wieder waren sie Schüssen aus dem Hinterhalt ausgesetzt gewesen, ohne dass es ihnen möglich war, die Scharfschützen auszumachen oder gar zu fassen.

Bereits vor Tagen hatten Kundschafter und Späher berichtet, dass ihnen die aus Valley Forge aufgebrochene Kontinentalarmee dicht auf den Fersen war. Jeden Tag hatte man mit einem Überfall gerechnet. Die Stellungen bei Monmouth, wo die Truppen des britischen Generals Clinton und seines hessischen Verbündeten von Knyphausen vorübergehend gelagert hatten, waren jedoch gut bewacht und zudem von Morast umgeben, sodass man sie dort unbehelligt gelassen hatte. Erst nach ihrem Aufbruch von dort, weiter in Richtung New York, war dann der lange erwartete Rebellenangriff erfolgt.

Doch nach allem, was Lorenz von seiner Position aus hatte sehen können, schienen die americanischen Truppen eher halbherzig und planlos anzugreifen. Die chaotische Schlachtordnung ließ nicht die erwartete Handschrift eines preußischen Offiziers erkennen. Womöglich eine Finte? Ein Scheinangriff, der von der eigentlichen Angriffslinie ablenken sollte?

Es war das reinste Inferno. Augen, Nase und Rachen brannten vom Pulverdampf. Mühsam eilte er mit seinen Männern den Hügel hinauf, um sich einen besseren Überblick zu verschaffen.

Dabei kam er den Reihen der Rebellen, die gerade beim Nachladen waren, so nah, dass er sogar einzelne Gesichter unterscheiden konnte. Harte, zum Letzten entschlossene Züge.

Plötzlich fiel ihm etwas ins Auge, das ihn innehalten ließ. Alarmiert blickte er zu den bunt zusammengewürfelten Reihen der Gegner hinüber, auf der Suche nach einem bestimmten Gesicht, das er für einen Moment erkannt zu haben glaubte.

Aber war das möglich? Konnte das Schicksal derart launenhaft sein?

Vorsichtig preschte er weiter voran. Wenn er sich nicht getäuscht hatte, musste er ab sofort an zwei Fronten kämpfen.

✳

Um ihn herum tobte der Krieg. Und dieser war sein Element! Loderndes Feuer, krachende Kanonen, menschliche Schreie und ein Schlachtfeld, das gierig das Blut der Verwundeten und Gefallenen trank. Noch immer fühlte Kurt Paul Verachtung für diesen arroganten Rebellenhaufen. Doch in Momenten wie diesem, wo ihm die Kugeln um die Ohren flogen und blutbesudelte Bajonette in der von Rauch getränkten Luft aufblitzten, war er dankbar, dass diese Aufständischen ihm wieder eine Waffe in die Hand und dadurch die Möglichkeit gegeben hatten, in den Kampf zu ziehen.

Den ganzen Tag über hatten sie in der Hitze von Monmouth gewartet, doch nach einem kurzen Gefecht hatte General Lee gleich wieder den Rückzug der Kontinentalarmee befohlen. Ein Verräter aus den eigenen Reihen, wie manche munkelten. Als General Washington schließlich seine

Männer selbst in die Schlacht geführt hatte, war Kurt in den Jubel mit eingefallen.

Erbittert wurde auf beiden Seiten gekämpft, die Stellung gehalten und – gefallen. Schweiß rann ihm von Stirn und Wangen. Schweiß und Blut, doch nicht seines, sondern das des Gegners, dem er gerade eine Kugel in den Kopf gejagt und dann mit dem Bajonett den Brustkorb gespalten hatte.

Vor Erregung zitternd, lud Kurt erneut. Dann kam der Befehl, und wieder stürmte er los, glaubte zu spüren, wie er mit seiner Muskete verschmolz, wie er selbst zur lebenden Waffe wurde, während er in einer Reihe mit den anderen den Hügel erstürmte. Die heiße Luft brannte in seinen Lungen, das Blut rauschte in seinen Ohren.

Plötzlich blieb er stehen. Nur wenige Schritte von ihm entfernt, an der rechten Flanke des gegnerischen Heeres, erkannte er einen Offizier mit einer Büchse in der Hand. Einen hessischen Jäger, wie er selbst einmal einer gewesen war, in einem anderen Leben, in einer anderen Welt.

Etwas an diesem verwirrte ihn. Die hohe Gestalt, die Art, wie er den Kopf hielt. Aber das war völlig unmöglich!

Keuchend verharrte Kurt in der Stellung, während rechts und links die Männer an ihm vorbeistürmten, spürte kaum die Stöße, die ihn in Seite und Rücken trafen. Dann wandte sich der Offizier um und zeigte ihm sein Gesicht.

Der Schreck drohte Kurt fast von den Füßen zu reißen.

Vor ihm stand der Mann, der doch in der Hölle schmoren sollte, da er ihn eigenhändig dorthin befördert hatte. *Lorenz von Tannau.*

Ein paar Herzschläge lang rang Kurt um Atem, dann fasste er sich wieder. Eine seiner Kugeln würde heute die Brust dieses Offiziers treffen. Einen Kampfschrei ausstoßend, stürmte er mit den anderen los in die vordersten Reihen.

Während er durch den sich langsam lichtenden Pulverdampf rannte, war sein pfeifender Atem das einzige Geräusch, das er wahrnahm. Nur wenige Schritte von seinem Kopf entfernt zischte ein Geschoss vorbei, ein weiteres schlug unmittelbar vor ihm in die Erde ein. Einen Moment war Kurt vor Schreck erstarrt, doch noch ehe sein Atem sich wieder beruhigen konnte, fand er, was er gesucht hatte. Einen reglos daliegenden Körper in der grünen Uniform eines hessischen Jägeroffiziers. Der Dreispitz war ihm vom Kopf gefallen, das Band, das um seinen Zopf gebunden war, hatte sich beim Sturz gelöst, und eine Fülle schwarzer Haare bedeckte sein Gesicht.

Kurt erkannte ihn dennoch, und sein Herz hämmerte hart gegen seine Brust.

Diesmal würde er ihm nicht entkommen! Solch ein verteufeltes Glück wie damals bei Waldeck sollte dieser Kerl nicht wieder haben. Kurt spürte, wie Hass in ihm aufstieg, der gleiche kalte, mörderische Hass, der auch damals von ihm Besitz ergriffen hatte, als dieser verfluchte Leutnant es gewagt hatte, ihn in Fesseln zu legen. Hass, der bei jedem Schlag der Ruten, der ihn während des Gassenlaufens getroffen hatte, stärker und mächtiger geworden war.

In gekrümmter Haltung lag der Offizier vor ihm. Kurts Wut verstärkte sich noch, als er feststellte, dass seine erste Kugel sich lediglich in dessen rechtes Bein gebohrt, die zweite seine linke Schulter gestreift hatte. Wahrscheinlich war er beim Sturz hart mit dem Kopf aufgeschlagen und hatte dabei das Bewusstsein verloren.

Zitternd riss Kurt das Messer aus seinem Stiefel und hielt es dem Bewusstlosen an den Hals, dessen Puls zwar schwach, aber regelmäßig zu spüren war. Dann zögerte er. Ein kleiner Schnitt nur trennte ihn von seiner Rache für die Gefangensetzung, das Gassenlaufen – nicht zu vergessen die elenden Wochen auf dem Schiff und den eisigen Winter in Valley Forge.

Blut quoll hervor, als Kurt fester zudrückte, als schwaches Rinnsal lief es den Hals entlang und tropfte ins zerstampfte Gras. Er zögerte. Dann steckte er das Messer weg. Ein solch kurzer und schmerzloser Tod, noch dazu auf dem Feld – ein Heldentod – würde nicht annähernd seinen Wunsch nach Vergeltung befriedigen.

Nein, dafür bedurfte es eines längeren, weitaus qualvolleren Sterbens, und ein geradezu genialer Einfall würde ihm dazu verhelfen. Kurt lächelte, als er sich anschickte, von Tannau aus seinem blutverschmierten Uniformrock und der Weste zu schälen, Hemd und Hose zu zerreißen, sie mit Schmutz und Gras einzureiben, bis niemand mehr einen Offizier darunter vermutete. Zuletzt zerrte er ihm mit aller Macht die schweren, gut gearbeiteten Lederstiefel von den Füßen.

Zufrieden erhob sich Kurt schließlich und betrachtete sein Werk. Wirklich, verschmutzt und zerlumpt, mit zerzausten Haaren und ohne Schuhe musste man von Tannau für einen gemeinen Soldaten halten, dem keinerlei Privilegien zustanden. Am wenigsten in der Kriegsgefangenschaft.

Das Gefühl des Triumphes war stark und betörend wie ein Rausch. Zu Kurts Bedauern blieb ihm jedoch wenig Zeit, es auszukosten. Die Nacht senkte sich schon langsam über das mit Toten und Verwundeten übersäte Schlachtfeld. Der Kampf war vorüber. Kurt musste zurück zu seiner Einheit und Bericht erstatten, wo sich Überlebende befanden, die entweder zum Lazarett oder in die Gefangenschaft gebracht werden sollten.

Kapitel 6

Philadelphia, Anfang Juli 1778

Anna war beeindruckt, als sie in Amandas Schlepptau vor dem Hospital in Philadelphia stand. Es umfasste mehrere Stockwerke und prangte in rotem Backstein mit weißem Verputz am Ende der Straße wie ein Palast aus der Alten Welt. Als sie den Hals reckte, konnte sie im gleißenden Morgenlicht erkennen, dass das Dach von einer mit Stuck verzierten Kuppel gekrönt war. Rechts und links vom weitläufigen Hauptgebäude gingen symmetrische Flügel ab, die dem gesamten Gebäude ein beeindruckendes Ausmaß verliehen.

Nicht zum ersten Mal wunderte sich Anna, in einer Kolonie Tausende Meilen von Europa entfernt imposante Städte und Gebäude zu sehen, die denen der alten Heimat in nichts nachstanden. Doch blieb ihr keine Zeit, ihren Gedanken nachzuhängen, denn schon eilte Amanda die Treppenstufen zum Haupteingang hinauf, und sie folgte ihr.

Trotz des Krieges und der langen Besatzungszeit war das Gebäude in gutem Zustand und strahlte gediegene Eleganz aus. Anna lief schneller, um Amanda nicht zu verlieren, die bereits am Ende des Flures angekommen war und eine der Türen geöffnet hatte.

»Warte kurz hier, ich werde mit einem der Ärzte sprechen und Bescheid geben, dass wir eine neue Hilfskraft haben.« Mit diesen Worten verschwand die Ältere in einem der angrenzenden Räume.

Neugierig schaute Anna sich um. Von Amanda wusste sie, dass dieses Krankenhaus zu den Glanzstücken der Kolonie zählte und nicht zuletzt von Philadelphias wohl berühmtestem Bürger, Benjamin Franklin, mitbegründet worden war. Sogar eine Abteilung für Geisteskranke, die für eine besonders fortschrittliche und menschliche Behandlung bekannt war, befand sich hier. Dennoch gab es in diesen unsicheren Zeiten nicht genug Ärzte und Pflegekräfte, weshalb man für jede helfende Hand dankbar war.

Ein schriller Schrei unterbrach Annas Gedanken. Erschrocken blickte sie sich um – alle Türen waren geschlossen. Wieder ein verzweifeltes Aufschreien, gefolgt von einem schwachen Wimmern. Hier war eindeutig ein Mensch in Not, und vielleicht war niemand da, um ihm zu helfen. Ohne nachzudenken, raffte sie die Röcke, hastete über den Flur in die Richtung, aus der sie das Schreien vernommen hatte, und öffnete die Tür.

Abgestandene Luft, schwer vom Geruch nach Krankheit und Fieber, schlug ihr entgegen. Im Licht der durch hohe Sprossenfenster hereinfallenden Morgensonne sah sie einen Mann, in eine braune Weste und Kniehosen gekleidet, wahrscheinlich ein Arzt. Er hatte die Ärmel bis zu den Ellbogen aufgekrempelt und beugte sich über eines der zahlreichen Betten, in dem sich ein junger Mann mit schweißnassem Gesicht verzweifelt hin und her warf.

Bei jeder Berührung zuckte er zusammen, stöhnte laut auf und schlug wild um sich, sodass der Becher, den der Arzt ihm an die Lippen hielt, in hohem Bogen durch den Raum flog.

Kopfschüttelnd bückte sich dieser danach und hob ihn auf. Als er sich umwandte, fiel sein Blick auf Anna.

»Er will nicht trinken, obwohl er vor Fieber glüht. Wahrscheinlich ist sein Hals entzündet, und das Schlucken bereitet ihm Schmerzen. Dadurch droht er auszutrocknen«, bemerkte sie auf die unausgesprochene Frage.

Niedergeschlagen nickte der Arzt. »Wenn er keine Flüssigkeit bekommt, wird er sterben. Seine Chancen sind auch so sehr gering.«

»Halsbräune?«

Anerkennung lag im Gesicht des Mannes, dessen Augen, wie Anna beim Nähertreten erkannte, von feinen Fältchen umgeben waren, obwohl er höchstens Ende dreißig sein konnte. »Habt Ihr Erfahrungen auf dem Gebiet?«

»Meine Mutter hat die Frauen im Dorf entbunden und die verschiedensten Krankheiten behandelt. Sie kannte sich mit Heilkräutern, Salben und Tinkturen aus, und ...«

Ein erneutes Stöhnen unterbrach das Gespräch, ein erstickter Schrei, der stoßweise in ein atemloses Röcheln überging.

»Er bekommt keine Luft mehr!«

Schnell trat Anna neben dem Arzt an das Bett des Patienten und sah, dass dessen Gesicht sich bereits bläulich verfärbt hatte. Hals und Kinnpartie waren geschwollen, die Augenlider violett vom Fieber. In ohnmächtiger Panik schlug er um sich, was dazu führte, dass er noch weniger Luft bekam und sich dunkle Flecken auf seinem Gesicht ausbreiteten.

»Er wird sterben, wenn ihm niemand hilft!« Ihre Worte klangen gepresst.

»Wenn es mir gelingen würde, ihn ruhig zu halten ...«

»Einmal hat meine Mutter mit dem Messer die Luftröhre einer Patientin eingeschnitten ...«

»... und damit die Erstickung verhindert«, vollendete der Arzt.

»Die Frau hat überlebt.«

»Ein riskantes Unterfangen!«

»Kennt Ihr eine Alternative?«

Sein flackernder Blick ging zu dem Patienten, dessen Bewegungen fahriger und kraftloser wurden. »Nein.«

Zögernd drehte er sich zu Anna. »Mir ist die Methode bekannt, und ich habe die entsprechenden Instrumente.« Er zeigte auf ein kleines Messer und ein Bambusröhrchen, die beide auf einem kleinen Beistelltisch lagen. »Doch ist der Eingriff nicht ganz ungefährlich. Wenn man das Messer zu tief ansetzt . . .« Er ließ den Rest des Satzes unausgesprochen.

Anna wartete schweigend ab.

»Würdet Ihr mir zur Hand gehen?«

Der Augenblick des Erstaunens verflog so schnell, wie er gekommen war. Entschlossen nickte sie.

»Gut. Schafft Ihr es, den Mann festzuhalten, während ich es versuche?«

»Natürlich.« Mit schnellen Schritten war Anna an der Kopfseite der Liege, packte die Oberarme des Patienten mit je einer Hand und setzte ihr gesamtes Gewicht ein, um ihn auf die Unterlage zu pressen. Sie spürte den immer schwächer werdenden Widerstand, die Anspannung seiner Muskeln, den fiebrigen Schweiß unter ihren Fingern und betete um genügend Kraft, diese Aufgabe zu erfüllen.

»Bereit?« Die Spitze des Messers blitzte im Morgenlicht auf.

Noch einmal atmete Anna aus, dann nickte sie.

Vorsichtig fasste der Arzt mit der linken Hand den Hals des Mannes, zog die Falten auseinander und setzte dann mit einer geübten Bewegung die Klinge an. Blut quoll hervor, lief über seine Finger – und ein solch heftiger Ruck ging durch den Körper des Patienten, dass Anna fast von ihm weggeschleudert wurde.

Hastig verstärkte sie ihren Griff, stellte sich auf die Zehen, um noch mehr Gewicht nach vorn verlagern zu können. Doch das Zucken wurde stärker, Krämpfe durchliefen den Mann, und er schlug so wild mit den Armen um sich, dass Anna ihn nicht halten konnte.

»Ich schaffe es nicht!«

»Dann müsst Ihr schneiden, und ich drücke ihn aufs Bett!«

»Aber ...«

»Kein *Aber!* Es ist die einzige Chance!«

Wortlos tauschte sie ihren Platz mit dem Arzt, der über mehr Kraft verfügte als sie und den Patienten fest auf der Unterlage hielt.

»Jetzt!«

Anna zögerte. Noch nie hatte sie bei einer solch gefährlichen Operation das Messer geführt. Was, wenn der Mann unter ihren Händen starb?

»Nun macht schon, rasch! Wir haben nichts zu verlieren!«

Entschieden gab sie sich einen Ruck, zog mit der linken Hand die Hautfalten am Hals des Kranken auseinander, wie sie es gerade beobachtet hatte, setzte das Messer an, und durchbrach mit einem einzigen Schnitt den Widerstand der Luftröhre. Mit zitternden Fingern tastete sie nach dem Bambusröhrchen, das auf dem kleinen Tisch lag, und schob es vorsichtig, mit einer leicht drehenden Bewegung, in die blutüberströmte Öffnung.

Der Mann würgte, sein Oberkörper zog sich in Krämpfen zusammen, doch schließlich war ein saugendes Geräusch zu hören, Luft strömte durch den Bambus in seine Lunge. Langsam ließen seine Zuckungen nach, und wenig später schien er ruhig und gleichmäßig zu atmen.

»Grundgütiger, es ist geglückt!«

»Tatsächlich, er atmet!« Zwischen Erstaunen und Erleichterung schwankend, spürte Anna eine große Freude in sich aufsteigen, die ihr Innerstes erhellte. Fast hätte sie laut gelacht, eine solche Erleichterung überkam sie, auch wenn ihre Finger blutbeschmiert waren und ihre Beine noch immer zitterten. Zufrieden blickte sie auf den jungen Mann hinab, dessen Gesicht langsam wieder eine gesündere Farbe annahm.

»Wir haben es geschafft!« Eine gewisse Ehrfurcht lag in der Stimme des Arztes. Schnell wusch er sich die blutigen Hände in einer Waschschüssel, trocknete sie mit einem Tuch ab und gebot Anna, das Gleiche zu tun. »Danke für Eure Hilfe. Es ist wie ein Wunder, dass Ihr gerade in diesem Moment an Ort und Stelle wart. Übrigens, ich bin Dr. Sullivan und freue mich außerordentlich, Eure Bekanntschaft zu machen.« Er deutete eine leichte Verbeugung an, die Anna ein Lächeln entlockte.

»Mein Name ist Anna Hochstetter.« Sie deutete ein Nicken an. »Ich bin in Begleitung von Amanda Robertson hier, um sie bei der Pflege von Kranken zu unterstützen. Ich habe vor der Tür auf sie gewartet, da hörte ich dieses Schreien und ...«

»... kamt so gerade im rechten Moment, mir Eure Hilfe anzutragen. Eine göttliche Fügung, wie es mir scheint. Leider mangelt es uns derzeit an allem, an Medikamenten, Verbandszeug und Personal. Dabei haben wir gerade jetzt viele Kranke und Verwundete, was die Sache nicht wirklich leichter macht.«

Er lächelte.

»Wenn Ihr meine Hilfe benötigt ...«, begann sie, wurde jedoch unterbrochen, weil sich die Tür öffnete.

»Hier steckst du, Mädchen!« Atemlos hatte sich Amanda in den Raum geschoben und sah sich einen Moment stirnrunzelnd um. Kurz begrüßte sie Dr. Sullivan und winkte dann ungeduldig mit den Händen. »Los, Dr. Penbroker möchte dich kennenlernen, aber er hat wenig Zeit!«

»Ich komme ...« Eigentlich wäre Anna lieber geblieben, um zu sehen, wie es ihrem Patienten weiter erging. Doch sie tat, wie ihr geheißen, verabschiedete sich rasch von Dr. Sullivan und folgte dann Amanda hinaus auf den Flur.

✻

Ein dumpfes Dröhnen tobte in Lorenz' Schädel, als er aufwachte. Benommen rollte er sich auf die Seite, doch jagte diese Bewegung ein Blitzgewitter von Schmerz durch seinen Körper. Seine Muskeln verkrampften sich, und keuchend rang er nach Atem.

Der üble Geruch von Blut und Exkrementen stieg ihm in die Nase, hartes Stroh stach ihm in den Rücken, und mit einem Schlag war die Erinnerung wieder da: die Schlacht in New Jersey, bei Monmouth, auf dem Rückzug seiner Truppen von Philadelphia nach New York. Der plötzliche Angriff, der Schuss, der ihn von den Füßen gerissen hatte und dann ... nichts als tiefe Schwärze.

Aber was war zwischenzeitlich geschehen? Wo befand er sich? Mühsam gelang es ihm, die Augen zu öffnen. Sie fühlten sich geschwollen und klebrig an. Selbst das Dämmerlicht schien seinen Schädel zu durchbohren, doch schließlich klärte sich sein verschwommener Blick.

Ein großer Raum aus grob behauenen Brettern, in den nur durch zwei winzige Luken schwaches Licht drang. Befand er sich in einer Scheune? Erleichterung machte sich in ihm breit. Also hatte ihn jemand gefunden, nachdem er getroffen worden und vom Pferd gestürzt war. Man hatte ihn hierhergebracht. Er war in Sicherheit ...

Ein plötzlicher Ruck ging durch seinen Körper, als er sich aufzurichten versuchte, gefolgt von einem metallenen Scheppern, einem kratzenden Schleifen. Der rasende Schmerz in seiner linken Schulter raubte ihm den Atem und ließ schwarze

Schatten vor seinem Gesicht tanzen. Es dauerte eine Weile, bis Lorenz begriff, dass seine Fuß- und Handgelenke mit schweren Eisenketten gefesselt waren.

Vor Schreck und Schwäche wie gelähmt, sah er an sich hinunter. Er trug kaum mehr als ein Hemd und eine zerrissene Hose. Nackt und schlammverschmiert steckten seine Füße in den Eisenringen. Ein höllisches Ziehen durchfuhr sein rechtes Knie, als er versuchte, die Beine anzuwinkeln. Mit seiner schmutzigen Hand tastete er zu dem Riss im Hosenbein, der eine tiefe, von getrocknetem Blut bedeckte Wunde freigab.

Verzweifelt versuchte er, zu verstehen, was hier vor sich ging. Offensichtlich lag er verwundet, seiner Stiefel und Uniform beraubt, mit Ketten gefesselt in irgendeiner stinkenden Scheune. Das Hämmern in seinem Kopf machte es ihm fast unmöglich, einen klaren Gedanken zu fassen. Suchend glitt sein Blick über den mit Stroh bedeckten Fußboden, und er entdeckte im Halbdunkel noch weitere Männer, die wie er in Ketten lagen. Manche von ihnen dösten vor sich hin, andere schienen ebenfalls verwundet und stöhnten im Schlaf. Doch kam ihm keines der Gesichter irgendwie bekannt vor.

Unwillkürlich ballten Lorenz' Hände sich zu Fäusten, als ihm langsam bewusst wurde, was geschehen war. Zwar hatte er die Schlacht überlebt, doch befand er sich nun allem Anschein nach in Kriegsgefangenschaft und somit in der Gewalt der Rebellen.

*

Die Sonne stand noch nicht im Zenit, als Anna am nächsten Tag erneut das Krankenhaus aufsuchte. Amanda hatte sie allein ziehen lassen, obgleich die Stadt, voller Plünderer und Heimkehrer, nicht gerade der geeignete Ort für eine junge

Frau ohne Begleitung war. Doch eine *wichtige Angelegenheit*, wie sie es nannte, hatte sie daran gehindert, Anna zu begleiten.

Sobald Anna das Krankenhaus erreicht hatte, ging sie eilig die Treppe hinauf und klopfte an dem Zimmer, in welchem der junge Mann untergebracht war, den sie tags zuvor wegen der Halsbräune behandelt hatten.

Obgleich er bestimmt die halbe Nacht durchgearbeitet hatte, war der Arzt schon wieder bei seinen Patienten. Erfreut blitzten seine Augen, als er Anna entdeckte.

»Dr. Sullivan.« Ihr Blick glitt zu der Liege, auf der ihr Patient lag, und Erleichterung durchströmte sie, als sie sah, dass sich dessen Brustkorb regelmäßig hob und senkte.

»Er wird durchkommen.« Der Arzt war neben sie getreten, und eine Weile betrachteten beide wortlos den Kranken.

»Was ich bereits gestern fragen wollte«, brach Sullivan das Schweigen. »Wärt Ihr bereit, mir gelegentlich zur Hand zu gehen?«

Anna zögerte nur kurz. »Das würde ich sehr gern. Vorausgesetzt, Amanda hat mich nicht schon für andere Aufgaben vorgesehen.«

»Ich denke, das könnte ich regeln.« Wieder schimmerte diese Wärme in seinen Augen. »Ihr seid wirklich ein Geschenk des Himmels.«

Anna nickte knapp. »Im Augenblick hätte ich auch ein wenig Zeit.«

»Ich bin für jede Hilfe dankbar.«

»Gut. Dann sagt mir, was ich zu tun habe.«

Als Anna Stunden später das Krankenhaus verließ, spürte sie, wie das Gefühl der Leere und Hoffnungslosigkeit, unter dem sie seit der Trennung von Lorenz gelitten hatte, gewichen war. Sogar ihre Angst, doch noch aufgespürt und nach Barbados verschleppt zu werden, war für den Moment in den Hintergrund getreten. Neue Zuversicht wuchs in ihr, und sie freute sich darauf, in Zukunft wieder ihrer eigentlichen Berufung, der Pflege von Kranken, folgen zu können.

Dieser Dr. Sullivan schien ein guter Mensch zu sein. Selbstlos, hilfsbereit, wie sie bisher nur wenige erlebt hatte, abgesehen von ihren Eltern und Father Seán. Und plötzlich glaubte sie, zu wissen, was ihr an dem Arzt gleich so vertraut erschienen war: Dem melodischen Singsang seiner Stimme nach zu urteilen, musste er Ire sein. Für einen Moment gingen Annas Gedanken zu ihrem alten Freund Seán O'Flanagan, und sie fragte sich, was wohl aus ihm und seinen Plänen geworden war.

✳

Lorenz wusste nicht, wie viel Zeit vergangen war, als er das nächste Mal aus seinem fiebrigen Dämmerzustand erwachte. Die Schmerzen, die er bereits zuvor gespürt hatte, waren schlimmer geworden, und er befürchtete, dass sich die unbehandelten und verdreckten Wunden womöglich entzündet hatten.

Unter lautem Quietschen und Scheppern wurde die Tür des Schuppens geöffnet. Ein Offizier der Rebellenarmee betrat die Scheune, musterte die Anwesenden mit hochgezogenen Brauen. »Männer, ihr seid Gefangene der siegreichen Kontinentalarmee!«, verkündete er mit lauter Stimme. »Ihr werdet unverzüglich zurück nach Pennsylvania gebracht, um dort auf Höfen und Farmen zu arbeiten. Dort habt ihr die Männer zu ersetzen, die im Krieg für die Freiheit unseres Landes kämpfen!«

Danach traten, auf ein Zeichen des Offiziers hin, fünf mit Musketen und Bajonetten bewaffnete Milizionäre ein.

Lorenz versuchte aufzustehen, doch gab das verletzte Bein unter ihm nach, und er wäre fast wieder zu Boden gesunken. Seine linke Schulter schmerzte höllisch, sein Kopf drohte zu zerspringen, und er zitterte gleichzeitig vor Hitze und Kälte. Doch wäre er lieber gestorben, als vor den Augen seiner Verbündeten und einem Haufen rebellischer Bauernlümmel Schwäche zu zeigen. Unter Aufbietung all seiner Willenskraft riss er sich zusammen, kam mit zusammengebissenen Zähnen auf die Beine und humpelte hinter dem americanischen Offizier her. Laut schleiften die Ketten über den staubigen Boden, als wollten sie ihn ob seiner Demütigung verhöhnen.

Einen Augenblick lang befürchtete Lorenz, dass er und die anderen Gefangenen den ganzen Weg zurück bis Philadelphia zu Fuß laufen müssten. In seinem derzeitigen Zustand wäre das ein sicherer Todesmarsch geworden. Jedoch stellte er mit einiger Erleichterung fest, dass unweit der Scheune mehrere mit Holzgittern versehene Wagen auf sie warteten, mit denen normalerweise Vieh zum Markt transportiert wurde.

Bitter lachte Lorenz auf. Das war also das Gefährt, mit dem die vormals so siegreichen Soldaten der Krone, die fast ein Jahr lang wie Fürsten in Philadelphia gelebt hatten, nach Pennsylvania zurückkehren mussten. Schwindel erfasste ihn, als er den Kopf schüttelte. Welch absurde Winkelzüge das Schicksal manchmal doch bereithielt.

Der Transport nach Pennsylvania in einem offenen Wagen, auf schlechten Straßen, ungeschützt Sonne und Witterung ausgesetzt, bedeutete für Lorenz eine Qual. Die meiste Zeit über ersparte es ihm eine barmherzige Ohnmacht, die rasenden Schmerzen aushalten zu müssen, denn wie befürchtet, hatte sich die verletzte Schulter entzündet. Der angehende

Wundbrand verstärkte das Dröhnen in seinem Kopf, rief Übelkeit und Fieber hervor und verursachte Albträume.

Mit einem Ruck kam der Wagen zum Stehen, und schlüsselrasselnd öffnete einer der Rebellen das Gitter. Orientierungslos blinzelte Lorenz und sah, wie die anderen Gefangenen vor ihm herausgetrieben wurden.

»Hey, du, steh auf und schaff dich her!« Die Mündung eines Gewehrlaufs traf Lorenz in die Seite, eine unmissverständliche Aufforderung.

Unmöglich. Die Rebellen würden ihn hinaustragen oder auf der Stelle erschlagen müssen. Er war keiner Bewegung fähig, und mit den hämmernden Schmerzen seines Schädels, den Wunden an Schulter und Bein, erschien ihm der Tod verlockender als die Aussicht auf jahrelange Gefangenschaft, Demütigung und Hunger.

Offensichtlich hatte man seinen Zustand erkannt. Er fühlte, wie zwei Arme ihn unter den Achseln packten und aus dem Wagen schleiften. Schmerz explodierte in seiner Schulter, vor seinen Augen flackerten bunte Lichter. Doch schon war ein weiterer Soldat zur Stelle, stützte ihn auf der anderen Seite, und gemeinsam schafften sie den Weg über knirschenden Kies und moosbewachsene Erde bis hinüber zu einem dunklen Gebäude, das wie eine Scheune aussah.

Der Geruch nach Heu schlug ihm entgegen, und schwer atmend erreichte Lorenz den hinteren Teil des Gebäudes, wo der Boden mit Stroh bedeckt war und bereits die anderen Gefangenen kauerten. Zur Sicherheit hatte man diese mit Stricken an den Futtertrögen und Balken festgebunden, doch offensichtlich hielt es niemand für nötig, mit ihm das Gleiche zu tun. In *seinem* Zustand war an Flucht nicht zu denken.

Er wollte um einen Schluck Wasser bitten, denn sein Mund war trocken und seine Kehle brannte. Doch brachte er keinen

Ton heraus. Das Scheunentor hinter ihnen wurde geschlossen, und wieder war er von Dunkelheit umgeben.

*

Unter eiserner Willensanstrengung hob Rose den Kopf, doch verursachte schon diese leichte Bewegung ihrem geschundenen Körper Schmerzen. Einen Moment lang hielt sie still, lauschte auf den eigenen Atem. Sie wartete, bis das Pochen abgeklungen war, und öffnete dann langsam und vorsichtig die Augen. Das rechte war von dem Faustschlag geschwollen.

Dunkelheit um sie herum, noch immer Nacht. Als es ihr gelang, den Kopf ein wenig weiter zu heben, sah sie durch das kleine Fenster, dass sich der Himmel bereits grau verfärbte. Ein neuer Morgen brach an.

Ihr Kopf hämmerte wild von all den Ohrfeigen und Schlägen, die auf sie eingeprasselt waren. Doch als sie die Finger auf die Schläfe drücken wollte, um den Schmerz zu lindern, bemerkte sie, dass ihr rechtes Handgelenk noch immer mit einem groben Seil am Kopfende des hölzernen Bettgestells festgebunden war.

Mühsam gelang es ihr, sich in eine kauernde Haltung zu ziehen und mit der linken Hand ungeschickt an dem Strick zu nesteln, um sich zu befreien. Da sie heftig zitterte, dauerte es einige Zeit. Doch schließlich hatte sie es geschafft, warf das blutgetränkte Tau von sich und rieb sich das aufgeschürfte Gelenk.

Anderson, dieses Schwein! Bei dem Gedanken an den Aufseher schoss eine neue Welle von Übelkeit durch Roses Magen. All die Monate hatte er ihr mit Gesten und Worten zu verstehen gegeben, dass sie ihm gefiel. Dass sie mit Vergünstigungen rechnen könnte, wenn sie bereit wäre, ihm ein wenig entgegenzukommen und die drückenden Virginia-Nächte zu versüßen.

Eine Weile hatte sie sich geziert – immerhin war er bloß der Aufseher, ein ungebildetes Stück Mensch, dessen Einfluss nur so weit reichte wie seine Pistole und Peitsche, und dazu noch pockennarbig und nicht mehr jung. Doch da Noah verkauft worden war und Master John den Dienst in der Armee wieder aufgenommen hatte, schien es Rose an der Zeit, sich auf Andersons Angebot einzulassen. Immerhin, in seiner Hand lag das Los der Sklaven. Er hatte die Macht, ihnen das Leben schwer oder leicht, angenehm oder qualvoll zu machen. Und vielleicht würde er sich ja wenigstens als passabler Liebhaber entpuppen.

Ihre Hoffnungen zerplatzten bereits in der ersten Nacht.

Anderson war ein Ungeheuer. Im Schatten der Dunkelheit hatte sich gezeigt, dass er nicht nur ein grausamer Tyrann, sondern auch ein Sadist war, der mehr Freude am Quälen denn am Verführen hatte. Schon nach dem ersten Mal hatte er Rose blutend und zerschunden auf dem rauen Laken zurückgelassen, während er sich wieder zu den Tabakfeldern aufmachte. Und sie musste zusehen, wie sie mit geschwollenen Lidern und aufgesprungenen Lippen ihrer Arbeit nachkommen konnte.

Doch jetzt gab es kein Zurück mehr.

Wenn sie sich nicht gerade den Tod herbeisehnte, dachte sie oft an Noah, sein schalkhaftes Lächeln, seine beruhigende Stimme, die selbst das widerspenstigste Pferd zur Vernunft bringen konnte. Das Gefühl, an seinem Schicksal mitschuldig zu sein, übermannte sie so stark, dass es ihr den Atem nahm. Er hatte sie geliebt, das hatte er oft genug gezeigt, nur sie hatte sich zu etwas Besserem berufen gefühlt, als die Frau eines schwarzen Pferdeknechts zu werden. Wie sehr verfluchte sie sich für ihren Hochmut!

Nun lag sie wieder einmal geschunden da und musste sich trotz des schmerzenden Körpers ankleiden und für die Arbeit fertig machen. Mit zitternden Händen band sie die Haare hoch, schlang ein Tuch darum und öffnete die Tür nach draußen, um zurück zu ihrer eigenen Unterkunft zu eilen, bevor jemand ihr nächtliches Verschwinden bemerkte und die richtigen Schlüsse daraus zog. Aufseherliebchen waren in der Gemeinschaft der Sklaven nicht sonderlich geschätzt.

Während Rose über den Kiesweg zurück zu den Sklavenquartieren stolperte, liefen ihr die Tränen über das Gesicht. Aber wenn sie sich jetzt weigerte, Anderson weiter zu Willen zu sein, würde er sicher Mittel und Wege finden, sich an ihr zu rächen. Verzweifelt fragte sie sich, ob es nicht besser wäre, zu sterben, als weiterhin der brutalen Lust eines Mannes wie ihm ausgeliefert zu sein.

*

»Hier nimm, musst schon was essen, Mann. Wenn du nicht aus den Schuhen kippen willst.« Mit einem Kichern, das verdächtig nach Galgenhumor klang, sah der ältere Soldat, der sich Franz nannte, auf Lorenz' Füße, die bis auf die Ketten nackt waren. Er schob Lorenz einen trockenen Kanten Brot in die Hand. Obgleich dieser keinerlei Appetit verspürte, zwang er sich dazu, ein Stück abzubeißen und darauf herumzukauen.

»Bist noch nicht ganz wieder auf dem Damm, Junge, was?« Aufmunternd klopfte der Ältere ihm auf den Rücken und hielt ihm einen Becher Wasser hin, den Lorenz mit zitternden Händen ergriff und in tiefen Zügen leer trank.

Einige Tage zuvor hatte dieser Kurpfuscher von Rebellen-
arzt ihn erst mit einem Becher Rum betäubt und dann die
Kugel aus seinem Bein geholt. Zwar schien er sich nun auf
dem Weg der Besserung zu befinden, doch noch immer fieberte er und verbrachte die meiste Zeit in einem leichten Dämmerzustand.

Aus diesem Grund hatte es wohl auch eine Weile gedauert,
bis er endlich begriffen hatte, dass etwas an seiner derzeitigen
Situation nicht stimmen konnte.

Er war Kriegsgefangener der Americaner, zusammen mit
einer Handvoll britischer und deutscher Soldaten, von denen
ihm keiner bekannt vorkam. Was ihn jedoch befremdete, war
die Tatsache, dass es unter den anderen Gefangenen keine
Offiziere gab. Weshalb also war er hier? Selbst bei diesen Aufständischen war es nicht üblich, Offiziere in einen stinkenden
Verschlag zu werfen, sie in Ketten zu legen und wie Vieh zu
behandeln. Mochten sie in ihrer Verblendung auch die gottgewollte Ordnung ablehnen und sich gegen ihren König stellen, so weit würden selbst sie nicht gehen. Sogar bei ihnen
wurden gegnerische Offiziere mit Respekt behandelt, wenn
sie in Gefangenschaft geraten waren. Oft kamen sie bei vertrauenswürdigen Rebellenfamilien unter und konnten sich
auf ihr Ehrenwort hin frei bewegen. Auch in Gefangenschaft
sollten die Würde und die Stellung, die einem Mann von
Rang – auch einem Feind – zustanden, gewahrt bleiben.

Lorenz trug nichts mehr am Körper, was ihn als Offizier
kenntlich machte. Womöglich hatten sie ihn daher für einen
Gemeinen gehalten. Ein Missverständnis, das es so schnell wie
möglich aufzuklären galt. Mühsam richtete er sich auf.
Schmerz schoss durch sein verletztes Bein, und für einen Moment musste er sich keuchend an der Wand festhalten, bevor
er sich langsam weiter in Richtung Ausgang schob.

»Was hast du denn vor?«, hörte er eine Stimme hinter sich. Eine Hand schnappte nach seinem Fuß, doch es gelang ihm, sie abzuschütteln. »Mach keinen Mist, hörst du?«

Verbissen humpelte er weiter, der Schweiß lief ihm über Gesicht und Rücken. Plötzlich knickte das verletzte Bein ein, und mit einem lauten Krachen stürzte er gegen das Tor, das er fast erreicht hatte. Ein Stich zuckte durch seine Schulter. Er sah, dass die Wunde wieder aufgeplatzt war und frisches Blut sein schmutziges Hemd tränkte. Doch er achtete nicht darauf. Mit aller ihm noch verbliebenen Kraft hämmerte er gegen das Scheunentor.

»Aufmachen, sage ich! Sofort aufmachen! Ich verlange, Euren Kommandanten zu sprechen! Hört ihr?«

Lautes Geraune der Mitgefangenen drang an sein Ohr.

»Jetzt ist der da auch noch verrückt geworden.«

»Das Fieber, es muss am Fieber liegen.«

»Reiß dich zusammen, Mann! Mach doch keine Scherereien!«

Unbeirrt schlug Lorenz weiter an das Tor. »Habt ihr nicht gehört? Ich habe ein Anrecht darauf, euren Befehlshaber zu sprechen. Sofort!«

Schritte näherten sich, dann ein Klirren wie von einem Schlüssel, ein Schaben, als der schwere Riegel zur Seite geschoben wurde. Gerade noch gelang es Lorenz, einen Schritt zurückzuweichen, als das Tor aufgerissen wurde und zwei Milizionäre die Scheune betraten. Einer hielt eine brennende Fackel, der andere eine Pistole in der Hand. Deutlich stand ihnen die Verärgerung ins Gesicht geschrieben.

»Was ist das für ein Gebrüll?« Der jüngere von beiden, der die Waffe trug, sah aus, als wollte er jeden Moment abdrücken.

Doch Lorenz ließ sich davon nicht einschüchtern. So gut es

sein kläglicher Zustand erlaubte, richtete er sich auf und sah seinem Gegenüber direkt ins Gesicht.

»Ich muss mit eurem Kommandanten sprechen. Hier liegt ein Irrtum vor.« Bestürzt erkannte Lorenz, wie schwer ihm das Reden fiel. Sein Hals schmerzte, und seine Zunge fühlte sich rau und trocken an. »Mein Name ist Lorenz von Tannau. Ich bin Premierleutnant im hessischen Jägerregiment, und deshalb ...«

Noch ehe er Gelegenheit hatte, den Satz zu Ende zu sprechen, war der Ältere, mit der Fackel in der Hand, in ein schallendes Gelächter ausgebrochen. »Ja, klar, *Lieutenant, Sir.*« Erneut prustete er los. »Welch unverzeihlicher Fehler, wie konnte das nur passieren? Bitte vergebt uns noch einmal, werter Herr.« Er machte eine tiefe Verbeugung.

Wut schäumte in Lorenz auf und ließ ihn für einen Moment Schwindel und Schmerzen vergessen. »Pass auf, was du da redest, Bursche! Ich sage die Wahrheit. Also schick besser einen Boten an Hauptmann Ewald und informiere ihn darüber, dass einer seiner Offiziere ...«

»Den Teufel werd ich tun.« Der Lauf der Pistole wedelte direkt vor seiner Nase, als der Jüngere einen Schritt auf ihn zu machte. »Ich bin nämlich der Kaiser von China! Und auch wenn du es nicht glauben willst, *ich* geb hier die Befehle. Falls du also keine Abreibung kassieren willst, hältst du von nun an besser dein Maul und verschonst uns mit deinen Lügengeschichten, verstanden? Und jetzt scher dich in deine Ecke!«

Einen Augenblick überkam Lorenz das Verlangen, dem unverschämten Kerl einen Fausthieb zu versetzen. Doch war er so schwach, dass er sich kaum auf den Beinen halten konnte. So runzelte er nur zornig die Stirn, als sich der Ältere dazwischenschob.

»Morgen früh werdet ihr zur Arbeit auf die umliegenden

Höfe und Farmen verteilt. Dort wird man euch eure Aufgaben zuweisen und nur für die Nacht wieder herbringen.« Er grinste, während er mit seinem schmutzigen Finger auf Lorenz zeigte. »Harte, ehrliche Arbeit von Sonnenauf- bis Sonnenuntergang. Da werden dir die Flausen schon vergehen!« Er lachte, als hätte er einen besonders gelungenen Witz gemacht, und wandte sich dann an die anderen Gefangenen. »Auf den da müsst ihr achtgeben.« Vielsagend tippte er sich an die Stirn. »Das Fieber scheint ihm den Verstand zerfressen zu haben.« Damit drehte er sich um und folgte seinem Kameraden in die Nacht hinaus. Kurz darauf wurde das Tor mit einem lauten Knall zugeschlagen und wieder sorgfältig verriegelt.

Halb ohnmächtig vor Wut und Schmerz stand Lorenz da, während er sich dagegen wehrte, dass schwarze Schatten in sein Gesichtsfeld eindrangen und seine Beine nachzugeben drohten.

Eine Hand legte sich auf seine Schulter, und er fuhr herum. Hinter ihm stand Franz. »Schon gut, Mann. Geht den meisten so in der ersten Zeit.« Er lächelte verständnisvoll. »Wird schon nicht so schlimm werden. Hab gehört, die Rebellen behandeln ihre Gefangenen ganz anständig, das heißt, solange sie keine Dummheiten machen. Auf die Art hoffen sie, ein paar Überläufer mehr für ihre *heilige* Sache zu gewinnen.«

Gerade setzte Lorenz zu einer scharfen Erwiderung an, als die Scheune um ihn herum verschwamm und sich alles in rasender Geschwindigkeit zu drehen begann. Um einen Rest von Würde zu bewahren, versuchte Lorenz, sich an einem der Holzbalken festzukrallen und nicht vor aller Augen ins Stroh zu kippen.

»Hier gibt es keine verdammten Verräter«, brachte er zwischen zusammengepressten Zähnen hervor, während er darauf wartete, dass Schmerz und Schwindel nachließen. »Da

können diese verfluchten Rebellen warten, bis ... ah ...«
Lorenz spürte, dass er sich nicht mehr halten konnte, doch bevor er zu Boden stürzte, hatte Franz ihn mit sicherem Griff gepackt.

Kopfschüttelnd schob er ihn zurück zu seinem Strohlager. »Sachte, Junge, sachte. Bringt nichts, alles zu überstürzen. Komm erst mal wieder auf die Beine, ja? Und dann kannst du deine Wut beim Kartoffelklauben und Holzhacken abreagieren. Nicht die schlechteste Arbeit, glaub's mir.« Heiser klang Franz' Lachen durch die alte Scheune.

KAPITEL 7

Philadelphia, Oktober 1778

Allmählich gewöhnte sich Anna an das Leben in Philadelphia und dem McKinleyschen Haus. Zum ersten Mal, seit sie americanischen Boden betreten hatte, stand sie nicht unter der Knute eines Aufsehers, war nicht den lüsternen Blicken eines brutalen Masters ausgesetzt. Aber sie war sich bewusst, dass dieses Gefühl der Freiheit trog. Noch immer war sie eine verurteilte und entlaufene Schuldmagd. Und keinen Tag lang vergaß sie, dass sie es nur der Großherzigkeit ihres Gastgebers verdankte, nicht der Justiz ausgeliefert zu werden.

Doch fiel es ihr nicht schwer, sich in Philadelphia heimisch zu fühlen. Es war eine faszinierende Stadt mit sauberen Straßen, vielen Läden und Tavernen sowie einem großen Hafen, in dem zu besseren Zeiten Waren aus Übersee angeliefert wurden. Immer wieder hörte Anna auf dem Weg zu ihrer Arbeit deutsche Namen oder die deutsche Sprache. Aus manchen der schlichten, aus Stein errichteten Häuser stieg ihr der Geruch bekannter Speisen in die Nase, und wenn sie die Augen schloss, konnte sie beinahe glauben, sie wäre wieder daheim. Kein Wunder, dass Gideon damals vorgeschlagen hatte, mit ihr nach Pennsylvania zu gehen. Ein Hauch von Vertrautheit lag in der Luft, wenn ihr auch noch vieles fremd war.

Gelegentlich kam es vor, dass Anna auf ihren Botengängen und Einkäufen Passanten in der schlichten Tracht der Täufer begegnete. Sie mussten aus Germantown kommen, der von deutschen Mennoniten gegründeten Stadt unweit von Philadelphia, von der Emmett ihr erzählt hatte. Der Anblick dieser Menschen rief seltsam widersprüchliche Regungen in ihr hervor; Vertrautheit, aber auch Schmerz und den Schatten eines schlechten Gewissens, eines unguten Gefühls. Denn auch wenn seither viel Zeit verstrichen war, ein halbes Leben dazwischen zu liegen schien, so stand sie noch immer unter dem Bann.

In den vier Monaten, in denen Anna nun in seinem Haus lebte, hatte sie öfter Gelegenheit gehabt, sich über Emmett zu wundern. Obwohl er ein gebildeter Mann war, der auf seinen Reisen viele Erfahrungen gesammelt hatte und offenbar nicht ganz unvermögend war, führte er ein sehr zurückgezogenes, schlichtes Leben. In regelmäßigen Abständen besuchte er die Andachten der *Religiösen Gesellschaft der Freunde*, wie die Quäker sich selbst nannten, obgleich seit der Rückeroberung von Philadelphia durch die Rebellen nur noch wenige von ihnen in der Stadt lebten. Seine Kunden behandelte er freundlich und respektvoll, schien aber ansonsten wenige Kontakte zu seiner Umwelt zu pflegen.

Von Tag zu Tag wuchs in Anna mehr die Überzeugung, dass der ältere Mann an einem geheimen Kummer litt, der sich selbst durch Andacht und Gebet nicht vertreiben ließ. Und da es nicht viel gab, was sie tun konnte, um ihre Schuld bei ihm zu begleichen, hatte sie wie selbstverständlich damit begonnen, ihm den Haushalt zu führen. Denn abgesehen von seiner Schwägerin Amanda und deren Kindern schien er keine Verwandten zu haben.

Allerdings befand sich in seinem Schlafzimmer auf einer schlichten, doch mit kunstvollen Intarsien verzierten Kommode die eingerahmte Zeichnung einer Frau, deren Züge recht ansprechend waren. Aufgrund einer gewissen Ähnlichkeit mit Amanda ging Anna davon aus, dass es ein Bild von Emmetts verstorbener Gattin sein musste.

Den Großteil des Tages verbrachte der alte Drucker in seiner kleinen Werkstatt in einem Anbau des Hauses, um Lettern zu setzen, Tinte zu mischen, die Walzen und Pressen zu warten. Bisweilen blieb er sogar bis weit nach Mitternacht dort und arbeitete hinter verschlossenen Läden bei Kerzenlicht weiter, bis er dann erschöpft – sogar zu müde, um etwas zu essen – in seine Wohnung zurückkehrte und sogleich zu Bett ging.

So war es auch an diesem Abend. Eine ganze Weile hatte Anna mit dem Essen auf ihn gewartet. Als dann die herbstliche Dunkelheit hereinbrach und sie eine Kerze entzünden musste, Emmett aber immer noch nicht erschien, entschloss sie sich, ihm das Essen hinüberzubringen. Schnell richtete sie einen Teller, goss etwas Bier in einen Becher, trug beides hinüber zur Werkstatt und klopfte kurz an.

Die Tür knarrte leise, als Anna sie mit dem Ellbogen aufstieß und eintrat. Sie bemerkte, dass Emmett, der über seine Druckerpresse gebeugt stand, erschrocken zusammenzuckte. Langsam wandte er sich um, sein Blick fiel erst auf Anna, dann auf den Teller und den Becher in ihren Händen. Ein Lächeln erschien auf seinem Gesicht.

»Die kleine Samariterin.« Während er auf sie zukam, schob er noch schnell einen Bogen Papier über einen Stapel bedruckter Blätter, als wolle er verhindern, dass sie las, was darauf stand. »Du verstehst es, einen alten Mann zu versorgen, der bisweilen über seiner Arbeit alles vergisst.«

Seine Hände zitterten ein wenig, als er ihr den Teller abnahm und sich damit an einen der Tische setzte, auf denen sich Bleilettern und Papierbögen stapelten. Mit einer fahrigen Geste bot er Anna ebenfalls einen Platz an.

»Hast du denn schon zu Abend gegessen?«

»Vor einer ganzen Weile schon«, antwortete sie, während

sie ihren Blick verstohlen durch die nur vom Kerzenschein erhellte Werkstatt schweifen ließ. Obgleich sie nichts Auffälliges entdecken konnte, blieb ein ungutes Gefühl. Weshalb verschloss Emmett die Fensterläden bei seinen nächtlichen Tätigkeiten? Weshalb war er bei ihrem Eintreten derart erschrocken? Und was waren das für Schriften, die er vor ihr versteckte? »Ich habe lange auf dich gewartet, aber dann war mein Hunger zu groß.«

»Bitte entschuldige meine Unachtsamkeit.« Hastig begann Emmett zu essen. »Doch wenn ich eine wichtige Arbeit habe, vergesse ich oft die Zeit.«

Etwas an der Art, wie er das Wort *wichtig* betonte, ließ Anna aufhorchen. Und wieder fragte sie sich, was er da im Dunkeln der Nacht zu schaffen hatte. Sie wusste, dass die meisten Quäker mit den Loyalisten sympathisierten. Politische Umstürze, gar mit Waffengewalt ausgefochten, widersprachen ihren Lehren. Abtrünnige wie dieser Nathanael Greene, von dem man allerorten sprach, der trotz seines Glaubens den Truppen der Rebellen beigetreten und gar Befehlshaber geworden war, mussten damit rechnen, aus der Gemeinschaft ausgeschlossen zu werden. Doch es sollte auch Quäker geben, die im Untergrund als Spione für die britische Seite tätig waren.

Gehörte Emmett zu ihnen? War das womöglich der Grund, dass er und seine Schwägerin nicht zusammen mit den meisten ihrer Glaubensgenossen Philadelphia verlassen hatten? Weil sie im Geheimen agierten? Für die britische Krone? Oder doch – für die Rebellen?

Emmetts weitere Worte unterbrachen ihre Überlegungen: »Draußen wird's schon kälter. In zwei Monaten ist Weihnachten. Hast du irgendeinen Wunsch?« Er schluckte einen Bissen herunter und fuhr dann fort: »Ich dachte, du würdest die

Feiertage vielleicht gern im Kreise deiner Glaubensbrüder verbringen. Du bist doch Mennonitin.«

Anna nickte.

»Wenn du willst, könnte ich dich für das Weihnachtsfest und den Jahreswechsel nach Germantown bringen.«

Plötzliche Sehnsucht packte sie bei dieser Vorstellung, der drängende Wunsch, ein Stück Heimat hier in der Fremde zu finden. Endlich wieder an einem der Gottesdienste teilnehmen zu können, mit Menschen, die ähnlich dachten und empfanden wie sie selbst. Aber nicht nur der Gedanke, als entlaufene Schuldmagd und gesuchte Verbrecherin für längere Zeit ohne Emmetts Schutz zu sein, machte ihr Angst. Sie wusste auch nicht, ob die Mennoniten sie vorbehaltlos in ihrer Mitte akzeptieren würden, denn sie stand ja noch immer unter dem Bann. Auch wenn damals in Waldeck eine falsche Anschuldigung zu ihrem Ausschluss aus der Täufergemeinde geführt hatte, so scheute sie sich doch, so zu tun, als sei nichts geschehen. Vor allem ihre Gefühle für Lorenz würden zwischen ihr und ihren Glaubensbrüdern stehen.

Aber all das konnte sie Emmett nicht sagen. So räusperte sie sich. »Das ist sehr großherzig von dir. Nur, im Augenblick...« Sie wusste nicht, wie sie fortfahren sollte, und schwieg.

Emmetts Hand umfasste sanft ihren Unterarm. Als sie aufsah, bemerkte sie seinen verständnisvollen Blick. »Lass dir Zeit, Kind. Gott ist geduldig und wartet auf dich. Und bisweilen braucht es lange, um zu erkennen, welcher Weg der richtige ist. Glaub mir...«

Wieder hatte Anna den Eindruck, dass Emmett wusste, wovon er redete. Als hätte er in seinem Leben selbst schon Schweres erlebt und verstünde daher, was sie meinte, selbst wenn sie es nicht aussprach.

»Vielleicht wäre es gut, jetzt zu Bett zu gehen. Du siehst müde aus«, sagte Anna, um das für sie schmerzliche Thema zu wechseln.

Einen Moment schien er zu zögern. Sein Blick ging zu den verborgenen Papieren. Dann nickte er. »Du hast recht. Ich werde morgen weitermachen.«

Während Anna Teller und Becher zusammenräumte, stand er langsam auf. Doch bevor er ihr folgte, schaute er noch einmal zu den Fenstern, als wollte er sich versichern, dass die Läden fest verschlossen waren, und warf eine schwere Decke über die Druckerpresse. Dann erst schloss er die Tür hinter sich und ging leicht gebeugt hinaus.

✻

»Das machst du nicht noch mal, du dreckiger Rebell!« Die Stockhiebe, welche jedes dieser Worte begleiteten, trafen Kurt Paul hart auf Schultern und Rücken. »Frisst deinem Nachbarn einfach was weg. Als wär's nicht ohnehin mehr als großmütig, Pack wie euch überhaupt am Leben zu erhalten.«

Doch Kurt kaute und schluckte weiter, während er den Schlägen, die auf ihn niederprasselten, auszuweichen versuchte. Dann warf ihn der Rotberockte mit einem heftigen Stoß zu Boden, wo er in einer Ecke liegen blieb und wartete, dass der Schmerz nachließ.

Zu seiner Genugtuung war aber auch das nagende Hungergefühl erträglich geworden, nachdem er den Kanten Brot seines Nachbarn gestohlen und selbst gegessen hatte. Sein Pech nur, dass er dabei ausgerechnet von einem der Wächter entdeckt worden war. Doch das Gefühl annähernder Sättigung entschädigte ihn für die Hiebe, welche es ihm eingebracht hatte.

Verfluchte Engländer! Dabei war es unübersehbar, dass es der Kerl auf der Pritsche neben ihm ohnehin nicht mehr lange machen würde. Er hatte den Verlust seiner Ration gar nicht bemerkt, so schwach, wie er war nach den Tagen, die er im Fieber gelegen hatte.

Man musste eben schauen, wo man blieb, wollte man nicht ebenso elendiglich verrecken wie so mancher hier auf diesem britischen Gefängnisschiff, das vor der Küste lag. Seit geraumer Zeit – waren es Wochen oder Monate? – versauerte Kurt nun in dieser schwimmenden Hölle. Zwar hatte er schon viele schauderhafte Geschichten über diese Art der Gefangenenlager gehört, doch die Wirklichkeit war noch weit grausamer, als er es sich hätte vorstellen können.

In den Nächten, in denen er vor Hunger, dem Gestöhne der Mitgefangenen und dem Schmerz seiner eitrigen Schürfwunden nicht einschlafen konnte, verfluchte er seine Unvorsichtigkeit. Der Triumph, Lorenz von Tannau wie einen gemeinen Soldaten in Kriegsgefangenschaft zu wissen, hatte nicht lange angehalten. Schon in der darauffolgenden Schlacht hatte ein unbedachter Moment genügt, damit Kurt selbst ein ähnliches Schicksal widerfuhr und er als Gefangener in die Hand der Briten fiel.

Bei der Erinnerung daran knirschte er mit den Zähnen. Verfluchter Irrsinn, dass er nun ausgerechnet für eine Sache büßen musste, die ihm nicht das Geringste bedeutete. Der Kampf um Freiheit von der englischen Tyrannei. *Pah!* Nichts könnte ihm gleichgültiger sein. Mit Freude hätte er den Sold des englischen Königs angenommen, hätte dieser elende von Tannau seiner Karriere damals nicht ein jähes Ende bereitet.

Nun musste er hier ein erbärmliches Leben fristen, falls man es überhaupt noch so nennen konnte. Inmitten von Unrat, Hunger und Krankheit starben die Gefangenen um ihn herum wie die Fliegen, während die Wächter sich bisweilen einen Spaß daraus machten, diese noch zusätzlich zu quälen.

Aber nicht mehr lange.

Während sich Kurt langsam wieder aufrappelte und über menschliche Exkremente, nasses Stroh und faulige Planken zurück zu seiner Pritsche humpelte, schwor er sich, nichts unversucht zu lassen, um dieser misslichen Lage zu entkommen.

✳

Etwas hatte Anna geweckt. Ein leises Geräusch, wie ein gedämpftes Poltern. Benommen setzte sie sich in ihrem Bett auf. Sie musste gerade erst eingeschlafen sein. Noch immer betete sie jeden Abend für Lorenz, und der Aufruhr in ihrer Brust ließ sie dann oft lange nicht zur Ruhe kommen. Der Winter war vorbei, doch es verging kaum eine Nacht, in der nicht sein Gesicht vor ihren Augen erschien. Sein Lächeln, stolz und zugleich irgendwie verletzlich. Immer wenn sie sich abends in das kleine Zimmer im ersten Stock, das man ihr zugedacht hatte, zurückzog und in den weichen Kissen lag, wurden ihre Gefühle so stark, dass sie sich ihrer kaum erwehren konnte.

Wieder dieses Poltern, dann ein Schlurfen, leise trippelnde Schritte wie von bloßen Füßen auf Holzdielen. Anna runzelte die Stirn. War das Emmett? Fehlte ihm womöglich etwas? Mehr als einmal hatte sie beobachtet, wie der alte Drucker abends ruhelos umherging, die Schultern wie von einer Last niedergedrückt. Manchmal war dann Amanda über Nacht bei ihm geblieben, als hätte sie Angst, ihren Schwager in diesem Zustand allein zu lassen.

Beunruhigt schlüpfte Anna aus dem Bett, wollte das lange Nachthemd gegen ihr Kleid tauschen, als ein deutliches Wimmern sie innehalten ließ.

Was war das? Es hatte sich nicht nach Emmett angehört.

Da war es wieder! Und diesmal klang es eindeutig schmerzerfüllt und verzweifelt. Offensichtlich war da ein Mensch in Not. Ob Amanda krank war? Aber dann würde sie sich doch zu Hause von ihren Töchtern pflegen lassen.

Eilig schlang Anna eine Decke um ihre Schultern, entzündete eine Kerze und trat hinaus auf den nächtlich dunklen Flur. Wieder das Geräusch von Schritten, eine Diele knarrte.

»Emmett!«, rief sie leise und konnte nicht verhindern, dass ihr eine Gänsehaut über den Rücken lief, was nicht nur auf die kühle Märznacht zurückzuführen war. »Emmett, bist du das?«

Die Schritte verklangen in der Stille. Annas Unbehagen wuchs. Was ging hier vor?

Während sie langsam durch den Flur schritt, mit der linken Hand die Decke gefasst hielt, in der rechten die Kerze, schossen ihr die bedrohlichsten Bilder durch den Kopf. Von Überläufern und versprengten Soldaten, die in friedliche Häuser einbrachen und ... Häschern, die nach ihr suchten.

Ein Schatten huschte an der gegenüberliegenden Wand entlang, nur um genauso schnell wieder zu verschwinden. Ein Flüstern, körperlos und kaum hörbar, raunte durch die Stille. Annas Nackenhaare stellten sich auf, und einen Moment lang blieb sie stehen, ehe sie sich zur Vernunft rief und zum Weitergehen zwang.

Ein schwacher Lichtstrahl fiel aus der angelehnten Tür von Emmetts Schlafzimmer am Ende des Ganges. Dahinter waren eindeutig unterschiedliche Stimmen zu vernehmen, gefolgt von einem leisen Scharren, Knarren und Quietschen. Erschrocken horchte Anna auf. Wer konnte das sein? Wer außer Emmett und Amanda konnte sich um diese Zeit im Haus befinden?

Einen Moment lang überkam sie Angst, und sie war nahe daran, einfach umzukehren, zurück in ihr Zimmer zu eilen und sich dort zu verkriechen. Doch was war, wenn Emmett wirklich in Gefahr war und Hilfe brauchte? Mit klopfendem Herzen ging Anna zu der Kommode, die in der Ecke des Flurs stand, stellte die Kerze ab, knotete die Decke vor ihrer Brust zusammen und griff nach einer weiß-blauen Vase, die sie wie eine Waffe umklammerte. Dann gab sie ihrem Herzen einen Ruck und stieß mit dem Ellbogen die Tür auf.

Emmett fuhr herum, das Gesicht blass vor Schreck. Es war mitten in der Nacht, dennoch war er vollständig bekleidet. Neben ihm stand Amanda, und für den Bruchteil eines Lidschlages zeigte ihr Gesicht Furcht, als sie Anna im Eingang erkannte. Dann jedoch hatte sie sich wieder im Griff. Ein hörbares Ausatmen war zu vernehmen.

»Ach, Anna, du bist es. Hast du uns erschreckt!«

»Entschuldigung«, murmelte sie. »Das wollte ich nicht.«

Doch ihre Gedanken überschlugen sich. Wobei hatte sie Emmett und Amanda gerade gestört? Was taten die beiden mitten in der Nacht in diesem Raum? Die Anspannung stand ihnen deutlich ins Gesicht geschrieben und schien erst langsam abzuklingen.

Ohne eine Erklärung abzugeben, führte Amanda Anna aus der Kammer und wünschte ihr eine gute Nacht. Beim Hinausgehen folgte Anna Emmetts verstohlenem Blick, der einen Moment nach oben huschte. Dort, in den Deckendielen, befand sich, kaum erkennbar, eine Luke, sorgsam verschlossen mit einer hölzernen Klappe.

Der Eingang zu einem Speicher? Einem geheimen Versteck?

Wieder dachte Anna daran, was sie über die verborgenen Aktivitäten mancher Quäker gehört hatte. Loyalistische

Kooperation und Spionage. Anna war sicher, unbekannte Stimmen gehört zu haben. Hielt Emmett in seinem Hause etwa Leute versteckt? Informanten oder Agenten? Und sie hatte bisher nichts davon bemerkt, weil sie viele Stunden des Tages bei Dr. Sullivan im Hospital verbrachte?

Anna konnte sich den stillen, ernsten Drucker und dessen resolute, aber herzensgute Schwägerin beim besten Willen nicht als Spione vorstellen. Doch welche andere Erklärung konnte es für das alles geben?

Selbst nachdem sie wieder in ihr Zimmer zurückgekehrt war, fand sie keine Ruhe. Immer wieder glaubte sie, aus irgendeinem Winkel des Hauses ein leises, unterdrücktes Weinen zu hören.

✳

Es war eine bodenlose Unverschämtheit! Ein nicht wiedergutzumachender Frevel. Ausgerechnet er, John Huntley, Offizier der Krone, treuer Untertan Seiner Majestät, King George, und Besitzer einer der schönsten Plantagen von ganz Virginia, hatte das widerlichste und abstoßendste Kommando erhalten, das ein Mann seiner Position sich denken konnte. Womöglich war es doch ein Fehler gewesen, das Regiment nach dem Tod seines Vaters im Vorjahr für einige Wochen zu verlassen. John konnte sich des Eindrucks nicht erwehren, dass er seither keinen Fuß mehr auf den Boden, oder besser gesagt, auf die Karriereleiter bekommen hatte.

Den Ekel unterdrückend, presste er sich ein parfümiertes Taschentuch vor Mund und Nase, während er die knarrenden Stufen in den Schiffsbauch hinabstieg, wo die Gefangenen untergebracht waren. Der schwankende Boden verstärkte seine Übelkeit, die der Geruch nach Schweiß, Blut und Exkrementen verursachte und die stärker wurde, je tiefer er kam.

Wieder verwünschte er diejenigen, die ihm das eingebrockt hatten, nahm die letzte Stufe, verscheuchte mit einer unwirschen Handbewegung den Wachposten, der ihm halbherzig salutierte, und wappnete sich dann für das, was er im nächsten Moment zu sehen bekommen würde.

Abgemagerte Männer in zerrissenen, vor Dreck starrenden Lumpen lagen oder kauerten dicht an dicht zusammengepfercht auf Pritschen oder dem mit fauligem Stroh bedeckten Fußboden. Ratten huschten vorbei, in Eimern, aus denen es bestialisch stank, schwamm eine undefinierbare Brühe, Fliegen summten um eine Pfütze Erbrochenes. Das schwache Licht, das den Verschlag ausleuchtete, ließ die Szenerie so unwirklich und gespensterhaft erscheinen wie die Darstellungen der Hölle auf den Fresken mittelalterlicher Kathedralen.

John Huntley war Manns genug, um dem Drang zu widerstehen, sich zu übergeben oder einfach nach oben an Deck zu stürzen, um die frische, salzige Luft einzuatmen. Als Offizier, dem diese erbärmlichen Gefangenen unterstellt waren, fühlte er sich dazu verpflichtet, Haltung zu bewahren, diesen Bauernlümmeln zu zeigen, was Herkunft, Disziplin und die Ehre eines Gentleman bedeutete.

»Wasser…« Eine gebrochene Stimme, rau und unheimlich. Spindeldürre Arme, die sich ihm entgegenstreckten. Große, bittende Augen, die tief in den Höhlen lagen. *Großer Gott*, dieser Kerl war ja beinahe noch ein Kind! John wandte sich ab und ging weiter.

Er würde es schaffen, er hatte es immer geschafft, auch damals in diesem verfluchten Irland, umgeben von Verrätern und Papisten. Mit dem Handrücken wischte er sich über das Gesicht, schloss einen Atemzug lang die Augen. Doch dieser kurze Moment der Unaufmerksamkeit genügte, dass von irgendeiner Ecke her eine der skelettartigen Gestalten auf die Beine gesprungen war und ihn, noch ehe er wusste, wie ihm geschah, zu Boden riss. Dann blitzte ein Messer im schwachen Licht auf.

»Verfluchter Tyrann!«

Ein Schlag traf John, dann noch einer. Sein Blick verschwamm, doch er kämpfte sich hoch.

»Blutsaugendes Ungeheuer, ich werde ...«

Ein hartes Krachen gegen seine Schläfen, und er wusste, dieser Kerl würde ihn töten. Wie ein Wilder begann er, sich zu wehren, versuchte, ihn abzuschütteln. Doch plötzlich war da ein weiterer Angreifer, zwei Arme, die ihn festhielten und eine schneidende Klinge an seiner Kehle. Das war also das Ende. So würde er hier, auf diesem stinkenden Schiff, diesem schwimmenden Sarg zu Tode kommen.

Ein Schatten fiel über ihn. Unwillkürlich zuckte John zusammen, schloss die Augen.

Der dumpfe Schlag einer Faust, das Krachen eines Kiefers dröhnte durch den Raum. Dann wurde der schwere Körper, der ihn zu Boden gepresst hatte, weggerissen und traf mit einem dumpfen Knall auf den Holzplanken auf. Heftiges Keuchen verriet ihm, dass erneut ein Kampf im Gange war. Wieder fiel ein Körper zu Boden. Dann war es still.

Vor Anstrengung zitternd, kniete einer der Gefangenen neben ihm. Sein Haar war verfilzt, und er stank erbärmlich, doch wie es aussah, hatte er ihm gerade das Leben gerettet. Fast gleichzeitig waren zwei Wachen an seiner Seite, die mit Knüppeln auf die am Boden liegenden Männer einschlugen. Einer der Wachen reichte John die Hand, um ihm aufzuhelfen. Zunächst drohten seine Beine unter ihm nachzugeben, doch dann spürte er, wie die Angst von ihm abfiel, seine gewohnte Selbstsicherheit zurückkehrte. Nachdem er erklärt hatte, dass ihm nichts weiter fehle, schafften die Wachen die beiden bewusstlosen, aus Mund und Nase blutenden Gefangenen fort.

Nachdenklich fragte John sich, was das für ein Mensch sein mochte, der seinen eigenen Leuten in den Rücken fiel, um das Leben eines britischen Offiziers zu retten.

Es war ein dreckiger, verlauster Kerl mit einem verschlagenen Gesicht und hasserfüllten Augen. Noch dazu stank er bestialisch und sprach auf eine Weise, dass es die Ohren beleidigte. Doch da er ihm sein Leben verdankte, befahl John Huntleys Ehre, sich dafür erkenntlich zu zeigen.

Kaum hatte er sich von dem ersten Schrecken erholt, erteilte er den Befehl, die Angreifer vor den Augen ihrer Kameraden aufhängen zu lassen. Danach ließ er den Mann, der ihn gerettet hatte, zu sich bringen. Die Frage, was diesen dazu bewogen hatte, ihm beizustehen, ließ ihn nicht los.

Und nun stand der Gefangene vor ihm, in Ketten gelegt, Haare und Bart verfilzt und verlaust, die Kleider in Fetzen vom Leib hängend. Genüsslich hielt John ein Kristallglas mit Madeira in den behandschuhten Fingern, atmete das daraus aufsteigende Aroma ein, ohne jedoch davon zu kosten.

»Wie heißt du?«

»Kurt Paul ...« Und nach kurzem Zögern folgte ein »Sir«.

Interessant.

»Du hast mein Leben gerettet, Paul. Das war sehr mutig von dir.«

»Es war mir eine Ehre.«

Die Worte kamen schwerfällig und schnarrend, sodass John sich anstrengen musste, sie überhaupt zu verstehen. Ein fremdländischer Akzent, der ihm vage bekannt vorkam und eine Erinnerung weckte, die er jedoch beiseiteschob. Wahrscheinlich einer dieser Neueinwanderer, die bis zum Ausbruch des Krieges das Land überschwemmt hatten. Parasiten, die der britischen Krone Treue geschworen hatten und kaum, dass ihnen Land zugeteilt worden war, ihren Schwur vergaßen und sich den Rebellen anschlossen.

Dennoch sprach John weiter: »Eine höchst dankenswerte Tat.«

Verschlagene Augen sahen ihn an. »Eine Selbstverständlichkeit.«

Wieder dieser seltsame Akzent. Und mit einem Schlag erinnerte sich John, woher er diese Art der Aussprache kannte. Das Glas Madeira drehte sich in seinen Fingern und spiegelte das schwache Licht, das durch das salzverkrustete Fenster fiel, in allen Regenbogenfarben wider. »Wo kommst du her?«

Ein kurzes Zögern. »Pennsylvania..., Sir.«

Ungeduldig winkte John ab. »Das meine ich nicht, woher stammst du ursprünglich?«

Verständnislosigkeit wischte für einen Moment den Ausdruck der Durchtriebenheit aus dem Blick des Gefangenen. »Aus Cassel, Sir. Ich bin Hesse ...«

Ein Hauch von Triumph durchzuckte John Huntley. Er hatte sich nicht geirrt. *Ein Hesse also ...*

Und während er zufrieden an seinem Madeira nippte, entfaltete sich vor seinem inneren Auge ein ganzes Kaleidoskop von Möglichkeiten, die nicht nur der Sache der Loyalisten, sondern auch ihm, John Huntley persönlich, von großem Nutzen sein konnten.

✳

Wieder einer dieser eingebildeten, reichen Dummköpfe, die überall, ob in der Alten oder Neuen Welt, das Sagen hatten und herablassend auf alle herabsahen, die sie unter sich glaubten.

Selbstzufrieden saß er da, in seiner hummerroten Uniform, der sorgfältig gepuderten Perücke und drehte ein funkelndes Glas in der Hand. Dessen rötlich schimmernder Inhalt erweckte eine solch unbändige Begierde in Kurt, dass er es dem Kerl am liebsten aus den Fingern gerissen hätte.

Doch er wusste, wann es galt, sich zu beherrschen. Er hatte noch jede Chance gewittert, wenn sie sich ihm bot, und nach all den Wochen elenden Dahinsiechens hätte er seine eigene Mutter verkauft, um dieser Hölle zu entgehen.

Also stand er in respektvollem Abstand vor dem Offizier, der sich als Captain John Huntley vorgestellt hatte, hielt die Lippen zusammengepresst und verfluchte die Fetzen von Kleidung, die er an seinem Leib trug, sowie den Gestank, den er nach den Wochen der Gefangenschaft verbreiten musste.

»Du bist Hesse?« In der Stimme des Offiziers lagen Überraschung, Anschuldigung und Hoffnung zugleich.

»Ein Hesse bin ich in der Tat.«

Das Aufblitzen von Erstaunen war ganz deutlich in den Augen des britischen Offiziers zu lesen. »Kämpfen die Hessen nicht gemeinhin auf unserer Seite?«

Kaum hörbar ließ Paul einen Atemzug entweichen. Von seiner Antwort konnte viel abhängen. Seine gesamte Zukunft, womöglich sein Leben. Er musste versuchen, geschickt vorzugehen.

»Wenn sie als Subsidientruppen auf der Seite der hochwohlgeborenen Majestät König George angeworben werden, ja ...«

Ein verrückter Gedanke schoss durch Kurts Kopf. Er wusste,

dass er sehr viel riskierte. Doch so, wie die Dinge lagen, war er sich sicher, dass genau das für ihn die Wende bedeuten konnte.

Und so drehte er sich um, wandte dem Offizier den Rücken zu und riss sich mit einer einzigen Bewegung das zerlumpte Hemd herunter, sodass dieser die verblassten Narben des Gassenlaufens sehen konnte. Dann streckte er ihm die rechte Hand hin, wo auf seinem Daumen deutlich das eingebrannte »D« für Deserteur zu sehen war.

»Aber auch in den hessischen Regimentern schätzt man niemanden, dem mal ein Fehler unterlaufen ist. Mir blieb gar nichts anderes übrig, als mich den Rebellen anzuschließen.«

Die zusammengezogenen Augenbrauen seines Gegenübers zeigten Kurt, dass seine kleine Vorführung ihre Wirkung nicht verfehlt hatte. Hinter der Stirn des Captains arbeitete es sichtlich, und wenn er die misstrauische Miene richtig deutete, war er drauf und dran, ihm auf den Leim zu gehen.

Kurt war klug genug gewesen, zu verschweigen, dass er die hessischen Truppen schon in seiner Heimat und nicht erst in den Kolonien verlassen hatte. Eine kleine Unterschlagung, die sich für ihn auszahlen könnte.

»Das bedeutet also, du bist mit der Art der Kriegsführung unserer Verbündeten aus Cassel vertraut?« Kurt konnte die Aufregung in der Stimme des Offiziers ausmachen.

»So ist es.«

»Ebenso mit der Taktik des Feindes, dieser kolonialen Bauern und Rebellen?«

Kurt lächelte innerlich. Alles spielte ihm in die Hände. »Bestens.«

Das zunehmende Interesse in den Augen des Captains ließ eine solche Wärme durch Kurts Körper schießen wie nach einem kräftigen Schluck Branntwein. »Und du sprichst beide Sprachen, die deutsche und die englische?«

»Sonst wäre das ja nicht möglich ...«

Schweigen entstand, doch Kurt konnte förmlich hören, was in dem anderen vor sich ging. Sein Atem beschleunigte sich, und er stellte so heftig das Glas auf dem kleinen Tisch ab, dass ein Teil von dessen Inhalt überschwappte und sich rötliche Tropfen auf den makellos weißen Handschuhen abzeichneten.

Kurt wusste, dass er den anderen jetzt dort hatte, wo er ihn haben wollte. Nun war der richtige Moment, demütig den Kopf zu senken und zu warten, dass sich alles so fügen würde, wie er es geplant hatte.

»Mister Paul«, kam es dann auch schließlich. »Ihr habt Euch sehr verdient gemacht, indem Ihr mein Leben gerettet und diese Bastarde unschädlich gemacht habt. Dafür steht Euch eine Belohnung zu.«

Noch immer starrte Kurt auf seine nackten, von Schmutz und Unrat verkrusteten Füße, damit dieser Rotrock nicht den Triumph in seinen Augen las.

»Habe ich richtig verstanden, dass Euch die Sache der Aufständischen vollkommen gleichgültig ist und Ihr Euch diesen nur aus der Not heraus angeschlossen habt?«

»Genauso ist es.«

»Und Ihr wäret bereit, Euren früheren Kameraden und deren Zielen abzuschwören, um Euch ganz in die Sache des britischen Königs zu stellen?«

Beinahe hätte Kurt laut aufgelacht, so sehr amüsierte es ihn, wie glatt sein Plan aufgegangen war. Er hätte nicht gedacht, dass dieser blasierte Kerl derart leicht aufs Kreuz zu legen wäre. Wenige großartige Worte, ein paar eindrucksvolle Gesten, und schon hatte er ihn in der Tasche gehabt.

»Nichts lieber als das.« Erst jetzt blickte Kurt wieder auf und bemühte sich, so viel Begeisterung und Aufrichtigkeit wie möglich in seine Worte zu legen. »Es wäre mir eine Ehre.«

Mit boshafter Freude beobachtete er dann, welche Genugtuung plötzlich im Gesicht des anderen lag, wie stolz er darüber zu sein schien, alles so klug eingefädelt, einen solch großartigen Fang gemacht zu haben. Wenn er wüsste ...

»Nun denn ..., Mister Paul, als Dank für Eure große Tapferkeit, das Leben eines Offiziers der britischen Krone gerettet zu haben, gewähre ich Euch hiermit Amnestie, vollkommene Straffreiheit unter der Bedingung, dass Ihr Euch dafür in den Dienst der britischen Krone stellt, als mein persönlicher Bursche, Berater und – *Informant*. Seid Ihr dazu bereit?«

»Sir ... ich ...« Es kostete Paul all seine Überwindung, weiterhin den unterwürfigen Gefangenen zu spielen. »Ich stehe zu Euren Diensten.«

»Gut.« Der Ausdruck von Zufriedenheit in Huntleys Gesicht war in plötzliche Ungeduld umgeschlagen, als er ihm das Glas hinschob. »Hier, trinkt einen Schluck darauf. Ich werde derweil Anweisung erteilen, Euch die Fesseln abzunehmen sowie für ein Bad und eine warme Mahlzeit zu sorgen.« Unvermittelt war er aufgestanden und wandte sich zum Gehen. »Eure Bereitschaft zur Zusammenarbeit freut mich außerordentlich.«

Ein falsches Lächeln auf den Lippen, griff Kurt mit den gefesselten Händen nach dem Glas. »Die Freude ist ganz auf meiner Seite.«

KAPITEL 8

Die Wucht des Schlages ließ Lorenz' gesamten Körper erbeben. Mit grimmiger Genugtuung sah er, wie der angespitzte Holzpflock sich tiefer in die trockene Erde bohrte, ehe er erneut mit dem Hammer ausholte und sein ganzes Körpergewicht in den Hieb legte.

Zufrieden betrachtete er sein Werk, wischte sich mit dem Ärmel den Schweiß von der Stirn und schöpfte eine Kelle Wasser aus dem neben ihm stehenden Trog. Die erste goss er sich über den Kopf, dann nahm er eine weitere und trank durstig, während ihm die Tropfen über Gesicht, Haar und Nase liefen. Dabei glitt sein Blick über die endlos scheinenden Felder mit Getreide, Kartoffeln und Kohl, die sich bis zum Horizont erstreckten. Ein Anflug von Stolz erfüllte ihn, denn vieles davon hatte er selbst gesät und angepflanzt, die jungen Triebe mit eigenen Händen gepflegt und von Unkraut frei gehalten. Nun standen sie in vollem Saft und wurden mit jedem Tag größer und kräftiger, bis sie nach der Ernte die Vorratsräume und Scheunen für den Winter füllen würden.

Unwillkürlich musste Lorenz grinsen. Er schien auf dem besten Weg zu sein, ein Bauer zu werden. Und obgleich er hier keinen Spiegel besaß, wusste er, dass er nach zehn Monaten in Gefangenschaft wohl auch so aussah. Seine Haut war von der Arbeit unter freiem Himmel braun gebrannt, seine Hände rissig und mit Schwielen bedeckt. Da die Essensrationen, die er und die anderen Gefangenen bekamen, zwar einfach, aber sättigend waren, hatte er sich rasch an die körperliche Arbeit gewöhnt. Er half einer Farmerin mit ihren drei Kindern, deren Mann in der Kontinentalarmee gegen die Briten kämpfte. Seine Verletzungen aus der Schlacht waren schon lange abgeheilt. Nur wenn das Wetter umschlug, spürte er bisweilen noch ein verräterisches Ziehen in Schulter und Knie, das ihn daran erinnerte, dass er eigentlich Soldat war, ein Offizier genau genommen. Doch von Letzterem hatte er niemanden überzeugen können und es schließlich aufgegeben.

Er griff sich in den Nacken und band die Haare, die sich während der Arbeit gelöst hatten, wieder mit dem Lederband zusammen, packte den schweren Hammer und schickte sich an, die restlichen Pfosten der Umzäunung in die Erde zu schlagen, um bis Sonnenuntergang damit fertig zu sein. Zu seinem Erstaunen genoss er die harte Arbeit, und bisweilen bereitete es ihm eine diebische Freude, sich vorzustellen, welchen Tobsuchtsanfall sein Vater bekommen würde, wenn er seinen Sohn hier schuften sehen könnte wie einen einfachen Knecht. Zwar vermisste Lorenz durchaus die Annehmlichkeiten des guten Lebens wie teuren Wein oder saftigen Braten, ganz zu schweigen von einem guten Buch oder einem Theaterbesuch, doch empfand er bei dieser körperlichen Schinderei oft eine Zufriedenheit, die er zuvor nicht gekannt hatte.

Ein ständiger Stachel im Fleisch blieb ihm allerdings die Demütigung, ein Gefangener zu sein, ein von den einheimischen Rebellen verachteter Söldner. Obgleich er und die anderen Männer sich tagsüber auf den Feldern und Höfen frei bewegen konnten, wurden sie nachts wie Vieh in eine Scheune gepfercht und eingeschlossen. Da es in der Vergangenheit immer wieder zu Fluchtversuchen gekommen war, trugen sie Fußeisen. Und das Gewicht dieser Ketten erinnerte Lorenz täglich aufs Neue daran, wie trügerisch das Gefühl von Freiheit war, das ihn manchmal beim Anblick des riesigen, endlos scheinenden Landes überkam.

»Bist noch nicht fertig für heute, was, Mann?«

Lorenz ließ den Hammer sinken, wischte sich den Schweiß von der Stirn und drehte sich um. Er war so in seine Aufgabe vertieft gewesen, dass er Carl, einen seiner Mitgefangenen, nicht hatte kommen hören.

In dessen Blick lag ein Ausdruck, der Lorenz sagte, dass ihm etwas auf der Seele brannte. So legte er sein Werkzeug beiseite, setzte sich ins Gras, lehnte sich mit dem Rücken an einen der Pfosten und nickte dem anderen aufmunternd zu.

Ohne sein Zutun hatte es sich mit der Zeit ergeben, dass Lorenz, wohl wegen seiner Sprachkenntnisse und seines selbstsicheren Auftretens, eine Vertrauensposition bei den Gefangenen genoss.

Verlegen knetete Carl den Saum seines schmutzigen Hemdes. »Weißt du was? Ich hab die ganze Zeit drüber nachgedacht, hin und her überlegt habe ich. Und, hm, ich glaub, ich mach's.« Fast schuldbewusst blickte er zu Boden.

»Was willst du machen?«

»Na, du weißt doch. Sie bieten doch jedem Mann, der zu ihnen überläuft, Land und Freiheit und so...« Er hustete. »Verdammt, ich hab mir gedacht, wenn ich schon hier feststecke und ackere wie zu Hause...«, es schien ihm schwerzufallen, weiterzusprechen, »... dann kann ich auch gleich ganz hierbleiben und das Beste draus machen. Eh sie mich womöglich noch erschießen oder so. Is' gar nicht so schlecht hier, wenn man sich mal an alles gewöhnt hat, oder?«

Da also lag der Hund begraben.

Der gute Carl wollte fahnenflüchtig werden, der Kriegsgefangenschaft und allen damit verbundenen Folgen durch Überlaufen auf die generische Seite entgehen. Nach allem, was

Lorenz von ihm wusste, war seine Familie bettelarm, und es gab keinen Hof oder Land, das er nach seiner Rückkehr in die Heimat bewirtschaften konnte. So war es verständlich, dass er den Versprechungen auf Besitz und ein gesichertes Auskommen im Land der Kolonisten erlegen war. Und jetzt kam er zu ihm, um sich sozusagen die Absolution erteilen zu lassen.

Aber darauf konnte er lange warten. Lorenz spürte, wie Wut in ihm hochstieg. Er sprang auf, um den jungen Mann wegen seiner Treulosigkeit zurechtzuweisen. Wie konnte er aufgrund eines billigen Versprechens des Feindes seine Pflicht vergessen, den Eid, den er geleistet hatte, seine Ehre, seine ...

»Und die Esther hat gesagt, wenn ich erst mal frei wär, würde sie mit ihrer Mutter sprechen wegen uns und ... hm, sie ist wirklich ein nettes Mädel, die Esther, auch wenn sie immer von Unabhängigkeit und so faselt.«

Lorenz' Zorn verrauchte so schnell, wie er gekommen war. Esther war die jüngste Tochter der Farmerfamilie, bei der Carl arbeitete. Einfache Leute, die auf Hilfe angewiesen waren, da die Männer sich mit der Kontinentalarmee im Krieg befanden. Lorenz war schon aufgefallen, dass sich die junge Frau häufig in der Nähe der Gefangenen aufhielt, ihnen Wasser und Lebensmittel auf das Feld brachte und gern noch auf ein Gespräch blieb. Also wollte Carl nicht nur der Gefangenschaft entgehen, sondern obendrein auch noch eine nette, kleine Rebellentochter als Ehefrau ergattern. Verrückte Liebschaften, die ein Krieg so mit sich brachte. Nur, dass manche sich nie erfüllen konnten.

So wie bei ihm und Anna. Großer Gott, *Anna!*

»Tu, was du nicht lassen kannst.« Lorenz glaubte selbst kaum, was er sich da sagen hörte. Wieso versuchte er nicht, den Mann vom Überlaufen abzuhalten, wie es seine Pflicht gewesen wäre? »Du musst selbst entscheiden, was du willst.« Ruckartig wandte er sich um und machte sich wieder daran, mit dem Hammer auf einen erst halb in der Erde steckenden Pfosten einzuschlagen.

Anna und er. Wie Blitze durchfuhren wilde Gedanken seinen Kopf. Gäbe es in diesem aufständischen Land vielleicht auch für sie eine Möglichkeit, ein Paar zu werden? Trotz allem, was sie trennte? Trotz ihres unterschiedlichen Glaubens? Trotz der schier unüberwindbaren Kluft des gesellschaftlichen Standes?

»Nun sag doch schon.« Heftig schüttelte Carl ihn an der Schulter. »Denkste, ich mach 'nen Fehler, wenn ich jetzt abhau? Ich mein, was ist, wenn die den Krieg gewinnen, die Engländer? Wenn die mich dann hier finden, bei ihren Gegnern?«

Unwirsch riss Lorenz sich los. Es kostete ihn Mühe, den jungen Soldaten anzusehen. »Hör auf, mich in deine Sache hineinzuziehen, Kerl! Du musst selbst wissen, wie ernst es dir mit deinem Mädchen ist. Also geh und regele deine Angelegenheit gefälligst allein!«

Einen Augenblick blieb der andere wie vom Donner gerührt stehen. Dann grinste er jedoch über das ganze Gesicht und salutierte. »Jawoll, hab verstanden ...«

In das Schlurfen seiner Ketten mischte sich ein unmelodisches Pfeifen, als Carl sich auf den Rückweg machte.

Verräter, dachte Lorenz, als er ihm nachblickte. *Glückspilz*, fügte er gleich darauf hinzu. Carl wusste zumindest, wo er den Rest seines Lebens verbringen, an wessen Seite er abends einschlafen und morgens aufwachen würde. Selbst wenn dieses Leben ihm nicht viel mehr versprach als Tag für Tag harte Arbeit. Doch war Carl ohnehin nichts anderes gewöhnt.

Lorenz schickte sich an, auch noch den letzten Pfosten in

die Erde zu schlagen, aber diesmal konnte selbst die körperliche Anstrengung nicht seine Gedanken, den Tumult, der in seinem Inneren tobte, vertreiben.

Wäre er bereit, alles hinter sich zu lassen, Familie und Heimat, um in der Fremde mit der Frau, die er liebte, ein neues Leben zu beginnen? Schließlich hatte er bedeutend mehr zu verlieren als der junge Carl, der nichts besaß und nichts erhoffte, dafür aber eine Gelegenheit erkannte, wenn sie sich ihm bot, und schlau genug war, sie auch zu ergreifen.

Wütend warf Lorenz den Hammer beiseite, räumte das Werkzeug zusammen und schüttelte entschieden den Kopf. Hirngespinste. Alles nur Hirngespinste! Bisher hatte Anna mit keiner Silbe angedeutet, dass sie es überhaupt in Betracht zog, ihre Zukunft mit ihm zu teilen. Abgesehen davon war er kein Verräter und würde um nichts in der Welt den Eid brechen, den er geleistet hatte.

*

Sie musste weiter, immer nur weiter! Auch wenn sie sich vor Erschöpfung kaum noch aufrecht halten konnte. Es war ihre einzige Chance. Ihre einzige Chance, Andersons Grausamkeiten und Demütigungen zu entgehen. Wahrscheinlich sogar ihre einzige Möglichkeit zu überleben.

Roses Füße waren blutig, ihre Beine drohten ihren Dienst zu versagen, und doch lief sie weiter, immer weiter, ohne wirklich zu wissen, wohin. Richtung Norden wollte sie, und der Nordstern zeigte ihr bei klarem Himmel den Weg.

Sie wusste weder, wie viele Tage sie nun schon unterwegs war, noch, wo sie sich befand. Wurde es Nacht, lief sie weiter, sobald der Morgen graute, verbarg sie sich irgendwo: in einem Gebüsch, im Wald, in einer leer stehenden Scheune.

Der knappe Proviant war längst aufgezehrt. Doch jetzt war das Obst reif, wilde Pilze und Beeren wuchsen überall. Einmal hatte sie in einem entlegenen Schuppen sogar Hühnernester entdeckt und gierig ein paar Eier ausgeschlürft. Dennoch war sie ständig hungrig. Sie hatte schon viel an Gewicht verloren, und das zerrissene Kleid hing formlos um ihren Körper.

Nirgends konnte sie Ruhe finden. Selbst wenn ihr vor Müdigkeit die Augen zufielen, wenn sie tagsüber schlief, erwachte sie oft durch schreckliche Bilder, die so entsetzlich waren, dass sie laut schreiend und schweißgebadet auffuhr und einige Zeit brauchte, um zu begreifen, dass sie nur geträumt hatte. Dass sie nicht mehr von Anderson gequält und missbraucht wurde, sondern frei war.

Frei? Zumindest vorläufig.

So lange, bis die Bluthunde ihre Spur aufgenommen und sie eingeholt hätten. Bis irgendjemand sie trotz all ihrer Vorsicht entdeckte, erkannte, *was* sie war, und sie an die Miliz verriet, in der Hoffnung, ein paar Münzen zu ergattern. *Auf was hatte sie sich nur eingelassen?*

Die Nacht war noch lange nicht zu Ende, aber Rose sank erschöpft zu Boden, schloss die Augen und wartete.

✳

Der Sommer war vorüber, und der Herbst zog ins Land. Obgleich noch immer kein Ende des Krieges in Sicht war, blieb Philadelphia weiterhin von Kämpfen oder Belagerungen verschont. Zwar herrschte weiterhin Knappheit an Importwaren, Luxusgütern und verschiedenen Nahrungsmitteln, denn die Truppen mussten versorgt werden, und viele der Bauern lieferten ihre Erzeugnisse lieber an die Armee als an die umliegenden Städte. Doch abgesehen davon ging alles seinen gewohnten Gang.

Über ein Jahr lebte Anna nun schon in der Hauptstadt der Rebellen. Hier, wo auch der Kontinentalkongress seinen Sitz hatte und immer wieder wichtige Meldungen eintrafen und hinausgingen, schien das Herz der jungen Nation zu schlagen. Obwohl sie Lorenz vermisste, war Anna mit ihrem Leben hier nicht unzufrieden. Seit jenem seltsamen nächtlichen Zwischenfall im Frühjahr, über den danach nie ein Wort verloren worden war, hatte sie nichts Ungewöhnliches oder Auffälliges mehr im Hause ihres Gastgebers bemerkt.

Dafür lernte sie Emmett immer besser kennen und schätzen. Während einer der seltenen Gelegenheiten, bei denen sie abends müßig zusammensaßen, hatte sie erfahren, dass er seine Kindheit in Ulster, einem Gebiet im Norden Irlands, verbracht hatte. Erst kurz vor seiner Geburt war seine Familie, die ursprünglich aus Schottland stammte, dorthin übergesiedelt. Nach dem frühen Tod seiner Eltern war er im Alter von knapp zwanzig Jahren mit einer Gruppe Quäker nach America ausgewandert.

Es sprach für Emmetts Toleranz und Weltoffenheit, dass ihn eine langjährige Freundschaft mit Dr. Sullivan verband. Von Father Seán wusste Anna, dass es mit den Beziehungen zwischen den angestammten irischen Papisten und den zumeist protestantischen Ulsterschotten nicht immer zum Besten stand. Doch leistete Dr. Sullivan im Hospital wirklich hervorragende Arbeit, die Anna täglich mehr bewunderte. Unter seiner Anleitung verschaffte ihr die Pflege der Kranken eine tiefe Befriedigung. Häufig war so viel zu tun, dass sie erst bei Anbruch der Dunkelheit nach Hause kam.

An diesem Nachmittag jedoch hatte es keine Notfälle gegeben, sodass sie früher als sonst aufbrechen konnte. Zu ihrer

Freude war es ihr gelungen, auf dem Heimweg Zucker, Melasse, weißes Mehl und einen großen Beutel Tee zu erstehen. Sie wollte für Emmett einen Kuchen backen und eine gemütliche Teetafel herrichten. Sie hoffte, ihn damit ein wenig von seinen Sorgen ablenken und dazu bewegen zu können, sich Zeit zu nehmen, ihr noch mehr von seinem bewegten Leben und seinem Glauben zu erzählen. Obgleich sich die Traditionen und Lehren der Quäker von denen der Mennoniten in einigen Punkten unterschieden, tat es doch gut, mit einem Menschen reden zu können, der in vielen Bereichen ähnlich dachte wie sie.

In leiser Vorfreude öffnete sie die Haustür, legte den Umhang ab und betrat die kleine Küche auf der Hinterseite des Hauses. Es überraschte sie, dort zwei Laibe frisches Brot und einen großen, in Pfefferkruste gehüllten Schinken vorzufinden. Dann hörte sie angeregte Stimmen, die aus dem Inneren des Hauses kamen. Sie beeilte sich, einen Kessel mit Wasser auf die Feuerstelle zu setzen, rieb sich die Hände an ihrer Schürze ab und ging dann durch den Flur zu dem kleinen Salon, um zu sehen, ob Emmett Gäste hatte, die es zu bewirten galt.

Zwei gesetzte Herren, der eine klein und gedrungen, der andere etwas jünger und hager, saßen in Rock und Kniehose aus einfachem dunklen Tuch Emmett gegenüber, der in angespannter Haltung seine Tabakspfeife in der Hand hielt. Rote Flecken hatten sich auf seinem Gesicht gebildet, und die Tatsache, dass er den Gentlemen noch nicht einmal eine Tasse Tee angeboten hatte, zeigte Anna, wie ungewöhnlich – oder unangenehm – dieser Besuch für ihn sein musste.

»Ich habe mich oft genug in die Illegalität begeben, als dass dies noch eine Rolle spielen würde«, hörte sie Emmett sagen. »Um meine Verschwiegenheit in der Angelegenheit braucht ihr euch also nicht zu sorgen.«

Zustimmend nickte einer der Fremden. »Das hätten wir nicht anders erwartet. Ihr seid ein mutiger Mann.«

»Der eine Schuld abzutragen hat.«

»Die Schuld einer ganzen Nation!«, mischte sich nun der Jüngere ein. Wie auch der andere Gast sprach er mit deutlich hörbarem deutschen Akzent. »Und dieser Dorn muss aus dem Fleisch herausgerissen werden, ein für allemal. Oder . . .«

»Guten Tag.« Obgleich Anna leise gesprochen hatte, schien ihre Stimme wie ein Donnerschlag über die Männer hinwegzugehen. Der Gesichtsausdruck der beiden Fremden wechselte von Erregung zu Verwirrung und dann offenem Schrecken.

Das betretene Schweigen, das sich im Salon ausgebreitet hatte, ließ Anna frösteln. Ohne sich ihre Überraschung anmerken zu lassen, trat sie ein paar Schritte näher. »Ich wollte nicht stören, ich bitte um Entschuldigung. Darf ich den Herren vielleicht eine Tasse Tee bringen oder etwas Gebäck?«

Ein Räuspern, dann schüttelte der Mann, der eben noch so flammend geredet hatte, den Kopf, wich ihrem Blick aber aus.

»Das ist sehr freundlich, aber nein. Wir müssen jetzt gehen.«

Hastig setzte der Ältere seinen Hut auf und erhob sich. Mit einem Blick auf Emmett meinte er: »Wir sind uns einig?«

Langsam schob sich dieser die Pfeife in den Mund und nickte. »Du kannst dich auf uns verlassen, Freund.«

»Wie immer.« Eilig stand nun auch der Jüngere auf und wandte sich zum Gehen. »Wir empfehlen uns.«

Mit einem kurzen Gruß an Anna, die wortlos daneben stand, verschwanden die beiden.

Beunruhigt sah sie zu Emmett hinüber, der auf seinem Stuhl saß und gedankenverloren an der Pfeife zog, schließlich ihren Blick auffing und erwiderte.

»Nun, Kleines, wieder etwas, das du nicht verstehst?«

Stumm nickte Anna und versuchte, ihre Erschütterung zu verbergen. Zwar wusste sie nicht, wovon sie gerade Zeuge geworden war, doch musste es sich um eine Angelegenheit von großer Tragweite handeln. Etwas Gefährliches, Verbotenes, etwas, von dem sie besser nichts erfahren hatte.

Wieder kam ihr Emmetts ungewöhnliches Verhalten in den Sinn, als sie ihn im vergangenen Herbst nachts in der Druckerei überrascht hatte. Dann die seltsamen Stimmen im Haus, für die sie noch immer keine Erklärung gefunden hatte, die geheime Luke zum Dachboden. Und nun diese Männer.

Was hatte der alte Drucker, der ihr stets so gütig und freundlich erschien, zu verbergen? Ging es doch um den Krieg? Auf welcher Seite stand Emmett eigentlich?

Ein Gefühl der Kälte ergriff von ihrem ganzen Körper Besitz, während sie zurück zur Küche ging, mit einem Tuch den kochenden Kessel vom Herd nahm und sich einen Tee aufbrühte. Doch auch dieser konnte das Frösteln in ihrem Inneren nicht vertreiben, ebenso wenig das schmerzhafte Gefühl, niemandem auf der Welt mehr vertrauen zu können.

»Was sagst du, Sklavenbefreiung?«

Fassungslos starrte Anna erst Emmett an und dann Amanda, die mit ihnen zusammen das Abendessen eingenommen hatte.

Die Nacht war hereingebrochen, die Kerze auf dem Tisch verbreitete ein flackerndes Licht. Nachdem die beiden Gäste gegangen waren, hatte Anna nicht den Mut aufgebracht, Emmett auf den Vorfall anzusprechen. Doch als später Amanda zur gewohnten Stunde kam und man gemeinsam zu Tisch saß, hatte der alte Quäker sein Schweigen gebrochen.

Ungläubig hatte Anna zugehört, als er von geheimen Aktivitäten in Philadelphia berichtete, deren Ziel es war, die Sklaverei abzuschaffen und entlaufenen Schwarzen Zuflucht und Hilfe zu gewähren. Zusammen mit Amanda unterstützte Emmett diese Bewegung tatkräftig. Er versorgte Entlaufene mit gefälschten Papieren, die diese als freie Schwarze auswiesen, vermittelte ihnen Arbeit bei vertrauenswürdigen Freunden oder sorgte dafür, dass sie weiter ins spanische oder indianische Territorium gelangen konnten. Gelegentlich versteckte er sie sogar in seinem eigenen Haus.

Also waren die seltsamen Geräusche, das Weinen und Flüstern, das Anna in jener Nacht gehört hatte, nicht ihrer Fantasie entsprungen. Und wenn Emmett bisweilen noch spät nachts hinter verschlossenen Läden in seiner Werkstatt arbeitete, druckte er Aufrufe zur Abschaffung der Sklaverei oder gefälschte Freilassungsurkunden.

»Du siehst überrascht aus.« Ein gütiges Lächeln glitt über Emmetts Gesicht. »Missbilligst du, *was* wir tun, oder heißt du lediglich unsere Methoden nicht gut?«

Anna überlegte, was sie darauf erwidern sollte. Da sie die Sklaverei verabscheute, fand sie es bewundernswert und mutig, sich für ihre Abschaffung einzusetzen. Doch konnte sie nicht fassen, dass sie von dem, was sich all die Monate im Hause ihres Gastgebers abgespielt hatte, nichts geahnt hatte.

»Die beiden Fremden heute«, sagte sie, »das waren deutsche Mennoniten, nicht wahr?«

Emmett nickte. »Was dich nicht verwundern sollte. Nicht nur Quäker kämpfen für die Freiheit der Sklaven. Schon lange vor ihnen waren es Einwanderer aus Deutschland, die das erste Manifest zur Abschaffung der Sklaverei verfasst haben. Durch ihren Einsatz, ihre Ideale sind all diese Aktivitäten erst ins Leben gerufen worden.«

»Deshalb habt ihr mich also aufgenommen, obwohl ihr wusstet, dass ich eine entlaufene Schuldmagd bin.« Anna suchte nach den richtigen Worten. »Doch überrascht es mich zu hören, dass Quäker bei derart gesetzeswidrigen Aktivitäten ihre Hände im Spiel haben. Ich habe immer geglaubt, sie hielten sich im Allgemeinen aus politischen Angelegenheiten heraus oder stünden treu zum geltenden Recht und der britischen Krone.«

Wieder dieses tiefsinnige Lächeln. »Das ist nur eine Seite der Medaille. Tatsächlich sind gerade unter uns nicht wenige der Meinung, Hochachtung, Respekt und Loyalität gebührten nur Gott, keiner irdischen Macht, selbst wenn diese von sich selbst sagt, sie sei durch den Allerhöchsten legitimiert. Viele unserer Glaubensgenossen haben deswegen bereits im Gefängnis gesessen oder wurden verfolgt. Nicht nur in England, auch hierzulande.«

Nachdenklich nickte Anna. Eine ähnliche Ansicht hatte auch ihr Vater vertreten und sich damit nicht nur Freunde gemacht. Und wenn sie an die unmenschlichen Zustände auf Huntleys Plantage dachte, wo Menschen schlechter als Vieh behandelt wurden, brandete Zorn in ihr auf. Nein, das konnte nicht Gottes Wille sein.

»Wenn ich darf . . .«, begann sie. Noch immer war ihr Mund trocken, und so nahm sie einen weiteren Schluck Tee. »Wenn ihr es mir erlaubt, würde ich euch gerne helfen.«

»Bist du dir sicher?« Das Erstaunen war deutlich auf Amandas Gesicht zu lesen, gepaart mit einem Anflug von Zweifel. Ob sie ihr misstraute?

»Ich habe Knechtschaft am eigenen Leib erfahren und auch gesehen, was Menschen erdulden müssen, nur weil ihre Haut schwarz ist.« Sie dachte an Noah, den Anderson auf Befehl halb tot geprügelt hatte, weil er es gewagt hatte, sie vor dem

Master zu schützen. Fest sah sie Emmett an. »Außerdem gibt es nicht viel, was ich noch zu verlieren hätte.«

Das Lächeln des Quäkers war wie ein wärmendes Licht. »Überlege es dir gut! Womöglich bringst du dich dabei selbst in Gefahr.«

Einen Moment horchte Anna in sich hinein, spürte jedoch keine Furcht, nur Entschlossenheit. Sie nickte. »Ich kenne das Risiko. Doch die Sache ist es wert. Also, was kann ich tun, um euch zu unterstützen?«

Viertes Buch – Zwischen den Fronten

November 1779 bis März 1781

Pennsylvania,
North und South Carolina

KAPITEL I

Nahe Philadelphia, Ende November 1779

Die gefrorene Erde knirschte unter Annas Füßen, als sie Amanda durch die Dunkelheit folgte. Im Licht des Mondes zeichneten sich die Atemwolken gespenstisch vor ihren Gesichtern ab, Frost legte sich in feinen Kristallen auf Hauben und Haar. Doch in wenigen Schritten hatten sie die Schuppen erreicht, in denen die Gerätschaften für die Feldarbeit den Winter über gelagert wurden. Erst am Abend zuvor hatte Emmett die Nachricht erhalten, dass einige seiner Mitstreiter eine entlaufene Sklavin aufgegriffen und ihr vorübergehend in einem dieser Schuppen Unterschlupf verschafft hatten. Nun sollte die Frau mit Nahrung und Papieren versorgt und dann an einen sicheren Ort gebracht werden.

Es war das erste Mal, dass Anna Amanda auf einem dieser gefährlichen Wege begleitete. Wie Trommelschläge spürte sie das Herz gegen ihre Brust hämmern, während sie sich der verschlossenen Tür näherten. Als Amanda sie aufschob, ertönte ein lautes Quietschen, das Anna zusammenfahren ließ.

Der Geruch von getrocknetem Heu mischte sich mit dem menschlicher Ausdünstungen. Im Inneren des Schuppens war kein Geräusch zu vernehmen, es brannte auch keine Kerze, und doch glaubte Anna, die Anwesenheit eines Menschen fast körperlich zu spüren. Eine unerklärliche Furcht überfiel sie, die feinen Nackenhärchen stellten sich auf, und eine Gänsehaut lief ihr über den Rücken.

»Du kannst rauskommen. Wir sind hier, um zu helfen. Hab keine Angst.« Amandas Stimme war sanft und beruhigend.

Nichts geschah, kein Geräusch, keine Regung, doch glaubte Anna, ein unterdrücktes Atmen von der anderen Seite des Raumes zu hören.

Rasch stellte Amanda ihre Laterne auf dem Boden ab, breitete ein Tuch daneben aus und begann, die mitgebrachten Lebensmittel, Brot, ein Stück Schinken, Käse sowie einen Krug mit Wasser, darauf zu verteilen.

»Es gibt gute Nachrichten. Freunde von uns sind bereit, dich in Sicherheit zu bringen.«

Ein paar schräg an die Wand gelehnte Bretter bewegten sich, und zögernd schob sich eine schmale Gestalt dahinter hervor. Als Schutz gegen die Kälte war sie fast vollständig in eine Decke gehüllt. Darunter trug sie ein zerschlissenes Wollkleid. Im schwachen Licht der Laterne konnte Anna das Gesicht nicht erkennen. Doch etwas an den Bewegungen, der Art, wie die Sklavin den Kopf hielt, sich trotz ihrer offensichtlichen Angst und Schwäche geschmeidig bewegte, weckte eine unangenehme Erinnerung in ihr.

Auf ein Zeichen Amandas hin setzte die Frau sich auf den Boden und brach sich vorsichtig ein Stück Brot ab.

»Du brauchst keine Angst mehr zu haben«, sagte Amanda. »Mein Schwager ist gerade dabei, die notwendigen Papiere für dich anzufertigen. Die schützen dich, selbst wenn ihr unterwegs aufgehalten werden solltet. Einen Tag musst du noch hier im Schuppen aushalten. Morgen Nacht bring ich dich an einen bequemeren Ort. Da bist du in Sicherheit, bis ihr aufbrechen könnt.«

Stumm folgte Anna den Bewegungen der jungen Schwarzen, die mit offensichtlichem Hunger Brot, Käse und Schinken verspeiste, ohne dabei aufzusehen. Die Erklärungen Amandas beantwortete diese nur mit einem kurzen Nicken.

Soweit man es unter der Decke erkennen konnte, war sie

sehr dünn, ja abgemagert. Im schwachen Licht der Kerze sah Anna die vernarbten Spuren von Verletzungen an Handgelenken und Unterarmen, und sofort regten sich in ihr Mitleid und der Wunsch zu helfen.

Ohne zu zögern, ging sie auf die junge Frau zu, beugte sich zu ihr hinunter und sagte: »Lass mich nach deinen Armen sehen. Ich werde dir eine Salbe dafür geben.«

Bei ihren Worten hielt die Angesprochene in ihrer Bewegung inne, der Käse, den sie in der Hand hielt, rollte zu Boden, und eine Weile rührte sich nichts, so als wäre die junge Sklavin zur Statue erstarrt. Anna fragte sich, was an ihren Worten sie so erschüttert haben mochte.

Dann jedoch hob die Fremde den Kopf, der Schein der Kerze traf ihr Gesicht, und Anna spürte, wie ihr Herz einen Schlag lang aussetzte. Vor ihr auf der Erde saß Rose. Anna glaubte, ihre Beine würden unter ihr nachgeben. Unfähig, etwas zu sagen, starrte sie Rose an, die sich allmählich von ihrer Überraschung zu erholen schien, obgleich ihr Gesicht noch immer starr wirkte.

»Kennt ihr euch?« Anna spürte Amandas fragenden Blick auf sich gerichtet.

Schwerfällig richtete sie sich auf, wusste nicht, was sie antworten sollte. Ihre Gefühle schwankten zwischen Mitleid mit der halb erfrorenen Gestalt zu ihren Füßen und dem bitteren Groll, wenn sie darüber nachdachte, wie viel Schmerz diese Frau ihr zugefügt hatte.

»Ich ...«, begann sie zögernd, »also, ich meine ...« Ihre Stimme erstarb.

Amanda griff zur Laterne und beugte sich zu der jungen Sklavin hin, um sie näher anzuschauen.

Flackerndes Licht huschte über die feinen, jedoch von Schmutz, Kälte und Hunger gezeichneten Gesichtszüge der

Schwarzen, deren Augen gerötet waren und fiebrig glänzten. Ein Ruck ging durch Amandas Körper. Ihr Gesicht nahm einen Ausdruck von Ungläubigkeit an, der sich schließlich in Entsetzen verwandelte, sodass die sonst so robuste Frau beinahe zurücktaumelte.

»Rose?« Es klang wie ein erstickter Aufschrei. Als hätte man ihr die Luft abgedrückt, fuhr Amanda mit der Hand zum Hals und schien noch eine Spur blasser zu werden. Ihr Mund öffnete sich, doch kein Ton kam heraus.

Verwirrt sah Anna von einer zur anderen. Auch auf Roses Zügen breitete sich langsam Erkennen aus. Fassungslos starrte sie die Quäkerin an, ihre Lippen formten deren Namen. Dann jedoch schüttelte sie den Kopf und schloss die Augen. Als sie diese wieder öffnete, schimmerten Hass und Tränen in ihnen, ihr Körper versteifte sich.

»Ich muss hier weg!« Ruckartig sprang sie auf, wobei sie den Krug umstieß, dessen Inhalt sich auf den Holzboden ergoss. »Lasst mich vorbei!« Mit fahrigen Bewegungen schlug Rose ihren Umhang enger um die Schultern und wollte zur Tür stürzen. Amanda packte sie jedoch am Arm und hielt sie zurück.

»Wo willst du denn hin?« Ihre Stimme klang belegt, noch immer schien sie um Beherrschung zu kämpfen. »Es gibt jemanden, der dich sehen möchte, mehr als alles auf der Welt.«

Der hasserfüllte Ausdruck auf Roses Gesicht vertiefte sich, während sie versuchte, sich loszureißen. »Lieber falle ich den Sklavenfängern in die Hände!«

Mit aller Kraft hielt Amanda die junge Schwarze fest. »Lass doch die Dummheiten, Kind! Hast du nicht schon genug durchgemacht?«

Roses zorniger Aufschrei klang fast wie ein Schluchzen. Ihre Augen gingen zur Tür, doch dann schien sie die Hoffnungslosigkeit ihrer Situation zu erkennen. Ihre Schultern sackten zusammen, sie nickte schwach und wurde sogleich von Amanda, die ihr leise Worte zuraunte, mütterlich in den Arm genommen.

Annas Verwirrung war vollkommen. Woher kannten sich die beiden Frauen? Und wer wollte Rose unbedingt sehen?

Das Licht einer Kerze, die in Emmetts Druckerei noch brannte und schwach durch die von Eisblumen bedeckten Sprossenfenster schimmerte, wirkte auf Anna tröstlich und beunruhigend zugleich. Würde sie nun endlich erfahren, was Amandas Verhalten, ihre seltsamen Andeutungen zu bedeuten hatten?

Schweigend hatten sie den Weg zurückgelegt, Rose noch immer fast bis zur Unkenntlichkeit unter ihrer Decke verborgen, dicht neben Amanda, die sie mit ihrem Arm fest umschlungen hielt, als befürchte sie, die junge Frau könne doch noch weglaufen.

Ein Schwall warmer Luft schlug Anna entgegen, als Amanda die Tür öffnete und die drei Frauen eintraten. Der Geruch von Papier und Druckerschwärze lag im Raum und vermischte sich mit dem des Feuers, das noch schwach im Kamin knisterte.

»Bist du es, Amanda? Einen Augenblick, ich bin gleich bei dir.« Gedämpft kam Emmetts Stimme von der anderen Seite der Werkstatt. Blätter raschelten, Scharniere quietschten, dann tauchte er hinter der großen Presse auf, die Finger schwarz verfärbt, die Lederschürze über Hemd und Kniehosen.

»Ihr seid früh dran.« Die Augen hinter den Brillengläsern wirkten besorgt. »Ist etwas passiert? Seid ihr aufgehalten worden? Hat euch jemand entdeckt? Die Papiere sind noch nicht fertig. Ich muss erst noch …«

»Emmett.« Es war Amanda, die ihn unterbrach, während sie Rose, die sich nicht rührte, vorsichtig ein paar Schritte näher zu ihm hinschob. »Ich weiß, wie lange du für diesen Augenblick gebetet hast. Schau, wen der Herr zu uns geführt hat.«

Ratlosigkeit zeichnete sich auf dem Gesicht des Mannes ab, als er näher trat und die stumme, in eine Decke gehüllte Gestalt ansah. Ein flüchtiges Erkennen flackerte in seinen Augen auf, wandelte sich dann in ungläubiges Erstaunen. Seine Hand ging zu der jungen Frau hin, als wolle er den Stoff, der ihr halbes Gesicht verbarg, beiseiteschieben. Dann hielt er jedoch mitten in der Bewegung inne und zog die Hand zurück, während er langsam den Kopf schüttelte.

Stille entstand. Zähe, sich ausbreitende Stille. Nichts war zu hören außer dem Wind, der an Fenstern und Türen rüttelte und in unregelmäßigen Abständen durch die Ritzen pfiff, das Glas der Scheiben zum Klirren brachte.

»Rose!« Es war Emmett, der das Schweigen brach, seine Hände wieder zu der jungen Frau ausstreckte.

Ruckartig wich diese einen Schritt zurück, als habe sie sich verbrannt. Dabei glitt die Decke zu Boden, und man konnte sehen, wie abgemagert sie war. Ihre ausgeprägten weiblichen Rundungen waren verschwunden, und das, was davon übrig war, verbarg sich in einem vor Schmutz starrenden, fadenscheinigen Kleid. Nichts von ihrer früheren Anmut war mehr zu erahnen.

Doch was sich am meisten verändert hatte, waren Roses Augen. Der hochmütige, stolze Blick war einem Ausdruck von Verletzlichkeit gewichen. Mit einem Mal sah sie aus wie ein verlassenes Kind. Aber gleich darauf versteinerte ihr Ge-

sicht, ihre Züge wurden kalt, und hastig trat sie einen Schritt
zurück.

»Rose ... wie kann ...?«

Noch immer stand Emmett da, die Arme der jungen Frau
entgegengestreckt, in der Geste des Bittstellers. Wie einge-
froren in ein unwirkliches Bild, nicht von dieser Welt: der
gestandene Drucker in flehender Haltung vor einer zerlumpten entlaufenen Sklavin.

»Kind ...« Seine Stimme brach. Suchend glitten seine
Augen über ihr Gesicht, das, so mager und schmutzig es auch
war, wie aus Marmor gemeißelt schien, schön, unbewegt und
kalt. Tränen schimmerten in ihren Augen. Ruckartig wandte
sie sich um.

Als hätte ihn eine Ohrfeige getroffen, wich der alte Mann
zurück. Sein Brustkorb hob sich zitternd, während er die
Hände sinken ließ und einen Schritt auf sie zu machte.

»Lass mich in Ruhe!«

»Rose ... es gibt so viel, was ... Grundgütiger, du bist ...«

Ihr Kopf schnellte herum. »Ich hab gesagt, du sollst mich in
Ruhe lassen!« Wieder dieser Hass in ihren Augen.

Was hatten Emmett und Rose miteinander zu tun?

Einen kurzen Moment lang sah es so aus, als wolle die Sklavin nach draußen stürzen. Doch Amanda trat zu ihr und legte
ihr den Arm um die mageren Schultern, was Rose scheinbar
widerwillig über sich ergehen ließ.

»Komm mit nach oben, Kind. Du bist ausgehungert und
halb erfroren. Ich bereite dir ein Bad und mach dir was zu
essen. Alles andere ...«, sie hob die Hände, »... wird Gott
fügen. Aber nicht mehr heute Nacht.«

Wortlos sah Anna den beiden Frauen nach, als sie die Werkstatt durch die Hintertür verließen.

Das Feuer im Kamin war fast abgebrannt. In der Küche breitete sich allmählich Kälte aus, doch Anna fühlte sich zu benommen, um aufzustehen und Holz nachzulegen. Vor ihr auf dem Tisch stand eine Tasse kalt gewordenen Tees, den sie nicht angerührt hatte. Noch immer war sie damit beschäftigt, die Erlebnisse dieser Nacht zu verarbeiten und zu begreifen, was Emmett ihr erzählt hatte.

Rose war hier! In Emmetts Haus! Nach all den schrecklichen Erlebnissen, die hinter Anna lagen, ihrer Verurteilung, dem Pranger, der Flucht, war nun auch noch Rose, deren Hass sie all das zu verdanken hatte, hier in Philadelphia aufgetaucht.

War es Fügung, dass Roses Flucht sie ausgerechnet zu Emmett geführt hatte? War ihr bekannt gewesen, dass es in Philadelphia eine geheime Organisation zur Befreiung von Sklaven gab? Oder hatte sie, bewusst oder unbewusst, den Weg zurück in ihre alte Heimat gesucht?

Von Emmett hatte Anna erfahren, dass Rose aus Philadelphia stammte. Aber nicht nur das: Sie war seine Tochter! Mit zitternder Stimme hatte ihr der alte Quäker erzählt, was sich vor über zwanzig Jahren zugetragen hatte. Anna konnte es noch immer nicht fassen.

Damals hatte Emmett eine hübsche, weitaus jüngere Frau geheiratet, Amandas Schwester Caroline. Obgleich auch sie der *Religiösen Gesellschaft der Freunde* angehörte, hatte sie darauf bestanden, zur Hilfe in Haus und Garten eine Sklavin zu erwerben.

Zwar sprach es Emmett nicht offen aus, doch musste seine Frau das vollkommene Gegenteil ihrer Schwester Amanda gewesen sein: eitel, selbstgefällig und oberflächlich. Selten hielt es sie im Haus. Die Arbeit ihres Mannes interessierte sie wenig. Stattdessen unternahm sie ausgedehnte Reisen, besuchte

Freunde und entfernt lebende Familienmitglieder. Selbst wenn sie in Philadelphia weilte, zog sie es vor, Gesellschaften zu besuchen, während Emmett in der Druckerei beschäftigt war.

Zunächst hatte dieser noch geglaubt, mit ein wenig Geduld und Verständnis seine junge Frau umwerben, ihre Gefühle wecken und sie für sich gewinnen zu können. Doch nach zwei Jahren rastloser Ehe, in der sie mehr Zeit auf Reisen als mit ihm verbracht hatte, begann seine Hoffnung zu schwinden und sein Gefühl für sie zu erkalten.

Die Zeiten der Trennung und ihre unverhohlene Gleichgültigkeit allem gegenüber, was ihm wichtig war, wurden ihm immer unerträglicher. Und als Caroline im vierten Jahr ihrer Ehe sogar die Weihnachtstage fernab mit der Familie ihres Bruders in New York feierte, war selbst für einen Mann wie Emmett die Versuchung zu groß geworden. Enttäuscht und einsam hatte er Trost in den Armen von Martha, Carolines Sklavin, gesucht, den diese ihm bereitwillig spendete. Ein Weihnachtsfest, das nicht ohne Folgen blieb.

Im September des darauffolgenden Jahres gebar Martha ein kleines Mädchen und verstarb drei Tage später am Wochenbettfieber. Von Trauer und Schuldgefühlen überwältigt, blieb Emmett mit dem Säugling zurück, dem er den Namen Rose gab. Obwohl das Kind vergleichsweise hellhäutig war, schöpfte Caroline keinen Verdacht, nahm die Erklärung, der Vater sei ein städtischer Kutscher, mit dem Martha seit längerer Zeit eine Beziehung gehabt hätte, fraglos hin und widmete sich weiter ihrer Reisetätigkeit.

So wuchs Rose beinahe wie die Tochter des Hauses auf, was zunächst niemanden zu stören schien, auch Caroline nicht. Das änderte sich erst, als diese im darauffolgenden Jahr ebenfalls schwanger wurde und ihrer Tochter Naomi das Leben schenkte. Es war das Kind und nicht die Liebe zu ihrem Mann, die Caroline von nun an zu Hause hielt. Dennoch war Emmett glücklich, nach all der Zeit endlich eine Familie um sich zu haben, die er umsorgen und für die er da sein konnte. Doch statt der erhofften Eintracht nahmen die Spannungen zu, je länger Caroline wegen der kleinen Naomi ans Haus gefesselt war. Hatte sie Rose zuvor kaum Beachtung geschenkt, wachte sie nun mit Argusaugen darüber, dass diese lernte, wo ihr Platz war. Und sie verlangte, dass sie Naomi, der verhätschelten Tochter des Hauses, den nötigen Respekt entgegenbrachte. Emmett tat es weh, zu sehen, wie seine Frau sein erstgeborenes Kind behandelte, doch waren die Schuldgefühle, die er wegen seiner Untreue empfand, so groß, dass er nichts dagegen unternahm.

Als Rose aber zu einer jungen Schönheit heranwuchs und die Ähnlichkeit mit ihrem weißen Vater nicht mehr zu übersehen war, stürzte das ganze Kartenhaus zusammen. Tief gedemütigt ließ Caroline ihre Wut und Enttäuschung über den Betrug ihres Mannes fortan an Rose aus, während sie Emmett nur noch mit Verachtung begegnete.

Kurz vor Roses zehntem Geburtstag hatte Caroline ihren Mann vor die Wahl gestellt: Entweder verließe dieser schwarze Bastard das Haus, oder sie würde gehen.

Zunächst hatte sich Emmett geweigert, Rose aus ihrem gewohnten Leben zu reißen. Doch Caroline beharrte auf ihrer Forderung, nicht länger mit der Erinnerung an ihre Schande unter einem Dach leben zu müssen, und drohte sogar damit, ihm Naomi zu entziehen. Emmett litt unter den wachsenden Spannungen, gab jedoch nicht nach.

Bis zu dem Tag, an dem Caroline schwer erkrankte. Es ging um Leben und Tod, und der Vorwurf seiner Frau, dieser Bastard sei schuld, wenn sie sterben würde, hatte ihn schließlich

dazu bewogen, sein eigenes Kind schweren Herzens wegzuge-
ben. Angeblich zu einer Bauernfamilie, die eine Magd suchte,
aus einem Ort unweit von Philadelphia. Dabei hätte er es besser
wissen müssen. Schon als dieser Kerl Rose abholte – wie hatte
sie sich gewehrt – und ihr die Hände zusammenband. Ohne
einzuschreiten, hatte Emmett das alles verstört und tatenlos
geschehen lassen. Er könne sie ja besuchen, irgendwann einmal, hatte der Mann noch gesagt, nachdem Emmett ihm einen
Geldbetrag zugesteckt hatte, damit es Rose an nichts fehle.

Alles war eine himmelschreiende Lüge gewesen, wie er feststellen musste, als es zu spät war. Der Betrüger hatte Rose in
den Süden verkauft. Und aus Feigheit und Schwäche hatte
Emmett die Augen vor der Wahrheit verschlossen und sein
eigenes Kind der Sklaverei ausgeliefert.

Caroline war nicht mehr zu retten gewesen, und um sein
Unglück vollzumachen, starb kurz darauf seine kleine Tochter Naomi, was ihn in eine abgrundtiefe Verzweiflung stürzte.

Seither lebte Emmett allein mit seiner Trauer und seiner
Schuld, die er in jeder wachen Minute bereute.

Er reiste für einige Monate in seine alte Heimat in Ulster,
was ihm jedoch keine Erleichterung brachte. Und am Tage
seiner Rückkehr nach Philadelphia begann er damit, Rose zu
suchen, wofür er ein Vermögen opferte. Er begründete eine
Gruppe, die sich im Untergrund für die Befreiung der Sklaven
einsetzte, begann, Schriften gegen diese unmenschliche Institution zu drucken, und bot Entlaufenen Unterschlupf.

Umsonst. Nichts vermochte das Gefühl seiner Schuld zu tilgen. Nichts brachte ihn seiner Tochter auch nur einen Schritt
näher. Weder Agenten, die er beauftragt, noch seine unzähligen
Reisen in den Süden, die er im Laufe der Zeit unternommen
hatte. Stattdessen kehrte er stets noch erschütterter nach Hause
zurück, nachdem er wieder einmal hatte sehen müssen, welch

erbärmliches Leben manche der Sklaven dort unten führten, und stürzte sich noch tiefer in die Arbeit.

Seit sie seine Geschichte kannte, verstand Anna den seltsamen Schmerz in den Augen des Druckers, die stumme, unvergebene Schuld. All die Jahre hatte sie auf ihm gelastet, und nichts, keine Gebete, keine Arbeit, ja noch nicht einmal sein glühender Einsatz für die Befreiung der Sklaven hatte sie tilgen können.

Gottes Wege waren verschlungen. Fügte Er es so, dass Menschen wieder zusammenfanden, die sich verloren hatten? Gewährte Er denjenigen eine zweite Chance, die sie am sehnlichsten erfleht hatten?

Das Frösteln, das Anna erfasste, als sie aufstand, um endlich zu Bett zu gehen, rührte nicht nur von der Kälte her. So hasserfüllt und unversöhnlich, wie sie Rose kennengelernt hatte, hegte sie wenig Hoffnung, dass diese ihrem Vater würde vergeben können, dass je wieder Frieden in das Haus und die Herzen der McKinleys einkehren würde.

*

Die Nacht war schon weit fortgeschritten, doch Rose konnte keinen Schlaf finden.

Amanda hatte ihr ein Bad bereitet, saubere Kleidung aufs Bett gelegt und ihr zuletzt ein warmes Abendessen aufs Zimmer gebracht. Wortlos hatte Rose alles entgegengenommen, sich gewaschen, angekleidet und gegessen. Doch die innere Kälte war geblieben.

Später dann hatte Emmett – ihr Vater – an der Tür geklopft, und Rose hatte sich zu schwach gefühlt, um ihn abzuweisen. Er hatte sie um Verzeihung angefleht, ihr etwas von dem Inneren Licht Gottes erzählt, das jedem Menschen innewohne.

Davon, dass es einen neuen Anfang geben könne und sie sich nicht vor ihm, seinem Gott und der Vergebung verschließen solle.

Quäkergeschwätz. In ihr war kein Licht. Wenn es je eines gegeben hatte, dann war es erloschen, als Emmett sie aus dem Haus gebracht und den brutalen Händen des Sklavenhändlers überlassen hatte. Ein zehnjähriges Kind. Seine eigene Tochter.

Sie käme zu guten Leuten, hatte er ihr noch versprochen.

In die Hölle hatte er sie geschickt! Wie konnte er erwarten, dass sie ihm das, was er ihr angetan hatte, jemals vergab?

Selbst wenn der Gott der Weißen diese Vergebung predigte, seine Anhänger das Wort stets auf ihren Lippen trugen, für Rose spielte es keine Rolle mehr. Damals, als sie noch unter Emmetts Dach lebte, hatte sie womöglich an diesen Gott der Christen geglaubt. Aber seither hielt sie es lieber mit den zornigen Gottheiten Africas, die sie in den Sklavenhütten Virginias kennengelernt hatte. Götter, die sich bannen ließen mit mächtigen Worten, deren Fluch die Macht hatte, Weiße hinzustrecken in der Blüte ihrer Jahre, wenn man nur wusste, was diese Götter von einem verlangten, wie sie zu beschwören, wie ihre Kraft zu nutzen war. Beinahe lachhaft, wie einfach es gewesen war, Missus Dorothy zu täuschen. Hatte sie doch wirklich geglaubt, ein weißes Mädchen wie Anna wäre in der Lage, einen mächtigen Zauber über sie zu verhängen.

Rose hatte innerlich triumphiert, als sie von Hector erfuhr, dass die hochnäsige Schuldmagd nach Barbados verschickt werden sollte, zuvor jedoch zum Pranger verurteilt worden war. Leider hatte sie keine Möglichkeit gehabt, sich mit eigenen Augen davon zu überzeugen.

Aber selbst das Wissen, dass Anna genauso leiden musste wie sie, hatte ihr keine dauerhafte Erleichterung gebracht, ihren Zorn nur überdeckt, wie trockenes Holz, das einen Moment die Flammen überlagert, bis sie kurz darauf umso höher aufflackern und heißer brennen als zuvor.

Rose löschte die Kerze an ihrem Bett und zog sich die Decke über den Kopf. Sie würde ihren Vater so leiden lassen wie er sie. Wenn er auch noch so darum flehte, ihr seinen ganzen Besitz und all seine Liebe zu Füßen legen zu dürfen – niemals würde sie ihm vergeben. Zur Strafe würde sie in seinem Hause bleiben – als Magd – um ihn tagtäglich daran zu erinnern, dass er es war, der in ihr die Tochter, die sie ihm hätte sein können, zerstört hatte.

✳

Am nächsten Morgen war Anna schon früh auf den Beinen. Obgleich sie in der Nacht kaum Schlaf gefunden hatte, war sie noch weit vor Sonnenaufgang aus den Laken geschlüpft und hatte in der Küche das Feuer entfacht. Nun hantierte sie mit Töpfen, Kannen und Schüsseln, um ein nahrhaftes Frühstück zuzubereiten.

Die Tür hinter ihr quietschte, und Anna wandte sich um.

Wie ein Schatten war Rose in die Küche geschlichen, gebadet und gekämmt, die Kleidung sauber und gebügelt. Obwohl sie so abgemagert war, dass Anna fast Mitleid empfand, sah sie selbst in der schwarzen Quäkertracht mit dem großen weißen Kragen und der gestärkten Haube betörend aus.

Wären da nicht ihre Augen gewesen mit ihrem hasserfüllten und verbitterten Ausdruck.

Nach allem, was Rose ihr angetan hatte, fürchtete sich Anna, ihr gegenüberzutreten. Die ganze Nacht über hatte sie mit sich gerungen, da ihr Glaube gebot, selbst Verfolgern und Feinden zu verzeihen. In ihrem Inneren ahnte Anna, wie verzweifelt, wie tief verwundet Rose in ihrer Seele sein musste, um einen solch abgrundtiefen Hass zu empfinden. Aber – und daran bestand kein Zweifel – diese Frau war gefährlich. Niemand konnte sagen, was sie als Nächstes vorhatte, um sich für die erlittene Demütigung zu rächen.

»Guten Morgen, Rose.« Anna schlang ein Tuch um den Griff des heißen Kessels, hob ihn vom Feuer und stellte ihn auf dem Tisch ab. »Ich hab Frühstück gemacht. Sicher hast du Hunger.«

Rose blieb in der Nähe der Tür stehen und schwieg beharrlich.

Ein Seufzen unterdrückend, beeilte sich Anna, den Eintopf, Butter und das frisch gebackene Brot ebenfalls auf den schlichten Küchentisch zu stellen, der mit seiner karierten Decke gemütlich und einladend wirkte. Dann goss sie den Kaffee ein, sodass es aus den blau-weißen Tassen bald verführerisch dampfte.

»Was tust du hier?«

Es waren die ersten Worte, die Rose an sie richtete, doch sie klangen wie das Zischen einer Schlange und ließen Anna zurückweichen. Sie versuchte, ruhig zu bleiben, und begann damit, das noch warme Brot in kräftige Scheiben zu schneiden. »Wahrscheinlich das Gleiche wie du. Sicher hat man dir erzählt, dass ich geflohen bin. Emmett nahm mich auf. Seither ...«

»Es gibt nichts, was du und ich gemeinsam hätten!« Rose spie die Worte förmlich aus.

»Womöglich doch.« Golden zerlief die Butter, als Anna die dampfenden Brotscheiben damit bestrich und eine davon auf den Rand von jedem Teller legte. »Offensichtlich entsprach es Gottes Plan, dass sich unsere Wege ein weiteres Mal kreuzen.«

Was immer Er damit auch bezweckte.

»Die Huntleys waren ganz schön wütend, als sie von deiner Flucht erfahren haben. Sie lassen überall nach dir suchen. Sogar Spürhunde sollen sie eingesetzt haben«, sagte Rose leise. Ihr Gesicht verzog sich zu einem gehässigen Lächeln, als sie die plötzlich aufkeimende Angst in Annas Augen sah.

Obwohl sie spürte, dass die Sklavin log, konnte Anna bei dem Gedanken, was John Huntley mit ihr tun würde, wenn er sie wieder in die Finger bekam, ein Zittern nicht unterdrücken.

»Das ist jetzt schon fast ein Jahr her, und, wie du siehst, haben sie mich bisher nicht gefunden.« Anna hatte vor, es mit Güte zu versuchen, und zeigte auf den gedeckten Tisch. »Du solltest wirklich etwas essen.«

»Weshalb sollte ich mich von einer wie dir vergiften lassen?«

Seufzend ließ Anna die Hand sinken und gab es auf, weiter auf Rose einzureden. Stattdessen setzte sie sich an den Tisch, füllte mit einer Schöpfkelle etwas von dem Eintopf in ihren Teller, tunkte das gebutterte Brot hinein und begann – mehr aus Disziplin denn aus Appetit – zu essen.

Roses Blick war wie eine Pfeilspitze auf sie gerichtet. Jeder Löffel war eine Herausforderung. Hinter den Fensterscheiben konnte Anna die blasse Wintersonne sehen, doch die Kälte in ihrem Körper würde sie nicht vertreiben.

Lustlos nippte sie an dem heißen ungesüßten Kaffee. Entschlossen, sich nicht von Roses Böswilligkeit beeindrucken zu lassen, empfand sie deutlich, wie irrwitzig diese Situation war. Sie saß am Tisch und frühstückte, während Rose dabeistand und schweigend zusah – gerade so, als wäre diese ihre Sklavin und sie selbst die Herrin. Dabei teilten sie das gleiche Schicksal, beide waren sie entlaufen, heimatlos und entwurzelt. Nur dass Annas Glaube ihr auch in dieser Situation noch die Kraft gab, weiter zu hoffen und nicht aufzugeben. Und dass ihre weiße Haut den Menschen in der Stadt weniger Anlass zu neugierigen Fragen gab.

Erneut öffnete sich die Tür, und Emmett trat herein. Seine Haltung war gebeugt, er schien um Jahre gealtert. Er sah Rose an, doch diese senkte sofort den Kopf, und so ging er zum Frühstückstisch und ließ sich mit einem unterdrückten Aufstöhnen auf einen der Stühle sinken.

»Du hast schon alles vorbereitet, Anna. Vielen Dank.«

Anna sah, dass seine Hand, die sonst sicher mit der Druckerpresse und den winzigen Bleilettern umging, zitterte, als er nach seiner Tasse griff.

»Bitte setz dich doch zu uns, Rose.« Mit einer einladenden Geste wies er auf den gedeckten Tisch. »Wir haben noch so viel zu besprechen.«

Rose blickte weiterhin zu Boden. »Es steht mir nicht an, in Eurer Anwesenheit zu sitzen, *Master*.«

Anna sah, dass Emmett zusammenzuckte.

»Aber Rose. Bitte lass uns ...«

Statt einer Antwort verschränkte Rose die Hände hinter dem Rücken und schaute durch das Fenster hinaus auf den schneebedeckten Hof und die aus Stein errichteten Häuser, aus deren Schornsteinen Rauch aufstieg, welcher sich grau vom weißen Winterhimmel abhob.

Einen Moment lang schien Emmett zu warten, ob sie ihre Meinung vielleicht noch änderte. Dann schob er seinen Stuhl zurück und stand auf. Mit gesenktem Kopf wandte er sich ab und schlurfte nach draußen. Aus dem mutigen, liebevollen Menschen, den Anna gekannt und geschätzt hatte, war über Nacht ein gebrochener Mann geworden.

Das also konnte Schuld bewirken, vor der auch die Besten

in Augenblicken der Schwäche nicht gefeit waren. Schuld, die über Jahre nicht hatte gesühnt werden können.

Anna zuckte zusammen, als sich eine Hand auf ihre Schulter legte. Sie wandte den Kopf und blickte direkt in Roses Gesicht.

»Was wäre, wenn die Huntleys erfahren würden, dass sich ihre entlaufene Schuldmagd hier in Philadelphia befindet?«

Die versteckte Drohung ließ Annas Mund trocken werden, und der Bissen Brot, an dem sie gerade kaute, blieb ihr im Hals stecken.

Mit einer anmutigen Bewegung hatte Rose den Tisch umrundet, setzte sich Anna gegenüber und begann, den Rand des vor ihr stehenden Tellers mit den Fingerspitzen nachzuzeichnen. »Sicher wäre auch die Miliz daran interessiert, zu erfahren, was für eine gefährliche Frau sich hier im Hause der *ehrenwerten*«, dieses Wort schien sie förmlich auszuspucken, »McKinleys aufhält.«

Ihre Fingerknöchel traten weiß hervor, so fest umklammerte Annas Hand den Löffel. »Was hab ich dir eigentlich getan?«

Ein Aufblitzen in Roses Augen war die einzige Antwort. Das Mitleid, das Anna noch wenige Augenblicke zuvor mit der Sklavin empfunden hatte, war der neu aufflammenden Angst gewichen. Sie machte einen letzten Versuch: »Wenn du mich der Miliz auslieferst, wer sagt dir dann, dass ich dieser nichts von dir erzähle?«

Rose gab ein spöttisches Lachen von sich. Sie begann, eine der Brotscheiben in kleine Stücke zu zerpflücken und sich diese mit einer fast herausfordernden Geste in den Mund zu schieben. »Das verfluchte Denken einer Weißen. Sicher hättest du kein Problem damit, eine Niggerin wie mich den Sklavenjägern preiszugeben. Doch das würde dem armen Emmett das Herz brechen, wie du sicher weißt.« Roses schmale Finger hatten sich plötzlich wie eine Fessel um Annas Handgelenke gelegt. Sie brachte ihr Gesicht ganz nah an Annas Kopf und hauchte ihr kaum hörbar ins Ohr: »Und das würde dir deine weiße Christenehre verbieten. Also tu in Zukunft besser, was ich dir sage, und misch dich nicht in meine Angelegenheiten ein. Hast du verstanden?«

Zu entsetzt, um etwas zu erwidern, starrte Anna Rose an. Diese sprang auf und verließ den Raum.

KAPITEL 2

Philadelphia, Ende November 1779

»Was ist los mit Euch? Ihr wirkt schon den ganzen Tag über so abwesend.«

Erschrocken fuhr Anna herum, als sie eine Hand auf ihrer Schulter spürte, und sah in das besorgte Gesicht von Dr. Sullivan.

»Seid Ihr krank? Habt Ihr Euch irgendwo angesteckt?«

Ehe Anna es verhindern konnte, hatte er die linke Hand auf ihre Stirn gelegt und fühlte mit der anderen am Handgelenk ihren Puls. Dann schüttelte er den Kopf. »Kein Fieber.« Sein Blick war weiterhin auf sie gerichtet, und eine Entschuldigung murmelnd, entzog sie ihm den Arm.

»Es ist alles in Ordnung mit mir, Doktor. Ich war nur in Gedanken.« Sie blinzelte, rieb sich mit den Fingerkuppen über die Schläfen, doch die Anspannung blieb.

Die ganze Zeit über, selbst während ihrer Arbeit im Hospital, musste sie an Rose denken. So sehr sie auch versuchte, sich auf die Anweisungen des Arztes und die Pflege ihrer Patienten zu konzentrieren, konnte sie doch nicht verhindern, dass ihr die Drohungen der Sklavin immer wieder in den Sinn kamen und sich wie ein dunkler Schatten auf ihr Gemüt legten. Mit gesenktem Blick fuhr sie fort, frisch gewaschenes Verbandmaterial zusammenzurollen. Doch der Arzt gab sich mit ihrer ausweichenden Antwort keineswegs zufrieden, setzte sich neben die Mullbinden auf den Tisch und legte seine Hand auf ihre.

»Es tut nicht gut, den Kummer in sich hineinzufressen. Bisweilen braucht es einen … Freund.« Aufmunternd nickte er ihr zu. »Und nach den langen Monaten, in denen wir hier nun schon gemeinsam gegen Infektionen, Seuchen und andere Krankheiten kämpfen, denke ich doch, dass Ihr mich als einen solchen betrachtet. Oder?«

Röte schoss Anna ins Gesicht, aber sie nickte. *Was für ein seltsames Land, in dem ein angesehener Arzt der Freund einer täuferischen Schuldmagd sein konnte …*

»Also …« Er lächelte. »Was bedrückt Euch?«

Einen Moment zögerte Anna. Dr. Sullivan war seit Ewigkeiten mit Emmett, Amanda und deren Familie bekannt. Aber durfte sie deshalb über solch private Dinge mit ihm reden? Sie wusste nicht, ob der Arzt von den geheimen Aktivitäten gegen die Sklaverei wusste und wie er dazu stand. Aber da Rose von nun an in Emmetts Haus leben würde, würde Sullivan es früher oder später ohnehin erfahren.

Sie seufzte leise. »Seit einigen Tagen hat Emmett einen … *Gast* im Haus, der uns zu schaffen macht.«

Der Arzt horchte auf, seine Stirn legte sich in Falten, und er neigte den Kopf näher zu Anna. »Gehe ich recht in der Annahme, dass dieser *Gast* dunkle Haut sowie einen langen Weg hinter sich hat und darauf hofft, irgendwo eine sichere Bleibe zu finden?«, fragte er leise.

Überrascht sah Anna auf. Sullivan war also über die Aktivitäten des Quäkers unterrichtet. Dennoch scheute sie davor zurück, offen darüber zu sprechen.

Der Doktor schien Annas Zögern zu bemerken und lächelte ihr zu. »Keine Angst, ich weiß Bescheid. Bisweilen ruft mich Emmett ins Haus, wenn er besondere Gäste hat und diese medizinische Hilfe benötigen, die Amandas Können übersteigt.«

Sein Gesicht verdüsterte sich, und eine Bitterkeit, die Anna noch nie bei ihm gesehen hatte, vertiefte die Fältchen um seinen Mund. »Es ist unfassbar, was Menschen anderen antun können. Manche sind mehr tot als lebendig, wenn sie hier ankommen.«

Mit einem Blick vergewisserte Anna sich, dass niemand in Hörweite war, senkte jedoch vorsichtshalber die Stimme. »Nur dass dieser spezielle Gast offensichtlich keinen Wert auf Emmetts Hilfe zu legen scheint und innerhalb eines Tages den Frieden des Hauses völlig zerstört hat.«

Fragend sah Dr. Sullivan sie an. Da Anna jedoch nicht wusste, wie viel dieser über die Vergangenheit des alten Quäkers wusste, entschied sie, sich unverfänglich auszudrücken: »Nun ja, sagen wir, Rose lässt keinen Zweifel daran, dass sie lieber in die Fänge von Bluthunden laufen würde, statt Amandas und Emmetts Nähe zu ertragen.«

Eine Hand umfasste ihr Handgelenk. »Rose?« Die Augen des Arztes flackerten, während er ungläubig den Kopf schüttelte. »*Die* Rose? Heilige Muttergottes, das ist doch ...«

Annas Atem stockte. Dr. Sullivan wusste Bescheid. Offensichtlich war es mehr als eine Zweckgemeinschaft, welche ihn mit dem Quäker verband, wenn er dessen bestgehütetes Geheimnis, seinen tiefsten Schmerz kannte.

Ihr Mund war trocken, als sie nickte.

»Und Emmett?«, fragte er. »Wie nimmt er es auf?«

Zögernd hob Anna die Schultern. »Er leidet entsetzlich. Diese feindselige Ablehnung. Nach all den Jahren, in denen er nach ihr gesucht hat.«

Verständnis schimmerte in den grünen Augen des Arztes, Verständnis und Schmerz. »Es ist nicht einfach, erlittenes Unrecht zu vergessen – oder gar zu vergeben. Besonders wenn ...« Er unterbrach sich und schüttelte den Kopf, als wolle er dunkle Erinnerungen vertreiben. »Doch wenn es jemand schaffen kann, die Wunden der Vergangenheit heilen zu lassen, dann ist es Emmett. Sein starker Glaube hat ihm schon mehr als einmal dabei geholfen, verfeindete Parteien zu versöhnen und verletzte Seelen zu ...«

»Diesmal nicht.« Mutlos ließ Anna die Schultern sinken. »Ihr solltet Rose sehen, Doktor. Sie ist so voller Hass. Nicht nur ihr Körper trägt Narben ...«

Sie spürte eine Hand auf ihrem Rücken und bemerkte, wie Sullivan sich zu ihr beugte. »Macht Euch keine Sorgen. Manche Wunden brauchen einfach längere Zeit, um zu heilen, das ist nicht nur im Krankenhaus so. Oft muss man sehr viel Geduld aufbringen, bis sich der Stachel löst, der einen immer wieder quält.« Sein Blick war nach innen gerichtet, als erzähle er von sich selbst. »Früher oder später wird Rose ihrem Vater vergeben und schließlich ...« Er unterbrach sich. »Was habt Ihr denn?«

Die Angst und der vertrauliche Tonfall des Arztes waren zu viel für Anna. Tränen schossen ihr in die Augen und liefen ihre Wangen hinab. »Wenn es so einfach wäre! Ihr kennt Rose nicht. Ich weiß viel von dem, was sie durchgemacht hat, ich weiß aber auch, wozu sie fähig ist. Und ...« Sie schluckte und musste sich zwingen, weiterzusprechen. »Sie hat damit gedroht, mich den Behörden auszuliefern ... Sie weiß, dass ich eine entlaufene Schuldmagd bin.«

Einen Moment entstand Schweigen, während Sullivan diese Nachricht aufnahm. Dann schimmerte ohnmächtiger Zorn in seinen Augen, und er wandte sich ruckartig ab. Sein Atem ging schwer, er wirkte wie ein Mann, der gegen seine höchst eigenen Dämonen kämpfte, die gerade aus der Vergangenheit aufgestiegen waren.

»Und ich habe geglaubt, diesen ganzen Wahnsinn zurücklassen zu können, nachdem ich Irland den Rücken gekehrt hatte.« Bitter lachte er auf, während er sich fahrig mit der Hand über die Wangen fuhr. »Wie blauäugig von mir. Wie gotterbärmlich einfältig!«

Er drehte sich um und nahm Annas Gesicht in seine Hände, sodass sie sah, dass in seinen Augen Tränen standen. »Hört mir zu. Hier seid Ihr in Sicherheit. Emmett hat schon ganz andere Situationen gemeistert. Euch kann nichts geschehen. Was immer Rose Euch angedroht hat, sie wird es nicht tun. Denn sicher würde sie es nicht riskieren, sich selbst in Gefahr zu bringen, nur um Euch zu schädigen.«

Zögernd nickte Anna, obgleich sie nicht davon überzeugt war, dass der Arzt recht hatte. Rose war vor Hass und Verzweiflung wie von Sinnen. Und es wäre nicht das erste Mal, dass sie, Anna, ein Opfer ihrer Intrigen würde.

»Versucht, ihr die nächste Zeit aus dem Weg zu gehen, wann immer es möglich ist. Zumindest so lange, bis ihr Zorn verraucht ist. Wenn Ihr nach der Arbeit im Hospital noch Zeit habt, fragt Amanda nach einer weiteren Aufgabe für Euch. Das wird Euch helfen, auf andere Gedanken zu kommen und einen Großteil des Tages vom Haus fernzubleiben. Irgendwann werden sich die Wogen wieder glätten. Und vielleicht wird dann wieder Frieden in das Haus einkehren ...« Etwas in seiner Stimme ließ Anna vermuten, dass er selbst nicht so recht daran glaubte.

Durch das hohe Fenster konnte sie einen Blick auf den winterlichen Garten werfen, wo vereinzelt in dicke Decken gehüllte Patienten spazieren gingen. Wie in einer Oase des Friedens inmitten dieses von Krieg, Unterdrückung und Verrat gebeutelten Landes.

»Ich wusste nicht, dass Ihr und Emmett so gut miteinander bekannt seid«, sagte Anna leise, ohne den Arzt anzusehen.

Einen Moment hielt dieser in seiner Bewegung inne und

schwieg. Dann jedoch straffte er sich. »Sagen wir es einmal so: Nicht nur Menschen mit schwarzer Haut werden aufgrund ihrer Herkunft unterdrückt und ausgebeutet. Und nicht nur für diese hat Emmett sich in der Vergangenheit eingesetzt.« Mit einem Ruck stieß er sich von der Wand ab und sah ebenfalls aus dem Fenster. »Und dafür stehe ich bis zum Ende meines Lebens in seiner Schuld.« Er schlug die Hände vors Gesicht. »Großer Gott, wenn Rose ... Emmett wird das nicht überleben.«

Erschüttert hatte Anna den Ausbruch des Arztes beobachtet, fragte aber nicht weiter nach. Während sie sich die Tränen aus den Augen wischte und sich anschickte, ihre Arbeit zu beenden, überlegte sie, was in der Vergangenheit wohl geschehen sein mochte, das den Arzt so fest mit Emmett McKinley verbunden hatte.

*

»Mama, ich bin müde. Wann können wir wieder nach Hause?«

»Ein, zwei Stunden wirst du dich noch gedulden müssen, Sarah. Also sei jetzt still!« Amandas ruhige Stimme duldete keinen Widerspruch, und so zog ihre vierzehnjährige Tochter zwar eine Schnute, sagte aber nichts mehr.

Die Schatten wurden bereits länger, und die Dezemberkälte nahm weiter zu. Zum ersten Mal ging Anna mit einer Gruppe von Quäkerfrauen die schneebedeckte Straße zu den letzten Farmen hinunter. Dort, in einer Scheune, wollten sie an diesem Tag noch britische Kriegsgefangene aufsuchen. Anna hatte sich Dr. Sullivans Rat zu Herzen genommen und Rose, so gut es ging, gemieden. Noch immer herrschte eisiges Schweigen zwischen ihr und der Sklavin, und die ehemals friedliche Stimmung im Hause der McKinleys war einer

Atmosphäre von Anspannung, Zorn und Misstrauen gewichen. Nur allzu gern hatte sie sich daher bereit erklärt, Amanda neben der Arbeit im Krankenhaus auch bei der Versorgung der Kriegsgefangenen zu unterstützen.

Vereinzelt arbeiteten Frauen auf den Feldern, um den Winterkohl zu ernten. Schafe versuchten, unter der leichten Schneedecke noch Gras zu finden. Sonst war alles menschenleer. Bei diesen Temperaturen hielt man sich lieber im Haus auf.

Ein Blick auf die einfachen Hütten, die aus Brettern genagelten Ställe, die abgetragene Kleidung der Farmersfrauen ließ Anna unzweifelhaft erkennen, dass es auch hierzulande Entbehrungen gab und die Jahre des Krieges, die Monate der Besatzung ihren Tribut verlangt hatten.

Den Kriegsgefangenen, die hier von den Rebellen zur Farmarbeit gezwungen wurden, ging es vergleichsweise gut. Zwar mussten sie hart arbeiten, doch war ihr Schicksal nicht mit dem ihrer Leidensgenossen zu vergleichen, die in die Bergwerke geschickt wurden. Wenn man den Gerüchten glauben schenken durfte, war es jedoch am schlimmsten um jene Gefangenen bestellt, die von den Briten zu Hunderten auf Sträflingsschiffen zusammengepfercht wurden und dort erbarmungslos Hunger, Seuchen und Misshandlungen ausgesetzt waren.

Endlich hatten sie ihr Ziel erreicht.

Auf einem großen Kohlfeld sah Anna eine Gruppe von Männern arbeiten. Einige waren in schäbige Reste ausgeblichener Uniformen gekleidet, andere nur in Hemd und Hose, mit alten Decken notdürftig gegen die Kälte geschützt. Alle jedoch trugen Fußketten, deren Anblick in Anna schmerzhafte Erinnerungen wachrief. Drei der Männer schnitten die letzten Kohlköpfe ab, warfen sie in einen Ochsenkarren und schickten sich an, die Tiere mit ihrer Last in Richtung der Farm zu führen. Offensichtlich erschöpft und frierend begannen die übrigen Männer, das Arbeitsgerät zusammenzuräumen, und verschwanden damit in einer nahe gelegenen Scheune.

Anna und ihre Begleiterinnen warteten noch einige Zeit, bevor sie ebenfalls in die Scheune traten. Im Halbdunkel saßen oder lagen die erschöpften Männer, manche schliefen, andere kauten auf einem Brotkanten herum. Als sie die Quäkerinnen sahen, richteten sich die meisten von ihnen auf, nahmen die Brote, Würste und andere Esswaren, welche diese austeilten, dankbar und begierig in Empfang.

Annas Blick schweifte durch die Scheune und über die in Ketten liegenden Soldaten. Der eine oder andere unterhielt sich mit Amanda, zeigte ihr eine Schnittverletzung oder ließ sich seine Wunden mit einer Salbe versorgen.

Plötzlich blieb ihr Blick an einem der Männer hängen, und das warme Gefühl einer Erinnerung stieg in ihr auf. Ungläubig blinzelte sie. Das war unmöglich! Das ... das konnte überhaupt nicht sein!

Stolpernd machte sie ein paar Schritte auf den Gefangenen zu und unterdrückte einen Aufschrei, als sie sah, dass sie sich nicht getäuscht hatte.

Es war Lorenz von Tannau.

Der Boden schwankte unter ihren Füßen. Um ein Haar wäre ihr der Korb aus der Hand geglitten, doch im letzten Moment hatte sie sich wieder in der Gewalt, griff nach dem Henkel und hielt ihn fest, den Blick starr auf Lorenz gerichtet.

Er sah verändert aus. Obgleich es Dezember war, lag auf seinem Gesicht noch der Rest der Bräune des Sommers, die Spuren der Arbeit unter freiem Himmel. Seine Kleidung bestand aus einem einfachen Leinenhemd und einer Hose, wie sie Feldarbeiter trugen. Beides hatte sicher einmal bessere Zeiten gesehen und wies an mehreren Stellen Risse und Flecken auf. Offen fiel ihm das schulterlange Haar in die Stirn, und für einen Moment durchzuckte Anna der Wunsch, die losen Strähnen mit ihren Fingern aus seinem Gesicht zu streichen. Seltsamerweise gefiel er ihr so noch besser als in der Uniform des Landgrafen, den polierten Stiefeln, den akkurat eingedrehten Locken.

Doch die Art, wie er den Kopf hielt, den Rücken gerade, während er das Kinn fast herausfordernd auf die angewinkelten Beine stützte, wirkte nicht wie die eines Kriegsgefangenen, der auf Wohl und Weh dem Feind ausgeliefert war. Selbst in dieser windschiefen Scheune drückte seine ganze Haltung Stolz und Willenskraft aus, war er noch immer der Freiherr von Tannau.

Der Mann, der damals in ihrer Hütte in Waldeck gegen Fieber und Tod gekämpft hatte, der dem Gerichtsdiener gegenübergetreten war, als er sie in Williamsburg am Pranger vorfand und der schließlich ihr Geschick in die eigenen Hände genommen hatte.

Beherzt trat sie näher, und erst in diesem Moment schien er sie zu erkennen. Sein Blick, der die Ankömmlinge nur gleichgültig gestreift hatte, blieb nun an ihrem Gesicht hängen, glitt über ihr schlichtes schwarzes Quäkergewand und die steife Haube, die ihr Haar bedeckte. Mit einem Ausdruck, der zwischen Ungläubigkeit und Freude schwankte, erhob er sich langsam, ohne sie aus den Augen zu lassen. Er humpelte leicht, als er einige Schritte auf sie zu machte. Mit Schaudern sah Anna das schwere Eisen an seinem linken Fußgelenk, dessen Klirren nur von dem schmutzigen Stroh gedämpft wurde, das auf dem Boden ausgestreut war.

Eine Armlänge von ihr entfernt wurde er von seiner Kette zurückgehalten. Zorn über die Demütigung, wie ein Stück Vieh angebunden zu sein, blitzte in seinen Augen auf. Annas Herz schlug so schnell, ihre Beine waren plötzlich so schwach, dass ihr die Kraft fehlte, ihm den letzten Schritt entgegenzugehen.

Wortlos sah sie ihn an, sein vertrautes Gesicht, die tiefgrauen Augen, um die sich leichte Fältchen gebildet hatten, die rötlich schimmernde Narbe an seiner linken Schläfe, die zuvor noch nicht da gewesen war. Und mit einem Mal spürte sie, dass Tränen über ihre Wangen liefen, ihr Körper vor Schmerz und Freude über dieses unverhoffte Wiedersehen zu zittern begann.

Lorenz streckte ihr die Hände entgegen, wie um sie zu trösten, strich ihr mit den Fingerspitzen über die Stirn, und endlich war der Bann gebrochen. Sie konnte sich wieder rühren, und mit einer einzigen Bewegung lag sie in seinen Armen, presste ihr Gesicht in den Stoff seines abgetragenen Hemdes, spürte die Wärme seines Körpers. Erst glitten seine Hände zögernd über ihren Rücken, dann immer fester, fordernder. Er presste sie an sich, bis sie keine Luft mehr bekam, sich lösen musste, um wieder zu Atem zu gelangen.

In diesem Augenblick wusste Anna, dass Gideon Beiler damals in Waldeck recht gehabt hatte mit seiner Anschuldigung. Lorenz von Tannau hatte sie verführt. Nicht auf eine plumpe, rein körperliche Weise, wie Gideon es der Gemeinde hatte weismachen wollen. Doch auf eine unerklärliche, feinsinnige Art war es diesem fremden Offizier gelungen, bis in ihr Innerstes vorzudringen, ihre Seele dort zu berühren, wo ihr eigentliches Wesen, ihre Hoffnung und ihre Sehnsucht wohnten.

Auch wenn die Gemeinde sie dafür bis in alle Ewigkeit verdammen würde – Gott war ihr Zeuge, sie, Anna Hochstetter,

liebte den Freiherrn von Tannau, den Soldaten und Kriegstreiber, den Andersgläubigen.

Und bei dieser Erkenntnis konnte sie nicht anders, als die
Hände vor das Gesicht zu schlagen und hemmungslos zu
schluchzen.

KAPITEL 3

Philadelphia, Dezember 1779

Wie eine Besessene schrubbte Anna die von Ruß und Fett schwarz gewordene Feuerstelle, bis diese glänzte und ihre Arme schmerzten. Doch das Brennen in ihrer Brust blieb.

Sie liebte einen Fremden, einen Andersgläubigen, noch dazu einen Adeligen. Wie töricht war sie denn? Hatte sie nicht am eigenen Leib erfahren müssen, wohin so etwas führte? Hatte ihr ganzes Elend nicht damit begonnen, dass sie ihren Gefühlen freien Lauf gelassen hatte, damals in Waldeck?

Gedankenverloren nahm sie sich einen Eimer mit Wasser, einen Lappen und kniete sich hin, um die Holzdielen ebenfalls zu säubern. Sie achtete darauf, keine Ecke, keine Ritze auszulassen, so als könnte sie zusammen mit Schmutz, Brotkrumen und Zwiebelschalen auch ihre eigenen Empfindungen einfach wegwischen.

Ein hoffnungsloses Unterfangen!

Je mehr sie sich darum bemühte, nicht an Lorenz zu denken, desto deutlicher traten seine Gesichtszüge vor ihr inneres Auge, sein markantes Kinn, die gerade aristokratische Nase, die manchmal herausfordernd hochgezogenen Augenbrauen.

Zornig über sich selbst wrang sie den Lappen aus, öffnete das Fenster und goss das Schmutzwasser nach draußen. Durch von Tränen verschwommene Augen sah sie, wie es auf dem gefrorenen Boden aufkam und in tausend Tropfen zersprang. Dann stellte sie den Eimer ab und schlug die Hände vor das Gesicht. Warum musste *er* immer wieder in ihrem Leben auftauchen?

»Geht es dir nicht gut?«

Erschrocken fuhr Anna herum und sah, dass Emmett vor ihr stand, der sie besorgt anblickte. Offensichtlich kam er gerade aus der Druckerei, denn er trug noch die Arbeitskleidung und seine Lederschürze.

»Bist du krank? Soll ich nach Amanda schicken. Sie könnte...«

»Nein, es geht mir gut.« Hastig wischte sich Anna mit der Schürze die verräterischen Tränen weg und überlegte, was sie antworten könnte, ohne etwas von ihren wirklichen Gedanken zu verraten.

»Ich hab mir Sorgen gemacht um einen der Kriegsgefangenen in dieser Scheune. Er...«

»Ah, die Kriegsgefangenen. Amanda hat mir erzählt, dass du einen von ihnen von früher kennst.« Emmetts Stimme klang weich, und nicht zum ersten Mal hatte Anna das Gefühl, dass dieser stille Mann bis tief auf den Grund ihrer Seele blicken konnte.

»Ein Krieg ist wohl das Schlimmste und Grausamste, das ein Volk treffen kann. Er bringt nur Tod und Verderben. Aber dennoch...«, er machte eine Pause, während der er Annas Züge genau betrachtete, »... gelegentlich schafft er die außergewöhnlichsten Verbindungen. Verbindungen, die zu anderen Zeiten nicht möglich wären.«

Anna spürte, wie sie bei den Worten des alten Quäkers errötete. Nervös spielte sie mit dem Wischlappen zwischen den Fingern, doch verbot es ihr Glaube, sich in eine Lüge zu flüchten.

»Bedeutet das, Ihr verurteilt einen solchen Bund zwischen zwei ungleichen Menschen nicht?«

Ein trauriges Lächeln glitt über sein Gesicht: »Du meinst, weil geschrieben steht: *Mach dich nicht gemein mit Un-*

gläubigen. Denn was hat die Finsternis gemein mit dem Licht?«

Anna nickte, konnte aber nicht verhindern, dass ein feiner Stich durch ihr Herz fuhr, als sie die vertraute Mahnung des Apostels Paulus vernahm. Diese eiserne Regel, die in der Gemeinschaft der Täufer ebenso galt wie bei den Quäkern, kam ihr immer wieder in den Sinn, wenn sie an Lorenz dachte. Heiser fuhr sie fort: »Und wenn dazu Stand, Herkunft und Kultur ganz verschieden sind?«

Die rötliche Abendsonne fiel durch das geöffnete Fenster und spiegelte sich warm auf der weiß getünchten Wand der Küche. Emmett, der sich seine Pfeife angezündet hatte, wiegte bedächtig den Kopf hin und her. »Ich will nicht ausschließen, dass solche Unterschiede überwunden werden können, aber es ist nicht einfach. Dazu bedarf es eines starken Charakters und eines unbeirrbaren Glaubens. Die Gefahr, dass am Ende nur Leid, Hass und ein vertanes Leben bleiben, habe ich selbst ... beobachtet.« Er klopfte seine Pfeife aus und erhob sich. »Versuch, darauf zu hören, was dein Inneres Licht dir sagt. Gott kann auf vielerlei Arten zu uns sprechen, also klammere dich nicht nur an den Buchstaben, auch davor hat Paulus gewarnt. Es gibt nicht nur schwarz und weiß. Die Wahrheit ist häufig bunt schillernd wie ein Regenbogen, es gilt nur, für sich selbst die richtige, die gottgewollte Farbe zu finden. – Und nun wünsche ich dir eine gute Nacht.«

Die Dunkelheit hatte sich über Philadelphia gelegt, als Anna sich unbemerkt aus Emmetts Haus schlich. Das Licht der Straßenlaternen, die bei Einbruch der Dämmerung in den Hauptstraßen der Stadt entzündet wurden, schimmerte schwach durch die Glaswände ihrer Gehäuse. Winzige Lichtkegel auf den umliegenden Bürgersteigen und Wegen wurden von den Schneekristallen glitzernd zurückgeworfen.

Bald hatte Anna die Stadt hinter sich gelassen und folgte in der Dunkelheit der mit festgetretenem Schnee bedeckten Straße Richtung Germantown. Als die Abzweigung vor ihr lag, verharrte sie für einige Augenblicke, unschlüssig, wohin sie sich wenden sollte. Bei dem Gedanken an die Gefahr, der sich auszusetzen sie im Begriff stand, wäre sie am liebsten umgekehrt.

In der Tasche trug sie einen Schlüssel, den Amanda vor längerer Zeit für viel Geld bei einem vertrauenswürdigen Schmied hatte anfertigen lassen und mit dem angeblich das Schloss jedes Fußeisens und jeder Kette zu öffnen war. Ein zuverlässiges Werkzeug, das Emmett und Amanda bei ihrem geheimen Kampf gegen die Sklaverei schon manch guten Dienst erwiesen hatte. Anna war sich jedoch nicht sicher, ob der Zweck, für den sie es benötigte, in Amandas Sinn wäre. Doch dieser Schlüssel war der Weg in die Freiheit für Lorenz – und damit für sie selbst.

Nach langen Nächten des Gebetes und der inneren Kämpfe war sie zu dem Schluss gekommen, dass sie ihm zur Flucht verhelfen musste. Es war die einzige Möglichkeit, die Schuld zu begleichen, in der sie bei ihm stand ... und die einzige Chance, ihn ein für allemal aus ihrem Leben und ihren Gedanken zu vertreiben. Wenn diese Nacht vorbei wäre, würde sie einen Weg suchen, um Emmett mit seiner Tochter auszusöhnen. Dann würde sie ihre eigene Vergangenheit hinter sich lassen und auf dieser Straße weitergehen, bis hinüber nach Germantown. Dort, im Schoß der Gemeinde der deutschsprachigen Täufer, würde sie sich ein neues Leben aufbauen. Falls sie diese Nacht überlebte und bei ihrem Vorhaben nicht erschossen oder als Verräterin gehängt werden würde ...

Die Berührung ihrer Finger mit dem kalten Metall des Schlüssels spendete ihr Zuversicht. Nur noch diese letzte Aufgabe, und dann wäre sie frei.

Mit einem Ruck wandte sie sich von der Straße ab und folgte dem Feldweg hinab zu der Scheune, wo die Kriegsgefangenen nachts untergebracht waren.

Der Wächter kannte sie bereits als Mitglied der Quäkergemeinde, die sich um die Gefangenen kümmerte, und ließ sie nach kurzem, unwilligem Grummeln, aber zusätzlich besänftigt durch eine Münze eintreten.

Dankbar bückte sich Anna und zog aus ihrem schweren, mit einem karierten Baumwolltuch bedeckten Korb eine Flasche hervor, die bis zur Hälfte mit Branntwein gefüllt war. Erfreut griff der Wachposten zu. Noch aus den Augenwinkeln sah sie, wie er die Flasche mit den Zähnen entkorkte, sich wieder auf seine Wolldecke fallen ließ und sogleich ansetzte.

Ein wenig schuldbewusst wandte Anna sich ab. Der Branntwein würde dem Mann zu einem tiefen Schlaf verhelfen, denn sie hatte dem Getränk noch eine starke Dosis von dem Laudanum beigefügt, das Dr. Sullivan gelegentlich Kranken und Verletzten verabreichte, um sie für kurze Zeit von ihren Schmerzen zu befreien.

Doch für Gewissensbisse war nun keine Zeit. Sie hatte bereits zu viel riskiert, um nun, kurz vor dem Ziel, Skrupel oder Ängste zu entwickeln.

Die meisten Gefangenen schliefen fest, doch ein paar von ihnen richteten sich auf, als sie das Knarren des Tores vernahmen. Im Dunkeln konnte Anna nur verschwommen die Gestalten auf dem Boden erkennen. Am liebsten hätte sie eine Kerze angezündet, um besser zu sehen, doch das wagte sie nicht.

So leise sie konnte, schlich sie zu der Wand, an der Lorenz

angekettet war. Sie trat auf die Hand eines Schlafenden, der daraufhin ein lautes Grunzen von sich gab, aber nicht aufwachte.

»Herr Leutnant?«, flüsterte sie und beobachtete die Männer in ihrer Nähe. »Herr Baron?«, wiederholte sie noch einmal und sah, wie sich einer zu ihr umdrehte.

»Anna?«

Schnell hatte sie die wenigen Schritte zu ihm zurückgelegt.

»Was machst du hier?«, zischte er leise und fasste ihre Hände.

»Ich musste kommen«, erwiderte sie. Hinter ihr regten sich ein paar der Soldaten und gaben unziemliche Kommentare ab. Anna tat, als habe sie nichts gehört.

»Hier ist es zu gefährlich für dich! Geh zurück nach Hause!«, raunte Lorenz ihr zu.

»Erst helfe ich Euch hier heraus.« Sie löste ihre Rechte aus seinen Händen, griff in ihre Tasche und zog den Schlüssel hervor. Lorenz keuchte ungläubig auf, ergriff ihn und versuchte, seine Fußkette zu öffnen. Dabei knirschte das angerostete Schloss, und das Geräusch erweckte die Aufmerksamkeit der beiden Gefangenen neben ihm.

»Ist das ein Schlüssel?«, fragte der Mann neben Lorenz hastig und für Annas Geschmack viel zu laut. »Gib her!«

Erschrocken zuckte sie zurück, als er sich zu Lorenz hinüberbeugte und nach dem Schlüssel tastete. Instinktiv wollte sie ihn davon abhalten, brachte es jedoch nicht über sich. Sie war gekommen, um den Leutnant zu retten, aber durfte sie die anderen angekettet zurücklassen, wo sie die Möglichkeit hatte, ihnen zu helfen?

Lorenz richtete sich auf und half Anna auf die Beine.

Unruhe machte sich breit, als nach und nach alle wach wurden und merkten, was vor sich ging. Stimmen regten sich, forderten den Schlüssel – jeder wollte der Nächste sein, der von den Ketten befreit wurde.

Ängstlich warf Anna einen Blick zum Tor. Sie konnte nur hoffen, dass der Wächter schon eingeschlafen war und von dem zunehmenden Lärm nichts hörte.

»Bitte seid leise«, versuchte sie, die Männer zu beruhigen, doch niemand achtete auf sie. Die meisten waren inzwischen frei und standen vor der Tür, unsicher, was nun zu tun sei.

Lorenz fasste ihre Rechte. Sie wusste, dass er jetzt fieberhaft überlegte, wie sie lebend aus der Scheune herausgelangen konnten.

»Ich habe dem Wächter ein Schlafmittel in seinen Branntwein gemischt«, flüsterte Anna. »Wenn wir also Glück haben…«

Er nickte zum Zeichen, dass er sie verstanden hatte. Doch bevor sie die Tür erreichten, wurde diese heftig aufgerissen, und der Schein einer Laterne blendete die Gefangenen, die nahe an der Tür standen und nun erschrocken aufschrien.

»Was ist hier los?«, stieß der Wachposten hervor. Er schwankte zwar gehörig, schien die Situation aber augenblicklich zu erfassen, denn er begann, um Hilfe zu schreien, und versuchte, das Tor wieder zu schließen. Geistesgegenwärtig gelang es jedoch einem der Gefangenen, ein Brett in die Tür zu klemmen, sodass sie nicht verschlossen werden konnte. Immer mehr Männer drängten nach draußen, während der Aufpasser verzweifelt versuchte, sie aufzuhalten.

Endlich hatten sie es geschafft! Das Tor wurde aufgestoßen, und die Gefangenen stolperten ins Freie. Der Schuss einer Pistole löste sich, jemand schrie auf.

Lorenz ging vor Anna her, um sie zu schützen, und folgte seinen Kameraden durch die offene Tür. Ihr Blick fiel auf einen Menschen, der am Boden lag. Sie konnte nicht erkennen, ob er besinnungslos war oder tot.

Sie erschrak, als ihr bewusst wurde, dass das ihre Schuld war. Sie hatte Lorenz befreien wollen, aber keinen Gedanken daran verschwendet, welche Folgen dies nach sich ziehen konnte. Keine Sekunde hatte sie darüber nachgedacht, dass dabei jemand zu Schaden kommen könnte.

Erneut waren Schüsse zu hören, und Anna erkannte zwei weitere Männer, die versuchten, mit ihren Gewehren die Flüchtenden aufzuhalten. Der Ausbruchsversuch war entdeckt worden!

»Komm mit!« Lorenz zerrte Anna hinter sich her, während der Gestank von Pulver die Luft erfüllte.

»Nein!«, rief sie und versuchte, sich von Lorenz zu lösen. »Ihr solltet fliehen. Lauft!«

Ein weiterer Schuss krachte, und direkt vor ihr sank ein Gefangener getroffen zu Boden. Erschrocken schrie sie auf, doch Lorenz zog sie weiter mit sich fort.

»Da ist diese Frau«, hörte Anna eine Stimme rufen. »Die Quäkerin! Sie muss ihnen zur Flucht verholfen haben!«

Das Herz blieb ihr fast stehen, als ihr klar wurde, dass man sie gesehen hatte. Das könnte Schwierigkeiten für Amanda bedeuten. Noch immer wehrte sie sich gegen Lorenz, der sie jedoch unnachgiebig aus der Schusslinie der Kugeln trieb.

»Komm schon! Wir müssen hier weg!«

Er hatte recht. Ihr Puls raste, als sie den Ernst der Situation erkannte. Sie konnte nicht mehr zurück. Man hatte sie auf frischer Tat dabei ertappt, wie sie Gefangene befreite und mit ihnen floh. Der Wächter kannte sie, man wusste, wohin sie gehörte.

Inzwischen hatten sie den Waldrand erreicht und fanden Deckung zwischen den Bäumen. Glücklicherweise hatten sich Lorenz' Kameraden in alle Himmelsrichtungen davongemacht, sodass es für die wenigen Verfolger schwierig werden würde, ihnen auf der Spur zu bleiben.

»Hast du nicht gewusst, dass nachts nur ein Mann Wache steht, aber immer zwei Farmer aus der Umgebung in Rufnähe schlafen?«, fragte Lorenz keuchend, während er seine Schritte verlangsamte.

Verzweifelt schüttelte Anna den Kopf, brachte jedoch keinen Ton hervor.

»Atme ein paar Mal tief durch!«, stieß er zwischen zusammengepressten Zähnen hervor. »Wir dürfen nicht hierbleiben. Bald werden sie Verstärkung bekommen und mit Musketen und Hunden die Gegend durchkämmen. Je weiter wir dann weg sind, desto sicherer für uns. Also komm!« Ungeduldig schob er sie einige Schritt nach vorn, doch sie blieb stehen.

»Das hatte ich so nicht geplant«, sagte Anna langsam und blickte zu Lorenz auf.

»Ich weiß«, erwiderte er ruhig und drückte ihre Hand. »Aber man hat dich erkannt. Es gibt keine Möglichkeit hierzubleiben. Man würde dich hängen.«

Anna schwieg, während ihre Gedanken sich überschlugen. Emmett, Dr. Sullivan, Amanda ... Das Leben, das sie sich aufgebaut hatte. Ihr Traum, nach Germantown zu gehen. Die Arbeit im Krankenhaus, der Frieden. Sie wollte nicht wieder auf der Flucht sein, immer die Angst im Nacken, entdeckt zu werden.

»Komm endlich!«, drängte Lorenz. »Wir haben keine Zeit zu verlieren.«

Tränen liefen über ihre Wangen. »Ich hatte hier ein Leben ... zum ersten Mal war ich frei ...«

Er trat einen Schritt näher und nahm ihr Gesicht zwischen seine Hände, die sich rau und warm anfühlten. »Ich weiß, und es ist sicher schwer für dich.« Sanft zog er sie zu sich heran und berührte mit den Lippen ihren Haaransatz. »Aber du hast keine Wahl, wir können nur zusammen fliehen.«

Anna wusste, dass er recht hatte. Aber nichts geschah ohne Grund. Hatte Gott ihr gezeigt, welchen Weg sie einschlagen sollte, und hatte dieser Weg sie hierhergeführt. Zu Lorenz von Tannau?

Sie wandte sich um. »Gehen wir.«

*

Das Gefühl des Triumphes, welches Rose bei der Nachricht überkam, schmeckte scharf wie unverdünnter Maisschnaps und wirkte ebenso berauschend. *Anna Hochstetter war verschwunden.*

Mit betroffener Miene hatte ihr Emmett diese Nachricht am Morgen überbracht. Und selbst Amanda wusste nichts vom Verbleib der Deutschen. Weder im Hospital noch sonst irgendwo in der Stadt war sie aufzufinden. Offensichtlich hatte sie jedoch einen Korb und einige Vorräte aus dem Haus mitgenommen. So war davon auszugehen, dass sie still und heimlich Philadelphia verlassen hatte.

Ohne ein Wort des Abschieds. Wie eine gemeine Diebin.

Der Schmerz der Enttäuschung in Emmetts Augen erhöhte noch die Genugtuung und weckte in Rose die unbändige Freude, einen Sieg errungen zu haben.

Ein für allemal war dieses Miststück aus ihrem Leben verschwunden. Und mit diesem schäbigen Verrat hatte sie auch das Vertrauen, welches Emmett und Amanda in sie gesetzt hatten, verspielt.

Eine ungewöhnlich gute Laune hatte von Rose Besitz ergriffen, als sie sich daranmachte, die Feuerstellen des Hauses zu schrubben, eine Tätigkeit, bei der Emmett sich stets zurückzog, als könne er es nicht ertragen, seine Tochter bei solch niederer Arbeit zu sehen, auf der sie so eisern bestand.

Verfluchte Heuchelei! Das hätte er sich früher überlegen sollen. Bevor er seine Sklavin schwängerte und das Kind in den Süden verkaufte. Mochte er auch noch so inbrünstig von Vergebung und Neuanfang predigen. Nichts und niemand könnte ihre Wunden heilen lassen.

Mit ihren Händen umklammerte sie die Bürste so fest, dass ihre Fingerknöchel grau hervorstachen. Zornig wischte sie eine Träne mit dem Ärmel weg. Keine Versöhnung! Keine Vergebung!

Von der Genugtuung, die sie noch vor wenigen Augenblicken empfunden hatte, blieb nur ein schaler Nachgeschmack. Auch zwischen Anna und ihr würde es nun keine Vergebung mehr geben. Die Gelegenheit war verstrichen.

Aber während sie auf Knien Stück für Stück vorwärts kroch, um die Dielen zu säubern, spürte Rose, wie auch ihr Zorn langsam verrauchte und eine unerklärliche innere Leere hinterließ.

❋

Zunächst schlugen sie sich in Richtung Südosten durch, da Lorenz das Meer zu erreichen versuchte. Er hoffte, dort auf ein Schiff zu gelangen, das ihn ins britisch-hessische Hauptquartier nach New York bringen würde. Da sie dabei dem Verlauf des Delaware River folgen konnten, kamen sie gut voran.

Anfangs hatten Anna und er den Weg schweigend zurückgelegt. Nur die allernotwendigsten Fragen – etwa wo sie sicher die Nacht verbringen oder was als Nächstes zu tun war – wurden besprochen.

Welch ein Irrsinn: In der endlosen Zeit der Gefangenschaft, den mühevollen Tagen und einsamen Nächten, hatte Lorenz in den Augenblicken, in denen er all das nicht mehr zu ertragen glaubte, ihr Gesicht vor sich gesehen. Die Erinnerung an ihre Stimme und an ihre Hände auf seiner Haut hatte ihn in den Schlaf begleitet, ihn über Schmerz, Demütigung und Entbehrungen hinweggetröstet. Und nun, da sie sich wiedergefunden hatten, gab es nur Schweigen zwischen ihnen. In der schwarzen Quäkertracht schien sie irgendwie unnahbar, fast abweisend und erinnerte ihn unwillkürlich an eine Nonne.

Lorenz konnte Annas Enttäuschung verstehen. Sie hatte ihm zur Freiheit verhelfen wollen und war nun gegen ihren Willen gezwungen, ihm in eine höchst ungewisse Zukunft zu folgen. In einen Krieg, den sie aus ganzem Herzen verabscheute und bei dem man nie wusste, wohin er einen als Nächstes führte. Dazu wäre sie als alleinstehende Frau völlig schutzlos, sollte ihn eine tödliche Kugel treffen.

Der Anblick von Schiffsmasten am Horizont unterbrach Lorenz' Grübeleien.

Ein Hafen? Für einen Augenblick war seine Müdigkeit wie weggeblasen. Dann könnten sie von hier aus versuchen, New York zu erreichen. Neue Hoffnung keimte in ihm auf und ließ seinen Puls schneller schlagen.

Doch wie sollte er den Kapitän dazu überreden, jemanden wie sie mitzunehmen?

»Ich habe Geld.« Als hätte Anna seine Gedanken erraten, blieb sie stehen und kramte aus ihrer Tasche eine kleine Börse hervor.

Ein spöttisches Lächeln glitt über Lorenz' Gesicht. »Die Magd muss den mittellosen Freiherrn unterstützen.«

»Bereitet Euch der Gedanke Schwierigkeiten?«

Lorenz spürte ihren herausfordernden Blick auf sich ruhen

und schluckte mühsam seinen Ärger herunter. »Nein«, sagte er knapp und nahm den Beutel. »Hoffen wir, dass es reicht.«

Mit einer Selbstsicherheit und Ruhe, die seinen Verdruss noch weiter entfachten, sah sie zu ihm auf. »Es *wird* reichen.«

»Und du glaubst, dass sie uns mitnehmen? Einfach so? Womöglich würden sie gar das Geld akzeptieren und uns anschließend umso freudiger der Miliz ausliefern. Ein hessischer Kriegsgefangener und eine Schuldmagd auf der Flucht, wenn ich mich recht entsinne.«

Wieder dieser entschiedene Gesichtsausdruck. »Schiffseigner sind Geschäftsleute, keine Patrioten. Der Anblick der Münzen wird sie zufriedenstellen. Außerdem steht uns nicht auf die Stirn geschrieben, wer wir sind. Höchstens werden sie sich fragen, was eine anständige Quäkerin mit einem heruntergekommenen Gentleman zu schaffen hat.« Der Hauch eines Lächelns glomm in ihren Augen auf. »Doch auch das wird sie nicht kümmern, solange die Bezahlung stimmt. Ihr werdet sehen.«

Wie konnte sie ihrer Sache nur so sicher sein? Immer wieder gelang es Anna, ihn in Staunen zu versetzen. Doch eine andere Wahl, als ihren Vorschlag zu akzeptieren, blieb ihm kaum.

»Dann bete zu deinem Gott, dass uns niemand Fragen stellt!« Energisch setzte er den Weg fort und hielt auf das Schiff zu. Aus den Augenwinkeln heraus sah er, dass sie ihm folgte.

»Und Ihr tätet gut daran, das Gleiche zu tun, Herr Leutnant. Oder ist es nicht auch Euer Gott?«

Lorenz beschloss sich, diese Frage später einmal zu überdenken.

✳

Das Schwanken des Schiffbodens verursachte Anna Übelkeit und ließ die Erinnerung an die Schrecken der langen Überfahrt in die Neue Welt nur allzu deutlich wieder lebendig werden – obgleich diese über drei Jahre zurücklag.

Wie ein gefangenes Tier lief Lorenz immer wieder im Laderaum auf und ab, als behage ihm die Vorstellung, auf Gedeih und Verderb einem zweifelhaften Schiffer ausgeliefert zu sein, ganz und gar nicht.

Alles war so gekommen, wie Anna es vorausgesagt hatte: Die Münzen hatten den Kapitän, einen kleinen, untersetzten Mann mit schlechtem Gebiss, sehr schnell davon überzeugen können, sie auf seiner Fahrt mitzunehmen, ohne lästige Fragen zu stellen.

Seit einem halben Tag saßen Lorenz und Anna nun im Halbdunkel des Laderaumes neben Kisten und Fässern, denen die unterschiedlichsten Gerüche entströmten, nach Tee und Tabak, Branntwein und anderen begehrten Gütern. Wahrscheinlich Schmuggelware, mit der in Zeiten von Krieg und Blockade guter Profit zu machen war.

Doch solange das Schiff sie zu ihrem Ziel brachte, störte selbst diese Vorstellung sie nicht weiter. Denn Lorenz hatte vom Kapitän erfahren, dass ein Großteil der hessischen und britischen Truppen von New York aus mit Waffen und Kampfgeräten per Schiff auf dem Weg nach Süden war, wohl in Richtung der Carolinas. Genaueres konnte der Alte natürlich nicht wissen, doch die Kunde vom Aufbruch dieser Flotte aus Hunderten von Schiffen musste sich wie ein Lauffeuer in der ganzen Küstenregion verbreitet haben. So war es ein Glücksfall für sie, dass dieses zwielichtige Schmugglerschiff ebenfalls dorthin unterwegs war.

»Sobald wir an Land sind, versuche ich, zu meinem Regiment zurückzukehren.« Lorenz knetete seine Hände, sein

Haar war nur notdürftig mit einem Band im Nacken zusammengebunden, und jeder Muskel in seinem Körper schien so angespannt, als ertrage er es nicht, nach den Monaten der Gefangenschaft untätig in einem Schiffsbauch eingesperrt zu sein.

»Ihr solltet Euch ausruhen.« Leise war Anna zu ihm getreten und legte ihm beruhigend die Hand auf den Unterarm. Die Wärme seiner Haut ließ sie erzittern. »Bis wir die Küste erreicht haben, könnt Ihr ohnehin nichts tun.«

»Wenn ich meinem Oberst nur eine Nachricht zukommen lassen könnte! Sicher glaubt man, ich sei bei Monmouth gefallen. Und wenn es stimmt, was man sich erzählt, gewinnen die Rebellen nicht nur täglich neue Anhänger, sondern erringen auch immer wieder Siege. Und ich sitze hier und bin zur Untätigkeit verdammt.« Wütend schlug er mit der Faust in seine flache Hand.

Traurig sah Anna ihn an. »Habt Ihr es denn so eilig, zu diesem Krieg zurückzukehren? Zu den Kämpfen und Schlachten. Zum...«, sie zögerte, »... zum Töten und Morden?«

Er fuhr herum. Zorn blitzte in seinen Augen auf, und es sah aus, als wolle er zu einer scharfen Erwiderung ansetzen. Dann jedoch wurden seine Züge weicher, und er ließ die Hand sinken.

»Das verstehst du nicht. Wie könntest du auch? Du kommst aus einer anderen Welt.«

Stumm nickte Anna. Diese Tatsache wurde ihr immer wieder vor Augen geführt.

»Ich habe einen Eid geschworen, auf meinen Landgrafen und die britische Krone. Und selbst wenn es meinen Kopf kostet, werde ich alles tun, um Wort zu halten.«

»Wisst Ihr nicht, dass die Schrift sagt, man solle keine Eide schwören?« Ihre Stimme war so leise, dass sie nicht wusste, ob er sie überhaupt verstand. »Und ich begreife immer besser, weshalb ...«

Ein heißer Blitz durchzuckte sie, als Lorenz ihre Wange berührte, seine Finger sie sanft streichelten. Durch die Monate der Feldarbeit war seine Haut rau geworden, und die Kraft seiner Hand ließ sie die Augen schließen.

»Wie soll es nun weitergehen?«, murmelte sie und spürte, wie ihr Körper von plötzlicher Wärme durchdrungen wurde.

»Anna, hör zu.« Lorenz beugte sich zu ihr hinab und hob sanft ihr Kinn mit seinen Fingerspitzen an. »Ich will, dass du mitkommst. Bleib bei mir! Wenigstens so lange, bis der Krieg vorbei ist. Ich werde für dich sorgen und dich schützen. Wenn es sein muss, mit meinem Leben.«

Mit meinem Leben. Verlockend und süß drangen diese Worte in Annas Gemüt und trieben ihr die Tränen in die Augen.

Wie gerne hätte sie nachgegeben. Mehr als alles andere verlangte es sie danach, in seiner Nähe zu sein. Und wenn sie den Ausdruck seiner Augen, den Klang seiner Stimme richtig deutete, ging es ihm genauso. Aber dennoch ...

»Warum zögerst du?« Seine Stimme klang sanft, fast ein wenig enttäuscht. »Ich weiß, es ist nicht viel, was ich dir bieten kann, solange dieser Krieg andauert. Aber wenn du an meiner Seite bleibst, dann verspreche ich dir ...«

»Und als was?« Endlich sah sie ihm direkt in die Augen. »Wenn ich Euch zu Eurem Regiment begleite, mich unter Euren Schutz stelle. Was werde ich sein? Das Liebchen eines Offiziers? Eine bessergestellte Trosshure, wie sie in Scharen die Feldzüge begleiten, um den Männern in den Nächten vor der Schlacht noch ein paar schöne Stunden zu bereiten?«

Sie sah, dass er verletzt war, als er den Kopf schüttelte.

»Dergleichen wirst du niemals sein, kannst du gar nicht sein. Bitte vertrau mir, Anna, ich ...« Seine Arme legten sich um ihre Schultern, umschlangen ihren Körper. Fest zog er sie an sich, sodass sie wieder seinen vertrauten Geruch wahrnahm. Einige Atemzüge lang blieben sie so stehen und schwiegen.

Dann riss sie sich los und flüchtete zur anderen Seite des Raumes. Der Boden schwankte nicht nur vom Seegang. Lorenz war ihr gefolgt, doch mit ihrem ausgestreckten Arm hielt sie ihn auf Abstand.

»Bitte hört mir zu.« Sie wartete, bis er widerwillig nickte, und fuhr fort. »Ich werde Euch zu Eurem Regiment begleiten. Als eine entlaufene Schuldmagd sehe ich im Moment keine andere Möglichkeit, um zu überleben ... Nein, sagt jetzt nichts!«

Er hatte zu einer Erwiderung angesetzt, doch eine Handbewegung hieß ihn weiter schweigen.

»Aus diesem Grund nehme ich Euer Angebot an, für meinen Schutz einzustehen – und ich danke Euch dafür. Doch ich will nichts, ich betone, nicht das Geringste zu tun haben mit Eurem Krieg, Euren Kämpfen und Schlachten. Und auf keinen Fall werde ich Eure Geliebte werden. Auch möchte ich nicht ...«, bei diesen Worten sah sie ihm fest in die Augen, »... dass nach außen hin dieser Eindruck entsteht. Ich komme mit Euch, weil ich sonst schutzlos wäre, falls die Huntleys mich noch immer suchen lassen. Doch werde ich Euch nicht auf der Tasche liegen, sondern mir eine Arbeit suchen. Ihr habt mir einmal erzählt, dass jedes Lager Köchinnen und Wäscherinnen braucht, und genau als solche werde ich mich verdingen.« Mit vorgerecktem Kinn sah sie ihn an. »Habe ich mich klar ausgedrückt?«

»Du bist ein halsstarriges Weib, Anna Hochstetter.« Für

einen kurzen Augenblick erschien ein Lächeln auf seinem Gesicht, und er streckte ihr seine Hand hin.

»Versucht nicht, vom Thema abzulenken, Herr Baron.« Ohne sein Lächeln zu erwidern, sah sie ihn an. »Habe ich Euer Wort, dass Ihr nie versuchen werdet, mir zu nahe zu treten, und auch dafür Sorge tragt, dass Eure Männer mich mit dem nötigen Respekt behandeln?«

Lorenz runzelte die Stirn. »Dir nie zu nahe zu treten?«

»Versprecht es«, beharrte Anna, ohne die ihr dargebotene Hand zu ergreifen.

Einen Augenblick lang lag Widerstand in seinen Augen, als wäre er nicht bereit, auf ihre Forderung einzugehen. Dann jedoch nickte er. »Gut, ich verspreche, dass ich mich bemühen werde, deine Ehre nicht zu verletzen.«

»Danke«, sagte Anna knapp. »Ich weiß, dass ich mich auf Euch verlassen kann.«

Ohne ein weiteres Wort zu verlieren, ging sie zu einem Stapel Kisten, auf die der Kapitän ein paar Decken geworfen hatte. Sie rollte sich darauf zusammen und zog den rauen Stoff über ihren Rücken. Trotz der Wärme im Frachtraum fror sie.

Schritte, gefolgt von einem Knarren auf der anderen Seite des Raums, sagten ihr, dass Lorenz sich ebenfalls hingelegt hatte. Seine Anwesenheit beruhigte sie, und gegen ihren Willen sehnte sie sich danach, dass er sich neben sie legen, seine Arme um sie schlingen und so ihre Angst vor der ungewissen Zukunft vertreiben würde.

KAPITEL 4

South Carolina, Januar 1780

Sie waren beide erleichtert gewesen, als sie endlich wieder festen Boden unter den Füßen hatten. Das Schiff hatte bei Nacht und Nebel unweit von Wilmington angelegt und sie an Land gesetzt. Nun lag ein langer Fußmarsch entlang der Küste, durch Wälder und Sümpfe, vor ihnen, bis hinab nach Charles Town, wo Lorenz hoffte, auf die britisch-hessischen Truppen zu stoßen.

Über eine Woche waren Anna und er nun schon unterwegs. Nachts hatten sie in Scheunen oder Ställen übernachtet. Kälte und Erschöpfung steckten Anna in den Knochen, doch vor allem bedauerte sie es, in Philadelphia Freunde und fast etwas wie Heimat zurückgelassen zu haben. Und während sie sich an Lorenz' Seite immer weiter Richtung Süden schlug, fiel es ihr bisweilen schwer, daran zu glauben, dass Gott noch immer einen Plan für ihr Leben hatte.

Nachdem sie den Kapitän bezahlt hatten, war von Annas Geld kaum noch etwas übrig. Es reichte gerade noch, um sie mit Nahrung zu versorgen, wenn sie auf eine entlegene Farm, ein Fischerdorf oder eine Ansammlung von Häusern stießen. Je weiter sie sich von Philadelphia entfernten, desto mehr schwand ihre Furcht, entdeckt zu werden.

Auch dieser Tag neigte sich schon dem Ende entgegen. Die winterliche Sonne stand tief am Himmel, und es wurde Zeit, sich ein Nachtquartier zu suchen. Seit dem Morgengrauen hatten sie Meile um Meile hinter sich gelassen, ohne auf eine menschliche Ansiedlung gestoßen zu sein. Ihre Vorräte waren

aufgebraucht, und Anna fühlte sich hundemüde und durch-
gefroren.

So erschien es ihr wie ein Geschenk des Himmels, als sie
von Ferne eine Scheune entdeckten, die vermutlich zu einem
entfernt gelegenen Gehöft oder einer kleinen Ortschaft gehörte. Ein Lichtschein fiel durch die kleinen Fenster, aus dem
Innern drangen Stimmen.

»Sollen wir uns hier eine Unterkunft suchen?«, fragte Lorenz, und Anna spürte, dass er besorgt um sie war.

Sie nickte. »Lass es uns versuchen. Wenn sie uns abweisen ... wie weit ist es wohl bis zum nächsten Dorf?«

Lorenz kniff die Augen zusammen und sah in eine unbestimmte Ferne. »Ich weiß es nicht. Aber lass uns das Beste
hoffen.«

Mit großen Schritten ging er auf die Scheune zu, sodass
Anna Mühe hatte, ihm zu folgen.

✳

Kein Weihrauch, der die Wünsche der Gläubigen gen Himmel
trug, keine in leuchtenden Farben bemalten Heiligenfiguren,
noch nicht einmal die kostbar bestickten Altartücher, welche
den Tisch des Herrn von anderen abheben sollten, waren vorhanden. Eine einfache Scheune diente als Gotteshaus, in dem
eine kleine Schar von Gläubigen die heilige Messe feierte. Der
Geruch von getrocknetem Heu und für den Winter eingela-
gertem Holz hing in der Luft. Lediglich Kelch und Patene,
innen mit Gold ausgekleidet, entsprachen den Vorschriften
der Kirche. Sie hatten ihren Weg aus Irland über den großen
Ozean gefunden und erinnerten schwach an den Glanz einer
versunkenen Vergangenheit.

Tief beugte Father Seán die Knie und verneigte sich vor dem

Allerheiligsten, während er die Augen der Menschen auf sich ruhen spürte, gläubig und voll Vertrauen. Eine bunt zusammengewürfelte Herde aus bettelarmen Auswanderern, Sträflingen, Schuldknechten und sogar aus den spanischen und französischen Kolonien entlaufenen Sklaven. Vereint in dem einen Glauben, an die eine Taufe, die eine Kirche, den einen Herrn, aller Unterschiede in Herkunft und Stellung zum Trotz.

Sie alle hatten etwas Besseres verdient als diese armselige Scheune, der Herr selbst hatte etwas Besseres verdient. Doch in vielen der britischen Kolonien war der katholische Ritus geächtet, im besten Falle geduldet. Und hier, in den Carolinas, wo viele Königstreue lebten, befürchtete Father Seán sogar, verhaftet zu werden, wenn er eine Messe zelebrierte, nicht zuletzt, weil er dies vor Ausländern, Sträflingen und entlaufenen Sklaven tat.

Ein gewisser Trost war es ihm, dass der Stall, in dem der Herr geboren war, kaum weniger schäbig gewesen sein konnte. Von daher gab es keinen Grund, Scham zu empfinden. Doch die Angst davor, entdeckt zu werden, ließ ihn nicht los, als er voller Andacht die heiligen Worte sprach: *Salutare tuum da nobis.* Schenke uns dein Heil. *Et clamor meus ad te veniat.* Und lass mein Rufen zu dir kommen.

Der Hauch eines Windstoßes ließ das fadenscheinige Leintuch flattern, das über der Holzkiste, die den Altar bildete, ausgebreitet war. Die Flammen der fast heruntergebrannten Kerzen flackerten, und plötzlich aufbrechende Furcht ließ Seáns Bewegungen einfrieren.

Seine Hände zitterten, als er die Arme zum Segen erhob und sein Blick über die Gläubigen glitt, welche sich ebenfalls bekreuzigten. Und dann sah er ihn.

Einen Moment lang glaubte Seán, seine eigene Angst habe

ihn genarrt. Er blinzelte. Doch als er die Augen wieder öffnete, war er noch immer da. Im geöffneten Scheunentor stand ein Mann, und obgleich seine Kleidung schmutzig und abgetragen war, ließen Körperhaltung und Blick vermuten, dass es sich um einen Milizionär oder, schlimmer noch, einen britischen Spion handelte. Die Kälte in Seán verstärkte sich, kaum brachte er die Segensworte hervor.

✳

Corpus tuum, domine, quod sumpsi, et sanguis, quem potavi, adhaereat visceribus meis.

Ein vertrauter Klang, tröstlich und stark. Doch so unwirklich, hier in der Fremde, Tausende Meilen entfernt von dort, wo Lorenz diese Worte zum letzten Mal gehört hatte.

Eine katholische Messe. Sanft drangen die lateinischen Worte an sein Ohr. Unwillkürlich murmelte er diese mit. Und obgleich er sich nie als sonderlich fromm bezeichnet hätte, gaben sie ihm ein Gefühl von Heimat, Wärme und Nähe. Fast wären ihm die Tränen in die Augen gestiegen. Es drängte ihn, die Knie zu beugen, als sei er ein Teil der Gemeinde und nicht Soldat, ein Kriegsgefangener auf der Flucht, irgendwo im Niemandsland.

Als sein Blick dem des jungen Priesters begegnete, glaubte er, Furcht darin zu lesen. Fahrig zelebrierte dieser die Messe zu Ende. Als die Gemeinde in einen leiernden Abschlussgesang verfiel, schien der Geistliche fast erleichtert zu sein. Doch Lorenz sah, dass er sich zusammennahm und jedem der Gläubigen ein persönliches Wort zum Abschied sagte, Hände schüttelte und auch einmal tröstend über den Kopf strich.

Plötzlich war von draußen Hufgetrampel zu vernehmen. Befehle wurden gebrüllt, laute Stimmen drangen herein. Wie vom Kanonendonner gerührt, verstummten alle Anwesenden. Die Angst, die mit einem Mal zwischen den Wänden der Scheune hing, war mit Händen greifbar. Die letzten Gläubigen, die sich noch nicht verabschiedet hatten, Weiße wie Schwarze, schauten mit angstgeweiteten Augen auf den Priester, alle vor Schreck wie erstarrt.

Wer konnte das sein? Soldaten, womöglich die örtliche Miliz oder eine Einheit der Kontinentalarmee?

Was, wenn man ihn hier entdeckte?, durchfuhr es Lorenz. Inmitten einer Gruppe zwielichtiger Gestalten und entsprungener Sklaven, im Bannkreis eines katholischen Priesters? Aber so, wie er jetzt aussah, würde wenigstens niemand mehr einen Soldaten oder gar Offizier in ihm vermuten.

Er musste sofort zu Anna, die draußen auf ihn wartete. Als sie gehört hatte, dass in der Scheune eine katholische Messe gefeiert wurde, hatte sie sich geweigert, den Raum zu betreten. Doch musste sie ebenfalls die Pferde gehört haben, denn plötzlich öffnete sich eine kleine Seitentür, und sie kam hereingestürzt.

»Reiter, sie kommen direkt auf uns zu! Was sollen wir tun?«

»Du versteckst dich!«, befahl Lorenz, und als er ihrer Miene ansah, dass sie sich weigern wollte, fügte er hinzu: »Oder willst du als Papistin verhaftet werden?«

Dann hob er sie, ohne auf ihren Protest zu achten, hoch und trug sie zwischen zwei Fässer, die an der Wand standen. Noch immer spürte er ihren Widerstand, als er sie vorsichtig absetzte und die Fässer so rückte, dass sie nicht auf den ersten Blick gesehen werden konnte. Schnell schob er noch ein paar Werkzeuge, Schaufeln, Rechen und Besen davor, sodass sie fast unsichtbar war und nur ein wirklich aufmerksamer Beobachter sie entdecken konnte.

»Kein Wort, hörst du!«

Danach ging Lorenz zu dem Priester, der blass geworden war, aber unbeirrt wartete, bis der Letzte seiner Gläubigen die Scheune verlassen hatte. Erst als alle in Sicherheit waren, wandte er sich um. Unsicher ruhten seine Augen auf Lorenz, als frage er sich, was dieser mit ihm vorhatte oder ob er gar zu denen da draußen gehörte.

»Father, zieht Euer Messgewand und Eure Stola aus und versteckt alles.«

Etwas wie trotziger Stolz blitzte in den Augen des Priesters auf. »Ich verleugne nicht meinen Glauben.«

Der Akzent, mit dem er sprach, klang weich und singend, und Lorenz glaubte herauszuhören, dass es sich um einen Iren handelte. Noch so ein halsstarriges Volk! Der Mut des Geistlichen rief jedoch unwillkürlich das Gefühl von Hochachtung in ihm hervor.

»Ihr sollt auch nicht Euren Glauben verleugnen, sondern versuchen, Eure Haut zu retten, Father.«

Das Hufgetrappel kam näher, und beunruhigt wandte sich Lorenz zur Tür, um nachzusehen, wer da anrückte.

»Tut, was Ihr für richtig haltet, Father. Wenn Ihr Euch vorgenommen habt, den Märtyrer zu spielen, bitte ...«

Mit diesen Worten drehte er sich um und schlüpfte hinaus, während er darum betete, dass der Priester seinem Rat folgte und Anna einstweilen in Sicherheit war.

✳

Es war *Father Seán!* Anna versuchte, zu verstehen, was sie gerade gesehen hatte. Father Seán O'Flanagan ... So oft hatte sie an ihn denken müssen, sich gefragt, was wohl aus ihm geworden war. Wie lange war es jetzt her, dass sie ihn zum letzten Mal gesehen hatte? Über drei Jahre?

Sie hatte es sehr bedauert, dass sie sich damals nicht hatte von ihm verabschieden können. Doch durch den Typhus war sie nicht bei Bewusstsein gewesen, als das Schiff Virginia erreicht hatte.

Und nun sah sie ihn so unvermutet vor sich stehen. Welch seltsame Fügung!

Anna glaubte nicht an Zufälle. Alles, was geschah, war Gottes Wille. Welchen Plan hatte *Er* aber mit ihr? Hoffnung keimte in ihr auf. Hoffnung, gepaart mit Angst. Sie hasste es, zur Untätigkeit verdammt zu sein, nur zu beten und abzuwarten, was geschehen würde.

Nachdem die Kerzen erloschen waren, hatte sich Dunkelheit in der Scheune ausgebreitet, und Anna fröstelte. Gerade als sie glaubte, die Spannung nicht mehr länger ertragen zu können, hörte sie ein lautes Quietschen. Das Tor wurde geöffnet, das Licht einer Fackel erhellte den Raum.

Feste Schritte näherten sich, kamen zielgerichtet auf ihr Versteck zu. Ihr Herzschlag setzte einen Moment lang aus. Die plötzliche Helligkeit blendete sie, und sie schloss die Augen.

❋

Mit dem Mut der Verzweiflung trat Lorenz hinaus in die Dunkelheit. Hufgetrappel, das Rattern von Rädern, polternde Schritte von Stiefeln auf festgetretenem Lehm. Der Lärm des Krieges. Nun würde sich zeigen, ob es sich um Freund oder Feind handelte.

Einen Moment benötigte Lorenz, um sich an das Dämmerlicht zu gewöhnen. Dann jedoch konnte er mehrere Reiter ausmachen, gefolgt von einer Truppe Fußsoldaten und dahinter einen Tross von Wagen.

Angespannt kniff er die Augen zusammen. Ein fahler Mond stand am Himmel, und endlich erkannte er die weißen Hosen und die roten Uniformjacken. Vor Erleichterung setzte sein Herz einen Schlag aus. *Briten!* Verbündete! Also waren die Auskünfte des Schmugglerkapitäns richtig gewesen. Wenn es ihm jetzt noch gelang, Anna in Sicherheit zu bringen ...

»Halt!« Eine harte, befehlsgewohnte Stimme ertönte, auf deren Zuruf hin Reiter und Soldaten stehen blieben. »Die Scheune scheint groß genug zu sein. Hier werden wir übernachten. Macht alles bereit!«

Sogleich schwärmten die Soldaten aus, und Lorenz stellte fest, dass es weniger waren, als er zunächst angenommen hatte. Vielleicht eine Vorhut? Zumindest aber genügend, um Anna und dem Priester gefährlich werden zu können.

Er musste sich zu erkennen geben. Ohne lange zu überlegen, trat er aus dem Schatten der Scheune und stellte sich dem Anführer der Truppe in den Weg.

»Guten Abend, Gentlemen.«

Überrascht wieherte das Pferd auf, tänzelte zwei Schritte zurück, und nur durch ein energisches Ziehen am Zügel konnte der Reiter es wieder in seine Gewalt bringen.

»Wer bist du, Kerl?«, rief er verärgert.

»Lorenz von Tannau, Premierleutnant des hessischen Jägerregiments. Mir ist es gelungen, mich aus der Gefangenschaft der Rebellen zu befreien, und ich melde mich zum Dienst zurück.«

Ein missmutiges Schnalzen war die Antwort. »Ein hessischer Jägeroffizier. Entkommen aus der Gefangenschaft also ...« Mit leichtem Schenkeldruck führte der Brite sein Pferd näher zu Lorenz heran, umrundete ihn mehrmals. »Und woher soll ich wissen, dass das stimmt? Wie kann ich sicher gehen, dass Ihr kein Spion seid?«

An diese Möglichkeit hatte Lorenz nicht gedacht.

Doch er ließ sich seine Unsicherheit nicht anmerken und sah dem Briten direkt ins Gesicht. »Ihr habt mein Wort als Offizier.«

»Euer Wort als Offizier. Als ob das in diesem Land etwas zählte.«

»*Mein* Wort tut es.«

Ein spöttisches Auflachen. »Nun gut. Und wo, Herr Leutnant, hat man Euch in Gefangenschaft gehalten, wenn ich fragen darf?«

Lorenz wusste, dass er sich nun auf sehr dünnes Eis begab, doch es gelang ihm, seiner Stimme weiterhin einen festen Klang zu verleihen. »Unweit von Philadelphia, auf einer Farm. Wir waren ...«

»Auf einer Farm, dass ich nicht lache.« Die Stimme des Briten klang jedoch alles andere als amüsiert. »Nicht einmal die Rebellen sind solche Barbaren, dass sie einen Offizier auf einer Farm schuften lassen wie einen gottverdammten Nigger. Erzählt Eure Geschichte einem Dümmeren. Sergeants! Dieser Mann ist ein Spion. Nehmt ihn fest.«

Auf den Befehl hin eilten zwei Soldaten herbei, packten Lorenz, rissen ihm die Arme auf den Rücken und wollten ihn mit sich zerren.

»Wartet!« Mit einem Ruck gelang es Lorenz, sich aus dem Griff zu befreien. »Wenn Ihr mir nicht glaubt, sendet einen Boten an Generalleutnant von Knyphausen oder Hauptmann Ewald. Beide können meine Identität bezeugen.«

Panik machte sich in ihm breit, als er sah, dass die Soldaten bereits in die Scheune eindrangen, und er schickte ein stummes Gebet zum Himmel, dass sie Anna nicht entdeckten, nicht bevor es ihm gelungen war, die Sache hier zu regeln. Und dass der Priester klug genug gewesen war, seinem Rat zu folgen.

»Dazu fehlt uns die Zeit.«

Lorenz spürte, wie harte Fesseln in sein Fleisch schnitten, als er sich heftig dagegen wehrte.

»Mit Verrätern und Spionen machen wir kurzen Prozess ...«

»Wir haben noch einen, Sir!«

Wie ein Echo seiner Furcht drang die Stimme eines Soldaten an sein Ohr, und als er den Kopf wandte, sah er, wie zwei Männer den gefesselten Pfarrer herauszerrten, der zu seiner Erleichterung jedoch zivile Kleidung trug und daher nicht als solcher zu erkennen war.

»Er wollte gerade fliehen, aber wir konnten ihn aufhalten. Irgendwelche Befehle, Sir?« Fragend sah er seinen Vorgesetzten an.

Lorenz beschloss, alles auf eine Karte zu setzen. »Dieser Mann ist ein Freund. Er hat mir bei der Flucht vor den Rebellen geholfen, daher stehe ich in seiner Schuld. Wenn Ihr es verlangt, bürge ich für ihn.«

»Eher verkaufe ich meine Seele an ...«

»Was ist hier los?«

Von irgendwo war ein weiterer Reiter herangekommen. Auch er trug die scharlachrote Uniform und saß auf einem feingliedrigen Pferd, das Lorenz selbst im Halbdunkel als besonders edles Tier erkennen konnte. Die Stimme des Mannes hatte einen schwerfällig singenden Klang, der nicht so recht zu einem Engländer passen wollte.

»Unsere Männer haben zwei Rebellen geschnappt, Sir. Der eine hat die Dreistigkeit, sich als hessischen Jägeroffizier auszugeben. Wahrscheinlich ein Spion.«

»Tatsächlich?« Wieder diese Stimme, die Lorenz einen Schauer über den Rücken jagte. »Bringt mir eine Fackel.«

Rasch eilte ein Soldat mit dem gewünschten Licht herbei und reichte es dem Offizier hinauf. Dieser nahm es, lenkte sein Pferd zu Lorenz, der sich noch immer im Griff der beiden Soldaten befand, und leuchtete ihm ins Gesicht.

Einen Moment lang war dieser von der plötzlichen Helligkeit geblendet. Dann jedoch erkannte er den Mann und erstarrte. *John Huntley.*

Das durfte doch nicht wahr sein! Dieser verfluchte Pflanzer, der seine Sklaven misshandelte und der Annas Leben auf dem Gewissen hätte, wäre Lorenz ihm nicht zuvorgekommen. Der Teufel musste seine Hand im Spiel gehabt haben, dass ausgerechnet dieser Schuft seinen Weg kreuzte.

Auch Huntley hatte Lorenz erkannt. Zunächst schien sein Gesicht vor Unglauben und Zorn erstarrt, dann jedoch verzog sich sein Mund zu einem kalten Lächeln, dessen Ausdruck zwischen Triumph und Verachtung wechselte.

»Ich denke, wir hatten bereits die Ehre. Leutnant von Tannau, wer hätte das gedacht?«

»Ihr kennt diesen Mann, Sir?«

Für einen kurzen Augenblick huschte Verärgerung über Huntleys Gesicht, als sei ihm gerade bewusst geworden, dass er durch seine vorschnellen Worte verhindert hatte, dass Lorenz als Spion und Verräter arretiert und womöglich hingerichtet worden wäre. Doch sogleich fing er sich wieder und nickte dem anderen zu.

»Ein Offizier der Jäger, in der Tat. Ein Mann, der dazu ausersehen war, Botendienste zu verrichten und Gespräche zu führen. Ein kleines Licht, kein Mann des Schwertes. Aber doch ...« In seinen Augen glomm ein gefährlicher Funke auf. »Wir sollten ihn mitnehmen, so wie er sagt, und den anderen auch. Schließlich ist er ...«, Huntley lächelte kalt, »... ein Verbündeter.«

Mit diesen Worten drückte er die Fersen in die Flanken seines Pferdes und entfernte sich.

Im ersten Moment durchströmte Lorenz Erleichterung. Doch während die Soldaten ihm die Fesseln lösten und sich bei ihm, als Offizier und Gentleman, für ihre Grobheit entschuldigten, fragte er sich, was Huntley im Schilde führte, dass er ihn so einfach laufen ließ.

Nach ihrer Begegnung damals auf dessen Plantage bei Williamsburg musste Huntley mittlerweile klar geworden sein, dass es Lorenz war, der Anna aus dem Pranger befreit hatte. Und so, wie er Huntley einschätzte, war dieser kein Mann, der sich ungestraft ins Handwerk pfuschen oder seines Eigentums berauben ließ. Welche Teufelei mochte er sich wohl ausdenken, um sich an ihm zu rächen? Und – dieser Gedanke durchzuckte Lorenz wie die Klinge eines Degens – was würde er mit Anna tun, wenn er herausbekäme, dass sie sich in seiner Nähe befand?

Es gab nur eine Möglichkeit. Er musste sie vor ihm verborgen halten. Doch das würde nicht einfach werden, da es für sie keine andere Möglichkeit gab, als sich – zumindest vorübergehend – dem Tross der Briten anzuschließen. Und so schwor er sich, Anna notfalls mit seinem Leben vor John Huntley zu schützen. Zuerst einmal musste er sie jedoch aus ihrem Versteck befreien.

KAPITEL 5

South Carolina, Januar 1780

Es war die Höhle des Löwen.

Wie betäubt hielt sich Anna an dem Wagen fest, der zum Tross der Frauen gehörte und in dem mitzureisen man ihr aus Gutherzigkeit oder Mitleid erlaubt hatte. Immer wieder setzten die Räder auf, und sie wurde hin- und hergerissen, sodass bald ihre Arme und ihr Rücken von den Stößen schmerzten. Die rasche Abfolge der Ereignisse erschütterte sie noch im Nachhinein stärker als die Unebenheiten der Straße, über die sie ruckelten.

Zuerst das Wiedersehen mit Father Seán, ihrem Wohltäter, das sie mehr beglückt hatte, als sie auszudrücken vermochte. Doch war die Freude nicht von langer Dauer gewesen.

Wie in einem Albtraum spielten sich die Geschehnisse des Vorabends noch einmal vor ihrem inneren Auge ab. Lorenz hatte plötzlich vor ihr gestanden, sie aus ihrem Versteck befreit und ihr mitgeteilt, dass es sich vor der Scheune um die Truppen des britischen Königs handelte. Rasch hatte er ihr erklärt, dass sie mit dem Tross bis Charles Town reisen könne. Dort würden sie zu den per Schiff transportierten britischen und hessischen Regimentern hinzustoßen. Erst kurz bevor er sie zu den Frauen gebracht hatte, hatte er ihr gesagt, wer diese Einheit anführte: John Huntley, der Mann, vor dem sie sich am meisten fürchtete.

Wer hielt die Fäden ihres Lebensweges in der Hand? War es tatsächlich Gott, wie sie noch wenige Stunden zuvor geglaubt hatte? Oder war es eine dämonische Macht, die bewirkt hatte, dass sie wieder in die Nähe dieses Mannes geraten war?

Und so schwankte sie zwischen Furcht und Hoffnung, als sie sich bei Anbruch der Dämmerung mit einigen Ehefrauen, Wäscherinnen, Marketenderinnen und Huren im Pferdewagen auf den Weg gemacht hatte, immer tiefer in den Süden.

»Wie heißt du?« Schlaftrunken kratzte sich eines der englischen Mädchen am Rücken, während sie Anna mit halb offenem Mund und zusammengekniffenen Augen musterte.

»Anna.«

»Bist du so was wie 'ne Nonne?«

Bevor Anna die Gelegenheit hatte, zu antworten, fiel eine andere ihr ins Wort: »Quatsch, das ist bloß so 'ne Betschwester, so 'ne Quäkerin.«

»Was ist das?«, fragte die Erste.

»Ich bin keine Quäkerin, ich bin Täuferin, Mennonitin, falls dir das etwas sagt.«

»Menno-was?« Die junge Frau war jetzt vollends verwirrt, schien jedoch gutmütig veranlagt zu sein, denn mit einem Schulterzucken fügte sie hinzu: »Ist ja auch egal. Hauptsache, du kannst zupacken, und du wilderst nicht in meinem Revier.« Sie streckte die Hüfte vor, um die Bedeutung ihrer Worte zu unterstreichen. »Aber so siehst du nicht aus, Mädchen, oder?«

Trotz der klaren Worte konnte Anna ein Lächeln nicht unterdrücken. »Darauf kannst du dich verlassen.«

»Dann sind wir uns ja einig. Du kannst dann später die Kartoffeln schälen. Abends haben die Mannsbilder meist einen Bärenhunger. Übrigens, ich bin die Fanny.« Mit diesen Worten streckte sie ihr die Hand hin, die Anna, ohne zu zögern, ergriff.

»Danke, dass ihr mich bei euch aufgenommen habt.«

»Helfende Hände kann man immer gebrauchen.« Mit diesen Worten wandte sich Fanny ab, und Anna versuchte, auf dem rumpelnden Wagen eine halbwegs bequeme Position zu finden.

Durch einen heftigen Ruck wurde Anna nach vorn geschleudert und aus dem Schlaf gerissen. Benommen rieb sie sich den schmerzenden Arm und spähte nach draußen, um zu sehen, wo sie sich befanden. Im Osten färbte sich der Himmel im Licht der Dämmerung allmählich grau. Überrascht stellte Anna fest, dass der Tross in unmittelbarer Nähe der Küste zum Stehen gekommen war. Das Gurgeln der Wellen am Strand klang seltsam fremdartig und beruhigend zugleich und mischte sich mit dem Schnauben der Pferde, dem Klirren von Metall, dem Schaben von Leder und Knarren von Holz, als die Soldaten absaßen. Sie schienen die ganze Nacht unterwegs gewesen zu sein, um den Treffpunkt zu erreichen, wo sie mit dem Großteil der britischen Truppen, der mit dem Kriegsgerät auf dem Seeweg transportiert wurde, wieder zusammenstoßen sollten.

Ob sie schon da waren? Anna reckte sich, konnte jedoch nichts erkennen, was auf die Nähe einer Stadt hinwies. Eine seltsame Unruhe hatte sie erfasst. Sie tastete nach ihrer Haube, band sie über ihre geflochtenen Haare, nahm ein warmes Umschlagtuch, kletterte dann vorsichtig über die anderen Frauen, die alle noch schliefen, hinweg und sprang barfuß vom Wagen. Die Erde unter ihren Füßen war feucht und kalt, auf der Zunge schmeckte sie die salzige Luft, die vom Meer kam.

Während um sie herum das Lager zum Leben erwachte, eilte sie durch raschelndes Gras zum Ufer hinüber, hinter dem sich der Ozean bis zum östlichen Horizont erstreckte. Einige Atemzüge lang hatte sie das beklemmende Gefühl, beobachtet zu werden. Doch als sie sich umwandte, konnte sie nichts Auffälliges entdecken, und so setzte sie ihren Weg zum Wasser fort.

*

Unwirsch sprang Major John Huntley vom Pferd. Die Tage im Sattel hatten ihn stark beansprucht, und nun fühlte er sich verspannt, wund geritten und verschwitzt, ein höchst unangenehmer Zustand. Seit er – dank der Informationen, welche er von diesem hessischen Überläufer Kurt Paul erhalten hatte – im Rang aufgestiegen war und ein richtiges Kommando übertragen bekommen hatte, hoffte er auf die Gelegenheit, in einer Schlacht seine strategischen Fähigkeiten unter Beweis stellen zu können.

In den nächsten Tagen erwartete man die Vorhut der mit General Clinton nach Süden verschifften Einheiten. Darunter befand sich auch sein Bursche Kurt Paul, den er in weiser Voraussicht bereits vor geraumer Zeit mit den besten Grüßen zu Sir Henry Clinton entsandt hatte. John Huntley hegte keinen Zweifel daran, dass dieser gerissene Teufel seine Neuigkeiten über die Pläne der Rebellen an die richtige Stelle weitergegeben hatte. Und natürlich würde er dabei den Namen des Majors, der ihn geschickt hatte – John Huntley – nicht unerwähnt lassen. Denn er war klug genug, um zu wissen, was er seinem Gönner schuldig und was ihm selbst von Nutzen war.

Dieser Gedanke ließ die Anstrengungen des langen Ritts beinahe erträglich erscheinen. Steifbeinig tat John ein paar Schritte und schaute sich um. Im Lager herrschte große Betriebsamkeit. Von Müdigkeit gezeichnete Soldaten schickten sich an, die Behelfsunterkünfte so zu befestigen, dass sie bis zur Ankunft der erwarteten Schiffe sicher waren.

John hatte das Gefühl, sich dringend Entspannung verschaffen zu müssen. Ein Besuch bei einer der Huren erschien ihm eine gute Möglichkeit, seine Stimmung zu heben und seine Lebensgeister zu wecken. Er übergab sein Pferd einem Burschen und machte sich auf den Weg zum hinteren Teil des Trosses, wo er die Wagen der Frauen wusste.

✻

Nie zuvor in ihrem Leben hatte Anna etwas Derartiges gesehen. Das Meer, welches Gott der Herr erschaffen hatte, war gewaltig, ein Spiegelbild des Himmels und seiner Allmacht.

Wie durch eine Nebelwand hindurch entsann sie sich, bereits zweimal an der Küste gestanden zu haben. Zum ersten Mal in Rotterdam, wo sie über drei Jahre zuvor das Auswandererschiff, die *Ariadne*, betreten hatte. Und kurz darauf in Irland, wo sie gezwungen gewesen war, ihre Arbeitskraft und sieben Jahre ihres Lebens zu verkaufen, um doch noch ihr Ziel – America – zu erreichen. Sehr gut erinnerte sie sich daran, wie verzweifelt, verstört und verängstigt sie sich gefühlt hatte. Damals hatte sie vor einer ungewissen Zukunft gestanden und kein Auge dafür gehabt, die unermessliche Macht und Schönheit zu entdecken, welche der Natur um sie herum innewohnte.

An diesem Morgen jedoch, als sie allein an einer etwas abgelegenen Stelle des Ufers stand, ließ sie sich davon überwältigen. Am Horizont erschien ein heller Streifen. Im gleichen Moment flammten auf den Wellen helle Lichter auf, die wie winzige Flammen über das Wasser zu tanzen schienen. Ohne die Kälte zu beachten, hob Anna die Röcke und ging mit nackten Füßen weiter, bis ihre Zehen nassen Sand berührten.

Wie betört stand sie da, während die eisigen Wellen ihre Beine umspülten. Sie vergaß ihre Vergangenheit, sie vergaß ihre Zukunft. In dieser Stunde, zwischen Nacht und Tag, gestern und heute, gab es keine Schatten, die sie bedrohten. Nur dieser Augenblick zählte, die salzige Luft auf ihren Lippen, die ersten Strahlen der Morgensonne auf ihrer Haut, der aufkommende Wind, der an ihrem Kleid und den Bändern ihrer Haube zerrte.

Sie fühlte sich frei. Während sie durch halb geschlossene Lider beobachtete, wie sich eine glutrote Sonne aus dem Ozean erhob, den Himmel und die Wasseroberfläche mit flüssigem Gold übergoss, erschien ihr alles, was sie hatte durchleiden müssen, unendlich klein, nichtig angesichts des erhabenen Schauspiels, wie an der Küste Americas die Sonne aus dem Meer geboren wurde.

Zu Hause hätte sie nie die Gelegenheit gehabt, etwas Derartiges zu sehen. Sie hätte kaum die Grenzen des Dorfes verlassen, wäre nicht weit über den Horizont der eigenen Familie oder Gemeinschaft hinausgekommen. Nie hätte sie diese unendliche Freiheit verspürt, die Gott allen verheißen hatte, wie die Eltern ihr immer erklärt hatten.

Könnt ihr mich sehen, Mutter, Vater? Ist es das, was ihr euch für mich gewünscht habt, auf diesem Weg die Freiheit zu erlangen?

Die Sonne war inzwischen ein Stück weit aufgestiegen, und Anna spürte die Wärme angenehm auf ihren ausgekühlten Beinen.

Natürlich war das alles eine Selbsttäuschung. Sie war nicht frei, sie war eine unter den Bann gestellte Täuferin, dazu eine verurteilte und entlaufene Schuldmagd. Ihre Zukunft war so ungewiss, dass sie noch nicht einmal mit Sicherheit sagen konnte, wo sie den nächsten Tag verbringen würde. Und doch kam ihr der Anblick des Himmels und des Meeres wie ein Symbol dieses Landes vor, das so heftig um seine Freiheit kämpfte – und diese zugleich immer wieder selbst verriet. Freiheit von fremder Herrschaft, auch Freiheit von Knechtschaft und Sklaverei, Freiheit von Engstirnigkeit und Bevormundung. Welches Paradies könnte dieses weite, endlose Land sein, wenn dieser Krieg endlich vorbei wäre und alle Menschen, gleich welcher Rasse, Herkunft und Religion in Freiheit zusammenleben würden?

In diesem kostbaren Moment, wo sie, Anna Hochstetter aus einem kleinen Dorf im Nassauischen, die Tochter eines einfachen Bauern und Tischlers, am Rande der glitzernden Unendlichkeit stand, schien sie zumindest einen Vorgeschmack darauf zu erhaschen. Mit einem leichten Beben schloss sie die Augen und gab sich ganz dem Gefühl des Windes in ihren Haaren, der Sonne auf ihrer Haut und der Wellen um ihre Füße hin. Es war wie ein Gebet.

Unversehens packte sie eine Hand von hinten und ließ sie zusammenfahren. Vor Angst erstarrt, war sie nicht in der Lage, sich zu wehren, als ihr ein Arm auf den Rücken gedreht und sie gegen einen harten Körper gedrückt wurde.

»Was tust du hier?«, zischte es an ihrem Ohr.

Warmer Atem streifte ihren Hals, und sie presste die Zähne aufeinander, rührte sich aber nicht.

»Ich hab dir gesagt, du sollst dich versteckt halten. Und was tust du? Läufst allein hier draußen herum, ohne Schutz.«

Es war Lorenz.

Statt Erleichterung flammte Zorn in Anna auf. Sie versuchte, sich aus seinem Griff zu befreien, doch er hielt sie so fest gepackt, dass er ihr beinahe den Atem abdrückte.

»Seid Ihr von Sinnen? Was fällt Euch ein, mich dermaßen zu erschrecken. Ich dachte schon, Ihr wärt...«, keuchte sie.

Ruckartig stieß er sie herum, sodass sie gezwungen war, ihn anzusehen. »*Der* hätte ich auch sehr gut sein können. Und was dann? Wer wäre dir zu Hilfe gekommen, wenn Huntley und nicht ich dich hier entdeckt hätte?«

Was er sagte, war nicht von der Hand zu weisen. Dennoch war Anna zutiefst empört, dass er sie derart in Angst versetzt hatte.

Entschieden hielt er ihrem Blick stand. Sein Atem ging stockend, der Schein der aufgehenden Sonne spiegelte sich in seinen Augen. Ein paar schwarze Locken hatten sich aus seinem Zopf gelöst und wurden von der Meeresbrise in sein Gesicht geweht, das von den Monaten der Gefangenschaft noch immer auf unaristokratische Weise gebräunt war.

In diesem Moment erkannte Anna, dass nicht der Wunsch, sie zu beherrschen, ihn antrieb – in seinem Blick stand aufrichtige Sorge um ihr Wohlergehen. Diese Erkenntnis rührte und beschämte sie gleichermaßen.

Schließlich lockerte er seinen Griff, und beinahe wäre sie gestürzt, da ihr so plötzlich die Stütze fehlte. Mit einem Rest von Würde rappelte sie sich auf, ordnete ihre Haube, zog das Tuch fester um sich und drückte ihre Röcke nach unten, die der auffrischende Seewind unschicklich aufblähte. »Ihr habt recht. Es war leichtsinnig von mir. Aber ich...« Sie unterbrach sich. Wie sollte sie einem Mann wie ihm, einem Offizier von Adel, erklären, wie berauscht sie von dem Gefühl der Freiheit und Weite gewesen war, das sie beim Anblick des Meeres verspürt hatte?

Rasch wandte sie sich ab. »Es wird nicht mehr vorkommen.«

Plötzlich hatte sie es sehr eilig, zu den anderen Frauen

zurückzugelangen. Sie hörte noch, wie er ihr etwas nachrief, doch erschrocken von dem wieder aufflammenden Gefühl ihm gegenüber, lief sie weiter. Die Meeresbrise zerfaserte seine Worte, und sie verstand nicht, was er sagte.

*

Er musste sich in einem dieser wirren Fieberträume befinden. Anders konnte sich Father Seán O'Flanagan die Ereignisse der letzten Tage nicht erklären.

Während die im Morgengrauen liegende sumpfige Landschaft South Carolinas mit ihren alten Bäumen und dem fast bis zum Boden herabhängenden Spanischen Moos im gleichmäßigen Rhythmus seiner Schritte an ihm vorbeizog, erinnerte er sich an die alten Geschichten, die seine Großmutter ihm abends oft erzählt hatte. Geschichten von Feen und Elfen, welche die Sterblichen mit sich nahmen und in eine geheimnisvolle fremde Welt entführten.

Vielleicht war auch er entführt worden. Oder wie sonst, fragte er sich, war all das möglich, was er binnen kürzester Zeit erlebt hatte: Zunächst war er nur um Haaresbreite einer Verhaftung entgangen. Dann war ihm, wie eine Erscheinung des Himmels, Anna, die junge deutsche Täuferin, wiederbegegnet, die ihm ans Herz gewachsen war und die er durch unglückliche Umstände aus den Augen verloren hatte. Und jetzt fand er sich inmitten bis zu den Zähnen bewaffneter Rotröcke in einem britischen Heereszug wieder.

Letzteres musste mit dem Teufel zugegangen sein. Ausgerechnet er, der trotz seines geistlichen Standes die Soldaten des Königs derart hasste, marschierte nun in ihren Reihen die Küste entlang Richtung Charles Town. *Der Teufel* ... Tatsächlich. So konnte man *ihn* durchaus nennen.

Seán spürte, wie seine Miene sich verdüsterte, die Hände sich zur Faust ballten, während sein Herz in ohnmächtiger Wut zu pochen begann, als die Erinnerung an dieses Gesicht in ihm aufstieg. Wesentlich älter als damals, und doch hätte er es überall und jederzeit wiedererkannt ...

»Halt! Alles stehen bleiben!« Eine befehlsgewohnte Stimme drang durch die kühle Morgenluft. »Hier machen wir Rast.«

Erleichtertes Aufstöhnen war zu vernehmen, als die erschöpften Männer nur allzu bereitwillig dem Befehl nachkamen, ihr Gepäck auf die Erde gleiten ließen und sich anschickten, sich mit Wasser, Rum und trockenem Brot zu stärken. Die salzig schmeckende Brise ließ Seán vermuten, dass sie sich ganz in der Nähe der Küste befanden. Die Wagen vor ihnen mussten vor längerer Zeit schon ihr Ziel erreicht haben, denn dort tummelten sich bereits Trossfrauen und andere Armeebegleiter.

»Father Seán!« Eine weibliche Stimme unterbrach seine düsteren Überlegungen und ließ ihn herumfahren. Mit geröteten Wangen und in der Morgenluft flatternden Röcken kam Anna auf ihn zugeeilt. »Father Seán, welch glückliche Fügung!«

Als sie etwas außer Atem vor ihm stand, stellte er mit Erleichterung fest, dass sie gesund wirkte, nicht wie damals auf dem Schiff, wo er sie zum letzten Mal gesehen hatte, lebensgefährlich an Typhus erkrankt.

»Anna!« Die aufrichtige Freude, die junge Frau wiederzusehen, vertrieb für einen Moment seine dunklen Gedanken. »Ich hatte befürchtet, dich nie wiederzusehen. Du warst damals plötzlich verschwunden, kaum dass das Schiff angelegt hatte.«

Ihre Miene wurde ernst. »Seitdem ist so viel geschehen.«

Verständnisvoll blickte Seán sie an. »Das kann ich mir denken. Aber was machst du hier, in South Carolina? Ich dachte, du hättest dich nach Virginia verpflichtet.«

»Das Gleiche könnte ich Euch fragen, Father. Ihr wolltet doch ebenfalls nach Virginia, um dafür zu sorgen, dass Eure Landsleute nie ohne geistige Heimat wären.«

»Das habe ich auch getan«, erklärte er. »Eine ganze Weile sogar. Es war eine ... gute Zeit. Doch dann habe ich davon erfahren, dass weiter im Süden, in den Carolinas, meine Glaubensbrüder einen noch schwereren Stand haben, und so befand ich, es sei meine Pflicht ...«

»... Euch um die Menschen dort unten zu kümmern. Ich verstehe.«

Einen Moment lang dachte Seán an all das Elend, das er gesehen hatte, hüben wie drüben, und wünschte sich schmerzhaft, er könnte mehr tun, um zu helfen, als nur Messen zu lesen und zu beten. »Aber die Welt ist im Umbruch«, sagte er dann, mehr zu sich selbst. »Wo ich auch hinkam, war eine Veränderung spürbar. Die Menschen beginnen allmählich, an die Freiheit zu glauben und an sich selbst.« Er zwang sich zu einem Lächeln. »Aber du hast mir noch immer nicht gesagt, was du hier tust. Hat dein Master dir die restlichen Jahre erlassen?«

Es entging Seán nicht, dass ein Schatten über Annas Gesicht glitt, als sie stumm den Kopf schüttelte. Eine ungute Vorahnung überkam ihn. »Du bist doch nicht etwa geflohen? Davongelaufen?«

Das Schweigen war Antwort genug.

»Gütige Muttergottes, Anna! Sie werden nach dir suchen. Was, wenn sie dich finden?«

»Ich hatte keine Wahl.« Tränen schimmerten in ihren Augen, und Seán wünschte, er hätte nicht gefragt. »Man hat mich eines Verbrechens angeklagt und verurteilt. Wäre mir nicht die Flucht gelungen, hätten sie mich nach Barbados geschickt.«

Barbados. Seán spürte, wie er blass wurde. »Dann danke Gott, dass er dich hierhergeführt hat. Und wer ist dein Begleiter, dieser Soldat?«

Mit kurzen Worten erzählte Anna ihm von dem hessischen Offizier, den sie bereits aus ihrer Heimat kannte und der im richtigen Moment wieder in ihrem Leben aufgetaucht war, um sie vor Deportation und Tod zu bewahren. An der Art, wie sie den Namen dieses Mannes aussprach und wie ihre Augen leuchteten, merkte Seán, dass ein weitaus tieferes Gefühl sie mit ihrem Retter verband als bloße Dankbarkeit.

»Eine seltsame Geschichte«, sagte er schließlich, als sie geendet hatte. »Kaum nachvollziehbar und doch wieder ein Zeichen dafür, wie Gott die Wege der Menschen lenkt.«

»Fürwahr, das tut Er.« Annas Blick war versonnen, einen Augenblick lang lag eine tiefe, unausgesprochene Sehnsucht darin. »Allerdings frage ich mich, weshalb Er es dann nicht verhindert hat, dass am gleichen Tag wie Ihr auch mein Master wieder in mein Leben treten musste.«

Seán wurde hellhörig. »Dein *Master*, dem du entlaufen bist?«

Anna senkte die Stimme, obgleich ihr keiner der Soldaten, die ihrem Frühmahl und morgendlichen Verrichtungen nachkamen, Beachtung schenkte. »Seine Familie hatte mich wegen Aufsässigkeit und Ungehorsams vor Gericht gebracht. Doch das war längst nicht alles ...« Sie schien kaum in der Lage weiterzusprechen, und ihre Augen flackerten, als sei die Erinnerung nur schwer zu ertragen. »Er hat mehrmals versucht, mir Gewalt anzutun ...«

Seán spürte, wie Zorn in ihm aufstieg, die alte hilflose Wut, die er nur allzu gut kannte.

»Dein Offizier wird jetzt auf dich achtgeben?« Seine Stimme klang belegt.

Anna nickte. »Solange er in der Nähe ist, wird John Huntley es nicht wagen, Hand an mich zu legen. Selbst wenn er oder seine Kopfgeldjäger mich irgendwann entdecken.«

John Huntley.

Seán war, als hätte sich gerade die Erde vor ihm aufgetan, und einen Moment lang war er zu keiner Antwort fähig. Dann jedoch fasste er die Hand der jungen Frau, die erschrocken und verwirrt zu ihm aufsah.

»Father, was habt Ihr plötzlich?«

»Dein Master heißt John Huntley?«

»Ja, er ist Tabakpflanzer und Pferdezüchter aus der Nähe von Williamsburg. Aber er behandelt seine Tiere weitaus besser als seine Untergebenen. Ein wirklich…«, sie schien nach dem passenden Wort zu suchen, »…schlechter Mensch. Seid froh, wenn Ihr ihm nie über den Weg lauft.« Als sei ihr ein unangenehmer Gedanke gekommen, zuckte sie zusammen. »Es ist wohl besser, wenn ich nun zu den Frauen zurückgehe. Ich bin aber sehr froh, Father, dass wir uns wiederbegegnet sind. Habt Ihr vor, länger den Trupp zu begleiten? Dann würden wir uns ja sicher von Zeit zu Zeit sehen können.«

Einen Moment schien sie auf eine Antwort zu warten, als diese jedoch nur in einem knappen Nicken bestand, runzelte sie besorgt die Stirn. Doch verabschiedete sie sich rasch und lief zu einem der Wagen, vor dem zwei Frauen gerade dabei waren, eine Mahlzeit vorzubereiten.

Regungslos sah er ihr nach, während das Herz in seiner Brust hämmerte. Das war unmöglich! So grausam konnte Gott doch nicht sein.

John Huntley…

Seit Seán nach der geheimen Messe das Gesicht dieses Mannes im Schein der Fackel wiedererkannt hatte, war die quälende Erinnerung an die Vergangenheit erneut in ihm wach geworden. Und mit einem Male erkannte Seán, dass er wesentlich länger als geplant in diesem Tross bleiben würde. So lange, bis Anna in Sicherheit war.

Nur allzu gut wusste er, wozu Huntley fähig war. Und er schwor bei Gott und seinen Heiligen, dass er diesmal nicht tatenlos zusehen würde, wenn dieser Teufel versuchen würde, Anna das Gleiche anzutun wie damals in Irland seiner Verlobten Eryn.

KAPITEL 6

Zwischen Charles Town und Savannah, 11. Februar 1780

Es war ein überwältigender Anblick!

Eine Flotte aus über hundert Transport- und Kriegsschiffen lag vor der Küste South Carolinas. In einem schier endlosen Strom wurden Soldaten, Kanonen, Pferde, Munition und Verpflegung an Land gebracht, die geballte Macht der britischen Streitkräfte, etwa ein Drittel der gesamten in Nordamerica stationierten Einheiten. Mehrere Wochen lang waren die britischen und hessischen Regimenter, über achttausend Mann unter dem Kommando von General Clinton, von New York aus auf dem Seeweg Richtung Süden unterwegs gewesen.

Unangenehm kalt drang die Februarluft durch Lorenz' Rock, doch überkam ihn beim Anblick der nun endlich vereinten Kampftruppen ein Gefühl der Befriedigung und Zuversicht. Wie sollten die Rebellen, die sich in Charles Town verschanzt hatten, einer solchen Übermacht widerstehen? Hoffnung machte sich breit, dass der Krieg nun bald ein Ende finden könnte. Daneben empfand er Erleichterung darüber, nach all der Zeit der Unsicherheit, Demütigung und Gefangenschaft endlich wieder unter seinen eigenen Leuten und als Offizier anerkannt zu sein.

Sobald die hessischen Jägereinheiten an Land gegangen waren, hatte Lorenz sich beeilt, beim Kommandanten seine Ankunft zu melden, Bericht zu erstatten und alle notwendigen Formalitäten zu erledigen. Geistesgegenwärtig hatte er dabei auch Father Seán O'Flanagan mit falschen Angaben als Schreiber in den Tross aufnehmen lassen. Weitaus schwieriger hatte sich die Sache mit Anna erwiesen. Da er John Huntley in seiner Nähe wusste, hatte er es vorgezogen, diese Angelegenheit unter der Hand zu regeln. So war er selbst zu den hessischen Trossfrauen gegangen, um sicherzustellen, dass Anna dort Unterkunft und Verpflegung fand und dass sie im Gegenzug – wie zuvor bei der britischen Vorhut – auch diesen Frauen zur Hand ging.

Alles war erledigt, und eigentlich hätte Lorenz sich von Anna für die Nacht verabschieden können. Doch er hatte noch eine Überraschung für sie und bat sie, ihn auf einem kurzen Spaziergang zu begleiten.

»Ich denke, es gibt da jemanden, den du vielleicht gerne wiedersehen möchtest.«

Auf ihren fragenden Blick hin ergriff Lorenz lächelnd Annas Hand und zog sie mit sich bis zu einem abgezäunten Bereich, wo einige Pferde grasten. Mit dem Rücken zu ihnen stand ein junger Mann, der gerade den Fuß eines der Tiere untersuchte und ihm dabei beruhigende Worte zumurmelte.

Lorenz ließ Annas Hand los und hatte in wenigen Schritten den Pferdeknecht erreicht, der sich bei seinem Näherkommen aufrichtete. Einen Moment lang stand ungläubige Verwirrung in seinem Gesicht, die sich gleich darauf in ein freudiges Lächeln verwandelte.

»Master Lorenz, Sir!« Noah machte einen Schritt auf ihn zu, und Lorenz sah, dass er sich nur mit Mühe zurückhalten konnte, ihm auf die Schulter zu klopfen. »Ihr lebt? Seid Ihr wohlauf? Ich hab schon gedacht, Ihr seid ... tot.« Tränen schimmerten in seinen Augen. »Wie schön, Euch zu sehen, Sir!«

Mit Erstaunen nahm Lorenz wahr, dass er bei dieser aufrichtigen Wiedersehensfreude Rührung empfand, und erwiderte das Lächeln. »Ich war in Gefangenschaft ...«

Fragend runzelte Noah die Stirn. »Davon wusste ich gar nichts.«

»Eine lange Geschichte.« Mit einer knappen Handbewegung schob Lorenz das Thema beiseite. »Aber ich habe jemanden mitgebracht, den du sicher noch kennst.«

Er trat beiseite und schaute zu Anna hinüber. Sie hatte die Hände vor den Mund geschlagen und stand wie erstarrt da.

Augenblicklich veränderte sich Noahs Gesichtsausdruck. Fassungslosigkeit zeichnete sich auf seinen Zügen ab, während er auf die junge Frau zuging. Etwa eine Armlänge vor ihr blieb er stehen und strahlte sie an.

»Annie!«

Ihre Hände streckten sich ihm entgegen und ergriffen die seinen. Einen Moment lang standen sich beide regungslos gegenüber, dann begann ihr ganzes Gesicht zu leuchten. Sichtlich bewegt zog Noah Anna an sich. Ihr Körper bebte, während der Schwarze sanft mit seiner Hand über ihren Rücken strich.

Lorenz spürte einen Stich von Eifersucht und wandte sich ab. Ein wenig besorgt sah er sich nach Perikles um, da er erfahren hatte, dass viele Pferde den langen Schiffstransport nicht überlebt hatten. Erleichtert entdeckte er ihn schließlich friedlich grasend zwischen anderen Tieren. Er schien seinen Herrn zu wittern und kam schnaubend näher. Freudig warf er den Kopf hoch und rieb dann seine Wange an Lorenz' Schulter. Dieser stellte zu seiner großen Zufriedenheit fest, dass das Pferd während seiner Abwesenheit hervorragend gepflegt worden war. Noch eine Sache, für die er Noah dankbar sein musste.

»Schön, dich zu sehen, alter Knabe.« Ein warmes Gefühl durchflutete Lorenz, als er seine Hände über Mähne und Hals des Tieres gleiten ließ. Es tat gut, nach langer Zeit, nach fast anderthalb Jahren, wieder zurück zu sein.

Über den Pferderücken hinweg sah er, dass Noah seinen Arm um Annas Schultern gelegt, sie mit sich unter einen Baum gezogen hatte und sich angeregt mit ihr unterhielt. Obgleich er den beiden ihre Wiedersehensfreude aufrichtig gönnte, hatte Lorenz doch plötzlich das Gefühl, ausgeschlossen zu sein und nicht dazuzugehören.

Er ließ sich neben seinem Pferd ins Gras sinken, während seine Gedanken zurückschweiften zu den langen Monaten seiner Gefangenschaft. Dort hatte er das bäuerliche Leben und harte körperliche Arbeit am eigenen Leib kennengelernt, wie auch eine für ihn völlig neue, ungekünstelte Form der Kameradschaft unter den Mitgefangenen, mit denen er Not und Entbehrungen geteilt hatte. Womöglich hatten ihm diese Erfahrungen die Augen für die wesentlichen Dinge geöffnet.

Lorenz beschloss, noch eine Weile bei Perikles zu bleiben, um Noah und Anna etwas Zeit füreinander zu lassen. Während er die beiden beobachtete, die noch immer miteinander sprachen, als gälte es, alles zu erzählen, was sich in den vergangenen zwei Jahren ereignet hatte, dachte er darüber nach, wie es wohl wäre, in einer Welt zu leben, in der es keine Schranken zwischen Herkunft, Stand und Religion gab.

✳

»Was ist nur los mit dir, Victory? Warum lahmst du ausgerechnet jetzt?« Ungeduldig klopfte John Huntley seinem Grauschimmel den Hals. »Halt bloß durch! Bald sind wir im Lager der Hessen, da kann man sich um dich kümmern.«

John war außerordentlich stolz auf sein Pferd, eines der edelsten seiner eigenen Zucht. Schon oft war er wegen dieses prächtigen Tieres beneidet worden. Deshalb ließ er ihm auch jede Pflege angedeihen. Doch hatte er nie wieder jemanden gefunden, der sich so gut auf seine Pferde verstand wie dieser Noah. Dieser Bastard, der es gewagt hatte, sich ihm zu widersetzen. Doch hatte er bitter dafür büßen müssen! Ob er überhaupt noch am Leben war?

Victory kam nur langsam voran, was ihn ärgerte, denn dadurch würde er es wohl nicht mehr rechtzeitig ins hessische Lager schaffen. Das hessische Offizierskorps hatte aus Anlass des Osterfestes seine britischen Verbündeten zu einem gemeinsamen Abendessen eingeladen, obgleich in dieser Zeit kaum jemandem nach Feiern zumute war. Sechs Wochen zuvor war Clintons Flotte gelandet – sechs elend lange Wochen waren sie nun schon in dieser Wildnis auf dem Marsch, und die Anspannung unter den Männern schien täglich zu wachsen. Zudem hatten Spione berichtet, dass General Benjamin Lincoln, der in Charles Town stationierte Kommandant der Südarmee der Rebellen, schon bald mit einer Verstärkung seiner Truppen rechnen konnte.

Als endlich die Pferdekoppeln in Sicht kamen, hielt John darauf zu. Rasch stieg er aus dem Sattel und winkte einen Soldaten herbei. »Mein Pferd lahmt! Habt ihr hier jemanden, der sich damit auskennt und sich das Tier einmal ansehen kann?«

»Gewiss, Sir!« Der Mann salutierte. »Wir haben einen hervorragenden Pferdeknecht, der jede Krankheit kuriert. Sogar das Tier unseres Hauptmanns Ewald hat er nach einer bösen Schussverletzung wieder hinbekommen. Und der hat ihn dafür persönlich belobigt.« Stolz blitzten die Augen des jungen Soldaten. »Ihr werdet sehen, er wird auch Eurem Pferd helfen.«

»Na, dann ruf mir mal diesen Wunderknaben«, brummte John und ließ seinen Blick über die anderen Tiere schweifen, die friedlich im Abendlicht grasten.

Kurze Zeit später vernahm er erneut die Stimme des Soldaten: »Da ist er, Sir. Er wird sich jetzt um Euer Pferd kümmern.«

John drehte sich um und schaute in das Gesicht seines ehemaligen Sklaven. Noahs zuvor noch freundlicher Ausdruck erstarrte zu einer eisigen Miene, während John nicht glauben wollte, was er sah. Schweigend blickten sich die beiden an. John fing sich als Erster wieder.

»Hier bist du also gelandet!«, knurrte er. War dieser verfluchte Nigger doch nicht vor die Hunde gegangen! Im Gegenteil, er hatte sogar eine solch gute Position gefunden und sich sogleich überall beliebt gemacht.

Ohne ein Wort zu erwidern, sah Noah seinen früheren Herrn an. Nach und nach erschienen weitere Soldaten auf der Koppel, um die Tiere zu versorgen. Alle grüßten den Pferdeknecht oder klopften ihm freundschaftlich auf die Schulter. John hätte seinem ehemaligen Sklaven liebend gern Prügel verabreichen lassen, doch wusste er, dass ihm das nicht mehr zustand. Mit zusammengekniffenem Mund musste er zusehen, dass Victory Noah erkannte und zutraulich seinen Kopf an ihm rieb.

»Kümmer dich um mein Pferd, es lahmt am rechten Hinterfuß!«, stieß er zornig hervor.

Noah schaute ihn unverwandt an, und einen Moment schien es, als wolle er sich weigern, dem Befehl Folge zu leisten. Doch gerade als John glaubte, explodieren zu müssen, ergriff der Schwarze Victorys Zügel, drehte sich um und ging langsam mit dem Pferd davon.

Sprachlos vor Wut sah John ihm nach.

*

Das Klappern von Besteck, des helle Klirren von feinem Porzellan und Kristallglas klang wie eine leise Melodie über die Tische der Offiziere, Briten und Hessen, die zur Feier des Osterfestes gemeinsam dinierten.

Trotz des festlichen Anlasses war die Stimmung der Gesellschaft gedrückt. Der harte Marsch Richtung Charles Town war durch wiederkehrende Angriffe patriotischer Scharfschützen zusätzlich erschwert worden, die versucht hatten, ihr Vorrücken aufzuhalten. Auch waren die vielen Ausfälle von Soldaten durch Seuchen, Überanstrengung und das ungewohnte Klima nicht dazu angetan, die Moral im Lager zu verbessern.

Im unwegsamen Gelände des von Sümpfen, Bächen und Flüssen durchzogenen Küstengebietes war der Zug nur langsam vorangekommen, was den Rebellen einen entscheidenden Vorteil verschaffen könnte, sollte deren Verstärkung aus Virginia vor ihnen in Charles Town eintreffen. Doch nun war die stolze Stadt in erreichbare Nähe gerückt, und die Anspannung unter den Offizieren war förmlich zu greifen. Dennoch wollte man auf die kleine Osterfeier unter Gentlemen nicht verzichten, wenngleich ein Zelt als provisorischer Festsaal herhalten musste und das Bankett den Umständen entsprechend weniger üppig ausfiel.

Geistesabwesend griff Lorenz zu seinem Weinglas und nippte daran. Er war mit seinen Gedanken ganz woanders. Aus den Augenwinkeln sah er, wie Major John Huntley, der nicht weit von ihm entfernt saß, ihn mit frostigem Blick beobachtete.

Nur dank seiner anerzogenen Selbstbeherrschung gelang es Lorenz, sich scheinbar ungerührt mit seinem linken Tischnachbarn zu unterhalten, Lieutenant Colonel Banastre Tarleton, dem Kommandanten der neu gegründeten, aus loyalistischen Milizen bestehenden British Legion.

Mit wachsender Besorgnis stellte er jedoch fest, dass Huntley mit verbissener Miene ein Glas Portwein nach dem anderen leerte, als wolle er sich Mut antrinken. Die missbilligenden Blicke einiger Gentlemen bemerkte er offenbar nicht oder übersah sie geflissentlich.

Mit jedem Glas, das Huntley in sich hineinschüttete, schien der Druck, unter dem der Virginier stand, zu wachsen. Er wirkte auf ihn wie ein geschlossener Wassertopf auf offener Flamme.

Die Explosion ließ denn auch nicht lange auf sich warten. Mitten im Gespräch mit seinem Tischnachbarn vernahm Lorenz das dumpfe Geräusch eines heftig abgestellten Glases.

»Euer Stallbursche, dieser Schwarzbock, ist ein Aufrührer!«, knurrte Huntley und starrte Lorenz mit glasigen Augen an.

Scheinbar unbeeindruckt erwiderte Lorenz den Blick des Virginiers und zog die Augenbrauen hoch. »Ich nehme an, Sir, Ihr sprecht von Noah, der als Pferdeknecht in unserem Regiment arbeitet. Ich weiß nicht, was Ihr meint. Mir jedenfalls hat der Mann bisher hervorragende Dienste geleistet.«

Huntleys Gesicht lief violett an. »Ihr habt ja keine Ahnung, wozu solches Gesindel fähig ist.«

»Und wozu, glaubt Ihr, ist Noah fähig?«

Huntley schnaufte. »Zu allen Schandtaten, die man sich vorstellen kann, stehlen, lügen, betrügen.«

»Das halte ich für sehr unwahrscheinlich.« Lorenz führte sein Glas an die Lippen.

»Nur weil Ihr den Burschen nicht kennt!«

»In diesem Punkt irrt Ihr, Sir. Ich kenne ihn sogar recht gut und habe ihn selbst für unsere Einheit erworben. Ein vorteilhafter Kauf, wenn ich so sagen darf. Geradezu vorbildlich, wie er sich um die Pferde kümmert.«

»Er ist aufsässig und rebellisch. Habt Ihr nicht seinen Rücken gesehen?«

Langsam stellte Lorenz das Glas ab und sah dem Offizier in die Augen. »Meiner Erfahrung nach sind derartige Strafen nicht immer gerechtfertigt. Das solltet Ihr wohl am besten wissen, *Sir*.« Das letzte Wort brachte Lorenz mit einer kurzen Verzögerung hervor, und in dieser einen Silbe schwang so viel Ironie mit, dass der Angesprochene aufsprang und trotz seines alkoholisierten Zustandes mit einer geübten Bewegung nach dem Degen griff. »Wie könnt Ihr es wagen, Ihr ...«

Lorenz, der diese Reaktion erwartet hatte, war blitzschnell auf den Beinen, und bevor Huntley seine Waffe gezückt hatte, lag die Spitze seines Degens bereits an dessen Kehlkopf.

»Ich warne Euch, Sir, treibt keine Spielchen mit mir! Ich weiß, was Euch erbost, und es ist nicht der Pferdebursche, sondern etwas ganz anderes ...«

»Dann gebt Ihr es also zu?«, keuchte Huntley, wagte aber nicht, sich unter der Klinge zu rühren.

»Was soll ich zugeben, Sir? Drückt Euch bitte verständlich aus.«

»Dass Ihr dahintersteckt!«

»Was meint Ihr damit?«

»Dass Ihr meine Schuldmagd, diese Anna, entführt habt. Damals auf meiner Plantage wolltet Ihr sie doch unbedingt haben.«

Ein amüsiertes Auflachen entrang sich Lorenz' Kehle. »Eine Schuldmagd? Macht Euch doch nicht zum Narren.«

»Ihr habt sie entführt. Und deshalb seid Ihr nichts weiter als ein verlogener, dreckiger Dieb.«

»Aber, aber, Mr. Huntley. So nehmt Euch doch zusammen, was sollen die Gentlemen hier bei einem solchen Benehmen von Euch denken?«

Die anwesenden Offiziere verfolgten teils neugierig, teils missbilligend die Auseinandersetzung, ohne jedoch einzugreifen.

Offensichtlich war Huntley zu zornig oder zu betrunken, um sich darüber Gedanken zu machen. »Ihr habt etwas gestohlen, das mir gehört. Und ich schwöre Euch, dafür werdet Ihr zahlen, *Söldner*.« Das letzte Wort spuckte er mit einer solchen Verachtung aus, dass Lorenz nur mit Mühe den Impuls unterdrücken konnte, sich mit dem Ärmel über das Gesicht zu wischen.

Sein Lächeln wurde eine Spur kühler. »Die letzte Bemerkung werde ich zu Euren Gunsten überhören. Denn, wie alle hier bestätigen werden, bin ich ein hervorragender Schütze. Und nun solltet Ihr Eure Ordonnanz rufen, damit sie Euch zu Bett bringt. Mir scheint, Ihr habt weitaus mehr getrunken, als Euch bekommt. Zu viel Portwein verträgt eben nicht jeder. Gute Nacht, meine Herren.«

Ohne auf den noch immer vor Wut zitternden Huntley zu achten, schob Lorenz seine Klinge zurück in die Scheide und setzte seinen Hut auf. Dann verließ er mit einem kurzen Gruß an die anwesenden Offiziere das Zelt, wo sogleich ein vernehmliches Raunen einsetzte.

KAPITEL 7

Charles Town Bay, South Carolina, Ende April 1780

Die Belagerung war in vollem Gange.

Nach dem wochenlangen Marsch entlang der Küste hatten die Briten und ihre Verbündeten sogleich damit begonnen, rund um die Stadt Gräben auszuheben. Trotz des beständigen Beschusses durch die sich verteidigenden Rebellen war die Stadt nach vierzehn Tagen vollständig eingeschlossen. Selbst von der Seeseite her war kein Durchkommen mehr, da Schiffe der britischen Flotte die Bucht besetzt hatten.

Tag und Nacht war Kanonendonner zu vernehmen, während die Belagerungsringe immer dichter um die Stadt gezogen wurden. Unermüdlich trieben die britischen und deutschen Offiziere ihre Männer weiter voran. Selbst nach Sonnenuntergang rissen die Kämpfe nicht ab. Ein Heer von schwarzen Sklaven, die auf das Versprechen der Briten von Freiheit und Landbesitz hin ihren patriotisch gesinnten Herren entlaufen waren, schaufelten und schanzten bis zum Morgengrauen.

Der Tross lagerte ein wenig abseits der Kampflinien im sumpfigen Hinterland, doch selbst dort musste jederzeit mit Überfällen versprengter Milizen oder dem Einschlag fehlgeleiteter Artilleriegeschosse gerechnet werden. In diesem Feldzug gab es keinen sicheren Ort. Dazu wüteten verheerende Seuchen unter den Truppen, besonders die Malaria forderte unzählige Opfer.

In dieser Nacht fand Anna keinen Schlaf. Seit dem Beginn der Belagerung hatte sie kaum eine Gelegenheit gefunden, Lorenz zu sehen. Da die Jägerregimenter meist mit besonders riskanten Operationen betraut wurden, verging kein Tag, an dem sie nicht um sein Leben bangte.

In den Nächten teilte sich Anna ein Zelt mit zwei anderen Trossfrauen. Sophie war eine Näherin, die sich ihren Lebensunterhalt dadurch verdiente, dass sie die Uniformen, Hemden und Laken der Soldaten ausbesserte. Gerda verdingte sich als Wäscherin. Gelegentlich verschwand sie mit einem der jungen Feldwebel im Wald und kehrte erst nach einer ganzen Weile mit gerötetem Gesicht und zerzausten Haaren zurück.

Unangenehm warm spürte Anna den Atem ihrer Bettgenossin im Nacken und versuchte, eine bequemere Position zu finden, ohne die andere aufzuwecken. Durch die Bewegung rollte diese auf den Rücken und begann, leise zu schnarchen, wobei sie einen Hauch von Branntweingeruch verströmte. Plötzlich vernahm Anna ein leises Wimmern. Sie schob die Decke beiseite, schlüpfte in ihr Kleid, band sich ihre Haube um und trat nach draußen.

Graue Dämmerung lag über dem Lager. Nur vereinzelt drang das Donnern der Artilleriegeschütze von der Stadt zu ihnen herüber. In den Zelten der Frauen rührte sich noch nichts, doch wusste Anna, dass sich das bald ändern und in rege Geschäftigkeit umschlagen würde. Schwach glomm die Glut eines der Feuer, die zwischen den Zelten entzündet worden waren, eine Katze streunte auf der Suche nach etwas Essbarem umher, und einer der Pferdeburschen schlief, den Kopf auf die angewinkelten Beine gestützt.

Das Wimmern wurde lauter. Als Anna ihren Blick über das vom morgendlichen Nebel verhangene Lager schweifen ließ und lauschte, stellte sie fest, dass es aus einem der benachbarten Zelte kam. Sie beeilte sich, dorthin zu gelangen, und schob beherzt die Plane beiseite.

Eine junge Frau kauerte auf der Erde, die Beine angewinkelt, den Rock nach oben geschoben. Unter ihr hatte sich eine riesige Blutlache gebildet, die im Schein einer Kerze schwarz und klebrig aussah. Vor ihr kniete eine andere Frau, ein blutgetränktes Leintuch in Händen, die leise auf sie einredete. Als sie den Kopf wandte, sah Anna, dass es Käthe war, eine weitere Wäscherin.

»Was tust du hier?«, zischte diese, offenbar mehr erschrocken als empört. »Das hier ist nichts für eine wie dich. Verschwinde, und lass uns in Frieden!«

Anna hatte sofort erkannt, dass die junge Frau auf der Erde, deren Bauch stark angeschwollen war, in den Wehen lag. Und nach der Menge Blut zu urteilen, das sie verloren hatte, mussten diese schon eine ganze Zeit andauern.

»Warum habt ihr nicht nach einem Arzt geschickt?«, fragte Anna, ohne auf Käthes abweisende Worte einzugehen.

Der Blick, der Anna traf, war eine Mischung aus Spott und Verzweiflung. »Die Feldscher haben wahrlich Besseres zu tun, als sich um eine Trosshure zu kümmern, die dumm genug war, sich ein Balg andrehen zu lassen. Bei allem, was hier los ist …«

Ein Aufschrei ließ die Köpfe der Frauen fast gleichzeitig wieder zu der Gebärenden herumfahren.

Ohne zu überlegen, schob Anna die Wäscherin beiseite und kniete sich vor die junge Frau, deren Gesicht erschreckend blass schimmerte und deren Finger mit getrocknetem Blut verschmiert waren. Ihr Leib zog sich unter immer heftigeren Wehen zusammen, für den Bruchteil eines Atemzuges war ein Köpfchen zu sehen, das jedoch sogleich wieder im Mutterleib verschwand.

»Irgendwas muss es daran hindern, herauszukommen«, murmelte Anna vor sich hin, während sie mit der Hand vorsichtig den Unterkörper der Frau abtastete, um die Lage des Kindes festzustellen.

»He, was machst du denn da?« Käthes Stimme klang empört, doch schien auch eine Spur Hoffnung darin zu liegen.

Anna schloss erst ihre Untersuchung ab und wandte sich dann an die Wäscherin. »Ich brauche einen Kessel mit heißem Wasser, saubere Tücher, ein scharfes Messer und unverdünnten Branntwein.«

Käthe blickte sie ungläubig an. »Soll das heißen, dass du dich in solchen Dingen auskennst? Aber wieso ... ich meine, du bist doch 'ne Betschwester und ...«

»Beeil dich, ihr bleibt nicht viel Zeit.«

Wie um die Worte zu unterstreichen, krümmte sich die Gebärende erneut und stieß einen kehligen Schrei aus, der Käthe aus dem Zelt eilen ließ.

Als Anna sich umschaute, stellte sie fest, dass jemand bereits eine Schüssel mit sauberem Wasser neben die junge Frau gestellt hatte. Gründlich wusch sie ihre Hände darin, bevor sie den Rock der Frau weiter hochschob. Im gleichen Moment zog sich der Bauch der Gebärenden unter der nächsten Wehe zusammen, und wieder erschien das dunkle Köpfchen. Sogleich griff Anna danach, der feine Flaum darauf war warm, weich und klebrig. Eine kurze, beglückende Berührung, doch dann glitt das Kind erneut zurück. Vorsichtig führte sie ihre Hand in den Geburtskanal und ertastete den kleinen Kopf. Während sie versuchte, die Schreie der jungen Frau zu ignorieren, suchte sie nach dem winzigen Oberkörper und hielt erschrocken inne. Etwas Festes hatte sich um die Arme des kleinen Wesens geschlungen und zog es bei jeder Bewegung wieder in den Mutterleib zurück.

Anna keuchte. Es musste die Nabelschnur sein. Schnell sprach sie ein kurzes Gebet, schloss die Augen und tastete weiter nach dem Hals des Kindes, der zum Glück frei lag. Lediglich unter den Achselhöhlen schien sich die Schnur mit

Armen und Rumpf verschlungen zu haben. Erleichtert atmete Anna auf. Das bedeutete, dass das Kind nicht in Gefahr war, sich zu strangulieren und zu ersticken. Dennoch galt es, rasch zu handeln. Die Mutter hatte viel Blut verloren, und auch die Kräfte des Säuglings mussten bald erschöpft sein.

Endlich kam Käthe mit dem Gewünschten zurück. Während Anna ihr Anweisung gab, Hände und Messer in dem heißen Wasser zu waschen, flößte sie selbst der jungen Mutter etwas von dem Alkohol ein, um sie für den Augenblick zu beruhigen und die Schmerzen zu lindern. Dann folgte bereits die nächste Wehe.

»Rasch, Käthe, nimm das Messer, und komm her!«

Eilig kniete sich die Gerufene zu ihr, und Anna spürte, dass diese zitterte.

»Wir haben nicht viel Zeit. Ich versuche, den Körper des Säuglings herauszuziehen. Dann musst du die Nabelschnur, die sich um die Oberarme gewickelt hat, mit dem Messer durchtrennen. Hast du verstanden?«

Erschrocken wich Käthe zurück. »Das kann ich nicht!«

»Du musst!« Anna zwang sich, ruhig zu bleiben. »Sonst werden beide sterben.«

Die junge Frau neben ihr verkrampfte sich erneut.

»Also gut, ich werd's versuchen. Was soll ich ...«

Der Rest des Satzes ging im Schrei der Gebärenden unter, die sich unter der nächsten Wehe krümmte. Mit pochendem Herzen sah Anna, wie sich das winzige Köpfchen wiederum nach draußen schob. Beherzt griff sie danach und hielt den Nacken mit beiden Händen umklammert, damit das Kind nicht zurückgleiten konnte.

»So, jetzt schneid die Nabelschnur durch. Dieses Seil, das sich um die Arme gewickelt hat. Aber Vorsicht! Pass auf, dass du das Kind nicht verletzt!«

Anna benötigte all ihre Kraft, um den Säugling nicht loszulassen, während Käthe mit zitternden Fingern das Messer ansetzte und halbherzig begann, an der Schnur zu sägen.

»Beeil dich!«, keuchte Anna. »Ich kann es nicht länger so halten. Sonst ...«

Wie in einem Traum sah sie, dass Käthe in der Bewegung kurz innehielt und zögerte.

»Jetzt! Tu es jetzt!«

Eine gefühlte Ewigkeit geschah nichts. Anna spürte, wie ihr das Kind zu entgleiten drohte, die Kraft der Mutter allmählich erlahmte. Dann schien sich Käthe einen Ruck zu geben und durchtrennte mit einem raschen Schnitt die Nabelschnur, sodass sich sogleich ein Strahl Blut über ihre Hand ergoss.

Im gleichen Moment kam die nächste Wehe.

»Jetzt pressen!«, hörte Anna sich rufen, und im gleichen Moment glitt ein warmer, feuchter Körper in ihre Arme. Einen Moment lang hielt sie das kleine Wesen an sich gedrückt. Dann spürte sie, wie es sich zu rekeln und sogleich zu schreien begann. Es war ein kräftiger, gesunder Junge.

Ein Gefühl unendlicher Erleichterung durchströmte Anna, während sie das Neugeborene mit einem sauberen Tuch abtupfte und auf den Bauch seiner Mutter legte. Sanft strich die junge Frau über den Kopf ihres Kleinen. Eine unbändige Freude stieg in Anna auf, als sie in der Schüssel mit Wasser ihre blutverschmierten Hände und Unterarme wusch und schließlich mit dem letzten sauberen Tuch abtrocknete. Rasch wickelte sie den Kleinen in eine Decke und zeigte der Mutter, die zwar noch immer erschöpft, aber nicht mehr so blass war, wie man das Kind richtig an die Brust legte, damit es saugen konnte. Dann ließ sie sich müde am Pfosten des Zeltes zur Erde gleiten, wo sie in das weiche Moos sank.

Kopfschüttelnd stand Käthe neben ihr. »Versteh einer diese Betschwestern! Kommst hier rein, ziehst der da mir nichts, dir nichts so 'nen Schreihals aus dem Bauch...« Sie hielt einen Augenblick nachdenklich inne. »Sag mal...«

»Ja?« Anna wandte sich wieder der Wäscherin zu.

»Du scheinst dich ja auszukennen mit dem Kinderkriegen und solchen Sachen.«

Anna nickte.

»Denkst du, du könntest vielleicht... Ich meine, die Frauen hier haben andauernd irgendwas. Nicht nur, dass sie Bälger in die Welt setzen, auch andere Wehwehchen. Und den Feldschern bleibt keine Zeit für solche Kleinigkeiten. Vielleicht willst du ja als Hebamme oder so bei uns bleiben...« Sichtbar verlegen wand sich Käthe bei diesen Worten und knetete ihre Hände. »Falls du dich nicht schämst, dich um Frauen wie uns zu kümmern, meine ich.«

Anna war tief gerührt. Ausgerechnet hier, inmitten von Krieg und Gewalt, in der Gesellschaft von Frauen oft zwielichtiger Herkunft und Huren, erfuhr sie Anerkennung und Respekt, wie sie es zuvor nur bei ihrer Arbeit in den Sklavenhütten und im Krankenhaus von Philadelphia erlebt hatte. Ohne zu zögern, ergriff sie Käthes dargebotene Hand und ließ sich aufhelfen. »Das werde ich gern tun.«

Nachdem sie ihre Sachen zusammengepackt und sich vergewissert hatte, dass die junge Mutter und ihr Kind schliefen, verließ sie mit Käthe das Zelt. Ein Lächeln zuckte um ihre Mundwinkel, als sie sich vorstellte, wie Gideon es wohl finden würde, wenn er sie in dieser Gesellschaft, mitten in einem von Kanonenrauch geschwängerten Kriegslager sehen könnte. Nun denn, es gab Dinge, die Menschen wie er nie verstehen würden.

Und bisweilen schrieb Gott auch auf krummen Zeilen gerade. Wenn es sein musste, sogar auf sehr krummen.

Anna war todmüde. Jeder Knochen ihres Körpers schmerzte, ihre Handflächen brannten von frischen Schwielen, und zu allem Überfluss hatte sie sich in der Maihitze einen heftigen Sonnenbrand zugezogen. Wangenknochen und Nase waren puterrot, und sie verdankte es nur ihrer Quäkertracht, die lediglich Hände und Gesicht frei ließ, dass der Rest ihres Körpers geschützt war.

Über fünf Wochen dauerte nun schon die Belagerung, und mit jedem Tag wurde es unerträglicher. Rauch, Feuer und Pulverdampf vermischten sich mit dem aus den Sümpfen aufsteigenden Dunst und erschwerten das Atmen. Ständig waren der Lärm der Kanonen und Musketen, die Schreie der Männer zu hören. Der Strom von Verwundeten und Erkrankten, die von der Frontlinie zu den Versorgungseinheiten gebracht wurden, riss nicht ab.

Tag und Nacht war Anna damit beschäftigt, in den Zelten und notdürftigen Lazaretten auszuhelfen. Was zunächst als medizinischer Beistand für bedürftige Trossfrauen gedacht gewesen war, hatte sich – je länger die Belagerung dauerte – zu einem täglich endlosen Einsatz für Verletzte und Erkrankte entwickelt.

Im Augenblick jedoch glaubte Anna, keinen Fuß mehr vor den anderen setzen zu können. Sie vermochte sich nicht einmal mehr daran zu erinnern, wann sie zuletzt geschlafen oder etwas gegessen hatte. Verstohlen rieb sie sich die Schultern, als sie zu dem Waschtrog ging, der vor einem der Zelte stand. Sie nahm die Haube ab, löste die Zöpfe und genoss das Gefühl, wie ihr langes Haar seidig über ihren Rücken glitt und die Spannung auf ihrer Kopfhaut nachließ. Langsam wusch sie sich die Hände und das erhitzte Gesicht.

Ein Rascheln ließ sie herumfahren. Wie sie es hasste, immer auf der Flucht, bei jedem Geräusch auf das Schlimmste gefasst sein zu müssen – ob vor Huntley, feindlichen Rebellen oder einer verirrten Kugel.

»Anna«, vernahm sie eine vertraute Stimme. Erleichterung durchströmte sie, als sie Lorenz erblickte. Er hatte die Uniformjacke abgelegt und trug nur Hemd, Hose und Stiefel. Ihr Herz begann, schneller zu schlagen, diesmal jedoch nicht aus Furcht.

»Was macht Ihr hier?«

Ein Lächeln blitzte in seinem Gesicht auf. »Hast du Angst um deinen guten Ruf?«

Sie konnte nicht anders, als sein Lächeln zu erwidern. »Ein Mädchen wie ich hat nicht viel mehr als seine Tugend und seinen guten Ruf.«

Lorenz schüttelte den Kopf. »Das Einzige, worüber du dir hier keine Sorgen zu machen brauchst, ist wohl das Geschwätz anderer Leute.« Seinen Augen war anzusehen, dass er sie gerne berührt oder doch zumindest den Arm um sie geschlungen hätte. »Eher ereilen dich hier Typhus, Pocken oder ...«

»... oder ein fehlgeleitetes Geschoss ...«

»... als ein schlechter Ruf, nur weil du dich mit einem Soldaten wie mir einlässt.«

Anna spürte, wie ihr Lächeln sich vertiefte, als sie zu ihm aufsah. »Einer der wenigen Vorteile, die es mit sich bringt, ein Niemand im Nirgendwo zu sein.«

Unwillig runzelte Lorenz die Stirn. »Du bist kein Niemand!«

Sie winkte leicht ab. »Möglich. Aber von meiner Gemeinde wegen unzüchtigen Verhaltens verbannt und gut Freund mit Zöllnern und Dirnen.«

»Das Leben hier muss für dich schwer zu ertragen sein.« Es waren nicht nur Mitleid und Respekt, die in seinem Blick standen, der langsam über ihren Körper glitt und schließlich an ihrem Mund hängen blieb.

Röte schoss Anna ins Gesicht, und sie wandte sich ab. »Macht Euch keine Sorgen um mich. Andere hier sind viel schlechter dran.«

Eine Hand legte sich auf ihre Schulter und drehte sie langsam herum. »Aber danach habe ich nicht gefragt ... Wie geht es dir?«

Unschlüssig, was sie erwidern sollte, strich sie den Stoff ihres Rockes glatt, der vom langen Aufenthalt im Kriegslager fadenscheinig und dünn geworden war. »Ich komme zurecht.«

»Die Belagerung wird bald ihren ...«, Lorenz zögerte, »... Höhepunkt erreichen.«

Die plötzliche Wendung des Gesprächs ließ Anna aufhorchen. Was wollte er ihr sagen?

Sanft schloss sich seine Hand um ihre, und die plötzliche Wärme, die sie durchströmte, verdrängte einen Moment lang die aufsteigende Furcht.

»Wann?«, fragte sie.

»Das kann ich nicht genau sagen. General Clinton hat Lincolns Kapitulationsangebot abgelehnt. Er verlangt eine bedingungslose Unterwerfung. Doch lange kann es nicht mehr dauern. Unser Belagerungsring ist so dicht, dass unsere Kanonenkugeln schon bis ins Stadtzentrum treffen. Die Bevölkerung ist mittlerweile völlig ausgehungert. Es ist nur noch eine Frage der Zeit, bis Lincoln Charles Town nicht mehr halten kann.«

Sie spürte seine Anspannung. Er wirkte, als verabscheue er die Vorstellung, welches Leid seine Einheit über die Stadt und ihre Menschen brachte. »Anna, hör zu. Ich möchte, dass du in der nächsten Zeit besonders vorsichtig bist. Männer, die wissen, dass sie in eine Schlacht ziehen, sind manchmal ...« Er brach ab, und sein Daumen strich mit schmerzhaftem Druck über ihren Handrücken.

»Habt Ihr Angst?«, fragte sie leise.

Lorenz' Blick flackerte. »Ja, um dich. Und davor, was aus dir werden soll, wenn mir etwas zustößt. Besonders ...« Er unterbrach sich, als scheue er davor zurück, das Offensichtliche auszusprechen. »Besonders mit John Huntley im gleichen Lager.«

Eine eisige Klammer legte sich um Annas Brust. Solange sie sich in Lorenz' Nähe befand, hatte sie sich nicht schutzlos gefühlt, zumal Huntley offenbar noch nichts von ihrer Anwesenheit wusste. Doch der Gedanke, dass Lorenz etwas zustoßen, sie ihn in diesem blutigen Krieg verlieren könnte, wurde so übermächtig, dass er die Furcht um sie selbst überlagerte.

»Gott möge seine Hand über Euch halten«, brachte sie schließlich hervor, doch zweifelte sie selbst daran, dass dieser Wunsch erfüllt wurde. Wie konnte Gott jemanden schützen, der seinen Willen missachtete, zur Waffe griff und diese auf andere Menschen richtete? »Ich werde für Euch beten.« Zumindest das konnte sie tun. »Jeden Tag, jede Nacht werde ich ...«

Plötzlich war Lorenz' Gesicht ganz nah. Sein Atem streifte ihre Wangen. Unfähig, sich zu rühren, schloss sie die Augen, als könne sie sich auf diese Art vor den Regungen schützen, die plötzlich in ihr aufkeimten und ihr ganzes Wesen in Besitz nahmen. Dann spürte sie seine Hände auf ihrem Rücken und seine Lippen auf den ihren. Lang unterdrückte Empfindungen brachen sich Bahn.

Dieser Kuss war so anders als der erste, damals in Waldeck, und erweckte in ihr ein nie gekanntes Gefühl. Er schmeckte salzig von Schweiß und bitter vom Pulverdampf und enthielt dennoch eine köstliche Verheißung. Unwillkürlich öffnete sie die Lippen, und Lorenz nahm ihre Einladung an, während ihr Körper, ja ihre ganze Seele, nach mehr fieberte.

Sie vergaß, wo sie sich befand. Das Krachen der Artilleriegeschütze, das Treiben des Lagers, die heranrückende Gefahr, alles war in weite Ferne gerückt. Einen Moment lang erschien es ihr, als würde ihr Herz im Gleichklang mit dem seinen schlagen.

Gerade als sie sich fragte, wie das möglich sein konnte, wurde ihr bewusst, was sie tat. Sie lag in den Armen eines papistischen Offiziers und ließ zu, dass ihr Körper dabei ungeahnte Wonnen empfand, ja das Blut in ihren Ohren sang, während das Donnern der Kanonen die Erde erschütterte.

»Nein!« Um Atem ringend, nahm sie all ihre Kraft zusammen, um sich Lorenz' Griff zu entwinden, ihre Lippen von seinen zu lösen. »Das dürfen wir nicht tun. Ihr wisst es doch ... Wir ... «

Einen Moment lang überging er ihren Widerstand und presste sie weiter wie ein Ertrinkender an sich. Dann jedoch schien auch er wieder zur Besinnung zu kommen und lockerte langsam die Umarmung.

Schwer atmend stand sie vor ihm. Ihr Herz hämmerte wild, ihre Lippen brannten, und sie hatte das Gefühl, dass überall dort, wo seine Hände sie berührt hatten, ihre Haut glühte. Fast überraschte es sie, dass sich die Welt um sie herum nicht verändert hatte. Noch immer drang der Lärm der Kämpfe zu ihnen herüber. Nur die Sonne hatte ihren Weg weiter hinab zum Horizont genommen und übergoss nun das sumpfige Hinterland mit blutrotem Licht.

Wie ein schlechtes Omen. Trotz der Wärme des Abends zitterte sie.

»Versprich mir, dass du auf dich aufpasst.« Lorenz' Stimme klang rau, und sie sah, dass es ihn Mühe kostete, seine Gefühle zu unterdrücken. »Halte dich fern von der ganzen Hölle, die bald nicht mehr zu kontrollieren sein wird. Versprichst du mir das?«

Anna wollte nicken, doch dazu war sie nicht in der Lage.

Halte du dich doch fern!, wollte sie rufen. *Verlass diesen Ort, und bring uns beide in Sicherheit!* Aber sie wusste, dass er dies nicht tun würde. Seine Ehre und sein Eid banden ihn an diesen König und dessen von Gott verabscheuten Krieg. Er würde weitermachen, bis auch die letzte Schlacht geschlagen war. Falls er dann noch lebte.

»Ich muss gehen.« Als könne er seinen Blick nicht von ihr lösen, sah er sie an. Und sie glaubte, zu erkennen, dass seine Augen feucht schimmerten. Schließlich wandte er sich um, und sie schaute ihm nach, bis er hinter Gebüsch und Bäumen verschwunden war.

KAPITEL 8

Charles Town Bay, Mitte Mai 1780

Dies war der Tag, an dem Charles Town fallen sollte, eine der reichsten Städte der Kolonien, das Juwel des Südens. Nach sechs langen Wochen, in denen die Briten die Schlinge täglich enger gezogen hatten, würde die Aufständischen sich nicht mehr lange halten können.

Eine Salve Musketenfeuer zischte durch die von Spannung und Hitze aufgeladene Luft und ließ Anna, die im Schatten eines Baumes kauerte, zusammenfahren. Lorenz' Anweisungen folgend, war sie in der Nähe des Trosses geblieben und konzentrierte sich darauf, neue Vorräte an Verbänden herzustellen. Aus Stoffresten riss sie schmale Streifen und rollte diese zu Binden zusammen.

Mit Verbissenheit kämpften die Soldaten des englischen Königs und ihre Verbündeten darum, die Stadt noch vor Sonnenuntergang in die Knie zu zwingen. Kanonendonner brachte die Erde unter Anna zum Erzittern, und für einen Moment glaubte sie, das Ende der Welt mitzuerleben, das gemäß der Schrift mit Pauken und Trompeten hereinbrechen sollte. Ihre Gedanken waren bei Lorenz. Wie mochte es sich anfühlen, Tag für Tag in den vordersten Reihen zu stehen und die Waffe auf andere zu richten, dabei stets in Gefahr, selbst von einer Kugel getroffen zu werden?

Ein grässlicher Schrei ließ sie herumfahren. Sie erblickte einen etwa vierzehnjährigen Jungen, einen der Trommler des hessischen Regiments. Stöhnend hing er über der Schulter eines Mannes, der ihn stolpernd zu ihr herübertrug.

»Annie, schnell, hilf mir! Er hat viel Blut verloren.«

Erst jetzt erkannte sie Noah, der sich zu ihr umwandte und seine menschliche Last vorsichtig auf der Erde ablegte. Das Gesicht schmerzverzerrt, presste der Trommler seine Hand auf eine Wunde am Oberschenkel, zwischen seinen Fingern quoll Blut hervor.

»Die Briten stehen schon kurz vor der Stadt«, berichtete Noah atemlos, während er die Hand des wimmernden Jungen hielt. »Aber auf dem Vormarsch hat es viele Tote und Verletzte gegeben, und die liegen jetzt auf dem Feld und in den Gräben. Ich hab den Jungen nur zufällig entdeckt, als ich ein geflohenes Pferd einfangen wollte. Er ist doch viel zu jung zum Sterben, also hab ich ihn hergebracht.«

»Hoffentlich ist es noch nicht zu spät!« Mit einem beherzten Griff zerriss Anna das Hosenbein des Verletzten. Offensichtlich hatte der Schuss den Schenkel glatt durchschlagen, doch steckten Stofffetzen der Uniform in der Wunde, die so heftig blutete, dass Anna um das Leben des Trommlers fürchtete. Fahrig wischte sie sich den Schweiß von der Stirn und sah mit Entsetzen, wie in ihrer Sichtweite eine Kanonenkugel krachend ins sumpfige Erdreich einschlug. »Behalte ihn bitte kurz im Auge und sorg dafür, dass er bei Bewusstsein bleibt, ich bin gleich wieder da.«

Hastig lief Anna zu ihrem Zelt, wo halbwegs saubere Tücher, Wasser und – dessen war sie sich sicher – eine Flasche mit starkem Branntwein lagerten. Das Geschenk eines Soldaten für einen speziellen Dienst der Näherin Sophie. Nun denn, dann war dieser wenigstens zu etwas Gutem nütze. Gerda, die trotz des Getöses noch immer schlief, da sie die Nacht zuvor versucht hatte, einem jungen Corporal die Angst vor der Schlacht zu nehmen, wachte auf und half ihr, das Benötigte zusammenzusuchen und in einen Korb zu legen.

Rasch kehrte Anna damit zu Noah und dem jungen Trommler zurück.

»Tut mir leid, er ist doch ohnmächtig geworden.« Noah nahm ihr sofort den Korb ab, damit sie die Hände frei hatte. »Ich konnte nichts machen.«

Sie sank auf die Knie und tastete am Hals des Jungen nach dem Puls – er ging langsam, war aber deutlich fühlbar. Erleichtert machte sich Anna daran, die Hose weiter aufzureißen und die Wunde ganz freizulegen. Vorsichtig träufelte sie etwas Wasser darauf, tupfte mit einem sauberen Tuch das verkrustete Blut ab und begann dann, die Verletzung von Stofffetzen und Schmutz zu reinigen. Zum Schluss übergoss sie alles mit ein wenig Branntwein, was dem Jungen ein leises Stöhnen entlockte, ohne dass er jedoch das Bewusstsein wiedererlangte.

»Noah, kannst du das auf seine Wunde pressen, aber fest?«

Mit einem Nicken nahm er das Tuch, das sie ihm hinhielt, und tat, wie ihm geheißen, während Anna wieder den Puls des Jungen fühlte. Er ging merklich schwächer, doch mit grimmiger Zufriedenheit sah sie, dass es Noah gelungen war, die Blutung einzudämmen.

Mehr konnte sie im Augenblick nicht tun. Erschöpft ließ sie sich auf die Erde sinken, während ihre Gedanken wieder zu Lorenz flogen. War er auch unter denen, die irgendwo da draußen lagen und verbluteten?

Als hätte Noah ihre Gedanken gelesen, sagte er: »Da sind noch andere, Annie. Sie werden sterben, weil sich niemand um sie kümmert, solange gekämpft wird.«

Sie überlegte nur einen Moment, und der Gedanke, dass Männer hilflos und von Schmerzen gepeinigt im Schlamm lagen, während sie das Leben aus sich herausschrien, ohne dass Hilfe kam, erschütterte sie. Sie stand auf. »Führ mich hin!«, bat sie, Lorenz' Warnung zum Trotz.

Unsicher blickte Noah sie an. »Bist du sicher? Da schlagen überall Kanonen und Granaten ein. Das ist zu gefährlich für dich! Und bestimmt würde dein Leutnant ...«

»Verlieren wir keine Zeit«, unterbrach ihn Anna entschlossen. »Gerda! Gerda!« Während sie die wenigen Schritte zurück zum Zelt lief, versuchte sie, den Lärm der Gefechte zu übertönen. »Gerda, komm raus, wir brauchen dich!«

Verschlafen und unwirsch schob sich ein Kopf nach draußen. »Was ist denn noch?«

»Wir haben hier einen Verwundeten, und da bei den Gräben liegen noch mehr davon. Also komm her, wir brauchen deine Hilfe!«

Unwillig, aber folgsam kroch Gerda aus dem Zelt und lief mit Anna zu dem noch immer bewusstlosen Trommler.

»Drück noch eine Weile das Tuch auf die Wunde, bis sie nicht mehr blutet, und, wenn er wach ist, flößt du ihm frisches Wasser ein. Ich muss weg, um den anderen Verletzten zu helfen.«

Gerda schüttelte den Kopf. »Verrückt bist du, Mädchen, einfach nur verrückt. Wie kann man sich für diese Kerle nur in die Luft jagen lassen, wo die einen kaum mehr angucken, wenn sie mal gekriegt haben, was sie wollten! Aber gut ... ja, ja ... ich pass auf den Kleinen auf.«

»Danke.« Anna packte ihre notdürftigen Utensilien und wandte sich an Noah. »Kommst du mit?«

»Als würd ich dich dabei alleinlassen.«

Während Anna neben Noah auf die Stadt zuging, fragte sie sich, weshalb er sich für Menschen einsetzte, die für ihn, als schwarzen Sklaven, nie das Gleiche tun würden.

»Die Reihen sind weiter vorgerückt«, sagte er mit zusammengekniffenen Augen. »Aber wir sind schon ziemlich nah an den Kampflinien. Da sieht's furchtbar aus.«

»Wenn du das aushalten kannst, kann ich es auch ... Großer Gott!« Entsetzt schlug Anna die Hand vor den Mund, als sie die Gräben erreichten und sie sah, was Noah meinte. Vier oder fünf Männer lagen niedergestreckt auf der Erde, einer halb mit dem Oberkörper im Graben, ein anderer war offensichtlich von der Wucht eines Einschlags zurückgeschleudert worden und auf einem Absperrungsgerüst aufgekommen, das aus angespitzten Holzpfählen errichtet war. Einer der Pfähle hatte sich in seinen Leib gebohrt. Für ihn konnte Anna nichts mehr tun. Die anderen Soldaten waren jedoch am Leben, reckten stöhnend eine Hand in die Höhe, wanden sich vor Schmerzen, auch wenn ihr Schreien und Wimmern im Lärm der Kanonen und Musketen unterging.

Anna brauchte einen Moment, um sich an den grässlichen Anblick zu gewöhnen, dann sprang sie auf und eilte geduckt auf den Verletzten zu, der ihr am nächsten lag.

Und sogleich war sie mittendrin in dem Chaos, das um sie herum herrschte. Die Erde bebte unter ihren Füßen, selbst die Luft schien zu zittern. Sie achtete nicht darauf und huschte von einem der Verwundeten zum anderen, versorgte sie mit Wasser, goss Branntwein über eine tiefe Verletzung, band einen Armstumpf ab, um das Verbluten zu verhindern. Gegen ihren Willen war sie plötzlich ein Teil des Krieges, Teil dieses ganzen Irrsinns, obwohl ihr Glaube ihr gebot, diesen zu meiden. Doch durfte sie in dieser Notlage die Menschen, die ihre Hilfe brauchten, im Stich lassen, die Verletzten einfach ihrem Schicksal überlassen?

Während die Luft von Blei und Rauch geschwängert war, Erde und Himmel vom Krachen des Kanonendonners zerrissen wurden, tat Anna mit Noahs Hilfe, was sie konnte, um möglichst vielen Männern das Leben zu retten. Sie betete darum, dass Lorenz unversehrt dieser Hölle entkam.

*

Es musste ein Trugbild sein. John Huntley schloss für einen Moment die Augen, doch als er sie wieder öffnete, sah er sie noch immer: Durch den dichten Rauch des Musketen- und Kanonenfeuers huschte eine schlanke Gestalt in einem schwarzen Kleid, deren Haube verrutscht war und lose über der Schulter hing. Obgleich seine Augen vor Hitze und Rauch brannten, erkannte er sie.

Anna Hochstetter! Diese aufsässige Deutsche, die es gewagt hatte, ihm und seiner Familie die Stirn zu bieten. Seine Schuldmagd, noch immer sein Eigentum. Und an ihrer Seite, wie in guten alten Zeiten auf seiner Plantage in Virginia, der Pferdeknecht Noah!

Also hatte er mit seinen Vermutungen richtig gelegen.

Von Tannau! Dieser verfluchte Hesse steckte tatsächlich hinter ihrer Befreiung. Und nachdem er sie vom Pranger losgemacht hatte, musste er sie mitgenommen haben. Wut explodierte in John wie eine Ladung Schwarzpulver. Um ihn herum verschwand die Umgebung in gleißendem Rot, und er hatte Mühe, äußerlich unbewegt im Sattel zu bleiben, während sich seine Brust vor Erregung hob und senkte.

Wie war es diesem hessischen Bastard nur gelungen, Anna so lange vor ihm zu verbergen? Ob Noah seine Hände dabei im Spiel hatte? Diesem verfluchten Nigger würde er alles zutrauen. Nie könnte er vergessen, wie er es gewagt hatte, sich gegen ihn zu stellen. Damals im Stall, als er ihn daran hindern wollte, seine Rechte an seiner Schuldmagd einzufordern. Wie hatte sich diese scheinheilige Person gewehrt und von Sünde gefaselt. Merkwürdig nur, dass sie bei diesem hessischen Söldner weniger Skrupel zu haben schien. Was war nur Besonderes an diesem von Tannau, dass sie ihm zu Willen war, während sie ihn, ihren Master, auf unerhörte Art abgewiesen hatte?

Mit einem zornigen Schnauben schlug John seinem Pferd die Enden der Zügel in die Seite und riss es herum. Diese Schlacht würde zu Ende gehen, und dann würde er sich nehmen, was ihm gehörte. Und gnade Gott jedem, der versuchen sollte, ihn daran zu hindern!

✻

»Sieg! Sieg! Sieg!« Wie das Knallen von Feuerwerksraketen erklangen von überall her die Rufe aus den Reihen der Briten und ihrer deutschen Verbündeten. Das ganze Lager befand sich im Freudentaumel, trunken vor Erleichterung und Triumph.

Nach sechs endlosen blutigen Wochen des Kämpfens, Tötens und der ergebnislosen Verhandlungen war endlich Ruhe eingekehrt. Der americanische General Lincoln hatte schließlich doch einer bedingungslosen Kapitulation zugestimmt.

Anna jedoch hatten sich die Schrecken des Krieges tief ins Gedächtnis eingegraben. Lärm, Schreie, Verletzte, Tote … Die Erinnerung daran würde sie ihr ganzes Leben lang begleiten. Voller Abscheu wischte sie sich über einem mit Wasser gefüllten Fass Blut, Schmutz und Ruß von Gesicht, Händen und Armen.

Es war ein überwältigender Sieg für die Briten gewesen und eine vernichtende Niederlage für die Rebellen. Neben den Verwundeten und Gefallenen, die sie zu beklagen hatten, mussten Tausende ihrer Männer in Kriegsgefangenschaft gehen. Dazu kam der Verlust ihrer Waffen und Ausrüstung, die sie den Siegern zu übergeben hatten.

Anna war unfähig, Erleichterung zu empfinden, weder über den Sieg noch darüber, dass diese entsetzlichen Kämpfe endlich vorbei waren. Sie war in brennender Sorge um Lorenz, den sie seit ihrer letzten Begegnung vor über einer Woche nicht mehr zu Gesicht bekommen hatte. Wenn ihm etwas zugestoßen wäre ... Verzweiflung bemächtigte sich ihrer, und sie floh in die Einsamkeit. Am Rande der Sümpfe, ein gutes Stück von den Wagen und Zelten der Trossfrauen entfernt, setzte sie sich auf einen umgestürzten Baumstamm.

Aber auch dort kam sie nicht zur Ruhe. Zu viele Grausamkeiten hatte sie in den letzten Wochen mit ansehen müssen. Nach alledem, was sie zuvor in Virginia, auf Huntleys Plantage, an Brutalität und Ausbeutung erlebt hatte, erschütterte sie die Erkenntnis, dass es noch Schlimmeres gab, was Menschen einander antun konnten.

Sie schlug die Hände vors Gesicht. Wenn sie nur gewusst hätte, ob Lorenz wohlauf war. Ihre Angst hinunterkämpfend, presste sie sich die Handballen auf die Augen. Lebte er noch, oder lag er verletzt irgendwo in einem der Gräben und verblutete?

Noch immer dröhnte das Artilleriefeuer in ihren Ohren nach und schien ihren ganzen Körper zu durchdringen. Was, wenn er nicht zurückkam?

Hufgetrappel, das sich rasch näherte, ließ sie zusammenzucken.

Lorenz!, durchfuhr es Anna, und ihr Herz begann, schneller zu schlagen. *Das musste Lorenz sein.*

Eine unbändige Freude machte sich in ihr breit, und sie spürte Hitze in sich aufsteigen. Sie ertappte sich dabei, wie ihre Hände danach tasteten, ob ihr Haar geordnet war und ihre Haube richtig saß.

Kaum konnte sie den Impuls unterdrücken, ihm sofort entgegenzulaufen. Doch sie straffte den Rücken, wandte sich langsam um, der untergehenden Sonne entgegen. Und sah direkt in die Augen von John Huntley.

Erstarrt hielt sie mitten in der Bewegung inne. Ihr Körper, der noch wenige Augenblicke zuvor vor Glück gebrannt hatte, wurde plötzlich eiskalt.

Wie in ihren schlimmsten Albträumen lenkte Huntley sein Pferd so nahe an sie heran, dass seine Nüstern beinahe ihr Gesicht streiften. Dann saß er ab und gab dem Tier einen Klaps, damit es einige Schritte davontrabte. Nun gab es nichts mehr, das schützend zwischen ihr und ihrem – Großer Gott! – ihrem *Master* stand.

Seine Miene war undurchdringlich, einzig seine Mundwinkel hoben sich zu dem ihr bekannten, berechnenden Lächeln. »So also sieht man sich wieder.«

Anna war nicht in der Lage, zu antworten. Stumm bewegten sich ihre Lippen, doch ihr Mund war trocken, und sie brachte keinen Ton heraus.

»Also gibt es doch noch Gerechtigkeit, wenn mir das Schicksal meine entlaufene Schuldmagd wieder zuführt.«

Langsam begann er, sie zu umrunden. Vor Angst war sie wie gelähmt. Das Recht war auf seiner Seite. Niemand auf der Welt hatte die Macht, ihr gegen diesen Mann beizustehen. Sie war ihm auf Gedeih und Verderb ausgeliefert. Sein *Besitz*.

»Du weißt, es gibt Gesetze, die in einem solchen Fall einzuhalten sind. Ein Jahr länger Dienst für jeden Monat, den du verschwunden warst, und öffentliche Züchtigung dafür, dass du davongelaufen bist.« Er blieb vor ihr stehen, umklammerte ihre Handgelenke und zog sie zu sich heran. »Ganz Williamsburg wird dabei zusehen! Und wenn man mit dir fertig ist, wirst du dir wünschen, du hättest es nie gewagt, dich gegen deinen Master aufzulehnen.«

Sein Gesicht kam immer näher, sie roch seinen Atem, spürte die Hitze seines Körpers, der sich an den ihren presste. Er war verrückt! Vor Zorn wie von Sinnen! Diese Erkenntnis riss sie aus ihrer Lähmung. Er würde es tun. Um die Demütigung, die sie ihm bereitet hatte, zu rächen, würde er sie auf dem Gerichtsplatz von Williamsburg halb tot peitschen und sie dann, falls sie die Strafe überlebte, nach Barbados bringen lassen, wo das Leben eines Feldarbeiters keinen Pfifferling wert war. Übelkeit stieg in ihr auf. Sie spürte, wie die Beine unter ihr nachgaben, ihr Magen sich zusammenzog, als müsse sie sich übergeben.

Grob fuhr Huntleys Hand ihren Nacken entlang durch ihr Haar. »Aber bevor es so weit ist, wirst du hier und jetzt für meinen Verlust bezahlen. Hast du gehört? Du wirst mir gehorchen und zu Willen sein! Wenn du klug bist, verhältst du dich dabei ganz still, ich mag es nämlich nicht, wenn Frauen die Widerspenstige spielen.«

Mit einer einzigen Bewegung hatte er ihr die Haube vom Kopf gezerrt und wühlte so ungestüm in ihrem Haar, um die festgesteckten Zöpfe zu lösen, dass Anna vor Schmerz aufschrie.

»Ja, schrei nur, du kleines Biest! Das hast du verdient! Aber es wird dir nichts nützen. Alle feiern den großen Sieg, und niemand wird dich hören, bis ich mit dir fertig bin.«

Mit einem Ruck riss Huntley sie mit sich zu Boden. Erst jetzt kam wieder Leben in Anna. Mit aller Kraft versuchte sie, den schweren Mann von sich zu stoßen. Doch mit einer einzigen Bewegung packte er rechts und links ihre Unterarme und presste sie so fest auf die Erde, dass sie sich nicht mehr rühren konnte, sein Gesicht direkt über ihrem.

»Erinnerst du dich? Schon damals hab ich dich gewarnt, dich besser nicht gegen mich aufzulehnen.« Keuchend beugte er sich tiefer, und Anna zuckte zusammen, als seine Lippen ihren Hals berührten. »Es hat zwar eine Weile gedauert, doch jetzt werde ich dir zeigen, wer dein Herr ist.«

»Lass mich los!«, stöhnte sie und kämpfte verbissen darum, Huntley wegzudrücken. Doch ein Schlag traf ihr Gesicht, riss ihren Kopf herum und ließ sie benommen nach Atem ringen, während die Umgebung in bunten Schlieren um sie verschwamm.

Das Geräusch, als er ihren Rock auseinanderriss und hochschob, verstärkte Annas Panik. Den Schwindel niederringend, versuchte sie, sich Huntleys Griff zu entwinden und ihm zugleich ihr Knie in den Leib zu rammen. Doch Wut und Gier schienen ihm Kräfte zu verleihen, denen sie nicht gewachsen war.

»Von nun an wirst du mir gehorchen!« Seine Hand glitt an ihrem Knie entlang nach oben, sein Mund presste sich auf ihren. Wieder schrie Anna auf, als sich seine Zähne in ihre Lippen bohrten und sie den süßen Geschmack von Blut auf der Zunge wahrnahm. »Und du wirst zahlen für die Schande, die du meiner Familie bereitet hast.« Die andere Hand strich über ihre Brust. »Und du wirst ...«

Ein Aufprall, wie ein heftiger Zusammenstoß, traf Anna, und noch ehe sie wusste, was geschah, spürte sie, dass Huntleys Körper zur Seite weggerissen wurde. Plötzlich konnte sie wieder frei atmen.

Keuchend blieb sie auf der Erde liegen, wartete, bis sich ihre Lungen wieder mit Luft gefüllt, der Schmerz nachgelassen und ihr Blick sich geklärt hatte. Hastig zerrte sie den zerrissenen Rock über die Beine, richtete sich auf und stolperte zurück.

Nur wenige Schritte von ihr entfernt wälzten sich zwei Männer in tödlichem Kampf auf der Erde. Huntleys Uniform leuchtete scharlachrot in der Abendsonne auf. Der andere trug ein dunkles Grün – das Grün der Jäger. Und erst als dieser mit einem gezielten Faustschlag Huntley von sich schleuderte, erkannte Anna, wer ihr im letzten Moment zu Hilfe gekommen war.

Lorenz!

Ein tiefer Riss klaffte auf seiner Wange, und Blut tropfte von der Stirn auf sein Hemd. Sein Zopf hatte sich gelöst, das Haar fiel ihm wirr über Gesicht und Schultern. Schwer atmend starrte er seinen Gegner an, der sich langsam wieder aufrappelte und nach seiner Pistole greifen wollte. Doch kam Lorenz ihm zuvor, riss den Degen aus der Scheide und trat auf den Virginier zu. »Das würde ich nicht tun.«

Ein kurzatmiges Aufkeuchen. »Leutnant von Tannau.« Huntleys Hand hielt in der Bewegung inne. »Wieso überrascht es mich nicht, Euch hier anzutreffen?«

»Tut es das nicht?« Langsam war Lorenz noch einen Schritt näher auf seinen Gegner zugegangen. »Ihr allerdings seht reichlich mitgenommen aus, wenn ich das so sagen darf. Oder legt die Armee des Königs neuerdings keinen Wert mehr auf Etikette?«

Hass und Zorn schienen in Huntleys Gesicht zu explodieren. »Ich werde Euch vors Kriegsgericht bringen, weil Ihr einen verbündeten Offizier angegriffen habt. Noch dazu einen Vorgesetzten!«

Genau das würde er tun. Anna hegte keinerlei Zweifel, dass er Lorenz ohne Zögern verurteilen und standrechtlich erschießen lassen würde. Und sie wäre schuld daran. Verzweifelt sah sie zu Lorenz hinüber, der noch immer den Degen in der Hand hielt. Zu ihrer Überraschung senkte er ihn, mit dem spöttischen Lächeln auf dem Gesicht, das sie so gut kannte.

»Ich bin mir sicher, Sir, dass Ihr das nicht tun werdet.«

Huntley schnaubte, rührte sich jedoch nicht. »Und was sollte mich daran hindern?«

In Lorenz' Augen lag überlegene Belustigung. »Eure eigene Klugheit.«

Die Gelassenheit, die Lorenz an den Tag legte, fachte Huntleys Wut weiter an. Mit zornbebender Stimme brachte er hervor: »Wie mir scheint, hat die Hitze der Schlacht Euren Verstand benebelt. Ihr redet wirres Zeug.«

»Das denke ich nicht, Sir. Denn falls Ihr wirklich so dumm sein solltet, mich wegen dieses … Vorfalls … vor Gericht zu bringen, werdet Ihr eine noch größere Schande erleben, dessen könnt Ihr gewiss sein!«

»Ihr seid ja nicht bei Sinnen.«

»Im Vollbesitz derselben.«

Huntley knurrte, und die roten Flecken auf seinem Gesicht ließen ihn wie ein wildes Tier erscheinen. »Und wessen wollt Ihr *mich* anklagen, nachdem *Ihr* es gewagt habt, die Waffe gegen mich zu erheben?«

Die Ruhe, mit der Lorenz seinen Degen zurück in die Scheide steckte, hatte etwas Aufreizendes. »Wegen versuchter Notzucht und Schändung.«

Huntley lachte heiser. »Ihr macht Euch zum Narren, Leutnant. Wen würde es interessieren, wenn eine Trosshure einem Offizier zu ein wenig Vergnügen verhilft?«

Ein gefährliches Aufblitzen erschien in Lorenz' Augen. »Wärt Ihr nicht ein solch verachtenswerter Lump, würde ich für diese Beleidigung Satisfaktion verlangen. Doch mache ich mir ungern an einem wie Euch die Finger schmutzig.«

»Und wärt Ihr nicht ein Dieb und Lügner, könnte ich mich beinahe über Eure Drohungen amüsieren. Satisfaktion zu verlangen, wegen so eines Flittchens ...«

Ohne Huntley aus den Augen zu lassen, war Lorenz einen Schritt näher an ihn herangetreten. »Diese *Frau*«, er betonte das Wort mit gefährlichem Nachdruck, »ist meine Verlobte. Wir werden heiraten, sobald der Krieg vorbei ist. Und Ihr, Sir, tätet gut daran, Eure gierigen Finger von der Braut eines verbündeten Offiziers zu lassen.« Er lächelte und fügte hinzu: »Der zukünftigen Baronin von Tannau.«

KAPITEL 9

Charles Town Bay, Mitte Mai 1780

»Das ist nun bereits das zweite Mal, dass ich dich aus den Händen eines allzu stürmischen Liebhabers retten muss.« In Lorenz' Stimme lag Spott, doch sein Gesicht war hart, als er sich zu ihr hinüberbeugte, um mit einem Tuch das Blut von ihren Lippen zu tupfen. »Dabei habe ich bisher immer geglaubt, die Frauen der Täufer seien tugendhaft und gehorsam.«

Sie saßen nebeneinander auf dem Baumstamm, die Sonne war schon halb hinter dem Horizont versunken, und langsam klang auch die Hitze des Tages ab. Lorenz hatte die Uniformjacke abgelegt, die Weste geöffnet und wortlos damit begonnen, Annas Verletzungen zu versorgen, was diese widerstandslos über sich ergehen ließ.

Stumm sah sie über seine Schulter hinweg, wo das letzte Licht des Tages der Dunkelheit wich. Ihre Verletzungen pochten, die Haut an ihren Händen war aufgeschürft, und beim Sturz musste sie sich den Knöchel verstaucht haben.

Verlobt ...

Obgleich der Tag mehr als genug an Schrecken gebracht hatte, klang dieses Wort in Annas Ohren nach wie ein verheißungsvolles Echo. Verlobt. Aber natürlich war das eine Lüge gewesen, nicht mehr als ein Mittel, mit dem Lorenz sie vor Huntley schützen wollte.

Und seine Taktik schien aufgegangen zu sein. Sprachlos vor Zorn hatte der Pflanzer Anna angestarrt, bis sich sein Gesicht verzerrte. »In dieser Sache ist das letzte Wort noch nicht gesprochen!«, hatte er geknurrt, sich dann aber umgedreht und das Weite gesucht.

Anna blickte Lorenz an. Trotz seiner blutigen Schramme, den Spuren von Ruß und Schmutz war sein ebenmäßiges Gesicht immer noch schön. Doch in seinen Augen flackerte Zorn.

»Danke«, gelang es ihr schließlich zu sagen. »Ihr seid wieder im richtigen Augenblick gekommen. Ein paar Minuten später ...« Annas Stimme erstarb, doch sie sah, wie Lorenz' Mund sich zu einem schmalen Strich zusammenpresste.

»Er hätte dich töten können.«

Anna schauderte. »Es wäre ihm zuzutrauen.«

»Er wird das alles nicht auf sich beruhen lassen.«

Sie nickte schwach. »Das Recht ist auf seiner Seite. Und er wird es durchsetzen.«

»Das werde ich nicht zulassen.«

Wieder entstand Schweigen zwischen ihnen, bis Anna leise sagte: »Ihr werdet es nicht verhindern können.«

Lorenz presste die Kiefer zusammen. »Dieser dreckige Hund! Du weißt, was er mit dir tun wird, sollte es ihm gelingen, Hand an dich zu legen.«

Die Kälte in Annas Körper gefror zu einem Eisklumpen. Huntley hatte ihr dies unmissverständlich klargemacht, und sie wusste, dass es keine leere Drohung war.

❊

»Verflucht, Kerl! Wenn du nicht aufpasst, sprengst du noch die ganze Stadt in die Luft.«

Wütend versetzte Lorenz dem unaufmerksamen Soldaten, der mit dem Sack voller Granaten beinahe gestürzt wäre, einen leichten Stoß mit dem Kolben seiner Büchse. Der Mann zuckte kurz zusammen, sein glasiger Blick klärte sich für einen Moment, bevor er seinen Weg mit unsicher schwankendem Schritt fortsetzte. Einem Lindwurm gleich bewegte sich ein Trupp Soldaten durch die staubigen Straßen von Charles Town, um die von den Rebellen erbeuteten Waffen und Munition sicher in ein Depot zu bringen. Doch war es an diesem Morgen um die Disziplin der Männer nicht zum Besten bestellt.

Lorenz seufzte. Offensichtlich hatten viele von ihnen am Vortag allzu eifrig dem Branntwein zugesprochen, um den großen Sieg über die Rebellen zu feiern. Nach all den Strapazen der letzten Wochen und Monate, der zermürbenden Belagerung und blutigen Kämpfe war es verständlich, dass die Truppen nach ihrem Triumph etwas außer Kontrolle geraten waren.

Nur mit Mühe hatte Lorenz seine Männer dazu bewegen können, halbwegs geordnet ihren Dienst zu versehen. Dabei hätte er sich nach dem Zusammenstoß mit John Huntley am Abend zuvor lieber um Anna gekümmert. Gern wäre er bei ihr geblieben, um ihr das Gefühl von Sicherheit zu geben.

Nun waren sie schon seit zwei Stunden mit dem Verladen der Waffen beschäftigt, wobei es ständig zu Zwischenfällen und Verzögerungen kam. Zornig baute er sich vor dem Trupp auf. »Wollt ihr jetzt doch noch draufgehen, nachdem ihr die Schlacht lebend überstanden habt?«

Ein widerwilliges Murmeln war aus der Menge zu vernehmen. Dann jedoch setzten sich die Männer wieder in Bewegung, und vorübergehend sah es so aus, als würde der Transport in geordneten Bahnen verlaufen.

Nahezu sechstausend Musketen, zehntausend Artilleriegeschosse, dazu große Mengen an Munition hatte die erfolgreiche Belagerung der Stadt eingebracht. Dazu kamen Vorräte und Verpflegung. Und diese Trophäen galt es nun angemessen zu verstauen. Mit dem Unterarm wischte sich Lorenz über das Gesicht, der Schweiß brannte ihm in den Augen. Charles Town war wirklich ein Juwel von einer Stadt, mit den großen, weiß verputzten Häusern, ihren Veranden, Säulen und Balkonen, den großzügig angelegten Gärten, welche so angeordnet waren, dass die vom Meer her wehende kühlere Luft passieren konnte. Doch fragte er sich, ob man sich je an diese drückende Hitze gewöhnen konnte, die schon jetzt, Mitte Mai, herrschte. Es war trocken und heiß. Die Mengen an Schwarzpulver, die überall lagerten, bedeuteten eine tödliche Gefahr, denn schon ein kleiner Funke konnte sie entzünden.

Mit zusammengekniffenen Augen beobachtete Lorenz die Männer, welche die Beute in Säcken, auf Wagen oder über ihren Schultern in das vorgesehene Depot brachten. Irgendetwas gefiel ihm daran nicht.

»Major.« Er wandte sich an einen der umstehenden Offiziere, dessen scharlachrote Uniform im hellen Mittagslicht leuchtete. »Ihr habt doch sicherlich Befehl gegeben, die Waffen daraufhin zu untersuchen, ob sie nicht noch geladen sind?«

Ein gleichgültiger Blick unter einer weiß gepuderten Perücke traf ihn, gefolgt von einem amüsierten Auflachen. »Warum eine solche Mühe? Die Rebellen haben doch ihre letzten Schüsse an uns vergeudet. Wir haben ihnen keine Zeit mehr gelassen, neu zu laden, als wir sie überrannten.« Mit zufriedenem Gesichtsausdruck glitt der Blick des Briten über die Kolonne mit dem überreichen Kriegsgewinn. »Wozu die Männer also mit unnötiger Arbeit belasten?«

Lorenz spürte, wie sich sein Magen zusammenzog. Welch bodenloser Leichtsinn! Schon einmal hatte er miterleben müssen, wie aus unverantwortlicher Nachlässigkeit und Feierlaune ein verheerendes Unglück entstanden war. Mit Schaudern dachte er an jenen Weihnachtstag in Trenton zurück, wo sie von den Rebellen überraschend angegriffen worden waren.

Er schüttelte den Kopf. Wie hart hatten die britischen und deutschen Truppen für diesen Sieg in Charles Town gekämpft. Und nun diese Pflichtvergessenheit!

»Sir«, brachte Lorenz nur mühsam beherrscht hervor, »ich möchte darauf hinweisen, dass eine einzige geladene Waffe, die im ungünstigen Moment losgeht, katastrophale Folgen haben kann. Für unsere Männer und das Arsenal.«

In die Belustigung auf dem Gesicht des Offiziers mischte sich Verärgerung. »Ich habe meine Meinung zu diesem Thema geäußert, Lieutenant. Nun behelligt mich nicht weiter, und lasst die Männer in Ruhe ihre Arbeit tun!«

Lorenz spürte, wie Wut in ihm aufstieg. Überheblichkeit und Unbesonnenheit, eine tödliche Kombination in einem Krieg. Dennoch zwang er sich zu einem ruhigen Ton. »Sir, mit allem nötigen Respekt, möchte ich doch . . .«

»Es reicht, Lieutenant!« Die Augen des Majors waren zu Schlitzen verengt. »Ich denke, ich habe mich klar genug ausgedrückt. Wenn Euch meine Anweisungen nicht passen, dann steht es Euch frei, Euch bei der Kommandantur über mich zu beschweren.«

»Genau das werde ich tun!« Ohne eine Erwiderung abzuwarten, war Lorenz herumgefahren, warf noch einmal einen Blick auf die in der Hitze schwitzende Transportkolonne und stapfte dann in Richtung des provisorischen Hauptquartiers davon, das im Augenblick sicher brummte wie ein Bienenschwarm. Zornig legte er sich die Worte zurecht, die er in der Sache vorbringen wollte.

Der Leichtsinn, mit dem dieser Krieg bisweilen geführt wurde, machte Lorenz fassungslos. Er bog um eine Straßenecke und beschleunigte trotz der drückenden Temperaturen seine Schritte. Als er das Hauptquartier fast erreicht hatte, hörte er einen entsetzlichen Knall hinter sich und wurde nur einen Moment später von einer enormen Druckwelle gepackt und zur Seite geschleudert.

✳

»Das ist ja wieder mal typisch.« Käthe schnaufte vor Erschöpfung oder Empörung auf. »Den Herren Offizieren werden die hochfürstlichen Häuser zugeschustert, damit sie es sich gemütlich machen, und unsereins kann froh sein, ein Dach über dem Kopf zu haben, durch das es nicht reinregnet ...«

Anna nickte, während sie weiter kräftig dabei anpackte, das behelfsmäßige Lager in der Nähe der Soldatenunterkünfte aufzubauen, das den Trossfrauen zugewiesen worden war. Ein paar notdürftig aus Holz gezimmerte Buden, zwischen denen weiße Zeltplanen im Wind flatterten.

Anna schob eine davon beiseite, spähte durch die Lücke und erhaschte einen atemberaubenden Blick auf die Bucht vor Charles Town, deren saphirblaue Wellen im hellen Mittagslicht glitzerten. Unbarmherzig brannte die Sonne vom Himmel, und auch die Brise, die vom Meer her wehte, vermochte kaum, die Schwüle zu vertreiben.

Im Gegensatz zu den Soldaten, die am Vorabend den Sieg gefeiert und bis zur Bewusstlosigkeit getrunken hatten, verspürte Anna Mitleid mit den Unterworfenen und den patriotischen Bewohnern von Charles Town. Über Wochen hinweg in ihrer Stadt eingekesselt, hatten sie Bombardierung und Hunger erleiden müssen und waren zuletzt aus ihren Häusern vertrieben worden, nur weil sie einer anderen politischen Überzeugung anhingen. Seit der Kapitulation sah man immer wieder Gruppen von Menschen, die ihre Habseligkeiten notdürftig in Säcke, Kisten und Wagen gepackt hatten und – einem Exodus gleich – Charles Town verließen.

Am meisten aber quälten Anna die Ereignisse des Vorabends, die sich wie ein Schatten über den sonnenklaren Maitag legten. Huntley hatte sie entdeckt. Er wusste nun, dass sie hier war, ganz in seiner Nähe. Und er hatte keinen Zweifel daran gelassen, was er tun würde, wenn er sie wieder in seine Gewalt bekäme. Noch immer schmerzten die Prellungen, die sie von seinem brutalen Überfall davongetragen hatte, die Erinnerung an seine Lippen auf den ihren ließ Ekel in ihr aufsteigen ... und das Gefühl vollkommener Hilflosigkeit. Zwar hatte Lorenz diesmal eingreifen können, aber ein untrügliches Gefühl sagte Anna, dass Huntley diesen Vorfall nicht auf sich beruhen lassen würde.

Und Lorenz ... Der Gedanke an ihn verursachte einen leichten Stich in ihrer Brust. Wie er sich für sie eingesetzt, gar einen Vorgesetzten mit der Waffe bedroht hatte, nur um ihr zu helfen. Schließlich hatte er sogar behauptet – ihr Herz schlug heftiger, wenn sie daran dachte –, sie sei seine Braut. Die zukünftige Baronin von Tannau. Doch hatte sie seither keine Gelegenheit gehabt, ihn darauf anzusprechen.

Am Abend zuvor war sie zu aufgewühlt und eingeschüchtert gewesen, durch seinen offensichtlichen Zorn auf Huntley, aber auch durch ihren Leichtsinn, trotz seiner Warnung allein das Lager der Frauen verlassen zu haben. Wie sehr bereute sie ihr unüberlegtes Handeln!

Im Augenblick war Lorenz damit beschäftigt, die Transporte der erbeuteten Waffen und Munition in das Depot zu überwachen. Die nächste Zeit über würde sie also keine Gelegenheit haben, mit ihm über alles zu reden. Sicher hatte er das mit der Hochzeit nicht ernst gemeint. Sicher hatte er das nur gesagt, um sie vor Huntley zu schützen. Sicher war ...

Der Rest ihrer Überlegung ging in einem ohrenbetäubenden Knall unter. Der Erdboden erzitterte, und einen Augenblick glaubte Anna, durch die Explosion von den Füßen gerissen zu werden. Schwarzer Rauch schoss in den Himmel, gefolgt von einer lodernden Stichflamme, die rasch um sich zu greifen schien. Anna glaubte sogar, gesehen zu haben, wie menschliche Körper durch die Luft geschleudert wurden. Ein entsetztes Geschrei, das durch Mark und Bein ging, war zu vernehmen.

Allem Anschein nach hatte sich die Detonation am östlichen Stadtrand ereignet, wo sich das provisorische Waffendepot befand.

Eisiger Schrecken durchfuhr sie.

»Lorenz!« Sie ließ die Zeltplane fallen und rannte los.

Beißender Rauch drang in Annas Mund und Nase, als sie durch die Straßen hastete. Von überall her strömten Menschen herbei, um zu sehen, was passiert war. Schaulustige, Besorgte ... Das Getrampel der Schritte und Schreie mischte sich mit dem lauten Rauschen des Blutes in ihren Ohren.

Wo in aller Welt sollte sie in diesem Durcheinander nach Lorenz suchen? Nirgendwo war eine Spur von ihm.

Dann kamen die Soldaten. Rußgeschwärzt, die Uniformen zerrissen, das Gesicht blutüberströmt humpelten und stolperten sie in die entgegengesetzte Richtung, fort von der Unglücksstelle. Einige stürzten vor Annas Füßen zu Boden. Einem der Männer fehlte der rechte Arm, einen anderen hatte die Explosion offenbar das Augenlicht gekostet. Es war ein Bild des Grauens, und der allgegenwärtige Brandgeruch in der ohnehin schwülen Mittagshitze verstärkte den Eindruck, sich mitten in der Hölle zu befinden.

Annas Herz schlug zum Zerspringen. Noch immer taumelte sie weiter, ohne Lorenz zu entdecken. Schließlich sprach sie einen der vorbeihastenden Soldaten an. »Was ist geschehen?«

Keuchend blieb der Mann einen Moment stehen, während ihm der Schweiß von der Stirn lief und helle Streifen in das von Ruß geschwärzte Gesicht zeichnete. »Eine Explosion, drüben beim Munitionsdepot«, brachte er atemlos hervor. »Eine der Waffen war wohl geladen und ging los ... Oh Gott, es war schrecklich!« Der Mann sackte in die Knie und schlug die Hände vors Gesicht.

Anna spürte, wie Panik von ihr Besitz ergriff. »Gibt es ...«, sie räusperte sich, da ihr Hals plötzlich eng wurde, »... gibt es viele Tote?«

Der Soldat nickte, seine Schultern zuckten. »Hunderte. Ich weiß nicht, ob da überhaupt einer überlebt hat ... es ist ... He, was tut Ihr? Geht nicht hin, es ist ein entsetzlicher Anblick!«

Doch Anna hatte sich bereits von der Hand des Soldaten, der sie zurückhalten wollte, losgerissen und eilte mit dem Menschenstrom weiter in Richtung des Depots. Ihre Gedanken überschlugen sich. Wenn Lorenz etwas zugestoßen war ... »Oh, Herr, bitte lass ihn am Leben sein! Halte deine Hand über ihn, sorge dafür, dass ihm nichts geschehen ist. Großer Gott ...«

Weinend lief Anna durch die halb in Trümmer liegenden Straßen. Tote und Verwundete säumten ihren Weg. Seltsam unwirklich erschien ihr die elegante Kulisse der weißen Häuser Charles Towns, die unzerstört geblieben waren, und des stahlblauen Meeres, das am Horizont in der Sonne glitzerte.

Verzweifelt ließ sie ihren Blick über die am Boden liegenden Toten gleiten, darunter auch so manche in grüner Jägeruniform. Trotz ihrer Angst bückte sie sich, drehte einige der

Körper um, aber viele Gesichter waren bis zur Unkenntlichkeit entstellt. Bald waren Annas Arme mit Ruß und Blut beschmiert, ihre Schultern brannten, und mutlos ließ sie sich zur Erde sinken, lehnte den Rücken an eine unbeschädigte Hauswand. Ein Blick nach Osten zeigte ihr, dass ganze Stadtviertel von der Explosion zerstört worden waren. Überall standen Gebäude in Flammen, Häuser lagen in Schutt und Asche.

Großer Gott, niemand, der sich zum Zeitpunkt des Unglücks hier aufgehalten hatte, konnte dieser Hölle lebend entkommen sein. Anna spürte, wie die Hoffnungslosigkeit sie zu überwältigen drohte. Dann vergrub sie ihr Gesicht in ihrem staubbedeckten Rock und begann, hemmungslos zu weinen.

Der Lärm der Stadt, die Schreie der Schaulustigen und das Stöhnen der Verwundeten, das unablässige Prasseln und Knistern der in Flammen stehenden Häuser, die eine Schar von Sklaven und Soldaten mit wassergefüllten Eimern zu löschen versuchte, all das rauschte an Anna vorbei. Die ganze Welt um sie herum schien erneut in Chaos und Tod zu versinken, doch sie spürte nur den entsetzlichen, brennenden Schmerz bei dem Gedanken, Lorenz verloren zu haben.

»Oh, Gott, wie konntest du das nur zulassen?« Allmählich erwachte sie aus ihrer Betäubung.

Doch in ihrem Herzen kannte Anna die Antwort. Es war der Preis des Krieges, in den sich Lorenz willig hineinbegeben hatte. Und sie mit ihm.

Wer Wind sät, wird Sturm ernten ... Wie eine bittere Erkenntnis kam ihr dieses Schriftwort in den Sinn. Und mit einem Mal konnte sie alles wieder klar sehen. Mit dem Handrücken wischte sie sich die Tränen aus den Augen und rappelte sich auf. Überall auf den staubigen Straßen zwischen den zerstörten Häusern lagen Tote und Verwundete. Sie erkannte, wie selbstsüchtig es war, Lorenz und ihr eigenes Schicksal zu beweinen, wenn um sie herum so viele Menschen dringend ihrer Hilfe bedurften.

In den nächsten beiden Stunden war Anna damit beschäftigt, Brüche zu schienen, Blutungen zu stoppen und den vor Schock und Schmerz Verzweifelten Mut zuzusprechen. Um sie herum wurden Brände gelöscht, Soldaten sorgten für Ordnung, vertrieben die Gaffer und ließen Schwerverletzte abtransportieren.

Tränen liefen über Annas Gesicht, doch half ihr die Arbeit über die immer wieder aufsteigende Verzweiflung hinweg. Plötzlich brach ein lauter Tumult aus, ein Zug aneinandergeketteter, spärlich bekleideter Sklaven wurde nur wenige Schritte von ihr entfernt vorbeigetrieben. Ihre schwarze Haut war mit Schweiß und Schmutz bedeckt, und der Anblick ihrer Gesichter, in denen so viel Verzweiflung, Zorn oder Hoffnungslosigkeit stand, traf Anna wie ein Schlag in die Magengrube. Die Erinnerung an die Zeit in Virginia mit all ihren Schrecken kehrte zurück. Es fiel ihr schwer, ihren aufkeimenden Abscheu zu unterdrücken und tatenlos zuzusehen, wie die Gruppe dieser Unglücklichen durch die Straßen zog.

»Sie kommen von den Plantagen der Rebellen.«

»… Kriegsbeute der Briten …«

»… heute noch verschifft auf die Westindischen Inseln …«

»… satte Gewinne …«

Satzfetzen drangen an Annas Ohr, und Wut und Empörung stiegen in ihr auf. Nie würde sie sich daran gewöhnen können, dass Menschen wie Vieh behandelt wurden.

»Was um alles in der Welt tust du hier?«

Der Klang dieser Stimme ließ Anna erstarren. Bevor ihr

Geist begreifen konnte, begann ihr Herz, schneller zu schlagen, und atemlos wirbelte sie herum.

Haare, Gesicht und Uniform waren von Staub und Ruß bedeckt, den Dreispitz musste er verloren haben, doch davon abgesehen schien Lorenz nichts weiter zugestoßen zu sein.

Es war ein Wunder. Ein unverhofftes, unverdientes Wunder.

Lorenz lebte!

»Ich hatte dir doch gesagt, du sollst nicht allein das Lager verlassen! Und nun finde ich dich hier in diesem Hexenkessel. Hast du vergessen, was gestern Abend geschehen ist?« Ärger und Besorgnis mischten sich in seine Stimme, und erst jetzt sah sie, dass der rechte Ärmel seines Rocks von Blut getränkt war.

Anna spürte, wie die Erleichterung in ein Gefühl der Schwäche umschlug. Seine weiteren Worte gingen in einem seltsamen Rauschen unter, das sie von der Außenwelt abzuschirmen schien. »Die Explosion ... ich habe dich gesucht ... ich dachte, du wärst tot ...« Ihre eigene Stimme klang seltsam fremd in ihren Ohren. Dann gaben ihre Beine nach, die staubige Straße flog ihr entgegen, doch bevor sie aufschlug, spürte sie, wie zwei feste Arme sie packten und Lorenz sie an sich zog.

KAPITEL 10

Charles Town, Anfang Juni 1780

»Verfluchte Verräter!« Mit einem lauten Krachen zerbarst
eine chinesische Vase an der Wand, sodass die bunten Scherben nach allen Seiten flogen. John Huntley war außer sich.
»Dieser Kerl ist mit dem Teufel im Bunde. Mit dem Teufel, sag
ich ... oder wie ...«

Sogleich war Clio, die spindeldürre, pechschwarze
Küchensklavin in den Raum geschlüpft, wohl um zu sehen,
was geschehen war. Als sie das wutentbrannte Gesicht ihres
neuen Masters sah, wollte sie sich schon erschrocken wieder
zurückziehen, doch es war zu spät. Er hatte sie bereits entdeckt.

»Clio, du faules Stück, komm sofort her, und kehr die
Scherben auf, und zwar auf der Stelle!«

Für den Bruchteil einer Sekunde genoss John die Angst,
die in den Augen der jungen Sklavin aufblitzte, kostete den
winzigen Triumph aus, dass zumindest die Nigger ihm noch
gehorchten, wenn auch sonst die ganze Welt sich gegen ihn
verschworen zu haben schien. Was brachte es ihm, dass er
zusammen mit einem anderen Major des Königs eines der
prächtigsten Herrenhäuser in ganz Charles Town bewohnte
und als Dreingabe sogar die Sklaven der geflohenen Besitzer
behalten durfte, wenn nichts, aber absolut nichts so lief, wie er
es sich vorstellte?

Aus den Augenwinkeln beobachtete er, wie Clio verschwand, kurz darauf mit einem Besen zurückkam und hastig
damit begann, die Reste des kunstvoll bemalten Porzellans zu

beseitigen. Das Klirren der Scherben bereitete ihm Kopfschmerzen, und am liebsten hätte er die Fenster verdunkelt, doch eine solche Schwäche wollte er sich vor seinem Offizierskameraden, der jeden Moment erwartet wurde, nicht erlauben.

Seine Pechsträhne schien nicht abreißen zu wollen.

Zuerst war ihm dieser verfluchte von Tannau in die Quere gekommen, gerade als er geglaubt hatte, dieses deutsche Miststück, sein rechtmäßiges Eigentum, wieder in seine Gewalt zu bekommen. Und soeben hatte ihn die Nachricht erreicht, dass die hessischen Einheiten abgezogen werden sollten. Nach New York. Mit General Clinton, und zwar schon in den nächsten Tagen.

John zweifelte keinen Moment daran, dass von Tannau Anna nach New York mitnehmen würde. Und dann wäre sie wieder außerhalb seiner Reichweite. Noch immer zitterte seine Hand, als er eine Glaskaraffe vom Sekretär nahm und sich ein Glas Madeira einschenkte, das er in einem Zug leerte.

Nun denn ... dieser Hund hatte es nicht anders verdient. Mit einer entschiedenen Geste wischte sich John über den Mund, bevor er sich ein zweites Glas genehmigte. Wenn dieser verdammte Hesse Johns Schuldmagd ohne Erlaubnis heiraten und mit ihr nach New York verschwinden wollte, blieb ihm keine andere Wahl.

Die Stimme seiner Mutter schien in seinem Kopf widerzuhallen: *Sieh zu, dass du dich wie ein Mann deines Standes benimmst, sonst wirst du dich nur blamieren.*

Mit einem Knall stellte er das leere Glas auf dem Tisch ab. Sein Entschluss stand fest. Er würde an General Clinton schreiben, an Cornwallis, am besten auch noch an den Kommandanten dieser speichelleckenden Hessen – wie hieß er noch gleich? Er würde um sein Recht kämpfen. Jetzt, auf der Stelle, bevor es zu spät war.

*

Father Seán O'Flanagan spürte, dass der Unmut, der ihn ergriffen hatte, seit es den Briten gelungen war, Charles Town einzunehmen, täglich zunahm. Seine Finger waren feucht, als er sich anschickte, einen Brief zu kopieren, und sich zugleich fragte, wieso er überhaupt noch in diesem britischen Feldlager blieb. Er, dessen Hass auf die Engländer bisweilen stärker war als sein Glaube an einen Gott der Liebe und der Versöhnung, saß Tür an Tür mit dem Feind und verdiente sich gar seinen Lebensunterhalt damit, dessen Korrespondenz zu führen.

Kopfschüttelnd glättete er das Papier und tauchte die Feder in die Tinte. Normalerweise wusste er, wann es an der Zeit war, zu gehen und sich eine neue Aufgabe zu suchen. Doch irgendetwas hielt ihn hier fest, in der Höhle des Löwen. Wahrscheinlich hatte es mit Anna zu tun, die er auf so höchst unerwartete Weise wiedergefunden hatte. Gott hatte sicher einen guten Grund dafür, dass Er Seán in dieses Lager geführt hatte. Nur, dass sich ihm dieser bisher noch nicht erschlossen hatte.

Ein Schatten fiel auf das zusammenklappbare Schreibpult, und blinzelnd wandte Seán den Kopf zum Eingang hin. Die Umrisse eines Mannes in scharlachroter Uniform hoben sich vom hereinfallenden Licht ab.

»Seid Ihr der Schreiber?«

Diese Stimme würde Seán nie im Leben vergessen. Seine Bewegung gefror, als sich die Gestalt John Huntleys zu ihm in den Raum schob. Er war nicht in der Lage, zu antworten.

»He, Mann, seid Ihr taub? Ich will wissen, ob Ihr der

Schreiber seid. Ich hab nämlich eine wichtige Information ...
Hört Ihr mir überhaupt zu?«

Erst jetzt gelang es Seán, sich aus seiner Starre zu lösen. Kalter Schweiß lief ihm über den Rücken, als er hastig zu einer Antwort ansetzte. Die Anwesenheit dieses Mannes erdrückte ihn förmlich. Nur schwer konnte er seinen Blick von dessen Händen losreißen. Den Händen, die damals – in einem anderen Leben – Eryn an sich gepresst und das Messer geführt hatten, das sich in ihr Herz bohrte.

Nie zuvor hatte er dem Mörder seiner Braut so nah gegenübergestanden. So dicht, dass er ihn fast berühren, den Duft seines Rosenwassers riechen konnte. Eine sichelförmige Narbe auf dessen Wange, wo sich damals Eryns Zähne hineingebohrt hatten, war das Einzige, was an seine entsetzliche Tat zu erinnern schien.

Seáns Mund war trocken, und seine Finger zitterten, als er nach einem neuen Bogen Papier griff. Huntley hatte ihn nicht erkannt. Wie sollte er auch? Immerhin war er ein gutes Stück älter geworden. Und zudem hatten er und seine Leute keine Bedeutung für Huntley gehabt, waren nichts weiter als ein ärgerliches Hindernis auf seinem Weg gewesen.

Und in diesem Augenblick fragte sich Seán, welch grausames Spiel Gott mit ihm trieb, dass er ihn auf diese Art wieder mit dem Mann zusammentreffen ließ, der alles zerstört hatte, was ihm im Leben lieb und teuer gewesen war.

»Es ist ein Beschwerdeschreiben.« Hart und schneidend drang Huntleys Stimme durch den kleinen Raum und zwang Seán aufzusehen. »Und Ihr werdet es in dreifacher Ausführung anfertigen! Es ist wichtig, dass es seine Ziele heute noch erreicht. Habt Ihr verstanden?« Ungeduldig presste er die behandschuhten Fingerspitzen aufeinander. »Ob Ihr verstanden habt, will ich wissen?«

»Selbstverständlich, Sir.« Seán war überrascht, wie ruhig seine Worte klangen, als brenne in seiner Seele nicht ein Feuer, geschürt von über einem Jahrzehnt andauernden Hasses. »Was soll ich schreiben?«

Huntley räusperte sich und begann zu diktieren.

Als er mit zitternden Händen schrieb, meinte Seán einmal mehr, den Boden unter den Füßen zu verlieren.

Beschwerde gegen den Baron Lorenz von Tannau, Premierleutnant der hessischen Jäger.

Und während er gezwungen war, die Worte auf Papier zu bannen, die Annas Unglück besiegeln sollten, keimte in ihm eine Idee. Als er das verhängnisvolle Schreiben beendet hatte, glaubte er, von Gott eine Antwort erhalten zu haben.

✳

Wie ein gefangenes Tier rannte Lorenz in Father Seáns Schreibstube hin und her. »So viel Unglück kann man doch gar nicht haben! Zuerst die erfreuliche Nachricht, dass unsere hessischen Einheiten von hier abgezogen und nach New York verlegt werden. Das hätte bedeutet, dass Anna und ich dem Einflussbereich dieses Unmenschen entzogen gewesen wären.«

Fragend blickte der Priester ihn an. »Und was hat sich geändert?«

»Gerade habe ich erfahren, dass ein Teil der Jäger zur Unterstützung der britischen Truppen in South Carolina bleiben muss. Und jetzt könnt Ihr raten, wer dazu bestimmt wurde.«

Seáns betroffenes Gesicht zeigte, dass er begriff.

»Genau, meine Männer und ich! Jetzt können wir Huntley nicht mehr ausweichen. Und wer weiß, was der sich noch ausdenken wird!«

Mutlos schüttelte Seán den Kopf. »Ihr wisst ja, was er verlangt. Ihr sollt ihm seine Schuldmagd zurückgeben.«

»Ich werde ihm Anna nicht ausliefern.« In ohnmächtigem Zorn schlug Lorenz mit der Hand auf die hölzerne Kiste, welche Father Seán als Tisch nutzte, sodass die daraufliegende Bibel einen heftigen Satz tat. »Und wenn es mich das Leben kostet, dieser Mann wird Anna nicht in die Hände bekommen!«

Eine wächserne Blässe hatte das Gesicht des Priesters überzogen, und der Abscheu, der in seinen Augen zu lesen war, entsprach so gar nicht seinem in sich gekehrten Wesen. »Ihr werdet nicht viel dagegen tun können.«

Am Vormittag hatte Lorenz eine Nachricht von Father Seán erhalten, die ihn dazu veranlasst hatte, diesen umgehend aufzusuchen. In knappen, aber deutlichen Worten hatte ihm der Priester Huntleys teuflischen Plan geschildert, der Lorenz in maßlose Wut versetzt hatte. Zugleich empfand er Hochachtung bei dem Gedanken an das Risiko, welches O'Flanagan auf sich genommen hatte, um ihn und Anna zu schützen. Statt, wie verlangt, Huntleys Schreiben zu vervielfältigen und an die entsprechenden Stellen weiterzuleiten, hatte der Priester es einfach verschwinden lassen.

»Und wenn ich ihn töten müsste, diesen Bastard. Er hat...« Lorenz unterbrach sich plötzlich, denn mit einem Mal wusste er, was er zu tun hatte. »Ihr müsst uns trauen, Father!«

Die Züge des Geistlichen nahmen einen erstaunten, fast entsetzten Ausdruck an. »Das ist nicht möglich!«, stieß er hervor.

»Warum?«

»Es ist gegen das Gesetz.«

»Das Gesetz der Kirche oder das Gesetz des Landes?«

Father Seáns Blick flackerte: »Beides. Das Mädchen hat

646

einen anderen Glauben. Um euch zu trauen, brauche ich die Erlaubnis des Bischofs. Und der ist ...«

»Menschengesetz!« Lorenz verspürte einen Zorn, der so groß war, dass er am liebsten etwas zerschlagen hätte. »Und das andere?«

Als er fortfuhr, wirkte der Priester um einiges gefasster. »Das Gesetz verbietet es, dass eine rechtmäßig gekaufte Schuldmagd innerhalb ihrer Dienstzeit heiratet. Ihr Leben gehört nicht ihr selbst. Es gehört ihrem Herrn, und nur dieser ...«

»Glaubt Ihr das, Father? Glaubt Ihr wirklich, dass es Gottes Wille ist, dass irgendjemand so über das Leben eines anderen Menschen verfügen darf?«

Ein nachdenklicher, fast spöttischer Blick traf Lorenz. »Ihr zumindest scheint es zu glauben, sonst wärt Ihr nicht hier, um für die Aufrechterhaltung der britischen Macht zu kämpfen, *Herr Baron.*«

Lorenz fühlte sich, als hätte er eine Ohrfeige erhalten, die umso mehr schmerzte, als der Ire recht hatte. In seiner Heimat hatte er sich nie darum geschert, wie es denjenigen erging, die nicht seiner Gesellschaftsschicht angehörten, den Tagelöhnern und Leibeigenen, den Bauern und Arbeitern.

Nicht, dass er ihnen jemals etwas angetan hätte, doch hatte er auch nichts unternommen, um das Los dieser Menschen zu verbessern. Mehr aus Gleichgültigkeit hatte er die Privilegien, die er als Adeliger gegenüber dem abhängigen Volk besaß, nie infrage gestellt. Er hatte Voltaire gelesen und Rousseau, aber dennoch ...

Und auch dieser Feldzug in den Kolonien hier war ihm bisher immer als gerechtfertigt erschienen. Es ziemte sich schließlich nicht für Untergebene, gegen den König aufzubegehren, ihm den Gehorsam zu verweigern, sich selbst für frei und unabhängig zu erklären. Es war gar nicht auszudenken, wohin das führen würde.

»Ihr habt recht.« Er wich dem Blick des Priesters aus. »Aber es war falsch, so etwas zu glauben. Und wenn Ihr auch dieser Meinung seid, Father, dann macht uns bitte zu Eheleuten, noch heute Nacht.«

Zögernd stand Seán auf. Obgleich er noch keine vierzig Jahre alt war, wirkte er mit einem Mal wie ein alter Mann, auf dem das Gewicht der ganzen Welt lastete.

»Wenn ich das tue, dann ...« Er unterbrach sich, nickte dann aber entschlossen. »So soll es sein. Ich werde es tun. Gott helfe mir.«

In fast jungenhaftem Überschwang schlug Lorenz dem Geistlichen auf die Schulter. »Danke, Father. Ich wusste, dass Ihr uns nicht im Stich lassen würdet.«

Doch schnell sank sein Optimismus wieder. Sein Plan würde wohl nicht so leicht in die Tat umzusetzen sein. Schwieriger, als einen Mann wie John Huntley zu überlisten, würde es werden, Anna von seinem Vorhaben zu überzeugen. Mit einem zerknirschten Lächeln wandte er sich an den Iren. »Ich befürchte, Father, dass es Eures geistlichen Beistands bedarf, damit Anna dieser Heirat zustimmt.«

Ergeben hob Seán die Schultern. »Schickt sie zu mir. Ich werde sehen, was ich ausrichten kann.«

Lorenz konnte nur beten, dass die Argumente des Priesters stärker wären als Annas Starrsinn.

※

»Ihr habt nach mir schicken lassen, Father?« Mit einer routinierten Handbewegung zog Anna die Plane beiseite und trat ein.

Das hereinfallende Licht blendete Seán, und für einen kurzen Moment schloss er die Augen. Ein anderes Bild stieg in ihm auf. Das Bild der Frau, die er geliebt hatte. *Eryn.*

Wieder ergriff der alte Zorn von ihm Besitz, die Erinnerung, wie er damals ohnmächtig hatte zusehen müssen, was John Huntley seiner Braut antat.

Aber, Gott war sein Zeuge, Anna Hochstetter würde er nicht der Willkür dieses Menschen überlassen!

Seán räusperte sich. »Ja, bitte setz dich, ich habe mit dir zu reden.«

»Als Mann Gottes oder als Freund?« Das Lächeln auf ihrem Gesicht erhellte für einen Moment das Halbdunkel des Zeltes.

»Bei Gott, das wüsste ich selbst gerne.«

Seine Bestürzung spiegelte sich auf dem Gesicht der jungen Frau wider, als sie, noch immer auf eine Antwort wartend, vor ihm auf einem Stuhl Platz nahm.

»Was ist geschehen? Ist Lorenz in Gefahr?«

Sie liebt ihn wirklich. Ein warmes Gefühl der Zuneigung breitete sich in Seáns Brust aus, als er den Kopf schüttelte. »Es geht ihm gut. Doch hat er mir berichtet, was geschehen ist, und er weiß jetzt auch, dass John Huntley diese Angelegenheit nicht hat auf sich beruhen lassen.«

Anna nickte. »Das habe ich nicht anders erwartet.«

Seán hasste es, fortfahren zu müssen. »Du weißt, was das bedeutet. Huntley hat das Recht, wegen deiner Flucht Klage zu erheben und dich dann nach Barbados zu schicken. Nicht jedoch, ohne zuvor die Strafe für flüchtige Schuldmägde ebenfalls vollstrecken zu lassen.«

Annas Gesicht wurde noch einen Ton fahler. »Wird er damit durchkommen?«

Selten war Seán eine Antwort so schwergefallen. Dabei war

er als Priester in dem besetzten und unterdrückten Irland mehr als einmal gezwungen gewesen, einer Familie die Botschaft zu überbringen, dass sie Haus und Hof verlassen musste. Oder schlimmer noch, dass einer ihrer Söhne verhaftet worden war und nun auf Deportation oder Hinrichtung wartete. Aber diese tapfere, selbstlose Frau in den Händen dieses Teufels zu wissen war ein unerträglicher Gedanke.

Seán straffte die Schultern. »Das Gesetz ist auf seiner Seite, denn er ist im Besitz deiner Papiere.«

»Dann kann mir wohl niemand mehr helfen«, sagte Anna tonlos, und Seán sah, dass sie das Zittern ihres Körpers nicht länger unterdrücken konnte.

Er dachte daran, mit welcher Hingabe sie auf dem Schiff die Verwundeten versorgt und zu diesem Zwecke gar den englischen Offizieren und Seeleuten die Stirn geboten hatte. Auch auf diesem Feldzug hatte sie ohne Zögern jede Arbeit, die notwendig war, übernommen. Dass sie nun, da es um sie selbst ging, so einfach aufgab, konnte er nicht verstehen.

»Du darfst nicht zu Huntley zurückkehren! Du weißt, wozu er fähig ist!«

Wieder erschauderte sie, doch sah sie ihm in die Augen. »Ich muss es tun, sonst wird er Lorenz vors Kriegsgericht bringen lassen oder sogar töten.«

»Das ist nicht zu vergleichen mit dem, was er dir antun wird, sobald er dich wieder in seiner Gewalt hat.«

Einen Moment schien Anna zu überlegen, doch schließlich schüttelte sie den Kopf. »Es ist nicht recht, andere für sich zahlen zu lassen. Schon gar nicht jemanden, den man lie...« Sie unterbrach sich, und eine plötzliche Röte überzog ihr Gesicht.

»Jemanden, den man liebt, wolltest du sagen?«

Anna schwieg, die Haltung unbewegt, die Augen noch immer fest auf ihn gerichtet.

Langsam stand Seán auf und legte ihr die Hand auf die Schulter. »Heirate ihn.«

Anna zuckte zusammen. »Was sagt Ihr da?«

»Heirate ihn. Es ist der einzige Weg.«

Zum ersten Mal verlor die junge Frau die Fassung. »Das kann ich nicht!«

»Diese Heirat könnte dein Leben retten.«

»Es ist nicht möglich, Father. Und Ihr wisst es.« Ihre Stimme klang gepresst.

Er musste sie davon überzeugen, dass es keine Alternative für sie gab. Eine aberwitzige Situation! Er als katholischer Priester beschwor eine mennonitische Täuferin, einen katholischen Adeligen zu heiraten! Die Welt war wirklich aus den Fugen geraten.

Doch dann ergriff er Annas Hände und erzählte ihr leise, aber eindringlich alles, was er über John Huntley wusste, über seine Vergangenheit, seine Machenschaften. Zum ersten Mal seit jener Zeit öffnete er einem Menschen sein Herz, sprach von Eryn, Ryan und dem Tag, an dem er beide verloren hatte. Und er, dem sonst die Gläubigen in der Beichte ihre Sorgen und Nöte anvertrauten, spürte zum ersten Mal seit Eryns Tod den Trost, die Last seiner Seele mit jemand anderem zu teilen.

❊

Eine Träne rann Anna über die Wange, und am liebsten hätte sie den Priester in die Arme genommen und getröstet. Vergessen war ihre eigene Sorge, so bestürzt war sie über die Grausamkeiten, von denen Father Seán ihr berichtet hatte.

Die Willkür der Briten gegenüber der irisch-katholischen Bevölkerung unterschied sich doch im Grunde in nichts von dem unerbittlichen Herrschaftsgefüge auf den Plantagen in Virginia. Welch entsetzliche Welt, in der eine andere Hautfarbe, Nationalität oder Religion als Rechtfertigung dafür genügte, um misshandelt, vertrieben oder verkauft zu werden! So wie in früheren Zeiten ihre mennonitischen Glaubensbrüder und andere Täufer ebenfalls blutig verfolgt worden waren.

»Du musst den Baron heiraten, Anna.« Langsam stand Seán auf, und sie sah, dass er schwankte. »Huntley darf nicht auch noch dich zerstören!«

»Und Ihr glaubt, diese Eheschließung wird ihn daran hindern, seinen Anspruch einzufordern? Ich habe ja noch nicht einmal das Recht, zu heiraten, bevor meine Jahre bei ihm abgedient sind. Diese Ehe wäre nichtig ...«

»Gott mag das anders sehen.«

»... und damit kein Schutz.«

Noch immer waren die Augen des Priesters auf sie gerichtet. »Es mag sein, dass Huntley das Gesetz auf seiner Seite hat. Doch würde er es wagen, die Hand zu erheben gegen die Frau eines Adeligen, die Frau eines verbündeten Offiziers, mit dem er Seite an Seite kämpft? Würde er sich die Blöße geben, deine Auslieferung zu fordern und damit das gesamte Offizierskorps mit seinem Ehrenkodex gegen sich aufzubringen? Und hat er überhaupt irgendwelche Beweise? Woher will er, in all den Kriegswirren, so rasch deine Papiere auftreiben? Sein Wort stünde gegen das deines Gatten. Und du wärst die Baronin von Tannau.«

Ihres *Gatten.* Bei diesem Wort lief ein Schauder durch Annas Körper. Wie seltsam das klang. Mein Gatte. Und die Baronin von Tannau würde sie sein, welch eine Farce. Sie, die

Tochter des Abraham und der Rebecca Hochstetter, die nie etwas anderes gekannt hatten als harte, ehrliche Arbeit.

Doch sie spürte, wie ihr Widerstand bröckelte. »Meint Ihr, Father, dass es Recht ist in Gottes Augen, diese Verbindung einzugehen, wo uns der Glaube doch trennt? Selbst Paulus schreibt doch: *Ziehet nicht am fremden Joch mit den Ungläubigen. Was hat das Licht für Gemeinschaft mit der Finsternis?*«

Father Seán musste diese Worte kennen. Seine eigene Kirche argumentierte damit. Würde er in ihren Augen einen Frevel begehen, wenn er sich nun darüber hinwegsetzte und diesen Bund segnete?

»Es heißt aber auch, man müsse Gott mehr gehorchen als den Menschen. Oder glaubst du, dass Lorenz von Tannau einen anderen Gott verehrt als du?«

Anna zögerte. Sie hatte wenig Gelegenheit gehabt, mit Lorenz über derartige Fragen zu sprechen. Doch war sie sich sicher, dass dieser zwar Papist, aber weder ein Götzendiener noch ein Heide war.

Schließlich schüttelte sie den Kopf. »Nein, das glaube ich nicht.«

»Glaubst du denn, Gott hätte etwas gegen eure Verbindung einzuwenden?«

Zögernd hob sie die Schultern. »Ich weiß es nicht.«

Seán nickte. »Womöglich gibt es eine Lösung, die du akzeptieren könntest: Die Ehe muss nicht vollzogen werden.«

Eine Woge von Hitze schoss Anna ins Gesicht.

»Es geht doch nur darum, dass du die Frau von Tannau wirst. Das wird dir vorübergehend Schutz gewähren. Alles andere ist deine Entscheidung. Lass dir damit Zeit. Und bis dahin...«

Anna verstand, dass er ihr gerade einen Weg aufgezeigt

hatte, den sie gehen konnte, das Schlupfloch, die einzige Möglichkeit, die ihr blieb. Sie konnte Lorenz heiraten, seinen Namen annehmen und damit unter seinem Schutz stehen. Solange sie sich ihm nicht hingab, diese Bindung, die auf dem Papier bestand, mit ihrem Körper besiegelte, war sie nicht endgültig gebunden.

»Wärst du dazu bereit?« Wärme und Mitgefühl lagen in Seáns Stimme, und schließlich nickte sie.

»Ja, Father, traut uns.«

Sie würde es tun, um ihr und womöglich auch Lorenz' Leben zu retten. Nur deswegen und aus keinem anderen Grund!

Mühsam, ein wenig schwankend stand sie auf und trat nach draußen, wo der Wind an ihrem Rock und ihrer Haube zerrte. Sie roch die Nähe des Meeres und vernahm die allgegenwärtigen Stimmen und Geräusche der eroberten Stadt. Hier also, mitten im Krieg, würde sie ihr Ehegelöbnis sprechen, vor Gottes Angesicht Treue schwören bis in den Tod.

KAPITEL 11

Charles Town, Juni 1780

Der Tag ihrer Hochzeit war ganz anders, als Anna es sich in ihren Träumen und Vorstellungen ausgemalt hatte. Weder führte ihr Vater sie ihrem Bräutigam zu, noch befand sie sich im Kreise ihrer Familie, Freunde und Nachbarn. Auch hatte nicht ihre Mutter das Hochzeitsgewand für sie geschneidert.

Stattdessen trug sie ein einfaches dunkles Kleid, das schon deutlich abgetragen war. Sie hatte Käthe, mit der sie seit jener dramatischen Geburt freundschaftlich verbunden war, darum gebeten, ihre Trauzeugin zu sein. Diese hatte ihr zu dem festlichen Anlass einen üppigen bunten Kranz aus Feld- und Wiesenblumen geflochten, der einen betörenden Duft verströmte. Zunächst wollte sich Anna weigern, ihn anzunehmen. War diese Hochzeit doch eine Farce, eine Lüge vor Gottes Augen, nicht mehr als ein letzter, verzweifelter Rettungsanker. Doch das Gesicht der Trossfrau hatte so gestrahlt, als sie ihr den Kranz entgegenhielt, dass sie es nicht übers Herz gebracht hatte, das gut gemeinte Geschenk zurückzuweisen.

Und nun stand Anna neben der aufgeregten Käthe vor einer alten, mit Spanischem Moos bewachsenen Eiche, in einem geliehenen Kleid, den geflochtenen Kranz im Haar, und erwartete ihren Bräutigam. Lorenz von Tannau, Freiherr aus Cassel.

Das alles war grotesk. Panik stieg in ihr auf. Auf was hatte sie sich da nur eingelassen?

Noch immer war Lorenz nicht zu sehen, und einen Moment lang war Anna versucht, sich den Kranz vom Kopf zu reißen und einfach davonzulaufen. Doch was wäre dann? Es gab keinen Ausweg!

Es raschelte im Laub, und Anna wandte sich um. Ihr Blick fiel auf Lorenz, der zusammen mit Father Seán und Sergeant Weiser, wohl dem zweiten Trauzeugen, auf sie zukam. Ihr Bräutigam trug seine grüne Jägeruniform, die sauber und geglättet war. Sein Haar war gewaschen, gepudert und in Form gebracht. Der Dreispitz warf einen Schatten auf sein Gesicht, und mit der stolzen Haltung eines Aristokraten wirkte er inmitten der Sümpfe South Carolinas gleichermaßen fremd wie faszinierend.

Anna wollte den Blick senken, konnte jedoch die Augen nicht von ihm lassen, als er sich ihr näherte. Seine ernsten Züge verwandelten sich in ein Lächeln.

»Mademoiselle.« Als wären sie bei Hofe, ergriff er ihre Hand, zog sie zu sich heran und deutete einen Kuss an. Ihre Blicke trafen sich, und noch nie war Anna das Grau seiner Augen so leuchtend erschienen. Ihre Haut glühte, ihr Herz begann, schneller zu schlagen, und der Schwindel, der sie mit einem Mal erfasste, war nicht auf die feuchte Hitze zurückzuführen, die wie eine schwere Glocke über dem Land hing.

Zu schwach, etwas zu erwidern, ließ sie sich von ihm die wenigen Schritte bis unter die mächtige Eiche führen, wo Father Seán mit den beiden Trauzeugen auf sie wartete. Das Spanische Moos, das fast bis zur Erde herabhing, erweckte den Eindruck einer geschmückten, wenn auch bescheidenen Kapelle.

Lorenz' Finger umfassten die ihren, sie spürte seinen raschen Puls an ihrer Hand, seine Wärme, die Kraft, mit der er sie hielt, sodass es ihr unmöglich gewesen wäre, sich von ihm loszureißen, selbst wenn sie es gewollt hätte. Wie der Blitz traf sie eine Erkenntnis, die sie völlig verwirrte. Konnte es sein, dass er sie liebte? Ebenso aufrichtig wie sie ihn?

*

»Verflucht, Clio, ich hab dir gesagt, wenn du mich noch einmal störst, lasse ich dich auspeitschen.«

Ein Glas mit Portwein zersprang auf dem Boden, als John Huntley aus seinem Sessel hochfuhr und sich ein wenig taumelnd zu der Sklavin umwandte, die erschrocken zusammenzuckte und grau im Gesicht wurde. »Verschwinde, sofort! Oder ich ...«

»Verzeiht, Master, aber Ihr habt Besuch.« Es war offensichtlich, dass Clio Angst vor ihm hatte. »Der Mann hat gesagt, es sei wichtig, und er müsse Euch unbedingt sprechen.«

Besuch? Wer konnte das sein? John konnte sich nicht erinnern, jemanden eingeladen zu haben, und fühlte sich auch keineswegs in der Verfassung, Gäste zu empfangen. Was er heute erfahren hatte, war so empörend, dass er vollkommen die Fassung verloren hatte und sich nur mit noch Alkohol betäuben konnte. Hatte dieser von Tannau es doch tatsächlich gewagt, diese aufsässige Schuldmagd zu heiraten, sie gar zu einer Baronin gemacht! Bitter lachte John auf. Sie hatte es ja ganz schön weit gebracht, dieses raffinierte Ding.

Aber das Schlimmste war, dass er jetzt kaum noch etwas gegen die beiden unternehmen konnte. Es entsprach nicht dem militärischen Ehrenkodex, einem Offizierskameraden die Frau streitig zu machen.

Er runzelte die Stirn und überlegte, wann er die Beschwerdeschreiben hatte verfassen lassen. Bisher war noch keine Antwort eingegangen, was ihn im Grunde aber wenig verwunderte. Im Augenblick hatte die Kommandantur mit anderen Problemen zu kämpfen, besonders, da die Rebellen im Süden ständig neuen Zuwachs zu bekommen schienen, seit Clinton dieses idiotische Dekret erlassen hatte. Danach mussten alle Bewohner einen Treueeid auf die Krone schwören, um nicht als Verräter zu gelten.

Das Bohren in Johns Kopf verstärkte sich, und am liebsten hätte er sich schlafen gelegt. Doch selbst in diesem halb betrunkenen Zustand wusste er noch, was sich in seiner Position schickte.

»Jerome soll den Besuch hereinbitten, und du machst in der Zwischenzeit diese Sauerei hier weg, hörst du?« Er zeigte auf die am Boden liegenden Glasscherben, aus denen ein Rest der rötlichen Flüssigkeit sickerte.

Dann strich er Hemd und Weste glatt, vergewisserte sich im über der Kommode hängenden Spiegel, dass er ein halbwegs akzeptables Bild abgab, und lehnte sich mit einer Schulter gegen die Vitrine. Kurz verschwamm sein Blick, er spürte, wie er schwankte und den Halt zu verlieren drohte.

Als er wieder klar sehen konnte, erkannte er nur wenige Schritte vor sich die drahtige Gestalt Kurt Pauls.

»Guten Abend, Sir.« Obgleich die Worte des Hessens höflich waren, klang versteckter Spott in seinem Tonfall mit. »Ihr seht mitgenommen aus. Liegt das an den Entbehrungen des Krieges, oder habt Ihr Euch eine dieser entsetzlichen Seuchen eingefangen, die hier überall wüten?«

Dieser Kerl war unverschämt, und das mit Vorsatz. John spürte, wie sein Zorn wuchs. Er hatte nicht übel Lust, den verlausten Emporkömmling in seine Schranken zu weisen. Doch noch ehe sein benebelter Geist in der Lage war, sich eine scharfzüngige Antwort einfallen zu lassen, hatte Paul schon auf einem der Sessel Platz genommen und legte seine Stiefel auf den zierlichen, mit Intarsien und Lack verzierten Tisch.

»Wie sieht's aus, bekommt in diesem Haus ein Gast noch nicht mal ein Glas Wein angeboten? Ist wohl doch nicht so weit her mit der berühmten Gastfreundschaft des Südens.«

John bellte Clio eine entsprechende Anweisung zu. Kurze Zeit später standen auf einem der beiden kleinen Tische zwei Weingläser und eine gefüllte Karaffe.

Die Sklavin schenkte ein, reichte erst John ein Glas, dann dem Hessen, dessen Augen anzüglich über ihre schlanke Figur und den vollen Mund glitten.

»Ich muss schon sagen, Mädchen habt Ihr hier, die können einen Mann ganz schön verrückt machen.« Pauls Finger ergriffen die Bänder von Clios Schürze und zupften herausfordernd daran.

Ärgerlich gab John ihr ein Zeichen, zu verschwinden, und wandte sich dann seinem ungebetenen Gast zu. »Was führt dich zu mir? Hast du wieder Spielschulden gemacht und brauchst jemanden, der dafür geradesteht?« In der Vergangenheit war dergleichen öfter vorgekommen, und John fragte sich inzwischen, ob es eine gute Investition gewesen war, für diesen aufdringlichen Kerl immer wieder in die Tasche zu greifen.

»Aber, aber, wer wird denn gleich an so was denken? Welche Laus ist Euch über die Leber gelaufen, dass Ihr den Besuch eines lieben Freundes ...«

»Ich war nie Freund mit deinesgleichen!«, entfuhr es John, der seine Wut nicht länger zurückhalten konnte. Sogleich jedoch bereute er seine Worte und setzte beschwichtigend hinzu: »Dennoch bist du in diesem Haus willkommen.«

Pauls kleine Rattenaugen verengten sich. »Über was macht Ihr Euch Sorgen, Sir?«

John spürte, wie seine Hand sich fester um sein Glas krampfte, als erneut Zorn durch seinen Körper schoss. Offensichtlich war es schon so weit mit ihm gekommen, dass dieser Flegel in ihm las wie in einem offenen Buch. Andererseits hatte dieser ihm bisher schon gute Dienste erwiesen. Und vielleicht …

Das Grinsen auf Pauls unrasiertem Gesicht wurde breiter. »Ihr wisst doch, auf mich ist Verlass. Vielleicht kann ich Euch helfen, Eure Probleme zu lösen. Wäre schließlich nicht das erste Mal. Besonders …« Mit den Fingern machte er die eindeutige Geste des Geldzählens, während er sich tiefer in die Polster lümmelte.

John wollte auffahren und den anderen ob seiner Dreistigkeit zurechtweisen. Doch dann besann er sich eines anderen. Das mochte eine Möglichkeit sein, die Sache zu regeln. »Womöglich kommen wir miteinander ins Geschäft«, presste er mit gezwungenem Lächeln zwischen den Zähnen hervor. »Es gibt da einen Mann, dessen Anwesenheit mir in der Vergangenheit erhebliche Scherereien bereitet hat.«

»Ein Mann, Sir?«

John machte eine abfällige Geste. »Ein Hesse, nur ein kleines Licht unter den Offizieren. Aber dreist genug, sich in Angelegenheiten einzumischen, die ihn nichts angehen, und sich gar am Besitz seiner Offizierskollegen zu vergreifen. Er schimpft sich selbst einen Freiherrn, sein Name ist von Tannau.«

»Von Tannau!« Der Ausdruck in Pauls Gesicht änderte sich schlagartig. Hass flackerte in seinen Augen auf, und seine Lippen verengten sich zu einem Strich.

»Du kennst den Mann?«

»Das kann man wohl sagen.«

»Hast du unter ihm gedient?«

Paul zögerte einen Moment, bevor er antwortete. »Sagen wir mal so, Leutnant von Tannau hatte einen sehr – prägenden – Einfluss auf mein Leben.«

John spürte, dass er aus Paul nicht mehr herausbekommen würde, doch witterte er eine Chance. »Heißt das, du schätzt ihn nicht besonders?«

Das erneute Aufblitzen von Hass in den Zügen des Hessen war Antwort genug.

»Also ...« Johns Kopfschmerzen hatten schlagartig nachgelassen. Eigenhändig schenkte er dem anderen von dem Wein nach. »Das heißt, wir haben einen gemeinsamen Feind.«

»Macht uns das zu Verbündeten?« Etwas raubtierhaft Gieriges lag in Pauls Blick.

»Es könnte unsere ...«, John räusperte sich, »... unsere geschäftlichen Beziehungen stärken.«

»Ihr wollt, dass ich von Tannau für Euch aus dem Weg räume?«

Johns Herz schlug ihm bis zum Hals, während er fieberhaft überlegte. Von Tannau tot? Und diese deutsche Schuldmagd wieder in seinem Besitz? Diese Vorstellung war so verlockend, dass er Paul am liebsten sofort einen Beutel mit Münzen ausgehändigt hätte, damit er die Angelegenheit schnellstens für ihn regelte.

Mit Mühe gelang es ihm, sich zu beherrschen. Wenn Paul erst einmal gerochen hätte, wie verhasst ihm dieser von Tannau war, würden die Forderungen dieses durchtriebenen Kerls sicher immer maßloser werden. Er zwang sich zu einem unterkühlten Lächeln, bevor er antwortete: »Ein interessantes Angebot. Ich werde dich wissen lassen, ob ich es anzunehmen gedenke.«

KAPITEL 12

Turkey Creek, die Carolinas, Januar 1781

»Was sagst du da? Über hundert Tote? Fast tausend Gefangene? Beinahe die gesamte Britische Legion verloren?« Lorenz spürte, wie die Farbe aus seinem Gesicht wich, als er die atemlos vorgebrachten Worte des Verwundeten vernahm, der buchstäblich vor seinen Füßen zusammengebrochen war. In dem Versuch, sich seine Fassungslosigkeit nicht anmerken zu lassen, ging er in die Hocke und hob den Kopf des Mannes an.

»Und Colonel Tarleton, hat er es überlebt? Nun rede schon, Mann!«

Der andere schien jedoch nicht mehr in der Lage zu sein, vernünftig zu antworten, sein Blick war glasig, und seine Pupillen flackerten. »Eine Niederlage, eine entsetzliche Niederlage ...«, stammelte er. »Teufel, diese Rebellen, allesamt ...« Seine Augen verdrehten sich, und er verlor die Besinnung.

»Verflucht!« Vor Wut und Entsetzen zitternd, ließ Lorenz den Kopf des Bewusstlosen zu Boden gleiten und richtete sich wieder auf. Schnell sah er sich um und winkte ein paar Soldaten heran, damit diese den Mann zum Lazarettwagen schafften. Dort mussten bereits unzählige andere Soldaten und Milizionäre der geschlagenen Einheiten Colonel Tarletons versorgt werden. Teilweise verwundet und zu Tode erschöpft, waren diese bei ihrer Flucht durch die Sümpfe South Carolinas von Lorenz und seinen Männern aufgegriffen worden.

Erst wenige Tage zuvor war der Heereszug des englischen Generals Cornwallis, dem auch Lorenz' Jäger als Vorhut zu-

geteilt waren, aus seinem Winterlager in Winnsboro aufgebrochen. In Eilmärschen wollten sie ihren britischen und
loyalistischen Verbündeten, die unter dem Befehl Colonel
Tarletons standen, als Verstärkung entgegenmarschieren.
Offensichtlich waren sie zu spät gekommen!

Denn bereits am Tag zuvor – so viel hatte Lorenz von den
Überlebenden erfahren – hatte es bei Cowpens, unweit der
Grenze zu North Carolina, eine verheerende Schlacht gegeben. Dabei waren Tarletons siegesgewohnte Einheiten von
den Männern des amerikanischen Generals Daniel Morgan
vernichtend geschlagen worden.

Ein Großteil der gesamten Truppe verloren!

Die Kälte, die Lorenz bis ins Mark drang, rührte nicht nur
von den eisigen Januartemperaturen und dem unablässigen
Regen, der seinen Uniformrock durchnässte.

Über diesen Krieg schienen die Briten zunehmend die
Kontrolle zu verlieren. Seit der glorreichen Eroberung Charles
Towns im Mai des vergangenen Jahres waren acht Monate verstrichen. In dieser Zeit hatten sich die südlichen Kolonien in
einen Hexenkessel verwandelt. In immer kürzer werdenden
Abständen drangen Nachrichten von Überfällen, Scharmützeln und unsäglichen Grausamkeiten in Cornwallis' Lager.
Von den wenigen größeren Schlachten, die seither geschlagen
worden waren, hatte eine den Briten den Sieg, die letzte, im
Herbst bei Kings Mountain, jedoch eine vernichtende Niederlage eingebracht.

Kampfeslust und Siegesgewissheit der Patrioten nahmen
täglich zu, während es den britischen Einheiten immer schwerer fiel, loyalistische Siedler zu finden, die bereit waren, ihnen
Unterkunft und Verpflegung zu gewähren oder für die Sache
des Königs gar zu den Waffen zu greifen.

Überdies verhärteten sich die Fronten zusehends. Der Hass

zwischen den verfeindeten Parteien, Rebellen und Königstreuen zog sich wie ein blutiger Riss durch die südlichen Kolonien. Menschen, die jahrzehntelang friedlich als Nachbarn nebeneinander gelebt hatten, standen sich plötzlich auf unterschiedlichen Seiten gegenüber. Der Krieg zwischen den Kolonien und dem Mutterland war zu einem Rachefeldzug der Kolonisten untereinander verkommen. Plünderung, Brandschatzung, Folter, Vergewaltigung und Mord waren an der Tagesordnung. In den Wäldern und Sümpfen der Carolinas konnte kein Siedler, kein Farmer seines Lebens mehr sicher sein. Legte er sich abends friedlich ins Bett, konnte es geschehen, dass ihm noch vor Tagesanbruch das Haus über dem Kopf angesteckt, seine Frau und seine Töchter geschändet, sein Vieh geraubt wurde.

Und mit jedem Überfall wuchs der gegenseitige Hass weiter, der Wunsch nach Vergeltung. Lorenz fragte sich, ob die Bauern und Handwerker, die sich auf beiden Seiten auf das Grausamste gegenseitig abschlachteten, überhaupt noch wussten, wofür sie eigentlich kämpften.

Die mordenden Horden, die sich großspurig Milizionäre nannten, schreckten nicht einmal vor Überfällen und Anschlägen auf reguläre Armee-Einheiten zurück. Dabei agierten sie meist aus dem Hinterhalt heraus, sodass selbst die gut bewaffneten, hervorragend ausgebildeten Soldaten Seiner Majestät des Königs ihnen nicht Einhalt zu gebieten vermochten. Bereits am nördlichen Kriegsschauplatz hatten die Briten einen Vorgeschmack auf die fanatische und allen Regeln der Kriegsführung widersprechende Kampfweise der Rebellen erhalten. Doch hier im Süden regierte das schiere Chaos. Selbst ernannte Anführer rebellischer Horden, wie Francis Marion und Thomas Sumter, verbreiteten unter den britischen Soldaten Angst und Schrecken.

Immer wieder wurden Cornwallis' Truppen von marodierenden Rebellen die Versorgungswege abgeschnitten, sodass seine Männer oft hungern mussten oder durch Krankheiten und Entkräftung ausfielen. Die glorreiche Armee des Königs geriet zusehends in die Rolle der Getriebenen und Gejagten.

Und jetzt diese verheerende Niederlage!

Mit dem Gefühl, die gesamte Last des Krieges laste auf seinen Schultern, schüttelte Lorenz den Kopf, rief zwei weitere Soldaten herbei und ordnete an, General Cornwallis umgehend von dieser Hiobsbotschaft zu unterrichten.

Der Zug war bei der Ankunft der Verwundeten zum Stocken gekommen. Sie befanden sich unweit eines Baches, den die Einheimischen Turkey Creek nannten, und Lorenz gab seinen Männern den Befehl, die kurze Unterbrechung dazu zu nutzen, sich mit frischem Wasser zu versorgen.

Anna schien recht zu behalten, dass dieser Krieg nicht unter dem Segen Gottes stand. Wenn er sich die verlausten, halb verhungerten Soldaten mit durchgelaufenen Schuhsohlen ansah, von denen sich manche nur durch Extrarationen Rum auf den Beinen hielten, war Lorenz fast geneigt, seiner Frau beizupflichten.

Seiner Frau. Bei diesem Gedanken spürte er eine Wärme in seiner Brust, die für einen Moment die Januarkälte vertrieb. Die Erinnerung an ihre sanften braunen Augen ließ in ihm den Wunsch aufsteigen, dieses ganze entsetzliche Elend für immer hinter sich zu lassen und stattdessen ein Haus zu suchen, in dem sie ihre gemeinsamen Kinder großziehen würden.

Lorenz schob seinen Hut aus der Stirn und rieb sich verstohlen die Schläfen. Welch absurder Gedanke! Frauen machten einen Mann einfach zu weich. Wahrscheinlich war es deshalb nicht gern gesehen, dass Soldaten heirateten.

Dabei war Anna ihrem Vorsatz treu geblieben. Zwar war sie nun die Baronin von Tannau, doch ansonsten hatte sich wenig zwischen ihnen geändert. Da er oft tagelang mit seinen Jägern auf Erkundungsmärschen oder Vorstößen unterwegs war, konnten sie nicht viel Zeit miteinander verbringen. Kurz vor dem Aufbruch aus Charles Town hatte Lorenz durchgesetzt, dass Anna mit ihm im gleichen Haus lebte, um ihre Ehe nach außen zu demonstrieren und sie vor Huntley zu schützen. Doch kein einziges Mal hatten sie das Bett geteilt. Mochte diese Ehe auch im Himmel geschlossen sein, auf Erden war sie bisher nicht vollzogen worden.

Und auch wenn sich Lorenz mit jeder Faser seines Körpers nach Anna verzehrte, musste er sich fürs Erste damit zufriedengeben, dass dieses Arrangement zumindest seinen Zweck erfüllte und Huntley nie wieder den Versuch gemacht hatte, seine Frau zu belästigen. Auch er selbst hatte den Virginier selten zu Gesicht bekommen, obgleich sie beide in Cornwallis' Feldlager Dienst taten.

Dennoch, ein untrügliches Gefühl sagte Lorenz, dass der Kerl diese Niederlage nicht so einfach hinnehmen würde. So wie er ihn einschätzte, heckte er bestimmt eine Teufelei aus, um sich zu rächen, und wartete ab, um dann unverhofft zuschlagen zu können. Bei diesem Gedanken packte ihn die kalte Wut. Was in aller Welt musste er noch tun, damit dieses Scheusal Anna in Frieden ließ? Er würde alles tun, schwor sich Lorenz. *Alles.*

Eine Bewegung am östlichen Horizont ließ ihn in seinen Überlegungen innehalten. Mit zusammengekniffenen Augen sah er genauer hin.

Scharlachrote und grüne Uniformen schimmerten im Licht der vom Nebel verhangenen Wintersonne. Verbündete!

Ein endlos scheinender Trupp näherte sich ihnen von Osten

her. Das musste die versprochene Verstärkung aus New York sein – General Lesters Männer und hessische Jäger. Lorenz spürte, wie sich neue Hoffnung in ihm regte.

Wenn die versprochenen Zahlen stimmten, dann waren sie nun den Rebellen gegenüber in der Übermacht. Und dann – unwillkürlich glitt Lorenz' Hand an den Griff seines Degens –, dann könnte der Krieg womöglich schneller vorbei sein, als es diesen Rebellengenerälen Greene und Morgan lieb war.

*

»Verfluchter Kerl, was hast du vor?« Die scharfe Stimme eines Unteroffiziers ließ Father Seán O'Flanagan innehalten. Er zog seinen Umhang fester um sich, um das Dokument darunter zu verbergen. Dann atmete er erleichtert auf. Er war nicht gemeint.

»Den Rum wolltest du vor mir verstecken! Hast wohl geglaubt, du wärst schlauer als ich, was?«, fuhr der Unteroffizier einen der Soldaten an. Die Antwort ging im Krachen einer Axt unter, die ein weiteres Fass zertrümmerte.

Seán nutzte die allgemeine Aufregung, um sich möglichst unauffällig davonzuschleichen. Erst als er den Lichtkegeln der lodernden Feuer entkommen war und sicher sein konnte, dass niemand ihn bemerkt hatte, blieb er stehen und drehte sich um. Schweigend stand er am Rande des höllischen Schauspiels und betrachtete das Ausmaß der Zerstörung.

In einem alles verzehrenden Feuer gingen die Transportwagen, Vorräte und Wertgegenstände der glorreichen britischen Armee in Flammen auf. Knackend zerbarsten Tassen und Teller. Silberne Löffel, Messer und Gabeln wurden in den überfrorenen Schlamm geworfen, und selbst der Inhalt der Rumfässer ergoss sich über das niedergetrampelte, reifbedeckte Gras. Soldaten fluchten, Offiziere brüllten barsche Befehle und scheuten nicht davor zurück, mit Stößen ihrer Musketen den gar zu Unwilligen Beine zu machen. Der Heereszug des General Cornwallis war gerade dabei, sich selbst den Garaus zu machen.

Welch ein unsägliches krankhaftes Vorgehen!

Seán schüttelte den Kopf. Wie verzweifelt musste Cornwallis sein oder wie verblendet? Seit der britische General von der verheerenden Niederlage bei Cowpens erfahren hatte, war er besessen von der Idee, die Americaner um jeden Preis zu vernichten. Um den Einheiten General Greenes durch die vom Regen aufgeweichten Sümpfe und Wälder schneller folgen zu können, hatte er nun den Befehl gegeben, jeden unnötigen Ballast zu zerschlagen oder zu verbrennen. Zum größten Entsetzen seiner Männer zählte er nicht nur die Versorgungs- und Transportwagen sowie die Zelte der Mannschaften dazu, sondern auch Luxusgüter wie Porzellan, Besteck, Vorräte und – den Rum.

All diese Dinge waren Seán gleichgültig. Eines jedoch hatte er gerettet: ein Blatt Papier. Er fuhr mit der Hand unter seinen Umhang und holte das Dokument hervor, das er den Flammen im letzten Moment entrissen hatte. Es war eine Abschrift der Urkunde, die Annas Heirat mit dem Freiherrn von Tannau besiegelte. Das Einzige, was sie vor Huntley schützen konnte. Sorgfältig rollte Seán das Schriftstück zusammen und verbarg es wieder unter seinem Umhang. Dann wandte er sich erneut der unheilvollen Szene vor sich zu.

War es nicht sein brennendster Wunsch gewesen, die verhassten Briten zurückweichen, fallen und aus dem Land flüchten zu sehen? Hatten sie nicht in America, genau wie damals in Irland, nur für Unglück gesorgt? Für Ausbeutung und Gewalt? Anders als bei den Aufständen in seiner irischen

Heimat wurde dieser Krieg zwar nicht aufgrund von Hunger und blutiger Ausbeutung geführt. Dennoch konnte Seán die Ideale, die der Rebellion gegen die Briten zugrunde lagen, gut nachvollziehen.

Unabhängigkeit. Freiheit.

Aber weshalb fühlte er sich dann beim Anblick dieser in die Enge getriebenen britischen Armee so leer? Wieso schmeckte der Moment des Triumphes so schal?

War es, weil er den Krieg selbst miterleben musste, mit all seinen Grausamkeiten, seinem Fanatismus und blinden Hass auf beiden Seiten? Weil die Methoden mancher Revolutionäre mit ihren Überfällen und Rachefeldzügen nicht weniger Abscheu in ihm hervorriefen als die unbarmherzigen Kriegsstrategien der britischen Herrscher? Oder weil plötzlich auch britische Soldaten für ihn ein menschliches Gesicht erhalten hatten? Weil er darunter halbe Kinder und schwer arbeitende Bauern gesehen hatte? Weil ausgerechnet ein hessischer Söldner im Dienst der ihm so verhassten englischen Krone sich als Glaubensbruder, ja beinahe als Freund, erwiesen hatte? Vielleicht lag es aber auch daran, dass er schon seit einiger Zeit von dem Beispiel einer Täuferin beeindruckt war, die selbst mitten im Krieg noch für die Gewaltlosigkeit eintrat und ihm, dem Priester, jeden Tag aufs Neue vorlebte, was Nachfolge Jesu und Hingabe bedeuteten.

Seán wusste es nicht zu sagen. Und als er sich daranmachte, eben jene Täuferin zu suchen, fragte er sich, ob es womöglich einen völlig anderen Grund für seine Gleichgültigkeit gab: dass er vor langen Jahren schon den Glauben an eine bessere Welt verloren hatte.

✳

Baronin Anna von Tannau biss die Zähne zusammen, damit sie vor Kälte nicht gegeneinanderschlugen, und kämpfte mit aller Kraft gegen die Strömung an, die sie mitzureißen drohte. Ihr ganzes Körpergewicht stemmte sie gegen den schweren Lazarettwagen, um zu verhindern, dass dieser flussabwärts getrieben wurde.

Durch das Rauschen und Gurgeln gedämpft, vernahm sie das Keuchen des Feldschers und der vier Soldaten, die mit ihr zusammen das Gefährt Stück für Stück weiter in Richtung des gegenüberliegenden Ufers schoben. Offiziere brüllten Befehle, Pferde wieherten erschreckt auf, und bei jedem Schritt schien das Wasser höher zu steigen. Die eisigen Temperaturen des Catawba River, der nun, Anfang Februar, durch den nicht enden wollenden Regen stark angeschwollen war, ließen sie mehrfach nach Luft ringen. Mittlerweile waren ihre Beine taub, und der vollgesogene Rock ihres Kleides erschwerte zusätzlich jede Bewegung.

Wie Bilder eines Albtraums stiegen die Ereignisse der vergangenen Tage schemenhaft in ihr auf: General Cornwallis' Befehl, alle Transport- und Versorgungswagen zu verbrennen und die Vorräte zurückzulassen. Seine Besessenheit, die Patrioten notfalls bis ans Ende der Welt zu verfolgen. Die unmenschlichen Eilmärsche, die er sich und seinen Soldaten zumutete. Hunger, Erschöpfung, Elend.

Und Anna war töricht genug gewesen, sich an diesem ganzen Wahnsinn zu beteiligen. Dabei hätte sie die Möglichkeit gehabt, in einem der Zwischenlager zu bleiben, zusammen mit den meisten anderen Trossfrauen und Armeebegleitern, die auf Cornwallis' Anordnung dort zurückbleiben mussten, damit er mit seinen Truppen schneller in den Sümpfen der Carolinas vorankam. Nur wenigen Frauen und Zivilisten wurde es noch gestattet, die Soldaten zu begleiten. Aufgrund ihrer

Erfahrungen in der Heilkunde hatte Anna sich ihnen anschließen dürfen.

Fahrig glitt ihre Zunge über die rissigen Lippen, als sie daran dachte, wie oft sie diese Entscheidung seither schon bitter bereut hatte. Nichts war ihr mehr zuwider als dieser Krieg. Doch hätte sie weder Lorenz alleinlassen, noch in diesem Chaos auf seinen Schutz verzichten können. Und so ertrug sie mit Cornwallis' Männern auch weiterhin alle Strapazen und Entbehrungen dieses Winterfeldzuges, der die Briten und Hessen immer weiter von den Städten, der Zivilisation und ihren Versorgungslinien entfernte und sie immer tiefer in die Wildnis führte.

Ein lauter Aufschrei ließ sie herumfahren. Durch den dichten Nebel hindurch sah sie, wie ein junger Soldat, fast noch ein Kind, offensichtlich in einen Strudel geraten und mitgerissen worden war. Kreischend streckte er die Arme nach oben und versuchte, wieder festen Halt zu finden. Doch allmählich schienen ihn seine Kräfte zu verlassen. Zudem war er durch das Gepäck stark in seiner Beweglichkeit eingeschränkt.

Ohne zu überlegen, hatte Anna den Wagen losgelassen. Die Kälte und den glitschigen Untergrund ignorierend, watete sie durch die brusthohe Strömung und versuchte, den Jungen zu erreichen, der unaufhaltsam flussabwärts getrieben wurde. Endlich gelang es ihr, bis zu ihm vorzudringen.

Er hielt sich jetzt an einem umgestürzten Baum fest, der ins Wasser ragte, und wurde von der Strömung heftig hin und her geschleudert. Sein Gesicht war vor Todesangst verzerrt, seine Augen waren weit aufgerissen. Gellend schrie er um Hilfe.

Während Anna darum kämpfte, nicht selbst den Halt zu verlieren, schob sie sich näher und streckte ihm den Arm hin. »Hier, halt dich an mir fest!«

Panisch schlug er um sich, versuchte, Annas Hand zu ergreifen, mehrmals rutschte er ab, doch schließlich schaffte er es, sich daran festzuklammern.

Einen Moment lang war Anna erleichtert. »So, jetzt ganz langsam.« Der Junge hörte sie nicht. In seiner Angst krallte er sich an ihr fest, umfing sie mit seinen Armen und raubte ihr die Bewegungsfreiheit.

»Was tust du denn?«

Mit aller Kraft versuchte Anna, sich aus seinem Griff zu befreien. Doch er packte sie nur noch fester, und schließlich verlor sie den Halt. Gurgelnd versank sie in den eisigen Fluten. Die Kälte des Wassers, das über ihr zusammenschlug, war wie ein Schock. Einen Moment war sie wie gelähmt, dann jedoch verlieh die Verzweiflung ihr neue Kraft.

Keuchend erreichte sie wieder die Oberfläche und rang nach Atem, aber sofort wurde sie von dem jungen Soldaten, der nicht lockerließ, wieder nach unten gezogen.

Ich werde sterben! Entsetzen packte sie. Hier in diesem Fluss, irgendwo in den Carolinas, würde sie den Tod finden. Herr, bitte, schenk mir Kraft!

Plötzlich fühlte sie, dass sie frei war. Die Umklammerung hatte sich gelöst. Der Junge hatte offenbar das Bewusstsein verloren. Rasch tauchte sie auf, um ihre Lungen mit Luft zu füllen. Dann packte sie ihn wieder und zog ihn hoch.

Schlaff hing er in ihren Armen, und es kostete sie Mühe, den schweren Körper in der reißenden Strömung festzuhalten. Vor Kälte und Anstrengung zitternd, sah sie hinab auf das jugendliche, blasse Gesicht, die Lippen waren bereits blau angelaufen. Unaufhaltsam, doch schon fast außer Sichtweite quälte sich die königliche Armee weiterhin durch die überflutete Furt.

Der Körper des Jungen schien immer schwerer zu werden. Anna drohte von dem Felsvorsprung, auf dem sie Halt gefunden hatte, abzurutschen. Verzweifelt flog ihr Blick zum anderen Ufer, das fast unsichtbar hinter einer Decke aus Dunst lag, als sie plötzlich durch den dichten Nebel hindurch eine Gestalt gewahrte, die ihr bekannt vorkam, und neue Hoffnung keimte in ihr auf. »Noah!«, brüllte sie über das tosende Wasser hinweg. »Noah!«

Er blieb stehen. Hatte er sie gehört? Nach allem, was sie erkennen konnte, führte er Pferde mit sich, die verstört ihre Köpfe hin und her warfen.

»Noah! Ich bin hier, kannst du mich sehen?« Ihre Stimme versagte, ihre Kraft erlahmte. Der leblose Körper entglitt ihr, und nur mit letzter Mühe gelang es ihr, ihn wieder zu fassen. »Noah, bitte, ich brauche Hilfe!«

Tränen liefen ihr über das Gesicht. Doch er musste sie entdeckt haben, denn er ließ die Zügel los und watete mit der Strömung zu ihr hinunter.

»Großer Gott, Missus, was tut Ihr hier?«

Missus. Die ungewohnte Anrede, die er stur verwendete, seit er von ihrer Hochzeit erfahren hatte, irritierte sie noch immer.

»Schnell, Noah, ich ...«

Mit einem Blick hatte er die Lage erkannt, nahm ihr den Bewusstlosen aus den Armen und legte ihn sich über die Schulter. Einen kurzen Moment schwankte er, dann wandte er sich zu ihr um, um sich zu vergewissern, dass sie allein zurechtkam, und setzte sich dann langsam in Bewegung zum anderen Ufer. Erschöpft und zitternd folgte sie ihm.

Als sie das andere Ufer erreicht hatten, legte Noah seine menschliche Last ab und eilte zu ihr, um ihr aus dem Wasser zu helfen. Tropfnass und halb erfroren stand Anna vor ihm, während Erschöpfung und ihr nasses Kleid sie zu Boden zu ziehen schienen.

»Danke, Noah, du hast…«

Ein besorgter Blick traf sie. »Geht es Euch gut, Missus? Seid Ihr verletzt?«

»Alles in Ordnung, Noah.« Es gelang ihr nicht, dem Zittern ihres Körpers Einhalt zu gebieten, und durch den Nebel sah sie, wie sich ein wenig flussaufwärts die Soldaten mit ihrem Gepäck und der Ausrüstung weiter ans Ufer kämpften.

»Ich komme zurecht«, sagte sie rasch und zwang sich zu einem Lächeln. »Kümmere du dich jetzt lieber um die Pferde, bevor…«

Er hatte verstanden und nickte grimmig. Dann wandte er sich ab und stieg wieder in den Fluss, wo durch den dichten Dunst zwei Pferdekörper zu erahnen waren.

Am liebsten hätte sich Anna dort, wo sie stand, auf die Erde gelegt, die Augen geschlossen und wäre nie mehr aufgestanden. Doch war der junge Soldat noch immer nicht bei Bewusstsein. Und so stolperte sie über das sumpfige Ufer zu ihm hinüber, um zu sehen, was sie für ihn tun konnte.

KAPITEL 13

Deep River Meeting House, North Carolina, 14. März 1781

»*Ego te absolvo a peccatis tuis, in nomine Patris et Filii et Spiritus Sancti.*«

»Amen.« Lorenz' Hände verkrampften sich, als er das Kreuzzeichen schlug und sich dann langsam erhob. »Danke, Father, Ihr habt mir einen großen Dienst erwiesen.«

Der Ire nickte nur, aber sein blasses Gesicht sprach deutlich aus, was er dachte. Was auch Lorenz dachte. Was alle im Lager dachten.

Es würde an ein Wunder grenzen, die morgige Schlacht zu überleben.

Wochenlang hatten Cornwallis' Truppen nun den americanischen General Nathanael Greene und seine Rebellen kreuz und quer durch das Hinterland der Carolinas verfolgt. Immer einige Meilen im Rückstand, immer wieder von plötzlichen Überfällen überrascht, zunehmend orientierungslos, gebeutelt von Hunger und Krankheiten. Während die Rebellenarmee durch Zulauf und Nachschub kontinuierlich stärker zu werden schien, waren die Truppen der Briten und ihrer Verbündeten durch Verluste und Desertion deutlich geschwächt.

All diese Wochen über waren die Americaner einer offenen Feldschlacht ausgewichen. Stattdessen hatten sie versucht, die anfangs zahlenmäßig überlegenen und besser ausgebildeten Europäer auf für sie unbekanntes Terrain zu locken und durch lange, aufreibende Märsche zu zermürben. Und nun hatten Spione gemeldet, was nicht mehr länger zu leugnen war: Die

Rebellen waren in der Übermacht. Darüber hinaus kannten sie die Gegend. Und sie hatten ein Ziel vor Augen: *Freiheit!*

Dafür würden sie kämpfen bis zum letzten Mann, und so wie es aussah, würde das Schlachtfeld bei Guilford morgen in Blut versinken.

Lorenz war vorbereitet. Er hatte Frieden geschlossen, mit sich selbst und mit Gott. Der Father hatte ihm die Absolution erteilt, und als Soldat war er es gewohnt, dem Tod ins Auge zu blicken.

Doch etwas war anders als früher: Lorenz war nicht mehr allein. Für den Fall, dass er für die Ehre des britischen Königshauses sein Leben lassen würde, musste er Vorsorge treffen. Schon der folgende Tag konnte Anna zur Witwe machen und dadurch wieder zu Freiwild für Huntley. Wenn Lorenz sie nicht mehr schützen konnte, mit seinem Rang, mit seinem Namen … Bei der Vorstellung, was dieser Bastard dann mit ihr anstellen würde, wurde ihm speiübel.

Der Geruch von Pferden wehte ihm in die Nase. Das vertraute Schnauben, als er sich der Koppel näherte. Perikles hatte ihn erkannt und kam auf ihn zugetrabt. Doch Lorenz blieb keine Zeit, sich um den Hengst zu kümmern. Suchend glitt sein Blick über die Weide, bis er schließlich Noah entdeckte, der gerade eines der Tiere am Huf untersuchte.

Im Grunde war es Wahnsinn, was er vorhatte. Konnte ein schwarzer Pferdeknecht im Notfall überhaupt etwas ausrichten? Doch keinem anderen vertraute er in dieser Angelegenheit mehr als diesem Mann.

Zudem teilte Noah seinen Hass auf Huntley, und es wäre auch für ihn besser, nicht im Blickfeld seines früheren Masters zu sein, wenn Lorenz fallen sollte. Wer konnte schon sagen, welche Intrigen diesem Menschenschinder einfallen würden, um dem Sklaven zu schaden?

Noah wandte sich um, als er Schritte hörte, und richtete sich auf. »Guten Abend, Sir.« Sein Blick wirkte angespannter als sonst. Auch er dachte also an die bevorstehende Schlacht, und Lorenz spürte, wie bei dieser Erkenntnis sein Mut weiter sank. Er entschloss sich, ohne Umschweife zur Sache zu kommen.

»Du weißt von dem bevorstehenden Kampf?«

Noah nickte. »Die Patrioten sind in der Überzahl.«

»Etwa die fünffache Stärke.« Lorenz spürte, wie es ihm die Kehle zuschnürte, und er senkte unwillkürlich die Stimme. »Selbst wenn es uns wider Erwarten gelingen sollte, die Niederlage abzuwenden, so wird es doch unzählige Tote und Verwundete geben.«

Besorgnis stand in Noahs Augen. »Ihr befürchtet, nicht aus der Schlacht zurückzukehren, Sir?«

»Ich denke an Anna.«

»Sie würde es schwer haben ohne Euch.«

»Sie würde ihm völlig schutzlos ausgeliefert sein.«

Noahs Augen verdunkelten sich. »Huntley.«

»Gib mir dein Wort, Noah, dass du ein Auge auf sie hältst, wenn der Kampf losgeht. Du weißt, sie ist ein guter Mensch und neigt bisweilen dazu, sich für andere in Gefahr zu begeben.«

Der Sklave nickte. »Das werde ich, Sir.«

»Und, Noah . . .« Der zweite Teil seines Anliegens fiel ihm unendlich schwerer. »Sollte ich fallen, morgen oder in zwei Wochen . . . bitte versprich mir, dass du Anna dann in Sicherheit bringen wirst. Fort von diesen Kämpfen, fort von John Huntley. Wenn möglich nach Philadelphia, dort hat sie Freunde.« Eilig zog er einen Beutel mit Münzen hervor. »Nimm das bitte. Ihr werdet es brauchen.«

Schweigen entstand. Von Ferne drangen die Geräusche des

Lagers herüber, Pferde schnaubten und stampften mit den Hufen. Die spürbare Anspannung der Truppe schien sich auch auf die Tiere zu übertragen.

Verlangte er womöglich zu viel von Noah? Riskierte er damit sogar dessen Leben, indem er ihn praktisch zur Flucht aufforderte?

Als er Noah ansah, bemerkte er, dass in seinen Augen Tränen standen. »Ihr habt mein Wort, Sir. Ich werde Annie beschützen.« Wie zur Bekräftigung streckte der Sklave ihm die Hand entgegen. »Wenn es sein muss, mit meinem Leben.«

Lorenz nickte stumm und ergriff die dargebotene Hand. Sie war warm und fest.

Dann wandte er sich um und begab sich zum Zelt des Kommandanten. Eine letzte Lagebesprechung stand noch aus.

*

Die tropfnassen Wäschestücke, die Anna über das festgetretene Gras schleppte, kamen ihr mit jedem Schritt schwerer vor. Als sie endlich das zusammengezimmerte Gestell erreichte, das als Wäscheleine diente, glaubte sie, nicht einmal mehr die Kraft aufbringen zu können, um die Tücher aufzuhängen. *Es ist dieser Krieg*, dachte sie, *es ist dieser entsetzliche Krieg. Er erschöpft den Körper und laugt die Seele aus. Wie konnte ich mich nur darauf einlassen?*

Ihr Magen rumorte vor Hunger. Da die Rebellen schon vor langer Zeit die Versorgungswege abgeschnitten hatten, war es schwierig geworden, Cornwallis' Männer ausreichend zu ernähren. Mit Grauen erinnerte sich Anna an brutale Plünderungen, bei denen die ausgehungerten Truppen den einheimischen Bauern ihre Vorräte geraubt hatten. Keinen Bissen hätte Anna davon anrühren können. Doch dazu hatte sie auch keine

Gelegenheit gehabt, denn die darbenden Soldaten hatten sich sofort selbst auf die erbeuteten Nahrungsmittel gestürzt. Zuletzt hatte man sogar einen Teil der eigenen Pferde schlachten müssen, um die Männer am Leben zu erhalten.

Und wozu das Ganze? Um dem glorreichen Britannien eine Kolonie zu sichern? Um aufmüpfige Siedler zu bestrafen, die es gewagt hatten, sich gegen den König und seine Steuergesetze zu erheben? Um einen Haufen Idealisten in ihre Schranken zu verweisen, da sie den Mut hatten, an eine andere Welt zu glauben?

Am meisten belastete Anna jedoch die Tatsache, dass sie Lorenz kaum noch zu Gesicht bekam. Je mehr sich die Lage zuspitzte, je tiefer sie ins Hinterland vorstießen, desto häufiger wurden er und seine Leute als Spähtrupps eingesetzt – die hessischen Jäger bildeten die Vorhut oder sicherten die Flanken. Anna schauderte bei dem Gedanken, dass ihr Mann stets an vorderster Stelle stand.

Das letzte Wäschestück hing schwer und tropfend im rötlichen Abendlicht, und mit vor Schmerz zusammengebissenen Zähnen streckte Anna das Kreuz durch. In den vergangenen Wochen war sie marschiert wie die Soldaten. Außer ihr waren eine Handvoll Loyalistinnen die einzigen Frauen im Lager, die Anna jedoch selten sah. Meist hielt sie sich in der Nähe des Feldschers auf, um bei Notfällen zur Stelle zu sein. Immer wenn sie die Möglichkeit dazu hatte, verbrachte sie die Abende im Gespräch mit Father Seán. Gelegentlich traf sie Noah, der durch den Verlust der vielen Pferde sehr bedrückt war.

Ihr Blick ging über das abendliche Lager, die provisorischen, aus Decken und Ästen errichteten Schlafplätze – die meisten Zelte waren zusammen mit den Wagen auf Cornwallis' Befehl hin verbrannt worden. Dahinter sah sie das geräumige, aus rotem Backstein errichtete Haus, das dem General und seinem Stab als Hauptquartier diente. Welcher Hohn, dass ausgerechnet ein Versammlungshaus der friedliebenden Quäker als militärische Basis herhalten musste!

»Er muss verrückt sein, der Alte!« Die Stimme klang heiser vor Erregung.

Anna wandte sich um. In der Nähe eines Feuers, über dem ein Kessel hing, standen zwei Soldaten, die sich leise unterhielten.

»Sonst hätte er sich bestimmt nicht in den Kopf gesetzt, eine solche Übermacht anzugreifen.« Angst und Wut schwangen in der Stimme des Mannes mit. »Stell dir mal vor: General Greene soll mittlerweile fünfmal so viele Männer haben wie wir – fünfmal! –, und trotzdem will Cornwallis morgen die Entscheidung erzwingen.« Er tippte sich mit dem Zeigefinger an die Schläfe.

Das Gesicht des Ersten war blass geworden, als er den Kopf schüttelte. »Haben wir überhaupt eine Chance, lebend aus der Sache rauszukommen?«

Die Antwort hörte Anna nicht mehr, denn in ihrem Kopf begann es zu rauschen. Eine aussichtslose Schlacht, ein Kampf, der für viele der Männer den Tod bedeuten würde. War das der Grund, weshalb Lorenz in den letzten Tagen oft so einsilbig gewesen war? Er hatte es die ganze Zeit gewusst! Aber er hatte nicht gewollt, dass sie davon erfuhr. Sie erstarrte innerlich, und nur noch vereinzelt drangen die Worte der Männer an ihr Ohr.

»... wenn die Rebellen es auch nur halb so geschickt anstellen wie vor zwei Monaten in Cowpens ...«

»... und da waren sie noch deutlich weniger als wir ...«

»... gibt's mehr Tote als in irgendeiner Schlacht zuvor ...«

Anna bekam keine Luft mehr und fuhr sich mit den Händen an den Hals. Die Sonne stieg bereits tiefer und tauchte das Lager in ein unwirkliches blassrotes Licht. Womöglich blieb ihr nicht mehr viel Zeit.

Sie musste ihn finden.

Ihr Herz schlug wie ein wild gewordenes Tier gegen ihre Brust. Ihr Blick glitt über die allgegenwärtigen Uniformen und hielt Ausschau nach Lorenz' vertrautem Gesicht. Ein metallisches Krachen und Quietschen von Musketen, die gereinigt wurden, drang durch die Luft, in der schon das Versprechen des Frühlings zu spüren war, Bajonette blitzten in der Abendsonne auf, schwerer Rauch schob sich durch das Lager wie der Schatten eines unheilvollen Vorboten.

Todesahnung schien in der Luft zu liegen. Der Hauch des Jüngsten Gerichts, die stumme Anspannung von Menschen, die befürchten mussten, den nächsten Sonnenuntergang nicht zu erleben.

Mehr Tote als in irgendeiner Schlacht zuvor. Wie Hammerschläge hallte dieser Satz immerfort in Annas Kopf wider. Die Männer um sie herum versuchten, ihre Angst mit zotigem Galgenhumor und den Resten des Alkohols, den sie sich irgendwo besorgt hatten, zu betäuben. Die furchtbare Gewissheit, dass viele von ihnen am nächsten Tag um diese Zeit schon tot oder verblutend auf dem Schlachtfeld liegen würden, war kaum zu ertragen.

Sie musste Lorenz finden!

Getrieben von Angst hetzte sie durch das Lager, sah auf den Pferdekoppeln nach, warf sogar einen verstohlenen Blick in den Lazarettwagen. Nichts!

Schließlich ging sie zurück zu dem roten Backsteinbau des Hauptquartiers, vor dem einige Offiziere in Diskussionen vertieft waren. Und hier fand sie endlich Lorenz.

Er hatte den Uniformrock geöffnet, lehnte sich mit dem

Rücken an die Mauer des Gebäudes und unterhielt sich mit einem anderen Offizier, dessen besorgte Miene Annas eigene Angst noch verstärkte. Die untergehende Sonne tauchte sein Gesicht in ein warmes Rot und spiegelte sich auf den dunklen Haaren. Ruhig, beinahe gelassen stand er da.

Lorenz. Freiherr von Tannau. Ein Offizier des Landgrafen von Hessen-Cassel. Ihr Mann. Angetraut vor Gottes Angesicht. Bei diesem Gedanken setzte Annas Herz einen Schlag lang aus.

Gerade verabschiedete sich der andere Offizier, wandte sich um und ging, ohne sie eines Blickes zu würdigen, an ihr vorbei. Als Lorenz sie entdeckte, lächelte er, doch dieses Lächeln konnte nicht die Sorge aus seinem Gesicht vertreiben, die Vorahnung des drohenden Endes.

Lorenz' Blick legte sich wie eine eiskalte Hand auf ihre Brust. Alles in ihr drängte sie dazu, sich in seine Arme zu werfen, zu spüren, dass er bei ihr war und lebte.

Noch. Zumindest in dieser Nacht.

»Anna.« Er trat auf sie zu, streckte ihr die Hände entgegen.

Sie war nicht in der Lage, zu sprechen. Tränen traten ihr in die Augen, und die Welt um sie herum verschwamm. Ihr Körper bebte, und widerstandslos ließ sie zu, dass er sie an sich presste, sodass sie den vertrauten Geruch nach Leder, Pulver und Wolle wahrnahm, der von ihm ausging.

Im Namen Gottes erkläre ich euch zu Mann und Frau. Von irgendwoher klangen die Worte der Trauungszeremonie an Annas Ohr. Father Seáns Stimme: *Werdet ein Fleisch.*

»Du zitterst ja. Bist du krank?«

Schnell öffnete Lorenz Uniformrock und Weste, schob Anna darunter, hüllte sie ein, um die Kälte aus ihrem Körper zu vertreiben. Ihre Furcht und Anspannung ließen nach.

Durch den Leinenstoff des Hemdes spürte Anna seine festen Muskeln, und in diesem Moment wünschte sie sich nichts sehnlicher, als sich einfach fallen zu lassen und die schreckliche Wirklichkeit zu vergessen. Die Welt um sie herum begann sich zu drehen, erst langsam, dann immer schneller. Ihre Knie gaben nach, und sie sackte zusammen. Sofort griffen zwei Arme nach ihr, umfassten sie und hoben sie hoch, so leicht, als wiege sie nichts. Mit sicheren Schritten trug Lorenz sie zu seinem provisorischen Zelt, das er etwas abseits unter einem Baum aus zwei Decken errichtet hatte, und schob sie hinein.

Behutsam, als hätte er Angst, sie zu verletzen, ließ er sie auf das Strohlager gleiten, riss sich Rock, Weste und Hemd vom Leib und wärmte sie mit der Hitze seines Körpers.

»Anna?« Es war nur ein Hauch.

Ihre Liebe war stärker als das Grauen. Alle Bedenken und Widersprüche waren bedeutungslos geworden. Sie wehrte sich nicht, als er die Schnüre ihres Mieders löste, das Band, das ihren Rock an der Taille zusammenhielt.

Und dann waren sie nicht mehr Freiherr und Magd, Katholik und Täuferin. Sie waren nur noch Mann und Frau, vereint durch Gott, allein in einem fremden Land.

Und sie wurden ein Fleisch.

KAPITEL 14

Deep River Meeting House, North Carolina, 15. März 1781

Eine sanfte Bewegung hatte sie geweckt.

Ihr Körper war warm und schwer. Angenehm schmiegte sich die Decke um ihren nur mit der dünnen Chemise bekleideten Rücken. Das Strohlager fühlte sich so weich unter ihr an wie ein Daunenkissen. Und in ihrem Kopf war ein Summen, eine Melodie, die sie ganz auszufüllen schien, ihren Körper durchdrang wie das feine Schwingen von Flügelschlägen tausender samtweicher Hummeln.

War das also die Liebe? Die von Gott dem Herrn am letzten Schöpfungstag den Menschen anvertraute Segnung? Die Ekstase, die König Salomo in so blumigen Worten besungen hatte, dass Strenggläubige sie nur verschämt lasen? Liebe, so stark wie der Tod und mächtiger als alle Schatten der Unterwelt?

Blinzelnd öffnete sie die Augen. Nur eine Kerze tauchte das Innere des winzigen behelfsmäßigen Zeltes in unwirkliches Licht. Lorenz, bereits in Hemd und Hose, saß mit dem Rücken zu ihr auf einem Holzscheit und war gerade dabei, sich die Stiefel anzuziehen.

»Musst du schon aufbrechen?« Sie wunderte sich, wie warm ihre Stimme klang.

Langsam wandte er sich zu ihr um. Sein Hemd stand offen, weich fielen seine Haare bis zu den Schultern. Er lächelte sie an, es war ein zu Herzen gehendes, trauriges Lächeln.

»Unsere Jäger brechen noch vor Sonnenaufgang mit Tarletons Legion zur Lagererkundung auf. Ich wollte dich nicht wecken.«

Der bevorstehende Abschied zerschnitt das Glück des Morgens wie ein Messer und hinterließ eine klaffende Wunde.

Die Decke glitt von ihrem Körper, als Anna aufstand und barfüßig auf Lorenz zutrat. Sie wollte ihn berühren, ihn noch einmal spüren, doch fehlte ihr die Kraft, auch nur den Arm zu heben.

Der Versuch, das Weinen zu unterdrücken, beraubte sie ihrer Worte, und so stand sie schweigend da und sah zu, wie er – ihr Mann – sich die Weste überstreifte, den grünen Rock anlegte und die Haare zu einem Zopf zusammenband. Dann trat er zu ihr und strich mit den Fingerspitzen über ihre Wange, eine Träne verfing sich darin, er wischte sie weg.

»Nicht weinen«, sagte er leise. »Ich will dich so in Erinnerung behalten, wie du im Schlaf ausgesehen hast, mit einem glücklichen Lächeln.«

In Erinnerung behalten...

Glaubte auch er nicht an einen Sieg, glaubte nicht, dass er den Kampf überleben würde? War es ein Abschied für immer? Ihre Kiefer schmerzten, so fest presste sie die Zähne zusammen, doch ihre Lippen zitterten trotzdem, Tränen quollen ihr aus den Augen.

Das durfte nicht sein! Sie wollte, sie konnte Lorenz nicht verlieren. Er war ihr Leben, ihre Zuflucht, alles, was ihr geblieben war, ihre einzige Heimat... ihre Liebe.

Er sah sie an, als warte er auf ein Wort von ihr. Als sie jedoch schwieg, griff er nach dem Dreispitz und setzte ihn auf.

Die Zeit des Aufbruchs war endgültig gekommen. Schon wurden draußen Schritte laut, Befehle gebrüllt. Pferde schnaubten, und das schwere Quietschen von Kanonen, die zu ihrer Stellung gebracht wurden – die furchtbare Wirklichkeit des Krieges holte sie ein.

»Ich muss jetzt gehen.« Seine Stimme klang heiser.

Sie nickte. »Ich weiß.«

Einige Herzschläge lang sahen sich beide schweigend an. Es gab noch so vieles, das unausgesprochen zwischen ihnen stand, so vieles, das hätte gesagt werden müssen.

Vorsichtig, als sei sie etwas Kostbares, Zerbrechliches, zog Lorenz sie zu sich heran und küsste sie, während er ihren Blick suchte. »Wenn mir etwas geschehen sollte ...«

Sie zuckte bei seinen Worten zusammen, schüttelte den Kopf, doch er legte den Finger auf ihre Lippen, hinderte sie daran, ihn zu unterbrechen. »Dann wende dich an Noah. Er ist ein guter Mann. All deine Papiere sind in Ordnung. Niemand kann dir etwas anhaben.«

Das Gepolter und Getöse wurde lauter, und fast schien es Anna, als habe die Schlacht bereits begonnen. Einen Moment sah es so aus, als ob Lorenz noch etwas sagen wollte, doch dann schob er den Degen in die Scheide. »Ich muss aufbrechen. Gott schütze dich.« Ohne eine Antwort abzuwarten, wandte er sich um, schlug die Zeltplane beiseite und trat nach draußen. Anna war allein.

»Ich liebe dich.« Ihre Worte waren kaum mehr als ein Hauch, und tiefes Bedauern erfasste sie, dass sie diese nie zuvor ausgesprochen hatte. Nun gingen sie unter, im Lärm der trampelnden Stiefel, der Pferde und Kanonen. Und doch hoffte sie, dass Lorenz sie vernommen hatte.

*

Die Sonne hatte bereits ihren Zenit überschritten, als Lorenz mit seinen Männern auf den Befehl zum Angriff wartete. Mit zusammengekniffenen Augen sah er über das mit Gras bewachsene Schlachtfeld, das vom schweren Regen der vergangenen Wochen getränkt war. In der Ferne war auf einer kleinen Anhöhe ein Backsteingebäude zu erkennen, das Gerichtshaus von Guilford.

Miliz, dachte Lorenz. *General Greene hat seine Milizen in die vorderste Reihe gestellt.* Bauern, Landarbeiter und Handwerker, die im Eifer des neu erwachten Patriotismus freudig zu den Waffen gegriffen hatten – und häufig genug auch ebenso schnell wieder nach Hause gerannt waren, wenn es zu harten Auseinandersetzungen gekommen war.

Die lauten rhythmischen Schläge der Trommeln vermischten sich mit der Melodie der Dudelsäcke, und die vorausgetragenen roten Kriegsfahnen erinnerten Lorenz unwillkürlich an blutgetränkte Leichentücher. Sein halbes Leben lang war er Soldat gewesen, hatte einen Eid geleistet und bis zur Erschöpfung exerziert, um seinen Dienst erfüllen, den Feind besiegen zu können … und, wenn es sein musste, auch zu sterben. Doch an diesem Tag, während er regungslos beobachtete, wie sich die gegnerischen Parteien zum Kampf formierten und die Anspannung der Männer beinahe mit Händen zu greifen war, sah er das Schlachtfeld mit anderen Augen. Entschlossene Gesichter, von Hunger und Entbehrung gezeichnet, bereit, alles zu tun, um ihre Ideale, ihr Land, ihre Freiheit zu verteidigen, notfalls bis in den Tod.

Rebellen? Aufständische? Gesindel? Seine Fingerspitzen zuckten um den Griff seines Degens, während er die Reihen der Gegner musterte. Noch vor wenigen Monaten hätte er in ihnen womöglich nichts anderes gesehen als Unruhestifter, die sich gegen die rechtmäßige Ordnung, ihren Herrn und König auflehnten. Aber jetzt?

Hatte er nicht selbst alle Regeln der Gesellschaft missachtet, als er Anna zur Frau nahm? Alle Brücken hinter sich und seiner Herkunft abgebrochen, als er diese Ehe vor Gott und den Menschen unauflöslich machte? War er also wirklich so viel anders als die Rebellen, denen er bald mit gezückter Waffe entgegentreten würde? Und das nur, weil sie die Welt ablehnten, die er bis jetzt für selbstverständlich gehalten und nie infrage gestellt hatte? Eine Welt, in der ein König über Untertanen regierte? In der ein Mensch wie er nur aufgrund seiner Herkunft Privilegien genoss und in der andere nicht die geringste Chance hatten, ihren Stand im Leben jemals zu verbessern?

Wie durch Watte hindurch hörte er den Befehl zum Laden. Mechanisch gab er die Order an seine Männer weiter und hob den Lauf seiner Büchse. Ein weiterer gebrüllter Befehl, und er legte an.

Der Anblick der Soldaten vor ihm zerfloss, ihre Gesichter wurden zu einer hellen Wand, während er die Waffe ausrichtete. So wie er es gelernt, so wie er es Hunderte von Malen getan hatte. Gleichmäßig atmend wartete er die nächste Order ab, bevor er den Hahn spannte.

Wir töten nicht. Das ist in den Augen Gottes ein Gräuel. Durch den Nebel der Anspannung hinweg glaubte er, Annas Worte zu vernehmen, sanft, leise, bestimmt. Als der Befehl zum Feuern kam, zögerte er. Etwas schien seinen Finger, der am Abzug lag, zurückzuhalten. Aber nur für einen Moment. Dann gehorchte er und zog den Hahn durch. Ein berstender Knall durchbrach den Morgen, gefolgt von den Schüssen der anderen, und die Welt um ihn herum tauchte ein in eine Hölle aus Lärm, Feuer und Rauch.

Die Schlacht, die das Ende bringen konnte, hatte begonnen.

*

Anna wusste, dass es verboten war, und doch hatte sie nicht anders gekonnt. Unbemerkt war sie den Truppen gefolgt und hatte sich in sicherem Abstand hinter einer Reihe von Bäumen verborgen, die zu beiden Seiten des Schlachtfeldes in einen dichten Wald übergingen.

Mehr denn je verabscheute sie den Krieg, spürte zutiefst, dass er allem widersprach, was in den Augen Gottes gut und heilig war. Und doch drängte es sie, in dieser Stunde in der Nähe ihres Mannes zu sein. Womöglich – und bei diesem Gedanken erschauderte sie – war es die letzte Stunde seines Lebens. Und so kauerte sie unter einem Baum, hatte die Hände gefaltet und betete stumm, während der ganze Wahnsinn vor ihren Augen ausbrach.

»Missus, Missus, was tut Ihr denn hier? Ich hab Euch überall gesucht! Seid Ihr wahnsinnig?« Durch den Donnerhall der Kanonen, die wie in Wellen aufflackernden Salven der Gewehre und Musketen, drang Noahs Stimme an ihr Ohr.

Mit wenigen Sätzen hatte er sie erreicht, fasste sie behutsam am Arm. »Kommt mit mir, ich bringe Euch in Sicherheit.«

Anna benötigte einen Moment, um den Blick von dem entsetzlichen Kampfgeschehen abzuwenden und zu verstehen, wer mit ihr sprach. Müde schüttelte sie seinen Arm ab. »Du sollst mich nicht *Missus* nennen!«

»In Ordnung, aber nun komm! Hier ist es zu gefährlich, und du kannst doch nichts tun.« Besorgnis blitzte in Noahs Augen auf.

»Vielleicht nicht, aber ich bleibe trotzdem.«

Bis dass der Tod euch scheidet.

Im Rauch des Gefechtsfeuers, der Anna in Augen, Nase und Ohren brannte, erinnerte sie sich verschwommen an die Worte, die sie während der Trauungszeremonie gesprochen hatte. Sie hatte es Lorenz gelobt, vor Gottes Angesicht, und so würde sie mit ihm aushalten, bis zum letzten Moment.

✳

Es war die Hölle.

Nur dass Lorenz zwischenzeitlich nicht mehr wusste, wer der Teufel und wer die gequälte Seele war. Einige Schritte vor ihm fiel ein Mann, von einer Kugel getroffen, zu Boden. Ein kurzer Schrei, ein wimmerndes Stöhnen, dann färbte eine Blutlache die weiße Halsbinde und den Kragen der Jägeruniform tiefrot. Ein Würgen unterdrückend, stieg Lorenz über den Verwundeten, und trieb zugleich seine Männer weiter auf die Reihen der Feinde zu. Seine Augen tränten vom beißenden Rauch, sein Blick verschwamm, die Umgebung versank in einem dampfenden Kessel von Lärm, Schreien und Gestank. Doch unbeirrt schritt er fort, brüllte Befehle, lud, legte an. Eine Kugel streifte ihn, aber er spürte keinen Schmerz. Vor seinen Augen schälten sich blau-weiß gekleidete Gestalten aus dem Nebel der Schlacht – Soldaten der Kontinentalarmee. Es wurden immer mehr, und sie schienen von allen Seiten zu kommen.

Gegen eine Lähmung ankämpfend, feuerte Lorenz seine Büchse ab, während die Gegner die Flanken der Jäger anzugreifen versuchten. Der Rauch auf dem Schlachtfeld war mittlerweile so dicht, dass Lorenz keine hundert Schritte weit sehen konnte.

Ein Donnergrollen, dicht gefolgt von einem Krachen ließ den schlammigen Boden unter seinen Füßen erzittern, als eine Kanonenkugel in der Nähe einschlug. Ein Blick in die Richtung, aus der sie gekommen war, zeigte ihm, dass sie von den Stellungen der Briten abgefeuert worden war. Kurz danach folgte ein zweiter Einschlag.

Sie schießen auf die eigenen Leute! Ungläubig kniff Lorenz die Augen zusammen. Cornwallis musste den Befehl gegeben haben, in die Menge der Kämpfenden zu zielen, auch auf die Gefahr hin, dabei die eigenen Soldaten mit in den Tod zu reißen.

Welche Absicht verfolgte der General damit?

Ein brennender Schmerz durchfuhr Lorenz, als sein linker Arm getroffen wurde. Bunte Blitze zuckten vor seinen Augen, um ein Haar wäre ihm seine Waffe entglitten. Doch mit trotzigem Zorn packte er den Kolben fester und trieb seine Männer weiter voran. Warmes Blut tränkte seine Uniform. Den Schmerz verbeißend, lud er erneut und legte an, auf etwas, das sich in blauer Uniform vor seinen Augen bewegte. Er würde zumindest dafür sorgen, dass die Rebellen ihren Sieg teuer erkaufen mussten.

Annas Gesicht flackerte vor ihm auf.

Ich liebe dich. Die Stimme erschien ihm so real, so lebensnah, dass er aufkeuchte. Ihre letzten Worte.

Das Blut rauschte in seinen Ohren. Für einen Moment stand er wie benommen da. Erst das Zischen einer weiteren Kugel, die haarscharf seinen Kopf streifte, brachte ihn ins Hier und Jetzt zurück.

Tief atmete er aus, doch als er anlegen wollte, schaute er direkt in den Lauf einer Muskete. Er spürte den Knall, bevor er ihn hörte, dann eine dumpfe Taubheit in seiner Brust. Die Waffe glitt ihm aus der Hand, die Grasnarbe des Bodens stürzte auf ihn zu. Dann erstarb der Lärm um ihn herum.

✳

Lorenz war nicht zurückgekehrt.

Seit Stunden war die Schlacht nun zu Ende – dieses Gemetzel, diese verbissene Umklammerung, die bereits hoffnungslos begonnen und dann einen solch blutigen Verlauf genommen hatte. Schließlich hatte General Cornwallis den Befehl gegeben, mit Kanonen in die Reihen der Kämpfenden zu schießen, um diese auseinanderzutreiben und die als wankelmütig bekannten americanischen Milizen zur Flucht zu zwingen.

Sein Plan war aufgegangen, die Rebellen hatten aufgegeben und das Schlachtfeld geräumt. Ihre anfängliche Übermacht hatte sich durch das kaltblütige Manöver der Briten, sogar auf die eigenen Männer zu zielen, zerschlagen. Zurück blieben Hunderte von Toten und Verletzten.

Dazu verwandelte ein nicht enden wollender Regen, der sintflutartig vom nächtlichen Himmel strömte, die Waldlichtung, auf der der Kampf stattgefunden hatte, in einen Sumpf. Die gespenstische Schwärze wurde nur vereinzelt durch den Schein einer Fackel oder Laterne durchbrochen. Das Brüllen und Stöhnen der Verwundeten, denen niemand zu Hilfe kam, wollte nicht verstummen. Die Feldscher waren von der Anzahl der Verletzten hoffnungslos überfordert.

Anna unterdrückte einen Aufschrei, als sie über ein abgerissenes Bein stolperte und hart auf einem Körper aufschlug, der sie noch im Tod mit vor Entsetzen weit aufgerissenen Augen anstarrte. Vorsichtig half ihr Noah, der sie mit einer brennenden Laterne begleitete, wieder auf die Beine.

Nachdem sie nach dem Ende der Schlacht nichts von Lorenz gehört hatte, obgleich die Jägereinheiten diesmal nicht zur Verfolgung der Fliehenden eingesetzt worden waren, hatte Anna Erkundigungen eingeholt. Doch keiner der Männer, die erschöpft oder verwundet vom Schlachtfeld kamen, hatte etwas von ihm gesehen oder gehört. Annas Angst wuchs ins Unermessliche, wurde zur Gewissheit, dass Lorenz etwas geschehen sein musste.

Seit Stunden irrte sie nun schon mit Noah an diesem entsetzlichen Ort umher, hatte jedem der auf der Erde liegenden Männer in Jägeruniform ins Gesicht geleuchtet, Lorenz jedoch nicht gefunden. Müdigkeit und Kälte breiteten sich in ihr aus. Bis auf die Haut durchnässt, hingen die Kleider schwer an ihrem Körper. Immer wieder hatte Noah sie angefleht, es für diese Nacht gut sein zu lassen, sich stattdessen etwas hinzulegen und den Sonnenaufgang abzuwarten. Doch wie sollte sie es ertragen, dass Lorenz, ihr Mann, vielleicht irgendwo allein da draußen lag, verwundet, verblutend, ohne Hilfe?

Tränen liefen ihr übers Gesicht. Je länger die fruchtlose Suche andauerte, desto verzweifelter und hoffnungsloser fühlte sie sich.

»Madame? Frau von Tannau!« Beinahe hätte sie die heisere Stimme überhört, die vom Schmatzen der Schritte und dem herabprasselnden Regen fast geschluckt wurde. »Madame.«

Sie sah auf, und im schwachen Licht von Noahs Laterne erkannte sie Peter Weiser, der damals Lorenz' Trauzeuge gewesen war. Zwischen Hoffnung und Schrecken schwankend, ging sie ihm einige Schritte entgegen.

»Euch schickt der Himmel, Sergeant.« Sie konnte nicht verhindern, dass ihre Zähne aufeinanderschlugen. »Habt Ihr Nachrichten von meinem Mann? Ich suche ihn seit Stunden. Er ist nicht zurückgekehrt und ...«

»Er ist tot.«

Wie ein Schuss explodierte die Bedeutung dieses Satzes in der nächtlichen Dunkelheit.

»Was sagt Ihr da?« Etwas schien Annas Hals abschnüren zu wollen, die Brust wurde ihr eng.

Erst jetzt bemerkte sie, wie blass und eingefallen das Gesicht des Unteroffiziers war, wie leer sein Blick. »Er ist an meiner Seite gefallen. Nach langem Kampf ...«

Nein! Eine Lähmung packte sie, machte sie unfähig, auch nur den Mund zu öffnen.

»Das kann nicht sein«, presste sie schließlich hervor. Das war unmöglich, Lorenz war ein ausgezeichneter Schütze, ein erfahrener Soldat, wie also sollte ...

»Ich hab mit eigenen Augen gesehen, wie eine Kugel ihn traf und einer von den Kontinentalen mit dem Bajonett ...« Er unterbrach sich, als ihm bewusst zu werden schien, mit wem er sprach. »Er hat tapfer gekämpft, aber sie waren in der Überzahl, und nun ist er tot.«

Schwindel packte Anna, und die nächsten Worte des Sergeanten verstand sie nicht mehr. Wie durch einen Nebel hindurch spürte sie, dass Noah den Arm um sie gelegt hatte, als hätte er Angst, sie könnte das Bewusstsein verlieren.

Doch sie brach nicht zusammen. Gleichsam zur Salzsäule erstarrt stand sie im nächtlichen Regen und starrte nur stumm den Soldaten an.

»Führt mich zu ihm!«, sagte sie dann.

Entsetzen breitete sich auf Weisers Gesicht aus. »Aber Madame.«

»Ich habe gesagt, führt mich zu ihm!«

Er schluckte, sein Blick wurde unstet. »Das solltet Ihr nicht tun, Madame. Er ist sehr ... Es ist ein furchtbarer Anblick, den Ihr Euch ersparen solltet.«

»Sergeant, ich habe in den vergangenen Monaten mehr Verwundete und Tote gesehen als die meisten Eurer Männer.« In ihrer Stimme lag kalte Entschlossenheit. »Ich will meinen Mann sehen, und daran werdet Ihr mich nicht hindern. Selbst wenn ich jeden Stein einzeln umdrehen muss, um ihn zu finden.«

»Also gut.« Weiser ließ die Schultern sinken und wandte sich um. »Ich zeige Euch den Weg.«

Anna wusste nicht, woher sie die Kraft nahm, gemeinsam mit Noah dem Soldaten über das aufgeweichte Schlachtfeld zu folgen. Ihr Herz hämmerte im Rhythmus ihrer Gedanken. *Das darf nicht sein, das darf nicht sein!*

Schließlich hatten sie den Waldrand erreicht. Der Sergeant blieb stehen und wies wortlos mit der Hand auf eine dunkle Stelle. Noah hob die Laterne und beleuchtete das grausame Bild.

Leicht zur Seite gerollt, in einer gekrümmten Haltung, lag ein Mann reglos auf der Erde, die Augen geschlossen, die Haare aus dem Zopf gelöst, von Schlamm verschmiert. Lorenz!

Er war totenblass. Blut hatte seine Uniform getränkt und schimmerte dunkel im schwachen Licht der Laterne.

»Nein!« Schwer ließ sich Anna auf die Knie fallen, kroch zu ihm hinüber, berührte mit den Händen sein Gesicht. Es war nass vom Regen und kalt wie Eis.

Ihr Schrei gellte durch die Nacht.

Sogleich war Noah an ihrer Seite und versuchte, sie von dem Toten wegzuziehen, doch sie riss sich los.

»Lass mich! Lass mich zu ihm! Er ist ...«

Verzweifelt warf sie sich neben Lorenz auf die Erde, hob seinen Kopf und bettete ihn auf ihren Knien. Leblos lag er da, die Augen eingefallen, den Mund leicht geöffnet. Mit den Fingern tastete sie nach der Schlagader an seinem Hals, doch da war kein Puls.

Ein weiterer Schrei stieg in ihrer Brust auf, gelangte aber nicht bis zu ihren Lippen. Ihr Mann, den sie gerade erst gefunden hatte, sie hatte ihn verloren. Noah schien irgendetwas zu sagen, doch sie verstand ihn nicht. Tränen liefen ihr über die Wangen, während sie Lorenz über das nasse Haar strich. Ihre

Gedanken drehten sich im Kreis, unfähig, das Entsetzliche wirklich zu begreifen.

Wie konnte Gott so etwas zulassen? Erst in dieser Nacht hatte sie sich Lorenz geschenkt, für jetzt und alle Ewigkeit. Und nun war er tot! Erstickt keuchte sie auf. Welchen Sinn hatte das Leben noch, und welche Zukunft stand ihr bevor?

Noahs Arme packten sie. »Annie, wir müssen weg. Der Leutnant ist tot. Du kannst nichts mehr für ihn tun.«

Sie antwortete nicht, mit den Fingern berührte sie Lorenz' Lippen, die kalt und starr waren.

»Was glaubst du, was Huntley mit dir macht, wenn er erfährt, dass der Baron nicht mehr am Leben ist? Er hat das Recht auf seiner Seite. In den Augen des Gesetzes bist du nicht mehr als eine verurteilte und entlaufene Schuldmagd.«

Sie wollte nichts hören. Mochte Huntley doch mit ihr tun, was ihm beliebte, sie bestrafen oder gar töten. Ohne Lorenz hatte ihr Leben seinen Sinn verloren, alles irdische Glück.

Noah riss sie hoch. »Du musst jetzt mit mir kommen, Annie. Ich habe dem Leutnant mein Wort gegeben, dir beizustehen, wenn so etwas geschieht.«

Wie ein flatternder Vogel ging Annas Blick immer wieder zu der Stelle, an der Lorenz im Schlamm lag.

»Nein! Ich bleibe bei ihm.« In abgrundtiefer Verzweiflung versuchte Anna, sich Noahs Griff zu entwinden, dieser hielt sie jedoch weiter fest.

»Ich lass dich nicht hier! Hörst du?« Ungewohnt heftig schüttelte er sie. »Dir verdanke ich mein Leben. Anderson hätte mich verbluten lassen, hättest du dich nicht für mich eingesetzt. Du warst immer so mutig, wenn es darum ging, anderen zu helfen. Also sei es jetzt auch. Es war der letzte Wunsch des Leutnants, dass du lebst. Ich musste ihm versprechen, dich in Sicherheit zu bringen. Also komm, bevor es zu spät ist. Tu es für ihn.«

Alle Kraft schien plötzlich aus ihrem Körper gewichen, sie war unfähig, sich zu rühren.

»Missus ... *Annie* ...« Noahs verzweifeltes Bitten riss sie aus ihrer Lähmung und Todessehnsucht.

»Gut, bring mich fort von hier.« Ihre eigene Stimme klang fremd.

Nachdem Noah noch ein paar Worte mit dem Sergeanten gewechselt hatte, ließ sie sich widerstandslos von ihm wegführen.

Weg von Lorenz.

In eine ungewisse Zukunft.

FÜNFTES BUCH – ENTSCHEIDUNGEN

März bis Oktober 1781

Philadelphia, Pennsylvania
Wilmington, North Carolina
Yorktown, Virginia

KAPITEL 1

Philadelphia, Pennsylvania, April 1781

Beharrlich weigerte sich Rose, ihr neues Leben so zu gestalten, wie ihr Vater es sich wünschte. Obgleich sie nun schon anderthalb Jahre in seinem Haus lebte, vergrub sie sich weiter in ihre Verbitterung über das Unrecht, das Emmett ihr angetan hatte. Immer wieder rief sie bewusst die Erinnerung an das elende Leben wach, das sie durch seine Schuld hatte führen müssen, um nicht in Versuchung zu geraten, seinen Bitten doch noch nachzugeben.

Der Schmerz saß zu tief, als dass sie dem alten Mann hätte verzeihen können. Und so genoss sie jeden Tag den bestürzten Blick, wenn sie eintrat, nachdem sie angeklopft hatte, und vor seinen Augen schweigend die Aufgaben einer Magd verrichtete, den Tee servierte, auf Knien den gemauerten Kamin ausfegte, während ihr *Vater* von seinem Schuldgefühl innerlich verzehrt zu werden schien.

Doch auch dieser stumme Triumph schmeckte mit der Zeit schal und konnte den Aufruhr in ihrer Seele nicht beruhigen. Sie wäre am liebsten fortgegangen, doch sie wusste nicht wohin. Eine Rückkehr nach Virginia wäre für sie einem Todesurteil gleichgekommen. Zudem wagte sie es nicht, ein zweites Mal durch das vom Krieg zerrissene Land zu ziehen. Nur aus diesem Grund hatte sie schließlich Emmetts Bitten, ja fast Flehen, nachgegeben und war geblieben.

Jedoch nicht als seine Tochter, sondern als Küchenmagd.

Ihre äußerlichen Verletzungen waren bereits einige Wochen nach ihrer Ankunft verheilt gewesen, da Amanda sich fürsorglich um sie gekümmert hatte. Durch das reichhaltige Essen und die vergleichsweise leichte Arbeit hatte sie auch rasch wieder zugenommen. Ihr Haar glänzte wie früher, doch trug sie es stets zu einem geflochtenen Knoten aufgesteckt und mit einer weißen Haube bedeckt. Das fast perfekte Bild einer Quäkerin.

Dies mochte eine geeignete Tarnung sein, änderte jedoch nichts an der Tatsache, dass sie eine entlaufene Sklavin war und nicht wirklich hierhergehörte. Nach wie vor war sie der rechtmäßige Besitz der Familie Huntley, die sicher nichts unversucht lassen würde, sie wieder aufzugreifen.

Häufig schreckte sie nachts schreiend aus dem Schlaf, wenn sie davon träumte, wie man sie in Ketten nach Williamsburg zurückbrachte. Und diese Angst hielt sie letztendlich im Haus ihres Vaters, da sie keinen anderen Ort wusste, der ihr so viel Schutz bot. Rose hasste sich dafür, dass es ihr nicht gelang, ihre ständige Furcht vor den Sklavenfängern abzulegen. Bei jedem Klopfen an der Tür, jedem Fremden, der durch die Tür trat, versteckte sie sich in der Küche.

Auch dieses Mal zuckte sie heftig zusammen, als es an der Hintertür pochte. Es war spät am Tag, durch die Scheiben fiel das schwache Licht der Dämmerung, und man hatte bereits die Kerzen angezündet, die einen leichten Geruch nach Bienenwachs verbreiteten.

Rose erstarrte, das Herz schlug ihr bis zum Hals. Erwartete Emmett einen Gast? Aber weshalb kam dieser durch den Hintereingang? Wie das Kaninchen vor der Schlange starrte sie die Tür an und rührte sich nicht. Das Klopfen wiederholte sich, heftiger, beinahe verzweifelt.

Unwillkürlich machte Rose einen Schritt zurück, wandte sich um, ihre Hand tastete nach der Wand.

»Bitte, Sir, öffnet uns!«

Eine Stimme, leise, rau und eindringlich. Die Erinnerung an das Elend, dem sie selbst ausgesetzt gewesen war, bevor sie hier im Haus Unterschlupf gefunden hatte, stieg in Rose auf. Sie wusste, dass Emmett und seine Schwägerin entlaufenen Sklaven Schutz boten und ihnen gefälschte Papiere besorgten. Womöglich wartete draußen einer von ihnen, der Hilfe benötigte.

Dennoch schnürte ihr die Angst die Luft ab, als sie mit einer Kerze langsam zur Tür ging und mit zitternden Händen öffnete. Wäre sie noch gläubig gewesen, hätte sie jetzt wohl ein Gebet zu Gott gesandt, so aber verharrte sie nur in der Türöffnung und fragte: »Wie kann ich Euch helfen . . ., Sir?«

Im Halbdunkel stand ein hochgewachsener Mann. Über seiner einfachen Kleidung trug er einen grob gewebten Umhang mit Kapuze, der den Großteil seines Gesichts verdeckte. Lediglich das Weiß seiner Augen stach im Halbdunkel hervor. Die nackten Füße wiesen Spuren von Schlamm und Staub auf. Seine Arme stützten eine Frau, deren Gesicht nicht zu erkennen war, da es von den Flügeln einer schmutzigen, ursprünglich wohl weißen Haube verdeckt wurde.

»Kann ich Euch helfen?«, wiederholte Rose. »Wen möchtet Ihr sprechen? Der Master ist . . .«

»Rose?«

Wie unter einem Schlag zuckte sie beim Klang ihres Namens zusammen. Hatte man sie gefunden? War sie entdeckt worden? Von Panik ergriffen, wollte sie zurück in den Flur treten. Doch eine Hand hielt sie am Unterarm fest.

»Bist du's wirklich?«

»Lasst mich los!« Todesangst ließ ihre Stimme schrill klingen, während sie sich ruckartig aus dem Griff befreite und mit aller Kraft die Tür zuschlagen wollte, doch ein nackter Fuß schob sich dazwischen.

»Rose, was tust du? Erkennst du mich denn nicht?«
Diese Stimme!

Erinnerungen schossen durch ihren Kopf. Wie festgefroren stand sie da, während der Mann die Tür aufschob und die Kapuze von seinem Kopf gleiten ließ. Das flackernde Kerzenlicht beschien ein schön geschnittenes Gesicht mit hellbrauner Haut, gekräuselten Haaren und großen dunklen Augen.

»Noah?«

Mehr als seinen Namen vermochte sie nicht herauszubringen. Sie konnte nicht glauben, wen sie vor sich sah.

»Dürfen wir hereinkommen?«

Noch immer hielt er die Frau im Arm und stützte sie, doch Rose hatte nur Augen für ihn. Schließlich nickte sie und machte einen Schritt beiseite. Während ihr Blick über den Mann glitt, für den sie einst so viel empfunden hatte, spürte sie widerstreitende Gefühle in sich aufsteigen.

Dann entsann sie sich wieder seiner Begleiterin, und ein Verdacht, bitter wie Galle, überkam sie. »Wen bringst du da mit?«

»Sie braucht Hilfe. Es geht ihr sehr schlecht. Kannst du vielleicht...?«

Wie von unsichtbaren Fäden gezogen, trat sie näher zu der Frau heran, schob ihr mit den Händen die Haube vom Kopf und fuhr dann zurück, als hätte sie sich verbrannt.

Ihr ganzer Körper verkrampfte sich, als sie das Gesicht erkannte, von dem sie gehofft hatte, dass sie es niemals wiedersehen müsste. *Anna Hochstetter.*

Die Kerze, die sie in der Hand hielt, warf einen schwachen Schein, als Rose, trotz der späten Stunde noch immer in Kleid und Haube, durch den Flur zur Küche ging. Nur mühsam verbarg sie hinter der unbewegten Miene einen brausenden Sturm, einen inneren Aufruhr.

Es gefiel ihr ganz und gar nicht, dass diese Deutsche wieder im Haus war. Was wollte sie hier? Und vor allem, wie kam es, dass sie sich in Noahs Begleitung befand? Amanda hatte ihm auf dem Dachboden eine Schlafkammer hergerichtet, aber wahrscheinlich war er jetzt noch in der Küche, um etwas zu essen.

Vor der Tür zögerte Rose einen Moment, bevor sie eintrat. Ein warmer Schein fiel von der letzten Glut des Ofens in den Raum, der ansonsten nur von einer einzelnen Kerze beleuchtet wurde.

Leicht vornübergebeugt, den Kopf in die Hände gestützt, saß Noah am Tisch. Amanda hatte ihm saubere Kleidung gegeben, und seine Haare wirkten frisch gewaschen. Als er Rose kommen hörte, richtete er sich auf und wandte ihr den Kopf zu.

Diese Augen!

Völlig in den Bann gezogen von Noahs Gesicht, blieb Rose stehen. Sein ernster, fast trauriger Blick erinnerte kaum noch an den unbekümmerten jungen Mann, den sie einst gekannt hatte.

»Wie geht es Annie?«

Es waren die ersten Worte, die er an sie richtete, und Rose spürte einen Stich, als ihr bewusst wurde, dass Noah nur nach dieser weißen Frau fragte. Mit keinem Wort hatte er sich nach ihr selbst erkundigt.

»Sie ist versorgt. Emmett hat nach dem Arzt schicken lassen. Er hat ihr eine Tinktur verabreicht, und nun schläft sie. Amanda ist bei ihr.« Rose wollte nicht, dass Noah sich verpflichtet fühlte, selbst nach dieser Deutschen zu sehen.

Ein Moment des Schweigens entstand, dann nickte Noah. »Danke.«

Er meinte es ernst. In seiner Stimme lag kein Hohn, obgleich er allen Grund hatte, Rose zu verachten. Immerhin hatte Noah sie all die Zeit auf der Huntleyschen Plantage nie darüber im Zweifel gelassen, dass er sie liebte. Und Rose hatte seine Gefühle durchaus erwidert. Wer hätte Noah mit seiner Freundlichkeit und seinem unverwüstlichen Optimismus auch widerstehen können?

Aber sie hatte ihn immer wieder zurückgewiesen, weil sie darauf hoffte, ihre Schönheit und Jugend dafür einsetzen zu können, sich einen besseren Platz im Hause zu verschaffen.

Die Erinnerung an Andersons stinkenden Körper und seine Misshandlungen ließen Rose in Schweiß ausbrechen. Für ihren Ehrgeiz hatte sie teuer bezahlen müssen.

»Was ist los mit dir? Ist dir nicht gut? Du bist plötzlich ganz grau im Gesicht.« Noah war aufgesprungen und hatte seinen Arm um ihre Schultern gelegt.

Ruckartig riss sie sich von ihm los und fauchte: »Das geht dich nichts an! Lass mich in Ruhe, sonst ...« Ohne den Satz zu Ende zu führen, fuhr sie herum und floh aus der Küche.

※

Der Geruch von Blut, Erbrochenem und menschlichen Ausscheidungen lag in der Luft. Stöhnen, Wimmern, immer wieder unterbrochen von diesen entsetzlichen Schreien. Lorenz versuchte, sich aufzurichten, doch schon bei der ersten Bewegung schoss ein solch rasender Schmerz durch jeden Muskel seines Körpers, dass er zitternd wieder zurückfiel.

Wo befand er sich? Was war mit ihm geschehen? Um ihn herum herrschte die finsterste Nacht, an die er sich erinnern konnte. Ganz gleich, wie sehr er sich auch bemühte, die Dunkelheit wollte nicht weichen, er konnte nichts sehen, auch wenn er alles um sich herum deutlich zu hören vermochte.

»Premierleutnant von Tannau?« Die Stimme war ihm nicht bekannt. Lorenz wandte den Kopf in die Richtung, aus der sie zu kommen schien.

»Ihr seid bei Bewusstsein, gelobt sei Gott.«

Bei Bewusstsein, ja, aber wo? Er spannte den Oberkörper an, versuchte, danach zu fragen, aber seine Stimme wollte ihm nicht gehorchen. Alles, was er herausbekam, war ein kraftloses Krächzen.

»Still, Ihr dürft nicht sprechen! Eine Kugel hat Euch getroffen, knapp oberhalb des Herzens. Zum Glück konnten wir sie entfernen. Außerdem habt Ihr einen glatten Durchschuss am linken Oberarm, schwere Prellungen am Kopf, und ein Bajonett scheint Euer rechtes Knie durchbohrt zu haben. Dass Ihr noch lebt, grenzt an ein Wunder. Als wir Euch fanden, haben wir Euch zunächst für tot gehalten.« Die Stimme gehörte also dem Lagerarzt.

Noch immer war alles um ihn herum dunkel. Warum zur Hölle konnte er nichts sehen? War es Tag? Oder Nacht? Tobte noch immer die Schlacht, oder war sie vorbei? Und vor allem, was war mit Anna geschehen?

»Mh-mh-mh ...« Wieder nichts als ein Gurgeln, als er versuchte, diese Fragen zu stellen. Kein vernünftiges Wort, noch nicht einmal einen Laut, brachte er heraus.

»Herr Leutnant, könnt Ihr mich hören? Wisst Ihr, wo Ihr Euch befindet?«

Lorenz versuchte nicht mehr, etwas zu sagen. Ihm fehlte die Kraft, und es gelang ihm nur ein kurzes Kopfschütteln.

»Ihr seid in Guilford, im Lazarett. Viele Tage wart Ihr ohne Bewusstsein.«

Dann war die Schlacht also vorbei? Gerne hätte Lorenz den

Feldscher danach gefragt, doch er war nicht dazu in der Lage. Offensichtlich war er schwer verletzt, so schwer, dass er die Sprache verloren hatte und womöglich das Augenlicht.

Ein Zittern lief durch seinen Körper, gefolgt von einer Woge von Hitze. Quälend stieg eine Frage in ihm auf: Wo war Anna? Warum war sie jetzt nicht bei ihm? Sie wusste, wie man mit Kranken und Verwundeten umging. Wenn es ihr möglich gewesen wäre, hätte niemand sie davon abhalten können, zu ihm zu gelangen.

Lorenz spürte, wie bleierne Müdigkeit von seinem Körper Besitz ergriff. Wenn nur Anna in Sicherheit war! Er könnte es nicht ertragen, seine Frau zu verlieren.

Gerade jetzt, wo sie … Seine Glieder wurden schwer, und er sank zurück in die Bewusstlosigkeit.

Schmerz zerfetzte seinen Körper, Flammen von Fieber züngelten über seine Haut und rissen ihn aus der gnädigen Betäubung des Schlafes. Um Lorenz herum flammte Licht auf, brannte in seinen Pupillen, bohrte sich in seinen Kopf. Sein erster Impuls war, sich die Hand vor die Augen zu pressen. Doch allein der Versuch, diese anzuheben, kostete ihn so viel Kraft, dass er es auf halber Strecke aufgab. So kniff er die Lider zusammen in der Hoffnung, auf diese Art die blendende Helligkeit zu dämpfen.

Die Dunkelheit ist verschwunden, schoss es ihm durch den Kopf, *ich sehe Licht, also bin ich nicht völlig erblindet.*

Aber der höllische Schmerz, das Fieber, das ihn innerlich zu versengen drohte, hatten nicht nachgelassen. Lag er noch im Lazarett? Was war mit ihm geschehen?

Nur mühsam konnte er sich an zurückliegende Ereignisse

erinnern. Die Feldlager in den Carolinas, die Vorbereitungen auf die Kämpfe, die Mutlosigkeit der Männer, die düsteren Voraussagen der Spione, die von der wachsenden Streitmacht und Kampfeslust der Rebellen berichteten.

Die Nacht vor dieser Schlacht ... *Guilford County.*

Bei dem Gedanken an Anna ballte er die Hände zu Fäusten, was ihm zu seiner Überraschung auch gelang. Dann zwang er sich, tief und regelmäßig ein- und auszuatmen, bis sein Kopf wieder klarer wurde, das Zittern nachließ.

Allmählich begann sich der Nebel vor seinen Augen zu lichten, auch wenn die Umgebung zunächst noch trüb und unklar war.

»Herr Leutnant, könnt Ihr mich hören?« Wieder die Stimme des Lagerarztes. Dunkel erinnerte sich Lorenz daran, sie schon zuvor wahrgenommen zu haben. Auch jetzt vermochte er nur stumm zu nicken, seine Stimme gehorchte ihm nicht. Er spürte, wie eine raue Hand nach der seinen griff und mit geübten Fingern nach dem Puls tastete.

»Das Fieber ist leider immer noch nicht gesunken. Dazu eitern Eure Wunden und heilen nicht so gut, wie ich es gehofft habe. Nun heißt es abwarten und beten ...«

Lorenz hörte nicht weiter zu, alles, was er denken konnte, war: *Ich bin nicht verstümmelt, keine Gliedmaßen fehlen, nur ein Fieber oder Wundbrand. Aber warum, zum Teufel, kann ich noch immer nicht richtig sehen?*

Lediglich ein dunkler Schatten zeichnete sich in dem diffusen Licht vor seinen Augen ab, an der Stelle, an der er den Arzt wusste. Lorenz wollte nach Anna fragen. Doch so sehr auch er sich bemühte, alles, was er hervorbrachte, war ein heiseres Krächzen.

»Ihr dürft Euch nicht anstrengen, Herr Leutnant. Bleibt still liegen, und ruht Euch aus. Vielleicht kann ich Euch in der

Zwischenzeit etwas aufmuntern. Ich habe hier einen Besucher, der nach Euch sehen möchte.«

Anna! Es musste Anna sein. Sicher hatte sie sich um ihn gesorgt und darauf gewartet, dass er wieder zu Bewusstsein kam.

Lorenz spürte, wie bei diesem Gedanken sein Herz heftiger zu schlagen begann, und während seine Zuversicht wuchs, zerriss der Schleier vor seinen Augen, sein Blick klärte sich.

Doch was er sah, war nicht der Ausblick auf den Himmel, den er sich erhofft hatte. Vor seinem Bett stand auch kein Engel in Gestalt seiner Frau. Stattdessen schien es ein Abgesandter der Hölle zu sein, der sich – in scharlachroter Uniform und mit tadellos sitzender Perücke – vor seinem Bett aufbaute und in gespielter Ehrerbietung den Hut zog.

»Seid Ihr dem Tod also wieder mal von der Schippe gesprungen! Der Himmel hat Euch offensichtlich nicht haben wollen. Und wie es aussieht, schreckt selbst die Hölle vor Euch zurück.«

Trotz seiner Qualen versuchte Lorenz, sich aufzurichten. Er wollte die Bandagen zerreißen, um diesem Scheusal ins Gesicht zu schlagen, doch er bekam nur ein gurgelndes Knurren zustande, das ebenso von Zorn wie unterdrücktem Schmerz herrühren konnte. Huntleys Gesicht verzog sich zu einer spöttischen Maske, und mit einer genüsslichen Geste legte er die behandschuhten Fingerspitzen aneinander.

»Falls Ihr es noch nicht wissen solltet: Eure Verwundung ist nicht der einzige Verlust, den Euer Regiment zu verkraften hatte.«

Hilflos musste Lorenz es hinnehmen, dass Huntley noch einen Schritt näher an ihn herantrat, als wolle er sich auf sein Bett setzen. Die Pause, die daraufhin folgte, war so bedeutungsschwer, dass sie Lorenz den Atem abzudrücken drohte.

»Der Niggerbastard ist geflohen, kaum dass der erste Schluss gefallen war. Ein Feigling bis auf die Knochen, wie nicht anders zu erwarten.«

Lorenz war sofort klar, wen Huntley meinte. Aber Noah – ein Feigling? *Niemals.* Er hatte ihm bei seinem Leben geschworen, Anna zu beschützen, wenn sie in Gefahr geriet. Doch wenn dieser Dreckskerl nicht log und Noah tatsächlich verschwunden war, konnte das nur bedeuten, dass ...

»Anna?«

Es war das erste Wort, das Lorenz mit krächzender Stimme hervorbrachte. Er wollte fragen, ob sie in Sicherheit wäre, ob es ihr gut ginge, nur ein Röcheln war zu vernehmen, gefolgt von einem Husten, der seinen Körper erschütterte und die Wunde an seiner Brust wieder zum Bluten brachte.

»Meint Ihr diese Hexe, die aufsässige Schuldmagd ... und – wie Ihr sicher wisst – mein Eigentum?« Die überheblich hochgezogenen Augenbrauen gingen noch ein Stück weiter nach oben. »Ich bin froh, dass ich sie los bin. Sie hat meiner Familie ohnehin nur Scherereien gemacht. Wahrscheinlich ist es besser so.«

Lorenz spürte, wie der Schweiß seinen Rücken hinablief, als er sich mit aller Kraft aufrichtete. »Wo – ist – sie?«

Ein kalter Blick traf ihn. »Tot.« Die Gleichgültigkeit in Huntleys Miene wurde vom Pochen der Ader an seiner Schläfe Lügen gestraft. »Zuletzt hat das Luder doch noch seine gerechte Strafe erhalten. Ihr kennt bestimmt das Sprichwort: Gottes Mühlen mahlen langsam, aber ...«

»Ihr lügt!« Lorenz wusste nicht, woher er auf einmal die Kraft nahm, aber mit einem Ruck hatte er sich von seinem Bett heruntergewälzt und kam schwankend auf die Füße. Er zitterte am ganzen Leib und vermochte sich kaum auf den Beinen zu halten.

»Sagt mir sofort, wo … wo sie ist, oder …« Schwarze
Schatten verdunkelten sein Sichtfeld. Nur noch verschwommen nahm er wahr, dass Huntley, der zunächst einen Schritt
zurückgewichen war, ihm mit einem höhnischen Lächeln
direkt ins Gesicht sah.

»Oder was? Wollt Ihr mir etwa drohen? Einem Major der
Armee des Königs? In Eurem Zustand? Macht Euch nicht
lächerlich.« In gespielter Lässigkeit pflückte Huntley sich
einen Flusen vom Ärmel seines roten Uniformrockes. »Findet
Euch damit ab, *Herr Baron.* Das Flittchen ist tot. Wahrscheinlich laben sich gerade ein paar Geier an ihren mageren Über-
resten.« Das Grinsen, das über sein Gesicht huschte, war das
eines Wahnsinnigen. Betont langsam setzte er den Hut auf,
tippte sich mit den Fingern an die Stirn und wandte sich zum
Gehen. »Hab ich Euch nicht gesagt, dass Ihr sie nicht bekommen werdet? Und – ich habe recht behalten. Einen schönen
Tag, der Herr.« Mit diesen Worten wandte er sich um und verließ das Lazarett. Das Rot seiner Uniform flammte grell im
Licht der Sonne auf.

»Verfluchter Bastard!« Schwankend stützte sich Lorenz am
Bett ab, während seine Beine unter ihm nachzugeben drohten.
Hunderte Messer schienen sich in sein verletztes Knie zu bohren, einige Atemzüge lang verschwand die Umgebung um ihn
herum. Keuchend rang er nach Atem, was einen Sturm von
Schmerzen in der linken Brustseite auslöste. Er wartete, bis sie
ein wenig abebbten. Dann beugte er sich nach vorn, griff nach
der blutverschmierten Uniformjacke, die jemand auf eine
Holzkiste neben seinem Lager zusammengerollt hatte, und
versuchte, sie überzustreifen.

Er musste Anna finden! Er musste wissen, ob dieses Scheusal recht hatte und sie wirklich tot war. Aber das hätte Noah ihm doch mitgeteilt. Er hatte ihm sein Wort gegeben, für ihre Sicherheit zu sorgen. Oder sollte Noah ebenfalls tot sein?

Schwarze Schatten flackerten vor Lorenz' Augen, für einen Moment glaubte er, das Bewusstsein zu verlieren, doch dann klärte sich sein Blick. Zielstrebig humpelte er auf den Ausgang zu.

»Herr Leutnant!« Die Stimme des Arztes erreichte ihn wie durch dichten Nebel. »Herr Leutnant, was habt Ihr vor? Seid Ihr verrückt geworden? Ihr könnt doch nicht ...«

Bevor er zu Ende gesprochen hatte, brach Lorenz zusammen.

KAPITEL 2

Bei Guilford, North Carolina, Frühjahr 1781

»Baron von Tannau?«

Langsam öffnete Lorenz die Augen.

»Heilige Mutter Gottes, Ihr lebt!« Father Seán O'Flanagan saß an seinem Bett und sah aus wie jemand, der gerade ein Wunder erlebt hat.

Lorenz schüttelte den Kopf, und diese Bewegung verursachte ihm rasende Schmerzen, gefolgt von einem Anflug von Übelkeit. »Wieso wundert Euch das? Seid Ihr gekommen, um an meinem Bett die Totenmesse zu lesen, Father?« Noch immer klang er heiser, sein Hals brannte, und seine Worte waren schwer zu verstehen. Doch zumindest war er wieder in der Lage, vollständige Sätze hervorzubringen.

Ein schwaches Lächeln glitt über Seáns Gesicht. »So in etwa. Es ging das Gerücht um, dass Ihr gefallen seid.«

Gefallen. Die Bedeutung dieses Wortes brachte alle versunkenen Erinnerungen zurück. Die Schlacht, der Lagerarzt ... Anna!

Schmerz explodierte in Lorenz' Brust, keuchend rang er um Atem. Sofort war der Priester über ihm, sah ihn besorgt an. »Was ist, Herr Baron?«

»Anna ...«, presste Lorenz hervor. »Anna scheint vermisst zu sein. Habt Ihr sie irgendwo gesehen?«

Das Rauschen in seinen Ohren übertönte die Antwort des Priesters.

»Huntley war hier. Er hat mir gesagt, sie sei tot und Noah geflohen ...« Wieder dieser Krampf in seiner Brust, der jedoch nicht nur von seiner Verletzung herrührte. »Aber das kann ich nicht glauben. Das Schwein lügt.«

Ein Ausdruck des Entsetzens breitete sich auf Seáns Gesicht aus. »Anna, tot? Woher will Huntley das wissen?

Statt einer Antwort wandte Lorenz den Kopf zur Seite, damit der andere die Tränen nicht sah, die in seinen Augen standen. »Anna kann nicht tot sein. Sie hat doch ...« *Sie hat ihr Eheversprechen erfüllt und mit mir das Lager geteilt,* wollte er sagen, doch er schwieg.

»Habt Ihr denn nichts von ihr gehört, Father? Und von Noah, dem Pferdeknecht?«, fragte er dann.

»Hat Huntley gesagt, wann und wo sie zu Tode gekommen sein soll?«

»Nein«, keuchte Lorenz. Er spürte, wie die Schmerzen wieder stärker wurden. »Aber er klang, als sei er sich seiner Sache sicher. Womöglich hat ...«

»Ich glaube, er hat gelogen«, sagte Seán nachdenklich. »Ich erinnere mich daran, gehört zu haben, dass nur eine einzige weibliche Leiche gefunden wurde, und zwar die einer gewissen Emma. Sie war eine von den Frauen, die Eure Männer während der Schlacht mit Wasser versorgt haben. Sonst war keine Frau unter den Toten.«

»Das heißt also, Huntley hat mir etwas vorgemacht?« Hoffnung keimte in Lorenz auf. »Ihr meint, sie sei noch am Leben? Aber wo ist sie dann?«

Einen Moment schien Seán zu überlegen. »Sie muss geglaubt haben, Ihr wärt gefallen. Da sie ohne Euren Schutz hilflos den Machenschaften John Huntleys ausgeliefert wäre, ist sie wahrscheinlich geflohen.«

Lorenz' Gedanken überschlugen sich. So musste es gewesen sein. Verzweifelt klammerte er sich an diese Möglichkeit: Anna lebte, und Noah, der treue Noah, hatte seinen Schwur eingelöst und sie in Sicherheit gebracht. Bestimmt würde er versuchen, sich mit ihr nach Philadelphia durchzuschlagen, wie er es ihm geraten hatte.

»Ich glaube, ich weiß, wo sie ist. Ich werde sie suchen, bevor sie jemandem in die Hände fällt, der ...«

»So schnell wird das nicht gehen, Sir. Seht Euch doch an. Ihr seid nicht einmal in der Lage, Euch auf den Beinen zu halten. Und wenn Ihr Euch unerlaubt von der Truppe entfernt, wird man Euch ...«

»Ich muss sie finden! So schnell es geht. Sie ist ... Ich bin ...«

Ich liebe sie, und ich verdanke ihr mein Leben.

Doch diese Worte ließ er unausgesprochen.

Beruhigend ergriff der Priester seine Hand. »Einverstanden. Aber ich werde Euch begleiten.«

Lorenz benötigte einige Atemzüge, um durch das Rauschen und Pochen in seinem Kopf zu verstehen, was der andere gesagt hatte. Dann spürte er, wie ein Glücksgefühl seinen ganzen Körper durchströmte.

»Danke, Father.« Mehr brachte er nicht heraus.

»Ihr habt mein Wort. Aber nun schlaft weiter, Sir, damit Ihr rasch wieder gesund werdet.«

Schwach nickte Lorenz. Schmerzen und Müdigkeit hatten wieder überhandgenommen, doch zugleich breitete sich ein Gefühl von Zuversicht in ihm aus. Er würde Anna wiedersehen, und nun, da sie gemeinsam die Nacht verbracht hatten, sie mit Leib und Seele seine Frau geworden war, gab es nichts mehr, was sie voneinander zu trennen vermochte.

✳

Der Frühsommer hatte in Philadelphia Einzug gehalten. Die Bäume standen in sattem Grün, das Wasser der Flüsse Delaware und Schuylkill glitzerte im Licht der warmen Sonne in diesem Juni des Jahres 1781 – dem Jahr, in dem, wie vielerorts gemunkelt wurde, die Entscheidung in diesem nicht enden wollenden Krieg fallen könnte.

Regungslos saß Anna in dem Schaukelstuhl, den Amanda ihr ans Fenster gestellt hatte, und schaute nach draußen auf die belebte Straße. Viel zu weit hingen ihr die Kleider um ihre zierliche Gestalt – in den vergangenen Wochen war sie noch schmaler geworden. Ihre Hände ruhten auf der unbeachteten Näharbeit in ihrem Schoß.

Nur langsam hatte sich ihr Zustand so weit verbessert, dass sie das Bett verlassen konnte. Die schreckliche Übelkeit und der Schwindel waren abgeklungen und hatten einer ständigen Müdigkeit Platz gemacht. Doch das Gefühl der Sinnlosigkeit, das seit Lorenz' Tod von ihr Besitz ergriffen hatte, verstärkte sich, je stabiler ihr körperlicher Zustand wurde. Wie eine schwarze Decke lag die Schwermut auf ihrem Gemüt, so sehr Emmett, Amanda und Noah sich auch um sie bemühten.

Nachts träumte sie von Lorenz, und auch tagsüber weilten ihre Gedanken oft bei ihm und ihrem kurzen Glück, der einzigen gemeinsam verbrachten Nacht. So kostbar, so flüchtig ...

Um den quälenden Erinnerungen Einhalt zu gebieten und ihren Gastgebern nicht weiterhin untätig zur Last zu fallen, hatte Anna darum gebeten, wieder leichte Tätigkeiten im Haus verrichten sowie Flick- und Stopfarbeiten übernehmen zu dürfen. Eine Bitte, die ihr gerne gewährt wurde. Nur, dass ihr an manchen Tagen die Kraft fehlte, auch nur eine Nähnadel anzuheben. Der Sommer brachte warme Tage, doch in ihrem Inneren herrschte weiterhin eisige Kälte, und der Tod schien ihr zuweilen verlockender als das Leben.

Zumindest hatte sie Rose kaum zu Gesicht bekommen. Ob diese bewusst ihre Nähe mied oder Amanda dafür sorgte, dass sie von ihr in Frieden gelassen wurde, konnte sie nicht sagen. Doch war es ihr gleichgültig. So wie ihr in letzter Zeit beinahe alles gleichgültig war.

Ein Klopfen riss Anna aus ihrer Teilnahmslosigkeit. Nach kurzem Zuruf öffnete sich die Tür, und Amanda trat herein, die Hände vor der Schürze verschränkt, ein Leuchten im Gesicht.

»Ich freue mich, dass es dir wieder besser geht.«

Gewissensbisse regten sich in Annas Brust, wenn sie daran dachte, wie lange sie der Familie nun schon wieder zur Last fiel.

»Das verdanke ich nur eurer guten Fürsorge«, beeilte sie sich zu beteuern.

»Vielleicht ...« Die Vorfreude, die in den Augen der Älteren aufblitzte, war überdeutlich, ließ jedoch eine seltsame Unruhe in Anna aufsteigen. »Vielleicht weiß ich ja etwas, was dich aufheitern könnte.«

Entmutigt ließ Anna die Schultern sinken. Auch wenn sie ihre Wohltäterin nicht enttäuschen wollte, so wusste sie, dass es nichts auf der Welt gab, was sie nach Lorenz' Tod fröhlich stimmen konnte.

Doch unter Amandas erwartungsvollem Blick zwang sich Anna zu einem Lächeln. »Das wäre schön ...«

»Gut!« Als habe sie nur auf diese Aufforderung gewartet, zog sich die Frau einen Stuhl heran, setzte sich neben Anna und nahm ihre Hand. »Stell dir mal vor, wen ... also ... ich war heute Morgen auf dem Markt. Und da bin ich auf eine Gruppe von Menschen gestoßen, die sich angeregt unterhielten.«

Sie machte eine Pause, wie um zu sehen, ob ihre Zuhörerin ihr auch folgte, und so nickte Anna pflichtschuldig. Dabei wünschte sie sich nur, Amanda würde endlich zum Punkt kommen und sie dann allein lassen.

»Überall erzählt man, dass vor einigen Wochen Einwanderer aus der Waldecker Gegend, Täufer, wie man mir versicherte, eingetroffen sind. Eine große Neuigkeit, wo doch seit Kriegsausbruch kaum noch neue Siedler nach America gekommen sind.«

Ein leichter Schmerz durchzuckte Anna. Nach dem Bannspruch damals in Waldeck und spätestens durch ihre frevelhafte Eheschließung mit Lorenz, glaubte sie ihre Brücken zum Glauben und der Gemeinschaft der Täufer abgebrochen. Dessen ungeachtet verspürte sie noch immer eine tiefe Sehnsucht nach dem stillen, gottesfürchtigen Leben, das sie von Kindesbeinen an gekannt hatte. Unerwartet erfasste sie eine solche Welle der Einsamkeit, dass es ihr die Tränen in die Augen trieb.

Ihr Schweigen schien Amanda zu irritieren. »Hast du nicht erzählt, du hättest früher in Waldeck gelebt?«

Waldeck? Hatte sie das wirklich gesagt? Wann? Im Fieber? Anna konnte sich nicht daran erinnern, doch da es der Wahrheit entsprach, nickte sie stumm.

»Na, siehst du.« Zufrieden nickte die Ältere. »Natürlich war ich an der Geschichte mit den Waldeckern interessiert und hab ihnen meine Hilfe angeboten. Dabei sind wir ins Gespräch gekommen ... Nun, um's kurz zu machen: Vor ein paar Tagen ist ein alter Bekannter von dir in der Stadt eingetroffen. Ein vortrefflicher Mensch, wie mir scheint.« Die Begeisterung, mit der die Frau sprach, klang in Annas Ohren dumpf.

Ein alter Bekannter?

Wer mochte das sein? Amandas Worte befreiten sie von der Mühe, weiter zu grübeln.

»Ich hab ihm von dir erzählt und dann ...« Statt einer weiteren Erklärung tätschelte sie Anna kurz die Hand, stand auf und eilte zur Tür. »Warte einen Moment ...«

Amanda verschwand, und Anna blieb allein zurück. Dann wurden Schritte laut, fest und zielsicher. Der Anflug einer Erinnerung überfiel Anna, und ohne dass sie es sich erklären konnte, verkrampfte sich ihr ganzer Körper.

Knarrend schob sich die Tür einen Spalt auf, Amandas gerötetes Gesicht erschien, dann erst öffnete sie ganz und ließ den Gast eintreten.

Seine Gegenwart erfüllte das ganze Zimmer. Während er dastand und sie betrachtete, schien er noch zu wachsen, immer größer zu werden, bis es ihr vorkam, als bliebe ihr weder Luft noch Raum zum Atmen. Das Schweigen kam ihr endlos vor. Stumm schaute er auf Anna herab, die nicht fähig war, auch nur ein Wort der Begrüßung über die Lippen zu bringen.

Er hatte sich nicht verändert. Der gleiche selbstgerechte Ausdruck seiner Augen unter den buschigen Brauen. Langsam nahm er den Hut ab, legte ihn auf die kleine Kommode.

»Guten Morgen, Anna.« In dem unverwandt auf sie gerichteten Blick las sie so etwas wie Befriedigung darüber, dass er sie derart eingeschüchtert vorfand. »Hier bewahrheitet sich wieder das alte Schriftwort: *Die Wege des Herrn sind unergründlich.*«

Etwas in Anna bäumte sich gegen das Urteil auf, das darin mitschwang, die Zurschaustellung seiner eigenen Rechtschaffenheit, eine versteckte, unausgesprochene Drohung. Und dieses innere Aufbegehren verlieh ihr die Kraft, seinen Blick zu erwidern und ruhig zu antworten: »Das sind sie in der Tat. Sei gegrüßt, Gideon Beiler.«

Er nickte nur, zog sich einen Stuhl heran und setzte sich Anna gegenüber. Aus den Augenwinkeln nahm sie wahr, dass Amanda leise den Raum verließ und die Tür hinter sich schloss.

Waren es wirklich die Wege des Herrn, die ihn hierhergeführt hatten, nach Pennsylvania, zu ihr? Anna hasste sich dafür, dass dieser Mann es schon nach wenigen Minuten wieder einmal geschafft hatte, sie zu verunsichern. Sie presste die Kiefer zusammen und hielt seinem Blick stand, der nun, nachdem sie beide allein waren, hart und streng wurde.

»Offensichtlich war es Gottes Wille, dass wir uns wiedersehen. Ich hatte also recht.«

Recht? War das alles, worum es diesem Mann ging? Recht zu behalten? Zu beweisen, dass er es war, der Gottes Ratschluss genau kannte?

»Der Herr schlägt die Sünder mit seinem Zorn, doch er erbarmt sich der Reumütigen. Und es scheint mir, dass er mich zu dir geschickt hat, wie einst den Propheten Jonas nach Ninive, um dir eine zweite Chance zu gewähren.«

Zornig schloss sich Annas Faust um den Stoff ihrer Näharbeit, während sie gegen die Abneigung kämpfte, welche sie bei diesen Worten überkam. Zu hören, wie dieser Mann den Glauben an Liebe, Gerechtigkeit und Güte verzerrte, machte sie sprachlos. Was blieb, war ein Bollwerk aus Strafe und Vergeltung, bei dem die Gnade der Vergebung nur ein winziges Fähnchen zu sein schien, das schwach und kraftlos aus der Ferne wehte.

Die Dielen knarrten, als er aufstand, einen Schritt näher an sie herantrat und sich über sie beugte. »Komm mit mir, Anna! Gott will es so! Er hat mich hierhergebracht, um dich wieder in die Mitte der Gläubigen zu führen.«

Woher willst du wissen, was Gott will?, schrie es in ihr, doch ihr Mund blieb verschlossen, und schon spürte sie, wie Gideons Worte, die Wucht seiner Gegenwart, ihre Überzeugung ins Wanken brachte. »Und dann ...?«, gelang es ihr schließlich zu sagen. »Wenn ich mit dir käme, was wäre dann?«

In seinen Augen fand sie keinen Funken von Wärme. »Du wirst Buße tun vor den Augen der Gemeinde, und man wird dich wieder aufnehmen. Sollte irgendjemand dann noch Vorbehalte gegen dich haben aufgrund der Taten deiner Vergangenheit, so wird er spätestens dann schweigen, wenn du meine Frau geworden bist.« Er erhob sich, drehte in einer Geste übertriebener Großherzigkeit die Handflächen nach oben und streckte ihr diese hin. »Ich vergebe dir, Anna, so wie Gott dir vergeben wird.«

Krachend fiel der Stuhl zu Boden, so heftig war sie aufgesprungen. Sie wollte zurückweichen, wie ein Tier die Flucht ergreifen, doch hinter ihr war nur die Wand und vor ihr versperrte Gideon die Tür.

»Nun, wie lautet deine Antwort?«

Gerne hätte sie diesem Heuchler ins Gesicht geschleudert, wie sehr sie seine Selbstgerechtigkeit verabscheute. Auch wenn er Gottes Wort im Munde führte, so ging es ihm doch noch immer nur darum, sie zu besitzen, sie sich zu unterwerfen.

Doch ihre Stimme versagte. Erneut ergriff Unsicherheit von ihr Besitz. Wenn er nun doch recht hätte? Hätte er sie sonst hier gefunden, allein, verwitwet und mittellos, wenn es nicht Gottes unergründlichem Ratschluss entspräche? Und überdies, welche andere Möglichkeit blieb ihr denn noch? Weder wollte sie den McKinleys weiterhin zur Last fallen, noch dazu gezwungen sein, mit Rose unter einem Dach zu leben. Und womöglich suchte Huntley noch immer nach ihr. In den abgelegenen Siedlungen und Kolonien der Täufer würde er sie nicht vermuten. Dort wäre sie in Sicherheit. Unter ihresgleichen. Bei Glaubensbrüdern.

»Du weißt, dass ich recht habe, oder?«

Stumm sah sie ihn aus tränengefüllten Augen an, sein Gesicht, die ganze Umgebung verschwamm. Was wollte Gott von ihr? Was sollte sie tun?

»Lass mir ein wenig Zeit, Gideon«, brachte sie schließlich hervor und war erschüttert, wie brüchig ihre Stimme klang. »Ich muss erst darüber nachdenken. Nachdenken und beten.«

Sein Gesichtsausdruck verfinsterte sich und zeigte, wie unzufrieden er mit dieser Antwort war.

»Nun gut«, entgegnete er schließlich nach einem tiefen Atemzug. »Ich werde warten, da man mir gesagt hat, du seist krank gewesen und dein Geist vernebelt. Aber nicht ewig, nur bis übermorgen, dann musst du dich entscheiden.« Er griff nach seinem Hut und setzte ihn auf. »Und bedenke, wer auch nur die Hand an den Pflug legt und zurückschaut, taugt nicht für das Reich Gottes.« Er drehte sich auf dem Absatz um und schritt zur Tür. Bevor er sie öffnete, hielt er einen Augenblick inne. »Schon einmal hast du eine falsche Entscheidung getroffen. Mein Angebot ist deine letzte Chance.«

Mit einem dumpfen Knall fiel die Tür ins Schloss. Kraftlos sank Anna auf einen Stuhl und barg den Kopf in ihrem Rock.

*

Sterne tanzten vor seinen Augen, während sich die schwarzen Schatten zu verdichten schienen. Keuchend setzte Lorenz einen Fuß vor den anderen. Obgleich seine Knie zitterten und ihm der Schmerz den Schweiß auf die Stirn trieb, zwang er sich zu einem weiteren Schritt, noch einen und noch …

Ein Blitz durchzuckte das rechte Bein, er knickte ein und

stürzte zu Boden. Der Fluch, den er ausstieß, war dazu angetan, einem Heiligen das Gehör versiegen zu lassen, half ihm jedoch, die Woge des Schmerzes zu überwinden und sich wieder aufzurappeln.

Drei Monate. Drei verfluchte Monate hatte er im Lazarett buchstäblich zwischen Leben und Tod geschwebt. Die meiste Zeit über bewusstlos, in Fieberfantasien. Und als er endlich wieder zu sich kam, fähig, einen klaren Gedanken zu fassen, hatte er erfahren müssen, dass der Großteil von Cornwallis' Truppen bereits weitergezogen war und er mit anderen Schwerverletzten auf einem der kleinen Außenposten unweit von Wilmington zurückgelassen worden war.

Der einzige Arzt in diesem gottverlassenen Fort hatte ihm erklärt, dass sich seine Verletzungen entzündet hätten, Wundbrand mit einer beginnenden Blutvergiftung. Noch immer schauderte Lorenz bei dem Gedanken daran, wie nah davor er gewesen war, das Bein zu verlieren – oder an der heimtückischen Infektion zu sterben.

Trost fand er nur darin, dass Father Seán die ganze Zeit über an seiner Seite geblieben war und ihm versichert hatte, dass er zu seinem Wort stünde. Sobald der Leutnant in der Lage wäre, sich für längere Zeit auf einem Pferd zu halten, würden sie aufbrechen, um Anna zu suchen. Dieser irische Dickschädel! Wütend biss Lorenz die Zähne zusammen, während er weiterhumpelte. Durch nichts war der Priester dazu zu bewegen gewesen, schon früher loszureiten.

»In Eurem Zustand würdet Ihr ohnehin nicht weit kommen, und weder Euch noch Eurer Frau ist damit geholfen, wenn Ihr irgendwo in den Sümpfen zusammenbrecht«, lautete stets sein Kommentar, wenn Lorenz ihn darauf angesprochen hatte.

Mühsam machte er einen weiteren Schritt, während ihm der

Schweiß in breiten Strömen über den Rücken lief. Seit einigen Tagen kämpfte er sich nun schon durch diese Übungen, da der Feldscher ihm versichert hatte, sie stärkten seine Muskeln und führten dazu, dass er schnell wieder auf die Beine käme.

Und während sich sein Zustand langsam besserte, verstrich wertvolle Zeit, in der Anna weiß Gott was zugestoßen sein konnte. Außerdem wusste er noch immer nicht, wie er sich auf die Suche nach ihr machen konnte, ohne als Deserteur zu gelten. Da seine Einheit so weit im Süden lag, würde ein Ritt nach Philadelphia mehrere Wochen dauern, und sie wären immer in Gefahr, Opfer einer dieser Horden zu werden, die sich selbst als patriotische Milizen bezeichneten.

Ein Schauder überlief ihn. Was, wenn Anna diesen Kerlen in die Hände gefallen war? Das vergangene Jahr hatte mit brutaler Heftigkeit gezeigt, was dieser Krieg mit den Menschen im Lande machte: Überfälle, Brandschatzungen, Vergewaltigungen, Folter und Mord … Nachbar gegen Nachbar, Bruder gegen Bruder. Jede Seite überzeugt davon, das Recht auf ihrer Seite zu haben. Namen wie Francis Marion und Thomas Sumter, die mit ihren Männern blutige Rachefeldzüge unter loyalistischen Farmern und Anhängern der Briten durchführten, waren dazu angetan, königstreue Familien in Angst und Schrecken zu versetzen.

Mutlos ließ Lorenz sich zu Boden sinken und schlug die Hände vors Gesicht. Womöglich war bereits alles zu spät und Anna schon gar nicht mehr am Leben. Wie sollte in diesen Zeiten eine Frau unbeschadet die endlosen Meilen aus den Carolinas nach Philadelphia überstehen, mit einem entlaufenen Sklaven als einzigem Schutz?

Lorenz' Schultern zuckten, als er ein verzweifeltes Schluchzen unterdrückte. Warum konnte er sie in dieser Gefahr nicht beschützen? Weshalb musste er verletzt und hilflos in diesem

Fort liegen, während seine Frau gezwungen war, sich durch die fieberverseuchten Sümpfe eines kriegsgebeutelten Landes zu schlagen?

»Wie ich sehe, komme ich gerade im rechten Moment, um die Sterbesakramente zu spenden.«

Beim Klang von Father Seáns Stimme hob Lorenz den Kopf und kämpfte sich mühsam wieder auf die Beine. Er hasste es, Schwäche zu zeigen, ganz besonders in Gegenwart anderer. Obgleich das – nach all den Wochen, die der Priester an seiner Seite gewacht hatte, während er bewusstlos, stinkend und im Fieberwahn schreiend im Lazarett lag – wohl kaum noch einen Unterschied machte.

»Wäre vielleicht nicht mal die schlechteste Idee«, presste er zwischen zusammengebissenen Zähnen hervor, während er sein Hemd gerade zog und sich mit dem Ärmel den Schweiß aus dem Gesicht wischte. »Dann wäre ich wenigstens gestärkt, wenn ich dieses Jammertal verlasse.«

»Womit wir beim richtigen Stichwort wären …« Auf dem sonst meist ernsten Gesicht des Priesters erschien ein Lächeln. »Zumindest dieses Fort werdet Ihr wohl sehr bald verlassen.«

Lorenz zuckte zusammen. »Werden wir verlegt?« Unwillkürlich verkrampfte er sich bei der Vorstellung, womöglich noch tiefer in den Süden gebracht zu werden, was ihn immer weiter von Philadelphia – und damit vermutlich auch von Anna – entfernen würde.

Statt einer Antwort zog der Ire einen Brief hervor, den er wie eine Trophäe hochhielt.

Misstrauisch runzelte Lorenz die Stirn. »Was ist das? Ein Marschbefehl?«

»Wenn Ihr es so nennen wollt.« Das Papier raschelte leise, als Seán ihm das Schreiben aushändigte. »Nur, dass es diesmal an Euch liegen wird, zu entscheiden, wohin Ihr marschiert.«

Verständnislos blickte Lorenz auf den Brief.

Der Ire lächelte noch immer. »Ich dachte mir, es müsse doch irgendeinem höheren Zweck dienen, wenn Gott der Herr mich als Schreiber ausgerechnet in ein britisches Kriegslager schickt.« Der Klang seiner Stimme verhärtete sich beim letzten Teil des Satzes. »Also habe ich die Zeit, in der Ihr einsam um Eure Bettstatt gehumpelt seid, sinnvoll genutzt und das getan, wofür man mich hier bezahlt ... geschrieben.«

Lorenz faltete das Papier auseinander und überflog es hastig.

Eine Urlaubserlaubnis. Fassungslos sah Lorenz auf das in klaren Lettern abgefasste Schreiben. Aufgrund der Schwere seiner Verletzung war er so lange offiziell vom Dienst befreit, bis er wieder vollständig hergestellt war. Zudem durfte er das Fort verlassen und seine Genesungszeit an einem Ort seines Beliebens verbringen.

Fast jungenhaft grinste der Priester. »Und heute habe ich endlich eine Antwort erhalten, die mich zufrieden stimmt ... und Euch hoffentlich auch.«

»Ich wäre auf jeden Fall losgeritten«, knurrte Lorenz, während seine Gedanken sich überschlugen. Ein Urlaubsschein! Das bedeutete, dass er sich auf die Suche nach Anna machen konnte, ohne fahnenflüchtig zu werden. Er hatte so viel Zeit, wie er brauchte, ohne dafür seinen Eid brechen zu müssen. Das war ...

»Ihr meint, Ihr wärt desertiert?« Belustigt schüttelte Seán den Kopf. »Um einer Frau durch das halbe Land zu folgen? Zuzutrauen wäre es Euch. Doch das hier ist besser, findet Ihr nicht auch?«

Unwillkürlich stimmte Lorenz in das Lachen des Priesters

ein, als er den Brief wieder zusammenfaltete und sicher verstaute. »Wann reiten wir los?«

Seáns Augenbrauen zogen sich nach oben. »So wie besprochen: sobald Ihr in der Lage seid, zu laufen, ohne umzufallen, und mindestens eine Stunde auf einem Pferd zu sitzen, ohne vor Schmerzen aus dem Sattel zu kippen.«

»Unerträglicher Schulmeister!« Am liebsten hätte Lorenz den Iren beiseitegeschoben und wäre sofort losgeritten. Doch insgeheim musste er ihm recht geben. In seinem Zustand wäre er niemandem eine Hilfe, am wenigsten Anna. »Danke, Father. Ihr habt mir sehr geholfen. – Wieder einmal!«

Nun, da er den Weg vor sich sah, schwor er sich im Stillen, noch härter zu üben, um möglichst schnell wieder bei Kräften zu sein.

KAPITEL 3

Grenze zu Pennsylvania, Juli 1781

Seit knapp drei Wochen waren sie nun bereits unterwegs. Zehn Tage nach Erhalt der Urlaubserlaubnis hatte sich Lorenz' Zustand so weit gebessert, dass er sich mit Father Seán auf die Suche nach Anna machen konnte.

Inzwischen war es Mitte Juli, und Lorenz war erleichtert, dass sie der feuchten Hitze, die über den Sümpfen South Carolinas gelegen hatte, entronnen waren, doch schon am ersten Tag des Ritts hatten die Brustwunde und sein Knie durch die Erschütterungen wieder entsetzlich zu schmerzen begonnen. Nur mühsam hielt er sich im Sattel, trieb sein Pferd jedoch Tag für Tag weiter Richtung Norden. Er musste Anna finden, so schnell wie möglich.

Hoffentlich war es nicht zu spät! Wenn sie nur am Leben und nicht in die Hände von Sklavenfängern oder umherstreifenden Marodeuren gefallen war! Lorenz wusste, dass Noah alles tun würde, um sie zu schützen. Doch falls es hart auf hart käme, wäre dieser als entlaufener Sklave völlig rechtlos. Und gegen eine größere Übermacht hätte er zudem nicht die geringste Chance.

Bis nach Philadelphia war es nicht mehr allzu weit, vorausgesetzt ihre Pferde – und Lorenz selbst – hielten diese Tortur weiterhin unbeschadet durch. Wenn er Glück hatte, war seine Frau bereits in Sicherheit. Andernfalls ... Doch daran wollte er gar nicht erst denken. Angespannt trieb er Perikles an und überließ ihm die Führung, während die tief herabhängenden Äste der Bäume ihm durchs Gesicht strichen.

Wie ein Schatten folgte ihm Seán mit wenigen Pferdelängen Abstand, und Lorenz wunderte sich über die Zähigkeit des jungen Priesters, mit der er diesen Höllenritt klaglos durchstand. Gelegentlich fragte er sich auch, was den Iren dazu veranlasst hatte, seine Heimat zu verlassen und in ein Land zu kommen, in dem er und seine Landsleute kaum mehr galten als dort, wo er herkam. Doch obgleich er ihn nie darauf ansprach, spürte Lorenz immer mehr, dass sie eine wachsende Freundschaft verband und ihre gemeinsame Sorge um Anna sie einte.

Plötzlich tat sich eine Lichtung vor ihm auf. Die Sonne stand schon schräg und tauchte die Wiese in rötliches Licht, das Spanische Moos der umliegenden Bäume hing beinahe bis zur Erde herab. Ein schmaler Bach schlängelte sich durch das mit Farn überwachsene Gras.

Lorenz schaute sich nach Father Seán um, der sich, ebenfalls erschöpft, auf seinem Pferd näherte. Seit sie unterwegs waren, hatte der Priester sich nicht mehr rasiert, und der ungewohnte Anblick seines Bartes verlieh ihm ein befremdliches Aussehen.

»Für heute soll es genug sein.« Lorenz brachte Perikles zum Stehen und glitt aus dem Sattel. »Hier können wir die Nacht verbringen. Morgen werden wir dann umso früher aufbrechen.«

Er sah die Erleichterung im Gesicht des Geistlichen, als dieser steifbeinig vom Pferd stieg und ein paar Schritte ging. »Ich werde schlafen wie ein Bär«, verkündete er mit einem schiefen Lächeln, »und zuvor darum beten, dass Gott der Herr mir eine schöne, friedliche Gemeinde zuteilt, sobald dieses Abenteuer vorbei ist.«

Lorenz lachte leise, während er Perikles abschirrte und zum Bach führte.

Plötzlich stellten sich seine Nackenhaare auf. Das Gefühl, beobachtet zu werden, das ihn schon seit einer ganzen Weile begleitete, überkam ihn wieder mit unerwarteter Heftigkeit. Langsam drehte er sich um und ließ seinen Blick über die Umgebung schweifen, spähte zum Rand der kleinen Lichtung. Doch nichts war zu sehen oder zu hören, kein Geräusch, auch kein Aufflattern von Vögeln zeigte die Anwesenheit eines Menschen oder Tieres an. Lorenz atmete erleichtert aus, doch das ungute Gefühl blieb.

Zwischenzeitlich hatte Seán seinem Pferd ebenfalls den Sattel abgenommen und ließ es auf der Wiese grasen. Dann kramte er in seiner Satteltasche und kam mit einer Flasche in der Hand auf Lorenz zu. »Braucht Ihr eine Stärkung?«

Lorenz nickte und rieb sich das schmerzende Bein. Der Gedanke, dass ihnen jemand gefolgt sein könnte, ließ ihn nicht los und beunruhigte ihn.

Aber wer? Und aus welchem Grund? Oder entsprang das Gefühl lediglich seiner eigenen Anspannung und Angst? Wieder durchsuchten seine Augen die abendliche Landschaft, und er nahm sich vor, in den kommenden Tagen besonders wachsam zu sein.

*

»Schaff mir den Kerl vom Hals! Wenn du das erledigst, wird es dein Schaden nicht sein!«

Diese Worte waren es, die Kurt Paul immer wieder dazu bewegten, nicht aufzugeben. Er wusste, dass Huntley in diesem Punkt Wort halten würde. Geld spielte für den reichen Pflanzer keine Rolle, wenn es darum ging, ein Ziel, das er ins Auge gefasst hatte, gnadenlos zu verfolgen. Das Säckchen mit Spanischen Dollars in seiner Satteltasche, die dieser ihm als

Anzahlung ausgehändigt hatte, gaben Kurt ein Gefühl von Macht und Einfluss. Auch wenn Huntley ihm zuweilen wie ein Verrückter vorkam, konnte es ihm nur recht sein, für etwas bezahlt zu werden, was er ohnehin zu tun beabsichtigt hatte.

Kurz vor dem Abzug der Briten hatte der Virginier ihm den Auftrag gegeben, in der Nähe des provisorischen Lazaretts zu bleiben. Er sollte den Leutnant von Tannau im Auge behalten und eine günstige Gelegenheit abwarten.

Kurt hatte von Tannau und diesen seltsamen Iren belauscht und dabei erfahren, dass die beiden nach Philadelphia wollten. Deshalb wusste er, dass er in die richtige Richtung ritt, obwohl er im Dickicht und in den Sümpfen bald ihre Spur verloren hatte. Erst auf der Höhe des Delaware, unweit der Grenze zu Pennsylvania, hatte er sie wieder ausfindig gemacht. Das bedeutete, dass er bald zuschlagen musste, wenn er seinen Auftrag noch ausführen wollte, bevor die beiden wieder im Schutz der Stadt untertauchen konnten.

Rechts von ihm glitzerte der Fluss im nebligen Morgenlicht. Unruhe trieb Kurt weiter voran, während er versuchte, die Spur seiner Beute nicht zu verlieren und gleichzeitig weit genug zurückzubleiben, um nicht bemerkt zu werden. Dennoch durfte er nichts übereilen. Sein Vorhaben musste gut überlegt sein. Schließlich hatte er es mit *zwei* Männern zu tun, selbst wenn dieser blasse irische Schreiber, der von Tannau wie ein Hund folgte, kein ernst zu nehmender Gegner war. Er beschloss, zu warten, bis der Ire mit der Nachtwache an der Reihe war. Von ihm hatte er wohl nichts zu befürchten. Der mochte wohl einen Federkiel schwingen können, wäre jedoch kaum in der Lage, es bei einer handgreiflichen Auseinandersetzung mit einem geübten Soldaten wie ihm aufzunehmen.

Und von Tannau? Der schien nach seinen schweren Verletzungen noch nicht vollständig wiederhergestellt und würde deshalb sicher vor Erschöpfung tief und fest schlafen.

✻

Die Dunkelheit war hereingebrochen. Hell funkelten die Sterne am klaren Nachthimmel. Die Pferde, abgeschirrt, trocken gerieben und getränkt, grasten friedlich einige Schritte entfernt neben dem Baum, an dem sie angebunden waren. Knisternd brannte ein Feuer, spendete Licht und Wärme, vertrieb wilde Tiere, die sich womöglich des Nachts zu nahe an ihr Lager herangewagt hätten.

Lorenz sah zu Father Seán hinüber, der gedankenverloren vor sich hin blickte.

»Warum tut Ihr das alles für uns? Für mich und ... und für Anna.«

Noch immer war es ungewohnt für Lorenz, derart ungezwungen mit einem Geistlichen zu reden, obwohl dieser nur wenige Jahre älter war als er selbst. Seán antwortete nicht. Schweigend starrte er in die Flammen, die auf seinem Gesicht lebendige Schatten entstehen und ihn wie einen Boten aus dem Jenseits wirken ließen. »Ich war nicht immer Priester«, begann er schließlich so leise, dass Lorenz zunächst dachte, er bilde sich die Worte nur ein. »Vorher war ich ein junger Mann voller Träume und Hoffnungen – in einem von den Engländern besetzten Land.«

Eine unausgesprochene Spannung lag in der Luft. Trotz seiner Schmerzen richtete sich Lorenz ein wenig auf, um dem Iren zu zeigen, dass er ihm zuhörte.

»Es gab da eine Frau, die Schwester meines besten Freundes. Ihr Name war Eryn.« Seán sprach den Namen mit solch unverhohlener Wertschätzung aus, dass es Lorenz eine Gänsehaut über den Rücken trieb.

»Was ist mit ihr geschehen?«

Wieder Schweigen. Nichts war zu hören als das Prasseln des Feuers, das Zirpen der Grillen und das vereinzelte Heulen eines Tieres, weit entfernt.

Kaum merklich hatte sich Seáns Körperhaltung verändert. Noch immer schaute er in die Flammen, doch seine Schultern wirkten eingefallen, seine Miene wie erstarrt.

»Ein Offizier der Krone glaubte, sich nehmen zu dürfen, was ihm nicht zustand. Vor meinen Augen hat er sie geschändet und getötet. Am gleichen Tag wurde ihr Bruder Ryan, mein bester Freund, wegen Hochverrats festgenommen – und wenig später hingerichtet.« Hastig stand er auf. »Interessiert es Euch, wie der Offizier hieß?«

Eine düstere Vorahnung überkam Lorenz. »John Huntley?«

Seán nickte grimmig, in seinen Augen standen Tränen. »Diesmal werde ich nicht tatenlos zuschauen.«

Gerne hätte Lorenz etwas gesagt, um seinem Begleiter Trost zu spenden, doch er wusste, dass jedes Wort überflüssig war.

Seán warf ihm eine Decke zu: »Versucht, ein paar Stunden zu schlafen. Ich übernehme die erste Nachtwache.« Ruckartig wandte er sich ab.

Lorenz hielt ihn nicht auf. Noch einmal kontrollierte er, ob die Pferde versorgt und sicher angebunden waren, seine Waffen sich in Reichweite befanden. Dann schlang er die Decke um sich, rollte sich auf dem weichen Moos in der Nähe des Feuers zusammen und schloss die Augen.

Hinter seinen Lidern sah er das Bild von Anna, wie sie sich gegen Huntley zur Wehr setzte. Er sprach ein stummes Gebet, dass sie, wo immer sie sich auch gerade aufhielt, in Sicherheit sein möge. Doch die Angst verfolgte ihn bis in seine Träume.

Ein Schrei hatte Lorenz aus dem Schlaf gerissen. Er brauchte einen Moment, um sich darüber klar zu werden, wo er sich befand, und dass es Seán war, der seinen Namen gerufen hatte. Er setzte sich auf und wollte reflexartig nach seiner Waffe greifen, die er neben sich gelegt hatte.

»Versucht es erst gar nicht, Herr Leutnant.« Eine kehlige, hohntriefende Stimme. »Wenn Ihr Eure Büchse auch nur berührt, wird Euer Freund da vorne seinem Schöpfer gegenübertreten.«

Erst jetzt sah Lorenz, dass Seán regungslos in der Nähe des Feuers lag. Er vermochte nicht zu erkennen, ob er tot war oder lediglich das Bewusstsein verloren hatte.

Wie ein gespenstischer Schatten zeichnete sich die Silhouette einer Gestalt vor dem dunklen Nachthintergrund ab, die langsam, Schritt für Schritt, näher kam. Noch immer konnte Lorenz das Gesicht nicht sehen, doch diese Stimme würde er unter Hunderten erkennen. Die Stimme des Mannes, der ihm Rache geschworen hatte, als er ihn in Fesseln zurück nach Cassel geschleift hatte, um ihn dem Profos zu übergeben.

»Kurt Paul.« Lorenz war erstaunt darüber, wie fest seine Worte klangen.

»Ihr erinnert Euch also an mich.«

»Zechpreller und Frauenschänder pflege ich nicht zu vergessen.« Es kostete ihn große Mühe, so gelassen zu klingen. »Bist du etwa zu mir gekommen, um Buße zu tun?«

Das Auflachen in der Dunkelheit klang beinahe wie ein Knurren. »Nicht um Buße zu tun, sondern um Buße zu fordern – von Euch.«

Lorenz wusste, dass er kaum eine Chance hatte. Fieberhaft suchte er in Gedanken nach einem Ausweg. »Buße wofür? Weil ich dafür gesorgt habe, dass Gerechtigkeit geübt wurde?«

Statt einer Antwort kam der andere noch einen Schritt näher, sodass er dessen Gesicht im Schein des Feuers sehen konnte. »Dafür, dass Ihr meine Karriere zerstört und mich dem öffentlichen Hohn preisgegeben habt.«

»Ach ja? So wie ich die Sache sehe, hast du dafür höchst selbst gesorgt, also mach dich mit diesen Beschuldigungen doch nicht lächerlich.«

Pauls Miene verhärtete sich, während er aufreizend langsam seine Waffe zog. »Wir werden ja sehen, wer hier zuletzt lacht, Herr Leutnant.« Blanker Hass blitzte aus seinen Augen. »Denn heute Nacht werdet Ihr für alles bezahlen. Diesmal wird es selbst für Euch kein Entkommen geben.«

Langsam machte er einen weiteren Schritt auf Lorenz zu. »Ihr scheint mehr Glück als Verstand zu haben. Nicht nur damals in Waldeck, auch in Monmouth, als meine Kugel nicht ins Herz getroffen hat, seid Ihr dem Tod von der Schippe gesprungen.«

Nur mit Mühe gelang es Lorenz, ruhig zu bleiben. Seine Kiefer malmten vor unterdrückter Wut, während er in den Lauf von Pauls Waffe sah. Hatte er sich also nicht getäuscht. Es war dieser Mistkerl gewesen, der bei jener Schlacht wie ein Berserker mit Muskete und aufgepflanztem Bajonett auf ihn zugestürzt war.

Durch die Nacht klang Pauls hämisches Lachen. »Doch zumindest seid Ihr nicht völlig ungeschoren davongekommen.« Hell blitzten seine Zähne im Schein des noch schwach glimmenden Feuers auf. »War es nicht eine gute Idee von mir, Euch Eure Uniform auszuziehen und Euch mit Euren – Kameraden – in die Gefangenschaft ziehen zu lassen …« Ein triumphierender Ausdruck stand auf seinem Gesicht. »Schade nur, dass ich nicht zusehen konnte, wie Ihr Euch abrackern musstet mit Euren hochherrschaftlichen Händen! Wie hätte ich diesen Anblick genossen.«

Ohne nachzudenken, sprang Lorenz auf, versetzte Paul einen Stoß, dass dieser nach hinten taumelte, und wollte nach seiner Büchse greifen. Doch sofort war der Angreifer wieder auf den Beinen. Mit seiner Pistole schlug er Lorenz' Waffe weg und richtete dann seine eigene auf ihn.

»Hab ich nicht gesagt, dass Ihr diesmal dran glauben werdet?«

Kurz schätzte Lorenz die Lage ab, sah in das siegesgewiss grinsende Gesicht seines Feindes. Mit dem Mute der Verzweiflung stürzte er vor, ergriff den Lauf von Pauls Pistole und entriss sie ihm mit einem Ruck. Überrumpelt von diesem unerwarteten Manöver, zögerte Kurt einen Augenblick, sprang dann aber nach vorn und versuchte, die Waffe wieder an sich zu bringen.

Ein erbitterter Kampf entbrannte, bei dem eine Weile niemand die Oberhand gewann. Lorenz versuchte, den Lauf auf den anderen zu richten, doch dessen Gegenwehr machte es ihm unmöglich.

»Und das alles riskiert Ihr nur wegen dieses Flittchens, dieser entlaufenen Schuldmagd, auf die Huntley so scharf ist«, stieß Paul hervor.

Die Wut verlieh Lorenz neue Kraft. Voller Wucht stieß er Kurt vor die Brust, sodass dieser ins Straucheln kam. Blitzschnell richtete er die Pistole auf ihn. Zitternd suchte sein Finger den Abzug, dann zerriss ein Schuss die Stille der Nacht.

Pauls Miene gefror, seine Augen nahmen einen Ausdruck von Unglauben und Überraschung an. Wie ein gefällter Baum stürzte er vornüber und blieb regungslos liegen.

Keuchend verharrte Lorenz einige Augenblicke, die Pistole noch immer im Anschlag. Dann erst beugte er sich zu der leblosen Gestalt am Boden hinab und tastete am Hals nach dem Puls. Nichts! Kurt Paul war tot.

Völlig erschöpft ließ Lorenz sich auf die Erde sinken, seine Brust schien zu bersten, und erst in diesem Moment wurde ihm wieder bewusst, wie geschwächt er noch immer war.

Kalte Wut stand in seinen Augen, als er zu dem Leichnam hinübersah. Was hatte er diesem Kerl nicht alles zu verdanken! Schon in Hessen hatte er zahllose Frauen geschändet, gar versucht, Anna Gewalt anzutun ... Lorenz verfluchte sich, damals nicht dafür gesorgt zu haben, dass dieser Lump in Cassel an den nächsten Baum gehängt oder standrechtlich erschossen worden war.

Ein Stöhnen riss ihn aus seinen Gedanken. Schnell eilte er zu Seán, der noch immer mit geschlossenen Augen auf der Erde lag, das Gesicht gerötet, die Lider eingefallen. Aus einer Wunde an der rechten Schulter tropfte Blut, doch wenigstens atmete er regelmäßig. Er brauchte Hilfe, und zwar rasch. Glücklicherweise konnte es nicht mehr allzu weit nach Philadelphia sein. Sie mussten die Stadt erreichen und einen Arzt finden, ehe Seán verblutete.

Hastig riss Lorenz sich sein Hemd vom Leib und verband damit notdürftig dessen Wunde. Dann entledigte er sich seiner Hose, die ihn als Soldaten kenntlich machte und streifte zivile Kleidung über, die er aus der Satteltasche gezogen hatte. Er hatte schon genug Schwierigkeiten am Hals, und es erschien ihm nicht ratsam, in der Rebellenhauptstadt ausgerechnet in einer hessischen Uniform aufzutauchen.

Eilig löschte er das Feuer, packte alles zusammen und sattelte die Pferde. Dann kehrte er zu Seán zurück, zog ihn hoch und legte ihn über seine Schulter. Nach Luft ringend, ging

Lorenz in die Knie, noch immer war seine alte Kraft nicht wiederhergestellt. Schließlich gelang es ihm, den Bewusstlosen über Perikles' Sattel zu schieben.

Nach einem letzten Blick auf die Leiche seines Erzfeindes saß Lorenz hinter Seán auf, ergriff die Zügel von dessen Pferd und lenkte beide Tiere in Richtung Norden.

Wenn es keine Zwischenfälle gab, sollte er Philadelphia bis zum nächsten Abend erreicht haben. Stumm begann er, zu beten, dass der Verwundete bis dahin durchhielt.

KAPITEL 4

Pennsylvania, Siedlung deutscher Täufer, Sommer 1781

Es gab Momente, in denen Anna glaubte, alles sei wie früher. Morgens erwachte sie meist noch vor Sonnenaufgang durch das heisere Krähen der Hähne, horchte auf die Geräusche des erwachenden Tages, das Gackern der Hühner, das Blöken der Schafe und die gleichmäßigen Schläge einer Axt, mit der das Holz zum Heizen zerkleinert wurde. Dann hatte sie das Gefühl, Deutschland nie verlassen zu haben und sich noch immer in der Geborgenheit ihrer mennonitischen Gemeinschaft in den sanften Hügeln des Pfälzer Berglandes zu befinden.

Doch diese behaglichen Vorstellungen zerplatzten, sobald sie ihre Decke beiseitegeschoben und die Sicherheit ihrer Schlafstätte verlassen hatte. Zwar befand sie sich tatsächlich wieder im Kreise von Täufern, deutschsprachigen Glaubensbrüdern, aber das war auch schon alles, was sie an Vertrautheit finden konnte.

Um die Schicklichkeit zu wahren, hatte Gideon sie – bis zur geplanten Hochzeit, die im Spätherbst, nach der Ernte stattfinden würde – im Haus seiner Mutter untergebracht. Er selbst schlief vorübergehend allein in einer kleinen Hütte. Wohnraum war reichlich vorhanden, denn die früheren Besitzer hatten in den Kriegswirren die Häuser und Ställe ihrer kleinen Siedlung aufgegeben, welche nun von den eingewanderten Täufern bezogen worden waren.

Ein Paradies auf Erden, ein Stück Heimat in der Fremde sollte das Fleckchen Erde werden. Doch Anna empfand es eher als einen Vorgeschmack auf die Hölle. All ihre Hoffnungen, hier ihren Frieden zu finden, zu vergessen, was geschehen war, und wieder in den vertrauten Alltag von Gebet, Arbeit und Gemeinschaft zurückzukehren, waren bereits in den ersten Tagen zerstoben.

Das lag jedoch keinesfalls an den guten und gottesfürchtigen Menschen, die dem Versprechen auf Land und Freiheit in die Neue Welt gefolgt waren. Selbst für Anna, die neu Hinzugekommene mit der im Dunkeln liegenden Vergangenheit, hatten die gläubigen Siedler hier stets eine offene Tür und tröstende Worte. Doch Gideon Beiler war wie die Schlange in diesem Paradies, die ihr alle Freude zerstörte. Kaum eine Gelegenheit ließ er aus, ihr aufs Neue das Ausmaß ihrer vermeintlichen Sünde und zugleich seine eigene Güte und Großherzigkeit ihr, der Abtrünnigen und Gefallenen, gegenüber vor Augen zu halten. Fast hatte Anna das Gefühl, dass er es darauf abgesehen hatte, sie auf Schritt und Tritt zu verfolgen, zumindest wenn seine Mutter Wiltrud zu beschäftigt war, um seine zukünftige Frau im Auge zu behalten.

Während Anna keuchend einen schweren Eimer mit Schmutzwasser hinaustrug und vor dem Haus ausleerte, dachte sie daran, was geschehen würde, wenn Gideon oder Wiltrud das volle Ausmaß ihrer Schuld erfahren würden, die Ungeheuerlichkeit, dass sie einen andersgläubigen Fremden in einer papistischen Zeremonie zum Mann genommen hatte. Sobald sie sich kräftig genug fühlte, würde sie das alles vor ihrem Zukünftigen und der Gemeinde bekennen.

»Gut, dass ich dich treffe, Anna. Ich hab was mit dir zu besprechen.«

Als sie den Kopf hob, blickte sie in das Gesicht Gideons, das halb im Schatten seines breitkrempigen Hutes lag.

»Komm mit ins Haus, es muss uns nicht jeder hören.«

Ohne eine Antwort abzuwarten, hatte er ihren Arm ergriffen und zog sie durch die Tür ins Innere. »Ich hab noch einmal über alles nachgedacht und glaube, es ist besser, wenn niemand hier von deiner Vergangenheit weiß.« Fahrig rieb er sich mit einem Tuch über die schweißfeuchte Stirn und vermied es, Anna direkt in die Augen zu sehen.

»Was soll das heißen?« Erstaunt blickte Anna ihren Verlobten an. »Wie willst du meine Vergangenheit verheimlichen, wo ich doch bald Gelegenheit haben werde, Buße zu tun vor der Gemeinde, um ...«

»Eben *das* wirst du nicht tun!«

Sie glaubte, sich verhört zu haben. Verwirrt schüttelte sie den Kopf. »Wie meinst du das?«

»Genau, wie ich es sage. Es wird keine öffentliche Buße geben. In den Augen dieser Gemeinde bist du eine gläubige junge Frau, tadellos in ihrem Verhalten, und im Herbst werden wir vor Gottes Angesicht ein Paar.«

»Eine Lüge?« Anna war fassungslos.

Gideon stieß ein verärgertes Schnauben aus. »Nein, keine Lüge! Wir werden lediglich gewisse ... Dinge ... nicht ansprechen. Du bist eine junge Frau, die ich schon von früher kenne, und warst schon damals eine hingebungsvolle Gläubige und Stütze der Gemeinde. Durch einen Zufall haben wir uns hier in Pennsylvania wiedergetroffen und beschlossen zu heiraten. Gibt es da irgendeine Unwahrheit?«

Anna schüttelte den Kopf. Keine Unwahrheit, nur dass etwas Wichtiges verschwiegen wurde. Gideon versuchte, seine Glaubensbrüder zu täuschen, doch sie fühlte sich zu schwach, um ihm weiter zu widersprechen. Ihre ganze Lebensenergie hatte sie mit Lorenz' Tod verlassen. Fast war ihr gleichgültig, was mit ihr geschah. Nur mit Heuchelei und Lüge wollte sie nicht leben.

»Vor mir kannst du deine Sünden bekennen, und ich werde dir vergeben. Aber was du in der Vergangenheit getan hast, muss unser Geheimnis bleiben. Nur dann kann ich vor der Gemeinde mein Gesicht wahren. Hast du mich verstanden, Anna?«

Der drohende Unterton in seiner Stimme zwang sie, den Kopf zu heben. »Du wirst nichts sagen, zu niemandem, hörst du? Oder ich schick dich dahin zurück, wo du hergekommen bist, und Gott wird dir nie vergeben.«

Tränen des Zorns standen in ihren Augen. »Wer bist du, Gideon, dass du glaubst, in Gottes Namen sprechen zu dürfen?«

Ausgerechnet er, der stets Schriftworte im Munde führte, war bereit, mit dem Frevel der Unwahrheit zu leben, nur um sie zu besitzen und zugleich als unbescholtener Mann dazustehen.

Sprachlos vor Wut starrte Gideon sie an, und für einen Moment sah es so aus, als wolle er sie schlagen. Doch dann trat er einen Schritt zurück. »Überleg dir gut, was du tust. Verdirb dir nicht deine letzte Chance.« Damit ging er zur Tür und schlug sie mit lautem Knall hinter sich zu.

*

Es dämmerte bereits, als Lorenz Philadelphia, die Hauptstadt der Rebellen, erreichte. Seáns Zustand hatte einen schnellen Ritt nicht zugelassen, und so waren sie den ganzen Tag unterwegs gewesen. Immer wieder hatte er anhalten müssen, um dem Verletzten Wasser einzuflößen und die Blutung an seiner Schulter zu stoppen. Mehrmals war der Ire kurz zu sich gekommen. Doch in den letzten Stunden hatte er die Augen nicht mehr aufgeschlagen. Blass und reglos lag er da, nur das leichte Heben und Senken seines Brustkorbs zeigte, dass er überhaupt noch lebte. Wenn er nicht bald ärztliche Hilfe bekam, war es womöglich zu spät.

Die hereinbrechende Dunkelheit hatte die Bewohner der Stadt in ihre Häuser getrieben, und so gelangten sie unbehelligt in eine entlegene, unbeleuchtete Seitenstraße. Schnell sprang Lorenz vom Pferd und klopfte an der Tür eines der schlichten Häuser.

»Ein Arzt! Ich brauche dringend einen Arzt, wo ist ...«

Ein unterkühlter Blick aus einem hell gepuderten Gesicht traf ihn. »Hier ist Betteln verboten, also verschwinde!« Noch ehe er die Gelegenheit hatte, etwas zu erwidern, wurde ihm die Tür vor der Nase zugeschlagen.

Sein Herz klopfte zum Zerspringen, sein Körper schrie nach Ruhe und drängte ihn dazu, sich an die Hauswand zu lehnen, zu Boden zu gleiten und so bald nicht wieder aufzustehen. Doch er riss sich zusammen, saß auf und ritt in der zunehmenden Dämmerung langsam durch die Straßenzüge. Zwar erinnerte er sich, dass es irgendwo ein Krankenhaus gab, doch konnte er nicht sagen, wo es lag. Die Umrisse der Gebäude verschwammen vor seinen Augen. In einiger Entfernung sah er Masten von Seglern auf und ab schaukeln, und der Geruch nach Wasser, Algen und Fisch zeigte ihm, dass er sich unweit des Hafens befand. Drei Jahre zuvor hatte er in dieser Stadt noch als Besatzer gelebt, nun kehrte er als Bittsteller zurück. Sein Magen rebellierte vor Hunger, sein Gaumen war trocken.

Eine ältere Frau, die in ein dunkles Gewand gehüllt war und eine gestärkte weiße Haube auf dem Kopf trug, kam auf ihn zu. Sie warf einen Blick auf den Mann vor ihm auf dem Sattel. Mitleidig sah sie ihn an. »Kann ich Euch helfen, Sir?«

Lorenz brachte sein Anliegen vor.

»Da unten, auf der linken Seite, in dem Haus mit der grün gestrichenen Tür wohnt ein Arzt.« Mit der Hand wies sie die Straße hinunter. »Ich weiß aber nicht, ob er zu Hause ist. Oft besucht er noch irgendwelche Patienten.«

»Habt Dank.« Schnell verabschiedete sich Lorenz, nahm die Zügel der beiden Pferde, ritt in die angegebene Richtung und hielt schließlich vor dem beschriebenen Haus. Die Fensterläden waren geschlossen, kein Lichtschein drang nach draußen. Alles wirkte verlassen.

Dennoch stieg Lorenz ab, eilte zur Tür und klopfte. Nichts geschah. Vollkommene Stille. *Gütiger Gott, das darf nicht sein!* Seán brauchte doch Hilfe, sofort.

Wieder klopfte er, noch heftiger, noch entschiedener, und schließlich war es ihm, als höre er von drinnen ein Quietschen. Schritte wurden laut, kamen näher, und die Tür wurde geöffnet.

Mit einer Kerze in der Hand stand ein Mann im Eingang. »Ja bitte?«

Eindeutig ein irischer Akzent. Erleichterung durchströmte Lorenz, dann sagte er rasch: »Ich habe hier einen Verwundeten. Er hat viel Blut verloren. Seid Ihr der Arzt?«

»Das bin ich.«

»Könnt Ihr mir helfen, den Mann vom Pferd zu heben und ins Haus zu tragen?«

Wortlos nickte der andere, und mit vereinten Kräften gelang es ihnen, den Priester in einen Raum zu bringen und auf eine Liege zu betten. Es schien eine Art Behandlungszimmer zu sein.

Knapp berichtete Lorenz dem Arzt, was vorgefallen war. Nachdem dieser sich die Wunde angesehen hatte, erklärte er mit ernster Miene: »Es sieht nicht gut aus. Eine Kugel steckt in der Schulter, die den Knochen zersplittert hat. Doch werde ich alles versuchen, was in meiner Macht steht.«

Lorenz schwankte leicht, als er wieder nach draußen trat, um die Pferde in Sicherheit zu bringen und zu versorgen. Dann dankte er Gott für die Hilfe und bat darum, dass sie nicht zu spät kam.

*

Eine Berührung, vorsichtig, aber beherzt, riss Seán aus der Betäubung zurück in die Wirklichkeit.

»Haltet durch, Ihr könnt es schaffen …«

Zwei Hände, die ihn anhoben, lösten eine Woge von Schmerz im Kopf und der Schulter aus und ließen eine Vielzahl bunter Sterne vor seinen Augen zerplatzen. Eine brennende Flüssigkeit wurde in seinen Mund gegossen und rief einen heftigen Hustenanfall hervor.

»Gleich ist es vorbei.« Die Stimme, leise und beruhigend, schien ihm seltsam vertraut.

Es kostete ihn einige Anstrengung, die Augen zu öffnen. Sein Blick klärte sich, und er erkannte ein Gesicht …

Keuchend sog er Atem in seine Lungen. Das konnte nicht möglich sein. War er gestorben und im Himmel? Eine andere Erklärung fand er in seinem Zustand zwischen Wachen und Träumen nicht.

Das Gesicht direkt über dem seinen, beleuchtet vom schwachen Kerzenschein, sah deutlich älter aus, als er es in Erinnerung hatte. Dunkle Fältchen hatten sich um die freundlichen Augen gegraben, eine harte Linie zwischen Nase und Mund zeugte von Entbehrungen und Leid. Und doch würde er dieses Gesicht unter Tausenden erkennen, jederzeit, überall. Das Gesicht eines – Toten. *Eines geliebten Toten.*

Seáns Mund öffnete sich, um etwas zu sagen. »R... r... ry...« Mehr brachte er nicht hervor. Die Hand, die er erhoben hatte, um den anderen zu berühren, sackte schlaff zusammen. Sein Blick wurde milchig, das Gesicht vor seinen Augen verschwamm, und Seáns Geist versank in tiefer Dunkelheit.

✿

»So, mehr kann ich hier nicht für ihn tun.« Müde wischte sich der Arzt, der sich als Dr. Sullivan vorgestellt hatte, über die Stirn und richtete seinen Oberkörper auf. »Es wäre vielleicht besser, ihn ins Krankenhaus zu bringen, aber ich möchte ihn ungern noch einmal den Strapazen eines Transports aussetzen. Ich schlage vor, er bleibt über Nacht hier, dann werde ich regelmäßig nach ihm sehen.«

Ein Stein fiel Lorenz vom Herzen. »Danke, natürlich werde ich alle Kosten übernehmen.«

Langsam erhob sich der Arzt. »Daran hege ich nicht den geringsten Zweifel.«

Nun gab es noch ein Problem zu lösen. Lorenz räusperte sich.

»Ich muss mir selbst noch eine Bleibe für die Nacht suchen. Könnt Ihr mir einen Rat geben, wo ich so spät noch ein ordentliches Quartier finden kann?«

Doch der Arzt schüttelte den Kopf. »Ihr bleibt heute Nacht besser hier. Platz habe ich genug, und womöglich brauche ich bei dem Verletzten Hilfe.«

»Wird er es schaffen?«

Stumm warf der Arzt einen Blick auf Seán, der mit blassem, eingefallenem Gesicht unter dem dunklen Vollbart regungslos dalag. »Das weiß nur Gott.«

KAPITEL 5

Philadelphia, Pennsylvania, Juli 1781

Lorenz fühlte sich bedeutend erfrischter, als er am nächsten Morgen in das Zimmer trat, wo Seán die ganze Nacht durchgeschlafen hatte. Zweimal hatte er nach ihm gesehen, doch war der Priester nicht aufgewacht. Nach einem knappen Morgengruß war Dr. Sullivan in die Küche gegangen, um einen Aufguss für den Verletzten vorzubereiten und weitere saubere Tücher zu besorgen. Kurze Zeit später öffnete sich die Tür, und der Arzt trat ein.

»Wird er durchkommen, Doktor?« Unruhe hatte Lorenz überfallen, die Sorge um Seán und die Angst, bei seiner Suche nach Anna zu spät zu kommen.

»Das wird sich noch zeigen. Doch dass er ruhig geschlafen hat, ist ein gutes Zeichen.«

»Wann wird er wieder zu sich kommen?«

Sullivans Augen zogen sich kurz zusammen. »Habt Ihr es so eilig, die Rebellenhauptstadt zu verlassen und wieder zu Eurer Einheit zurückzukehren? Oder irre ich mich, wenn ich sage, Ihr seid Hesse?«

Lorenz spürte, wie er blass wurde.

»Ein Offizier, wie ich annehme.«

Sein Stolz gebot es Lorenz, zu nicken.

Woran hatte der Arzt das erkannt? Unsicherheit machte sich in ihm breit. Es gab viele Deutsche in den Kolonien, gerade in Pennsylvania. Wie also konnte er ahnen ...

»Ihr fragt Euch, woher ich das weiß.« Ein bitteres Lächeln zuckte in Sullivans Mundwinkeln. »Nun ... Euer

Akzent sagt mir, woher Ihr stammt, und an Euren Fragen erkenne ich, dass Ihr nicht zu den deutschsprachigen Siedlern oder Kolonisten gehören könnt. Das Land hier ist Euch fremd. Und das andere…« Sullivans Blick maß Lorenz. »Es gibt Dinge im Verhalten eines Mannes von Stande, die ihn überall verraten würden. Er könnte in Lumpen gehen und versuchen, sich als Bettler auszugeben, und doch würden seine Art, zu sprechen, seine Gesten und Miene verraten, was er ist.«

Lorenz straffte sich und sah den anderen an. »Eurem Tonfall entnehme ich, dass Ihr für *Männer von Stande*, wie Ihr es nennt, nicht viel übrig habt.«

Langsam tauchte Sullivan seine Hände in eine Schüssel mit Wasser und begann, diese gründlich zu waschen. »Ich bin Arzt und behandele meine Patienten ungeachtet ihrer Herkunft. Doch habe ich oft genug erfahren müssen, dass eine hohe gesellschaftliche Stellung nicht unbedingt das Beste in einem Menschen hervorbringt.« Er trocknete sich die Finger an einem sauberen Tuch ab. »Darüber hinaus habe ich durchaus ein Problem damit, wenn Soldaten aus einem fremden Land, die mit der ganzen Angelegenheit nichts zu schaffen haben, eine Armee unterstützen, die dazu ausgesandt wurde, ein Volk seiner Freiheit zu berauben.«

Lorenz starrte den Arzt an. Er wusste, dass er und seine Männer bei einheimischen Patrioten nicht gern gesehen, ja geradezu verhasst waren. Doch noch nie hatte ihm dies jemand so unverblümt ins Gesicht gesagt.

Einen Moment lang drängte es ihn, etwas zu erwidern, doch Sullivan hatte sich bereits wieder seinem Patienten zugewandt. Helles Morgenlicht flutete in den Raum und zeigte mit unbarmherziger Deutlichkeit, wie eingefallen Seáns Wangen, wie blass seine Lippen waren. Violette Schatten lagen um seine Augen, das schwarze Haar war von Schweiß verklebt.

Besorgt kniff der Arzt die Augen zusammen, als er sich mit dem Becher in der Hand dem Verwundeten näherte und plötzlich in seiner Bewegung erstarrte. Schrecken und Verwirrung spiegelten sich auf seinem Gesicht. Ungläubig schüttelte er den Kopf, beugte sich näher heran und hob die freie Hand, als wolle er Seán damit berühren.

»Was habt Ihr?«, fragte Lorenz verwirrt.

Mit einem abwesenden Gesichtsausdruck sah Sullivan in seine Richtung. »Nichts, ich ...« Unsicher flackerten seine Augen, und mit einer fahrigen Bewegung stellte er den Becher ab. »Es ist nichts. Ich glaube nur, diesen Mann zu kennen ... Dieser Bart allerdings ...« Wieder schien er nach Worten zu suchen, und Lorenz fragte sich, was den Arzt dermaßen aus der Fassung gebracht hatte. »Wie ist sein Name?«, brachte er schließlich stammelnd hervor.

»Father Seán O'Flanagan.«

»Heilige Muttergottes, das kann doch nicht sein ...« Sullivans Gesicht war fast so weiß wie ein Bettlaken, rötlich hob sich das zum Zopf gebundene Haar davon ab. »All die Jahre habe ich geglaubt ...« Er schluckte und ließ sich auf den neben dem Bett stehenden Stuhl sinken, während er den Blick unverwandt auf den Bewusstlosen gerichtet hielt. »Großer Gott, wie ist das nur möglich ... Seán!«

✳

Wie eine papistische Büßerin rutschte Anna auf den Knien, statt mit Weihrauch jedoch mit einer Bürste bewaffnet, mit der sie sich bemühte, unter der Bettstatt ihrer zukünftigen Schwiegermutter den letzten Rest von Staub und Schmutz zu entfernen. Sie versuchte, sich mit Arbeit abzulenken, doch es wollte ihr nicht gelingen. Da Gideon ihr nicht gestattete, wieder in der Krankenpflege tätig zu werden, blieb ihr nur die Beschäftigung auf dem Feld und im Haus.

Während sie sich ganz unter das Bett schob, um auch noch den letzten Winkel des Fußbodens zu säubern, hörte sie Schritte, und instinktiv versteifte sich ihr ganzer Körper.

»Du bist bei der Arbeit. Gut! Vielleicht lernst du jetzt endlich, wo dein Platz in diesem Hause ist.«

Die Stimme von Wiltrud, Gideons Mutter, drang wie ein Posaunenschall durch die Kammer, und eilig kroch Anna unter dem Bett hervor, um ihr die geschuldete Ehrerbietung zu erweisen.

»Ach, dass dein Vater versäumt hat, dir eine strenge Zucht und Ordnung angedeihen zu lassen! Jetzt müssen wir das alles nachholen.« Mit einem Seufzer ließ Wiltrud ihre kleinen Augen aufmerksam durch den Raum schweifen, als hoffe sie, noch ein Staubkörnchen oder irgendetwas anderes zu finden, das sie beanstanden und Anna dafür rügen könnte.

»Ich möcht bloß wissen, wie du's geschafft hast, meinen Sohn doch wieder zu bezirzen. Ausgerechnet du! Dankbar hättest du sein sollen, weil wir deinen armen Vater und dich damals so gutherzig aufgenommen haben. Stattdessen bist du einfach davongelaufen!«

Langsam stand Anna auf, während Wiltrud ununterbrochen weiterzeterte. »Und wenn ich mir erst vorstelle, was du mit diesem ungläubigen Leutnant getrieben hast, wird mir regelrecht übel.«

Annas Hände krallten sich um die Bürste, und sie konnte nur mit Mühe ihren Zorn beherrschen, der sie dazu verleiten wollte, den schweren Wassereimer in Richtung ihrer zukünftigen Schwiegermutter auszuleeren. Stattdessen legte sie die Bürste beiseite, rieb ihre Hände an ihrem Rock ab und sah der Älteren fest in die Augen. »So etwas solltet Ihr Euch auch nicht vorstellen. Es schickt sich nicht für eine gottesfürchtige Frau, sich in wollüstigen Fantasien zu ergehen.«

Einen Augenblick schien es der Alten die Sprache verschlagen zu haben. Dann färbte ihr Gesicht sich dunkelrot, und sie ergriff den Besen, der in einer Ecke des Raumes stand, und begann, damit auf Anna einzudreschen. »Du verdorbenes Luder, wie kannst du es wagen ...«

Ein Hieb traf Anna auf den Rücken.

»Ich werd dich lehren, was es heißt, so mit mir zu reden! Mein Sohn muss verrückt sein, einer wie dir auf den Leim zu gehen. Aber er wird dir deine Liederlichkeit noch austreiben ... Gottlose Dirne!«

Das ging zu weit. Wahrheit und Gerechtigkeit waren Tugenden, die Annas Eltern sie gelehrt hatten, ebenso wie den Mut, für beides einzustehen. Als ein weiterer Schlag sie am Arm traf, packte sie Wiltruds Besenstiel, riss ihn ihr aus der Hand und schleuderte ihn in eine Ecke.

Vor Wut schnaufend stand die Ältere vor ihr, während die Übelkeit, welche Anna seit einiger Zeit wieder häufiger befiel, sich erneut bemerkbar machte.

»Was *ich* getan habe, kann ich guten Gewissens vor Gott verantworten. Aber *Ihr* vergesst das Herrenwort ›*Richtet nicht, damit über Euch nicht gerichtet werde*‹. Also seht Euch vor, dass das Urteil nicht über Euch kommt.«

Ohne eine Antwort abzuwarten, rannte Anna nach draußen. Kaum an der frischen Luft, überkam sie plötzlich ein heftiger Schwindel. Die Erde schien sich um sie zu drehen. Die Beine drohten unter ihr nachzugeben, und dann erbrach sie sich in heftigen Stößen, bis nur noch Galle kam. Zitternd wischte sie sich über den Mund, spürte den bitteren Geschmack, der zurückblieb. Die Übelkeit ließ sich nicht vertreiben, und plötzlich verstand sie.

Zu häufig hatte sie die Anzeichen bei anderen beobachtet, kannte sie aus den Beschreibungen ihrer Mutter. Erst jetzt wurde ihr bewusst, dass sie sich kaum erinnern konnte, wann sie zum letzten Mal ihre Monatsblutung gehabt hatte. Es musste noch in Cornwallis' Feldlager gewesen sein. Aber das würde ja heißen ...

Erneut schwankte sie, als sie die ganze Bedeutung erfasste. *Gott sei mir gnädig – ich erwarte ein Kind.* Lorenz' Kind.

✳

Schon seit zwei Stunden saß Dr. Sullivan nun an Seáns Bett. Trotz der abgedunkelten Fenster erkannte Lorenz Tränen in den Augen des Arztes, die fest auf den Bewusstlosen gerichtet waren, während seine Lippen lautlose Worte murmelten.

Steif vom langen Sitzen erhob sich Lorenz von seinem Stuhl, und diese Bewegung schien seinen Gastgeber aus seinen Gedanken zu reißen. Langsam blickte er zu ihm auf.

»Wie geht es ihm?«

Es dauerte eine Weile, bis sein Gegenüber in die Wirklichkeit zurückgefunden hatte. »Er hat eine schwere Gehirnerschütterung, die offenbar von einem Schlag herrührt.«

Lorenz nickte. »Von einem Gewehrkolben.«

»Dazu noch die Kugel in der Schulter. Es war zwar nicht schwierig, sie zu entfernen, doch die Wunde hat sich entzündet. Daher das Fieber. Aber keine Sorge, er wird durchkommen.«

»Gott sei Dank!« Lorenz atmete deutlich hörbar aus. »Er hat mir das Leben gerettet.«

»Mir ebenfalls ...« Dr. Sullivan schien mehr zu sich selbst zu sprechen als zu ihm. »Mehr als einmal.«

»Dann kennt Ihr ihn also?«

»Schon seit Kindertagen.«

»Ihr stammt auch aus Irland?« Es war mehr eine Feststellung als eine Frage.

Dr. Sullivan, der damit begonnen hatte, die schmutzigen Binden zusammenzufalten, sah auf. »Ja, aber das ist lange her.« Offensichtlich wollte er im Augenblick nicht näher darauf eingehen und schüttelte die Decke des Kranken auf. »Was führt Euch hierher, nach Philadelphia? Ein irischer Priester und ein hessischer Offizier ... ein ungewöhnliches Gespann.«

Einen Moment lang zögerte Lorenz. Etwas in ihm sträubte sich dagegen, einem völlig Fremden das größte Geheimnis seines Lebens anzuvertrauen. Doch er stand in dessen Schuld und hatte Vertrauen zu ihm gefasst. »Wir sind auf der Suche nach einer Frau – meiner Frau ...«, beeilte er sich hinzuzufügen, nachdem ihn ein erstaunter Blick getroffen hatte. »Während der Schlacht bei Guilford wurden wir getrennt.«

Ungläubig zog Sullivan die Augenbrauen hoch. »Guilford in North Carolina? Ich habe von der Schlacht gehört. Es soll ein Sieg der Briten gewesen sein.«

Mit bitterer Miene hob Lorenz die Schultern. »Wenn man es so nennen will. Bei den Hunderten von Verwundeten, Vermissten und Toten.«

»Man erzählt sich, Cornwallis habe auf seine eigenen Männer schießen lassen, um die Entscheidung zu erzwingen.« Ein Hauch von Verachtung lag in der Stimme des Arztes. »Der Erhalt ihrer Kolonien liegt den Engländern wohl sehr am Herzen.«

»Es war ein Inferno.« Bei der Erinnerung daran schloss Lorenz die Augen. »Und meine Frau glaubt nun, ich sei gefallen. Falls es ihr gelungen sein sollte, dieser Hölle zu entkommen, dann ist Philadelphia der einzige Ort, wohin sie sich gewandt haben kann.«

Nachdenklich verengten sich Dr. Sullivans Augen. »Das ist eine weite Reise von den Carolinas bis hierher.«

Lorenz nickte. »In der Tat. Doch sie hat ...« Er zögerte. »... Freunde hier in der Stadt.«

»Interessant.« Der Arzt warf die blutige Mullbinde in einen Korb und sah Lorenz eindringlich an. »Ihr liebt Eure Frau wohl sehr.« Kurz schien er nachzudenken. »Vielleicht kann ich Euch bei Eurer Suche helfen. Im Krankenhaus komme ich mit vielen Leuten zusammen. Womöglich weiß jemand etwas über sie. Darf ich fragen, wie sie heißt?«

»Anna«, sagte Lorenz. »Anna Hochstetter.«

Ein Ausdruck ungläubigen Erstaunens glitt über das Gesicht des Arztes, das sich schließlich in ein Lächeln wandelte. »Womit sich Seáns Worte ein weiteres Mal bewahrheitet haben. Bisweilen scheint Gott wirklich die Schritte der Menschen zu lenken.« Noch immer lächelnd, ging Dr. Ryan Sullivan zur Tür.

Emmett McKinley war klein, grauhaarig und wesentlich älter, als Lorenz ihn sich aus Annas Erzählungen vorgestellt hatte. Und doch strahlte der Quäker eine solch ruhige Würde aus, dass man gleich Vertrauen zu ihm fassen konnte.

Gleich nach dem Frühmahl hatte Dr. Sullivan einen Nachbarsjungen losgeschickt, um den befreundeten Drucker herbeizurufen, der bereits eine halbe Stunde später eintraf. Umgehend hatte der Arzt ihm Lorenz' Anliegen vorgetragen. Emmett hatte die ganze Geschichte mit einem stummen Nicken und hochgezogenen Augenbrauen verfolgt. Es schien ihn nicht sonderlich zu verwundern, dass sich in diesem riesigen Land die Wege von Fremden und Freunden auf diese wundersame Weise gekreuzt hatten. Das Gottvertrauen des Quäkers musste größer sein als Lorenz' eigenes. Ähnlich groß wie das von Anna.

Anna. Lorenz' Herz zog sich bei der Erinnerung an sie zusammen.

Der Blick des Quäkers ruhte einen Moment lang auf ihm. Schließlich lächelte er. »Dann bist du also der Mann, der unserer Anna solche Seelenqualen bereitet hat.«

Unwillig stellte Lorenz fest, dass er errötete, was nicht nur daran lag, dass der andere ihn ungeachtet seines Ranges auf höchst altertümliche Art duzte. »Es lag nie in meiner Absicht, ihr irgendwelche Qualen zu bereiten.« Seine Stimme klang gepresst. »Sie ist meine Frau.«

Das Lächeln auf Emmetts Gesicht erstarb. »Sie glaubt, sie sei deine Witwe.«

»Diesen Irrtum möchte ich schnellstens aufklären.« Lorenz bemühte sich, seine Ungeduld aus der Stimme zu verbannen. »Könnt Ihr mich zu ihr bringen?«

Die Schultern des Quäkers sanken herab. Er wandte sich ab, als scheue er sich, seinem Gegenüber in die Augen zu sehen. »Ich fürchte, du kommst zu spät.«

Die Wärme, die Lorenz seit Emmetts Ankunft erfüllt hatte, war mit einem Mal wie weggeblasen, und das beklemmende Gefühl der Angst breitete sich in seinem Körper aus. Ohne zu überlegen, packte er den Mann an der Schulter und riss ihn zu sich herum. »Was meint Ihr damit?«

Die Antwort schien Emmett schwerzufallen. »Anna ist fort. Ein Glaubensbruder, den sie aus ihrer Heimat kannte, hat sie mitgenommen. Ich glaube, er hat vor, sie zu heiraten.«

»Heiraten?« Als hätte er sich verbrannt, ließ Lorenz den anderen los. »Aber, wie kann ... Sie ist ...«

... meine Frau!, wollte er brüllen. *Wie kommt sie dazu, einen anderen zu heiraten?*

Am liebsten hätte er irgendetwas zertrümmert. Er spürte, wie Schweiß auf sein Gesicht trat, seine Lippen sich zusammenpressten. »Wann war das?«

»Seither sind wohl drei Wochen vergangen – oder auch vier.« Emmetts Augen suchten Lorenz' Blick. »Aber ist es nicht besser, dort zu bleiben, wo man hingehört? Dadurch kann man sich viel Leid ersparen.«

Der alte Mann klang so, als wüsste er, wovon er sprach.

Lorenz hätte ihn packen und schütteln mögen. »Wohin sind sie gegangen?«

Der Quäker schien zu überlegen, ob es richtig wäre, ihm diese Auskunft zu erteilen.

»*Wo* ist sie?« Lorenz' Stimme klang leise, aber bedrohlich.

»Du liebst sie wirklich.« Anerkennung sprach aus Emmetts Tonfall. »Doch das sollte mich nicht überraschen. Ein Mädchen wie sie wäre nicht bereit, alles aufzugeben für einen, der ...«

»Wo, zur Hölle, ist sie?« Lorenz musste sich beherrschen, um die Antwort nicht aus dem Drucker herauszuprügeln. »Sagt es mir, bitte! Ich muss zu ihr!«

Eine scheinbare Ewigkeit lang schwieg Emmett, bis er schließlich antwortete. »Dieser Mann hat erwähnt, dass es etwa siebzig bis hundert Meilen westlich von hier eine größere Ansiedlung gäbe. Aber«, fügte er schnell hinzu, »mach dir keine allzu großen Hoffnungen. Möglicherweise wirst du nicht das vorfinden, was du dir erhoffst.«

Lorenz überkam eine düstere Vorahnung. »Dieser Täufer«, fragte er, »der sie mitgenommen hat. Wie war sein Name?«

Die Antwort bestätigte seine Befürchtungen: »Gideon Beiler.«

Von einem Moment auf den anderen wusste Lorenz, was er zu tun hatte. Er würde noch in dieser Minute aufbrechen und sich auf die Suche nach Anna machen. Emmett bestand jedoch darauf, dass Lorenz zunächst mit ihm nach Hause käme, um dort eine wichtige Angelegenheit zu regeln. Und obgleich ihm die Unruhe wie Feuer unter den Nägeln brannte, gebot Lorenz es die Ehre, diese Einladung anzunehmen und so seinen Dank für alles, was der Quäker in der Vergangenheit für Anna getan hatte, zum Ausdruck zu bringen. Widerwillig folgte er dem Mann den kurzen Weg zu seinem Haus. Es war ein schlichtes, aber gepflegt wirkendes Backsteingebäude, in dessen Anbau sich offensichtlich eine Druckerei befand.

Emmett öffnete die Tür und bat Lorenz einzutreten. Mit einem knappen Nicken folgte er ihm und wurde in ein bescheidenes Arbeitszimmer geführt. Dort erwartete ihn jemand, an den er in der ganzen Aufregung nicht mehr gedacht hatte.

»Leutnant von Tannau, Sir?«

Noahs Augen weiteten sich vor Überraschung und Unglauben. Seine Züge nahmen eine graue Färbung an, und er sah aus, als habe er einen Geist gesehen. Schließlich war auch er die ganze Zeit davon überzeugt gewesen, dass Lorenz gefallen wäre.

Wie tief stand er in der Schuld dieses jungen Mannes, der sein Versprechen eingelöst und seine Frau in Sicherheit gebracht hatte! Von seinen Gefühlen überwältigt, fehlten ihm die Worte, und so streckte er in aufrichtiger Dankbarkeit und Wiedersehensfreude Noah nur stumm die Hand entgegen.

Dieser wich zurück. »Aber Sir, Ihr seid ... Ihr könnt doch nicht ...?«

Ohne auf die Einwände zu achten, trat Lorenz einen Schritt näher und stellte überrascht fest, dass er sich zusammenreißen musste, um den anderen nicht auch noch freundschaftlich zu umarmen.

Seltsam, wie unwichtig in solchen Momenten die Schranken des sozialen Standes, Titels oder der Klasse wurden. »Ich bin am Leben, und es geht mir ... *wieder* ... gut.«

Der Ausdruck auf Noahs Gesicht änderte sich. Aus Schrecken wurde Freude, die sich kurz darauf in Schuldbewusstsein zu wandeln schien.

»Sir, wenn ich gewusst hätte, dass Ihr ... Ich hätte doch ... und ... großer Gott, Anna ... sie wäre doch niemals ...«

»Ich weiß«, unterbrach ihn Lorenz und legte ihm beruhigend die Hand auf die Schulter. »Emmett hat mir alles erzählt. Und ich ... ich stehe in deiner Schuld. Ich danke dir, dass du Anna hierhergebracht hast. Wer weiß, was Huntley sonst mit ihr getan hätte. Das werde ich dir nie vergessen.«

»Aber sie ist fort! Sie hat die Stadt verlassen mit einem Mann, weil sie glaubte ...«

Lorenz spürte, wie sein Lächeln gefror. »Ja, aber ich werde sie suchen und ...« Seine Stimme versagte.

»Ich begleite Euch, Sir.«

Lorenz schüttelte den Kopf. »Das wirst du nicht.«

»Doch, Sir. Ich hab Euch geschworen, Anna zu beschützen und sie heil zu Euch zurückzubringen. Und ich halte mein Wort.«

Daran hatte Lorenz nie gezweifelt. Aber er konnte nicht zulassen, dass Noah mit ihm kam und sich womöglich erneut in Gefahr brachte. Diese Sache musste er allein in die Hand nehmen.

»Du bleibst hier!« Lorenz' Worte klangen gepresst.

»Aber, Sir, ich ...«

»Noah, ich danke dir für deine Treue. Aber es gibt Angelegenheiten, die ein Mann selbst regeln muss. Außerdem ...«, er unterbrach sich, suchte nach den richtigen Worten, »... werde ich nicht zulassen, dass du zur Armee zurückkehren musst. Als Sklave.«

»Sir, ...?« Noah sah ihn fragend an, seine Nasenflügel bebten, die Lippen zuckten, doch er schwieg.

Rasch nahm Lorenz einen Bogen Papier von Emmetts Sekretär, tauchte eine Feder in das danebenstehende Tintenfass und schrieb hastig einige Zeilen nieder, die er mit seiner geschwungenen Handschrift unterzeichnete. Noch ehe die Tinte trocken war, hatte er Noah das Blatt gereicht.

»Was ist das, Sir?«

»Deine Freilassungsurkunde.«

Schweigen entstand. »Das könnt Ihr nicht tun, Sir«, sagte Noah schließlich leise. »Ich bin nicht Euer Besitz. Ich gehöre dem Regiment – selbst wenn Ihr mich in dessen Auftrag gekauft habt.«

»Und ich habe die Befugnis, dich wieder zu verkaufen oder freizulassen.« Lorenz wusste nicht, ob das stimmte. Aber er würde es riskieren und der Regimentskasse das Geld zurückzahlen, das Noah sie gekostet hatte. Auch um den damit verbundenen Verwaltungsakt würde er sich kümmern. Allerdings starben in diesem Krieg täglich so viele Menschen, dass ohnehin niemand nach dem Verbleib eines schwarzen Pferdeknechtes fragen würde.

»Es ist ...«, Lorenz zögerte, aber er fühlte sich gezwungen, es zu sagen, »... Unrecht, Menschen nach Belieben zu kaufen und zu verkaufen.« Unwillkürlich musste er an die Schmähschriften denken, die derzeit in seiner Heimat die Runde machten und die den Soldatenhandel des Landgrafen mit England ähnlich scharf verurteilten. Dabei lagen zwischen dem, was seinen Männern widerfahren war, und dem, was man Noah angetan hatte, noch immer Welten. »Und es war Unrecht von mir, mich daran zu beteiligen. Ich möchte diesen Fehler wiedergutmachen.«

Tränen schimmerten in Noahs Augen, und endlich ergriff

er Lorenz' Hand. »Da gibt's nichts wiedergutzumachen, Sir. Ich wollt's erst nicht wahrhaben, aber Ihr habt Euch vom ersten Moment an für mich eingesetzt. Schon damals auf der Sklavenauktion. Wenn Ihr nicht gewesen wärt ...« Seine Stimme brach.

Etwas Raues hatte sich in Lorenz' Kehle festgesetzt. »Ich muss jetzt aufbrechen.« Hastig wandte er sich ab, damit Noah nicht sah, dass er ebenfalls mit seinen Gefühlen zu kämpfen hatte. »Pass auf dich auf.«

»Das werde ich, Sir. Und ich hoffe, Ihr findet Anna.«

Das hoffe ich auch. Bei Gott, das hoffe ich auch.

Beinahe fluchtartig verließ Lorenz den Raum. Bevor er die Tür erreichte, hatte Emmett ihn eingeholt. In der Hand hielt er ein kleines Bündel. »Hier, das habe ich für dich zusammenpacken lassen. Eine kleine Wegzehrung.«

»Habt Dank für alles, was Ihr für mich getan habt! Und für Anna.« Gern hätte Lorenz mehr gesagt und sich dem Drucker gegenüber angemessen erkenntlich gezeigt. Doch Emmett Geld anzubieten wäre ihm wie eine Beleidigung vorgekommen, und im Augenblick waren seine Mittel ohnehin eher knapp.

So gab es nichts weiter zwischen ihnen zu sagen. Stumm trafen sich ihre Augen.

»Bitte gebt acht auf Noah. Er ist ein ... guter Mann. Einer der besten, die ich in meinem Leben kennengelernt habe.«

Ein Lächeln stahl sich auf Emmetts blasses Gesicht. »Und du bist ein Mann, der in Gottes Licht wandelt. Anna hat die rechte Wahl getroffen.«

Ohne etwas zu erwidern, riss Lorenz die Tür auf und eilte nach draußen.

KAPITEL 6

Philadelphia, Juli 1781

Sie hätte nicht lauschen sollen! Wütend über sich und die ganze Welt stürzte Rose in die Küche und schlug die Tür hinter sich zu. Dabei konnte sie zunächst gar nicht glauben, was sie gehört hatte, so unfassbar schien ihr die Geschichte.

Ein Offizier war zu Emmett nach Philadelphia gekommen, um nach Anna Hochstetter zu fragen. Ein Baron gar, ein Adeliger. Einer von denen, die – wie sie gehört hatte – im alten Europa Macht und Besitz unter sich aufteilten.

Mit einem lauten Scheppern stellte Rose eine eingefettete Pfanne auf den Rost der Feuerstelle und begann damit, die Zwiebeln für das Abendessen mit einem Messer in kleine Stücke zu hacken. Doch nicht nur deshalb liefen ihr die Tränen über das Gesicht.

Lorenz von Tannau hatte er sich genannt. Und nach allem, was Rose durch den Türspalt erkannt hatte, sah der Mann auch noch verteufelt gut aus. War er der Grund dafür, dass Anna selbst auf Huntleys Plantage so ruhig und gelassen gewirkt hatte, als könne ihr das Leben nichts anhaben? Weil sie sich für etwas Besseres hielt? Für das Liebchen eines Aristokraten? Und sie immer die Hoffnung hatte, dass dieser eines Tages käme und sie rettete?

Das Fett in der Pfanne zischte laut, als Rose zornig die Zwiebeln hineinwarf und begann, mit einer Kelle darin herumzurühren. Was hatte dieses unscheinbare Wesen nur vorzuweisen, dass ein Offizier sich nach ihr verzehrte und gar das halbe Land durchstreifte, um sie zu finden?

Mit einem Tuch packte Rose den Stiel der heißen Pfanne und zog sie vom Feuer, damit ihr Inhalt nicht verbrannte.

Dabei kannte sie die Antwort auf ihre Frage genau. Anna war eine Weiße. Und obgleich sie sich nicht annähernd mit Roses Schönheit messen konnte, genügte das, um sie – selbst für einen Mann von Stand – anziehend zu machen. Rose jedoch würde den Rest ihres Lebens mit harter Arbeit verbringen.

Als die Küchentür geöffnet wurde, fuhr sie erschrocken zusammen. Noah trat ein, und sein Gesicht war von einem solch freudigen Strahlen überzogen, wie sie es noch nie bei ihm gesehen hatte.

Am liebsten hätte sie ihn geohrfeigt. Wieso konnten alle so verflucht fröhlich sein, während ihr selbst nur Schmerz, Wut und Verzweiflung blieben?

»Schön, dass ich dich hier finde. Ich muss dir was erzählen!« Beschwingt nahm Noah ihre Hand und hielt ihr dann mit einer vielsagenden Geste ein Stück Papier unter die Nase. »Ich bin frei, Rose. Hörst du? Frei!« In seinen Worten klang so viel Glück, so viel aufrichtig empfundene Dankbarkeit mit, dass Rose für den Bruchteil einer Sekunde versucht war, sich davon anstecken zu lassen und ebenfalls zu lächeln.

Dann jedoch ergriff die alte Verbitterung wieder von ihr Besitz. Allen schien es besser zu gehen als ihr. Selbst Noah war das größte Geschenk zuteilgeworden, das er sich wünschen konnte. Nur sie war noch immer ein Nichts. Eine entlaufene Sklavin, die ungewollte und verstoßene Tochter eines alten Quäkers.

»Warum kommst du damit zu mir?« Tränen brannten in ihren Augen, als sie sich aus Noahs Griff befreite und zum Fenster lief.

»Nun, ich dachte, wo ich jetzt mein eigener Herr bin…«,

mit einer zärtlichen Geste zog Noah Rose zu sich heran, »... würdest du mir vielleicht die Ehre erweisen, mich in Zukunft öfter sehen zu wollen.«

Ein hoffnungsvoller Ton klang in seiner jungenhaften Fröhlichkeit mit. Es war so einfach, Noah zu mögen. Er war so klug, so witzig und liebenswert.

Sie selbst hingegen war innerlich zerrissen. Obwohl mit äußerer Schönheit gesegnet, war ihre Seele voller dunkler Gefühle und Gedanken.

»Was ist los, bin ich dir nicht gut genug?« Neckend schob Noah ihr eine dicke Locke, die sich aus dem Knoten gelöst hatte, hinter das Ohr. »Du, die Tochter eines wohlhabenden Druckers, und ich, ein mittelloser Pferdeknecht?«

Großer Gott, wie wundervoll dieser Mann doch war! Gegen ihren Willen spürte Rose, wie das Eis zu schmelzen begann. Sie versuchte erneut, sich ihm zu entwinden, doch er ließ sie nicht los.

»Aber vielleicht gibst du mir ja trotzdem eine Chance. Ich kann hart arbeiten, und wenn du es mit mir versuchen willst, werde ich dir meine kleine Welt zu Füßen legen.«

Die Welt zu Füßen legen ... Wie konnte man einem solchen Mann widerstehen? Noch immer hatte er ehrliche Absichten mit ihr. Obwohl sie ihn immer wieder abgewiesen hatte.

Doch wenn er *alles* wüsste? Von ihrem schlimmsten Vergehen war ihm nichts bekannt. Und als er lächelnd ihre Hand hielt, spürte sie, dass er etwas Besseres verdient hatte als sie. Die Verräterin. Die Hure des Aufsehers.

»Nein! So versteh doch!« Endlich war es ihr gelungen, sich von ihm zu lösen, und nun stand sie mit blitzenden Augen und zitternden Lippen vor ihm.

»Ich kann nicht mit dir zusammen sein! Es ist völlig ausgeschlossen!«

Und als sie seinen fragenden Blick auf sich gerichtet sah, brach ihre Schande aus ihr heraus. »Nachdem du verkauft worden warst, bin ich Andersons Geliebte geworden.«

Noahs Gesicht wurde grau. Seine Fröhlichkeit war wie weggewischt. Kurz schimmerte ein Anflug von Abscheu in seinen Augen auf. Dann wandte er sich ruckartig ab und ging zur Feuerstelle, wo er stumm in die Glut starrte.

»Was hätte ich sonst tun sollen?« Rose schrie fast. »Ich war es so satt, tagein und tagaus zu schuften, ohne je einen Lohn dafür zu sehen. Und ich wollte auch nicht so enden wie du.« Bei der Erinnerung daran stieg ein Schluchzen in ihr auf. Das Gefühl hilfloser Ohnmacht kehrte mit aller Wucht zurück. »Man hat dich misshandelt und wie ein Stück Vieh verkauft. Anderson dagegen ... Ich dachte, er könnte ...« Ihre Stimme erstarb, als Übelkeit in ihr aufstieg.

Anderson hatte sie geschlagen, gedemütigt und missbraucht. Und immer, wenn seine Hände sie gierig betasteten, hatte sie verzweifelt versucht, nicht daran zu denken, dass die gleichen Hände den einzigen Mann, der ihr aufrichtige Gefühle entgegenbrachte, halb tot geprügelt hatten.

»Hast du es genossen, Rose?« Plötzlich stand Noah ganz nah vor ihr, und zum ersten Mal, seit sie ihn kannte, las sie blanken Zorn in seinen Augen. »Hat es dir gefallen, dich mit einem Mann zu amüsieren, der Macht besitzt, Macht über andere?«

Hatte es ihr gefallen? Wahrscheinlich hätte sie es wirklich genossen, wenn Anderson nicht so eine Bestie gewesen wäre. Plötzlich schämte sich Rose vor Noah, der sie so genau einschätzen konnte.

Kaum merklich schüttelte sie den Kopf. »Ich hab teuer dafür bezahlt.«

Ohne ein weiteres Wort schob sie den langen Ärmel ihres

Kleides hoch. An den Handgelenken waren noch immer deutlich die Narben erkennbar, wo Anderson sie ans Bett gefesselt hatte.

Der Zorn in Noahs Gesicht wich dem Ausdruck von Bestürzung. Schweigen breitete sich aus.

»Es werden bessere Zeiten kommen.« Trotzig hob er den Kopf und sah aus dem Fenster. »Dieses Land ist dabei, sich zu verändern. Ich wünschte, du könntest es sehen, Rose. Überall wird der Ruf nach Freiheit laut. Nicht nur Weiße erheben sich gegen ihren König. Auch viele Schwarze haben in diesem Krieg schon ihre Freiheit erlangt. Glaub mir, es wird nicht mehr lange dauern, bis . . .«

»Verschwinde, Noah! Lass mich verdammt noch mal allein!« Die Tränen brannten in ihren Augen, liefen über ihr Gesicht. Und er sollte nicht sehen, dass sie weinte. Er sollte aufhören, sie mit blumigen Worten in falschen Hoffnungen zu wiegen.

Noch immer stand Noah vor ihr, den Freilassungsbrief in der Hand, in den Augen eine tiefe Traurigkeit. Eine Traurigkeit, die sie verschuldet hatte. So wie sie alles, was sie anfasste, zerstörte.

»Hast du nicht gehört? Lass mich endlich allein!«

Sie brauchte keine Zeugen für ihren Schmerz, der sich an sie klammerte wie ein Krake. Wieder sah sie sich als Kind, damals als Emmett sie aus seinem Haus – ihrem Elternhaus – geführt und fremden Männern übergeben hatte, ohne ihr verzweifeltes Weinen zu beachten.

Tage und Nächte war sie unterwegs gewesen, zusammengepfercht mit anderen Sklaven, bis sie schließlich Virginia erreicht hatten, wo man sie auf dem Block eines Sklavenmarktes ankettete und unter den Blicken der Öffentlichkeit an den Meistbietenden verkaufte. Und immer wieder hatte sie sich gefragt, was sie falsch gemacht haben könnte, dass Emmett sie aus dem Haus geworfen hatte. Ein Schluchzen stieg in Rose auf, sodass sie kaum merkte, wie Noah ihrer Aufforderung nachkam und lautlos die Tür hinter sich schloss.

Nein, es würde keine andere Welt geben. Sie würde immer so bleiben, wie sie war: grausam, korrupt und ungerecht – besonders für jene, deren Haut nicht weiß war. Und daran würde nichts und niemand etwas ändern. Weder diese verrückten Rebellen, die in Noah Hoffnungen geweckt zu haben schienen, noch Emmetts Gerede über Glaube, Liebe und das Innere Licht Gottes in jedem Menschen.

*

Die Tage verstrichen in zäher Gleichmäßigkeit, sodass Anna bisweilen nicht einmal mehr das Datum hätte nennen können. Seit dem letzten Zusammenstoß herrschte zwischen Wiltrud und ihr eine Art Waffenstillstand. Die Ältere beachtete sie kaum und richtete nur noch das Wort an sie, um ihr eine Anweisung zu geben. Ansonsten war die Atmosphäre im Haus frostig.

Um die Mittagszeit erschien Gideon, um mit den beiden Frauen das Essen einzunehmen. Sein herablassender Stolz, mit dem er Anna bereits jetzt als sein rechtmäßiges Eigentum behandelte, ließ sie jedes Mal vor Abscheu und Ekel erzittern. Wie sollte sie mit einem Mann, dessen Nähe sie kaum ertragen konnte und dessen selbstherrlicher Umgang mit dem Glauben ihrer Väter ihr zutiefst zuwider war, ein gemeinsames Heim und gar das Ehebett teilen?

Eine erneut aufsteigende Woge von Übelkeit erinnerte sie daran, dass diese Frage bei Weitem nicht ihr einziges Problem war. Die Schwangerschaft würde fortschreiten und bald unübersehbar werden. Lange würde sich ihr Zustand nicht mehr verbergen lassen. Und dann?

Würde Gideon die Gemeinde aufwiegeln, sie mit Schimpf und Schande zu verstoßen, sodass sie, allein auf sich gestellt, irgendwo eine neue Bleibe suchen müsste?

Gern hätte sie das Leben einer gottesfürchtigen Frau geführt, als respektiertes Gemeindemitglied an der Seite eines liebevollen Mannes, so wie ihre Eltern es ihr vorgelebt hatten. Doch nach all dem, was hinter ihr lag, hatte sie einfach keine Kraft mehr, weiter zu suchen und zu kämpfen. Und der Gedanke, hier in diesem fremden Land nach Lorenz nun auch die Vertrautheit der Täufergemeinde wieder zu verlieren, erschien ihr unerträglich.

»Ich hab mir was überlegt.« Während Gideon in der Rolle des Hausherrn das Fleisch in kleine Stücke schnitt, in die Sauce tunkte und sich dann in den Mund schob, sah er kurz zu Anna hinüber. »Ich denke, es ist besser, wenn wir schon nächsten Monat heiraten.«

»Aber Gideon, wie kannst ...« Es war Wiltrud, die als Erste reagierte und ihren Sohn mit einem strafenden Blick maß. »Was sollen denn die Leute dazu sagen?«

Anna war nicht fähig, ein Wort herauszubringen. Die Hochzeit vorverlegen? Wie eine zum Tode verurteilte Verbrecherin, die um den Aufschub der Vollstreckung betete, traf sie diese Mitteilung wie ein Schock. Gegen jede Vernunft hatte sie Tag für Tag darauf gehofft, dass sie eine andere Lösung fände, um bei den Täufern zu bleiben, ohne Gideon zu heiraten.

»Ich sage dir eins, wenn du so überstürzt heiratest, wirft das kein gutes Licht auf die Familie.«

Nur am Rande vernahm Anna die Stimme ihrer zukünftigen Schwiegermutter und die kurz angebundenen Antworten ihres Sohnes.

Nächsten Monat schon? Ihre Gedanken rasten verzweifelt, während sie versuchte, sich nichts anmerken zu lassen.

»Und, was sagst du dazu?«

Erst jetzt bemerkte Anna, dass Gideon sie ansah und offensichtlich eine Antwort von ihr erwartete. Als ob ihn ihre Meinung überhaupt interessierte. Als ob ihr eine Wahl bliebe.

»Nun.« Mühsam schluckte Anna den Bissen Fleisch herunter, an dem sie gekaut hatte, und spürte, wie ihre Hände feucht wurden. »Es spricht wohl nichts dagegen.«

»Dann wär das also geklärt.« Mit einem zufriedenen Blick erst auf sie und dann auf seine Mutter, der es offenbar die Sprache verschlagen hatte, drückte Gideon für einen kurzen Moment mit seiner Pranke Annas Hand. Dann widmete er sich weiter dem Essen.

Wie betäubt saß sie daneben, während langsam bittere Galle in ihr aufstieg und die wohlbekannte Übelkeit von ihr Besitz ergriff.

*

Noch immer glaubte Seán zu träumen. Selbst die Heiligenlegenden und irischen Mythen waren glaubwürdiger als diese Geschichte. Aber dennoch war sie wahr. Und er war ein Teil von ihr.

Die Gesellschaft, mit der er sich seit seiner Genesung häufiger traf, war geradezu aberwitzig zu nennen. Immerhin saß er gerade an einem Tisch mit seinem tot geglaubten Freund, einem schwarzen Pferdeknecht und einer in ein sittsames Quäkergewand gekleideten Mulattin, die der Herr des Hauses als seine liebe Tochter vorgestellt hatte. Und um allem die Krone aufzusetzen, war Letzterer auch noch Ulster-Schotte, ein Abkömmling jener Volksgruppe, die, seit er denken konnte, seine irischen Landsleute ausbeutete, unterdrückte, enteignete – und in Irland beinahe mehr gehasst wurde als die Engländer selbst.

Doch – so unglaublich es auch klang – ausgerechnet dieser Ulster-Schotte hatte das Leben seines besten Freundes Ryan Sullivan gerettet, als dieser damals wegen Aufwiegelung und Hochverrat in Irland zum Tode verurteilt worden war.

Gottes Wege waren wirklich unergründlich.

Noch immer fiel es Seán schwer, die Geschichte zu begreifen, die Emmett und Ryan ihm erzählt hatten. Demnach war Emmett McKinley nach dem frühen Tod seiner Frau und ihres Kindes so erschüttert gewesen, dass er für einige Zeit in seine alte Heimat nach Irland zurückgekehrt war, wo noch immer Verwandte und Glaubensbrüder der Quäkergemeinde lebten. Manche von ihnen hatten sich bereits seit Jahren für junge Sträflinge und Verurteilte eingesetzt, nicht nur für solche, die aus politischen Gründen verhaftet worden waren. Mit allen ihnen zur Verfügung stehenden Mitteln kämpften sie für eine menschliche Behandlung der Gefangenen und konnten häufig deren Lebensbedingungen und die ihrer Familien verbessern.

War es das Schicksal oder Gottes Fügung, dass gerade in jener Zeit eine Gruppe von politischen Aufrührern, die so-genannten White Boys, verhaftet und abgeurteilt worden waren, zu denen auch Ryan Sullivan gehörte? Mit welchen Mitteln die friedliebenden Quäker gegen Unterdrückung ge-kämpft hatten, verriet Emmett nicht. Doch war es ihm und sei-nen Glaubensbrüdern gelungen, Ryans Todesurteil unter der Hand in eine Deportation in die Kolonien umwandeln zu las-sen. Dazu musste Emmett sich selbst für den jungen Aufwieg-ler verbürgen. Dass Ryan es in America schließlich bis zum Arzt gebracht hatte, war ebenfalls seiner Unterstützung zu ver-danken. Seither waren die beiden so unterschiedlichen Männer herzlich miteinander verbunden – und kämpften gemeinsam gegen Ungerechtigkeit, Unterdrückung und Sklaverei.

Von der Straße drang Lärm durch das halb geöffnete Fenster. Überrascht stand Emmett auf und sah hinaus. Ein Lächeln erschien auf seinem Gesicht.

»Die Truppen Washingtons und der französischen Alliierten. Wenn ihr ein Schauspiel sehen wollt, kommt her!«

Neugierig erhoben sich Seán, Ryan und Noah und blickten ebenfalls hinaus. Es war ein außerordentlicher Anblick. Aus den Fenstern und von den Bürgersteigen winkten Schaulustige mit Tüchern und Fahnen. Von jubelnden Menschen- und Kinderscharen begleitet, marschierte ein langer Zug von Soldaten durch die Straßen. Man sah die blau-weißen Uniformen der Kontinentalarmee und dazwischen die fremdartig anmutenden der Franzosen. Der Gruppe voran auf einem Pferd ritt ein Mann mit ernstem Gesicht, Hakennase und hervorstehendem Kinn, in dem Seán George Washington erkannte. Es dauerte fast eine halbe Stunde, bis alles vorbei war und sich die Männer wieder an den Tisch setzten.

Seán konnte nicht verhindern, dass sein Herz schneller schlug. Gerade war er erneut Zeuge bedeutender Ereignisse geworden. Obwohl das Essen inzwischen kalt war, klapperte kurz darauf wieder das Besteck in den Tellern, und für den Moment erinnerte ihn die Atmosphäre bei Tisch an die unbeschwerten Tage seiner Kindheit. Bevor das Unglück über ihn und die Seinen hereingebrochen war. In Gestalt britischer Soldaten. In der Person John Huntleys.

Seán beschloss, die Fesseln der Vergangenheit und des Hasses endgültig hinter sich zu lassen. Wie zum Zeichen hob er sein Glas mit Ale und prostete den anderen zu. »Auf diese bunt zusammengewürfelte Gesellschaft!« Ein wenig angeheitert glitten seine Augen über die unterschiedlichen Gesichter.

»Ich habe in den letzten Tagen mehr gelernt als all die Jahre zuvor.«

Er fing den Blick seines Freundes Ryan auf und glaubte beinahe, wieder den ausgelassenen Jungen vor sich zu sehen, der dieser einmal gewesen und mit dem er durch Wälder und Wiesen gestreift war. Und doch gehörte das in ein anderes Leben, in eine andere Welt, die für immer versunken war und nie wieder zurückkehren würde. Nie wieder. Ebenso wenig wie Eryn …

Der Gedanke an sie schmerzte noch immer, doch der bittere Nachgeschmack, der Hass, der all die Jahre seine Seele zerfressen hatte, blieb aus … und machte Platz für etwas anderes: Trost und Vergebung.

Es fühlte sich gut an. Mit einem Lächeln wandte Seán sich an Emmett. »Von Euch habe ich besonders viel gelernt.«

Wie zum Dank neigte dieser den Kopf. »Womöglich können wir alle noch voneinander lernen.« Der Blick des Quäkers ging zu der jungen Mulattin hinüber, die sich jedoch abwandte. »Wir leben in einer Zeit des Umbruchs, in der vieles möglich ist, was noch vor einer Generation undenkbar erschienen wäre. Es liegt nur an uns, diese Chance zu ergreifen.«

Zustimmendes Gemurmel erhob sich, nur die junge Frau starrte verbissen auf ihre Füße.

Ryans Wangen waren gerötet, und das schien nicht nur auf den Genuss des Alkohols zurückzuführen zu sein. »Lasst uns auf eine neue Welt ohne Grenzen, ohne Schranken trinken. Auf eine bessere Zukunft!«

Vier Gläser erhoben sich zum Toast, zögernd folgte eine fünfte Hand, feingliedrig und milchkaffeebraun.

Tränen schimmerten in Emmetts Augen.

»Auf eine bessere Zukunft … auf ein neues, freies Land!«

KAPITEL 7

Südliches Pennsylvania, Spätsommer 1781

Das Hämmern der Hufe auf der trockenen Erde hallte durch die wolkenlose Nacht und war Musik in Lorenz' Ohren. Über ihm spannte sich ein sternenübersäter Himmel, der ihm jedoch keine Ruhe schenkte.

Zwei Wochen, *zwei verfluchte Wochen*, war er nun schon unterwegs, um die Siedlung der Täufer zu finden, in die es Anna verschlagen haben sollte. Immer die Angst im Nacken, er könnte zu spät kommen – und Anna hätte diesen Gideon bereits geheiratet.

Ein entsetzlicher Gedanke.

Unzähligen Hinweisen war er nachgegangen und hatte dabei so manche deutsche Siedlung entdeckt, ohne jedoch auf eine Spur von Anna zu stoßen. Doch am Tag zuvor hatte er eine neue, vielversprechende Information bekommen.

Ein Bauer hatte ihm berichtet, dass sich nur einen Tagesritt in südlicher Richtung eine Siedlung amischer Täufer befände.

Sogleich hatte Lorenz sich aufs Pferd geschwungen und war losgeritten. Obwohl er von der langen Suche völlig erschöpft war und ihn ein dumpfes Pochen im Bein an seine schwere Verwundung erinnerte, stand sein ganzer Körper unter Anspannung, und sein Geist war hellwach. Wie Anna wohl reagieren würde, wenn sie ihn wiedersah?

Sie liebte ihn ebenso bedingungslos wie er sie. Das hatte sie in jener Nacht bewiesen. Die Erinnerung an ihre Berührung und die Wärme ihres Körpers trieb ihm die Hitze ins Gesicht und ließ seinen Puls schneller schlagen.

Doch seither waren Monate verstrichen. Sie hielt ihn für tot und war mit diesem anderen Mann gegangen, der ihr Sicherheit und Zukunft bot.

Verflucht! Das konnte er nicht zulassen! Sie war seine Frau, und sie gehörten zusammen, für alle Zeit.

Unwillkürlich trieb er Perikles zu einer schnelleren Gangart an.

Im Osten färbte sich der Himmel bereits grau, und in der Ferne vermeinte er, die Schatten von Häusern zu erkennen. Wenn der Bauer ihm den richtigen Weg gewiesen hatte, würde er vielleicht noch vor Tagesanbruch Anna gegenüberstehen. Seiner Frau.

Falls sie das noch war …

*

Um diese Jahreszeit brach der Morgen in Pennsylvania früh an.

Schon vor dem ersten Hahnenschrei war Anna aus dem Bett geschlüpft, hatte sich vergewissert, dass Wiltrud noch schlief, und sich angekleidet. Dann öffnete sie die Tür und trat nach draußen.

Eine unendliche Ebene erstreckte sich vor ihren Augen, der Horizont schien so weit weg, dass sie die Augen zusammenkneifen musste, um ihn zu erahnen. Das war also das gelobte Land, von dem Gideon und die anderen Täufer gesprochen hatten, dieses unberührte Fleckchen Erde inmitten eines von Krieg geschüttelten Kontinents. Ein trügerischer Frieden, während an anderen Orten blutige Schlachten geschlagen wurden.

Zu viel hatte Anna in den letzten Jahren gesehen, um sich dem Wunschbild hinzugeben, alles sei gut, solange man nur unter sich blieb und die Augen vor der Welt – und ihren Versuchungen – verschloss.

Ein Ziehen in ihrem Leib erinnerte sie daran, dass ein neues Leben in ihr heranwuchs, und für einige Atemzüge lang blieb sie stehen, schloss die Augen und spürte, wie eine sanfte Morgenbrise über ihr Gesicht strich, ihren Rock aufblähte.

Sie konnte es nicht tun!

Gideon würde außer sich sein, wenn er erfuhr, dass sie ein Kind erwartete, noch dazu von diesem Offizier, den er so verachtete. Allein die Tatsache, dass sie ihm verschwiegen hatte, dass sie mit Lorenz verheiratet war, hätte sie in seinen Augen zu einer Lügnerin gemacht. Doch obgleich Gideon selbst ihr verboten hatte, über ihre Vergangenheit zu sprechen, wollte, ja konnte Anna ihre neue eheliche Verbindung nicht mit einer solchen Unwahrheit beginnen. Während sie weiter über die drängenden Fragen nachgrübelte, ging Anna langsam zum Geflügelpferch. Wie hatte sie es nur so weit kommen lassen können? Es schien ihr, als erwache sie aus einem Albtraum und hätte die Wirklichkeit erst jetzt wieder klar und deutlich vor Augen. Sie würde Gideon nicht heiraten!

Nicht nur, dass sie ihn nicht liebte – ihre Liebe gehörte für alle Zeiten Lorenz –, sie empfand auch Widerwillen und Verachtung für Gideons besitzergreifende und selbstgerechte Art. Wie würde es ihrem Kind bei einem solchen Menschen als Vater ergehen? Ohne hinzusehen, griff sie in einen Eimer mit Maiskörnern und warf den Hühnern eine Hand voll zu, die gackernd und scharrend in ihre Richtung gelaufen kamen. Doch wie konnte sie es anstellen, die Siedlung der Täufer zu verlassen? Sie befand sich meilenweit von der nächsten Stadt entfernt und besaß weder Pferd noch Wagen. Stumm murmelte sie ein Gebet, in dem sie Gott bat, ihr einen Weg aus ihrer schwierigen Lage aufzuzeigen.

Eine Staubwolke am östlichen Horizont erregte ihre Aufmerksamkeit. Blinzelnd sah sie in das Licht der aufsteigenden Sonne. Die Umrisse einer menschlichen Gestalt auf einem Pferd hoben sich dunkel von dem orangefarbenen Hintergrund ab.

Mit der Hand beschirmte sie ihre Augen und versuchte, Einzelheiten zu erkennen. Kein Zweifel, es war ein Reiter, der zügig näher kam. Ein Fremder, der seinen Weg zu den Täufern fand? Womöglich ein Bote? Jemand, der Nachrichten von Kriegen und Schlachten in diese entfernte, abgeschiedene Gegend brachte?

Ohne dass sie wusste weshalb, begann Annas Herz plötzlich hart und fest gegen ihre Brust zu schlagen. Wie gebannt blieben ihre Augen weiter auf den Horizont gerichtet, wo die geschmeidigen Bewegungen des Pferdes nun deutlich auszumachen waren und in Anna eine plötzliche Erinnerung weckten. *Perikles!*

Aber das war völlig unmöglich! Angst stieg in ihr auf. Hastig raffte sie ihre Röcke, drehte sich um und lief stolpernd in Richtung des Hauses.

»Anna!« Eine Stimme, weich, atemlos ... und schmerzhaft vertraut.

Sie blieb so ruckartig stehen, dass sie beinahe gestürzt wäre. Langsam wandte sie sich um. Das war ... Nein, das konnte nicht sein!

Schon war der Reiter herangekommen und sprang vom Pferd. *Es war Lorenz!*

Erschüttert blickte sie ihn an. Ihr Mann lebte! Keuchend rang sie nach Atem. Lorenz lebte. Aber sie hatte doch mit eigenen Augen gesehen, dass er ...

Einen ewig scheinenden Moment lang blickten sich beide in die Augen.

»Ich bin gekommen, um dich mitzunehmen.«

Ihr Mund öffnete sich, doch sie brachte keinen Ton heraus. Stattdessen spürte sie, wie ihr die Tränen in die Augen stiegen und über ihre Wangen liefen. Dann lag sie in Lorenz' Armen, und er drückte sie so fest an seinen Körper, als wolle er sie nie mehr loslassen.

Sanft strichen seine Finger über ihren Kopf, ihren Nacken. Sie spürte seinen raschen Herzschlag und seinen warmen Atem, als er mit den Fingerspitzen ihr Gesicht anhob und es sanft mit Küssen bedeckte.

Durch ihre Tränen hindurch sah sie ihn an. Er war staubbedeckt und unrasiert, und doch waren es die Züge, die sie in jeder Nacht, an jedem Morgen und jedem Abend vor sich gesehen hatte. Lorenz war zurückgekommen. Sie konnte es immer noch nicht begreifen.

»Ich habe dich überall gesucht«, vernahm sie seine Stimme. »Ich war schwer verwundet und lange Zeit ans Bett gefesselt. Aber sobald ich wieder dazu in der Lage war, bin ich unverzüglich aufgebrochen. Doch es hat gedauert, so unendlich lange, bis ich ...«

Die Tränen liefen ihr über Wangen und Hals, tropften auf ihre Schürze. »Ich dachte, du seist tot. Ich habe dich doch selbst da liegen sehen ...«

Die Erinnerung an die entsetzliche Nacht auf dem blut- und regengetränkten Schlachtfeld ließ sie erschauern. Aber das war jetzt alles vorbei. Lorenz war hier, bei ihr, und sie wollte ihn nie wieder loslassen. Doch da war noch eine Sache, die er wissen musste.

»Ich erwarte dein Kind.«

Es war, als hätte die Erde aufgehört, sich zu drehen. Kein Wind rauschte in den Bäumen, selbst die Vögel schienen zu schweigen.

Fassungslos starrte Lorenz sie an. »Was hast du gesagt?«
»Ich bin guter Hoffnung.«

In ihrem Leib spürte Anna einen Tritt. Das Kind bewegte
sich, als hätte es seinen Vater erkannt, und wie von selbst ging
ihre Hand zu ihrem Bauch, als wolle sie es beruhigen.

»Mein – Kind?« Ungläubig starrte Lorenz auf ihre Hände,
dann auf Annas gerundeten Körper, der von dem dunklen
Kleid gut verborgen wurde.

Ein Strahlen ging über sein Gesicht, und behutsam schloss
er sie in seine Arme. »Lass uns von hier fortgehen!«

✳

»Was tust du da?« Wie aus dem Nichts war Wiltrud aufgetaucht. Ihre Augen blitzten vor Empörung. »Und wer ist
dieser Mann?«

Lorenz hielt Anna immer noch im Arm. Gelassen erwiderte
er den Blick der aufgebrachten Alten. »Ich bin der Ehemann
dieser jungen Frau und komme, um sie abzuholen.«

Fassungslos starrte Wiltrud auf das Paar, dann polterte sie
los. »Du niederträchtiges Ding!« Ihre Stimme trug weit in der
morgendlichen Siedlung. »Ich wusste gleich, dass du meinem
Sohn nur Unglück bringst. Tag für Tag hab ich ihm ins Gewissen geredet, aber er hat ja nicht auf mich hören wollen. Und
nun...«

Unbeeindruckt von Wiltruds Gekeife hob Lorenz seine
Hand. »Sei endlich still, du weißt ja nicht, was du da redest!«

Wütend sah die alte Frau ihn an. »Ich hol jetzt meinen
Sohn, und dann werden wir ja sehen.« Schon hatte sie sich umgedreht und verschwand im Haus.

Anna war blass geworden und drängte sich schutzsuchend
näher an Lorenz.

»Keine Angst, ich bin bei dir.« Beruhigend strich er ihr über den Arm. »Soll ich mit ihm sprechen?«

Doch Anna schüttelte den Kopf. »Nein, das ist meine Sache.«

Es dauerte nicht lange, bis Gideon, gefolgt von seiner Mutter, anmarschiert kam.

»Was hat das zu bedeuten?«, wandte er sich an Anna. »Mutter redet wirres Zeug. Du wärst mit einem Fremden verheiratet und ...« Sein Blick traf Lorenz, und für einen Augenblick kniff er ungläubig die Augen zusammen. Dann schien er ihn wiederzuerkennen, und sein Gesicht lief dunkelrot an.

»Ihr?« Gideons Stimme war tonlos, und als er sich Anna zuwandte, schwang eine tiefe Verachtung mit. »Du Hure eines gottlosen Soldaten!«

Anna zwang sich, Gideons Blick standzuhalten. »Er mag ein Soldat sein, aber ich bin und war nie seine Hure, sondern ich bin seine Ehefrau.«

»Dann stimmt es also!« Gideons Stimme zitterte so sehr, dass man ihn kaum verstand. »Was für ein gotteslästerlicher Frevel!«

»Darüber kannst du dir kein Urteil erlauben.«

»Gott wird dir das nie vergeben!«

»Ich habe vielleicht«, fuhr Anna leise fort, »etwas getan, was nicht im Sinne des Glaubens der Väter ist, doch niemals würde ich eine so schwere Sünde begehen, Gottes Liebe und Barmherzigkeit zu verleugnen.«

»Du verlogene Schlampe!«, fuhr nun Wiltrud dazwischen. »Wie konntest du es wagen, meinen Sohn zu hintergehen! Du ...«

»Schweig still, Weib! Du vergisst dich!« Lorenz' Stimme zerschnitt das Gezeter. »Bis gerade eben hat Anna geglaubt, ich sei tot und sie eine Witwe. Sie trifft also keine Schuld.«

Seine Augen waren zu Schlitzen verengt. »Viel eher hat dein Sohn sie hintergangen. Oder hat er etwa nicht ihre Einsamkeit und Hilflosigkeit ausgenutzt, um sie in eine Ehe zu drängen? – Und das mit Gottes Wort!« Die letzten Worte spuckte Lorenz mit einem solchen Abscheu aus, dass es Anna beinahe fröstelte. »Sagt die Bibel nicht, du sollst den Namen des Herrn nicht missbrauchen? Leute wie ihr sollten das eigentlich wissen.«

Für einen Augenblick entstand tiefes Schweigen. Nichts war zu hören als heftiges Atmen, das Rauschen des Windes und das Gegacker der Hühner.

»Warum hast du mir verschwiegen, dass du verheiratet bist?« Mühsam beherrscht stieß Gideon diese Worte hervor, wagte es jedoch nicht, sich weiter zu nähern.

Kurz senkte Anna den Blick. »Du selbst hattest mir doch verboten, meine Toten öffentlich zu bekennen. Doch das war falsch. Zunächst konnte ich vor Trauer nicht klar denken, und je mehr Zeit verging, je länger ich hier war ... da habe ich geglaubt, ich ...«

»Ich weiß schon, was du geglaubt hast. Ins gemachte Nest wolltest du dich setzen«, knurrte er.

Anna schüttelte den Kopf. »Nein, ich hatte gehofft, mein altes Leben wieder aufnehmen zu können, eine Gemeinde zu finden, um in Frieden mit mir und mit Gott zu leben. So wie früher daheim.« Ihre Augen schwammen in Tränen, und sie spürte Lorenz' Arm, der sich schützend um sie legte.

»Wie auch immer, meine Frau wird jetzt mit mir kommen. Sie wird ihre Sachen packen, und dann brechen wir auf.« Lorenz' befehlsgewohntes, fast anmaßendes Auftreten verfehlte auch diesmal seine Wirkung nicht.

Schweigend, doch mit einem Blick, der keinen Zweifel daran ließ, was sie von der ganzen Sache hielt, ging Wiltrud mit Anna ins Haus. Dort suchte sie ihre wenigen Habseligkeiten zusammen, während Gideons Mutter sie keines Blickes würdigte.

Kurz darauf erschien Anna wieder mit einem kleinen Bündel unter dem Arm. Ihre Wangen glühten, als sie sich noch einmal an Gideon wandte.

»Habt Dank dafür, dass ihr mich aufgenommen habt. Doch mehr kann ich dir nicht geben. Eine Ehe mit dir ... das war nicht Gottes Weg für mich. Leb wohl.« Dann ergriff sie Lorenz' Hand.

»Geh, und wage es nie mehr, unsere Gemeinde mit deiner Anwesenheit zu beschmutzen!«, brüllte Gideon ihr nach.

Mit aufreizender Gelassenheit zog Lorenz Anna fester an sich und führte sie zu seinem Pferd, während sie seine Hand schutzsuchend umklammerte.

»Der Kerl da hat dich vom rechten Weg abgebracht.« Gideon keuchte, als er hinter ihnen herlief. »Dieser Kriegstreiber hat dich verführt. Du wirst in Finsternis wandeln, Anna. Hast du mich verstan...«

»Ich hoffe, *du* verstehst *mich*!« So zornig, wie Anna ihn noch nie gesehen hatte, war Lorenz herumgefahren. »Mit welchem Recht brichst du den Stab über diese Frau? Erst durch sie habe ich erfahren, was es heißt, in Treue und Wahrheit den christlichen Glauben zu leben. Ganz gleich, was es einem abverlangt.«

Gideon schnaubte laut, wagte jedoch nicht, den beiden weiter zu folgen. Noch immer hielt Lorenz den Arm eng um Annas Körper geschlungen. Sie spürte seine Wärme, atmete seinen vertrauten Geruch ein.

Wut schwang in seiner Stimme mit, als er fortfuhr. »Du aber, Gideon Beiler, wolltest Gottes Wort zu deinem eigenen Vorteil missbrauchen. Und das macht dich nicht besser als so manchen der römischen Bischöfe, die du und deinesgleichen ja derart verachten!«

Gideon wich zurück. Sein Gesicht war blass geworden. Einen Moment lang schien es, als wolle er etwas erwidern, doch er blieb stumm.

»Komm, Anna, gehen wir. Hier hast du nichts mehr verloren.«

Ohne ein weiteres Wort führte Lorenz sie die letzten Schritte zu seinem Pferd und half ihr aufzusitzen. Dann verließen sie die Siedlung der Täufer.

Noch lange glaubte Anna, Gideons bohrenden Blick in ihrem Rücken zu spüren.

*

Lautlos trat Rose in die Küche, legte drei Scheite nach, schürte mit einer Eisenstange das Feuer und hängte dann den mit Wasser gefüllten Kessel darüber.

Draußen ertönte das Krachen einer Axt, die in Holz drang. Rose trat ans Fenster, um zu sehen, woher das Geräusch kam. In dem von der Abendsonne beschienenen Hinterhof war Noah dabei, getrocknete Stämme in ofengerechte Stücke zu hauen. Er hatte die Ärmel aufgekrempelt, und bei jeder Bewegung traten die Muskeln und Sehnen seiner Arme hervor. Ein Anblick, der Rose unwillkürlich das Blut in die Wangen trieb.

Als Noah mit Anna hierhergekommen war, hatte Emmett ihm angeboten, bei ihnen zu wohnen, und er war geblieben. Auch als Anna später diesem seltsamen Prediger folgte, war Noah geblieben. Und nachdem sie ihm schonungslos die Wahrheit eröffnet hatte – über ihre Vergangenheit, ihre Liebschaft mit Anderson –, hatte er zwar mehrere Tage ihre Nähe gemieden, aber gegangen war er nicht.

Mit dem Unterarm wischte sich Noah den Schweiß von der Stirn, lehnte die Axt an den Holzstamm und wandte sich zum

Haus um. Als er Rose am Fenster entdeckte, lächelte er – zum ersten Mal seit jenem Tag. Ein Gefühl, das sie fast vergessen geglaubt hatte, stieg in ihr auf.

Wie konnte er noch gelassen und freundlich sein, nachdem er so viele Demütigungen und Gewalt am eigenen Leib erfahren hatte? Und vor allem, nachdem er das alles über sie wusste? Über ihren unverzeihlichen Fehler?

Die Tür, welche vom Hof in die Küche führte, öffnete sich. Mit einem Stapel Holzscheite auf den Armen trat Noah ein und legte seine Last vor dem Ofen ab. Dann klopfte er sich den Staub von den Händen und sah Rose an.

»Ich weiß nicht, wie es dir geht, aber ich hab einen mächtigen Hunger.« Im Halbdunkel der Küche blitzten seine makellosen Zähne auf, und ein winziges Lächeln stahl sich auf Roses Gesicht.

»Und du denkst, ich müsste dir jetzt ein Abendbrot servieren?«

Noah ließ sich auf einem Stuhl nieder und stützte das Kinn auf seine Hände. »Nun denn, man hat mir gesagt, du seist hier die Dame des Hauses. Als solche müsstest du eigentlich wissen, wie man sich einem Gast gegenüber verhält, noch dazu einem, der hart arbeitet.«

Die Dame des Hauses!

Unwillkürlich begann Roses Herz, schneller zu schlagen.

Sie, die zuvor Tabak geerntet, schmutzige Wäsche gewaschen und zuletzt dem Aufseher als Hure gedient hatte. Die Dame des Hauses! Und aus seinem Mund klang es so selbstverständlich, dass sie es zum ersten Mal glauben wollte.

Der Ausdruck seiner Augen zeigte, was er noch immer für sie empfand. Nach allem, was sie getan hatte, war das mehr, als sie verdiente. In diesem Moment, in der Küche ihres Vaters, in der es nach Ruß, Speck und Zwiebeln roch, verspürte Rose ein

Gefühl unendlicher Dankbarkeit. Noah war zu ihr zurückgekehrt. Und er schien bereit, alles zu vergessen, was zwischen ihnen gestanden hatte. Eine Freude erfüllte sie, die das Gefühl der Verbitterung, das sie all die Jahre über in den Klauen gehalten hatte, fortschwemmte.

»In diesem Haus bist du immer gern gesehen.« Langsam ging sie auf Noah zu, blieb hinter dem Stuhl stehen und legte die Hand auf seine Schulter. »Bleib hier, so lange du willst.«

Sie merkte, dass sich ihre Stimme in diesem Moment verändert hatte. Zuvor hatte sie sich meist leise und demütig angehört, gelegentlich auch schrill in unterdrücktem Zorn und Verzweiflung. Doch nun klang sie weich und voll, als wäre das die Stimme, die zu ihr gehörte. Und es war dieser unscheinbare Augenblick, der aus dem verängstigten, verstoßenen Kind, der gedemütigten, entlaufenen Sklavin die neue Rose McKinley machte, die Tochter eines geachteten Mitglieds der Gesellschaft und angesehenen Druckers in Philadelphia.

Nachdenklich sah Noah sie an. Sie spürte, dass er sie genau betrachtete, ihr Aussehen, ihre Kleidung, ihr Auftreten, und in seinem Blick lagen tausend unausgesprochene Fragen. Doch deren Beantwortung brauchte Zeit.

Etwas anderes brannte ihr noch auf ihrer Seele, eine Schuld, die ihr so schwer erschien, dass sie glaubte, daran ersticken zu müssen, wenn er sie weiterhin so ansah: All das, was Noah zugestoßen war, seine Bestrafung, der Verkauf, die Trennung von seiner Mutter Abigail und seinem bisherigen Leben, wäre nicht geschehen, wenn sie nicht versucht hätte, Anna bei Miss Dorothy anzuschwärzen. Und dennoch war Noah zu ihr zurückgekehrt.

In diesem Augenblick konnte sie erahnen, wie sehr ihr Vater all die Jahre unter dem Gefühl seiner Schuld gelitten haben musste und wie überheblich und grausam es von ihr gewesen war, sich ihm gegenüber so unversöhnlich zu zeigen. Gleich am nächsten Morgen würde sie zu ihm gehen.

Doch an diesem Abend ... Noch immer ruhte Noahs Blick wortlos auf ihr, während sie das Gefühl der Vergebung wie ein Strom von Wärme durchzog. Sie war frei, wirklich frei. Und alles andere würde sich finden.

Wie von selbst glitt Roses Hand in die Noahs. Sie war warm und rau.

Die Zukunft würde zeigen, ob er ihr verzeihen und wieder vertrauen würde. Sie konnte es nicht erzwingen, doch sie genoss es, ihm so nah zu sein, während das Wasser im Kessel über dem Feuer langsam zu brodeln begann.

Kapitel 8

Yorktown, Virginia, Oktober 1781

Das anhaltende Donnern der Kanonen war unerträglich. Wie ein nicht enden wollendes Gewitter war es in der von den Rebellen belagerten Stadt Yorktown zu hören, Tag und Nacht. Die feuchte Hitze, die wie eine Glocke über den Straßen, Schanzen und Gräben hing, breitete sich aus, drang in die Häuser und Zelte, die Wagen und Karren. Pulverdampf und Rauchgeruch legten sich wie eine Schicht auf die Kleidung, brannten in Nase, Mund und Augen.

Hatte Anna geglaubt, alle Schrecken des Krieges kennengelernt zu haben, wurde sie hier eines Besseren belehrt. Es war ein Hexenkessel der Verzweiflung und des Todes. Je länger die Belagerung anhielt, desto mehr schrumpften die Vorräte an Lebensmitteln und Wasser – von Medikamenten gegen Schmerzen und ausbrechende Seuchen ganz zu schweigen. In der Not mussten erneut Armeepferde geschlachtet werden, damit die Männer etwas zu essen hatten, und täglich wurden weitere Kranke und Verwundete in die kleine Baracke gebracht, in der eines der Lazarette eingerichtet worden war.

Dieser Krieg geht nie zu Ende, und egal, wie lange er auch dauert, er lässt mich nicht los. Mit vor Müdigkeit zitternden Händen wusch Anna das Blut von der Schulter eines Verletzten und vergewisserte sich, dass keine Stoffreste in der Wunde klebten. Dann träufelte sie etwas von dem kostbaren Branntwein darauf und begann, einen festen Verband anzulegen, um die Blutung zu stillen.

Niemals würde sie die Enttäuschung vergessen, die sie

empfunden hatte, als Lorenz ihr mitteilte, was er zu tun gedachte, nachdem er sie von Gideon fortgebracht hatte.

Er wollte zurück zu seiner Einheit. Zurück in den Krieg, den sie so sehr verabscheute!

Ihr unverhofftes Wiedersehen und die Erkenntnis, dass er die Schlacht bei Guilford überlebt hatte, waren Anna wie ein göttliches Wunder vorgekommen. Nach allem, was sie hinter sich hatte, schien ihr Traum von einem Leben in Frieden und Freiheit, noch dazu an der Seite des Mannes, den sie liebte, plötzlich in greifbare Nähe gerückt.

Doch dann hatte er sie wieder in diesen Krieg gebracht. Seine Verwundung, so hatte er erklärt, sei so weit ausgeheilt, dass es keinen Grund mehr gäbe, seine Männer weiterhin im Stich zu lassen. Dabei hatte Anna bemerkt, dass er bei größerer Anstrengung noch immer das Bein nachzog und schmerzerfüllt die Lippen zusammenpresste.

Von Pennsylvania aus waren sie zu seiner Einheit aufgebrochen, die sich mit Cornwallis' Truppen in Virginia befand, wo sie sich seit dem Spätsommer in der unweit von Williamsburg gelegenen Hafenstadt Yorktown verschanzt hatten. Durch den York River war die Stadt über die Chesapeake Bay mit dem Atlantik verbunden. Was zunächst als günstige Lage erschienen war, um jederzeit Verstärkung und Nachschub durch die britische Marine erhalten zu können, hatte sich schon bald als verhängnisvoller Nachteil erwiesen. Denn über diesen Meereszugang hatte sich die mit den Rebellen verbündete französische Flotte unter Admiral de Grasse in einem kurzen Feuergefecht Zugang nach Virginia verschafft und die Briten von der Seeseite her eingeschlossen. Washingtons Kontinentalarmee und die französische Verstärkung durch General Rochambeau, zu der auch das Fremdenregiment Royal Deux-Ponts aus Zweybrücken gehörte, waren ebenfalls Richtung

Yorktown marschiert und belagerten seit Ende September die Stadt von der Landseite her.

Anfang Oktober hatte die Allianz aus Rebellen und Franzosen begonnen, die eingekesselten Truppen Cornwallis', deren hessische Verbündeten sowie die aus schwarzen Sklaven bestehenden Einheiten zu beschießen. Letztere waren auf das Versprechen von Freiheit und Landzuteilung hin ihren patriotischen Herren entlaufen, um sich der Sache der Briten anzuschließen.

Obgleich Anna den Krieg mehr denn je verabscheute und ihre fortschreitende Schwangerschaft sie zunehmend belastete, hatte sie sich bereit erklärt, auch an diesem Ort das zu tun, wozu sie sich von Gott berufen fühlte: Kranke und Verletzte zu pflegen. Trotz des anfänglichen Widerstands, dass eine Frau sich erdreistete, den Ärzten und Feldschern zur Hand gehen zu wollen, hatte sie sich durchgesetzt, nachdem die Belagerung andauerte und jede helfende Hand gebraucht wurde.

»Ihr seht todmüde aus.« Die Stimme des Arztes ließ Anna zusammenzucken, und vor Erschöpfung schwankend sah sie zu ihm auf.

»Es geht noch, ich ...«

»Legt Euch lieber ein paar Stunden hin, dann seid Ihr morgen früh ausgeruht.«

»Aber ...« Annas Blick glitt über die Vielzahl der Verwundeten, die auf Stroh oder schmutzigen Decken lagen, still und teilnahmslos oder vor Schmerzen schreiend. Wie konnte sie diese Menschen einfach ihrem Schicksal überlassen?

»Geht schlafen! Wenn Ihr hier zusammenbrecht, seid Ihr nur eine weitere Last und keine Hilfe.« Vielsagend blickte der Arzt auf ihren Bauch, der sich deutlich sichtbar unter dem dunklen Kleid wölbte.

Wenn Ihr vorzeitige Wehen bekommt, sollte das wohl

eigentlich bedeuten, doch besaß er genügend Anstand, diese Worte unausgesprochen zu lassen.

»Nun macht schon!« Ohne eine Widerrede zuzulassen, fasste der Arzt Anna am Oberarm und schob sie nach draußen. Unter der Berührung spürte sie, dass auch er zitterte, am Ende seiner Kräfte war. Wie alle hier.

»Gönnt Euch ein wenig Ruhe. In Eurem Zustand gehört Ihr sowieso nicht an einen solchen Ort«, sagte der Arzt und eilte zurück in die Baracke, aus der ein Geruch nach Eiter, Fäulnis und Tod drang und sich mit der heißen Luft draußen vermischte.

»Anna! Anna, wach auf!«

Ein leichtes Ziehen im Unterleib ließ sie vollends aus dem Schlaf schrecken. Benommen tastete sie mit der Hand nach ihrem Bauch. Dann erst erkannte sie, wer sich in der Dunkelheit über sie gebeugt hatte. Lorenz.

»Was ist . . . ?«, murmelte sie.

»Still. Niemand darf etwas merken! Wir haben nicht viel Zeit, also hör zu. Unsere Lage ist aussichtslos. Yorktown ist halb ausgehungert, die Schlinge zieht sich immer enger zu. Die Briten haben sogar . . .«, Lorenz zögerte, als sei er nicht sicher, ob es gut sei, seine Frau in ihrem Zustand mit grausamen Details zu ängstigen. »Sie haben alle Schwarzen aus der Stadt hinausbefohlen.« Seine Züge verhärteten sich. »Als Kanonenfutter! Die knappen Vorräte reichen kaum für ihre weißen Soldaten, und deshalb . . . Hörst du, Anna? Wir müssen an unser Kind denken. Hier würde es sterben – und du womöglich auch.«

Anna schauderte vor Entsetzen. Würden die Grausamkeiten dieses Krieges nie ein Ende nehmen? Lorenz hatte recht.

Ihr Kind musste leben.

»Aber wie soll ich hier hinauskommen?« Annas Gedanken rasten. Vor der Küste ankerte die französische Flotte und hielt Yorktown unter Beschuss. Von der Landseite her war die Stadt durch Gräben und Barrikaden gesperrt und wurde beständig von Washingtons Einheiten bombardiert. Wie also konnte sie diesem Hexenkessel entrinnen?

»Der Ring ist nicht völlig dicht. Noch nicht. Nicht jederzeit. Wir haben herausgefunden, dass es möglich ist, vor Sonnenaufgang Einzelpersonen hinauszuschmuggeln, Boten oder Spione...«

»Und du glaubst, dass ich diese Lücke nutzen könnte?«

»Nicht du – wir.« Lorenz' Miene war unbeweglich, sein Blick wich dem ihren aus.

Ungläubig sah sie ihn an. »Du willst wirklich fliehen? Desertieren?«, fragte sie.

Im fahlen Mondlicht sah sie, dass sich seine Kiefermuskeln anspannten, und wagte kaum zu atmen. Waren ihre Gebete erhört worden? Hatte er endlich verstanden, wie falsch, wie gotteslästerlich es war, zu den Waffen zu greifen? Menschen zu töten, im Namen irgendeines Königs?

»Es ist zu gefährlich, hierzubleiben«, sagte er leise. »Für dich und unser Kind. Das kann ich nicht zulassen. Ich werde euch in Sicherheit bringen, und dann...«

Ein furchtbarer Verdacht stieg in Anna auf. »... und dann kehrst du hierher zurück?«

Lorenz schwieg. Nur mühsam konnte Anna sich der Panik erwehren, die sie bei der Vorstellung packte, so nahe bei Williamsburg allein bleiben zu müssen. Von dort war sie geflohen, und dort galt sie noch immer als entlaufene Schuldmagd, wurde womöglich gar gesucht! Und Lorenz, er würde weiterkämpfen! Als sie ihm in die Augen sah, erkannte sie die Wahrheit:

Auch Lorenz verachtete diesen Krieg, das sinnlose Töten, an dem er allzu oft selbst beteiligt gewesen war. Doch er würde um nichts in der Welt seine Kameraden im Stich lassen, sich seiner Pflicht entziehen – und dem Schwur, den er auf die britische Krone geleistet hatte.

Ich aber sage euch, dass ihr überhaupt nicht schwören sollt. Wie ein Bannspruch hatte sich diese Weisung, eine der Säulen ihres Glaubens, in Annas Herz gebrannt, und noch nie war ihr das vertraute Schriftwort richtiger erschienen als in diesem Moment. Lorenz' Eid verpflichtete ihn dazu, etwas zu tun, was sein Herz und sein Verstand mittlerweile als Unrecht ansahen.

Tränen stiegen ihr in die Augen. Irgendwie hatte sie gehofft, dass ihre gemeinsame Zeit, all das, was sie miteinander durchgestanden hatten, ihn davon überzeugt hätten, dem Kriegshandwerk abzuschwören. Doch sein Ehrbegriff, das Verantwortungsgefühl für seine Männer waren stärker.

Müde nickte sie. »Lass uns aufbrechen.« Sie musste ihr Kind retten vor diesem Irrsinn. Und dies schien die letzte Möglichkeit zu sein. Ein Stöhnen unterdrückend, ließ sie sich von Lorenz auf die Beine helfen.

Die Dunkelheit war beängstigend und verhieß gleichzeitig Schutz. Kein Mond stand am Himmel, und so war es mehr ein Stolpern, denn ein Laufen, das sie Stunde um Stunde auf ihrem Weg voranbrachte. Nur weg von Yorktown, weg von diesem Krieg!

Über einen Tag waren sie jetzt unterwegs und hatten doch kaum mehr als ein paar Meilen hinter sich gebracht. Die Flucht aus der belagerten Stadt – durch Gräben und Absperrungen – hätte sie beinahe das Leben gekostet. Selbst in der

Nacht wurde noch verbissen gekämpft, und mehrmals hatte Lorenz Anna in Deckung zerren müssen, damit sie nicht von einer Granate getroffen oder einem feindlichen Soldaten entdeckt wurden. Immer wieder mussten sie sich auf die Erde werfen oder anderweitig Schutz suchen. Zweimal hatte Anna gar geglaubt, das Ende sei gekommen. Einmal, als einer der patrouillierenden Rebellen ganz dicht an ihrem Versteck vorbeigegangen war, und dann, als eine Kugel sie nur um Haaresbreite verfehlte und sie sich beinahe durch ein erschrecktes Aufschreien verraten hätte.

Doch irgendwie hatten sie es geschafft, den Belagerungsring lebend zu durchqueren. Nun schlugen sie sich, erschöpft und müde, Meile um Meile weiter Richtung Norden durch, immer auf der Hut vor feindlichen Einheiten, versprengten Soldaten und fehlgeleiteten Geschossen.

Warm und vertraut spürte Anna Lorenz' Nähe. Fest auf ihn gestützt, verlieh er ihr Sicherheit und Halt auf dem nächtlichen Irrweg. Von Ferne war noch immer der Donner der Kanonen zu vernehmen.

Obgleich Lorenz nichts tat, dessen er sich schämen müsste, sondern nur seine Frau und sein ungeborenes Kind in Sicherheit bringen wollte, spürte sie seine seelische Qual. Das Schuldgefühl, dass er seine Einheit im Stich gelassen hatte. *Törichter Mann.* Wie alt sie auch werden würde, nie im Leben könnte sie die Gedanken eines Soldaten verstehen.

Im Osten war bereits ein erster heller Streifen zu erahnen, der Vorbote eines neuen blutigen Morgens, dem zweiten seit ihrer Flucht aus dem belagerten Yorktown.

Ein plötzlicher, alles durchdringender Schmerz ließ Anna leise aufschreien. Sie rang nach Atem und musste ihre ganze Kraft zusammennehmen, um sich auf den Beinen zu halten. Stolpernd schritt sie weiter aus, doch der Schmerz war überwältigend. Trotz ihrer zusammengepressten Lippen konnte sie ein Stöhnen nicht unterdrücken.

»Was ist los?«, fragte Lorenz besorgt.

Statt einer Antwort gab Anna ein noch qualvolleres Stöhnen von sich und sank zu Boden.

Keuchend stützte sie sich mit der Hand auf die warme, trockene Erde, nahm den Geruch nach Tabakfeldern, Pferden und Heu wahr. Und sie wusste, nun würde es geschehen.

»Das Kind ...«, brachte sie stockend hervor, während sie Lorenz' Hände abwehrte, der ihr wieder aufhelfen wollte. »Es kommt ...«

Einen Moment schwieg er, kniete sich neben sie und legte ihr den Arm um die Schultern. »Bist du dir sicher?«

Anna nickte, während sie verbissen gegen den Schmerz ankämpfte.

»Aber es ist doch noch viel zu früh.« Seine Stimme klang seltsam hohl.

Der plötzliche Schwindel, der sie erfasst hatte, legte sich wie eine Glocke über sie. Sie ahnte seine Worte mehr, als dass sie sie hörte, und obgleich er sie berührte, erschien er ihr unendlich weit weg.

»So geht es mitunter.« Verzweifelt versuchte sie, wieder auf die Beine zu kommen. Sie wollte ihr Kind nicht hier, unter freiem Himmel, irgendwo zwischen Yorktown und Williamsburg zur Welt bringen. »Die Anstrengung ... Ich kann das Kind nicht länger halten, und ...« Eine neue Woge von Schmerz rollte über sie hinweg.

Benommen spürte sie, wie sie von der Erde aufgehoben und vorsichtig auf zwei Arme gebettet wurde.

»Ich bringe dich in Sicherheit. Vertrau mir«, flüsterte Lorenz.

Wie eine Ertrinkende klammerte sie sich an ihren Mann und betete darum, dass er sein Versprechen wahr machen könnte, sie und das Leben ihres Kindes zu retten. Sie vertraute ihm rückhaltlos, doch wusste sie, dass er sich sehr beeilen musste, um noch rechtzeitig Hilfe zu finden.

Der Morgen graute schon, als sie die ersten Häuser von Williamsburg erreichten. Die Sterne verschwanden allmählich, die Luft schien sich aufzuklären, und schon konnte man Einzelheiten der Umgebung ausmachen,

Als sie Yorktown verlassen hatten, war ihr ursprünglicher Plan gewesen, Williamsburg zu meiden. Stattdessen wollten sie sich möglichst parallel zum York River in Richtung Norden durchschlagen, um vorübergehend in einem nahe gelegenen Dorf oder Gehöft Unterschlupf zu finden und dann weiterzusehen. Doch Annas Zustand hatte dieses Vorhaben vereitelt. Sie brauchte Hilfe, und zwar bald.

Nach dem ersten Anfall schmerzhafter Wehen war es Anna wieder etwas besser gegangen, und sie hatte darauf bestanden, auf den eigenen Füßen zu laufen, um schneller voranzukommen. Dabei hielt Lorenz sie so fest an sich gepresst, dass sie die Bewegungen seiner Muskeln spürte.

Ein Schauder überlief Anna, als sie im schwachen Licht der Dämmerung durch die Straßen von Williamsburg gingen. Damals, als Magd auf der Plantage der Huntleys, hatte sie kaum Gelegenheit gehabt, die Stadt zu sehen. Erst als sie für Mistress Dorothy im Haus arbeitete, war sie gelegentlich hergekommen, um Zutaten für ihre Salben und Heiltränke zu besorgen. Doch hatte sich die Erinnerung an ihre Haft und die Prangerstrafe tief in ihr Gedächtnis eingeprägt. Tiefer als das Brandzeichen, das seither blass, aber unauslöschlich auf ihrer Haut schimmerte.

Niemals hatte sie hierher zurückkehren wollen.

»Gibt es hier einen Arzt oder ein Hospital?«

Die Besorgnis in Lorenz' Stimme berührte Anna, verstärkte jedoch ihre eigene Unruhe. Ratlos schüttelte sie den Kopf. So gut kannte sie sich nicht aus. Und das Risiko, ausgerechnet in Williamsburg um Hilfe bitten zu müssen, machte ihr Angst. Was, wenn jemand sie erkannte?

Unvermittelt blieb Lorenz stehen, hob den Kopf und lauschte. Beinahe erinnerte er sie an ein Raubtier, das Witterung aufgenommen hat.

»Was ist?« Ihre Stimme klang erstickt, und mit einer raschen Handbewegung wies er sie an, zu schweigen.

»Ich glaube, dass uns jemand folgt«, flüsterte er kaum hörbar. »Schon seit einer Weile habe ich das Gefühl, aber jetzt bin ich mir ganz sicher. Da ist jemand.«

Anna erstarrte.

»Wir müssen schauen, dass wir irgendeinen Unterschlupf finden. Ein verlassenes Haus oder einen Schuppen, wo wir uns verstecken ... Anna ...«

Das Ende des Satzes hörte sie nicht mehr, denn die Gewalt der nächsten Wehe hatte sie zu Boden gerissen. Schweiß trat ihr aus allen Poren, und sie kämpfte darum, nicht laut zu schreien. Wie durch Nebel drangen seine Worte an ihr Ohr, spürte sie, dass seine Hände sie unter den Achseln griffen, um ihr wieder auf die Beine zu helfen.

Vergebens. Ihr Leib krümmte sich, und es schien ihr, als zerrisse ihr Innerstes, heftig und qualvoll.

Etwas war nicht in Ordnung. Das spürte sie. Nicht nur, dass das Kind viel zu früh nach draußen drängte und sie hilflos in einer staubigen Gasse lag. Irgendetwas in ihrem Körper stimmte nicht. Einen kurzen Moment wünschte sie sich, ihre Mutter wäre bei ihr, die eine sehr erfahrene Hebamme gewesen war. Sicher hätte sie gewusst, was zu tun war.

»Mit mir habt ihr wohl nicht gerechnet!«

Eine Stimme, triefend von Hohn und Alkohol, riss Anna aus ihrer Betäubung. Vor dem blassen Himmel zeichnete sich die Gestalt John Huntleys ab. Die Haltung seines Kopfes, die Art, wie er sich bewegte, all das hatte sich in Annas Gedächtnis eingebrannt, sie bis in ihre Albträume verfolgt. Und nun stand er leibhaftig vor ihr.

Die Erde knirschte unter seinen Füßen, als Huntley näher kam, die Pistole auf sie gerichtet, den Dreispitz tief ins Gesicht gezogen. »Wen haben wir denn da: einen Deserteur und eine Schuldmagd auf der Flucht!«

Durch einen unmissverständlichen Wink mit der Waffe gab er Lorenz zu verstehen, sich nicht zu rühren, wenn er seine Frau nicht gefährden wollte.

Anna krümmte sich zusammen. Ihr ganzer Leib bestand nur noch aus Schmerzen, die Wehen kamen jetzt in immer kürzeren Abständen. Und sie befand sich in der Gewalt des Mannes, der das Recht und die Macht hatte, ihr alles zu nehmen, was ihr lieb und teuer war. Niemand, nicht einmal der Freiherr von Tannau, konnte daran etwas ändern.

In diesem Augenblick glaubte sie, dazu fähig zu sein, einen Mord zu begehen. Um ihr Kind zu schützen, um Lorenz zu schützen. Um die Erde von einem menschlichen Scheusal zu befreien. Einem Mörder. Einem Frauenschänder. Und sie erschrak über ihre eigene Ruchlosigkeit, den Verrat an all ihren Werten und Prinzipien.

Die Pistole näherte sich langsam ihrem Gesicht.

Unverhohlener Triumph lag in Huntleys Stimme, als er ihr heiser zuraunte: »Ich beobachte euch schon lange. Und einen größeren Gefallen als eure Flucht aus Yorktown hättet ihr mir gar nicht erweisen können. Habe ich es nicht gesagt: *Gottes Mühlen mahlen langsam, aber gerecht.*«

Zitternd hob Anna den Kopf und sah geradewegs in den Lauf der Waffe. Ihre Stimme bebte vor Wut und Schmerz. »Wie könnt Ihr es wagen, den Namen Gottes in den Mund zu nehmen? Ausgerechnet Ihr, der Ihr nicht müde werdet, alle seine Weisungen mit Füßen zu treten!«

Huntleys Augen verengten sich zu schmalen Schlitzen, der siegessichere Ausdruck verwandelte sich in Zorn. Anna bemerkte, dass die Hand mit der Pistole zitterte.

»Immer noch so aufsässig!«, knurrte er. Rote Flecken erschienen auf seinem Gesicht, auf dem sich weißlich die sichelförmige Narbe abzeichnete. Ohne Vorwarnung hatte er Anna am Arm gepackt und zerrte sie zu sich heran.

Sie spürte das kalte Metall der Waffe an ihrem Hals, Huntleys heißen Atem in ihrem Gesicht und wusste nicht, woher sie den Mut nahm, seinem Blick standzuhalten. »Ihr könnt mich töten, wenn Ihr wollt. Doch damit besiegt Ihr noch lange nicht Eure eigene Angst.«

»Du unverschämtes Luder!« Ein Schlag traf ihr Gesicht. Doch der Schmerz ging unter in einer weiteren Wehe, die sie nur deshalb nicht von den Füßen riss, weil Huntley sie noch immer gepackt hielt.

»Lasst sie los! Was seid Ihr nur für ein Feigling, Euch an einer wehrlosen Frau zu vergreifen?« Lorenz' Stimme konnte seine Verzweiflung nicht verbergen.

Ungerührt hielt Huntley Anna wie eine Trophäe an sich gepresst, während er den Lauf der Waffe weiter an ihren Hals drückte. Ein höhnisches Lachen entrang sich seiner Kehle. »Diesmal gelingt es Euch nicht, mir mein Eigentum zu stehlen. Und wenn dieser verfluchte Paul seinen Auftrag nicht verpatzt hätte, wärt Ihr schon längst nicht mehr am Leben und Euer Liebchen wieder in meinem Besitz.«

Ein Schock durchfuhr Anna. Dieser feige Anschlag auf

Father Seán und ihren Mann war also auch Huntleys Werk gewesen!

Hart zischten Lorenz' Worte durch die Morgenluft: »Ihr seid von Sinnen, Huntley. Der Krieg ist praktisch verloren, das wisst Ihr genauso gut wie ich. Es wird nicht mehr lange dauern, und die Rebellen werden über diese Stadt herfallen wie die Heuschrecken. Also flieht, solange Ihr noch Gelegenheit dazu habt.« Kurz huschte sein Blick zu Anna, und sie spürte, wie er darunter litt, dass er ihr nicht helfen konnte. »Wenn Ihr meiner *Frau*«, er betonte das letzte Wort mit Nachdruck, »auch nur ein Haar krümmt, jage ich Euch schneller eine Kugel in den Kopf, als Ihr Euren Schöpfer um Vergebung anflehen könnt. Und ich verfehle mein Ziel äußerst selten, wie Ihr sicher wisst.«

»Warum sollte ich mich davor fürchten, Hesse?« Etwas Teuflisches lag in Huntleys Zügen. »Wie Ihr bereits sagtet, ist der Krieg ohnehin verloren. Welchen Unterschied macht es also für mich, ob *Eure* Kugel mich trifft oder die der Rebellen?«

Annas Mut schwand endgültig dahin. Mit einem Verrückten konnte man nicht reden. Und mit einem, der ohnehin schon mit dem Leben abgeschlossen hatte, erst recht nicht. Verzweifelt suchte sie Lorenz' Augen.

Dieser jedoch hatte den Blick von ihr abgewandt und sah Huntley gerade ins Gesicht. »Was redet Ihr da? Auch wenn der Krieg verloren ist, besitzt Ihr doch noch Eure Plantage. Euer Tabak genießt doch im ganzen Land einen guten Ruf, ebenso Eure Pferdezucht. Wollt Ihr das alles einfach so aufgeben?«

Huntley stieß ein verächtliches Schnauben aus. »Ihr habt keine Ahnung, wovon Ihr sprecht. Die Rebellen werden uns alles wegnehmen! Dieses Pack hat ja keine Ehre im Leib!«

Anna sah, dass Lorenz' Gesicht einen herablassenden Ausdruck annahm. Im gleichen Moment wurde ihr bewusst, dass ihre Schmerzen abgeklungen waren, die Wehen nachgelassen hatten.

»Da Ihr gerade von Ehre sprecht: Ich schlage Euch einen Ehrenhandel vor«, hörte sie Lorenz sagen und fragte sich, was er vorhatte.

»Was soll das für ein Handel sein? Wahrscheinlich wieder so ein Bluff von Euch!« Misstrauisch blickte der Virginier Lorenz an.

»Ich habe Euch das anzubieten, was unter Ehrenmännern üblich ist. Falls Ihr Euch noch zu diesen rechnet.«

Huntleys Waffe richtete sich auf Annas Schläfe. »Überlegt Euch, was Ihr sagt, sonst ...«

Scheinbar unbeeindruckt fuhr Lorenz fort. »Major John Huntley, ich fordere Euch hiermit zum Duell! Und ich kann nur hoffen, dass Ihr so viel Ehre im Leib habt, die Forderung anzunehmen!«

※

Lorenz wagte nicht, seiner Frau in die Augen zu sehen. Er kannte ihre Gedanken. Womöglich würde sie ihn den Rest ihres Lebens dafür hassen. Dabei brachte er sich doch nur ihretwegen in Gefahr!

Huntley zögerte, und in seinen Augen glomm ein Funken der Angst auf. Hessische Jäger waren als hervorragende Schützen bekannt. Und er wusste das.

Lorenz' Anspannung wuchs. Wenn es ihm nicht gelang, diesen aus der Reserve zu locken, damit er von Anna abließ, waren sie und das Kind verloren.

»Also, Huntley, benehmt Euch wie ein Gentleman und gebt mir die Möglichkeit der Satisfaktion. Wir treffen uns am

Eingangstor vor Eurer Plantage. Der Weg ist mir noch gut bekannt!«

Wieder der Ausdruck der Angst, der sich mit dem Irrsinn in Huntleys Blick mischte. »Und woher soll ich wissen, dass Ihr nicht die Möglichkeit nutzen werdet, mit dieser Hure aus der Stadt zu verschwinden?«

Lorenz schluckte seinen Zorn hinunter und deutete lächelnd eine Verbeugung an. »Das Wort eines Ehrenmannes. Sicher weiß jemand wie Ihr das zu schätzen.«

Einen Moment sah es so aus, als wolle Huntley mit der Waffe auf ihn losgehen. Gerade als Lorenz sich dafür verfluchen wollte, dass er ihn unnötig gereizt und damit die Situation verschärft hatte, senkte der Pflanzer langsam die Pistole. Er ließ Anna los.

»Bei Sonnenaufgang sehen wir uns wieder«, knurrte er und schritt davon.

Die Entscheidung war gefallen. Er hatte die Herausforderung angenommen.

✻

»Das kannst du nicht tun!« Annas Stimme überschlug sich. Sie ließ sich an einer Hauswand zu Boden gleiten und legte die Hände auf ihren Bauch. »Du kannst doch nicht einfach einen Menschen töten.«

Lorenz schüttelte den Kopf. »Es gibt keinen anderen Weg.« Seine Stimme klang entschlossen.

Anna wusste, dass seine Entscheidung sie für immer voneinander trennen würde. Selbst wenn er das Duell überleben würde, könnte sie es nicht ertragen, an der Seite eines Mörders zu leben. Den Kriegsdienst mochte Gott ihm vielleicht verzeihen. Doch das hier war etwas anderes.

Mit versteinerter Miene machte sich Lorenz daran, seine Waffe herzurichten, sortierte das Pulver, überprüfte die Kugeln. Er schien Anna gar nicht wahrzunehmen.

»Hör auf damit! Noch ist es nicht zu spät.«

»Wir haben keine Wahl. Dieses Duell ist die einzige Möglichkeit, Huntley von seinem Wahn abzubringen. Er wird dich sonst nie in Ruhe lassen, und du weißt, was das heißt.«

Hitze und Kälte schossen gleichzeitig durch ihren Körper, als sie sich daran erinnerte, wie seine Hände sie angefasst, seine Lippen sie berührt hatten. Lorenz hatte recht, Huntley war zu allem fähig. Und doch war das, was ihr Mann vorhatte, nicht recht. Lieber würde sie sterben oder den Rest ihres Lebens in Knechtschaft leben, als zu billigen, dass er ihretwegen zum Mörder wurde.

»Flieh mit mir zusammen! Jetzt! Wir können aus der Stadt verschwinden und Huntley einfach hinter uns lassen. Noch haben wir die Möglichkeit dazu!«

Lorenz sah sie mit leeren Augen an. »Ich kann nicht, das wäre ehrlos.«

Annas Herz hämmerte so heftig, dass sie dachte, daran zu ersticken. »Was glaubst du, wie gleichgültig mir deine Ehre ist.«

Sie schrie auf, als Lorenz sie unvermutet an den Armen packte. »Verstehst du denn nicht? Er wird niemals Ruhe geben! Er will dich haben! Und er hat das verfluchte Recht auf seiner Seite. Wenn ich das jetzt nicht ein für allemal aus der Welt schaffe, wird er uns verfolgen, solange wir leben, wohin wir auch gehen. Er ist wahnsinnig, Anna! Hast du das nicht gemerkt?«

Sie presste die Lippen aufeinander, antwortete jedoch nicht.

Ihr Kind! Würde Huntley sogar ihr Kind mit seinem Hass verfolgen?

Lorenz ließ sie los. »Du brauchst nicht zuzusehen. Bete nur zu Gott, dass ich mein Ziel nicht verfehle.«

Trotzig richtete sich Anna auf. »Ich gehe mit dir.«

Lorenz' Blick traf sie, und ihr Herz zog sich zusammen. Noch nie im Leben war er ihr so schön vorgekommen wie in diesem Moment. Die Haare von der Flucht zerzaust, das Gesicht vor Zorn gerötet. Sie liebte ihn mehr als alles auf der Welt. Und sie wusste, dass sie, wenn sie ihn länger so ansähe, Gefahr liefe, zu vergessen, was ihr heilig war, ihm notfalls sogar auf dem Weg der Gewalt folgen würde.

Doch das durfte nicht sein.

Unendliche Trauer überkam sie. Es gab keinen Ausweg. Ehre, Kampf, Waffengewalt – das war die Welt, die er kannte, und diese bildete einen tiefen Graben zwischen ihnen, der sie mehr trennte als ihre unterschiedliche Herkunft oder ihr Stand. Und er würde sich nie ändern.

»Lass uns gehen, Lorenz von Tannau, und dann tu, was du tun musst. Aber glaube nicht, dass du Gott dabei auf deiner Seite hast.«

KAPITEL 9

Huntley Plantation bei Williamsburg, Oktober 1781

Es war eine äußerst merkwürdige Situation. Wie so vieles in diesem verrückten Land.

Hier stand er, der Freiherr von Tannau, bereit, sich mit einem Pflanzer aus den Kolonien um die Freiheit und Ehre einer Bauernmagd aus Waldeck zu duellieren. Und diese Frau, seine Ehefrau, stellte sich an, als wäre er im Begriff, ein Verbrechen zu begehen, statt zu versuchen, ihrer beider Leben zu retten. Während er zum letzten Mal seine Waffe prüfte, drehte er sich noch einmal zu Anna um.

Wie durch ein Wunder hatte sie es geschafft, auf ihn gestützt, die Plantage zu erreichen, ohne dass die Wehen wieder eingesetzt hatten. Jetzt stand sie ein paar Schritte von ihm entfernt, das Gesicht blass, die Arme fest um die Brust geschlungen. Wie eine Fremde. Ob sie trotz allem für ihn betete? Um Schutz und Beistand? Um einen Sieg im gerechten Kampf?

Nein. Niemals würde sie das tun. Und in diesem Moment erkannte er, dass er Anna an diesem Tag verlieren würde. Falls er im Duell unterlag, gehörte sie Huntley, und diese Vorstellung erfüllte ihn mit siedend heißer Wut. Doch selbst wenn er diesen Teufel tötete, hätte er sie verloren. Eine Frau wie sie würde es nicht ertragen, Tisch und Bett mit einem Mann zu teilen, der wissentlich einen Menschen getötet hatte, selbst wenn es Notwehr gewesen war.

Aber das war der Preis, den er für ihr Leben und den ihres Kindes zahlen musste. Sein Herz raste, wenn er daran dachte.

Sie womöglich nie wieder zu sehen schmerzte ihn mehr als jede Verletzung, die er in diesem verfluchten Krieg erlitten hatte. Er liebte Anna so sehr, dass er bereit war, für sie zu sterben. Alles, was für ihn zählte, war, dass sie in Freiheit wäre, sie und ihr gemeinsames Kind.

Er spürte Huntleys Blick im Rücken, hasserfüllt, zu allem bereit, und fuhr herum. Sobald die Sonne sich über den Bäumen zeigte, würden sie den ersten Schuss abfeuern. So war die Vereinbarung. Es gab kein Zurück mehr.

Lorenz zwang sich, Anna aus seinem Geist zu verbannen, und nahm seine Position ein. Er konzentrierte sich völlig auf diesen Moment und spannte den Hahn. Ein Blick in Huntleys Richtung zeigte ihm, dass dieser ebenfalls bereit war. Noch war die Sonne hinter den Bäumen verborgen, doch gleich ...

Was, wenn Anna recht hatte? Wie so oft. Wenn Gewalt und Kampf der falsche Weg waren und nur immer neues Leid schufen statt Frieden? Lorenz' Hand krampfte sich um den Griff seiner Pistole. Solche Gedanken durfte er nicht zulassen, sie würden ihn im entscheidenden Moment schwächen. Doch tief in seinem Inneren hörte er eine leise Stimme, Annas Stimme, die ihn anflehte, seine Entscheidung zu überdenken.

Zu spät. Wie dieser Morgen auch enden würde, es war zu spät. Es würde keine gemeinsame Zukunft geben. Keine Abende, an denen sie in seinen Armen einschlafen würde, keine Kinder, für die sie zusammen sorgen würden.

Atemlos sah er zu, wie ein Lichtschein durch die Wipfel der Bäume brach, sich langsam höher schob, auf die Spitze zu.

Nur noch wenige Sekunden. Alles in ihm drängte danach, Anna anzusehen, in ihren Augen nach Vergebung zu suchen. Sie musste ihn doch verstehen!

Tausendfach brach sich das Licht in den Blättern der Bäume. Die Anspannung, die in der Luft lag, schien zuzunehmen. Jeder Atemzug war ein Moment Lebenszeit, die zwischen seinen Fingern zerrann.

Lorenz wunderte sich, dass auch diesmal seine Hände nicht zitterten, als er in Position ging, die Pistole im Anschlag.

Großer Gott. Gibt es wirklich keinen Ausweg?

Er glaubte, sehen zu können, wie die Sonne sich unbarmherzig ein weiteres Stück höher schob.

Irgendetwas, um diesen Wahnsinn zu beenden? Jetzt und für immer.

Sein Blick trübte sich. Ein Leben an Annas Seite, mit Kindern ihrer Liebe, ein Haus, das mit Lachen erfüllt war, und Vertrauen ...

Oh, Herr, hilf, dass ich sie nicht verliere!

Durch die gespenstische Stille krachte ein Schuss. Beinahe gleichzeitig spürte Lorenz einen Schmerz im linken Oberarm, der ihm zeigte, dass eine Kugel ihn gestreift hatte. Ungläubig sah er erst auf seinen Arm, dann zur Sonne, die noch immer nicht ganz über die Wipfel der Bäume gestiegen war. Huntley hatte zu früh geschossen.

Das war gegen die Vereinbarung. Ein falsches Spiel. Der Kerl hatte versucht, ihn zu übervorteilen. Nun gehörte sein Leben ihm. Und Huntley wusste es.

Furcht stand in seinen Augen. Furcht und ein verräterischer Glanz. Langsam ließ er den Arm mit der Waffe sinken und starrte Lorenz an.

»Töte mich, Hesse! Dann hast du dein Ziel erreicht und kannst diese kleine Hure mitnehmen.«

Lorenz' Augen wurden dunkel vor Wut. Am liebsten hätte er Huntley mit seinen Fäusten zu Boden geschlagen und ihn so lange mit den Stiefeln getreten, bis er sich nicht mehr regte. Und selbst das wäre noch zu gnädig gewesen, für das, was dieser Wahnsinnige Anna angetan, was er mit Noah gemacht hatte, für das unaussprechliche Verbrechen an Seáns Verlobter ...

Die Waffe noch immer im Anschlag, trat er auf Huntley zu. »Betrüger! Ich hätte wissen müssen, dass Ihr Euch auch diesmal nicht an die Regeln halten würdet.« Fast berührte die Spitze seiner Pistole Huntleys Gesicht.

»Was ist, Hesse? Worauf wartest du?«

Lorenz' Finger zuckte. Nur eine kleine Bewegung, und dieses Scheusal hätte eine Kugel im Kopf. Nie mehr könnte er sich an einer unschuldigen Frau vergreifen oder wehrlose Untergebene bis aufs Blut prügeln lassen. Ohne ihn würde die Welt besser werden.

Lorenz bog seinen Finger ein wenig und beobachtete, wie Huntley die Augen schloss, auf den Tod wartete. Auf den Tod aus seiner Hand.

Er zögerte.

Dieses Ungeheuer hatte weiß Gott keine Gnade verdient. Und doch ...

»Verdammt, Hesse, seid Ihr zu feige, um zu schießen?« Mit wildem Blick starrte ihn Huntley an.

Anna! Er wollte nichts tun, was sie ablehnte. Er wollte, dass sie bei ihm blieb. Zudem sträubte sich alles in ihm dagegen, einen Mann zu töten, der ihm nun unbewaffnet gegenüberstand. Er sah Huntley in die Augen. Sah die Angst, den Hass, die Wut darin.

Er konnte es nicht!

»Verschwindet!«

Huntley blickte ihn ungläubig an, rührte sich jedoch nicht.

»Auf was wartet Ihr noch? Schafft Euch nach Hause oder wohin auch immer! Ich habe nichts mehr mit Euch zu schaffen.«

Huntley öffnete den Mund, wie um etwas zu sagen. Doch

er blieb stumm. Der Glanz in seinen Augen war erloschen, nur schwach glomm etwas von dem alten Hass darin auf.

»Es ist mein Ernst, Mann. Ihr könnt gehen! Nur noch eines verlange ich von Euch: Schwört bei Eurem Schöpfer, dass Ihr Anna von nun an in Frieden lasst.«

Ein grimmiges Schweigen folgte, sodass sich Lorenz genötigt fühlte, den Lauf der Pistole in Huntleys Hals zu graben. »Macht schon!«

»Ich schwöre ... bei Gott.« Vier hastig hervorgestoßene Worte, ein Zittern, das durch den Körper lief. Dann glitt die Waffe aus Huntleys Hand, und mit dem Fuß schleuderte Lorenz sie ins Gebüsch.

»Macht, dass ihr mir aus den Augen kommt. Ich hoffe, dass wir uns niemals wiedersehen.«

Einen Moment zögerte Huntley, als befürchte er doch noch irgendeine Teufelei von Lorenz. Dann aber wandte er sich um und hastete davon.

Lorenz sah ihm nach, bis er hinter den Bäumen verschwunden war und er sicher war, dass von Huntley nun keine Gefahr mehr drohte. Wie in einem Traum schritt er auf Anna zu, die in einiger Entfernung, an einen Baum gelehnt, auf der Erde saß.

Fassungslos sah sie zu ihm auf, während ihre Lippen lautlose Worte formten.

Lorenz ließ seine Pistole ins Gras gleiten. Ihre Blicke trafen sich, und er erkannte in ihren Augen, dass sie jetzt für alle Zeit ihm gehören würde. Ganz und gar. Ohne Vorbehalte.

Eine unbändige Freude stieg in ihm auf. Was für eine verrückte Frau. Sie liebte ihn dafür, dass er ihren Peiniger verschonte, statt ihm die wohlverdiente Strafe zukommen zu lassen.

Als sie schließlich lächelte, ihre Hand in die seine gleiten ließ, warm und weich, glaubte er, ein zweites Mal an diesem

Morgen die Sonne aufgehen zu sehen. Er vergrub seinen Kopf in ihrem Haar, nahm ihren Geruch, ihre Wärme in sich auf und bemerkte, wie ihre Haltung sich plötzlich veränderte. Ihr Gesicht wurde kalkweiß, und dann fühlte er einen Ruck, als sie ihn jäh zur Seite zog. »Lorenz, Achtung!«

Er fuhr herum und erkannte Huntley, nur wenige Fuß von ihnen entfernt, eine Waffe im Anschlag. Im gleichen Moment krachte ein Schuss.

*

Gerade noch hatte Anna das Gefühl reinen und nie gekannten Glücks empfunden. Es war ihr wie eine Offenbarung erschienen, die plötzliche und untrügliche Gewissheit, dass die Dinge nun im Lot waren, dass das eingetroffen war, worum sie all die Jahre immer wieder gebetet hatte, auch wenn sie schon fast die Hoffnung aufgegeben hatte.

Aber mitten in ihrer Erleichterung und Dankbarkeit war Huntley aufgetaucht. Irgendwo hatte er noch eine weitere Waffe versteckt gehabt und damit auf Lorenz gezielt. In den Augen der blanke Hass.

Als der Schuss krachte, fuhr sie zusammen. Fest klammerte sie sich an Lorenz, riss ihn herum, um ihn zu schützen. Schon glaubte sie, zu spüren, wie sein Körper erschlaffte, sein warmes Blut ihre Kleidung tränkte.

Doch dann warf er sich über sie, drückte sie zur Erde und erstarrte kurz darauf in seiner Bewegung. Anna folgte seinem Blick und sah eine zusammengesunkene Gestalt in rotem Rock auf dem Boden liegen. Vergebens versuchte sie, sich einen Reim darauf zu machen. Was war geschehen?

Eine zierliche Gestalt näherte sich, in der rechten Hand hielt sie eine Pistole.

Vor Schreck noch immer wie gelähmt, starrte Anna sie an, dann spürte sie, wie ihr Herz schneller zu schlagen begann.

»Abi...gail!« Ihre Zunge wollte ihr nicht gehorchen. »Abigail, wie ...« Schwerfällig stand sie auf und stolperte auf die ältere Frau zu, die ihren Blick unverwandt auf den vor ihr liegenden Huntley gerichtet hielt.

Langsam, als erwache sie aus einer Betäubung, hob sie den Kopf und sah Anna an.

»Er kann dir nichts mehr tun, Mädchen.« Diese vertraute Stimme. Warm, weich und rau. Vom Leben gezeichnet. »Hab keine Angst.«

»Abigail!« Als wäre der Bann gebrochen, ging Anna die letzten Schritte auf die Freundin zu und umarmte sie, so gut und so fest, wie sie es in ihrem Zustand vermochte.

Ein Augenblick des Zögerns, dann spürte Anna, wie zwei dünne, aber kräftige Arme sie umschlangen. Tief atmete sie Abigails unverwechselbaren Geruch nach Heilkräutern, trockener Erde und Tabakfeldern ein.

»Was tust du hier, Mädchen? Warum bist du zurückgekommen?« Mit zusammengekniffenen Augen schob Abigail sie eine Armlänge von sich weg. »Noch dazu in deinem Zustand.«

»Das ist eine lange Geschichte.« Eine Geschichte, so unfassbar, dass man sie wohl eher für ein Ammenmärchen hielte, wenn sie diese zu Hause im Nassauischen erzählen würde.

»Aber was tust *du* hier, Abigail? Wieso hast du Huntley ... Wie konntest du wissen ...?«

Erst allmählich wurde Anna das Ausmaß der Gefahr bewusst, in welcher sie, Lorenz und ihr ungeborenes Kind geschwebt hatten. Und die Tatsache, dass es nun damit vorbei war. Endgültig.

»Der Master ist vor einer halben Stunde zurück ins Herrenhaus gekommen. Aber da war keiner mehr von seiner Familie.

Die Missus ist schon seit dem Sommer weg, aus Angst vor den Patrioten, als dieser französische General mit seinen Männern in Williamsburg sein Hauptquartier eingerichtet hat. Ein paar Haussklaven hat sie mitgenommen. Nur Anderson und die Feldarbeiter sind geblieben. Sollten für Ordnung sorgen, bis der Krieg vorbei wäre.«

Abigail machte eine Pause, und in ihrer Miene entdeckte Anna einen solch zornigen Triumph, dass es sie an die Beschreibungen alttestamentarischer Racheengel erinnerte, nur dass sie sich diese nicht mit so dunkler Haut vorgestellt hatte.

»Doch darauf konnten sie lange warten. Die Patrioten sind immer mächtiger geworden, für die Königstreuen wurde das Pflaster in Williamsburg immer heißer – auch für die, die für solche Verräter gearbeitet haben. Und dann ist im September Washington in Williamsburg eingerückt. Da ist es auch Anderson zu gefährlich geworden, und er hat sich davongemacht, bei Nacht und Nebel.«

Unwillkürlich stieg ein Lachen in Annas Kehle auf. Ein Sklavenaufseher auf der Flucht. Die Vorstellung hatte durchaus etwas Erheiterndes.

»Als dann Master John in sein Haus gekommen ist, in dem die Sklaven das Regiment übernommen hatten, war er außer sich. Dann hat er zwei Pistolen samt Munition aus dem Arbeitszimmer geholt und ist damit verschwunden. Ich wusste, dass das nichts Gutes bedeuten konnte, und da habe ich Martin gesagt, er soll mir auch eine Pistole laden. Dann bin ich dem Master hinterher.« Wieder glitt Abigails Blick zu dem Toten, und in ihrem Gesicht lag Verachtung. »Fast wär ich zu spät gekommen.«

»Du hast uns das Leben gerettet ...« Mehr brachte Anna nicht hervor. Müdigkeit und Erschöpfung überfielen sie, und die Schmerzen machten sich wieder bemerkbar.

War nun wirklich alles vorbei? Anna konnte kaum fassen, dass dieser Albtraum nach all den Jahren ein Ende gefunden haben sollte. John Huntley, der so vielen Menschen Verzweiflung und Elend gebracht hatte, konnte nun niemandem mehr etwas anhaben. Und weder sie noch Lorenz trugen die Verantwortung für seinen Tod auf ihrer Seele, denn ihr geliebter Mann hatte der Gewalt widerstanden.

Abigail, die noch immer mit ausdruckslosem Gesicht auf ihren toten Master hinuntersah, hob langsam den Kopf. Ihre Augen blieben an Anna hängen, glitten dann nach unten zu ihren Füßen, und ihre Miene veränderte sich schlagartig.

Im gleichen Moment glaubte Anna, ein riesiges Messer zerschnitte ihren Unterleib in zwei Teile. Mit einem unterdrückten Schrei stürzte sie zur Erde.

Die Wehen hatten wieder eingesetzt, und aufgrund ihrer Erfahrung als Hebamme wusste sie, dass es jetzt nicht mehr lange dauern würde.

»Vorsichtig, ganz vorsichtig. Bringt sie da rauf.«

Wie durch einen Nebel hindurch nahm Anna wahr, dass Lorenz sie die breiten Stufen der Treppe hinauftrug. Der Treppe des Herrenhauses. Durch die Glasscheiben der Fenster drang dämmriges Morgenlicht und ließ die wertvollen, mit Blüten und Ornamenten bedruckten Tapeten beinahe so prächtig erscheinen wie die Wände eines Palastes.

In immer kürzer werdenden Abschnitten kamen jetzt die Wehen, sodass Anna kaum Zeit hatte, richtig durchzuatmen. Abigail zeigte Lorenz den Weg zu einem geräumigen Zimmer, das Anna sogleich wiedererkannte. Eine Kommode, zwei Stühle, ein Frisiertisch und ein alles beherrschendes Bett, dessen filigrane Drechsel- und Schnitzarbeiten von einem großen Himmel und an den Seiten herabfallenden Vorhängen fast überdeckt wurden. Dorothy Huntleys Schlafgemach.

»Nein!« Gerade als Lorenz das Bett erreicht hatte und sie vorsichtig in die weichen Kissen und Decken sinken lassen wollte, bäumte sie sich dagegen auf. »Ich kann nicht ... nein ... Das geht nicht. Ich kann unser Kind doch nicht im Bett der Mistress zur Welt bringen!«

Lorenz' Gesichtsausdruck wandelte sich von Sorge in Verblüffung. »Du bist die Baronin von Tannau, und kein Schlafzimmer ist gut genug, dass unser Kind darin das Licht der Welt erblickt.« Trotz des Ernstes der Lage lag ein Hauch von feinem Spott in seiner Stimme.

Stöhnend biss Anna sich auf die Lippen. »Aber ich bin auch die Schuldmagd des Hauses ... Die meiste Zeit habe ich in den Sklavenquartieren verbracht. Es ist völlig unpassend ...«

»Du bist eine Frau, die gleich verblutet, wenn du dir nicht helfen lässt«, grummelte Abigail, während sie energisch die Bettvorhänge zurückschlug und Lorenz Anweisungen gab, Anna endlich abzulegen.

Eine neue Wehe hielt diese davon ab, sich noch länger zu widersetzen. Lorenz half Abigail dabei, Annas Kleid zu öffnen und den schweren schwarzen Stoff von ihrem Körper zu ziehen. Er zitterte, als er die blutgetränkte Chemise nach oben schob. Von der ruhigen Hand eines der besten Schützen des hessischen Jägerregiments konnte nicht mehr die Rede sein.

Durch den Ansturm von Schmerz, Angst und wirren Gedanken hindurch spürte Anna, dass Abigail ihr liebevoll über die Stirn strich, während sie ihr leise Koseworte zumurmelte. »Das war alles zu viel für dich, Liebes ... In deinem Zustand hättest du Ruhe gebraucht, um für das Kind und für dich Kräfte zu sammeln. Aber sch... sch... jetzt bin ich da.«

Im Augenblick fühlte sich Anna so müde, dass sie nicht einmal in der Lage war, die Hand der Sklavin zu drücken, als Zeichen, dass sie verstanden hatte. Verschwommen nahm sie wahr, wie deren Gesicht sich in besorgte Falten zog.

»Eure Frau ist sehr schwach, Sir. Sie hat nicht die Kraft, dem Kind auf die Welt zu helfen.« Beherzt massierten Abigails Finger Annas geschwollenen Leib. »Das hab ich oft bei schwangeren Sklavinnen gesehen, wenn Anderson sie zu lange und zu hart arbeiten ließ.«

Wieder überrollte Anna ein Schmerz, dass sie Lorenz' Erwiderung nicht verstehen konnte. Dafür vernahm sie Abigails Antwort umso deutlicher: »Viele von den Frauen sind verblutet oder an Entkräftung gestorben.«

Lorenz war blass geworden, nackte Angst stand in seinen Augen.

Anna schrie auf, als eine weitere Wehe ihren Unterleib zu zerreißen schien. Verzweifelt rang sie nach Luft, während ihr ganzer Körper sich durchbog. Zäh und klebrig rann Blut an ihren Oberschenkeln hinab, tränkte Laken und Chemise. Annas Kleid in der Hand, verließ Abigail den Raum und erteilte den Bediensteten in resolutem Ton Anweisungen.

»Ich liebe dich, Anna!« Lorenz' verzweifelte Worte waren wie Schreie gegen die Brandung. Kaum hörbar und doch wie ein Leuchtturm inmitten des Sturms. »Du darfst nicht sterben!«

Seine Hand umfasste ihren Unterarm, hielt ihn fest, drückte ihn – und riss sie aus ihrer Todesangst. Der Krampf klang ab, und Anna war wieder in der Lage, flach, aber gleichmäßig zu atmen.

»Du musst jetzt stark sein, Liebste. Hörst du? So stark, wie du es immer warst. Seit wir uns kennen.«

Ein Stöhnen entrang sich Annas Kehle. Zu mehr war sie

nicht in der Lage, denn erneut hatte eine Wehe eingesetzt. Wieder spürte sie, wie warmes Blut aus ihrem Körper auf Dorothys teure Laken floss.

Lorenz' Hand klammerte sich um ihre. Trost spendend und selbst hilfesuchend. »Verlass mich nicht! Ich brauche dich doch!«

Genauso musste sich Sterben anfühlen. Ihr ganzer Körper war ein einziger Schmerz. Wehe folgte auf Wehe. Sie konnte sich nicht bewegen, nicht atmen, nicht einmal mehr schreien. Und ihr Kind kämpfte sich seinen Weg in die Welt, ohne dass sie ihm dabei zu helfen vermochte. Großer Gott, wenn es nun in ihr erstickte?

»Weißt du noch, Anna ...«, Lorenz' Stimme brachte sie wieder ins Diesseits zurück, »... wie du mich damals gefunden hast, auf dieser Lichtung, nicht weit von Waldeck?« Er zog sein Schnupftuch hervor und tupfte ihr damit zärtlich über die schweißnasse Stirn. »Und mich zu dir nach Hause gebracht, in dein Bett gelegt und gesund gepflegt hast? Gegen den Willen der Ältesten?«

Eine neue Wehe durchschnitt ihren Leib und entriss ihr einen Schrei. Unendliche Angst stand in Lorenz' Augen, doch entschlossen sprach er weiter.

»Bis heute weiß ich nicht, woher du die Kraft hattest, mich auf das Pferd zu schaffen und den ganzen langen Weg hinauf bis zu eurer Hütte zu bringen. Und den Mut, dich Gideon und den anderen zu widersetzen.«

Anna vermochte nur noch zu wimmern. Lorenz war näher zu ihr herangerückt, sein Atem strich beruhigend über ihren Hals. »Vielleicht hab ich es dir nie deutlich gesagt, aber ich liebe dich, Anna von Tannau, ich liebe dich sehr. Vom ersten Moment an, als ich dich gesehen habe, damals, als dieser Paul versucht hat, dir Gewalt anzutun. Und später ...«, er machte eine Pause, »... später in eurem kleinen Häuschen. Du warst wie ein Engel ...«

»Unsinn ...«, brachte sie tonlos hervor. »Ich bin ... nur ein Mensch.«

Für einen Moment glitt ein Lächeln über sein Gesicht. »Und ein sturer noch dazu, Anna von Tannau. Eigenwillig und treu. Hab ich dir je gesagt, dass es nur die Erinnerung an dein unerschütterliches Vertrauen war, die es mir möglich gemacht hat, all das durchzustehen? Die Gefangenschaft, die lange Zeit im Lazarett, die ganze Hölle des Krieges?«

Das war das Schönste, was man ihr je gesagt hatte.

Schritte näherten sich, die Tür wurde aufgestoßen, und Abigail kam mit einer Schüssel, aus der Dampf aufstieg, herein. Ihr folgte ein kleines schwarzes Mädchen mit einem karierten Kleid und festgezwirbelten Haaren, das über dem Arm einen Stapel sauberer Tücher trug.

Eilig stellte Abigail das heiße Wasser auf einem Tischchen neben dem Bett ab und betastete dann Annas Unterleib. Fast unmerklich schüttelte sie den Kopf. »Ihr müsst versuchen, sie bei Bewusstsein zu halten.«

Durch dichter werdenden Nebel hindurch nahm Anna wahr, wie Lorenz zusammenzuckte, sich jedoch gleich wieder in der Gewalt hatte. Fest drückte er ihre Hand, beugte sich so nah zu ihr herunter, dass seine Lippen ihr Gesicht streiften, der vertraute Duft seiner Haut, nach Leder, Rauch und Wolle, sie einhüllte. Seine Kiefermuskeln waren angespannt, seine Züge ernst.

»Anna von Tannau, ich schwöre bei Gott und all seinen Heiligen, dass ich von dieser Stunde an allem entsage, was uns voneinander trennt. Ich schwöre ...«

Mühsam richtete sie sich auf, jeder Zoll ein Kampf gegen den Schmerz. Ihre Hand war von Blut verschmiert, dennoch umklammerte sie Lorenz' Unterarm, so fest sie nur konnte. »Nicht schwören!« Die nächste Wehe, heftiger als alle zuvor, ließ ihre Worte in einem Schrei ersticken.

Ihre Qual spiegelte sich im Ausdruck seiner Augen, doch er sprach weiter. »Kein Rang, kein Titel soll zwischen uns stehen. Und ich werde nie wieder in meinem Leben – hörst du, Anna – nie wieder zur Waffe greifen und diese gegen einen Menschen richten, wer immer es auch von mir verlangen sollte. Ich werde ... Anna, hörst du mich?«

»Ah ...« Ein neuer Krampf hatte von ihrem Körper Besitz ergriffen. Schweiß strömte aus jeder Pore, tränkte ihre Chemise, rann ihre Glieder entlang. In schierer Verzweiflung krallte sie ihre Finger tiefer in Lorenz' Arm.

Ihr Atem ging schnell und keuchend. Eilends hatte sich Abigail zu ihr gebeugt, tastete nach ihrem Puls, schob dann die Chemise noch ein Stückchen weiter hoch und befühlte den Muttermund. Anna sah, dass die Frau erschrocken das Gesicht verzog, etwas in einer Sprache murmelte, die sie nicht verstand. Als sie ihre Hände zurückzog, waren sie rot von Blut.

Jemand rief etwas, und Lorenz sprang so schnell auf, dass sein Stuhl hinter ihm mit lautem Krachen zur Erde fiel. Zwei weitere Sklavinnen betraten den Raum, verschwanden jedoch auf Abigails Befehl gleich wieder.

Im nächsten Augenblick wurde der Schmerz unerträglich, raubte Anna die Sinne. Ihr Blick verschwamm, und sie vernahm nur noch das laute Rauschen ihres Blutes. Jemand packte ihre Hand, umwand sie mit einem festen Strick, dann sogleich die andere. Eine gefühlte Ewigkeit lang glaubte sie, nicht mehr atmen zu können.

»Großer Gott ...« Wie durch das Getöse eines Sturms drang Lorenz' Stimme an ihr Ohr. »Wenn du Anna und das

Kind in dieser Stunde beschützt ...« Ein Schrei zerriss den Sturm, und Anna bemerkte, dass sie ihn ausgestoßen haben musste, während ihr ganzer Körper sich krümmte wie ein Bogen, den man zu fest gespannt hatte. »... werde ich deinem Weg folgen, wohin er mich auch führt ...«

Der Krampf in ihrem Körper, das wilde Pulsieren des Blutes schienen die Stärke von Paukenschlägen anzunehmen.

»Behüte sie, Herr ... behüte sie ... behüte sie ...«

Wie ein Bannspruch im tosenden Gleichklang ihres Herzschlags wurden Lorenz' Worte leiser, schienen zu verebben. Noch einmal durchfuhr Annas Leib ein heftiger Krampf, ein Schmerz, wie sie ihn nie zuvor gefühlt hatte.

Dann kam die Schwärze.

Kapitel 10

Dunkelheit. Stille. Undurchdringliche, tiefschwarze Nacht. Kein Geräusch, keine Berührung, kein Funken Licht konnte dieses Nichts durchdringen.

»Anna? Anna, hörst du mich?«

Aus der Finsternis eine Stimme. Unendlich weit weg. Und doch schien sie sich zu nähern, streichelte zart über ihre Haut, drang an ihr Ohr.

Jemand fasste sie sanft an der Schulter. »Wach auf, Anna. Es ist vorbei …«

Vorbei. Wie das Echo eines weit entfernten Donnergrollens klang das Wort in ihr nach. *Vorbei.* Was hieß das? War es gut oder schlecht? Was war überhaupt vorbei? Was war mit ihrem Kind?

Blinzelnd schlug sie die Augen auf. Und als der Nebel sich lichtete, sah sie direkt in Abigails Gesicht, das vor Freude von innen heraus leuchtete.

»Tapferes Mädchen, ich wusste, du würdest es schaffen.«

Einen Moment lang überlegte Anna, ob sie gemeint war, denn sie sah, dass Abigail in den Armen ein in Tücher gehülltes Bündel hielt, aus dem eine winzige rosa Hand hervorlugte. Ein zufriedenes Gurren drang durch den Stoff, und mit einem Mal wusste Anna, dass alles gut gegangen war.

Sogleich wollte sie aufspringen und Abigail das Kind, *ihr* Kind, aus dem Arm nehmen und an sich drücken. Doch schon der Versuch endete in einem Aufstöhnen. Mit schmerzverzerrtem Gesicht sank sie zurück in die Kissen.

»Du solltest doch am besten wissen, dass man nach einer so schweren Geburt nicht gleich wieder auf den Beinen sein kann.« In gutmütigem Tadel schnalzte Abigail mit der Zunge. »Dabei kannst du deinem Gott auf den Knien danken, dass du diese Tortur überhaupt überstanden hast. Also bleib jetzt ruhig liegen.«

Anna hatte keine Wahl, als zu gehorchen. Sie sah, wie Abigail das Kind mit ihrer rauen Hand streichelte und dann mit einem anerkennenden Blick auf Lorenz wies, der einen Schritt neben ihr stand, die Hemdsärmel blutverschmiert, Gesicht und Hände jedoch sauber.

»Dieser Mann hier hat ganze Arbeit geleistet. Ohne seine Hilfe hätten wir den kleinen Schreihals nicht so gesund auf diese Welt befördern können. Und nun sieh dir mal an, was für ein Prachtmädchen das ist!«

Vorsichtig zog Abigail den Rand der Windel hinunter, sodass Anna zum ersten Mal einen Blick auf ihr Kind werfen konnte. Es war zwar klein, da es früher als gedacht geboren war, aber es schien ihm nichts zu fehlen. Ein Lächeln zeigte sich auf seinem Gesicht, während es friedlich in Abigails Armen schlief, als könnten Krieg, Elend und Entbehrungen ihm nichts anhaben.

»Was für ein schönes Kind!«, flüsterte Anna mit Tränen in den Augen.

»Nicht wahr?« Zufrieden nickte die Sklavin. »Erlebt diese Schlacht, tagelanges Hungern, Schrecken und kommt doch gesund und mit starker Stimme auf diese Welt.«

Wie zur Bekräftigung dieser Worte begann das Kleine zu krähen, und Anna glaubte, in ihrem ganzen Leben noch nie einen süßeren Klang vernommen zu haben. Alles an diesem winzigen Wesen schien vollkommen, und wenn sie daran dachte, wie knapp sie beide dem Tod entronnen waren, schluchzte sie auf. Zitternd schniefte sie und streckte die Arme nach ihrer Tochter aus.

»Na, na, wer wird denn da weinen?« Mit einem gutmütigen Lächeln reichte Abigail ihr das warme Bündel, und sogleich grub das Kind sein Köpfchen in den Stoff des sauberen Nachthemdes, das jemand Anna übergestreift hatte.

Ein glückliches Auflachen entrang sich ihrer Kehle, während sie die Arme sanft um ihre Tochter schloss. Obgleich sie in ihrem Leben schon vielen Säuglingen auf die Welt geholfen hatte, war sie sicher, noch nie ein schöneres Kind gesehen zu haben.

Mit den rosa geschwungenen Lippen und dem niedlichen Gesicht erinnerte ihre Tochter sie an die Darstellungen kleiner Engel in papistischen Kirchen. Und sie hatte graue Augen.

»Anna.« Lorenz' Stimme war sanft. »Das ist unser Kind, Anna. *Unser* Kind!« Behutsam, als hätte er Angst, es zu verletzen, tastete er mit den Fingerspitzen nach seinem Köpfchen, dem zarten Flaum auf der rosigen Haut, über den winzigen Mund, die Nase und die Stirn. »Unsere Tochter«, wiederholte er mit tränenerstickter Stimme.

»Wie willst du sie nennen?« Anna gelang es nicht, den Blick von dem kleinen Wunder zu nehmen.

»Entscheide du, wie sie heißen soll. Dir verdankt sie ihr Leben.«

Anna tastete nach Lorenz' Hand. »Nein, ich möchte, dass du ihr einen Namen schenkst. Du warst ... so lange fort ... Ich dachte, ich würde dich niemals wiedersehen.«

Schweigend betrachtete Lorenz seine Tochter, ihre Gesichtszüge, ihr Mienenspiel. »Sie hat große Ähnlichkeit mit dir. Aber sie erinnert mich auch an meine Mutter.«

Anna hielt den Atem an. Es kam selten vor, dass Lorenz von seiner Mutter sprach. Sie wusste, dass er ihr sehr nahegestanden hatte und dass sie starb, als er noch ein Kind war. Und dass sie den Samen des Glaubens in ihn gelegt hatte.

»Dann nenne deine Tochter nach ihr. Ich finde das sehr … schön.«

»Katharina«, sagte Lorenz leise, und es klang beinahe wie ein Schwur. »Catherine.«

Er sah seine kleine Tochter an, als er weitersprach. »Kleine Baroness, du wirst in einer besseren Welt aufwachsen. Die alte ist versunken. Eine neue ist gerade im Entstehen.«

Ein Knistern lag in der Luft wie ein stummes Versprechen.

Zu erschöpft, um darüber nachzudenken, was er damit meinte, sank Anna wieder in die Kissen zurück, die Arme noch immer um ihr Kind geschlungen.

Beim Einschlafen spürte sie, wie Lorenz sich zu ihr legte, seine Brust an ihren Rücken geschmiegt. Warm und beruhigend pochte sein Herzschlag an ihren Schultern.

*

Lorenz rührte sich nicht. Kaum getraute er sich zu atmen. Schweigend betrachtete er Anna und seine winzige Tochter, die im Schlaf ab und zu mit den Ärmchen ruderte und glucksende Laute von sich gab. Beide hielten die Augen geschlossen und schliefen friedlich, als er wie gewohnt vor Sonnenaufgang wach geworden war. Vorsichtig schlüpfte er aus dem Bett, wusch sich und griff nach dem frischen Hemd, das Abigail wohl in der Nacht über einem Stuhl für ihn bereitgelegt hatte. Als er es überstreifte, erinnerte ihn der Schmerz in seinem Arm an die Schusswunde, die er Huntley verdankte. Ein Stöhnen unterdrückend, setzte er sich in den Sessel, der neben dem Bett stand. Die ersten Morgenstrahlen fielen durch das geöffnete Fenster, während er immer noch hingerissen Anna und den Säugling anschaute, der sich an sie schmiegte.

Seine Frau. *Seine Familie.* Großer Gott, welche Gnade!

Abigail betrat das Schlafzimmer. Trotz der Ereignisse wirkte sie schon wieder ausgeruht, und Lorenz kam nicht umhin, die Stärke dieser schmächtigen, kleinen Person zu bewundern, die Anna in all den Monaten auf der Plantage zur Seite gestanden und auch die Familien in den Sklavenquartieren unterstützt und zusammengehalten hatte.

Wortlos trat sie an das Bett, ließ ihren Blick eine Weile auf Mutter und Tochter ruhen. »Sie muss sich schonen und ordentlich essen, damit sie rasch wieder zu Kräften kommt«, sagte sie dann. »Ich hab einen dicken Maisbrei gekocht. Er hängt über dem Feuer. Sobald sie wach ist, bring ich ihr was davon.«

»Ich danke dir.« Aufrichtig gerührt von ihrer Umsicht und Fürsorge nickte Lorenz ihr zu.

»Aber jetzt kommt mit nach unten ins Speisezimmer. Da wartet ein ordentliches Frühstück auf Euch. Nach alldem, was Ihr hinter Euch habt, seid Ihr sicher ausgehungert.« Für einen Moment glitten ihre Augen forschend über ihn, dann hoben sich ihre Mundwinkel zu einem anerkennenden Grinsen. »Auch wenn Ihr ein gesunder und kräftiger Mann seid, der ganz schön viel aushalten kann.« Dann wandte sie sich zum Gehen, und nach einem letzten Blick auf seine schlafende Familie folgte Lorenz ihr die Treppe hinunter.

Die Welt war wirklich auf den Kopf gestellt. An diesem Morgen, als Ehemann der wundervollsten Frau diesseits und jenseits des Ozeans und Vater der entzückendsten kleinen Tochter, war er zum ersten Mal seit seinem siebzehnten Geburtstag ohne militärische Verpflichtungen. Ein Zustand, an den er sich gewöhnen konnte.

Um ein Haar hätte er wie ein kleiner Junge laut vor sich hin gepfiffen. Doch schon hatte Abigail die Tür des Speisezimmers vor ihm aufgestoßen, wo auf einem Tisch eine üppige Mahlzeit angerichtet war, die einen verführerischen Duft nach frischem Kaffee, gebratenem Speck, frisch gebackenem Brot und einem nahrhaften Eintopf verströmte. Sein Magen antwortete mit einem deutlich vernehmbaren Knurren, das Abigail ein zufriedenes Lächeln entlockte.

»Wusste ich's doch«, murmelte sie und schob ihm einen Stuhl hin. »Nun esst schnell, damit Ihr bei Kräften seid, wenn Eure Frau wach wird – und«, fügte sie mit einem warmherzigen Lächeln hinzu, »Eure Tochter.«

Nach dem mehr als ausreichenden Essen drängte alles in Lorenz danach, sofort wieder nach seiner Familie zu sehen. Doch Abigail hatte zunächst darauf bestanden, seinen von Huntleys Streifschuss verletzten Arm zu versorgen. Als man ihm anschließend mitteilte, dass Anna und die Kleine noch immer schliefen, machte er sich daran, die Angelegenheiten zu erledigen, die keinen Aufschub duldeten.

»Weißt du zufällig, wo Master Huntley seine geschäftlichen Unterlagen aufbewahrt?« Lorenz konnte nicht verhindern, dass ein Anflug von Anspannung in seiner Stimme lag.

Überrascht kniff Abigail die Augen zusammen, überlegte einen Moment. »Wahrscheinlich in seinem Arbeitszimmer. Wenn Ihr wollt, zeige ich es Euch.«

Auf sein Nicken hin führte sie Lorenz in einen grün gestrichenen Raum, der mit einem Sekretär aus poliertem Nussbaumholz, einem runden Tisch und einer Kommode ausgestattet war. Da das Fenster nach Norden ging, fiel nur wenig Licht herein, was dem Raum eine düstere Atmosphäre verlieh.

Sehr passend, dachte Lorenz grimmig, wenn man bedachte, dass hier über den Kauf und Verkauf, über das Schicksal so vieler Menschen auf der Plantage entschieden und Buch geführt worden war. Seinen Zorn unterdrückend, ging er zum Sekretär, kramte eine Weile in einem Stapel vergilbter Papiere und zog dann ein großes, in Leder gebundenes Buch hervor, das er sogleich aufschlug. Eilig glitten seine Finger über die peinlich genau mit Daten und Namen versehenen Seiten, bis er schließlich fand, was er suchte.

September 1776. Der Monat, in dem Huntley Annas Papiere gekauft hatte. Doch fanden sich diese nicht in dem Buch.

Wahllos durchwühlte Lorenz die Fächer des Sekretärs, las das eine oder andere Dokument und fand schließlich in der untersten Schublade, was er gesucht hatte: ein gezahntes Blatt schmierig gewordenen Papiers, das leise knisterte, als er es auseinanderfaltete.

This indenture ...

Er zerknüllte das Schreiben in seiner Hand. Am liebsten hätte er es auf der Stelle vernichtet. Doch vor Abigail wollte er sich keine Blöße geben.

Er sah zu ihr hinüber, doch sie schien seine Anwesenheit gar nicht zu bemerken. Wie in Trance ging ihr Blick über die vergilbten Seiten des noch immer aufgeschlagenen Buches. Traurigkeit schimmerte in ihren Augen und gleichzeitig etwas wie trotziges Aufbegehren. Ihre knochigen Finger krallten sich in die Schürze, ihr Kinn war vorgeschoben.

»Noah«, flüsterte sie leise. *Noah.*

Lorenz verspürte aufrichtige Freude darüber, dass er ihr den Kummer erleichtern konnte. »Deinem Sohn geht es gut.«

Abigail war zusammengeschrocken, als Lorenz plötzlich neben ihr stand. Seine Hand lag auf ihrer Schulter.

»Was sagt Ihr?«

»Dein Sohn, Noah. Er ist in Sicherheit. Er lebt als freier Mann in Philadelphia, bei einem Drucker, der sich für entlaufene Sklaven einsetzt.«

Lorenz sah, wie in Abigails Blick bei seinen Worten erst Ungläubigkeit stand und dann eine Spur von Hoffnung aufblitzte.

»In besagtem Haus wohnt auch eine Frau, die du bestimmt kennst. Sie heißt Rose.«

Abigail presste die Hand auf ihren Mund. Hastig kehrte sie ihm den Rücken zu und murmelte etwas, was er nicht verstand.

»Was hast du gesagt?«

Als sie sich wieder umwandte, sah Lorenz, dass dieser sonst so energischen Frau Tränen über das vom Leben gezeichnete Gesicht liefen. »Ich hab gesagt, dass Anna recht behalten hat. Ihr Gott scheint wirklich Menschen so zusammenzuführen, wie es gut für sie ist.«

Ein Schauder glitt über Lorenz' Rücken. Das Gleiche hatte er in der Vergangenheit auch öfter gedacht, inmitten einer von Krieg und Gewalt verwüsteten Welt.

Lorenz griff nach der Kristallkaraffe, die auf der Kommode stand und wohl mit Brandy gefüllt war. »Ich würde sagen, das ist Grund genug, darauf anzustoßen.« Er füllte zwei Gläser, reichte eines davon Abigail, nahm selbst das zweite und erhob die Hand zum Toast: »Auf unsere Lieben, unsere Familien und unsere Kinder.«

Und Abigail, Tabakpflückerin, die keine mehr war, stieß mit dem Premierleutnant von Tannau, der keiner mehr war, auf die Gesundheit ihrer Kinder an und darauf, dass Gott sie alle behüten möge.

Die Zukunft lag ungewiss vor ihm und seiner kleinen Familie. Dass er im alten Europa der Erbe eines Titels war, zählte auf dieser Seite des Ozeans nichts mehr. Zudem verfügte er als Deserteur weder über eine Stellung noch über Einkünfte. Doch das alles war an diesem Morgen bedeutungslos, denn er hatte in der letzten Nacht etwas viel Wertvolleres gewonnen: seine Freiheit und die bedingungslose Liebe seiner Frau.

Abigail stellte ihr Glas ab, und plötzlich kam Lorenz ein Gedanke. Schnell trank er aus. Dann ging er zum Sekretär, schlug das große Buch auf und blätterte darin, bis er die Eintragung über Abigail gefunden hatte. Entschlossen nahm er eine Feder, tauchte diese in Tinte und schrieb »freigekauft« und das Datum darunter.

»Was tut Ihr da?« Abigail war näher getreten, doch da sie wie die meisten Sklaven nicht lesen konnte, glitt ihr fragender Blick von dem großen Buch und der langsam trocknenden Tinte zu Lorenz.

»Ich begleiche einen Teil meiner Schuld dafür, dass du meiner Frau und meiner Tochter das Leben gerettet hast.« Ohne aufzusehen, kramte er nach seiner Börse, zog eine Banknote heraus und steckte sie zwischen die Seiten, bevor er diese zuschlug. Alles würde seine Ordnung haben. »Wenn wir in Philadelphia sind, wird der Drucker McKinley dir eine Freilassungsurkunde ausstellen und sich um die nötigen Formalitäten kümmern. Und bis dahin stehst du unter meinem Schutz.«

»Philadelphia?« Abigail schien zu verstehen, und wieder wurden ihre Augen feucht.

»Du wirst doch deinen Sohn da oben nicht alleinlassen wollen? Jetzt, wo ihr beide frei seid.«

»Frei!« Es klang wie ein Aufatmen oder eine Frage.

»Sobald Anna und das Kind dazu in der Lage sind, brechen wir auf. Doch zuvor gibt es noch eine Kleinigkeit zu tun.« Mit diesen Worten zog Lorenz Annas Schuldschein hervor, zerriss das Papier in kleine Fetzen und ließ diese auf die Erde flattern. Zuletzt warf er noch ein paar Münzen aus seiner Börse hinterher.

»Für Euch, John Huntley, der Preis für Eure Magd.« Ein schadenfrohes Grinsen überzog sein Gesicht, als er zusah, wie die Münzen erst ziellos umherrollten und dann mit einem leisen Klirren neben den Schnipseln liegen blieben. »Ihr hättet mein früheres Angebot annehmen sollen. Damit wärt Ihr besser weggekommen.«

KAPITEL 11

Huntley Plantation bei Williamsburg, Oktober 1781

Mit übereinandergeschlagenen Beinen saß Lorenz in einem Sessel und nippte an seinem Brandy. Nachdenklich blickte er aus dem Fenster auf die sorgfältig angelegten Gartenanlagen. Diesen war zwar anzumerken, dass die Herrschaft die Plantage vor einiger Zeit verlassen hatte, doch noch immer wirkte das ganze Anwesen prächtig und eindrucksvoll.

Ein passender Ort, um die Enkel des Freiherrn August von Tannau aufzuziehen. Durchaus standesgemäß. Nur, dass diese Enkel niemals anerkannte Abkömmlinge wären, ebenso wenig wie er selbst. Er hegte keinen Zweifel daran, dass sein Vater ihn des Titels und des Erbes entheben würde, sobald er von seinen ungebührlichen Entscheidungen erfuhr. Zudem würde die Schwiegertochter des besagten Freiherrn, eine recht eigenwillige Täuferin, es mit Verweis auf die Heilige Schrift sicher ablehnen, in einem derartigen Luxus zu leben.

Da der Großteil seines Geldes noch auf einer Bank in Cassel lag, glaubte Lorenz ohnehin nicht daran, dass seine verfügbaren Mittel ausreichen würden, um eine solch ausgedehnte Plantage zu erwerben. Zumal er nicht einmal wusste, wie er in diesen unsicheren Zeiten an sein Kapital gelangen konnte. Dennoch hatte er sich entschieden, in diesem Land zu bleiben, wo Herkunft und Titel wenig Bedeutung hatten, um mit Anna, seiner Frau, in Frieden und Freiheit leben zu können.

Wieder nippte er an seinem Glas und genoss, wie die scharfe Flüssigkeit durch die Kehle rann.

Freiheit. Er hatte in den vergangenen Jahren viel Zeit gehabt, darüber nachzudenken. Zunächst war ihm die Rebellion der Kolonisten wie ein Frevel gegen die Gesetze der Welt und die Gebote Gottes erschienen. Doch inzwischen sah er in dem Streben nach Freiheit, Gleichheit und Gerechtigkeit ein höchst erstrebenswertes Ziel. Nicht zuletzt ermöglichte es diese Ebenbürtigkeit dem Sohn eines Freiherrn, in ehelicher Gemeinschaft mit einer mittellosen Täuferin und ehemaligen Schuldmagd zu leben.

Noch stand America, dieses seltsame Land, am Anfang. Aber wenn dieser Krieg erst einmal vorbei wäre . . .

Lorenz dachte an die bunt zusammengewürfelte Gesellschaft im Hause Emmett McKinleys, das Miteinander von Religionen, Völkern und Sprachen, das er in den großen Städten wie Philadelphia und New York kennengelernt hatte. Und selbst wenn noch manches im Argen lag, verspürte Lorenz doch nicht übel Lust, sich auf diese neue Welt mit ihren Versprechungen und Idealen einzulassen.

Die Tür wurde geöffnet, und er wandte sich um.

Es schien ihm das Schönste, was er je in seinem Leben gesehen hatte: Anna, nur mit einem zarten Nachthemd bekleidet, mit offenen Haaren, die ihr über die Schultern fielen, das Kind in den Armen. Ihr gemeinsames Kind.

Rasch sprang er auf und lief den beiden entgegen. Der Duft von Annas Körper umfing ihn, als er sie an sich zog und sein Gesicht in ihrem Haar vergrub. Sie war am Leben, er war am Leben, und das Kind zwischen ihnen fing bei der ein wenig stürmischen Liebkosung so laut zu schreien an, dass kein Zweifel daran bestand, dass es ebenfalls sehr lebendig zu nennen war. Lorenz schob Anna ein kleines Stück von sich. Sanft strich sie der Kleinen über das Köpfchen, und sie beruhigte sich wieder.

Lorenz lachte. »Was tust du hier? Du solltest doch im Bett bleiben, nachdem du so viel Blut verloren hast.«

»Ich musste dich sehen.«

Es gefiel ihm, wie sie bei diesen Worten errötete. »Komm, setz dich zu mir und frühstücke erst einmal.« Langsam führte er seine Frau zum Tisch und sah mit Entzücken, wie seine kleine Tochter ihr Köpfchen an ihre Brust schmiegte und die Fäustchen in den Stoff ihres Nachthemdes grub.

»Ich möchte etwas mit dir besprechen.«

Fragend sah sie ihn an.

»Ich werde nicht mehr zum Militär zurückkehren.«

»Du hast es gesagt«, flüsterte sie. »Bei Catherines Geburt.«

Langsam ging er vor ihr auf die Knie. »Wir wissen beide, dass es weder in Cassel noch in Waldeck einen Ort geben wird, an dem wir gemeinsam als Mann und Frau leben können, ohne ausgegrenzt und verachtet zu werden – ohne dass Catherine darunter zu leiden hätte. Sie hat es verdient, glücklich und behütet aufzuwachsen. Nicht als Ausgestoßene, als Bastard der Gesellschaft.« Seine Stimme klang belegt, als er fortfuhr. »Mein Vater, der Freiherr von Tannau, würde sich nicht mit einer Schwiegertochter abfinden, die ...«

Er ließ den Rest des Satzes unausgesprochen, doch Anna ergänzte: »... die nicht von Adel ist. Dazu eine Täuferin und Schuldmagd.«

Fest presste Lorenz die Kiefer zusammen und nickte. »Oder mit einem Sohn, der in den britischen Kolonien desertiert ist.«

Eine Weile schwieg Anna, als müsse sie über all das nachdenken. Dann erschien ein Lächeln auf ihrem Gesicht, und zwei Grübchen zeigten sich auf ihren Wangen. »Das heißt also, mein Mann ist ein enterbter, mittelloser Deserteur.«

Lorenz runzelte die Stirn. »Man könnte meinen, dir gefiele diese Vorstellung.«

Ihre Grübchen vertieften sich. »Wieso nicht? Ein Leben in

Armut ist doch gottgefällig, oder? Soweit ich weiß, glauben das sogar die Papisten.«

Lorenz richtete sich auf. »Nur weil ich Titel und Offizierspatent verloren habe, bedeutet das nicht, dass ich völlig verarmt bin.« Nachdenklich zog er die Brauen zusammen. »Wenn man es recht bedenkt, verfüge ich noch über ein recht ansehnliches Kapital.«

Es kostete ihn große Anstrengung, eine ernste Miene beizubehalten, als er hinzufügte: »Außerdem bin ich ein guter Kartenspieler. Es wäre mir ein Leichtes, daraus ebenfalls Gewinn zu schlagen.«

Die Empörung vertrieb das Lächeln aus ihrem Gesicht. »Das wirst du nicht tun! *Glücksspiel.*« Es klang wie ein Schimpfwort.

»Nein, das werde ich wohl nicht.« Es fiel ihm schwer, auch weiterhin ernst zu bleiben. »Aber was hältst du davon, wenn ich das, was von meinem Vermögen noch übrig ist, dafür nutze, um diese Plantage für dich zu kaufen? Du hast hier ja bereits eine Weile gewohnt und fühlst dich bestimmt gleich wie zu Hause.«

Mit Vergnügen sah er, wie Anna den Mund öffnete und aufgebracht den Atem einsog. »Lorenz von Tannau!«

»Lorenz genügt«, sagte er und grinste.

»Du weißt genau«, fuhr sie ungerührt fort, »dass ich niemals einwilligen würde, in diesem Haus, in Luxus und Pomp zu leben.«

Er liebte die rechtschaffene Entrüstung in ihrer Stimme, als sie hinzufügte: »Noch dazu auf einer Plantage, die von Sklaven bewirtschaftet wird, in einem Haus, das von Menschen gebaut wurde, die ...«

Er drückte seine Lippen auf die ihren.

Einen Augenblick schien Anna von der seltsamen Wendung des Gesprächs überrascht, doch schließlich gab sie den Widerstand auf, entspannte sich und erwiderte den Kuss.

»Darf ich daraus schließen«, fragte er, als sie wieder zu Atem gekommen waren, »dass du mich nicht meines Geldes wegen geheiratet hast?«

Auch wenn es kaum möglich war, nahm ihr Gesicht einen noch tieferen Rosaton an. »Hast du das jemals geglaubt?«

»Nein. Und deshalb hoffe ich, dass du auch dann noch mit mir zusammenleben willst, wenn ich Tag für Tag einer einfachen Arbeit nachgehen muss, um für den Unterhalt unserer Familie zu sorgen. Denn ich fürchte, genau so wird es kommen.«

Die Begeisterung, welche sich bei dieser Vorstellung auf Annas Gesicht ausbreitete, war ihm Antwort genug.

❊

Zärtlich betrachtete Anna Catherine, die an ihrer Brust lag und gierig trank. Ein kleines gelbliches Tröpfchen lief neben dem kleinen Mund hinab, das sie sanft mit einem Tuch abtupfte. Lorenz saß daneben und beobachtete Mutter und Tochter hingerissen.

»Master von Tannau!« Anna und Lorenz schauten zur Tür. Abigail, die atemlos und mit gerafften Röcken ins Zimmer kam, blieb überrascht stehen, als sie Anna sah. »Was tust du denn hier? Du gehörst ins Bett!«

Anna wandte ihre Augen wieder der Kleinen zu, die sich beim Trinken nicht stören ließ. »Bitte mach dir um mich keine Sorgen, es geht mir gut.«

Ein zweifelnder Blick, dann wieder ein erregtes Funkeln in Abigails Augen. »Die Gerüchte sind wahr, die Schlacht ist vorbei! Die Briten sollen auf dem Rückzug sein. Ein gewaltiger Sieg der Patrioten. Es heißt, der Krieg wäre entschieden, von diesen Verlusten könnten sich weder die Engländer noch ihre Verbündeten je erholen.«

Unwillkürlich glitt Annas Hand in die von Lorenz, und ihr Blick suchte sein Gesicht nach einer Regung ab. Immerhin waren die Verlierer seine Einheit, seine Männer, mit denen er jahrelang Seite an Seite gekämpft, Entbehrungen und Verwundungen durchlitten hatte. Seine Kameraden.

Doch falls ihm solche Gedanken durch den Kopf gingen, zeigte er es nicht. Unbewegt nickte er. »Das war abzusehen. Die Belagerung war nicht zu durchbrechen und der Kampfgeist der Rebellen zu stark.« Anna erbebte, als seine Hand über ihren Rücken strich wie ein wortloses Versprechen. »Die Patrioten wussten, wofür es sich zu kämpfen lohnte.«

Überrascht sah Anna zu ihm auf, doch ehe sie etwas sagen konnte, rief Abigail: »Die ersten Kriegsgefangenen! Da, auf der Straße nach Williamsburg. Ihr solltet Euch das ansehen, Sir!«

Ohne eine Antwort abzuwarten, war sie hinausgeeilt und ließ die Tür offen stehen.

Anna sah, wie Lorenz' Augen sich verdunkelten. Langsam glitt sein Arm an ihrem Körper hinab in ihre Hand. »Komm, lass uns sehen, wie die neue Zeit anbricht.«

Gemeinsam gingen sie hinaus in die Halle zu einem Fenster, das einen Blick auf die große Straße freigab, welche von Yorktown kommend Richtung Williamsburg führte.

Anna bemerkte, wie Lorenz sich versteifte. Abigail hatte recht gehabt. Jenseits der Eichenallee, die zur Huntleyschen Plantage führte, zogen sie vorbei. Eine geschlagene Armee. Die Herren der Welt und ihre Verbündeten, erniedrigt und besiegt durch aufständische Bauern. Die Welt war auf den Kopf gestellt. Ein Haufen Kolonisten und ausländische Einwanderer hatten die Truppen König Georges vernichtend geschlagen.

Regungslos stand Lorenz neben ihr, den Blick starr auf die schier endlosen Kolonnen der Soldaten gerichtet.

»Mein Platz wäre jetzt an ihrer Seite. Es ist nicht recht, dass sie in Ketten sind, und ich ...« Er sprach nicht weiter, doch Anna verstand ihn auch so.

Lorenz war ein Mann von Ehre, kein Feigling. Keiner, der Konsequenzen scheute, sondern jemand, der zu seinen Prinzipien stand. Dafür liebte sie ihn. Darin waren sie sich ähnlich. Doch inzwischen hatte er erkannt, dass die Wertvorstellungen, die er ein Leben lang vertreten hatte, falsch waren.

»Du hast Krieg und Gewalt abgeschworen. Das hat dich vor dem Schicksal deiner Kameraden bewahrt«, sagte sie leise und legte ihm eine Hand auf seinen Arm.

Langsam wandte er ihr das Gesicht zu, und sie sah, wie darin unterschiedliche Regungen miteinander stritten: Scham und Erleichterung, Schuldgefühle und Hoffnung. »Womöglich hast du recht. Wie so oft.«

Anna lächelte überrascht.

»Aber nicht alle Männer, die jetzt in Gefangenschaft gehen, waren freiwillig hier, in diesem Land, in diesem Krieg.« Seine Augen wanderten wieder nach draußen auf die Straße. »Viele von ihnen hatten keine Wahl.«

Anna drückte seine Hand, die in der ihren ruhte, ein wenig fester. »Ich weiß«, sagte sie leise. »Ich weiß das sehr gut.«

Wie oft hatte sie selbst erfahren müssen, dass das Leben einen vor schier unlösbare Aufgaben stellte und es manchmal unmöglich schien, die richtige Entscheidung zu treffen.

Doch nun war alles vorbei. Weder konnte ihr John Huntley je wieder etwas anhaben, noch Gideon Beiler versuchen, ihr seinen Willen – den er als Gottes Willen ausgab – aufzuzwingen. Nach all den Jahren des Suchens und der zahllosen Verluste hatte sie endlich das erreicht, was ihr Vater und ihre Mutter sich immer ersehnt hatten: Sie war frei, nur Gott und ihrem Gewissen gegenüber Rechenschaft schuldig.

Das Kind in ihren Armen bewegte sich, und eine unbändige Freude darüber erfüllte sie, dass ihre Tochter hier in Freiheit aufwachsen konnte – ungeachtet ihrer Herkunft, ihres Glaubens oder ihrer sozialen Stellung. In einem Land, in dem kein König oder Fürst das Recht haben würde, sie zu bevormunden, zu unterdrücken oder gar zu vertreiben.

Und mit einem Mal überkam Anna eine unbändige Lust, die Haustür aufzureißen, die nach feuchter Erde, trocknendem Tabak und Herbstsonne duftende Luft einzuatmen und das neue Leben, das neue Land mit all seinen ungeahnten Freiheiten und Möglichkeiten zu umarmen.

EPILOG

Die ganze Stadt schien auf den Beinen zu sein, als Anna und Lorenz mit der kleinen Catherine durch die Straßen von Philadelphia schlenderten. Die Glocken läuteten, Salutschüsse wurden abgefeuert, Fackeln entzündet. Ein Freudentaumel hatte alle Bewohner erfasst.

Endlich, annähernd zwei Jahre nach dem Sieg der Americaner in Yorktown, war in Paris das Friedensabkommen zwischen Großbritannien und den neu gegründeten Vereinigten Staaten von America unterzeichnet worden. Der Krieg war nun wirklich vorbei, die noch verbliebenen Truppen sollten abziehen und die letzten Kriegsgefangenen in die Freiheit entlassen werden.

Doch die schönste Neuigkeit hatte Anna gerade von Dr. Sullivan erfahren: Sie erwartete ihr zweites Kind. In die Erleichterung, dass es mit den Kämpfen und der Gewalt in diesem Land nach über einem Jahrzehnt endgültig vorbei war, mischte sich die Freude über ihre erneute Schwangerschaft.

Annas Hand glitt in die ihres Mannes, und sie schaute ihn an. Feine Fältchen zeichneten sich in seinen Augenwinkeln ab, als er sie anlächelte. Sie mochte es, wie er sich verändert hatte, seit er nicht mehr Dienst in der Armee des Landgrafen tat. In der einfachen Kleidung eines Bürgers gefiel er ihr noch besser als in der hessischen Uniform.

An diesem Tag trug Lorenz einen schlichten, aber gut geschnittenen blauen Rock, über dem ihn ein wollener Umhang gegen die Dezemberkälte schützte. Unter dem Dreispitz hatte er die Haare zu einem Zopf zusammengebunden. Aufgrund seiner Körpergröße ragte er aus der Menge hervor, und es entging Anna nicht, dass seine Erscheinung viele Blicke auf sich zog.

Lorenz, *ihr Mann!* Sie liebte ihn von Tag zu Tag mehr. Was hatte er nicht alles für sie aufgegeben! Durch seine Entscheidung, sein Regiment zu verlassen und in America zu bleiben, hatte er einen Großteil seines Besitzes sowie Rang und Titel eingebüßt.

Die größte Enttäuschung für ihn war jedoch das Verhalten seines Vaters gewesen. In einem langen Brief hatte Lorenz ihm alles, was sich ereignet hatte, ausführlich erzählt. Als nach schier endloser Zeit seine Antwort eintraf, bestand diese lediglich aus der Mitteilung, dass er Lorenz' privates Vermögen auf eine Bank in Philadelphia übertragen lassen würde. Die einzigen persönlichen Worte seines Vaters lauteten: »Ich habe keinen Sohn mehr.«

Von einem Teil des Geldes aus Cassel hatte Lorenz für sich und seine Familie ein ansehnliches Haus in Philadelphia erworben, ein Gebäude aus roten Ziegelsteinen mit schmucken weiß lackierten Gauben, Fensterläden und Türen. Für Annas Geschmack war es schon fast ein wenig zu luxuriös, Lorenz hingegen musste es kaum besser als eine Hütte erscheinen.

Trotz ihrer neu gewonnenen Stellung als Frau eines angesehenen und wohlhabenden Bürgers unterstützte Anna, wann immer es ihre Zeit erlaubte, Dr. Sullivan im Krankenhaus der Stadt. Zuweilen, wenn es dort sehr viel zu tun gab, griff Abigail ihr zu Hause unter die Arme. Diese wohnte nun ebenfalls in Philadelphia, zusammen mit ihrem Sohn Noah und ihrer Schwiegertochter Rose, und schien ihre neu gewonnene Freiheit in vollen Zügen zu genießen. Für die kleine Catherine war sie beinahe etwas wie eine Großmutter.

Obgleich sie von dem Rest des Casseler Geldes durchaus angenehm hätten leben können, hatte Lorenz sich entschlossen, die Arbeit, die er zuvor bei einer deutschsprachigen Zeitung gefunden hatte, nicht aufzugeben.

Bisweilen musste Anna bei der Vorstellung lächeln, mit welcher Hingabe und welchem Ehrgeiz sich ihr Mann, der ursprünglich das Kriegshandwerk gelernt hatte, dieser gänzlich anderen Aufgabe widmete. Mit der Disziplin eines lang gedienten Soldaten prangerte er in seinen Artikeln immer wieder Missstände an, die den Aufbruch des jungen Landes überschatteten. Allen voran die Sklaverei, die trotz der Ideale von Freiheit und Gleichheit noch immer fest in den gesellschaftlichen Strukturen des Landes verankert war. Manche der Staaten im Norden hatten gegen Ende des Krieges zögerlich damit begonnen, ihren Sklaven, besonders denjenigen, die in der Kontinentalarmee für die Unabhängigkeit ihres Landes gekämpft hatten, die Freiheit zu schenken. Der menschenunwürdige Menschenhandel aus Africa sollte immer weiter eingeschränkt werden, und vielerorts wurden die Kinder von Sklaven bereits in den Status eines freien Menschen geboren.

Doch ein Gefühl sagte Anna, dass es noch lange dauern würde, bis der Samen der Freiheit, der in dieses neue Land gelegt worden war, vollständig aufgegangen wäre. Zu viele Köpfe und Herzen hingen noch immer an den alten Ideen und Werten. Womöglich würde diese Generation es nicht mehr erleben, dass wirklich alle Americaner frei leben konnten. Und diese Erkenntnis legte sich wie ein dunkler Schatten über den berauschenden Jubel dieses Tages.

Dennoch, so vieles hatte sich zum Guten gewendet, dass Anna das tiefe Bedürfnis verspürte, Gott jeden Abend für seine Gnade zu danken, die er nicht nur ihr selbst, sondern auch vielen ihrer neu gewonnenen Freunde erwiesen hatte.

So war es Father Seán gelungen, eine Anstellung als Hilfs-
pfarrer in der St. Mary's Church, einer der beiden katholischen Kirchen Philadelphias, zu erhalten. Auch wenn er nie
darüber sprach, spürte Anna, dass sich etwas in ihm verändert
hatte, seine Verbitterung gewichen war und er es genoss, seinen Glauben frei und von der Gesellschaft geachtet ausüben
zu dürfen. Beinahe jeden Sonntag nahm Lorenz an seinen
Messfeiern teil, wobei sie ihn manchmal begleitete, und gelegentlich besuchten der Priester und Dr. Sullivan sie anschließend in ihrem Haus zum gemeinsamen Essen.

Eine enge Verbindung hielt Anna auch zu Amanda und
Emmett aufrecht. Rose hatte sich am Ende doch noch mit
ihrem Vater versöhnt. Im vergangenen Jahr hatte sie Noah
geheiratet, und Emmett hatte seinem Schwiegersohn sogar
angeboten, seine Druckerei zu übernehmen, was den ehemaligen Sklaven auf einen Schlag zu einem angesehenen Ge-
schäftsmann gemacht hätte. Doch hatte Noah es vorgezogen,
weiterhin mit Pferden zu arbeiten, und war mittlerweile Besitzer eines gut gehenden Mietstalls, der einen hervorragenden
Ruf in der ganzen Stadt genoss. Gelegentlich begegnete Anna
ihm in der Stadt, und sie freute sich jedes Mal darüber. Nie
würde sie vergessen, was er alles für sie riskiert hatte. Nur Rose
schien noch immer Schwierigkeiten damit zu haben, Anna
ohne Hemmungen entgegenzutreten. Vermutlich quälte sie das
Gewissen wegen all dem, was sie ihr in der Vergangenheit angetan hatte. Anna wusste, dass manche Dinge einfach ihre Zeit
brauchten.

Etwas anderes lastete wesentlich schwerer auf ihrer Seele.
Noch immer war es ihr nicht gelungen, wieder ein respektier-
tes Mitglied einer mennonitischen Gemeinde zu werden.
Zwar konnte sie in Lorenz' Begleitung den Gottesdienst in
Germantown besuchen, was sie als ein großes Geschenk emp-

fand. Aber obgleich viele Glaubensbrüder sie freundlich in ihrer Mitte aufgenommen hatten, stellte auch in Pennsylvania ihre Ehe mit einem Papisten für einige der Mennoniten ein großes Hindernis dar. An manchen Tagen trübte diese Tatsache Annas tief empfundene Freude über ihr neues Leben. Nach all den unglaublichen Veränderungen, die sie in den vergangenen Jahren erlebt hatte, war sie jedoch nicht bereit, die Hoffnung aufzugeben, dass eines Tages nicht nur die Schranken zwischen Menschen von unterschiedlicher Herkunft, Hautfarbe und Stand fallen würden, sondern auch die zwischen Christen verschiedener Bekenntnisse. Sie war sich mit Lorenz darüber einig, dass sie versuchen wollten, ein Leben zu führen, das sie vor ihrem Gewissen, vor der Schrift und vor Gott verantworten konnten, und in diesem Geist würden sie auch ihre Kinder erziehen. Die schrecklichen Erfahrungen, die sie hatten durchstehen müssen, hatte in ihnen die Gewissheit verstärkt, dass sie für immer zusammengehörten.

»Mama! Schau, schau!« Aufgeregt trippelte Catherine in ihrem pelzverbrämten warmen Mäntelchen an ihrer Hand durch die feiernde Menge, und auch Anna konnte sich der überschäumenden Freude der auf den Straßen tanzenden Menschen nicht verschließen. Selbst wenn manches noch nicht so war, wie sie es sich in ihren Träumen erhofft hatte, musste sie sich eingestehen, dass sie doch dem großen Ziel ihres Lebens recht nahegekommen war: Sie war frei.

Alles andere würde die Zeit bringen.

ENDE

Nachwort

Der Traum von Freiheit ist so alt wie die Menschheit selbst. Bereits in der römischen Antike kannte man die Vorstellung, dass selbst der Tod noch der Knechtschaft vorzuziehen sei. Personifiziert wurde die Freiheit durch die Göttin Libertas, der man in Tempeln huldigte, sie auf Statuen abbildete und anbetete. In allen Epochen bis hin in unsere Zeit drücken Kunstwerke, Schriften, Lieder und Gebete – nicht zuletzt auch die Bibel – immer wieder die Sehnsucht des Menschen nach persönlicher und gesellschaftlicher Selbstbestimmung aus.

Gelegentlich gab es im Laufe der Geschichte Ansätze, dieses Ideal von Freiheit – zumindest für einen ausgewählten Teil der Menschen – zu verwirklichen. Auch kam es immer wieder zu Aufständen unterjochter Individuen, Gruppen oder ganzer Völker gegen ihre Unterdrücker. Allerdings sollte es Jahrhunderte dauern, bis diese Idee der persönlichen, individuellen Freiheit jedes Menschen sowie das Recht auf Unabhängigkeit und Selbstbestimmung jedes Volkes so tiefe Wurzeln im Bewusstsein der Menschen geschlagen hatte, dass eine ganze Nation – die Vereinigten Staaten von Amerika – aus diesem Gedanken heraus geboren wurde und die Freiheit jedes Einzelnen zur Basis ihrer Demokratie machte.

Die Amerikanische Revolution, die den historischen Hintergrund des vorliegenden Romans bildet, war eine der ersten großen Erhebungen im Namen allumfassender Freiheit und Unabhängigkeit. Viele der nachfolgenden Revolutionen in Europa und Übersee wurden von ihr inspiriert und durch sie ermöglicht. So ist auch die Französische Revolution zum Teil von Intellektuellen und Adeligen beeinflusst und initiiert worden, die selbst in Amerika am Unabhängigkeitskrieg teilgenommen oder diesen von Frankreich aus unterstützt hatten, allen voran der berühmte Marquis de La Fayette.

Allerdings war ich selbst überrascht, bei der Recherche zu diesem Roman herauszufinden, wie stark das Streben der jungen amerikanischen Nation nach Freiheit mit der deutschen Geschichte verknüpft ist und welch zentrale Rolle deutsche Immigranten in der Amerikanischen Revolution gespielt haben. Denn viele Deutsche, die in ihrer alten Heimat verfolgt wurden oder Bevormundung, Unfreiheit und Repressalien ausgesetzt waren, suchten in Amerika Zuflucht. Und nicht wenige von ihnen setzten dort ihren Einsatz für die Freiheit aller Menschen fort.

Vor diesem Hintergrund ist es zu erklären, dass das erste Manifest gegen die Sklaverei in Amerika von deutschen Einwanderern verfasst und unterzeichnet wurde. Dies geschah bereits 1688, zu einer Zeit, in der weder Unabhängigkeit noch Abschaffung der Sklaverei in den britischen Kolonien ein ernst zu nehmendes Thema waren. Sogar viele Quäker, die später zum Sinnbild des Kampfes gegen die Sklaverei wurden, hielten zu dieser Zeit noch selbst Sklaven.

Als nach dem Scheitern der demokratisch geprägten Märzrevolution im Jahre 1848 vielen deutschen Aktivisten Verfolgung, Verhaftung, ja sogar der Tod, drohte, flohen viele von ihnen nach Amerika. Dort setzten zahlreiche der sogenannten *Forty Eighters* ihren Kampf für die Freiheit fort, oft als vehemente Gegner der Sklaverei. Einzelne von ihnen brachten es gar zu internationalem Ruhm, wie der legendär gewordene Carl Schurz, der zum Berater des Präsidenten Abraham Lincoln und später sogar amerikanischer Innenminister wurde.

Deutschsprachige Zeitungen, Turnvereine und Verbände waren oft Brutstätten freiheitlicher Ideale.

Auch im 1863 ausgebrochenen Amerikanischen Bürgerkrieg zwischen den Süd- und Nordstaaten machten deutschsprachige Einheiten, in denen deutschstämmige Einwanderer unter deutschstämmigen Offizieren dienten, von sich reden. Es ist anzunehmen, dass jeder zehnte Soldat, der auf der Seite des Nordens für die Einheit und gegen die Sklaverei kämpfte, deutsche Wurzeln hatte.

Darüber hinaus hatten die deutschstämmigen Immigranten, welche heutigen Schätzungen zufolge über die Jahrhunderte hinweg die größte Einwanderergruppe der gesamten Vereinigten Staaten stellten, auch einen prägenden Einfluss auf Wissenschaft, Kultur und Lebensstil in der Neuen Welt.

Als ich vor einigen Jahren mein Journalismus-Studium in Columbia, Missouri, unweit von Saint Louis, verbrachte, habe ich täglich erlebt, wie stark dieser deutsche Einfluss war und immer noch ist. Bis heute ist diese Region stolz auf ihre deutschen Einwanderer und deren Traditionen, und gerade in der im neunzehnten Jahrhundert von Deutschen gegründeten Stadt Hermann, im sogenannten *Missouri Rhineland*, ziehen deutsche Bräuche und Feste Besucher aus der ganzen Umgebung an.

Bis heute einen Namen gemacht haben sich der Oberfranke Levi Strauss als Erfinder der Jeans und der pfälzisch-hessischstämmige Pennsylvanier Henry John Heinz, der das Tomatenketchup als industrielle Massenware salonfähig gemacht hat. Doch auch weit darüber hinaus haben deutsche Einwanderer und deren Nachkommen das Leben in Nordamerika entscheidend mitgestaltet. Viele Bräuche, Gegenstände oder auch kulinarische Spezialitäten, die landläufig als typisch amerikanisch gelten, gehen auf deutsche Immigranten zurück.

Bereits 1683 trafen die ersten deutschen Siedler aus dem Gebiet um Krefeld in der freiheitlich strukturierten Kolonie Pennsylvania ein, wo sie kurz darauf die erste deutsche Stadt gründeten: Germantown bei Philadelphia, das auch im Roman eine Rolle spielt, da sich dort viele Mennoniten niederließen. Aber auch Philadelphia selbst wurde sehr schnell Heimat vieler Deutscher, die dort ihre eigenen Kirchen, Geschäfte und Schulen gründeten. Unmittelbar vor Ausbruch des Amerikanischen Unabhängigkeitskrieges lebte schätzungsweise eine Viertelmillion deutsche Einwanderer in den Kolonien. Etwa ein Drittel aller Einwohner Pennsylvanias war zu dieser Zeit deutschstämmig. Ihr Einfluss war so bedeutend, dass bereits wenige Tage nach Unterzeichnung der Amerikanischen Unabhängigkeitserklärung im Jahre 1776 diese vom *Pennsylvanischen Staatsboten,* einer deutschsprachigen Zeitung, in Übersetzung abgedruckt wurde.

Im Amerikanischen Unabhängigkeitskrieg kämpften Deutsche und deutschstämmige Siedler auf beiden Seiten. Darunter sind besonders die deutschen Subsidientruppen zu nennen, die auf der Seite der britischen Krone gegen die »aufständischen Rebellen« kämpften. Neben den im Roman besonders hervorgehobenen Einheiten aus Hessen-Cassel wurden auch Soldaten aus Hessen-Hanau, Braunschweig-Wolfenbüttel, Braunschweig-Lüneburg, Anhalt-Zerbst, Ansbach-Bayreuth und aus Waldeck-Pyrmont als Unterstützung der britischen Truppen an Großbritannien vermietet. Allein Hessen-Cassel entsandte etwa 16 000 bis 19 000 Soldaten in die amerikanischen Kolonien, sodass wahrscheinlich dreißig Prozent der britischen Truppen aus Hessen bestand. Von diesen hessischen Soldaten kehrten jedoch schätzungsweise nur knapp zwei Drittel wieder in die Heimat zurück. Die übrigen sind im Krieg gefallen oder in Amerika geblieben.

Doch auch auf der Gegenseite, der aus Amerikanern und Franzosen bestehenden Allianz, machten deutsche Militärs von sich reden. Eine besondere Stellung nimmt hierbei der preußische Baron von Steuben ein, der im legendären Hungerwinter 1777/78 in George Washingtons Winterlager *Valley Forge* aus einer provisorischen Streitmacht von untrainierten Siedlern und Kolonisten eine durchstrukturierte, gut funktionierende Kontinentalarmee formte, die Geschichte schreiben sollte. Viele Historiker sind sich darin einig, dass der Sieg über die Briten nicht zuletzt von Steubens Verdienst war, und noch heute gedenkt man seiner in der sogenannten Steuben-Parade, die jeden September in New York einen Hauch deutscher Folklore durch die Fifth Avenue wehen lässt.

Darüber hinaus kämpften Zweibrücker Einheiten im französischen Fremdenregiment *Royal Deux-Ponts* auf der Seite der Franzosen gegen die Briten und wirkten bei der Schlacht von Yorktown entscheidend mit. Und selbst innerhalb der regulären amerikanischen Kontinentalarmee dienten viele deutsche oder deutschstämmige Siedler, teilweise sogar in eigenen deutschsprachigen Regimentern.

Ähnliches gilt für die Milizen beider Seiten, wo deutsche Siedler je nach politischer Gesinnung für die Sache der Loyalisten oder der Patrioten kämpften.

Bei der entscheidenden Schlacht von Yorktown war die deutsche Beteiligung auf beiden Seiten so bedeutend, dass manche Historiker, nicht ohne ein gewisses Augenzwinkern, von der »Deutschen Schlacht« sprechen.

Eine kulturell und religiös bedeutende Gruppe, die sich nicht an den Kriegseinsätzen beteiligte, waren die Mennoniten und die ihnen nahestehenden Amischen. Sie zählen nicht nur zu den ersten Einwanderern aus Deutschland, sondern fühlen sich zum Großteil bis heute ihrem deutschen Erbe verpflichtet. Daher ist es kein Zufall, dass die Hauptfigur des Romans eine Mennonitin ist.

Die Tradition der Mennoniten lässt sich bis ins sechzehnte Jahrhundert zurückführen, auf die Täuferbewegung der Reformationszeit, die ihren Ursprung in der Schweiz hatte, aber rasch Anhänger im ganzen deutschsprachigen Raum, ja in ganz Mitteleuropa, fand. Der Name »Mennoniten« geht auf den ehemals katholischen Priester Menno Simons zurück. Aufgrund ihrer Lehre, nur mündige Erwachsene auf das Bekenntnis ihres Glaubens hin zu taufen und selbst der staatlichen Gewalt den Eid und den Kriegsdienst zu verweigern, erfuhren die Mennoniten und andere sogenannte täuferische Gemeinden von Beginn an Unterdrückung und Verfolgung. Dabei sah neben der staatlichen auch die geistliche Macht in der Täuferbewegung eine Rebellion und Ketzerei, die es zu bekämpfen galt. Selbst viele der protestantischen Reformatoren, allen voran Luther und Zwingli, schlossen sich diesem Kampf gegen das Täufertum an.

Ende des siebzehnten Jahrhunderts kam es zu einer Spaltung der Mennoniten unter dem Ältesten Jakob Ammann, von dem sich der Name der »Amischen« ableitet. Vehement forderte dieser eine engere Auslegung der Schrift sowie die Einhaltung von Traditionen und eine strenge Gemeindezucht inklusive eines rigorosen Banns für abtrünnige Mitglieder.

Noch heute gibt es zahlreiche mennonitische Gemeinden in Europa, vor allem auch in Deutschland, die oft verschiedene kulturelle und theologische Traditionen leben und sich trotz ihrer gemeinsamen Glaubenswurzeln und Ähnlichkeiten in vielem unterscheiden.

Amische jedoch finden sich nur noch in Kanada und den

Vereinigten Staaten. Die wenigen in Europa verbliebenen amischen Glaubensbrüder haben sich zumeist mennonitischen Gemeinden angeschlossen. Zwei der letzten europäischen Amisch-Gemeinden in Zweibrücken und Luxemburg haben sich noch vor Ende des Zweiten Weltkrieges aufgelöst. In Nordamerika hingegen spielen amische Gemeinschaften weiterhin eine wichtige Rolle und sind ein beliebtes Thema von Romanen und Filmen.

Die Jahrzehnte blutiger Verfolgung, aber auch subtilere Formen der politischen, religiösen und gesellschaftlichen Diskriminierung, wie sie zurzeit des Romans vorherrschten, führten dazu, dass viele Täufer ihre Heimat verließen und in anderen Fürstentümern, Ländern oder gar Kontinenten ihr Glück suchten. Viele hofften, in Amerika, besonders in Pennsylvania, Freiheit und Toleranz zu finden. Noch heute wird dort in einigen Gemeinschaften ein deutscher Dialekt gesprochen.

Allerdings war Amerika für viele der Flüchtlinge und Einwanderer nicht immer von Beginn an das ersehnte Paradies oder das Land der unbegrenzten Möglichkeiten, wie es später genannt wurde. Auch in der Neuen Welt mussten viele der Neubürger und Siedler Einschränkungen und Diskriminierungen am eigenen Leib erfahren oder zumindest beobachten. So war die Sklaverei eine Institution, die nicht nur bis zum Ende der Amerikanischen Revolution, sondern besonders in den Südstaaten bis in die zweite Hälfte des neunzehnten Jahrhunderts Bestand hatte. Ein großes Paradoxon der Geschichte besteht darin, dass auch fortschrittlich und liberal denkende Menschen selbst Sklaven hielten oder gar die Sklaverei rechtfertigten. Dazu zählen beispielsweise der Quäker William

Penn, Begründer der nach ihm benannten Kolonie Pennsylvania und Verfechter eines toleranten und menschlichen Miteinanders, sowie die Gründerväter und Unterzeichner der Amerikanischen Verfassung George Washington und Thomas Jefferson, wobei Letzterem sogar nachgesagt wird, illegitime Kinder mit einer seiner Sklavinnen gehabt zu haben.

Eine andere Form der persönlichen Unfreiheit bestand im System der Schuldknechtschaft, auf Englisch *Indentured Servitude*, oder der ähnlich funktionierenden *Redemptioner Systems*. In beiden Systemen schlossen auswanderungswillige Europäer einen Vertrag ab, in dem sie sich verpflichteten, für eine bestimmte Anzahl von Jahren einem Herrn zu dienen, um dadurch die Kosten der Überfahrt über den Atlantik in die Neue Welt zu bestreiten. Hierbei war der Schuldknecht oder die Schuldmagd jedoch nicht das Eigentum eines Herrn, sondern dieser besaß lediglich den Vertrag, der ihm die Arbeitskraft des Knechtes oder der Magd über den vereinbarten Zeitraum zusicherte. Bei dessen Ablauf war der Herr dazu verpflichtet, den Knecht oder die Magd mit Kleidung und der notwendigen Ausstattung auszurüsten.

Ich habe mich bemüht, in diesem Roman ein möglichst authentisches Bild der europäischen und amerikanischen Geschichte in den Jahren 1775 bis 1783 zu zeichnen. Auch Details, vom Aussehen der Uniformen unterschiedlicher Einheiten über die Farbe der Erde auf den Tabakfeldern Virginias bis hin zu den Wetterbedingungen einzelner Schlachten, entsprechen den Tatsachen. Alle im Roman beschriebenen historischen Ereignisse, wie beispielsweise die große Explosion im Waffen- und Munitionsdepot nach der Eroberung von Charles Town oder die Überquerung des vom eisigen Hochwasser angeschwollenen Catawba River durch Cornwallis' Truppen, haben sich genau so zugetragen, wie dargestellt.

Doch soll ein historischer Roman weit über geschichtliche Daten und Fakten hinaus vor allem auch ein Stück Atmosphäre und Lebensgefühl der jeweiligen Epoche vermitteln. Dazu gehört es auch, die Ziele, Ideale und Denkweisen der Menschen und verschiedenen Bevölkerungsgruppen zu jener Zeit glaubwürdig und ungeschönt darzustellen. Aus diesem Grunde war es leider unumgänglich, Ausdrucksweisen zu verwenden, die heute als anstößig empfunden werden, und auch solche, die bereits in der damaligen Zeit bewusst als Beleidigung gedacht waren. Dazu zählen insbesondere Bezeichnungen, die sich gegen Personen anderer politischer oder religiöser Überzeugung, aber auch anderer Herkunft oder Hautfarbe richten. So wurde der Begriff »Wiedertäufer« nicht nur inkorrekt, sondern oft genug auch abwertend auf christliche Gemeinschaften angewendet, welche die Taufe von unmündigen Kindern ablehnen und ausschließlich Jugendliche oder Erwachsene auf deren Glauben hin taufen. Ähnlich verhält es sich mit der Bezeichnung »Papisten« für Katholiken, unterstellt diese doch, dass katholische Christen dem Papst anstelle von Jesus Christus nachfolgen. Besonders stieß ich mich jedoch an abwertenden Bezeichnungen für Menschen afrikanischer Herkunft. Es hat mich große Überwindung gekostet, meinen Romanfiguren derartig verächtliche Begriffe in den Mund zu legen. Doch war es unverzichtbar, um ein authentisches Bild der damaligen Zeit zu zeichnen und das Ausmaß an Vorurteilen und Unterdrückung zumindest ansatzweise aufzeigen zu können.

Eine andere Schwierigkeit beim Verfassen dieses Romans bestand darin, die unterschiedlichen Anredeformen unter Berücksichtigung der sozialen Abstufungen und verschiedenen Sprachen annähernd authentisch und zugleich für den heutigen Leser verständlich wiederzugeben. Im achtzehnten Jahrhundert war neben dem »du« und dem bereits im Mittelalter angewandten »Ihr« in den meisten Gebieten des deutschen Sprachraums auch schon das heute noch verwendete »Sie« in der dritten Person Plural geläufig und weit verbreitet. Gängig und üblich war auch die pronominale Anrede als »Er« oder »Sie« im Singular, wobei diese meist auf eine rangniedere Person angewendet wurde. Verwendung, Häufigkeit und soziale Komponenten der verschiedenen Anredeformen variierten jedoch von Fürstentum zu Fürstentum, von Süden nach Norden und ganz besonders von Stadt zu Land. Zur Vereinfachung für den Leser habe ich mich im Roman auf die Anreden »Ihr«, »du« und »Er« beschränkt.

Im Englischen wiederum ist das traditionelle »du« (*thou*) fast völlig verloren gegangen. Das heute für jede Anrede verwendete *you* entspricht dem deutschen »Ihr« und dem Französischen *vous*, was bedeutet, dass man sich im modernen Englisch streng genommen ausschließlich ihrzt (sprich siezt). Eine Ausnahme bildeten bis weit ins neunzehnte Jahrhundert hinein die Quäker, für die aus religiöser Überzeugung alle Menschen gleichwertige Freunde und Brüder sind. Daher hat diese Religionsgruppe konsequenterweise noch lange Zeit das althergebrachte »du« (*thou*) verwendet, ebenso wie sie es abgelehnt haben, gesellschaftlich Höherstehende mit Rang oder Titel anzusprechen.

Auch über medizinische Kuriositäten bin ich während meiner Recherche immer wieder gestolpert. Neben traditionellen Diagnose- und Behandlungsmöglichkeiten von Gelbfieber, Typhus, Koliken und Diphtherie habe ich dabei manch Unfassbares gelernt. So war mir zwar bekannt, dass in Kriegszeiten häufiger Schwerverwundete nach der Schlacht auf den

Feldern oder unter Leichenbergen zurückblieben, da man sie mangels geeigneter Untersuchungsmethoden fälschlicherweise für tot hielt. Überraschend war es für mich jedoch zu erfahren, dass es bis in die Gegenwart eine Herausforderung darstellen kann, mit letztendlicher Gewissheit den Tod eines Menschen festzustellen. Selbst bei gründlicher und fachkundiger Untersuchung, so wurde mir von ärztlicher Seite versichert, seien Atmung, Puls oder andere Lebenszeichen einer bewusstlosen oder gar ernsthaft verletzten Person nicht immer feststellbar. Während heutzutage bei solchen Fällen jedoch der Einsatz moderner Medizintechnik die letzte Klarheit bringt, war in früheren Zeiten – noch dazu auf den von Verwundeten übersäten, regengetränkten nächtlichen Schlachtfeldern – die Angst, versehentlich lebendig begraben zu werden, alles andere als unbegründet.

Die Vereinigten Staaten konnten durch ihren Aufstand gegen die britische Krone und den Enthusiasmus ihrer patriotischen Bevölkerung ihre Freiheit gewinnen. Und doch war nach dem Frieden von Paris 1783, der das Ende des Amerikanischen Revolutionskrieges und die endgültige internationale Anerkennung der Unabhängigkeit der jungen amerikanischen Nation markiert, das Ideal noch lange nicht erreicht. Es sollte noch beinahe hundert Jahre dauern, fast bis zum Ende des Amerikanischen Bürgerkrieges 1865, bis auch in den letzten der amerikanischen Staaten die Sklaverei endgültig abgeschafft wurde. Es brauchte weitere Jahrzehnte, bis im Jahre 1920 amerikanischen Frauen das Wahlrecht zugestanden wurde. Und noch bis in die Sechzigerjahre des zwanzigsten Jahrhunderts mussten Minderheiten um die Ausübung ihrer bürgerlichen Rechte kämpfen.

Trotz aller Ungerechtigkeiten der Vergangenheit und mancher Skandale der Gegenwart sind die Vereinigten Staaten von Amerika für viele Menschen weltweit ein politisches Vorbild und ein Symbol gesellschaftlicher und politischer Freiheit geworden – verkörpert in der am New Yorker Hafen von weit her sichtbaren Freiheitsstatue, welche – natürlich – die Göttin Libertas darstellt.

Von den Anfängen der jungen Nation, von den Träumen und Sehnsüchten derjenigen, die dorthin einwanderten und dort lebten, erzählt dieser Roman.

Maria W. Peter
Sankt Augustin und Schiffweiler,
im Juli 2014

Amische: Eine im späten 17. Jahrhundert von den Mennoniten abgespaltene Glaubensgemeinschaft täuferischer Orientierung (siehe auch → Mennoniten, → Täufer und → Wiedertäufer).

Bann (hier: Gemeindebann): Zeitlich begrenzter oder dauerhafter Ausschluss aus der Gemeinde, welcher die vollständige religiöse und gesellschaftliche Isolation durch die Glaubensbrüder und -schwestern zur Folge hat.

Baptisten: Bezeichnung für unterschiedliche Glaubensgemeinschaften (besonders auch im englischsprachigen Raum), welche ausschließlich die Glaubenstaufe praktizieren, also die Taufe mündiger Jugendlicher oder Erwachsener (siehe → Täufer).

Boudoir: Privatgemach oder Ankleidezimmer der Dame des Hauses.

Bremerlehe (oder Lehe): Heute Stadtteil von Bremerhaven, der Hafen, von dem aus die hessischen Subsidientruppen nach Amerika verschifft wurden.

British Legion (hier gemeint: *Tarleton's Raiders*): Ein während der Amerikanischen Revolution gegründetes Regiment, das aus loyalistischen Infanteristen und Kavalleristen bestand und sich durch seine militärische Schlagkraft und Flexibilität einen Namen machte.

Büchse (hier: Jägerbüchse): Relativ kurze Schusswaffe der Jägerregimenter mit gezogenem Lauf, die eine für die damalige Zeit außergewöhnliche Präzision und Treffgenauigkeit ermöglichte.

Carolinas (die Carolinas): Zusammenfassender Begriff für North und South Carolina.

Charles Town: Ursprünglicher Name der Stadt Charleston in South Carolina.

Deserteur: Fahnenflüchtiger Soldat, der ohne Erlaubnis seine Truppe verlässt.

Duform (veraltete): Ursprünglich gab es im Englischen ein eigenes Wort für »du«, nämlich *thou* (entsprechend *thee* für »dich« oder »dir«, *thy* bzw. *thine* für »dein«), das jedoch im Laufe des 17. Jahrhunderts verloren ging (Näheres siehe Nachwort).

Gelbfieber: Eine durch Stechmücken übertragene Viruserkrankung, die tödlich verlaufen kann.

German Society of Pennsylvania: Eine 1764 gegründete Gesellschaft, deren ursprüngliches Ziel darin bestand, das Los deutscher Einwanderer und Schuldknechte zu verbessern. Heute bemüht sie sich um Pflege und Erhalt deutscher Sprache und Kultur in Amerika.

Gouverneur: Zur amerikanischen Kolonialzeit ein vom britischen König eingesetzter Vertreter der Krone in einer Kolonie. Nach der Unabhängigkeitserklärung gewählter Staats- und Regierungschef des jeweiligen Bundesstaates.

Großes Haus (*Big House, Great House*): Umgangssprachliche Bezeichnung für das Herrenhaus der Plantage.

Halsbräune: Diphtherie, bakterielle Infektionskrankheit der oberen Atemwege.

Hirschfänger (hier): Vergleichsweise kurze Stichwaffe der hessischen Jäger.

House of Burgesses (wörtlich etwa Bürgerhaus): Zur Kolonialzeit Amerikas die nach dem Vorbild des britischen Unterhauses gebildete, von den Bürgern der Kolonie Virginia gewählte Volksvertretung. Zusammen mit dem *Virginia Governor's Council*, der aus zwölf vom König ernannten Vertretern bestand und in etwa dem britischen Oberhaus entsprach, bildete es die *Virginia General Assembly* (Generalversammlung). Nur mit Genehmigung der Generalversammlung konnte der britische Gouverneur neue Gesetze für die Kolonie beschließen.

Inneres Licht: Die von Quäkern vertretene Vorstellung, dass in jedem Menschen »etwas von Gott« sei und dass Gott sich jedem Menschen persönlich offenbart (siehe auch → Quäker).

Jäger (hier): Nicht in Linie kämpfende Militäreinheiten, die aufgrund ihrer Flexibilität, Fähigkeit zum eigenständigen Operieren und der Treffsicherheit ihrer Schusswaffen häufig für spezielle Aufgaben herangezogen wurden. Im Amerikanischen Unabhängigkeitskrieg wurden die Jäger schnell unverzichtbar, weil sie sich anders als die klassische, ein wenig schwerfälligere Linieninfanterie besser auf die für Europäer ungewohnte Guerilla- und Scharfschützentaktik der amerikanischen Patrioten einstellen konnten.

Kontinentalkongress: Gremium von Delegierten aus allen dreizehn nordamerikanischen Kolonien (später Staaten), aus dem die Unabhängigkeitserklärung und später auch die Amerikanische Verfassung hervorgingen. Während des

Krieges erfüllte der Kongress die Aufgaben einer Art provisorischen Regierung.

Kontinentalarmee (*Continental Army*): Die zu Beginn des Amerikanischen Unabhängigkeitskrieges gebildete »reguläre« Armee der dreizehn Gründerstaaten, sozusagen der Vorläufer der heutigen U.S. Army.

Laudanum: Opiumhaltiges Schmerz-, Beruhigungs- und Schlafmittel.

Loyalisten (auch Royalisten): Königstreue Bewohner der amerikanischen Kolonien, die sich gegen die Unabhängigkeit vom britischen Mutterland aussprachen und dafür teilweise sogar zu den Waffen griffen.

Meidung: Siehe → Bann.

Mennoniten: Im 16. Jahrhundert aus der Täuferbewegung entstandene protestantische Glaubensgemeinschaft, welche ausschließlich die Glaubenstaufe praktiziert, also mündige Jugendliche und Erwachsene auf das Bekenntnis ihres Glaubens hin tauft. Traditionell verstehen sich Mennoniten dem Friedenszeugnis Jesu Christi verbunden und lehnen auf Basis der Heiligen Schrift den Militärdienst und das Schwören von Eiden ab (siehe → Täufer).

Miliz (hier): Militärische Einheiten, die nicht aus Soldaten regulärer Armeeeinheiten gebildet wurden, sondern aus zum Teil unausgebildeten Bewohnern, Siedlern oder Farmern, die während des Unabhängigkeitskrieges für die Seite der Loyalisten oder Patrioten zu den Waffen griffen.

Mulatte, Mulattin: Veralteter, sachlich falscher und heute als anstößig empfundener Begriff für Menschen mit einem schwarzen und einem weißen Elternteil.

Papisten: Abwertende und sachlich falsche Bezeichnung für katholische Christen.

Parlor (brit. Engl.: *Parlour*): Salon, elegant eingerichteter Raum, in dem Gäste empfangen werden können.

Patrioten: Bezeichnung für die Bewohner der dreizehn Kolonien, die sich für eine Unabhängigkeit von Großbritannien und die Gründung einer eigenen Nation aussprachen.

Profos: Meist ein Unteroffizier, der die Verantwortung für die Verfolgung und Disziplinierung straffällig gewordener Soldaten innehatte.

Quäker: Ursprünglich abwertend gemeinte, später allgemein gebräuchliche Bezeichnung für Mitglieder der »Religiösen Gesellschaft der Freunde«. Eine spirituelle Gemeinschaft, die zumeist ohne allgemein verbindliche Lehren oder Riten ein sehr verinnerlichtes Glaubensleben führt, bei der die persönliche Offenbarung Gottes eine zentrale Rolle spielt (siehe → Inneres Licht). Bekannt wurden die Quäker vor allem für ihre Friedenstheologie und für ihre progressiven Vorstellungen von Gewissensfreiheit und Toleranz.

Redemptioner System: Eine der *Indentured Servitude* ähnelnde Form der Schuldknechtschaft, wie sie häufig von deutschen Einwanderern eingegangen wurde (siehe → Schuldknecht, Schuldmagd).

Schuldknecht, Schuldmagd (*Indentured Servant*): Auswanderer, der seine Überfahrt damit bezahlte, dass er es dem Schiffseigentümer oder Kapitän erlaubte, seine Arbeitskraft (oder auch die seiner Kinder) nach der Ankunft für eine bestimmte Anzahl von Jahren an den Meistbietenden zu verkaufen. Obgleich der Schuldknecht sich damit in eine für heutige Verhältnisse unvorstellbare Abhängigkeit begab, war er kein Sklave, denn seinem Herrn gehörten lediglich seine Verträge, also seine Arbeitskraft, jedoch nicht er selbst, als Person.

Sergeant: Unteroffiziersrang, einem Feldwebel entsprechend.

Söldner: Ein Soldat, der nicht für die Armee seines Heimatlandes kämpft, sondern sich gegen Bezahlung von einem fremden Heer anwerben lässt und für dieses kämpft – gelegentlich nur so lange, bis er anderweitig bessere Konditionen findet. Obgleich die hessischen Subsidientruppen von Zeitgenossen (natürlich insbesondere von amerikanischen Kritikern) häufig als Söldner (engl. *mercenaries*) beschimpft wurden, trifft die Bezeichnung auf diese jedoch meist nicht zu.

Subsidientruppen: Gegen Bezahlung von einem Herrscher an einen anderen vermietete Truppenteile.

Täufer: Sammelbegriff für verschiedene Glaubensgemeinschaften, welche ausschließlich die Glaubenstaufe praktizieren, zum Beispiel Amische und Mennoniten (siehe auch dort).

Thou: siehe → Duform

Tory: Anhänger einer konservativen, königstreuen politischen Ausrichtung in Großbritannien. Hier: königstreue, loyalistische Bewohner Nordamerikas.

Trossfrauen: Frauen, die eine Armee auf ihren Kriegszügen begleiteten und dabei oft als Wäscherinnen, Köchinnen, Näherinnen, mitunter auch als Prostituierte arbeiteten. Auch Ehefrauen der Soldaten konnten sich darunter befinden.

Typhus: Lebensbedrohliche bakterielle Infektionskrankheit, die vor allem den Darm befällt und mit hohem Fieber und Hautausschlag einhergeht.

Valley Forge: Das inzwischen legendäre Winterlager in Penn-sylvania, in dem George Washingtons Kontinentalarmee den Winter 1777/78 verbrachte. In dieser Zeit starben dort Tausende amerikanischer Soldaten an Hunger, Kälte oder den damit einhergehenden Krankheiten. Zu Beginn des Jah-res 1778 begann der preußische Baron von Steuben dort, die Armee neu zu strukturieren und auszubilden.

Wall Street: heute Banken- und Börsenviertel Manhattans, bereits im 18. Jahrhundert eine Handels- und Geschäfts-straße, seit 1711 auch der offizielle Sklavenmarkt New Yorks.

Weyerhof: Heute als Weierhof ein Ortsteil von Kirchheim-bolanden im Pfälzer Bergland. Zurzeit des Romans im Fürstentum Nassau-Weilburg gelegen. Seit dem späten 17. Jahrhundert bestand auf dem Weyerhof eine mennonitische Gemeinde, deren Gläubige aus der Schweiz eingewandert waren.

White Boys/Whiteboys (gälisch: *Buachaillí Bána*): Irische Un-tergrundbewegung des 18. Jahrhunderts, die sich durch ge-waltsame Übergriffe gegen Ausbeutung, Zwangsräumun-gen, überhöhte Abgaben und Unterdrückung der ländlichen Bevölkerung Irlands zur Wehr setzte.

Wiedertäufer: Sachlich unexakte und häufig abwertend ver-wendeter Begriff für christliche Gemeinschaften, welche die Glaubenstaufe praktizieren (siehe auch → Täufer und → Baptisten).

Für die Romanhandlung bedeutsame historische Persönlichkeiten

Deutsche

Johann Ewald, ab 1790 Johann von Ewald (1744–1813), Hauptmann des Feldjägerkorps von Hessen-Cassel während des Amerikanischen Unabhängigkeitskrieges.

Reichsfreiherr Wilhelm zu Innhausen und Knyphausen (1716–1800), General der Subsidientruppen von Hessen-Cassel im Amerikanischen Unabhängigkeitskrieg.

Maximilian Friedrich, Reichsgraf von Königsegg-Rothenfels (1708–1784), ab 1761 Erzbischof von Köln und Kurfürst des Heiligen Römischen Reiches.

Karl Christian (1735–1788), ab 1753 Fürst von Nassau-Weilburg.

Friedrich II. (1720–1785), ab 1760 Landgraf von Hessen-Cassel. Historische Berühmtheit erlangte er nicht nur wegen seines Verdienstes, die Stadt Kassel zu einer modernen Metropole umzubauen, und seiner Konversion zum katholischen Glauben, sondern vor allem wegen der Vermietung seiner Soldaten als Subsidienregimenter der Briten in den Amerikanischen Unabhängigkeitskrieg.

Johann Gottlieb Rall (1726–1776), Oberst eines Infanterieregiments der Truppen aus Hessen-Cassel in Amerika. Häufig wird er als der Hauptverantwortliche für die verheerende Niederlage bei Trenton angesehen, bei der er auch den Tod fand.

Friedrich Wilhelm von Steuben (1730–1794), »Baron«. Der

ehemalige preußische Offizier organisierte im Amerikanischen Unabhängigkeitskrieg die schlecht ausgebildete Kontinentalarmee neu und trug damit maßgeblich zu deren späteren Siegen bei.

Friedrich Karl August (1743–1812), Fürst von Waldeck-Pyrmont.

Christian Freiherr von Zweybrücken (1752–1817), Sohn des Herzogs Chistian IV. von Pfalz-Zweybrücken, Offizier im französischen Fremdenregiment *Royal Deux-Ponts* auf der Seite der Amerikaner.

BRITEN

Sir Henry Clinton (1738–1795), in Kanada geborener britischer General während des Amerikanischen Unabhängigkeitskrieges.

Charles Cornwallis, 1. Marquess Cornwallis (1738–1805), britischer General im Amerikanischen Unabhängigkeitskrieg. Er wird besonders mit seinem Feldzug im Süden und mit der Niederlage von Yorktown in Verbindung gebracht.

Lord John Murray, 4. Earl von Dunmore (1730–1809), von 1770 bis 1771 britischer Gouverneur der Provinz New York und von 1771 bis 1776 Gouverneur der Kolonie Virginia.

George III. (1738–1820), König von Großbritannien und Irland, Kurfürst von Braunschweig-Lüneburg, ab 1814 auch König von Hannover. Unter seiner Regierung wurde der Amerikanische Unabhängigkeitskrieg geführt.

Richard Howe, 1. Earl Howe (1726–1799), britischer Admiral und Bruder des Generals William Howe.

William Howe, 5. Viscount Howe (1729–1814), britischer

General, von 1776 bis 1778 Oberbefehlshaber der britischen Armee im Amerikanischen Unabhängigkeitskrieg.

Banastre Tarleton (1754–1833), genannt »Bloody Ban« oder »Butcher«, britischer Offizier im Amerikanischen Unabhängigkeitskrieg, wegen seiner brutalen Kriegsführung auch gegen Zivilisten bis heute sehr umstritten.

AMERIKANER

Benjamin Franklin (1706–1790), einer der Gründerväter der USA, Mitverfasser und Mitunterzeichner der Amerikanischen Unabhängigkeitserklärung. Diplomat in Frankreich während des Unabhängigkeitskrieges. Darüber hinaus machte er sich auch als Schriftsteller, Verleger und Drucker und nicht zuletzt als Wissenschaftler und Erfinder einen Namen.

Nathanael Greene (1742–1786), ehemaliger Quäker und einer der bedeutendsten amerikanischen Generäle während des Amerikanischen Unabhängigkeitskrieges.

Patrick Henry (1736–1799), Anwalt und ab 1765 gewähltes Mitglied des *House of Burgesses* in Virginia, Verfechter der amerikanischen Unabhängigkeitsbestrebungen und Gouverneur von Virginia in der Zeit von 1776 bis 1779 und 1784 bis 1786.

Charles Lee (1732–1782), in England geborener General der Amerikanischen Kontinentalarmee im Unabhängigkeitskrieg, der nicht nur aufgrund seiner Entscheidungen bei der Schlacht von Monmouth in Verdacht geriet, ein Verräter zu sein, und dadurch sein Kommando verlor.

Benjamin Lincoln (1733–1810), amerikanischer General im Unabhängigkeitskrieg, seit 1778 Kommandeur des südlichen Department der Kontinentalarmee, der im Frühjahr 1780 unter anderem mit der Verteidigung von Charles Town betraut war und nach langer Belagerung kapitulieren musste.

Francis Marion (1732–1795), genannt »The Swamp Fox«, Offizier der Kontinentalarmee und der South Carolina Miliz während des Amerikanischen Unabhängigkeitskrieges.

Daniel Morgan (1736–1802), amerikanischer General und Pionier im Unabhängigkeitskrieg, dem die Patrioten den legendären Sieg in der Schlacht von Cowpens verdanken.

Thomas Sumter (1734–1832), genannt »Carolina Gamecock«, Offizier im Amerikanischen Unabhängigkeitskrieg.

George Washington (1732–1799), einer der Gründerväter der USA und Oberbefehlshaber der Kontinentalarmee im Amerikanischen Unabhängigkeitskrieg. Von 1789 bis 1797 war er der erste Präsident der Vereinigten Staaten von Amerika.

FRANZOSEN

Marie-Joseph Motier, Marquis de La Fayette (1757–1834), französischer General im Amerikanischen Unabhängigkeitskrieg.

François Joseph Paul, Comte de Grasse, Marquis de Grasetilly (1722–1788), französischer Admiral, der den Ausgang des Unabhängigkeitskrieges zugunsten der Amerikaner mitbeeinflusste, ohne jemals amerikanischen Boden zu betreten.

Jean-Baptiste-Donatien de Vimeur, Comte de Rochambeau (1725–1807), französischer Generalleutnant mit dem Oberbefehl über das sechstausend Mann starke französische Hilfskorps, das die amerikanische Seite unterstützte und eine bedeutende Rolle beim amerikanischen Sieg in Yorktown spielte.

Alle weiteren Charaktere des Romans sind frei erfunden. Zwar könnten sie alle so oder so ähnlich in dieser Zeit und in diesem Krieg tatsächlich existiert haben. Dennoch sind Ähnlichkeiten mit lebenden oder verstorbenen Personen zufällig und nicht beabsichtigt.

DANKSAGUNG

Um einen historischen Roman von einer gewissen Komplexität zu verfassen, der sich auf dem neuesten Stand der historischen Forschung befinden soll, ist die Hilfe von Experten notwendig. Glücklicherweise erhielt ich während der mehrere Jahre andauernden Recherche außergewöhnlich fundierte Unterstützung von Menschen, die mein Interesse an der Thematik teilten, mir ihre Hilfe anboten oder mich in der Arbeit bestärkten. Dabei ließen mich viele bereitwillig an ihren Forschungsarbeiten und ihrem Wissen teilhaben, versorgten mich mit Bild- und Textmaterial sowie nützlichen Tipps, leiteten mein Anliegen an andere Wissenschaftler und Fachleute weiter, lasen Passagen Korrektur oder gingen zum Teil sogar sehr detailliert auf Einzelfragen zu historischen, gesellschaftlichen, sprachgeschichtlichen oder medizinischen Problemen ein. Nicht zuletzt diesen Experten verdankt vorliegendes Buch seine atmosphärische Dichte und historische Authentizität. Sollten wider Erwarten und trotz sorgfältiger Recherche und Korrektur sachliche Fehler oder Ungereimtheiten auftauchen, sind diese natürlich mir allein anzulasten.

Professor Dr. Norbert Finzsch (Universität zu Köln), der nicht nur geduldig die kniffeligsten Fragen beantwortet, sondern gar das gesamte Manuskript auf historische Korrektheit hin gelesen und überprüft hat, gilt mein ganz besonderer Dank.

Weiter boten mir unschätzbare Hilfe an:

Professor Dr. Walter Demel (Universität der Bundeswehr, München), **Professor em. Dr. Horst Dippel** (Universität Kassel), **Professor Dr. Rita Franceschini** (Freie Universität Bozen), **Professor Dr. Marian Füssel** (Georg-August-Universität Göttingen), **Professor Dr. med. C.-T. Germer** (Universitätsklinikum Würzburg), **Professor Dr. Joachim Gessinger** (Universität Potsdam), **Professor Dr. Holger Th. Gräf, Akademischer Oberrat** (Hessisches Landesamt für geschichtliche Landeskunde, Philipps-Universität Marburg), **Professor Dr. Mark Häberlein** (Otto-Friedrich-Universität Bamberg), **Allison Heinbaugh** (John D. Rockefeller Library, Colonial Williamsburg Foundation, USA), **Professor Dr. Michael Hochgeschwender** (Ludwig-Maximilians-Universität München), **Professor Dr. Andrew Jackson O'Shaughnessy** (University of Virginia, Thomas Jefferson Foundation), **Dr. Rainer Karneth** (Museum im Stadtpalais, Kirchheimbolanden), **Dr. Mario Kramp** (Direktor Kölnisches Stadtmuseum), **Horst Kratzmann** (Nidderau), **Professor Dr. Ursula Lehmkuhl** (Universität Trier), **Dr. Charlotte Lerg** (Ludwig-Maximilians-Universität München), **Marianne Martin** (Visual Resources Librarian, The Colonial Williamsburg Foundation), **Professor Greg Massey Ph. D.** (Freed-Hardeman University, Henderson, Tennessee), **Professor em. Robert L. Middlekauff** (University of California Berkley), **Professor Allan R. Millett, Ph. D.** (The University of New Orleans), **Professor Dr. Jörg Nagler** (Friedrich-Schiller-Universität Jena), **Professor Dr. med. Tim Pohlemann** (Universität des Saarlandes, Universitätsklinik), **Holger Redling** (Bergbau- und Stadtmuseum, Weilburg an der Lahn), **Professor Anette Ruppel Rodrigues** (University of Maine, USA), **Timo Scherne** (Nordpfälzer Geschichtsverein), **Dr. Ulrich S. Soénius** (Direktor

Stiftung Rheinisch-Westfälisches Wirtschaftsarchiv zu Köln), **Professor Melissa Walker, Ph. D.** (Converse College, Spartanburg, SC, USA), **Dr. med. Lorenz Weidhase** (Universitätsklinikum Leipzig) und **Professor em. Dr. Hermann Wellenreuther** (Georg-August-Universität Göttingen).

Ein besonders lebendiges Bild der damaligen Lebensweise und des Alltags in Krieg und Frieden erhielt ich auch von Reenactment-Verbänden, historischen Darstellungsgruppen und deren fachkundigen Mitgliedern.

An erster Stelle ist hier **Martin H. Heller** zu nennen, der Vorsitzende der Gesellschaft für hessische Militär- und Zivilgeschichte, der mich von Beginn an kompetent beraten und durch viele historische Darbietungen und Veranstaltungen geführt hat.

Darüber hinaus haben mir ihre Sachkenntnis zur Verfügung gestellt:

Tobias Bauer (Gesellschaft für hessische Militär- und Zivilgeschichte), **Andreas R. Bräunling** (Historische Darstellungsgruppe München; Ansbach-Bayreuther Infanterie 1777), **Bryan K. Brown** (The Hesse Kassel Jaeger Korps, USA), **Klaus Friedrich** (Barockstraße Saar-Pfalz), **Matthias Mechela** (History Action), **Volkmar Nickel** (Gesellschaft für hessische Militär- und Zivilgeschichte), **Stefan Nitsche** (Culina Romana), **Dana Parker** (American Revolution Alive, USA), **Nils Holger Thome** (Gesellschaft für hessische Militär- und Zivilgeschichte)

… und nicht zuletzt **Peter Weiser**, der sich gewünscht hat, einen eigenen Part in dem Roman zu erhalten, um die Amerikanische Revolution hautnah miterleben zu dürfen. *Okay, Peter, here we go …*

Um eine Romanfigur erschaffen zu können, die tief aus ihrem Glauben lebt und handelt, muss man eingehend in deren Gedankenwelt eintauchen. Über viele Jahre fand ich hierzu kundigen Rat bei:

Rainer Burkart (Mennonitengemeinde Enkenbach), **Werner Funck** (Enkenbach), **Horst Krüger** (Mennonitengemeinde Berlin), **Diether Götz Lichdi** (Heilbronn), **Gary Waltner** (Mennonitische Forschungsstelle Weierhof) und **Christoph Wiebe** (Mennonitengemeinde Krefeld).

Darüber hinaus unterstützten mich **Svenja Bach, Monika Ries, Gabriele Hörniß, Stefanie Hoffmeister, Peter Schulte-Nölke, Jutta Luley, Klaus Hartmüller, Helga Borth, Claudia Unger, Franziska Brauer, Edith Lanuzga, Irena Epp, Erika Quadt, Regina Martens** und auf ganz besondere Art meine fantastische Patentante.

Nicht zuletzt ist es auch der Verdienst meiner treuen Nothelferin **Monika Peter**, dass in der turbulenten und oft schwierigen Zeit die vielen Handlungsfäden straff gehalten und notfalls immer wieder aufs Neue entwirrt werden konnten. Es war eine Herkulesaufgabe.

Meinem Mann und meiner kleinen Tochter rechne ich sehr hoch ihre Geduld und ihr Verständnis an, mit dem sie es zuließen, dass ich oft lange im Arbeitszimmer verschwand, um mich an fernen Ufern zu tummeln.

Während der vielen Jahre an Arbeit und Recherche, die in diesem Buch stecken, habe ich so viel Hilfe erhalten, dass es mir unmöglich erscheint, mich an alle Namen und Begebenheiten zu erinnern. Doch gebührt mein Dank an dieser Stelle auch all denen, die zu erwähnen ich womöglich vergessen habe.

Last but not least möchte ich mich bei den Mitarbeitern meines Verlags bedanken, auf deren Unterstützung ich bei der Fertigstellung des Romans von Beginn an bauen konnte. Dabei seien besonders **Dr. Stefanie Heinen** genannt, die das Romanprojekt mit mir auf den Weg gebracht hat, und meine wundervolle Verlagslektorin **Lena Schäfer**, die in all den Monaten nie müde wurde, den Text zu sichten, zu kommentieren und zu glätten. Dank gebührt aber auch meiner jederzeit ansprechbaren Außenlektorin **Dr. Ulrike Brandt-Schwarze**, die dem Manuskript mit ihrem sprachlich-stilistischen Feingefühl den letzten Schliff gegeben hat.

Auf den Spuren von Anna und Lorenz
Reise- und Stöbertipps

Falls es Ihnen ähnlich geht wie mir und Sie nach dem Lesen eines spannenden Romans am liebsten Ihre Koffer packen möchten, um selbst zu den Schauplätzen aufzubrechen, habe ich hier ein paar Tipps für Sie, was Sie sich unbedingt anschauen sollten.

In Deutschland:

Wer sich über Hintergründe, Alltag und Realität deutscher Auswanderer gestern und heute informieren will, findet hierzu in Bremerhaven eine hervorragende Adresse:

Deutsches Auswandererhaus Bremerhaven
Columbusstraße 65
27568 Bremerhaven
Tel.: (0471) – 90 22 0 – 0
www.dah-bremerhaven.de

Landschaftlich traumhaft schön und historisch mehr als spannend ist auch die Region Nordhessen, wo die Geschichte von Anna und Lorenz ihren Anfang nahm.

Waldeck am Edersee
Bürger- und Tourismusbüro
Sachsenhäuser Straße 10 a

34513 Waldeck am Edersee
Tel.: (05623) – 97 37 82
www.waldeck.nordhessen.de

Waldecker Land Touristik Service
Südring 2
34497 Korbach
freecall: 08 00 – 9 54 35 90
Tel.: (05631) – 95 43 59
www.waldecker-land.de

Residenzschloss Arolsen
Stiftung des Fürstlichen Hauses
Waldeck und Pyrmont
Schlossstr. 27
34454 Bad Arolsen
Tel.: (05691) – 89 55 26
www.schloss-arolsen.de

Touristik-Service Bad Arolsen
Große Allee 24
34454 Bad Arolsen
Tel.: (05691) – 80 12 40
E-Mail: touristik-service@bad-arolsen.de
www.bad-arolsen.de

Museumslandschaft Hessen Kassel
Besucherdienst
Tel.: (0561) – 3 16 80 – 1 23
Besucherzentrum Herkules
Schlosspark 28

34131 Kassel
Tel.: (0561) – 3 16 80 – 7 81
E-Mail: besucherdienst@museum-kassel.de
www.museum-kassel.de

Stadtmuseum Kassel
Tel.: (0561) – 787 – 1400
E-Mail: stadtmuseum@kassel.de
www.stadtmuseum-kassel.info

Wer sich über die in der Schlacht bei Yorktown kämpfenden Truppen aus Zweibrücken und deren Geschichte informieren möchte, findet in deren Heimatstadt viele Spuren und Informationen.

Stadtmuseum Zweibrücken
Herzogstr. 9/11
66482 Zweibrücken
Tel.: (06332) – 871 – 380 oder 381
www.zweibruecken.de/Stadtmuseum-3344.html

Wer an gut gemachten Veranstaltungen zur amerikanischen Kultur und Geschichte, zu deutsch-amerikanischen Beziehungen sowie an Austausch- und Reiseprogrammen interessiert ist, dem sei ein Besuch folgender Institutionen sehr empfohlen:

Deutsch Amerikanisches Institut Saarbrücken e. V.
Talstraße 14
66119 Saarbrücken
Tel.: (0681) – 3 11 60
E-Mail: info@dai-sb.de
www.dai-sb.de

Deutsch-Amerikanischer Freundeskreis Saarpfalz
Beate Ruffing, c/o Saarpfalz-Kreis
Am Forum 1
66424 Homburg
Tel.: (06841) – 1 04 82 15
www.daf-saarpfalz.de

Deutsch-Pennsylvanischer Freundeskreis e. V.
Regionalverband Saarbrücken
Schlossplatz
66119 Saarbrücken
Tel.: (0681) 506 – 11 10
E-Mail: info@dpf-sbr.de
www.dpf-sbr.de

IN AMERIKA:

Wer sich ein authentisches und absolut unvergessliches Bild von Alltag und Leben zur amerikanischen Kolonial- und Revolutionszeit machen möchte, kommt um einen Besuch des wieder zum Leben erweckten und mit unzähligen Schauspielern, Handwerkern, Akteuren und Tieren bevölkerten Colonial Williamsburg, der alten Hauptstadt Virginias, einfach nicht herum – empfehlenswert ist auch eine virtuelle Stippvisite.

The Colonial Williamsburg Foundation
Information: Visitor Center
101 Visitor Center Drive
Williamsburg, Virginia 23185
Tel.: (001) – 88 89 65 72 54
www.colonialwilliamsburg.com
www.history.org

Aber auch Pennsylvania mit seiner Hauptstadt Philadelphia
ist eine Reise wert, und das auch, aber nicht nur auf den Spuren
deutscher Einwanderer und amerikanischer Gründerväter.

Independence Visitor Center
599 Market Street
1 N. Independence Mall West
Philadelphia, PA 19106
www.phlvisitorcenter.com
www.nps.gov/inde

The German Society of Pennsylvania
Philadelphia, Pennsylvania 19123
Tel.: (001) – 21 56 27 23 32
www.germansociety.org

The Pennsylvania German Society
Tel.: (001) – 71 75 97 79 40
E-Mail: pgs@innernet.net
www.pgs.org

Landis Valley Museum
für deutsche Kultur in Pennsylvania
2451 Kissel Hill Road
Lancaster, Pennsylvania 17601
Tel.: (001) – 71 75 69 04 01
www.landisvalleymuseum.org

The Amish Farm & House
2395 Route 30 East
Lancaster, Pennsylvania 17602
Tel.: (001) – 71 73 94 61 85
E-Mail: info@amishfarmandhouse.com
www.amishfarmandhouse.com

*Die meisten der historischen Schlachtfelder des Amerikanischen
Unabhängigkeitskrieges sind heute Nationalparks oder Museen,
die noch immer die Schatten der Vergangenheit in sich tragen.*

White Plains Battlefield
Battle Ave. and Lincoln Ave.
White Plains, New York 10606
www.hudsonrivervalley.com

Trenton, New Jersey
E-Mail: Barracks@voicenet.com
www.barracks.org

Monmouth Battlefield
16 Business Route 33
Manalapan, New Jersey 07726
Tel.: (001) – 73 24 62 96 16
www.state.nj.us/dep/parksandforests/parks/monbat.html

Guilford Courthouse
National Military Park
2332 New Garden Road
Greensboro, North Carolina 27410
Tel.: (001) – 33 62 88 17 76
www.nps.gov/guco

Yorktown Battlefield
National Military Park
Visitor Center
1000 Colonial Parkway
Yorktown, Virginia 23690
www.nps.gov/yonb

Trotz sorgfältiger Prüfung kann natürlich keinerlei Haftung für die oben angegebenen Adressen und deren Korrektheit übernommen werden.

Weitere Tipps, Links und Hinweise finden Sie auch auf meiner Website:
www.mariawpeter.de oder unter
www.facebook.com/MariaWPeter
Oder auf Anfrage unter
m.w.peter@web.de